中国书籍国学馆

东周列国志

全四卷 第一卷

《中国书籍国学馆》编委会 编

中国书籍出版社
China Book Press

图书在版编目（CIP）数据

东周列国志 ／（明）冯梦龙著. -- 北京 ：中国书籍出版社，2016.11
ISBN 978-7-5068-5923-3

Ⅰ. ①东… Ⅱ. ①冯… Ⅲ. ①章回小说－中国－明代
Ⅳ. ①I242.4

中国版本图书馆CIP数据核字(2016)第253750号

东周列国志

◎编　者	《中国书籍国学馆》编委会
◎策　划	杜　京
◎责任编辑	毕　磊
◎出版发行	中国书籍出版社
◎地　址	北京丰台区三路居路97号
◎邮　编	100073
◎电　话	(010) 52257143（总编室）52257140（发行部）
◎邮　箱	eo@chinabp.com.cn
◎经　销	全国新华书店
◎印　刷	三河市文通印刷包装有限公司
◎责任印制	孙马飞　马　芝
◎开　本	十六开（889毫米×1194毫米）
◎印　张	四十
◎版　次	二〇一六年十一月第一版
◎印　次	二〇一六年十一月第一次印刷
◎书　号	ISBN 978-7-5068-5923-3
◎定　价	一九九元（全四卷）

ISBN 978-7-5068-5923-3
9 787506 859233 >

出版前言

春秋战国时期是我国重要的历史时期，列国之间战争的故事历代被人传诵。到了宋元年间，话本小说兴起，这些散乱流传的故事，便成为话本小说创作者进行加工创作的好题材。故而在宋元的讲史话本中，出现了《七国春秋平话》《秦并六国平话》等。历史延续至明朝嘉靖、万历年间，时值历史小说创作的高潮时期，春秋战国这段波澜壮阔的历史又成为历史小说创作者看好的题材。明代嘉靖、隆庆年间，余邵鱼始起发轫，根据先代历史书籍的记述，吸取话本成果加工写成《列国志传》，使列国故事初具规模。全书共二百二十六节，不计回数，每节随事立题。从商纣起，到秦皇统一天下，较为全面、生动地记载了列国历史。但其中穿插许多与史实严重不符的部分，如秦孝公临潼斗宝等，也充斥着封建伦理道德和天命论的说教。后由冯梦龙凭据史传，把《列国志传》改编为一百零八回的《新列国志》，于明末刊行。清代乾隆年间，蔡元放又做了一番修改，改名为《东周列国志》。

冯梦龙（一五七四～一六四六），明文学家、戏曲家。字犹龙，又字子犹、耳犹，别号龙子犹、顾曲散人、茂苑野史、无碍居士、墨憨斋主人等。长洲（今苏州）人，少为诸生，晚年以贡生历官丹徒县训导、寿宁知县。

《东周列国志》写的是西周末年（前七八九），至秦统一六国（前二二一），包括春秋、战国五百多年间的历史故事，是中国古代时间跨越最长，人物最多的一部小说。《东周列国志》内容相当丰富复杂，其中叙写的事实，取材于《战国策》《左传》《国语》《史记》四部史书，将分散的历史故事和人物传记按照时间顺序穿插编排，冶为一炉，成为一部结构完整的历史演义。

《东周列国志》与其他史书一样，以国家的兴亡成败为主题，致力探讨气运盛衰、人事成败之间转化变迁的因果关系。作者通过人物命运的沉浮，形象地告诉人们，能否注重道义，任用贤能是判断一个国家前途命运的最根本的依据。得民心者得天下。道义是对天意的阐发，天意就是民心。民心存，其政举；民心亡，其政息。这种人本主义的观点，是有进步意义的。

《东周列国志》所叙述的五百多年之间，英雄辈出，群星灿烂，千百年后，虽不乏其人，但这一时期的人和事，在历史上最突出，最典型，它几乎是后世是非成败的理论源头，更是后人行世为人的标准和榜样。小说通过丰富而生动的故事情节，赞扬了从善如流、赏罚严明、胸怀大度的王侯和忠贞、有勇有谋的将相，也赞扬了那些见义勇为、机智果敢的豪侠。与这些正面人物形成鲜明对比的是，小说也塑造了一些昏聩、残暴、荒淫无耻的帝王、诸侯等统治者，和贪婪、奸诈、阴险的佞臣小人。作者对他们揭露与鞭挞的态度自然而然地融入情节之中。

本次出版的《东周列国志》以上海中新书局铅印本为底本，参照其他权威版本加以编校整理而成。

《中国书籍国学馆》编委会

二〇一六年十月

目录

第〇〇一回　周宣王闻谣轻杀　杜大夫化厉鸣冤

词曰：

道德三皇五帝，功名夏后商周。英雄五霸闹春秋，顷刻兴亡过手。青史几行名姓，北邙无数荒丘。前人田地后人收，说甚龙争虎斗。

话说周朝，自武王伐纣，即天子位，成康继之，那都是守成令主。又有周公、召公、毕公、史佚等一班贤臣辅政，真个文修武偃，物阜民安。自武王八传至于夷王，觐礼不明，诸侯渐渐强大。到九传厉王，暴虐无道，为国人所杀。此乃千百年民变之始。又亏周召二公同心协力，立太子靖为王，是为宣王。那一朝天子，却又英明有道，任用贤臣方叔、召虎、尹吉甫、申伯、仲山甫等，复修文、武、成、康之政，周室赫然中兴。有诗为证：

夷厉相仍政不纲，任贤图治赖宣王。共和若没中兴主，周历安能八百长！

却说宣王虽说勤政，也到不得武王丹书受戒，户牖置铭，虽说中兴，也到不得成康时教化大行，重译献雉。至三十九年，姜戎抗命，宣王御驾亲征，败绩于千亩，车徒大损，思为再举之计，又恐军数不充，亲自料民于太原。那太原，即今固原州，正是邻近戎狄之地。料民者，将本地户口，按籍查阅，观其人数之多少，车马粟刍之饶乏，好做准备，征调出征。太宰仲山甫进谏不听。后人有诗云：

犬彘何须辱剑铓？隋珠弹雀总堪伤！皇威亵尽无能报，枉自将民料一场。

再说宣王在太原料民回来，离镐京不远，催趱车辇，连夜进城。忽见市上小儿数十为群，拍手作歌，其声如一。宣王乃停辇而听之。歌曰：

月将升，日将没。檿弧箕箙，几亡周国。

宣王甚恶其语。使御者传令，尽拘众小儿来问。群儿当时惊散，止拿得长幼二人，跪于辇下。宣王问曰：「此语何人所造？」幼儿战惧不言；那年长的答曰：「非出吾等所造。三日前，有红衣小儿，到于市中，教吾等念此四句。不知何故，一时传遍，满京城小儿不约而同，不止一处为然也。」宣王问曰：「如今红衣小儿何在？」答曰：「自教歌之后，不知去向。」宣王嘿然良久，叱去两儿。即召司市官，吩咐传谕禁止：「若有小儿再歌此词者，连父兄同罪。」当夜回宫无话。

次日早朝，三公六卿，齐集殿下，拜舞起居毕。宣王将夜来所闻小儿之歌，述于众臣：「此语如何解说？」大宗伯召虎对曰：「檿是山桑木名，可以为弓，故曰檿弧。箕，草名，可结之以为箭袋，故曰箕箙。据臣愚见：国家恐有弓矢之变。」太宰仲山甫奏曰：「弓矢，乃国家用武之器。王今料民太原，思欲报犬戎之仇，若兵连不解，必有亡国之患矣！」宣王口虽不言，点头道是。又问：「此语传自红衣小儿。那红衣小儿，还是何人？」太史伯阳父奏曰：「凡街市无根之语，谓之谣言。上天儆戒人君，命荧惑星化为小儿，造作谣言，使群儿习之，谓之童谣。小则寓一人之吉凶，大则系国家之兴败。荧惑火星，是以色红。今日亡国之谣，乃天所以儆王也。」宣王曰：「朕今赦姜戎之罪，罢太原之兵，将武库内所藏弧矢，尽行焚弃，再令国中不许造卖。其祸可息乎？」伯阳父答曰：「臣观天象，其兆已成，似在王宫之内，非关外间弓矢之事，必主后世有女主乱国之祸。况谣言曰：「月将升，日将没」，日者，人君之象，月乃阴类，日没月升，阴进阳衰，其为女主干政明矣。」宣王又曰：「朕赖姜后主六宫之政，甚有贤德，其进御宫嫔，皆出选择，女祸从何而来耶？」伯阳父答曰：「谣言「将升」「将没」，原非目前之事，况「将」之为言，且然而未必之词。王今修德以禳之，自然化凶为吉。弧矢不须焚弃。」宣王闻奏，且信且疑，不乐而罢。起驾回宫。

姜后迎入。坐定，宣王遂将群臣之语，备细述于姜后。姜后曰：「宫中有一异事，正欲启奏。」王问：「有何异事？」姜后奏曰：「今有先王手内老宫人，年五十余，自先朝怀孕，到今四十余年，昨夜方生一女。」宣王大惊，问曰：「此女何在？」姜后曰：「妾思此乃不祥之物，已令人将草席包裹，抛弃于二十里外清水河中矣。」宣王即宣老宫人到宫，问其得孕之故。老宫人跪而答曰：「婢子闻夏桀王末年，褒城有神人，化为二龙，降于王庭，口流涎沫，忽作人言，谓桀王曰：「吾乃褒城之二君也。」桀王恐惧，欲杀二龙，命太史占之，不吉。欲逐去之，再占，又不吉。太史奏道：「神人下降，必主祯祥。王何不请其漦而藏之？漦乃龙之精气，藏之必主获福。」桀王命太史再占，得大吉之兆。乃布币设祭于龙前，取金盘收其涎沫，置于朱椟之中，忽然风雨大作，二龙飞去，桀王命收藏于内库。自殷世历六百四十四年，传二十八主，至于我周，又将三百年，未尝开观。到先王末年，椟内放出毫光，有掌库官奏知先王。先王问：「椟中何物？」掌库官取簿籍献上，具载藏漦之因。先王命发而观之。侍臣打开金椟，手捧金盘呈上。先王将手接盘，一时失手堕地，所藏涎沫，横流庭下。忽化成小小元鼋一个，盘旋于庭中，内侍逐之，直入王宫，忽然不见。那时婢子年才一十二岁，偶践鼋迹，心中如有所感，从此肚腹渐大，如怀孕一般。先王怪婢子不夫而孕，囚于幽室，到今四十年矣。夜来腹中作痛，忽生一女，守宫侍者，不敢隐瞒，只得奏知娘娘。娘娘道：「此怪物不可容留。」随命侍者领去，弃之沟渎。婢子罪该万死！」宣王曰：「此乃先朝之事，与你无干。」遂将老宫人喝退。随唤守宫侍者，往清水河看视女婴下落。不一时，侍者回报：「已被流水漂去矣。」宣王不疑。

次日早朝，召太史伯阳父告以龙漦之事，因曰：「此女婴已死于沟渎，卿试占之，以观妖气消灭何如。」伯阳父布卦已毕，献上繇词。词曰：

哭又笑，笑又哭。羊被鬼吞，马逢犬逐。慎之慎之，檿弧箕箙！

宣王不解其说。伯阳父奏曰：「以十二支所属推之：羊为未，马为午。哭笑者，悲喜之象。其应当在午未之年。据臣推详，妖气虽然出宫，未曾除也。」宣王闻奏，怏怏不悦。遂出令：「城内城外，挨户查问女婴。不拘死活，有人捞取来献者，赏布帛各三百疋，有收养不报者，邻里举首，首人给赏如数，本犯全家斩首。」命上大夫杜伯专督其事。因繇词又有「檿弧箕箙」之语，再命下大夫左儒，督令司市官巡行廛肆，不许造卖山桑木弓，箕草箭袋，违者处死。司市官不敢怠慢，引着一班胥役一面晓谕，一面巡绰。那时城中百姓，无不遵依，止有乡民，尚未通晓。巡至次日，有一妇人，抱着几个箭袋，正是箕草织成的，一男子背着山桑木弓十来把，跟随于后。他夫妻两口，住在远乡，赶着日中做市，上城买卖。尚未进城门，被司市官劈面撞见，喝声：「拿下！」手下胥役，先将妇人擒住。那男子见不是头，抛下桑弓在地，飞步走脱。司市官将妇人锁押，连桑弓箕袋，一齐解到大夫左儒处。左儒想：「所获二物，正应在谣言，况太史言女人为祸，今已拿到妇人，也可回复王旨。」遂隐下男子不题，单奏妇人违禁造卖，法宜处死。宣王命将此女斩讫。其桑弓箕袋，焚弃于市，以为造卖者之戒。不在话下。后人有诗云：

不将美政消天变，却泥谣言害妇人！漫道中兴多补阙，此番直谏是何臣？

话分两头。再说那卖桑木弓的男子，急忙逃走，正不知：「官司拿我夫妇，是甚缘故？」还要打听妻子消息。是夜宿于十里之外。次早有人传说：「昨日北门有个妇人，违禁造卖桑弓箕袋，拿到即时决了。」方知妻子已死。走到旷野无人之处，落了几点痛泪。且喜自己脱祸，放步而行。约十里许，来到清水河边。远远望见百鸟飞鸣，近前观看，乃是一个草席包儿，浮于水面，众鸟以喙衔之，且衔且叫，将次拖近岸来。那男子叫声：「奇怪！」赶开众鸟，带水取起席包，到草坡中解看。但闻一声啼哭，原来是一个女婴。想道：「此女不知何人抛弃，有众鸟衔出水来，定是大贵之人。我今取回养育，倘得成人，亦有所望。」遂解下布衫，将此女婴包裹，抱于怀中，思想避难之处，乃望褒城投奔相识而去。髯翁有诗，单道此女得生之异：

怀孕迟迟四十年，水中三日尚安然，生成妖物殃家国，王法如何胜得天！

宣王自诛了卖桑弓箕袋的妇人，以为童谣之言已应，心中坦然，也不复议太原发兵之事。自此连年无话。到四十三年，时当大祭，宣王宿于斋宫。夜漏二鼓，人声寂然。忽见一美貌女子，自西方冉冉而来，直至宫庭。宣王怪他干犯斋禁，大声呵喝，急唤左右擒拿，并无一人答应。那女子全无惧色，走入太庙之中，大笑三声，又大哭三声，不慌不忙，将七庙神主，做一束儿捆着，望东而去。王起身自行追赶，忽然惊醒，乃是一梦。自觉心神恍惚，勉强入庙行礼。九献已毕，回至斋宫更衣，遣左右密召太史伯阳父，告以梦中所见。伯阳父奏曰：「三年前童谣之语，王岂忘之耶？臣固言：「主有女祸，妖气未除。」繇词有哭笑之语，王今复有此梦，正相符合矣。」宣王曰：「前所诛妇人，不足消「檿弧箕箙」之谶耶？」伯阳父又奏曰：「天道玄远，候至方验。一村妇何关气数哉！」宣王沉吟不语。忽然想起三年前，曾命上大夫杜伯督率司市，查访妖女，全无下落。颁胙之后，宣王还朝，百官谢胙。王宣杜伯问：「妖女消息，如何久不回话？」杜伯奏曰：「臣体访此女，并无影响。以为妖妇正罪，童谣已验，诚恐搜索不休，必然惊动国人，故此中止。」宣王大怒曰：「既然如此，何不明白奏闻？分明是怠弃朕命，行止自由。如此不忠之臣，要他何用！」喝教武士：「押出朝门，斩首示众！」吓得百官面如土色。忽然文班中走出一位官员，忙将杜伯扯住，连声：「不可，不可！」宣王视之，乃下大夫左儒，是杜伯的好友，举荐同朝的。左儒叩头奏曰：「臣闻尧有九年之水，不失为帝；汤有七年之旱，不害为王。天变尚然不妨，人妖宁可尽信？吾王若杀了杜伯，臣恐国人将妖言传播，外夷闻之，亦起轻慢之心。望乞恕之！」宣王曰：「汝为朋友而逆朕命，是重友而轻君也。」左儒曰：「君是友非，则当逆友而顺君；友是君非，则当违君而顺友。杜伯无可杀之罪，吾王若杀之，天下必以王为不明。臣若不能谏止，天下必以臣为不忠。吾王若必杀杜伯，臣请与杜伯俱死。」宣王怒犹未息，曰：「朕杀杜伯，如去藁草，何须多费唇舌？」喝教：「快斩！」武士将杜伯推出朝门斩了。左儒回到家中，自刎而死。髯翁有赞云：

贤哉左儒，直谏批鳞。是则顺友，非则违君。
弹冠谊重，刎颈交真。名高千古，用式彝伦。

杜伯之子隰叔，奔晋，后仕晋为士师之官。子孙遂为士氏。食邑于范，又为范氏。后人哀杜伯之忠，立祠于杜陵，号为杜主，又曰右将军庙，至今尚存。此是后话。

再说宣王次日，闻说左儒自刎，亦有悔杀杜伯之意，闷闷还宫。其夜寝不能寐。遂得一恍惚之疾，语言无次，事多遗忘，每每辍朝。姜后知其有疾，不复进谏。至四十六年秋七月，玉体稍豫，意欲出郊游猎，以快心神。左右传命：司空整备法驾，司马戒饬车徒，太史卜个吉日。至期，王乘玉辂，驾六驺，右有尹吉甫，左有召虎，旌旗对对，甲仗森森，一齐往东郊进发。那东郊一带，平原旷野，原是从来游猎之地。宣王久不行幸，到此自觉精神开爽，传命扎住营寨。吩咐军士：「一不许践踏禾稼；二不许焚毁树木；三不许侵扰民居。获禽多少，尽数献纳，照次给赏；如有私匿，追出重罪！」号令一出，人人贾勇，个个争先。进退周旋，御车者出尽驰驱之巧；左右前后，弯弧者夸尽纵送之能。鹰犬藉势而猖狂，狐兔畏威而乱窜。弓响处血肉狼藉，箭到处毛羽纷飞。这一场打围，好不热闹！宣王心中大喜。日已蹉西，传令散围。众军士各将所获走兽飞禽之类，束缚齐备，奏凯而回。行不上三四里，宣王在玉辇之上，打个眼瞇，忽见远远一辆小车，当面冲突而来。车上站着两个人，臂挂朱弓，手持赤矢，向着宣王声喏曰：「吾王别来无恙？」宣王定睛看时，乃上大夫杜伯，下大夫左儒。宣王吃这一惊不小，抹眼之间，人车俱不见。问左右人等，都说：「并不曾见。」宣王正在惊疑，那杜伯左儒又驾着小车子，往来不离玉辇之前。宣王大怒，喝道：「罪鬼，敢来犯驾！」拔出太阿宝剑，望空挥之。只见杜伯左儒齐声骂曰：「无道昏君！你不修德政，妄戮无辜，今日大数已尽，吾等专来报冤。还我命来！」话未绝声，挽起朱弓，搭上赤矢，望宣王心窝内射来。宣王大叫一声，昏倒于玉辇之上，慌得尹公脚麻，召公眼跳，同一班左右，将姜汤救醒，兀自叫心痛不已。当下飞驾入城，扶着宣王进宫。各军士未及领赏，草草而散。正是：乘兴而来，败兴而返。髯翁有诗云：

赤矢朱弓貌似神，千军队里骋飞轮。君王枉杀还须报，何况区区平等人。

未知宣王性命如何，且看下回分解。

第〇〇二回 褒人赎罪献美女 幽王烽火戏诸侯

话说宣王自东郊游猎，遇了杜伯左儒阴魂索命，得疾回宫，合眼便见杜伯左儒，自知不起，不肯服药。三日之后，病势愈甚。其时周公久已告老，仲山甫已卒。乃召老臣尹吉甫召虎托孤。二臣直至榻前，稽首问安。宣王命内侍扶起，靠于绣褥之上，谓二臣曰：「朕赖诸卿之力，在位四十六年，南征北伐，四海安宁。不料一病不起。太子宫涅，年虽已长，性颇暗昧，卿等竭力辅佐，勿替世业！」二臣稽首受命。方出宫门，遇太史伯阳父。召虎私谓伯阳父曰：「前童谣之语，吾曾说过恐有弓矢之变。今王亲见厉鬼操朱弓赤矢射之，以致病笃。其兆已应，王必不起。」伯阳父曰：「吾夜观乾象，妖星隐伏于紫微之垣，国家更有他变，王身未足以当之。」尹吉甫曰：「『天定胜人，人定亦胜天。』诸君但言天道而废人事，置三公六卿于何地乎？」言罢各散。不隔一时，各官复集宫门候问，闻御体沉重，不敢回家了。是夜王崩。姜后懿旨，召顾命老臣尹吉甫召虎，率领百官，扶太子宫涅行举哀礼，即位于柩前。是为幽王。诏以明年为元年，立申伯之女为王后，子宜臼为太子，进后父申伯为申侯。史臣有诗赞宣王中兴之美云：

于赫宣王，令德茂世。威震穷荒，变消鼎雉。
外仲内姜，克襄隆治。干父之蛊，中兴立帜。

却说姜后因悲恸太过，未几亦薨。幽王为人，暴戾寡恩，动静无常。方谅阴之时，狎昵群小，饮酒食肉，全无哀戚之心。自姜后去世，益无忌惮，耽于声色，不理朝政。申侯屡谏不听，退归申国去了。也是西周气数将尽，尹吉甫、召虎一班老臣，相继而亡。幽王另用虢公、祭公与尹吉甫之子尹球，并列三公。三人皆谗谄面谀之人，贪位慕禄之辈，惟王所欲，逢迎不暇。其时只有司徒郑伯友，是个正人，幽王不加信用。一日，幽王视朝，岐山守臣申奏：「泾、河、洛三川，同日地震。」幽王笑曰：「山崩地震，此乃常事，何必告朕。」遂退朝还宫。太史伯阳父执大夫赵叔带手，叹曰：「三川发原于岐山，胡可震也！昔伊洛竭而夏亡，河竭而商亡。今三川皆震，川源将塞，川既塞竭，其山必崩。夫岐山乃太王发迹之地，此山一崩，西周能无恙乎？」赵叔带曰：「若国家有变，当在何时？」伯阳父屈指曰：「不出十年之内。」叔带曰：「何以知之？」伯阳父曰：「善盈而后福，恶盈而后祸。十者，数之盈也。」叔带曰：「天子不恤国政，任用佞臣，我职居言路，必尽臣节以谏之。」伯阳父曰：「但恐言而无益。」二人私语多时，早有人报知虢公石父。石父恐叔带进谏，说破他奸佞，直入深宫，都将伯阳父与赵叔带私相议论之语，述与幽王，说他谤毁朝廷，妖言惑众。幽王曰：「愚人妄说国政，如野田泄气，何足听哉！」

却说赵叔带怀着一股忠义之心，屡欲进谏，未得其便。过了数日，岐山守臣又有表章申奏说：「三川俱竭，岐山复崩，压坏民居无数。」幽王全不畏惧，方命左右访求美色，以充后宫。赵叔带乃上表谏曰：「山崩川竭，其象为脂血俱枯，高危下坠，乃国家不祥之兆。况岐山王业所基，一旦崩颓，事非小故。及今勤政恤民，求贤辅政，尚可望消弭天变。奈何不访贤才而访美女乎？」虢石父奏曰：「国朝定都丰镐，千秋万岁！那岐山如已弃之屣，有何关系？叔带久有慢君之心，借端谤讪，望吾王详察。」幽王曰：「石父之言是也。」遂将叔带免官，逐归田野。叔带叹曰：「危邦不入，乱邦不居。吾不忍坐见西周有「麦秀」之歌！」于是携家竟往晋国。是为晋国大夫赵氏之祖，赵衰赵盾即其后裔也。后来赵氏与韩氏三分晋国，列为诸侯。此是后话。后人有诗叹曰：

忠臣避乱先归北，世运凌夷渐欲东。自古老臣当爱惜，仁贤一去国虚空。

却说大夫褒珦，自褒城来，闻赵叔带被逐，急忙入朝进谏：「吾王不畏天变，黜逐贤臣，恐国家空虚，社稷不保！」幽王大怒，命囚珦于狱中。自此谏诤路绝，贤豪解体。

话分两头。却说卖桑木弓箕草袋的男子，怀抱妖女，逃奔褒地，欲行抚养，因乏乳食，恰好有个姒大的妻子，生女不育，就送些布匹之类，转乞此女过门。抚养成人，取名褒姒。论年纪虽则一十四岁，身材长成，倒像十六七岁及笄的模样。更兼目秀眉清，唇红齿白，发挽乌云，指排削玉，有如花如月之容，倾国倾城之貌。一来姒大住居乡僻，二来褒姒年纪幼小，所以虽有绝色，无人聘定。

却说褒珦之子洪德，偶因收敛，来到乡间。凑巧褒姒门外汲水，虽然村妆野束，不掩国色天姿。洪德大惊：「如此穷乡，乃有此等丽色！」因私计：「父亲囚于镐京狱中，三年尚未释放。若得此女贡献天子，可以赎父罪矣。」遂于邻舍访问姓名的实，归家告母曰：「吾父以直谏忤主，非犯不赦之辟。今天子荒淫无道，购四方美色，以充后宫。有姒大之女，非常绝色。若多将金帛买来献上，求宽父狱，此散宜生救文王出狱之计也。」其母曰：「此计如果可行，何惜财帛！汝当速往。」洪德遂亲至姒家，与姒大讲就布帛三百匹，买得褒姒回家。香汤沐浴，食以膏粱之味，饰以文绣之衣，教以礼数，携至镐京。先用金银打通虢公关节，求其转奏。言：「臣珦自知罪当万死。珦子洪德，痛父死者不可复生，特访求美人，名曰褒姒，进上以赎父罪。万望吾王赦宥！」幽王闻奏，即宣褒姒上殿，拜舞已毕。幽王抬头观看，姿容态度，目所未睹，流盼之际，光艳照人。龙颜大喜。四方虽贡献有人，不及褒姒万分之一。遂不通申后得知，留褒姒于别宫，降旨赦褒珦出狱，复其官爵。是夜幽王与褒姒同寝，鱼水之乐，所不必言。自此坐则叠股，立则并肩，饮则交杯，食则同器。一连十日不朝。群臣伺候朝门者，皆不得望见颜色，莫不叹息而去。此乃幽王四年之事。有诗为证：

折得名花字国香，布荆一旦荐匡床。风流天子浑闲事，不道龙漦已伏殃。

幽王自从得了褒姒，迷恋其色，居之琼台，约有三月，更不进申后之宫。早有人报知申后，如此如此。申后不胜其愤，忽一日引着宫娥，径到琼台。正遇幽王与褒姒联膝而坐，并不起身迎接。申后忍气不过，便骂：「何方贱婢，到此浊乱宫闱！」幽王恐申后动手，将身蔽于褒姒之前，代答曰：「此朕新取美人，未定位次，所以未曾朝见。不必发怒。」申后骂了一场，恨恨而去；褒姒问曰：「适来者何人？」幽王曰：「此王后也。汝明日可往谒之。」褒姒嘿然无言。至明日，仍不往朝正宫。

再说申后在宫中忧闷不已。太子宜臼跪而问曰：「吾母贵为六宫之主，有何不乐？」申后曰：「汝父宠幸褒姒，全不顾嫡妾之分。将来此婢得志，我母子无置足之处矣！」遂将褒姒不来朝见，及不起身迎接之事，备细诉与太子，不觉泪下。太子曰：「此事不难。明日乃朔日，父王必然视朝。吾母可着宫人往琼台采摘花朵，引那贱婢出台观看，待孩儿将他毒打一顿，以出吾母之气。便父王嗔怪，罪责在我，与母无干也。」申后曰：「吾儿不可造次，还须从容再商。」太子怀忿出宫，又过了一晚。次早，幽王果然出朝，群臣贺朔。太子故意遣数十宫人，往琼台之下，不问情由，将花朵乱摘。台中走出一群宫人拦住道：「此花乃万岁栽种与褒娘娘不时赏玩，休得毁坏，得罪不小！」这边宫人道：「吾等奉东宫令旨，要采花供奉正宫娘娘，谁敢拦阻！」彼此两下争嚷起来，惊动褒妃，亲自出外观看，怒从心起，正要发作。不期太子突然而至，褒妃全不提防。那太子仇人相见，分外眼睁，赶上一步，揪住乌云宝髻，大骂：「贱婢！你是何等之人？无名无位，也要妄称娘娘，眼底无人！今日也教你认得我！」捻着拳便打。才打得几拳，众宫娥惧幽王见罪，一齐跪下叩首，高叫：「千岁，求饶！万事须看王爷面上！」太子亦恐伤命，即时住手。褒妃含羞忍痛，回入台中，已知是太子替母亲出气，双行流泪。宫娥劝解曰：「娘娘不须悲泣，自有王爷做主。」说声未毕，幽王退朝，直入琼台。看见褒姒两鬓蓬松，眼流珠泪，问道：「爱卿何故今日还不梳妆？」褒姒扯住幽王袍袖，放声大哭，诉称：「太子引着宫人在台下摘花，贱妾又未曾得罪，太子一见贱妾，便加打骂，若非宫娥苦劝，性命难存。望乞我王做主！」说罢，呜呜咽咽，痛哭不已。那幽王心下倒也明白，谓褒姒曰：「汝不朝其母，以致如此。此乃王后所遣，非出太子之意，休得错怪了人。」褒姒曰：「太子为母报怨，其意不杀妾不止。妾一身死不足惜，但自蒙爱幸，身怀六甲，已两月矣。妾之一命，即二命也。求王放妾出宫，保全母子二命。」幽王曰：「爱卿请将息，朕自有处分。」即日传旨道：「太子宜臼，好勇无礼，不能将顺，权发去申国，听申侯教训。东宫太傅少傅等官，辅导无状，并行削职！」太子欲入宫诉明。幽王吩咐宫门，不许通报。只得驾车自往申国去讫。申后久不见太子进宫，着宫人询问，方知已贬去申国。孤掌难鸣，终日怨夫思子，含泪过日。

却说褒姒怀孕十月满足，生下一子。幽王爱如珍宝，名曰伯服。遂有废嫡立庶之意。奈事无其因，难于启齿。虢石父揣知王意，遂与尹球商议，暗通褒姒说：「太子既逐去外家，合当伯服为嗣。内有娘娘枕边之言，外有我二人协力相扶，何愁事不成就？」褒姒大喜，答言：「全仗二卿用心维持。若得伯服嗣位，天下当与二卿共之。」褒姒自此密遣心腹左右，日夜伺申后之短。宫门内外，俱置耳目，风吹草动，无不悉知。

再说申后独居无侣，终日流泪。有一年长宫人，知其心事，跪而奏曰：「娘娘既思想殿下，何不修书一封，密寄申国，使殿下上表谢罪？若得感动万岁，召还东宫，母子相聚，岂不美哉！」申后曰：「此言固好，但恨无人传寄。」宫人曰：「妾母温媪，颇知医术，娘娘诈称有病，召媪入宫看脉，令带出此信，使妾兄送去，万无一失。」申后依允，遂修起书信一通，内中大略言：「天子无道，宠信妖婢，使我母子分离。今妖婢生子，其宠愈固。汝可上表佯认己罪：『今已悔悟自新，愿父王宽赦！』若天赐还朝，母子重逢，别作计较。」修书已毕，假称有病卧床，召温媪看脉。早有人报知褒妃。褒妃曰：「此必有传递消息之事。俟温媪出宫，搜检其身，便知端的。」却说温媪来到正宫，宫人先已说知如此如此。申后佯为诊脉，遂于枕边，取出书信，嘱咐：「星夜送至申国，不可迟误！」当下赐彩缯二端。温媪将那书信怀揣，手捧彩缯，洋洋出宫。被守门宫监盘住，问：「此缯从何而得？」媪曰：「老妾诊视后脉，此乃王后所赐也。」内监曰：「别有夹带否？」曰：「没有。」方欲放去，又有一人曰：「不搜检，何以知其有无乎？」遂牵媪手转来。媪东遮西闪，似有慌张之色。宫监心疑，越要搜检。一齐上前，扯裂衣襟，那书角便露将出来。早被宫监搜出申后这封书，即时连人押至琼台，来见褒妃。褒妃拆书观看，心中大怒。命将温媪锁禁空房，不许走漏消息。却将彩缯二匹，手自翦扯，裂为寸寸。幽王进宫，见破缯满案，问其来历。褒姒含泪而对曰：「妾不幸身入深宫，谬蒙宠爱，以致正宫妒忌。又不幸生子，取忌益深。今正宫寄书太子，书尾云：『别作计较。』必有谋妾母子性命之事。愿王为妾做主！」说罢，将书呈与幽王观看。幽王认得申后笔迹，问其通书之人。褒妃曰：「现有温媪在此。」幽王即命牵出，不由分说，拔剑挥为两段。髯翁有诗曰：

> 未寄深宫信一封，先将冤血溅霜锋，他年若问安储事，温媪应居第一功。

是夜，褒妃又在幽王前撒娇撒痴说：「贱妾母子性命，悬于太子之手。」幽王曰：「有朕做主，太子何能为也？」褒姒曰：「吾王千秋万岁之后，少不得太子为君。今王后日夜在宫怨望咒诅，万一他母子当权，妾与伯服，死无葬身之地矣！」言罢，呜呜咽咽，又啼哭起来。幽王曰：「吾欲废王后太子，立汝为正宫，伯服为东宫。只恐群臣不从，如之奈何？」褒妃曰：「臣听君，顺也。君听臣，逆也。吾王将此意晓谕大臣，只看公议如何？」幽王曰：「卿言是也。」是夜，褒妃先遣心腹，传言与虢尹二人，来朝预办登答。次日，早朝礼毕，幽王宣公卿上殿，开言问曰：「王后嫉妒怨望，咒诅朕躬，难为天下之母，可以拘来问罪？」虢石父奏曰：「王后六宫之主，虽然有罪，不可拘问。如果德不称位，但当传旨废之，另择贤德，母仪天下。实为万世之福。」尹球奏曰：「臣闻褒妃德性贞静，堪主中宫。」幽王曰：「太子在申，若废申后，如太子何？」虢石父奏曰：「臣闻母以子贵，子以母贵。今太子避罪居申，温凊之礼久废。况既废其母，焉用其子？臣等愿扶伯服为东宫。社稷有幸！」幽王大喜，传旨将申后退入冷宫，废太子宜臼为庶人，立褒妃为后，伯服为太子。如有进谏者，即系宜臼之党，治以重辟。此乃幽王九年之事。两班文武，心怀不平，知幽王主意已决，徒取杀身之祸，无益于事，尽皆缄口。太史伯阳父叹曰：「三纲已绝，周亡可立而待矣！」即日告老去位。群臣弃职归田者甚众。朝中惟尹球、虢石父、祭公易一班佞臣在侧。幽王朝夕与褒妃在宫作乐。

褒妃虽篡位正宫，有专席之宠，从未开颜一笑。幽王欲取其欢，召乐工鸣钟击鼓，品竹弹丝，宫人歌舞进觞，褒妃全无悦色。幽王问曰：「爱卿恶闻音乐，所好何事？」褒妃曰：「妾无好也。曾记昔日手裂彩缯，其声爽然可听。」幽王曰：「既喜闻裂缯之声，何不早言？」即命司库日进彩缯百匹，使宫娥有力者裂之，以悦褒妃。可怪褒妃虽好裂缯，依旧不见笑脸。幽王问曰：「卿何故不笑？」褒妃答曰：「妾生平不笑。」幽王曰：「朕必欲卿一开笑口。」遂出令「不拘宫内宫外，有能致褒后一笑者，赏赐千金。」虢石父献计曰：「先王昔年因西戎强盛，恐彼入寇，乃于骊山之下，置烟墩二十余所，又置大鼓数十架，但有贼寇，放起狼烟，直冲霄汉，附近诸侯，发兵相救，又鸣起大鼓，催趱前来。今数年以来，天下太平，烽火皆熄。吾主若要王后启齿，必须同后游玩骊山，夜举烽烟，诸侯援兵必至，至而无寇，王后必笑无疑矣。」幽王曰：「此计甚善！」乃同褒后并驾往骊山游玩，至晚设宴骊宫，传令举烽。时郑伯友正在朝中，以司徒为前导，闻命大惊，急趋至骊宫奏曰：「烟墩者，先王所设以备缓急，所以取信于诸侯。今无故举烽，是戏诸侯也。异日倘有不虞，即使举烽，诸侯必不信矣。将何物征兵以救急哉？」幽王怒曰：「今天下太平，何事征兵！朕今与王后出游骊宫，无可消遣，聊与诸侯为戏。他日有事，与卿无与！」遂不听郑伯之谏。大举烽火，复擂起大鼓。鼓声如雷，火光烛天。畿内诸侯，疑镐京有变，一个个即时领兵点将，连夜赶至骊山，但闻楼阁管籥之音。幽王与褒妃饮酒作乐，使人谢诸侯曰：「幸无外寇，不劳跋涉。」诸侯面面相觑，卷旗而回。褒妃在楼上，凭栏望见诸侯忙去忙回，并无一事，不觉抚掌大笑。幽王曰：「爱卿一笑，百媚俱生，此虢石父之力也！」遂以千金赏之。至今俗语相传「千金买笑」，盖本于此。髯翁有诗，单咏「烽火戏诸侯」之事。诗曰：

良夜骊宫奏管簧，无端烽火烛穹苍。可怜列国奔驰苦，止博褒妃笑一场！

却说申侯闻知幽王废申后立褒妃，上疏谏曰：「昔桀宠妺喜以亡夏，纣宠妲己以亡商。王今宠信褒妃，废嫡立庶，既乖夫妇之义，又伤父子之情。桀纣之事，复见于今，夏商之祸，不在异日。望吾王收回乱命，庶可免亡国之殃也。」幽王览奏，拍案大怒曰：「此贼何敢乱言！」虢石父奏曰：「申侯见太子被逐，久怀怨望。今闻后与太子俱废，意在谋叛，故敢暴王之过。」幽王曰：「如此何以处之？」石父奏曰：「申侯本无他功，因后进爵。今后与太子俱废，申侯亦宜贬爵，仍旧为伯。发兵讨罪，庶无后患。」幽王准奏，下令削去申侯之爵。命石父为将，简兵搜乘，欲举伐申之师。

毕竟胜负如何，且看下回分解。

第〇〇三回 犬戎主大闹镐京 周平王东迁洛邑

话说申侯进表之后，有人在镐京探信，闻知幽王命虢公为将，不日领兵伐申，星夜奔回，报知申侯。申侯大惊曰：「国小兵微，安能抵敌王师？」大夫吕章进曰：「天子无道，废嫡立庶，忠良去位，万民皆怨，此孤立之势也。今西戎兵力方强，与申国接壤，主公速致书戎主，借兵向镐，以救王后，必要天子传位于故太子，此伊周之业也。语云：「先发制人」，机不可失。」申侯曰：「此言甚当。」遂备下金缯一车，遣人赍书与犬戎借兵，许以破镐之日，府库金帛，任凭搬取。戎主曰：「中国天子失政，申侯国舅，召我以诛无道，扶立东宫，此我志也。」遂发戎兵一万五千，分为三队，右先锋孛丁，左先锋满也速，戎主自将中军。枪刀塞路，旌旆蔽空，申侯亦起本国之兵相助，浩浩荡荡，杀奔镐京而来，出其不意，将王城围绕三匝，水息不通。

幽王闻变，大惊曰：「机不密，祸先发。我兵未起，戎兵先动，此事如何？」虢石父奏曰：「吾王速遣人于骊山举起烽烟，诸侯救兵必至，内外夹攻，可取必胜。」幽王从其言，遣人举烽。诸侯之兵，无片甲来者。盖因前被烽火所戏，是时又以为诈，所以皆不起兵也。幽王见救兵不至，犬戎日夜攻城，即谓石父曰：「贼势未知强弱，卿可试之。朕当简阅壮勇，以继其后。」虢公本非能战之将，只得勉强应命，率领兵车二百乘，开门杀出。申侯在阵上望见石父出城，指谓戎主曰：「此欺君误国之贼，不可走了。」戎主闻之曰：「谁为我擒之？」孛丁曰：「小将愿往。」舞刀拍马，直取石父。斗不上十合，石父被孛丁一刀斩于车下。戎主与满也速一齐杀将前进，喊声大举，乱杀入城，逢屋放火，逢人举刀，连申侯也阻挡他不住，只得任其所为，城中大乱。

幽王未及阅军，见势头不好，以小车载褒姒和伯服，开后宰门出走。司徒郑伯友自后赶上，大叫：『吾王勿惊，臣当保驾。』出了北门，迤逦望骊山而去。途中又遇尹球来到，言：『犬戎焚烧宫室，抢掠库藏，祭公已死于乱军之中矣。』幽王心胆俱裂。郑伯友再令举烽，烽烟透入九霄，救兵依旧不到。犬戎兵追至骊山之下，将骊宫团团围住，口中只叫：『休走了昏君！』幽王与褒姒唬做一堆，相对而泣。郑伯友进曰：『事急矣！臣拚微命保驾，杀出重围，竟投臣国，以图后举。』幽王曰：『朕不听叔父之言，以至于此。朕今日夫妻父子之命，俱付之叔父矣。』当下郑伯教人至骊宫前，放起一把火来，以惑戎兵。自引幽王从宫后冲出。郑伯手持长矛，当先开路。尹球保着褒后母子，紧随幽王之后。行不多步，早有犬戎兵拦住，乃是小将古里赤。郑伯咬牙大怒，便接住交战。战不数合，一矛刺古里赤于马下。戎兵见郑伯骁勇，一时惊散。约行半里，背后喊声又起，先锋孛丁引大兵追来。郑伯叫尹球保驾先行，亲自断后，且战且走。却被犬戎铁骑横冲，分为两截。郑伯困在垓心，全无惧怯，这根矛神出鬼没，但当先者无不着手。犬戎主教四面放箭，箭如雨点，不分玉石，可怜一国贤侯，今日死于万镞之下。左先锋满也速，早把幽王车仗掳住。犬戎主看见衮袍玉带，知是幽王，就车中一刀砍死，并杀伯服。褒姒美貌饶死，以轻车载之，带归毡帐取乐。尹球躲在车箱之内，亦被戎兵牵出斩之。

统计幽王在位共一十一年。因卖桑木弓箕草袋的男子，拾取清水河边妖女，逃于褒国，此女即褒姒也，蛊惑君心，欺凌嫡母，害得幽王今日身亡国破，昔童谣所云：『月将升，日将没，檿弧箕箙，实亡周国。』正应其兆，天数已定于宣王之时矣。东屏先生有诗曰：

多方图笑掖庭中，烽火光摇粉黛红。自绝诸侯犹似可，忍教国祚丧羌戎。

又陇西居士咏史诗曰：

骊山一笑犬戎嗔，弧矢童谣已验真。十八年来犹报应，挽回造化是何人？

又有一绝，单道尹球等无一善终，可为奸臣之戒。诗云：

巧话谗言媚暗君，满图富贵百年身。一朝骈首同诛戮，落得千秋骂佞臣。

又有一绝，咏郑伯友之忠。诗曰：

石父捐躯尹氏亡，郑桓今日死勤王。三人总为周家死，白骨风前那个香？

且说申侯在城内，见宫中火起，忙引本国之兵入宫，一路扑灭。先将申后放出冷宫。巡到琼台，不见幽王褒姒踪迹。有人指说：『已出北门去矣。』料走骊山，慌忙追赶。于路上正迎着戎主，车马相凑，各问劳苦。说及昏君已杀。申侯大惊曰：『孤初心止欲纠正王慝，不意遂及于此。后世不忠于君者，必以孤为口实矣！』亟令从人收殓其尸，备礼葬之。戎主笑曰：『国舅所谓妇人之仁也！』却说申侯回到京师，安排筵席，款待戎主。库中宝玉，搬取一空，又敛聚金缯十车为赠，指望他满欲而归。谁想戎主把杀幽王一件，自以为不世之功，人马盘踞京城，终日饮酒作乐，绝无还军归国之意。百姓皆归怨申侯。申侯无可奈何，乃写密书三封，发人往三路诸侯处，约会勤王。那三路诸侯，北路晋侯姬仇，东路卫侯姬和，西路秦君嬴开。又遣人到郑国，将郑伯死难之事，报知世子掘突，教他起兵复仇。不在话下。

单说世子掘突，年方二十三岁，生得身长八尺，英毅非常，一闻父亲战死，不胜哀愤，遂素袍缟带，帅车三百乘，星夜奔驰而来。早有探马报知犬戎主，预作准备。掘突一到，便欲进兵。公子成谏曰：『我兵兼程而进，疲劳未息，宜深沟固垒，待诸侯兵集，然后合攻。此万全之策也。』掘突曰：「君父之仇，礼不反兵。况犬戎志骄意满，我以锐击惰，往无不克。若待诸侯兵集，岂不慢了军心？」遂麾军直逼城下。城上偃旗息鼓，全无动静。掘突大骂：「犬羊之贼，何不出城决一死战？」城上并不答应。掘突喝教左右打点攻城。忽闻丛林深处，巨锣声响，一支军从后杀来。乃犬戎主定计，预先埋伏在外者。掘突大惊，慌忙挺枪来战。城上巨锣声又起，城门大开，又有一支军杀出。掘突前有孛丁，后有满也速，两下夹攻，抵挡不住，大败而走。戎兵追赶三十余里方回。掘突收拾残兵，谓公子成曰：「孤不听卿言，以至失利。今计将何出？」公子成曰：「此去濮阳不远，卫侯老诚经事，何不投之？郑卫合兵，可以得志。」掘突依言，吩咐望濮阳一路而进。

约行二日，尘头起处，望见无数兵车，如墙而至。中间坐着一位诸侯，锦袍金带，苍颜白发，飘飘然有神仙之态。那位诸侯，正是卫武公姬和，时已八十余岁矣。掘突停车高叫曰：「我郑世子掘突也。犬戎兵犯京师，吾父死于战场，我兵又败，特来求救。」武公拱手答曰：「世子放心。孤倾国勤王，闻秦晋之兵，不久亦当至矣。何忧犬羊哉？」掘突让卫侯先行，拨转车辕，重回镐京，离二十里，分两处下寨。教人打听秦晋二国起兵消息。探子报道：「西角上金鼓大鸣，车声轰地，绣旗上大书『秦』字。」武公曰：「秦爵虽附庸，然习于戎俗，其兵勇悍善战，犬戎之所畏也。」言未毕，北路探子又报：「晋兵亦至，已于北门立寨。」武公大喜曰：「二国兵来，大事济矣！」即遣人与秦晋二君相闻。须臾之间，二君皆到武公营中，互相劳苦。二君见掘突浑身素缟，问：「此位何人？」武公曰：「此郑世子也。」遂将郑伯死难，与幽王被杀之事，述了一遍。二君叹息不已。武公曰：「老夫年迈无识，止为臣子，义不容辞，勉力来此，扫荡腥膻，全仗上国。今计将安出？」秦襄公曰：「犬戎之志，在于剽掠子女金帛而已。彼谓我兵初至，必不提防。今夜三更，宜分兵东南北三路攻打，独缺西门，放他一条走路。却教郑世子伏兵彼处，候其出奔，从后掩击，必获全胜。」武公曰：「此计甚善！」

话分两头。再说申侯在城中闻知四国兵到，心中大喜。遂与小周公咺密议：「只等攻城，这里开门接应。」却劝戎主先将宝货金缯，差右先锋孛丁分兵押送回国，以削其势；又教左先锋满也速尽数领兵出城迎敌。犬戎主认作好话，一一听从。却说满也速营于东门之外，正与卫兵对垒，约会明日交战。不期三更之后，被卫兵劫入大寨。满也速提刀上马，急来迎敌。其奈戎兵四散乱窜，双拳两臂，撑持不住，只得一同奔走。三路诸侯，呐喊攻城。忽然城门大开，三路军马一拥而入，毫无撑御。此乃申侯之计也。戎主在梦中惊觉，跨着划马，径出西城，随身不数百人。又遇郑世子掘突拦住厮战。正在危急，却得满也速收拾败兵来到，混战一场，方得脱身。掘突不敢穷追，入城与诸侯相见，恰好天色大明。褒姒不及随行，自缢而亡。胡曾先生有诗叹云：

锦绣围中称国母，腥膻队里作番婆，到头不免投缳苦，争似为妃快乐多！

申侯大排筵席，管待四路诸侯。只见首席卫武公推箸而起，谓诸侯曰：「今日君亡国破，岂臣子饮酒之时耶？」众人齐声拱立曰：「某等愿受教训。」武公曰：「国不可一日无君，今故太子在申，宜奉之以即王位。诸君以为如何？」襄公曰：「君侯此言，文、武、成、康之灵也。」世子掘突曰：「小子身无寸功，迎立一事，愿效微劳，以成先司徒之志。」武公大喜，举爵劳之。遂于席上草成表章，备下法驾。各国皆欲以兵相助。掘突曰：「原非赴敌，安用多徒？只用本兵足矣。」申侯曰：「下国有车三百乘，愿为引导。」次日，掘突遂往申国，迎太子宜臼为王。却说宜臼在申，终日纳闷，不知国舅此去，凶吉如何。忽报郑世子赍着国舅申侯同诸侯连名表章，奉迎还京，心下倒吃了一惊。展开看时，乃知幽王已被犬戎所杀，父子之情，不觉放声大哭。掘突奏曰：『太子当以社稷为重，望早正大位，以安人心。』宜臼曰：『孤今负不孝之名于天下矣！事已如此，只索起程。』不一日，到了镐京。周公先驱入城，扫除宫殿。国舅申侯引着卫、晋、秦三国诸侯，同郑世子及一班在朝文武，出郭三十里迎接，卜定吉日进城。宜臼见宫室残毁，凄然泪下。当下先见了申侯，禀命过了。然后服衮冕告庙，即王位，是为平王。

平王升殿，众诸侯百官朝贺已毕。平王宣申伯上殿，谓曰：『朕以废弃之人，获承宗祧，皆舅氏之力也。』进爵为申公。申伯辞曰：『赏罚不明，国政不清，镐京亡而复存，乃众诸侯勤王之功。臣不能禁戢犬戎，获罪先王，臣当万死！敢领赏乎？』坚辞三次。平王令复侯爵。卫武公又奏曰：『褒姒母子恃宠乱伦，虢石父尹球等欺君误国，虽则身死，均当追贬。』平王一一准奏。卫侯和进爵为公。晋侯仇加封河内附庸之地。郑伯友死于王事，赐谥为桓。世子掘突袭爵为伯，加封祊田千顷。秦君原是附庸，加封秦伯，列于诸侯。小周公咺拜太宰之职。申后号为太后。褒姒与伯服，俱废为庶人。虢石父、尹球、祭公，姑念其先世有功，兼死于王事，止削其本身爵号，仍许子孙袭位。又出安民榜，抚慰京师被害百姓。大宴群臣，尽欢而散。有诗为证：

百官此日逢恩主，万姓今朝喜太平。自是累朝功德厚，山河再整望中兴。

次日，诸侯谢恩，平王再封卫侯为司徒，郑伯掘突为卿士，留朝与太宰咺一同辅政。惟申晋二君，以本国迫近戎狄，拜辞而归。申侯见郑世子掘突英毅非常，以女妻之，是为武姜。此话搁过不提。

却说犬戎自到镐京扰乱一番，识熟了中国的道路，虽则被诸侯驱逐出城，其锋未曾挫折，又自谓劳而无功，心怀怨恨。遂大起戎兵，侵占周疆，岐丰之地，半为戎有。渐渐逼近镐京，连月烽火不绝。又宫阙自焚烧之后，十不存五。颓墙败栋，光景甚是凄凉。平王一来府库空虚，无力建造宫室，二来怕犬戎早晚入寇，遂萌迁都洛邑之念。

一日，朝罢，谓群臣曰：『昔王祖成王，既定镐京，又营洛邑，此何意也？』群臣齐声奏曰：『洛邑为天下之中，四方入贡，道里适均，所以成王命召公相宅，周公兴筑，号曰东都，宫室制度，与镐京同。每朝会之年，天子行幸东都，接见诸侯，此乃便民之政也。』平王曰：『今犬戎逼近镐京，祸且不测，朕欲迁都于洛何如？』太宰咺奏曰：『今宫阙焚毁，营建不易，劳民伤财，百姓嗟怨。西戎乘衅而起，何以御之？迁都于洛，实为至便。』两班文武，俱以犬戎为虑，齐声曰：『太宰之言是也。』惟司徒卫武公低头长叹。平王曰：『老司徒何独无言？』武公乃奏曰：『老臣年逾九十，蒙君王不弃老耄，备位六卿。若知而不言，是不忠于君也；若违众而言，是不和于友也。然宁得罪于友，不敢得罪于君。夫镐京左有殽函，右有陇蜀，披山带河，沃野千里，天下形胜，莫过于此。洛邑虽天下之中，其势平衍，四面受敌之地。所以先王虽并建两都，然宅西京，以振天下之要，留东都以备一时之巡。吾王若弃镐京而迁洛，恐王室自是衰弱矣！』平王曰：『犬戎侵夺岐丰，势甚猖獗。且宫阙残毁，无以壮观。朕之东迁，实非得已。』武公奏曰：『犬戎豺狼之性，不当引入卧闼。申公借兵失策，开门揖盗，使其焚烧宫阙，戮及先王，此不共之仇也。王今励志自强，节用爱民，练兵训武，效先王之北伐南征，俘彼戎主，以献七庙，尚可湔雪前耻。若隐忍避仇，弃此适彼，我退一尺，敌进一尺，恐蚕食之忧，不止于岐丰而已。昔尧舜在位，茅茨土阶，禹居卑宫，不以为陋。京师壮观，岂在宫室？惟吾王熟思之！』太宰咺又奏曰：『老司徒乃安常之论，非通变之言也。先王怠政灭伦，自招寇贼，其事已不足深咎。今王扫除煨烬，仅正名号，而府库空虚，兵力单弱。百姓畏惧犬戎，如畏豺虎。一旦戎骑长驱，民心瓦解，误国之罪，谁能任之？」武公又奏曰：「申公既能召戎，定能退戎。王遣人问之，必有良策。」

正商议间，国舅申公遣人赍告急表文来到。平王展开看之，大意谓：「犬戎侵扰不已，将有亡国之祸。伏乞我王怜念瓜葛，发兵救援。」平王曰：「舅氏自顾不暇，安能顾朕？东迁之事，朕今决矣。」乃命太史择日东行。卫武公曰：「臣职在司徒，若主上一行，民生离散，臣之咎难辞矣。」遂先期出榜示谕百姓：「如愿随驾东迁者，作速准备，一齐起程。」祝史作文，先将迁都缘由，祭告宗庙。至期，大宗伯抱着七庙神主，登车先导。秦伯嬴开闻平王东迁，亲自领兵护驾。百姓携老扶幼，相从者不计其数。当时宣王大祭之夜，梦见美貌女子，大笑三声，大哭三声，不慌不忙，将七庙神主，捆着一束，冉冉望东而去。大笑三声，应褒姒骊山烽火戏诸侯事。大哭三声者，幽王、褒姒、伯服三命俱绝。神主捆束往东，正应今日东迁。此梦无一不验。又太史伯阳父辞云：「哭又笑，笑又哭，羊被鬼吞，马逢犬逐。慎之慎之！檿弧箕箙。」羊被鬼吞者，宣王四十六年遇鬼而亡，乃己未年。马逢犬逐，犬戎入寇，幽王十一年庚午也。自此西周遂亡，天数有定如此，亦见伯阳父之神占矣。

东迁后事如何，且看下回分解。

第〇〇四回 秦文公郊天应梦 郑庄公掘地见母

话说平王东迁，车驾至于洛阳，见市井稠密，宫阙壮丽，与镐京无异，心中大喜。京都既定，四方诸侯，莫不进表称贺，贡献方物。惟有荆国不到，平王议欲征之。群臣谏曰：『蛮荆久在化外，宣王始讨而服之。每年止贡菁茅一车，以供祭祀缩酒之用，不责他物，所以示羁縻之意。今迁都方始，人心未定，倘王师远讨，未卜顺逆。且宜包容，使彼怀德而来。如或始终不悛，俟兵力既足，讨之未晚。』自此南征之议遂息。

秦襄公告辞回国。平王曰：『今岐丰之地，半被犬戎侵据，卿若能驱逐犬戎，此地尽以赐卿，少酬扈从之劳。永作西藩，岂不美哉？』秦襄公稽首受命而归。即整顿戎马，为灭戎之计。不及三年，杀得犬戎七零八落，其大将孛丁满也速等，俱死于战阵，戎主远遁西荒。岐丰一片，尽为秦有，辟地千里，遂成大国。髯翁有诗云：

文武当年发迹乡，如何轻弃畀秦邦？岐丰形胜如依旧，安得秦强号始皇！

却说秦乃帝颛顼之裔。其后人名皋陶，自唐尧时为士师官。皋陶子伯翳，佐大禹治水，烈山焚泽，驱逐猛兽，以功赐姓曰嬴，为舜主畜牧之事。伯翳生二子：若木，大廉。若木封国于徐，夏商以来，世为诸侯。至纣王时，大廉之后，有蜚廉者，善走，日行五百里，其子恶来有绝力，能手裂虎豹之皮。父子俱以材勇，为纣幸臣，相助为虐。武王克商，诛蜚廉并及恶来。蜚廉少子曰季胜，其曾孙名造父，以善御得幸于周穆王，封于赵，为晋赵氏之祖。其后有非子者，居犬邱，善于养马，周孝王用之，命畜马于汧渭二水之间，马大蕃息。孝王大喜，以秦地封非子为附庸之君，使续嬴祀，号为嬴秦。传六世至襄公，以勤王功封秦伯，又得岐丰之地，势益强大，定都于雍，始与诸侯通聘。襄公薨，子文公立，时平王十五年也。

一日，文公梦鄜邑之野，有黄蛇自天而降，止于山阪。头如车轮，下属于地，其尾连天。俄顷化为小儿，谓文公曰：「我上帝之子也。帝命汝为白帝，以主西方之祀。」言讫不见。明日，召太史敦占之。敦奏曰：「白者，西方之色。君奄有西方，上帝所命，祠之必当获福。」乃于鄜邑筑高台，立白帝庙，号曰鄜畤用白牛祭之。又陈仓人猎得一兽，似猪而多刺，击之不死，不知其名，欲牵以献文公。路间，遇二童子，指曰：「此兽名曰「猬」，常伏地中，啖死人脑，若捶其首即死。」猬亦作人言曰：「二童子乃雉精，名曰「陈宝」，得雄者王，得雌者霸。」二童子被说破，即化为野鸡飞去。其雌者，止于陈仓山之北阪，化为石鸡。视猬，亦失去矣。猎人惊异，奔告文公。文公复立陈宝祠于陈仓山。又终南山，有大梓树，文公欲伐为殿材，锯之不断，砍之不入，忽大风雨，乃止。有一人夜宿山下，闻众鬼向树贺喜，树神亦应之。一鬼曰：「秦若使人被其发，以朱丝绕树，将奈之何？」树神默然。明日，此人以鬼语告于文公。文公依其说，复使人伐之，树随锯而断。有青牛从树中走出，径投雍水。其后近水居民，时见青牛出水中。文公闻之，使骑士候而击之。牛力大，触骑士倒地。骑士发散被面，牛惧更不敢出。文公乃制髦头于军中，复立怒特祠，以祭大梓之神。

时鲁惠公闻秦国僭祀上帝，亦遣太宰让到周，请用郊禘之礼。平王不许。惠公曰：「吾祖周公有大勋劳于王室。礼乐吾祖之所制作，子孙用之何伤？况天子不能禁秦，安能禁鲁？」遂僭用郊禘，比于王室。平王知之，不敢问也。自此王室日益卑弱，诸侯各自擅权，互相侵伐，天下纷纷多事矣。史官有诗叹曰：

自古王侯礼数悬，未闻侯国可郊天；一从秦鲁开端僭，列国纷纷窃大权。

再说郑世子掘突嗣位，是为武公。武公乘周乱，并有东虢及郐地，迁都于郐，谓之新郑。以荥阳为京城，设关于制邑。郑自是亦遂强大，与卫武公同为周朝卿士。平王十三年，卫武公薨，郑武公独秉周政。只为郑都荥阳，与洛邑邻近，或在朝，或在国，往来不一。这也不在话下。却说郑武公夫人，是申侯之女姜氏，所生二子，长曰寤生，次曰段。为何唤做寤生？原来姜氏夫人分娩之时，不曾坐蓐，在睡梦中产下，醒觉方知。姜氏吃了一惊，以此取名寤生，心中便有不快之意。及生次子段，长成得一表人才，面如傅粉，唇若涂朱，又且多力善射，武艺高强。姜氏心中偏爱此子：「若袭位为君，岂不胜寤生十倍？」屡次向其夫武公，称道次子之贤，宜立为嗣。武公曰：「长幼有序，不可紊乱。况寤生无过，岂可废长而立幼乎？」遂立寤生为世子。只以小小共城，为段之食邑，号曰共叔。姜氏心中愈加不悦。及武公薨，寤生即位，是为郑庄公，仍代父为周卿士。姜氏夫人见共叔无权，心中怏怏。乃谓庄公曰：「汝承父位，享地数百里，使同胞之弟，容身蕞尔，于心何忍！」庄公曰：「惟母所欲。」姜氏曰：「何不以制邑封之？」庄公曰：「制邑岩险著名，先王遗命，不许分封。除此之外，无不奉命。」姜氏曰：「其次则京城亦可」。庄公默然不语。姜氏作色曰：「再若不允，惟有逐之他国，使其别图仕进，以糊口耳。」庄公连声曰：「不敢，不敢！」遂唯唯而退。

次日升殿，即宣共叔段欲封之。大夫祭足谏曰：「不可。天无二日，民无二君。京城有百雉之雄，地广民众，与荥阳相等。况共叔，夫人之爱子，若封之大邑，是二君也！恃其内宠，恐有后患。」庄公曰：「我母之命，何敢拒之？」遂封共叔于京城。共叔谢恩已毕，入宫来辞姜氏。姜氏屏去左右，私谓段曰：「汝兄不念同胞之情，待汝甚薄。今日之封，我再三恳求，虽则勉从，中心未必和顺。汝到京城，宜聚兵搜乘，阴为准备。倘有机会可乘，我当相约。汝兴袭郑之师，我为内应，国可得也。汝若代了寤生之位，我死无憾矣！」共叔领命，遂往京城居住。自此国人改口，俱称为京城太叔。开府之日，西鄙北鄙之宰，俱来称贺。太叔段谓二宰曰：『汝二人所掌之地，如今属我封土，自今贡税，俱要到我处交纳，兵车俱要听我征调，不可违误。二宰久知太叔为国母爱子，有嗣位之望。今日见他丰采昂昂，人才出众，不敢违抗，且自应承。太叔托名射猎，逐日出城训练士卒，并收二鄙之众，一齐造入军册。又假出猎为由，袭取鄢及廪延。两处邑宰逃入郑国，遂将太叔引兵取邑之事，备细奏闻庄公。庄公微笑不言。班中有一位官员，高声叫曰：『段可诛也！』庄公抬头观看，乃是上卿公子吕。庄公曰：『子封有何高论？』公子吕奏曰：『臣闻「人臣无将，将则必诛。」今太叔内挟母后之宠，外恃京城之固，日夜训兵讲武，其志不篡夺不已。主公假臣偏师，直造京城，缚段而归，方绝后患。』庄公曰：『段恶未著，安可加诛？』子封曰：『今两鄙被收，直至廪延，先君土地，岂容日割？』庄公笑曰：『段乃姜氏之爱子，寡人之爱弟。寡人宁可失地，岂可伤兄弟之情，拂国母之意乎？』公子吕又奏曰：『臣非虑失地，实虑失国也。今人心皇皇，见太叔势大力强，尽怀观望。不久都城之民，亦将贰心。主公今日能容太叔，恐异日太叔不能容主公，悔之何及？』庄公曰：『卿勿妄言，寡人当思之。』

公子吕出外，谓正卿祭足曰：『主公以宫闱之私情，而忽社稷之大计，吾甚忧之！』祭足曰：『主公才智兼人，此事必非坐视，只因大庭耳目之地，不便泄露。子贵戚之卿也，若私叩之，必有定见。』公子吕依言，直叩宫门，再请庄公求见。庄公曰：『卿此来何意？』公子吕曰：『主公嗣位，非国母之意也。万一中外合谋，变生肘腋，郑国非主公之有矣。臣寝食不宁，是以再请！』庄公曰：『此事干碍国母。』公子吕曰：『主公岂不闻周公诛管蔡之事乎？「当断不断，反受其乱。」望早早决计。』庄公曰：『寡人筹之熟矣！段虽不道，尚未显然叛逆。我若加诛，姜氏必从中阻挠，徒惹外人议论，不惟说我不友，又说我不孝。我今置之度外，任其所为。彼恃宠得志，肆无忌惮。待其造逆，那时明正其罪，则国人必不敢助，而姜氏亦无辞矣。』公子吕曰：『主公远见，非臣所及。但恐日复一日，养成势大，如蔓草不可芟除，可奈何？主公若必欲俟其先发，宜挑之速来。』庄公曰：『计将安出？』公子吕曰：『主公久不入朝，无非为太叔故也。今声言如周，太叔必谓国内空虚，兴兵争郑。臣预先引兵伏于京城近处，乘其出城，入而据之。主公从廪延一路杀来，腹背受敌，太叔虽有冲天之翼，能飞去乎？』庄公曰：『卿计甚善，慎毋泄之他人。』公子吕辞出宫门，叹曰：『祭足料事，可谓如神矣。』

次日早朝，庄公假传一令，使大夫祭足监国，自己往周朝面君辅政。姜氏闻知此信，心中大喜曰：『段有福为君矣！』遂写密信一通，遣心腹送到京城，约太叔五月初旬，兴兵袭郑。时四月下旬事也。公子吕预先差人伏于要路，获住赍书之人，登时杀了，将书密送庄公。庄公启缄看毕，重加封固，别遣人假作姜氏所差，送达太叔。索有回书，以五月初五日为期，要立白旗一面于城楼，便知接应之处。庄公得书，喜曰：『段之供招在此，姜氏岂能庇护耶！』遂入宫辞别姜氏，只说往周，却望廪延一路徐徐而进。公子吕率车二百乘，于京城邻近埋伏。自不必说。

却说太叔接了母夫人姜氏密信，与其子公孙滑商议，使滑往卫国借兵，许以重赂。自家尽率京城二鄙之众，托言奉郑伯之命，使段监国，祭纛犒军，扬扬出城。公子吕预遣兵车十乘，扮作商贾模样，潜入京城，只等太叔兵动，便于城楼放火。公子吕望见火光，即便杀来。城中之人，开门纳之，不劳余力，得了京城。即时出榜安民，榜中备说庄公孝友，太叔背义忘恩之事，满城人都说太叔不是。

再说太叔出兵，不上二日，就闻了京城失事之信。心下慌忙，星夜回辕，屯扎城外，打点攻城。只见手下士卒纷纷耳语。原来军伍中有人接了城中家信，说：『庄公如此厚德，太叔不仁不义。』一人传十，十人传百，都道：『我等背正从逆，天理难容。』哄然而散。太叔点兵，去其大半，知人心已变，急望鄢邑奔走，再欲聚众。不道庄公兵已在鄢。乃曰：「共吾故封也。」于是走入共城，闭门自守。庄公引兵攻之，那共城区区小邑，怎当得两路大军？如泰山压卵一般，须臾攻破。太叔闻庄公将至，叹曰：「姜氏误我矣！何面目见吾兄乎！」遂自刎而亡。胡曾先生有诗曰：

宠弟多才占大封，况兼内应在宫中，谁知公论难容逆，生在京城死在共。

又有诗说庄公养成段恶，以塞姜氏之口，真千古奸雄也。诗曰：

子弟全凭教育功，养成稔恶陷灾凶。一从京邑分封日，太叔先操掌握中。

庄公抚段之尸，大哭一场，曰：「痴儿何至如此！」遂简其行装，姜氏所寄之书尚在。将太叔回书，总作一封，使人驰至郑国，教祭足呈与姜氏观看。即命将姜氏送去颍地安置，遗以誓言曰：「不及黄泉，无相见也！」姜氏见了二书，羞惭无措，自家亦无颜与庄公相见，即时离了宫门，出居颍地。庄公回至国都，目中不见姜氏，不觉良心顿萌，叹曰：「吾不得已而杀弟，何忍又离其母？诚天伦之罪人矣！」

却说颍谷封人，名曰颍考叔，为人正直无私，素有孝友之誉。见庄公安置姜氏于颍，谓人曰：「母虽不母，子不可以不子，主公此举，伤化极矣！」乃觅鸮鸟数头，假以献野味为名，来见庄公。庄公问曰：「此何鸟也？」颍考叔对曰：「此鸟名鸮，昼不见泰山，夜能察秋毫，明于细而暗于大也。小时其母哺之，既长，乃啄食其母，此乃不孝之鸟，故捕而食之。」庄公默然。适宰夫进蒸羊，庄公命割一肩，赐考叔食之。考叔只拣好肉，用纸包裹，藏之袖内。庄公怪而问之。考叔对曰：「小臣家有老母，小臣家贫，每日取野味以悦其口，未尝享此厚味。今君赐及小臣，而老母不沾一脔之惠，小臣念及老母，何能下咽？故此携归，欲作羹以进母耳。」庄公曰：「卿可谓孝子矣！」言罢，不觉凄然长叹。考叔问曰：「主公何为而叹？」庄公曰：「你有母奉养，得尽人子之心。寡人贵为诸侯，反不如你！」考叔佯为不知，又问曰：「姜夫人在堂无恙，何为无母？」庄公将姜氏与太叔共谋袭郑，及安置颍邑之事，细述一遍。「已设下黄泉之誓，悔之无及！」考叔对曰：「太叔已亡，姜夫人止存主公一子，又不奉养，与鸮鸟何异？倘以黄泉相见为歉，臣有一计，可以解之。」庄公问：「何计可解？」考叔对曰：「掘地见泉，建一地室，先迎姜夫人在内居住。告以主公想念之情，料夫人念子，不减主公之念母。主公在地室中相见，于及泉之誓，未尝违也。」庄公大喜，遂命考叔发壮士五百人，于曲洧牛脾山下，掘地深十余丈，泉水涌出，因于泉侧架木为室。室成，设下长梯一座，考叔往见武姜，曲道庄公悔恨之意，如今欲迎归孝养。武姜且悲且喜。

考叔先奉武姜至牛脾山地室中。庄公乘兴亦至，从梯而下，拜倒在地，口称：「寤生不孝，久缺定省，求国母恕罪！」武姜曰：「此乃老身之罪，与汝无与。」用手扶起，母子抱头大哭，遂升梯出穴，庄公亲扶武姜登辇，自己执辔随侍。国人见庄公母子同归，无不以手加额，称庄公之孝。此皆考叔调停之力也。胡曾先生有诗云：

黄泉誓母绝彝伦，大隧犹疑隔世人。考叔不行怀肉计，庄公安肯认天亲！

庄公感考叔全其母子之爱，赐爵大夫，与公孙阏同掌兵权。不在话下。

再说共叔之子公孙滑，请得卫师，行至半途，闻共叔见杀，遂逃奔卫，诉说伯父杀弟囚母之事。卫桓公曰：「郑伯无道，当为公孙讨之。」遂兴师伐郑。

不知胜负如何，且看下回分解。

第〇〇五回

宠虢公周郑交质 助卫逆鲁宋兴兵

却说郑庄公闻公孙滑起兵前来侵伐，问计于群臣。公子吕曰：「斩草留根，逢春再发。」公孙滑逃死为幸，反兴卫师，此卫侯不知共叔袭郑之罪，故起兵助滑，以救祖母为辞也。依臣愚见，莫如修尺一之书，致于卫侯，说明其故，卫侯必抽兵回国。滑势既孤，可不战而擒矣。」公曰：「然。」遂遣使致书于卫。卫桓公得书，读曰：

寤生再拜奉书，卫侯贤侯殿下：家门不幸，骨肉相残，诚有愧于邻国。然封京赐土，非寡人之不友；恃宠作乱，实叔段之不恭。寡人念先人世守为重，不得不除。母姜氏，以溺爱叔段之故，内怀不安，避居颍城，寡人已自迎归奉养。今逆滑昧父之非，奔投大国。贤侯不知其非义，师徒下临敝邑。自反并无得罪，惟贤侯同声乱贼之诛，勿伤唇齿之谊。敝邑幸甚！

卫桓公览罢，大惊曰：「叔段不义，自取灭亡。寡人为滑兴师，实为助逆。」遂遣使收回本国之兵。使者未到，滑兵乘廪延无备，已攻下了。郑庄公大怒，命大夫高渠弥出车二百乘，来争廪延。时卫兵已撤回，公孙滑势孤不敌，弃了廪延，仍奔卫国。公子吕乘胜追逐，直抵卫郊。卫桓公大集群臣，问战守之计。公子州吁进曰：「水来土掩，兵至将迎，又何疑焉？」大夫石碏奏曰：「不可，不可！郑兵之来，繇我助滑为逆所致。前郑伯有书到，我不若以书答之，引咎谢罪。不劳师徒，可却郑兵。」卫侯曰：「卿言是也。」即命石碏作书，致于郑伯。书曰：

完再拜上，王卿士郑贤侯殿下：寡人误听公孙滑之言，谓上国杀弟囚母，使孙侄无窜身之地，是以兴师。今读来书，备知京城太叔之逆，悔不可言。即日收回廪延之兵，倘蒙鉴察，当缚滑以献，复修旧好。惟贤侯图之！

郑庄公览书曰：「卫既服罪，寡人又何求焉？」

却说国母姜氏，闻庄公兴师伐卫，恐公孙滑被杀，绝了太叔之后，遂向庄公哀求：「乞念先君武公遗体，存其一命！」庄公既碍姜氏之面，又度公孙滑孤立无援，不能有为。乃回书卫侯，书中但言：「奉教撤兵，言归于好。滑虽有罪，但逆弟止此一子，乞留上国，以延段祀。」一面取回高渠弥之兵。公孙滑老死于卫。此是后话。

却说周平王因郑庄公久不在位，偶因虢公忌父来朝，言语相投，遂谓虢公曰：「郑侯父子秉政有年，今久不供职，朕欲卿权理政务，卿不可辞。」虢公叩首曰：「郑伯不来，必国中有事故也。臣若代之，郑伯不惟怨臣，且将怨及王矣。臣不敢奉命！」再三谢辞，退归本国。原来郑庄公身虽在国，留人于王都，打听朝中之事，动息传报。今日平王欲分政于虢公，如何不知。即日驾车如周，朝见已毕，奏曰：「臣荷圣恩，父子相继秉政。臣实不才，有忝职位，愿拜还卿士之爵，退就藩封，以守臣节。」平王曰：「卿久不莅任，朕心悬悬。今见卿来，如鱼得水，卿何故出此言耶？」庄公又奏曰：「臣国中有逆弟之变，旷职日久。今国事粗完，星夜趋朝，闻道路相传，谓吾王有委政虢公之意。臣才万分不及虢公，安敢尸位，以获罪于王乎？」平王见庄公说及虢公之事，心惭面赤，勉强言曰：「朕别卿许久，亦知卿国中有事，欲使虢公权管数日，以候卿来。虢公再三辞让，朕已听其还国矣。卿又何疑焉？」庄公又奏曰：「夫政者，王之政也，非臣一家之政也。用人之柄，王自操之。虢公才堪佐理，臣理当避位。不然，群臣必以臣为贪于权势，昧于进退。惟王察之！」平王曰：「卿父子有大功于国，故相继付以大政，四十余年，君臣相得。今卿有疑朕之心，朕何以自明！卿如必不见信，朕当命太子狐，为质于郑，何如？」庄公再拜辞曰：「从政罢政，乃臣下之职，焉有天子委质于臣之礼？恐天下以臣为要君，臣当万死！」平王曰：「不然。卿治国有方，朕欲使太子观风于郑，因以释臣下之疑。卿若固辞，是罪朕也。」庄公再三不敢受旨。群臣奏曰：「依臣等公议，王不委质，无以释郑伯之疑；若独委质，又使郑伯乖臣子之义。莫若君臣交质，两释猜忌，方可全上下之恩。」平王曰：「如此甚善！」庄公使人先取世子忽待质于周，然后谢恩。周太子狐，亦如郑为质。史官评论周郑交质之事，以为君臣之分，至此尽废矣。诗曰：

腹心手足本无私，一体相猜事可嗤。交质分明同市贾，王纲从此遂陵夷！

自交质以后，郑伯留周辅政，一向无事。平王在位五十一年而崩。郑伯与周公黑肩同摄朝政。使世子忽归郑，迎回太子狐来周嗣位。太子狐痛父之死，未得侍疾含殓，哀痛过甚，到周而薨。其子林嗣立，是为桓王。众诸侯俱来奔丧，并谒新天子。虢公忌父先到，举动皆合礼数，人人爱之。桓王伤其父以质郑身死，且见郑伯久专朝政，心中疑惧，私与周公黑肩商议曰：「郑伯曾质先太子于国，意必轻朕。君臣之间，恐不相安。虢公执事甚恭，朕欲畀之以政，卿意以为何如？」周公黑肩奏曰：「郑伯为人惨刻少恩，非忠顺之臣也。但我周东迁洛邑，晋郑功劳甚大，今改元之日，遽夺郑政，付于他手，郑伯愤怒，必有跋扈之举。不可不虑。」桓王曰：「朕不能坐而受制，朕意决矣。」

次日，桓王早朝，谓郑伯曰：「卿乃先王之臣，朕不敢屈在班僚，卿其自安。」庄公奏曰：「臣久当谢政，今即拜辞。」遂忿忿出朝，谓人曰：「孺子负心，不足辅也！」即日驾车回国。世子忽率领众官员出郭迎接，问其归国之故。庄公将桓王不用之语，述了一遍，人人俱有不平之意。大夫高渠弥进曰：「吾主两世辅周，功劳甚大。况前太子质于吾国，未尝缺礼。今舍吾主而用虢公，大不义也！何不兴师打破周城，废了今王，而别立贤胤？天下诸侯，谁不畏郑，方伯之业可成矣！」颍考叔曰：「不可！君臣之伦，比于母子。主公不忍仇其母，何忍仇其君？但隐忍岁余，入周朝觐，周王必有悔心。主公勿以一朝之忿，而伤先公死节之义。」大夫祭足曰：「以臣愚见，二臣之言，当兼用之。臣愿帅兵直抵周疆，托言岁凶，就食温洛之间。若周王遣使责让，吾有辞矣。如其无言，主公入朝未晚。」庄公准奏，命祭足领了一枝军马，听其便宜行事。

祭足巡到温洛界首，说：「本国岁凶乏食，向温大夫求粟千钟。」温大夫以未奉王命，不许。祭足曰：「方今二麦正熟，尽可资食。我自能取，何必求之！」遂遣士卒各备镰刀，分头将田中之麦，尽行割取，满载而回。祭足自领精兵，往来接应。温大夫知郑兵强盛，不敢相争。祭足于界上休兵三月有余，再巡至成周地方。时秋七月中旬，见田中早稻已熟，吩咐军士假扮作商人模样，将车埋伏各村里，三更时分，一齐用力将禾头割下，五鼓取齐。成周效外，稻禾一空。比及守将知觉，点兵出城，郑兵已去之远矣。两处俱有文书到于洛京，奏闻桓王，说郑兵盗割麦禾之事。桓王大怒，便欲兴兵问罪。周公黑肩奏曰：「郑祭足虽然盗取禾麦，乃边庭小事，郑伯未必得知。以小忿而弃懿亲，甚不可也。若郑伯心中不安，必然亲来谢罪修好。」桓王准奏，但命沿边所在，加意提防，勿容客兵入境。其芟麦刈禾一事，并不计较。

郑伯见周王全无责备之意，果然心怀不安，遂定入朝之议。正欲起行，忽报：「齐国有使臣到来。」庄公接见之间，使臣致其君僖公之命，约郑伯至石门相会。庄公正欲与齐相结，遂赴石门之约。二君相见，歃血订盟，约为兄弟，有事相偕。齐侯因问：「世子忽曾婚娶否？」郑伯对以：「未曾。」僖公曰：「吾有爱女，年虽未笄，颇有才慧。倘不弃嫌，愿为待年之妇。」郑庄公唯唯称谢。及返国之日，向世子忽言之。忽对曰：「妻者齐也。故曰配偶。今郑小齐大，大小不伦，孩儿不敢仰攀。」庄公曰：「请婚出于彼意，若与齐为甥舅，每事可以仰仗，吾儿何以辞之？」忽又对曰：「丈夫志在自立，岂可仰仗于婚姻耶？」庄公喜其有志，遂不强之。后来齐使至郑，闻郑世子不愿就婚，归国奏知僖公。僖公叹曰：「郑世子可谓谦让之至矣！吾女年幼，且俟异日再议可也。」后人有诗嘲富室攀高，不如郑忽辞婚之善。诗曰：

婚姻门户要相当，大小须当自酌量。却笑攀高庸俗子，拚财但买一巾方。

忽一日，郑庄公正与群臣商议朝周之事，适有卫桓公讣音到来，庄公诘问来使，备知公子州吁弑君之事。庄公顿足叹曰：「吾国行且被兵矣！」群臣问曰：「主公何以料之？」庄公曰：「州吁素好弄兵，今既行篡逆，必以兵威逞志。郑卫素有嫌隙，其试兵必先及郑。宜预备之。」

且说卫州吁如何弑君？原来卫庄公之夫人，乃齐东宫得臣之妹，名曰庄姜，貌美而无子。次妃乃陈国之女，名曰厉妫，亦不生育。厉妫之妹，名曰戴妫，随姊嫁卫，生子曰完，曰晋。庄姜性不嫉妒，育完为己子，又进宫女于庄公，庄公嬖幸之，生子州吁。州吁性暴戾好武，喜于谈兵。庄公溺爱州吁，任其所为。大夫石碏尝谏庄公曰：「臣闻爱子者，教以义方，弗纳于邪。夫宠过必骄，骄必生乱。主公若欲传位于吁，便当立为世子。如其不然，当稍裁抑之，庶无骄奢淫佚之祸。」庄公不听。石碏之子石厚，与州吁交好，时尝并车出猎，骚扰民居。石碏将厚鞭责五十，锁禁空房，不许出入。厚踰墙而出，遂住州吁府中，一饭必同，竟不回家。石碏无可奈何。后庄公薨，公子完嗣位，是为桓公。桓公生性懦弱。石碏知其不能有为，告老在家，不与朝政。州吁益无忌惮，日夜与石厚商量篡夺之计。其时平王崩讣适至，桓王林新立，卫桓公欲如周吊贺。石厚谓州吁曰：「大事可成矣！明日主公往周，公子可设饯于西门，预伏甲士五百于门外，酒至数巡，袖出短剑而刺之。手下有不从者，即时斩首。诸侯之位，唾手可得。」州吁大悦。预命石厚领壮士五百，埋伏西门之外。州吁自驾车，迎桓公至于行馆，早已排下筵席。州吁躬身进酒曰：「兄侯远行，薄酒奉饯。」桓公曰：「又教贤弟费心。我此行不过月余便回，烦贤弟暂摄朝政，小心在意。」州吁曰：「兄侯放心。」酒至半巡，州吁起身满斟金盏，进于桓公。桓公一饮而尽，亦斟满杯回敬州吁，州吁双手去接，诈为失手，坠盏于地，慌忙拾取，亲自洗涤。桓公不知其诈，命取盏更斟，欲再送州吁。州吁乘此机会，急腾步闪至桓公背后，抽出短剑，从后刺之，刃透于胸，即时伤重而薨。时周桓王元年春三月戊申也。从驾诸臣，素知州吁武力胜众，石厚又引五百名甲士围住公馆，众人自度气力不加，只得降顺。以空车载尸殡殓，托言暴疾。州吁遂代立为君。拜石厚为上大夫。桓公之弟晋，逃奔邢国去了。史臣有诗叹卫庄公宠吁致乱。诗云：

教子须知有义方，养成骄佚必生殃。郑庄克段天伦薄，犹胜桓侯束手亡。

州吁即位三日，闻外边沸沸扬扬，尽传说弑兄之事。乃召上大夫石厚商议曰：「欲立威邻国，以胁制国人，问何国当伐？」石厚奏：「邻国俱无嫌隙。惟郑国昔年讨公孙滑之乱，曾来攻伐，先君庄公服罪求免，此乃吾国之耻。主公若用兵，非郑不可。」州吁曰：「齐郑有石门之盟，二国结连为党，卫若伐郑，齐必救之，一卫岂能敌二国？」石厚奏曰：「当今异姓之国，惟宋称公为大。同姓之国，惟鲁称叔父为尊。主公欲伐郑，必须遣使于宋鲁，求其出兵相助，并合陈蔡之师，五国同事，何忧不胜？」州吁曰：「陈蔡小国，素顺周王。郑与周新隙，陈蔡必知之，呼使伐郑，不愁不来。若宋鲁大邦，焉能强乎？」石厚又奏曰：「主公但知其一，不知其二。昔宋穆公受位于其兄宣公，穆公将死，思报兄之德，乃舍其子冯，而传位于兄之子与夷。冯怨父而嫉与夷，出奔于郑。郑伯纳之，常欲为冯起兵伐宋，夺取与夷之位。今日勾连伐郑，正中其怀。若鲁之国事，乃公子翚秉之。翚兵权在手，觑鲁君如无物。如以重赂结公子翚，鲁兵必动无疑矣。」

州吁大悦，即日遣使往鲁、陈、蔡三处去讫，独难使宋之人。石厚荐一人姓宁，名翊，乃中牟人也。「此人甚有口辩，可以遣之。」州吁依言，命宁翊如宋请兵。宋殇公问曰：「伐郑何意？」宁翊曰：「郑伯无道，诛弟囚母。公孙滑亡命敝邑，又不能容，兴兵来讨，先君畏其强力，腆颜谢服。今寡君欲雪先君之耻，以大国同仇，是以借助。」殇公曰：「寡人与郑素无嫌隙，子曰同仇，得无过乎？」宁翊曰：「请屏左右，翊得毕其说。」殇公即麾去左右，侧席问曰：「何以教之？」宁翊曰：「君侯之位，受之谁乎？」殇公曰：「传之吾叔穆公也。」宁翊曰：「父死子继，古之常理。穆公虽有尧舜之心，奈公子冯每以失位为恨，身居邻国，其心须臾未尝忘宋也。郑纳公子冯，其交已固，一旦拥冯兴师，国人感穆公之恩，不忘其子，内外生变，君侯之位危矣！今日之举，名曰伐郑，实为君侯除心腹之患也。君侯若主其事，敝邑悉起师徒，连鲁、陈、蔡三国之兵，一齐效劳，郑之灭亡可待矣！」宋殇公原有忌公子冯之心，这一席话，正投其意，遂许兴师。大司马孔父嘉，乃殷汤王之后裔，为人正直无私。闻殇公听卫起兵，谏曰：「卫使不可听也！若以郑伯弑弟囚母为罪，则州吁弑兄篡位，独非罪乎？愿主公思之。」殇公已许下宁翊，遂不听孔父嘉之谏，刻日兴师。

鲁公子翚接了卫国重赂，不由隐公作主，亦起重兵来会。陈蔡如期而至，自不必说。宋公爵尊，推为盟主。卫石厚为先锋，州吁自引兵打后，多赍粮草，犒劳四国之兵。五国共甲车一千三百乘，将郑东门围得水泄不通。

郑庄公问计于群臣，言战言和，纷纷不一。庄公笑曰：「诸君皆非良策也。州吁新行篡逆，未得民心，故托言旧怨，借兵四国，欲立威以压众耳。鲁公子翚贪卫之赂，事不由君，陈蔡与郑无仇，皆无必战之意。只有宋国忌公子冯在郑，实心协助。吾将公子冯出居长葛，宋兵必移。再令子封引徒兵五百，出东门单搦卫战，诈败而走。州吁有战胜之名，其志已得，国事未定，岂能久留军中，其归必速。吾闻卫大夫石碏，大有忠心，不久卫将有内变。州吁自顾不暇，安能害我乎？』乃使大夫瑕叔盈引兵一枝，护送公子冯往长葛去讫。庄公使人于宋曰：『公子冯逃死敝邑，敝邑不忍加诛。今令伏罪于长葛，惟君自图之。』宋殇公果然移兵去围长葛。蔡、陈、鲁三国之兵，见宋兵移动，俱有返斾之意。忽报公子吕出东门单搦卫战，三国登壁垒上袖手观之。

却说石厚引兵与公子吕交锋，未及数合，公子吕倒拖画戟而走，石厚追至东门，门内接应入去。石厚将东门外禾稻尽行芟刈，以劳军士，传令班师。州吁曰：『未见大胜，如何便回？』石厚屏去左右，说出班师之故。州吁大悦。

毕竟石厚所说甚话，且看下回分解。

第〇〇六回

卫石碏大义灭亲 郑庄公假命伐宋

话说石厚才胜郑兵一阵，便欲传令班师，诸将皆不解其意，齐来禀复州吁曰：『我兵锐气方盛，正好乘胜进兵，如何遽退？』州吁亦以为疑，召厚问之。厚对曰：『臣有一言，请屏左右。』州吁麾左右使退。厚乃曰：『郑兵素强，且其君乃王朝卿士也。今为我所胜，足以立威。主公初立，国事未定，若久在外方，恐有内变。』州吁曰：『微卿言，寡人虑不及此。』少顷，鲁、陈、蔡三国，俱来贺胜，各请班师。遂解围而去。计合围至解围，才五日耳。石厚自矜有功，令三军齐唱凯歌，拥卫州吁扬扬归国。但闻野人歌曰：

一雄毙，一雄兴。歌舞变刀兵，何时见太平？恨无人兮诉洛京！

州吁曰：『国人尚不和也，奈何？』石厚曰：『臣父碏，昔位上卿，素为国人所信服。主公若征之入朝，与共国政，位必定矣。』州吁命取白璧一双，白粟五百钟，候问石碏，即征碏入朝议事。石碏托言病笃，坚辞不受。州吁又问石厚曰：『卿父不肯入朝，寡人欲就而问计，何如？』石厚曰：『主公虽往，未必相见，臣当以君命叩之。』乃回家见父，致新君敬慕之意。石碏曰：『新主相召，欲何为也？』石厚曰：『只为人心未和，恐君位不定，欲求父亲决一良策。』石碏曰：『诸侯即位，以禀命于王朝为正。新主若能觐周，得周王锡以黻冕车服，奉命为君，国人更有何说？』石厚曰：『此言甚当，但无故入朝，周王必然起疑，必先得人通情于王方可。』石碏曰：『今陈侯忠顺周王，朝聘不缺，王甚嘉宠之。吾国与陈素相亲睦，近又有借兵之好。若新主亲往朝陈，央陈侯通情周王，然后入觐，有何难哉？』石厚即将父碏之言，述于州吁。州吁大喜。当备玉帛礼仪，命上大夫石厚护驾，往陈国进发。

石碏与陈国大夫子针，素相厚善。乃割指沥血，写下一书，密遣心腹人，竟到子针处，托彼呈达陈桓公。书曰：

外臣石碏百拜致书陈贤侯殿下：卫国褊小，天降重殃，不幸有弑君之祸，此虽逆弟州吁所为，实臣之逆子厚贪位助桀。二逆不诛，乱臣贼子，行将接踵于天下矣！老夫年耄，力不能制，负罪先公。今二逆联车入朝上国，实出老夫之谋。幸上国拘执正罪，以正臣子之纲。实天下之幸，不独臣国之幸也！

陈桓公看毕，问子针曰：『此事如何？』子针对曰：『卫之恶，犹陈之恶。今之来陈，乃自送死，不能纵之。』桓公曰：『善。』遂定下擒州吁之计。

却说州吁同石厚到陈，尚未知石碏之谋，一君一臣，昂然而入。陈侯使公子佗出郭迎接，留于客馆安置，遂致陈侯之命，请来日太庙中相见。州吁见陈侯礼意殷勤，不胜之喜。

次日，设庭燎于太庙，陈桓公立于主位，左傧右相，摆列得甚是整齐。石厚先到，见太庙门首，立着白牌一面，上写：『为臣不忠，为子不孝者，不许入庙！』石厚大惊，问大夫子针曰：『立此牌者何意？』子针曰：『此吾先君之训，吾君不敢忘也。』石厚遂不疑。须臾，州吁驾到，石厚导引下车，立于宾位。傧相启请入庙。州吁佩玉秉圭，方欲鞠躬行礼。只见子针立于陈侯之侧，大声喝曰：『周天子有命：「只拿弑君贼州吁石厚二人，余人俱免。」』说声未毕，先将州吁擒下。石厚急拔佩剑，一时着忙，不能出鞘，只用手格斗，打倒二人。庙中左右壁厢，俱伏有甲士，一齐挠来，将石厚绑缚。从车兵众，尚然在庙外观望。子针将石碏来书宣扬一遍，众人方知吁、厚被擒，皆石碏主谋，假手于陈，天理当然，遂纷然而散。

史官有诗叹曰：

州吁昔日饯桓公，今日朝陈受祸同，屈指为君能几日，好将天理质苍穹。

陈侯即欲将吁、厚行戮正罪。群臣皆曰：『石厚乃石碏亲子，未知碏意如何？不若请卫自来议罪，庶无后言。』陈侯曰：『诸卿之言是也。』乃将君臣二人，分作两处监禁，州吁囚于濮邑，石厚囚于本国，使其音信隔绝。遣人星夜驰报卫国，竟投石碏。

却说石碏自告老之后，未曾出户，见陈侯有使命至，即命舆人驾车伺候，一面请诸大夫朝中相见。众各骇然。石碏亲到朝中，会集百官，方将陈侯书信启看。知吁、厚已拘执在陈，专等卫大夫到，公同议罪。百官齐声曰：『此社稷大计，全凭国老主持。』石碏曰：『二逆罪俱不赦，明正典刑，以谢先灵，谁肯往任其事？』右宰丑曰：『乱臣贼子，人得而诛之！丑虽不才，窃有公愤。逆吁之戮，丑当莅之。』诸大夫皆曰：『右宰足办此事矣。但首恶州吁既已正法，石厚从逆，可从轻议。』石碏大怒曰：『州吁之恶，皆逆子所酿成。诸君请从轻典，得无疑我有舐犊之私乎？老夫当亲自一行，手诛此贼。不然，无面目见先人之庙也！』家臣獳羊肩曰：『国老不必发怒，某当代往。』石碏乃使右宰丑往濮，莅杀州吁；獳羊肩往陈，莅杀石厚。一面整备法驾，迎公子晋于邢。左丘明修传至此，称石碏：『为大义而灭亲，真纯臣也。』史臣诗曰：

公义私情不两全，甘心杀子报君冤。世人溺爱偏多昧，安得芳名寿万年？

陇西居士又有诗，言石碏不先杀石厚，正为今日并杀州吁之地。诗曰：

明知造逆有根株，何不先将逆子除？自是老臣怀远虑，故留子厚误州吁。

再说右宰丑同獳羊肩同造陈都，先谒见陈桓公，谢其除乱之恩，然后分头干事。右宰丑至濮，将州吁押赴市曹。州吁见丑大呼曰：「汝吾臣也，何敢犯吾？」右宰丑曰：「卫先有臣弑君者，吾效之耳！」州吁俛首受刑。獳羊肩往陈都，莅杀石厚。石厚曰：「死吾分内。愿上囚车，一见父亲之面，然后就死。」獳羊肩曰：「吾奉汝父之命，来诛逆子。汝如念父，当携汝头相见也！」遂拔剑斩之。

公子晋自邢归卫，以诛吁告于武宫，重为桓公发丧，即侯位，是为宣公。尊石碏为国老，世世为卿。从此陈、卫益相亲睦。

却说郑庄公见五国兵解，正欲遣人打探长葛消息。忽报：「公子冯自长葛逃回，在朝门外候见。」庄公召而问之。公子冯诉言：「长葛已被宋兵打破，占据了城池。逃命到此，乞求覆护！」言罢痛哭不已。庄公抚慰一番，仍令冯住居馆舍，厚其廪饩。不一日，闻州吁被杀于濮，卫已立新君。庄公乃曰：「州吁之事，与新君无干。但主兵伐郑者，宋也。寡人当先伐之。」乃大集群臣，问以伐宋之策。祭足进曰：「前者五国连兵伐郑，今我若伐宋，四国必惧，合兵救宋，非胜算也。为今之计，先使人请成于陈，再以利结鲁。若鲁陈结好，则宋势孤矣。」庄公从之，遂遣使如陈请成。陈侯不许，公子佗谏曰：「亲仁善邻，国之宝也。郑来讲好，不可违之。」陈侯曰：「郑伯狡诈不测，岂可轻信？不然，宋卫皆大国，不闻讲和，何乃先及我国？此乃离间之计也。况我曾从宋伐郑，今与郑成，宋国必怒。得郑失宋，有何利焉？」遂却郑使不见。庄公见陈不许成，怒曰：「陈所恃者，宋、卫耳。卫乱初定，自顾不暇，岂能为人？俟我结好鲁国，当合齐、鲁之众，先报宋仇，次及于陈。此破竹之势也。」祭足奏曰：「不然，郑强陈弱，请成自我，陈必疑离间之计，所以不从。若命边人乘其不备，侵入其境，必当大获。因使舌辩之士，还其俘获，以明不欺，彼必听从。平陈之后，徐议伐宋为当。」庄公曰：「善。」乃使两鄙宰率徒兵五千，假装出猎，潜入陈界，大掠男女辎重，约百余车。

陈疆吏申报桓公。桓公大惊，正集群臣商议，忽报：「有郑使颍考叔在朝门外，赍本国书求见，纳还俘获。」陈桓公问公子佗曰：「郑使此来如何？」公子佗曰：「通使美意，不可再却。」桓公乃召颍考叔进见。考叔再拜，将国书呈上。桓公启而观之，略曰：

寤生再拜奉书陈贤侯殿下：君方膺王宠，寡人亦忝为王臣，理宜相好，共效屏藩。近者请成不获，边吏遂妄疑吾二国有隙，擅行侵掠。寡人闻之，卧不安枕。今将所俘人口辎重，尽数纳还，遣下臣颍考叔谢罪。寡人愿与君结兄弟之好，惟君许焉。

陈侯看毕，方知郑之修好，出于至诚。遂优礼颍考叔，遣公子佗报聘。自是陈、郑和好。

郑庄公谓祭足曰：「陈已平矣，伐宋奈何？」祭足奏曰：「宋爵尊国大，王朝且待以宾礼，不可轻伐。主公向欲朝觐，只因齐侯约会石门，又遇州吁兵至，耽搁至今。今日宜先入周，朝见周王。然后假称王命，号召齐鲁，合兵加宋。兵至有名，万无不胜矣。」郑庄公大喜曰：「卿之谋事，可谓万全。」

时周桓王即位已三年矣。庄公命世子忽监国，自与祭足如周，朝见周王。

正值冬十一月朔，乃贺正之期。周公黑肩劝王加礼于郑，以劝列国。桓王素不喜郑，又想起侵夺麦禾之事，怒气勃勃，谓庄公曰：「卿国今岁收成何如？」庄公对曰：「托赖吾王如天之福，水旱不侵。」桓王曰：「幸而有年，温之麦，成周之禾，朕可留以自食矣。」庄公见桓王言语相侵，闭口无言，当下辞退。桓王也不设宴，也不赠贿，使人以黍米十车遗之曰：「聊以为备荒之资。」

庄公甚悔此来，谓祭足曰：「大夫劝寡人入朝，今周王如此怠慢，口出怨言，以黍禾见讪。寡人欲却而不受，当用何辞？」祭足对曰：「诸侯所以重郑者，以世为卿士，在王左右也。王者所赐，不论厚薄，总曰天宠。主公若辞而不受，分明与周为隙。郑既失周，何以取重于诸侯乎？」

正议论间，忽报周公黑肩相访，私以彩缯二车为赠，言语之际，备极款曲。良久辞去。庄公问祭足曰：「周公此来何意？」祭足对曰：「周王有二子，长曰沱，次曰克。周王宠爱次子，属周公使辅翼之，将来必有夺嫡之谋。故周公今日先结好我国，以为外援。主公受其彩缯，正有用处。」庄公曰：「何用？」祭足曰：「郑之朝王，邻国莫不知之。今将周公所赠彩帛，分布于十车之上，外用锦袱覆盖。出都之日，宣言『王赐』。再加彤弓弧矢，假说：『宋公久缺朝贡，主公亲承王命，率兵讨之。』以此号召列国，责以从兵，有不应者，即系抗命。重大其事，诸侯必然信从。宋虽大国，其能当奉命之师乎？」庄公拍祭足肩曰：「卿真智士也！寡人一一听卿而行。」陇西居士咏史诗曰：

彩缯禾黍不相当，无命如何假托王？毕竟虚名能动众，睢阳行作战争场。

庄公出了周境，一路宣扬王命，声播宋公不臣之罪，闻者无不以为真。这话直传至宋国。殇公心中惊惧，遣使密告于卫宣公。宣公乃纠合齐僖公，欲与宋、郑两国讲和，约定月日，在瓦屋之地相会，歃血订盟，各释旧憾。宋殇公使人以重币遗卫，约先期在犬邱一面，商议郑事，然后并驾至于瓦屋。齐僖公亦如期而至。惟郑庄公不到。齐侯曰：「郑伯不来，和议败矣！」便欲驾车回国。宋公强留与盟。齐侯外虽应承，中怀观望之意。惟宋、卫交情已久，深相结纳而散。

是时周桓王欲罢郑伯之政，以虢公忌父代之。周公黑肩力谏，乃用忌父为右卿士，任以国政。郑伯为左卿士，虚名而已。庄公闻之，笑曰：「料周王不能夺吾爵也！」后闻齐宋合党，谋于祭足。祭足对曰：「齐宋原非深交，皆因卫侯居间纠合，虽然同盟，实非本心。主公今以王命并布于齐鲁，即托鲁侯纠合齐侯，协力讨宋。鲁与齐连壤，世为婚姻，鲁侯同事，齐必不违。蔡、卫、郕、许诸国，亦当传檄召之，方见公讨。有不赴者，移师伐之。」庄公依计，遣使至鲁，许以用兵之日，侵夺宋地，尽归鲁国。公子翚乃贪横之徒，欣然诺之。奏过鲁君，转约齐侯，与郑在中邱取齐。齐侯使其弟夷仲年为将，出车三百乘。鲁侯使公子翚为将，出车二百乘，前来助郑。

郑庄公亲统着公子吕、高渠弥、颍考叔、公孙阏等一班将士，自为中军。建大纛一面，名曰「蝥弧」，上书：「奉天讨罪」四大字，以辂车载之。将彤弓弧矢，悬于车上，号为卿士讨罪。夷仲年将左军，公子翚将右军，扬威耀武，杀奔宋国。公子翚先到老桃地方，守将引兵出迎。被公子翚奋勇当先，只一阵，杀得宋兵弃甲曳兵，逃命不迭，被俘者二百五十余人。公子翚将捷书飞报郑伯，就迎至老挑下寨。相见之际，献上俘获。庄公大喜，称赞不绝口，命幕府填上第一功。杀牛飨士，安歇三日。然后分兵进取，命颍考叔同公子翚领兵攻打郜城，公子吕接应；命公孙阏同夷仲年领兵攻打防城，高渠弥接应。将老营安扎老桃，专听报捷。

却说宋殇公闻三国兵已入境，惊得面如土色，急召司马孔父嘉问计。孔父嘉奏曰：「臣曾遣人到王城打听，并无伐宋之命。郑托言奉命，非真命也。齐鲁特堕其术中耳。然三国既合，其势诚不可争锋。为今之计，惟有一策，可令郑不战而退。」殇公曰：「郑已得利，肯遽退乎？」孔父嘉曰：「郑假托王命，遍召列国。今相从者，惟齐、鲁两国耳。东门之役，宋、蔡、陈、鲁同事。鲁贪郑赂，陈与郑平，皆入郑党。所不致者，蔡卫也。郑君亲将在此，车徒必盛，其国空虚。主公诚以重赂，遣使告急于卫，使纠合蔡国，轻兵袭郑。郑君闻己国受兵，必返旆自救。郑师既退，齐、鲁能独留乎？」殇公曰：「卿策虽善，然非卿亲往，卫兵未必即动。」孔父嘉曰：「臣当引一支兵，为蔡乡导。」

殇公即简车徒二百乘，命孔父嘉为将，携带黄金、白璧、彩、缎等物，星夜来到卫国，求卫君出师袭郑。卫宣公受了礼物，遣右宰丑率兵，同孔父嘉从间道出其不意，直逼荥阳。世子忽同祭足急忙传令守城，已被宋、卫之兵，在郭外大掠一番，掳去人畜辎重无算。右宰丑便欲攻城，孔父嘉曰：『凡袭人之兵，不过乘其无备，得利即止。若顿师坚城之下，郑伯还兵来救，我腹背受敌，是坐困耳。不若借径于戴，全军而返。度我兵去郑之时，郑君亦当去宋矣。』右宰丑从其言，使人假道于戴。戴人疑其来袭己国，闭上城门，授兵登陴。孔父嘉大怒，离戴城十里，同右宰丑分作前后两寨，准备攻城。戴人固守，屡次出城交战，互有斩获。孔父嘉遣使往蔡国乞兵相助。不在话下。

此时颍考叔等已打破郜城，公孙阏等亦打破防城，各遣人于郑伯老营报捷。恰好世子忽告急文书到来。不知郑伯如何处置，再看下回分解。

第〇〇七回

公孙阏争车射考叔 公子翚献谄贼隐公

话说郑庄公得了世子忽告急文书，即时传令班师。夷仲年公子翚等，亲到老营来见郑伯，曰：「小将等乘胜，正欲进取，忽闻班师之命，何也？」庄公奸雄多智，隐下宋、卫袭郑之事，只云：「寡人奉命讨宋，今仰仗上国兵威，割取二邑，已足当削地之刑矣。宋王上爵，王室素所尊礼，寡人何敢多求？所取郜、防两邑，齐、鲁各得其一，寡人毫不敢私。」夷仲年曰：「上国以王命征师，敝邑奔走恐后，少效微劳，礼所当然，决不敢受邑。」谦让再三。庄公曰：「既公子不肯受地，二邑俱奉鲁侯，以酬公子老桃首功之劳。」公子翚更不推辞，拱手称谢。另差别将，领兵分守郜、防二邑。不在话下。庄公大犒三军。临别与夷仲年、公子翚刑牲而盟：「三国同患相恤，后有军事，各出兵车为助。如背此言，神明不宥！」

单说夷仲年归国，见齐僖公，备述取防之事。僖公曰：「石门之盟，『有事相偕』。今虽取邑，理当归郑。」夷仲年曰：「郑伯不受，并归鲁侯矣。」僖公以郑伯为至公，称叹不已。

再说郑伯班师，行至中途，又接得本国文书一道，内称：「宋卫已移兵向戴矣。」庄公笑曰：「吾固知二国无能为也！然孔父嘉不知兵，乌有自救而复迁怒者？吾当以计取之。」乃传令四将，分为四队，各各授计，衔枚卧鼓，并望戴国进发。

再说宋卫合兵攻戴，又请得蔡国领兵助战，满望一鼓成功。忽报：「郑国遣上将公子吕领兵救戴，离城五十里下寨。」右宰丑曰：「此乃石厚手中败将，全不耐战，何足惧哉！」少顷，又报：「戴君知郑兵来救，开门接人去了。」孔父嘉曰：「此城唾手可得，不意郑兵相助，又费时日。奈何？」右宰丑曰：「戴既有帮手，必然合兵索战。你我同升壁垒，察城中之动静，好做准备。」二将方在壁垒之上，指手画脚。忽听连珠炮响，城上

东周列国志

遍插郑国旗号，公子吕全装披挂，倚着城楼外槛，高声叫曰：「多赖三位将军气力，寡君已得戴城，多多致谢！」原来郑庄公设计，假称公子吕领兵救戴，其实庄公亲在戎车之中，只要哄进戴城，就将戴君逐出，并了戴国之军。城中连日战守困倦，素闻郑伯威名，谁敢抵敌？几百世相传之城池，不劳余力，归于郑国。戴君引了宫眷，投奔西秦去了。

孔父嘉见郑伯白占了戴城，忿气填胸，将兜鍪掷地曰：「吾今日与郑誓不两立！」右宰丑曰：「此老奸最善用兵，必有后继。倘内外夹攻，吾辈危矣！」孔父嘉曰：「右宰之言，何太怯也？」正说间，忽报：「城中着人下战书。」孔父嘉即批：来日决战。一面约会卫、蔡二国，要将三路军马，齐退后二十里，以防冲突。孔父嘉居中，蔡、卫左右营，离隔不过三里。

立寨甫毕，喘息未定，忽闻寨后一声炮响，火光接天，车声震耳。谍者报：「郑兵到了。」孔父嘉大怒，手持方天画戟，登车迎敌。只见车声顿息，火光俱灭了。才欲回营，左边炮声又响，火光不绝。孔父嘉出营观看，左边火光又灭，右边炮响连声，一片火光，隐隐在树林之外。孔父嘉曰：「此老奸疑军之计。」传令：「乱动者斩！」少顷，左边火光又起，喊声震地，忽报：「左营蔡军被劫。」孔父嘉曰：「吾当亲往救之。」才出营门，只见右边火光复炽，正不知何处军到。孔父嘉喝教御人：「只顾推车向左。」御人着忙，反推向右去。遇着一队兵车，互相击刺，约莫更余，方知是卫国之兵。彼此说明，合兵一处，同到中营。那中营已被高渠弥据了。急回辕时，右有颍考叔，左有公孙阏，两路兵到。公孙阏接住右宰丑，颍考叔接住孔父嘉，做两队厮杀。东方渐晓，孔父嘉无心恋战，夺路而走。遇着高渠弥，又杀一阵。孔父嘉弃了乘车，跟随者止存二十余人，徒步奔脱。右宰丑阵亡。三国车徒，悉为郑所俘获。所掳郑国郊外人畜辎重，仍旧为郑所有。此庄公之妙计也。史官有诗云：

主客雌雄尚未分，庄公智计妙如神。分明鹬蚌相持势，得利还归结网人。

庄公得了戴城，又兼了三国之师，大军奏凯，满载而归。庄公大排筵宴，款待从行诸将。诸将轮番献卮上寿。庄公面有德色，举酒沥地曰：「寡人赖天地祖宗之灵，诸卿之力，战则必胜，威加上公，于古之方伯如何？」群臣皆称千岁。惟颍考叔嘿然。庄公睁目视之。考叔奏曰：「君言失矣！夫方伯者，受王命为一方诸侯之长，得专征伐，令无不行，呼无不应。今主公托言王命，声罪于宋，周天子实不与闻。况传檄征兵，蔡、卫反助宋侵郑，郕、许小国，公然不至。方伯之威，固如是乎？」庄公笑曰：「卿言是也。蔡、卫全军覆没，已足小惩。今欲问罪郕、许，二国孰先？」颍考叔曰：「郕邻于齐，许邻于郑。主公既欲加以违命之名，宜正告其罪，遣一将助齐伐郕，请齐兵同来伐许。得郕则归之齐，得许则归之郑，庶不失两国共事之谊。俟事毕献捷于周，亦可遮饰四方之耳目。」庄公曰：「善！但当次第行之。」

乃先遣使将问罪郕、许之情，告于齐侯。齐侯欣然听允。遣夷仲年将兵伐郕，郑遣大将公子吕率兵助之，直入其都。郕人大惧，请成于齐，齐侯受之。就遣使跟随公子吕到郑，叩问伐许之期。庄公约齐侯在时来地方会面，转央齐侯去订鲁侯同事。时周桓王八年之春也。公子吕途中得病归国，未几而死。庄公哭之恸曰：「子封不禄，吾失右臂矣！」乃厚恤其家，录其弟公子元为大夫。时正卿位缺，庄公欲用高渠弥，世子忽密谏曰：「渠弥贪而狠，非正人也，不可重任。」庄公点首。乃改用祭足为上卿，以代公子吕之位。高渠弥为亚卿。不在话下。

且说是夏，齐、鲁二侯皆至时来，与郑伯面订师期。以秋七月朔，在许地取齐，二侯领命而别。郑庄公回国，大阅军马，择日祭告于太宫，聚集诸将于教场。重制「蝥弧」大旗，建于大车之上，用铁绾之。这大旗以锦为之，锦方一丈二尺，缀金铃二十四个，旗上绣「奉天讨罪」四大字，旗竿长三丈三尺。庄公传令：「有能手执大旗，步履如常者，拜为先锋，即以辂车赐之。」言未毕，班中走出一员大将。头戴银盔，身穿紫袍金甲，生得黑面虬须，浓眉大眼。众视之，乃大夫瑕叔盈也。上前奏曰：「臣能执之。」只手拔起旗竿，紧紧握定。上前三步，退后三步，仍竖立车中，略不气喘。军士无不喝采。瑕叔盈大叫：「御人何在？为我驾车！」方欲谢恩，班中又走出一员大将，头戴雉冠，绿锦抹额，身穿绯袍犀甲，口称：「执旗展步，未为希罕，臣能舞之。」众人上前观看，乃大夫颍考叔也。御者见考叔口出大言，更不敢上前，且立住脚观看。只见考叔左手撩衣，将右手打开铁绾，从背后倒拔那旗，踊身一跳，那旗竿早拔起到手，忙将左手搭住，顺势打个转身，将右手托起。左旋右转，如长枪一般，舞得呼呼的响。那面旗卷而复舒，舒而复卷，观者尽皆骇然。庄公大喜曰：「真虎臣也，当受此车为先锋。」言犹未毕，班中又走出一员少年将军，面如傅粉，唇若涂朱，头戴束发紫金冠，身穿织金绿袍，指着考叔大喝道：「你能舞旗，偏我不会舞？这车且留下！」大踏步上前。考叔见他来势凶猛，一手把着旗竿，一手挟着车辕，飞也似跑去了。那少年将军不舍，在兵器架上，绰起一柄方天画戟，随后赶出教场。将至大路，庄公使大夫公孙获传语解劝。那将军见考叔已去远，恨恨而返，曰：「此人藐我姬姓无人，吾必杀之！」那少年将军是谁？乃是公族大夫，名唤公孙阏，字子都，乃男子中第一的美色，为郑庄公所宠。孟子云：「不知子都之姣者，无目者也。」正是此人。平日恃宠骄横，兼有勇力，与考叔素不相睦。当下回转教场，兀自怒气勃勃。庄公夸奖其勇曰：「二虎不得相斗，寡人自有区处。」另以车马赐公孙阏，并赐瑕叔盈，两个各各谢恩而散。髯翁有诗云：

军法从来贵整齐，挟辕拔戟敢胡为！郑庭虽是多骁勇，无礼之人命必危。

至七月朔日，庄公留祭足同世子忽守国，自统大兵望许城进发。齐、鲁二侯，已先在近城二十里下寨等候。三君相见叙礼，让齐侯居中，鲁侯居右，郑伯居左。是日庄公大排筵席，以当接风。齐侯袖中出檄书一纸，书中数许男不共职贡之罪，今奉王命来讨。鲁、郑二君俱看过，一齐拱手曰：「必如此，师出方为有名。」约定来日庚辰，协力攻城，先遣人将讨檄射进城去。

次早，三营各各放炮起兵。那许本男爵，小小国都，城不高，池不深，被三国兵车，密密扎扎，围得水泄不漏，城内好生惊怕。只因许庄公是个有道之君，素得民心，愿为固守，所以急切未下。齐、鲁二君，原非主谋，不甚用力。到底是郑将出力，人人奋勇，个个夸强。就中颍考叔，因公孙阏夺车一事，越要施逞手段。到第三日壬午，考叔在輣车上，将「蝥弧」大旗，挟于胁下，踊身一跳，早登许城。公孙阏眼明手快，见考叔先已登城，忌其有功，在人丛中认定考叔，飕的发一冷箭。也是考叔合当命尽，正中后心，从城上连旗倒跌下来。瑕叔盈只道考叔为守城军士所伤，一股愤气，太阳中迸出火星，就地取过大旗，一踊而上，绕城一转，大呼：「郑君已登城矣！」众军士望见绣旗飘扬，认郑伯真个登城，勇气百倍，一齐上城。砍开城门，放齐、鲁之兵入来。随后三君并入，许庄公易服，杂于军民中，逃奔卫国去了。

齐侯出榜安民，将许国土地，让与鲁侯。鲁隐公坚辞不受。齐僖公曰：「本谋出郑，既鲁侯不受，宜归郑国。」郑庄公满念贪许，因见齐、鲁二君交让，只索佯推假逊。正在议论之际，传报：「有许大夫百里，引着一个小儿求见。」三君同声唤入。百里哭倒在地，叩首乞哀：「愿延太岳一线之祀。」齐侯问：「小儿何人？」百里曰：「吾君无子，此君之弟名新臣。」齐、鲁二侯，各凄然有怜悯之意。郑庄公见景生情，将计就计，就转口曰：「寡人本迫于王命，从君讨罪，若利其土地，非义举也。今许君虽窜，其世祀不可灭绝。既其弟见在，且有许大夫可托，有君有臣，当以许归之。」百里曰：「臣止为君亡国破，求保全六尺之孤耳！土地已属君掌握，岂敢复望？」郑庄公曰：「吾之复许，乃真心也。恐叔年幼，不任国事，寡人当遣人相助。」乃分许为二：其东偏，使百里奉新臣以居之；其西偏，使郑大夫公孙获居之。名为助许，实是监守一般。齐鲁二侯不知是计，以为处置妥当，称善不已。百里同许叔拜谢了三君。三君亦各自归国。髯翁有诗单道郑庄公之诈。诗曰：

残忍全无骨肉恩，区区许国有何亲？二偏分处如监守，却把虚名哄外人。

许庄公老死于卫。许叔在东偏受郑制缚，直待郑庄公薨后，公子忽、突相争数年，突入而复出，忽出而复入，那时郑国扰乱，公孙获病死，许叔方才与百里用计，乘机潜入许都，复整宗庙。此是后话。

再说郑庄公归国，厚赏瑕叔盈；思念颍考叔不置。深恨射考叔之人，而不得其名。乃使从征之众，每百人为卒，出猪一头；二十五人为行，出犬鸡各一只，召巫史为文，以咒诅之。公孙阏暗暗匿笑。如此咒诅，三日将毕。郑庄公亲率诸大夫往观。才焚祝文，只见一人蓬首垢面，径造郑伯面前，跪哭而言曰：「臣考叔先登许城，何负于国？被奸臣子都挟争车之仇，冷箭射死。臣已得请于上帝，许偿臣命。蒙主君垂念，九泉怀德！」言讫，以手自探其喉，喉中喷血如注，登时气绝。庄公认得此人是公孙阏，急使人救之，已呼唤不醒。原来公孙阏被颍考叔附魂索命，自诉于郑伯之前。到此方知射考叔者，即阏也。郑庄公嗟叹不已。感考叔之灵，命于颍谷立庙祀之。今河南府登封县，即颍谷故地，有颍大夫庙，又名纯孝庙。洧川亦有之。陇西居士有诗讥庄公云：

争车方罢复伤身，乱国全然不忌君。若使群臣知畏法，何须鸡犬黩神明？

庄公又分遣二使，将礼币往齐、鲁二国称谢。齐国无话。单说所遣鲁国使臣回来，缴上礼币，原书不启。庄公问其缘故。使者奏曰：「臣方入鲁境，闻知鲁侯被公子翚所弑，已立新君。国书不合，不敢轻投。」庄公曰：「鲁侯谦让宽柔，乃贤君也，何以见弑？」使者曰：「其故臣备闻之。鲁先君惠公元妃早薨，宠妾仲子立为继室，生子名轨，欲立为嗣。鲁侯乃他妾之子也。惠公薨，群臣以鲁侯年长，奉之为君。鲁侯承父之志，每言：『国乃轨之国也，因其年幼，寡人暂时居摄耳。』子翚求为太宰之官，鲁侯曰：『俟轨居君位，汝自求之。』公子翚反疑鲁侯有忌轨之心，密奏鲁侯曰：『臣闻「利器入手，不可假人。」主公已嗣爵为君，国人悦服，千岁而后，便当传之子孙。何得以居摄为名，起人非望？今轨年长，恐将来不利于主，臣请杀之，为主公除此隐忧何如？』鲁侯掩耳曰：『汝非痴狂，安得出此乱言！吾已使人于菟裘筑下宫室，为养老计，不日当传位于轨矣。』翚默然而退，自悔失言。诚恐鲁侯将此一段话告轨，轨即位，必当治罪。夤夜往见轨，反说：『主公见汝年齿渐长，恐来争位。今日召我入宫，密嘱行害于汝。』轨惧而问计，翚曰：『他无仁，我无义。公子必欲免祸，非行大事不可。』轨曰：『彼为君已十一年矣，臣民信服。若大事不成，反受其殃。』翚曰：『吾已为公子定计矣。主公未立之先，曾与郑君战狐壤，被郑所获，囚于郑大夫尹氏之家。尹氏素奉祀一神，名曰钟巫。主公暗地祈祷，谋逃归于鲁国。卜卦得吉，乃将实情告于尹氏。那时尹氏正不得志于郑，乃与主公共逃至鲁。遂立钟巫之庙于城外，每岁冬月，必亲自往祭。今其时矣。祭则必馆于寪大夫之家。吾预使勇士充作徒役，杂居左右，主公不疑俟其睡熟刺之，一夫之力耳。』轨曰：『此计虽善，然恶名何以自解？』翚曰：『吾预嘱勇士潜逃，归罪于寪大夫，有何不可？』子轨下拜曰：『大事若成，当以太宰相屈。』子翚如计而行，果弑鲁侯。今轨已嗣为君，翚为太宰，讨寪氏以解罪。国人无不知之，但畏翚权势，不敢言耳。」庄公乃问于群臣曰：「讨鲁与和鲁，二者孰利？」祭仲曰：「鲁、郑世好，不如和之。臣料鲁国不日有使命至矣。」言未毕，鲁使已及馆驿。庄公使人先叩其来意。言：「新君即位，特来修先君之好，且约两国君面会订盟。』庄公厚礼其使，约定夏四月中，于越地相见，歃血立誓，永好无渝。自是鲁、郑信使不绝。时周桓王之九年也。髯翁读史至此，论公子翚兵权在手，伐郑伐宋，专行无忌，逆端已见；及请杀弟轨，隐公亦谓其乱言矣。若暴明其罪，肆诸市朝，弟轨亦必感德。乃告以让位，激成弑逆之恶，岂非优柔不断，自取其祸？有诗叹云：

跋扈将军素横行，履霜全不戒坚冰。菟裘空筑人难老，寪氏谁为抱不平。

又有诗讥钟巫之祭无益。诗曰：

狐壤逃归庙额题，年年设祭报神私。钟巫灵感能相助，应起天雷击子翚。

却说宋穆公之子冯，自周平王末年奔郑，至今尚在郑国。忽一日传言：『有宋使至郑，迎公子冯回国，欲立为君。』庄公曰：『莫非宋君臣哄冯回去，欲行杀害？』祭仲曰：『且待接见使臣，自有国书。』

不知书中如何，且看下回分解。

第〇〇八回 立新君华督行赂 败戎兵郑忽辞婚

话说宋殇公与夷，自即位以来，屡屡用兵，单说伐郑，已是三次了。只为公子冯在郑，故忌而伐之。太宰华督素与公子冯有交，见殇公用兵于郑，口中虽不敢谏阻，心上好生不乐。孔父嘉是主兵之官，华督如何不怪他？每思寻端杀害，只为他是殇公重用之人，掌握兵权，不敢动手。自伐戴一出，全军覆没，孔父嘉只身逃归，国人颇有怨言，尽说：「宋君不恤百姓，轻师好战，害得国中妻寡子孤，户口耗减。」华督又使心腹人于里巷布散流言，说：「屡次用兵，皆出孔司马主意。」国人信以为然，皆怨司马。华督正中其怀。

又闻说孔父嘉继室魏氏，美艳非常，世无其比，只恨不能一见。忽一日魏氏归宁，随外家出郊省墓，时值春月，柳色如烟，花光似锦，正士女踏青之候。魏氏不合揭起车幰，偷觑外边光景。华督正在郊外游玩，蓦然相遇，询知是孔司马家眷，大惊曰：「世间有此尤物，名不虚传矣！」日夜思想，魂魄俱销。「若后房得此一位美人，足够下半世受用！除是杀其夫，方可以夺其妻。」繇此害嘉之谋益决。

时周桓王十年春蒐之期，孔父嘉简阅车马，号令颇严。华督又使心腹人在军中扬言：「司马又将起兵伐郑，昨日与太宰会议已定，所以今日治兵。」军士人人恐惧，三三两两，俱往太宰门上诉苦，求其进言于君，休动干戈。华督故意将门闭紧，但遣阍人于门隙中，以好言抚慰。军士求见愈切，人越聚得多了，多有带器械者。看看天晚，不得见太宰，呐喊起来。自古道：「聚人易，散人难。」华督知军心已变，衷甲佩剑而出，传命开门，教军士立定，不许喧哗。自己当门而立，先将一番假慈悲的话，稳住众心。然后说：「孔司马主张用兵，殃民毒众。主君偏于信任，不从吾谏。三日之内，又要大举伐郑。宋国百姓何罪，受此劳苦！」激得众军士咬牙切齿，声声叫：「杀！」华督假意解劝：「你们不可造次，若司马闻知，奏知主公，性命难保！」众军士纷纷都道：「我们父子亲戚，连岁争战，死亡过半。今又大举出征，那郑国将勇兵强，如何敌得他过？左右是死，不如杀却此贼，与民除害，死而无怨！」华督又曰：「『投鼠者当忌其器』。司马虽恶，实主公宠幸之臣，此事决不可行！」众军士曰：「若得太宰做主，便是那无道昏君，吾等也不怕他！」一头说，一头扯住华督袍袖不放。齐曰：「愿随太宰杀害民贼！」

当下众军士帮助舆人，驾起车来。华督被众军士簇拥登车，车中自有心腹紧随。一路呼哨，直至孔司马私宅，将宅子团团围住。华督吩咐：「且不要声张，待我叩门，于中取事。」其时黄昏将尽，孔父在内室饮酒，闻外面叩门声急，使人传问。说是：「华太宰亲自到门，有机密事相商。」孔父嘉忙整衣冠，出堂迎接。才启大门，外边一片声呐喊，军士蜂拥而入。孔父嘉心慌，却待转步。华督早已登堂，大叫：「害民贼在此，何不动手？」嘉未及开言，头已落地。华督自引心腹，直入内室，抢了魏氏，登车而去。魏氏在车中无计可施，暗解束带，自系其喉，比及到华氏之门，气已绝矣。华督叹息不已。吩咐载去郊外藁葬，严戒同行人从，不许宣扬其事。嗟乎！不得一夕之欢，徒造万劫之怨，岂不悔哉！众军士乘机将孔氏家私，掳掠罄尽。孔父嘉止一子，名木金父，年尚幼，其家臣抱之奔鲁。后来以字为氏，曰孔氏。孔圣仲尼，即其六世之孙也。

且说宋殇公闻司马被杀，手足无措。又闻华督同往，大怒，即遣人召之，欲正其罪。华督称疾不赴。殇公传令驾车，欲亲临孔父之丧。华督闻之，急召军正谓曰：「主公宠信司马，汝所知也。汝曹擅杀司马，乌得无罪？先君穆公舍其子而立主公，主公以德为怨，任用司马，伐郑不休。今司马受戮，天理昭彰。不若并行大事，迎立先君之子，转祸为福，岂不美哉？」军正曰：「太宰之言，正合众意。」于是号召军士，齐伏孔氏之门。只等宋公一到，鼓噪而起，侍卫惊散，殇公遂死于乱军之手。华督闻报，衰服而至，举哀者再。乃鸣鼓以聚群臣，胡乱将军中一二人坐罪行诛，以掩众目。倡言：「先君之子冯，见在郑国，人心不忘先君，合当迎立其子。」百官唯唯而退。华督遂遣使往郑报丧，且迎公子冯。一面将宋国宝库中重器，行赂各国，告明立冯之故。

且说郑庄公见了宋使，接了国书，已知来意。便整备法驾，送公子冯归宋为君。公子冯临行，泣拜于地曰：「冯之残喘，皆君所留。幸而返国，得延先祀。当世为陪臣，不敢贰心。」庄公亦为呜咽。公子冯回宋，华督奉之为君，是为庄公。华督仍为太宰，分赂各国，无不受纳。齐侯、鲁侯、郑伯同会于稷，以定宋公之位，使华督为相。史官有诗叹曰：

春秋篡弑叹纷然，宋鲁奇闻只隔年。列国若能辞贿赂，乱臣贼子岂安眠！

又有诗单说宋殇公背义忌冯，今日见弑，乃天也。诗曰：

穆公让国乃公心，可恨殇公反忌冯。今日殇亡冯即位，九泉羞见父和兄。

单表齐僖公自会稷回来，中途接得警报：「今有北戎主，遣元帅大良小良，帅戎兵一万，来犯齐界，已破祝阿，直攻历下。守臣不能抵当，连连告急。乞主公速回。」僖公曰：「北戎屡次侵扰，不过鼠窃狗偷而已。今番大举入犯，若使得利而去，将来北鄙必无宁岁。」乃分遣人于鲁、卫、郑三处借兵。一面同公子元、公孙戴仲等，前去历城拒敌。

却说郑庄公闻齐有戎患，乃召世子忽谓曰：「齐与郑同盟，且郑每用兵，齐必相从，今来乞师，宜速往救。」乃选车三百乘，使世子忽为大将，高渠弥副之，祝聃为先锋，星夜望齐国进发。闻齐僖公在历下，径来相见。时鲁卫二国之师，尚未曾到。僖公感激无已，亲自出城犒军，与世子忽商议退戎之策。世子忽曰：「戎用徒，易进亦易败；我用车，难败亦难进。然虽如此，戎性轻而不整，贪而无亲，胜不相让，败不相救，是可诱而取也。况彼恃胜，必然轻进。若以偏师当敌，诈为败走，戎必来追。吾预伏兵以待之。追兵遇伏，必骇而奔，奔而逐之，必获全胜。」僖公曰：「此计甚妙！齐兵伏于东，以遏其前；郑兵伏于北，以逐其后。首尾攻击，万无一失。」世子忽领命自去北路，分作两处埋伏去了。僖公召公子元授计：「汝可领兵伏于东门，只等戎军来追，即忙杀出。」使公孙戴仲引一军诱敌：「只要输，不要赢。诱至东门伏兵之处，便算有功。」

分拨已定，公孙戴仲开关搦战。戎帅小良持刀跃马，领着戎兵三千，出寨迎敌。两下交锋，约二十合。戴仲气力不加，回车便走，却不进北关，绕城向东路而去。小良不舍，尽力来追。大良见戎兵得胜，尽起大军随后。将近东门，忽然炮声大震，金鼓喧天，茨苇中都是伏兵，如蜂攒蝇集。小良急叫：「中计！」拨回马头便走，反将大良后队冲动，立脚不牢，一齐都奔。公孙戴仲与公子元，合兵追赶。大良吩咐小良上前开路，自己断后，且战且走。落后者俱被齐兵擒斩。戎兵行至鹊山，回顾追军渐远，喘息方定。正欲埋锅造饭，山坳里喊声大举，一枝军马冲出，口称：「郑国上将高渠弥在此。」大良、小良慌忙上马，无心恋战，夺路奔逃。高渠弥随后掩杀。约行数里之程，前面喊声又起，却是世子忽引兵杀到，后面公子元率领齐兵亦至。杀得戎兵七零八落，四散逃命。小良被祝聃一箭，正中脑袋，坠马而死。大良匹马溃围而出，正遇着世子忽戎车，措手不及，亦被世子忽斩之。生擒甲首三百，死者无算。世子忽将大良、小良首级并甲首，都解到齐侯军前献功。僖公大喜曰：「若非世子如此英雄，戎兵安得便退？今日社稷安靖，皆世子之所赐也！」世子忽曰：「偶效微劳，何烦过誉？」于是僖公遣使止住鲁、卫之兵，免劳跋涉。

命大排筵席，专待世子忽。席间又说起：「小女愿备箕帚。」世子忽再三谦让。席散之后，僖公使夷仲年私谓高渠弥曰：「寡君慕世子英雄，愿结姻好。前番遣使，未蒙见允。今日寡君亲与世子言之，世子执意不从，不知何意？大夫能玉成其事，请以白璧二双，黄金百镒为献。」高渠弥领命，来见世子，备道齐侯相慕之意，「若谐婚好，异日得此大国相助，亦是美事。」世子忽曰：「昔年无事之日，蒙齐侯欲婚我，我尚然不敢仰攀。今奉命救齐，幸而成功，乃受室而归，外人必谓我挟功求娶，何以自明？」高渠弥再三撺掇，只是不允。次日，齐僖公又使夷仲年来议婚，世子忽辞曰：「未禀父命，私婚有罪。」即日辞回本国。齐僖公怒曰：「吾有女如此，何患无夫？」

再说郑世子忽回国，将辞婚之事，禀知庄公。庄公曰：「吾儿能自立功业，不患无良姻也。」祭足私谓高渠弥曰：「君多内宠，公子突、公子仪、公子亹三人，皆有觊觎之志。世子若结婚大国，犹可藉其助援。齐不议婚，犹当请之。奈何自翦羽翼耶？吾子从行，何不谏之？」高渠弥曰：「吾亦言之，奈不听何？」祭足叹息而去。髯翁有诗，单论子忽辞婚之事。诗曰：

丈夫作事有刚柔，未必辞婚便失谋。试咏《载驱》并《敝笱》，鲁桓可是得长筹？

高渠弥素与公子亹相厚，闻祭足之语，益相交结。世子忽言于庄公曰：「渠弥与子亹私通，往来甚密，其心不可测也。」庄公以世子忽之言，面责渠弥。渠弥讳言无有，转背即与子亹言之。子亹曰：「吾父欲用汝为正卿，为世子所阻而止，今又欲断吾两人之往来。父在日犹然，若父百年之后，岂复能相容乎？」高渠弥曰：「世子优柔不断，不能害人，公子勿忧也。」子亹与高渠弥自此与世子忽有隙。后来高渠弥弑忽立亹，盖本于此。

再说祭足为世子忽画策，使之结婚于陈，修好于卫，「陈、卫二国方睦，若与郑成鼎足之势，亦足自固。」世子忽以为然。祭足乃言于庄公，遣使如陈求婚。陈侯从之。世子忽至陈，亲迎妫氏以归。鲁桓公亦遣使求婚于齐。只因齐侯将女文姜许婚鲁侯，又生出许多事来。

要知后事，且看下回分解。

东周列国志

第〇〇九回 齐侯送文姜婚鲁 祝聃射周王中肩

话说齐僖公生有二女，皆绝色也。长女嫁于卫，即卫宣姜，另有表白在后。单说次女文姜，生得秋水为神，芙蓉如面，比花花解语，比玉玉生香，真乃绝世佳人，古今国色。兼且通今博古，出口成文，因此号为文姜。世子诸儿，原是个酒色之徒，与文姜虽为兄妹，各自一母。诸儿长于文姜只二岁，自小在宫中同行同坐，觑耍顽皮。及文姜渐已长成，出落得如花似玉，诸儿已通情窦，见文姜如此才貌，况且举动轻薄，每有调戏之意。那文姜妖淫成性，又是个不顾礼义的人，语言戏谑，时及闾巷秽亵，全不避忌。诸儿生得长身伟干，粉面朱唇，天生的美男子，与文姜倒是一对人品。可惜产于一家，分为兄妹，不得配合成双。如今聚于一处，男女无别，遂至并肩携手，无所不至。只因碍着左右宫人，单少得同衾贴肉了。也是齐侯夫妇溺爱子女，不预为防范，以致儿女成禽兽之行，后来诸儿身弑国危，祸皆由此。自郑世子忽大败戎师，齐僖公在文姜面前，夸奖他许多英雄，今与议婚，文姜不胜之喜。及闻世子忽坚辞不允，心中郁闷，染成一疾，暮热朝凉，精神恍惚，半坐半眠，寝食俱废。有诗为证：

二八深闺不解羞，一桩情事锁眉头。鸾凰不入情丝网，野鸟家鸡总是愁。

世子诸儿以候病为名，时时闯入闺中，挨坐床头，遍体抚摩，指问疾苦，但耳目之际，仅不及乱。一日，齐僖公偶到文姜处看视，见诸儿在房，责之曰：『汝虽则兄妹，礼宜避嫌。今后但遣宫人致候，不必自到。』诸儿唯唯而出，自此相见遂稀。未几，僖公为诸儿娶宋女，鲁莒俱有媵。诸儿爱恋新婚，兄妹踪迹益疏。文姜深闺寂寞，怀念诸儿，病势愈加，却是胸中展转，难以出口。正是：『哑子漫尝黄柏味，自家有苦自家知。』有诗为证：

春草醉春烟，深闺人独眠。积恨颜将老，相思心欲燃。几回明月夜，飞梦到郎边。

却说鲁桓公即位之年，年齿已长，尚未聘有夫人。大夫臧孙达进曰：『古者，国君年十五而生子。今君内主尚虚，异日主器何望？非所以重宗庙也。』公子翚曰：『臣闻齐侯有爱女文姜，欲妻郑世子忽而不果。君盍求之？』桓公曰：『诺。』即使公子翚求婚于齐。齐僖公以文姜病中，请缓其期。宫人却将鲁侯请婚的喜信，报知文姜。文姜本是过时思想之症，得此消息，心下稍舒，病觉渐减。及齐、鲁为宋公一事，共会于稷，鲁侯当面又以姻事为请。齐侯期以明岁。至鲁桓公三年，又亲至嬴地，与齐侯为会。齐僖公感其殷勤，许之。鲁侯遂于嬴地纳币，视常礼加倍隆重。僖公大喜。约定秋九月，自送文姜至鲁成婚。鲁侯乃使公子翚至齐迎女。齐世子诸儿闻文姜将嫁他国，从前狂心，不觉复萌，使宫人假送花朵于文姜，附以诗曰：

桃有华，灿灿其霞。当户不折，飘而为苴。吁嗟兮复吁嗟！

文姜得诗，已解其情，亦复以诗曰：

桃有英，烨烨其灵。今兹不折，讵无来春？叮咛兮复叮咛！

诸儿读其答诗，知文姜有心于彼，想慕转切。

未几，鲁使上卿公子翚如齐，迎取文姜。齐僖公以爱女之故，欲亲自往送。诸儿闻之，请于父曰：『闻妹子将适鲁侯，齐、鲁世好，此诚美事。但鲁侯既不亲迎，必须亲人往送。父亲国事在身，不便远离，孩儿不才，愿代一行。』僖公曰：『吾已亲口许下，自往送亲，安可失信？』说犹未毕，人报：『鲁侯停驾讙邑，专候迎亲。』僖公曰：『鲁，礼义之国，中道迎亲，正恐劳吾人境。吾不可以不往。』诸儿默然而退。姜氏心中亦如有所失。

其时，秋九月初旬，吉期已迫。文姜别过六宫妃眷，到东宫来别哥哥诸儿。诸儿整酒相待，四目相视，各不相舍，只多了元妃在坐；且其父僖公遣宫人守候，不能交言，暗暗嗟叹。临别之际，诸儿挨至车前，单道个：『妹子留心，莫忘「叮咛」之句。』文姜答言：『哥哥保重，相见有日。』

齐僖公命诸儿守国，亲送文姜至讙，与鲁侯相见。鲁侯叙甥舅之礼，设席款待。从人皆有厚赐。僖公辞归。鲁侯引文姜到国成亲。一来，齐是个大国，二来，文姜如花绝色，鲁侯十分爱重。三朝见庙，大夫宗妇，俱来朝见君夫人。僖公复使其弟夷仲年聘鲁，问候姜氏。自此齐、鲁亲密。不在话下。无名子有诗，单道文姜出嫁事。诗云：

从来男女慎嫌微，兄妹如何不隔离？只为临歧言保重，致令他日玷中闱。

话分两头。再说周桓王自闻郑伯假命伐宋，心中大怒。竟使虢公林父独秉朝政，不用郑伯。郑庄公闻知此信，心怨桓王，一连五年不朝。桓王曰：『郑寤生无礼甚矣！若不讨之，人将效尤。朕当亲帅六军，往声其罪。』虢公林父谏曰：『郑有累世卿士之劳，今日夺其政柄，是以不朝。且宜下诏征之，不必自往，以亵天威。』桓王忿然作色曰：『寤生欺朕，非止一次。朕与寤生誓不两立！』乃召蔡、卫、陈三国，一同兴师伐郑。

是时陈侯鲍方薨，其弟公子佗字伍父，弑太子免而自立，谥鲍为桓公。国人不服，纷纷逃散。周使征兵，公子佗初即位，不敢违王之命。只得纠集车徒，遣大夫伯爰诸统领，望郑国进发。蔡、卫各遣兵从征。桓王使虢公林父将右军，以蔡、卫之兵属之；使周公黑肩将左军，陈兵属之；王自统大兵为中军，左右策应。

郑庄公闻王师将至，乃集诸大夫问计，群臣莫敢先应。正卿祭足曰：「天子亲自将兵，责我不朝，名正言顺。不如遣使谢罪，转祸为福。」庄公怒曰：「王夺我政权，又加兵于我，三世勤王之绩，付与东流。此番若不挫其锐气，宗社难保。」高渠弥曰：「陈与郑素睦，其助兵乃不得已也。蔡、卫与我夙仇，必然效力。天子震怒自将，其锋不可当。宜坚壁以待之。俟其意怠，或战或和，可以如意。」大夫公子元进曰：「以臣战君，于理不直，宜速不宜迟也。臣虽不才，愿献一计。」庄公曰：「卿计如何。」子元曰：「王师既分为三，亦当为三军以应之。左右二师，皆结方阵，以左军当其右军，以右军当其左军，主公自率中军以当王。」庄公曰：「如此可必胜乎？」子元曰：「陈佗弑君新立，国人不顺，勉从征调，其心必离。若令右军先犯陈师，出其不意，必然奔窜。再令左军径奔蔡、卫，蔡、卫闻陈败，亦将溃矣。然后合兵以攻王卒，万无不胜。」庄公曰：「卿料敌如指掌，子封不死矣！」正商议间，疆吏报：「王师已至繻葛，三营联络不断。」庄公曰：「但须破其一营，余不足破也。」乃使大夫曼伯，引一军为右拒；使正卿祭足，引一军为左拒；自领上将高渠弥、原繁、瑕叔盈、祝聃等，建「蝥弧」大旗于中军。祭足进曰：「「蝥弧」所以胜宋，许也。「奉天讨罪」，以伐诸侯则可，以伐王则不可。」庄公曰：「寡人思不及此！」即命以大旆易之，仍使瑕叔盈执掌。其「蝥弧」置于武库，自后不用。高渠弥曰：「臣观周王，颇知兵法。今番交战，不比寻常，请为「鱼丽」之阵。」庄公曰：「「鱼丽阵」如何？」高渠弥曰：「甲车二十五乘为偏，甲士五人为伍。每车一偏在前，别用甲士五五二十五人随后，塞其阙漏。车伤一人，伍即补之，有进无退。此阵法极坚极密，难败易胜。」庄公曰：「善。」三军将近繻葛，扎住营寨。

桓王闻郑伯出师抵敌，怒不可言，便欲亲自出战。虢公林父谏止之。次日各排阵势，庄公传令：「左右二军，不可轻动。只看军中大旆展动，一齐进兵。」

且说桓王打点一番责郑的说话，专待郑君出头打话，当阵诉说，以折其气。郑君虽列阵，只把住阵门，绝无动静。桓王使人挑战，并无人应。将至午后，庄公度王卒已怠，教瑕叔盈把大旆麾动，左右二拒，一齐鸣鼓，鼓声如雷，各各奋勇前进。且说曼伯杀入左军，陈兵原无斗志，即时奔散，反将周兵冲动。周公黑肩阻遏不住，大败而走。

再说祭足杀入右军，只看蔡、卫旗号，冲突将去。二国不能抵当，各自觅路奔逃。虢公林父仗剑立于车前，约束军人：「如有乱动者斩！」祭足不敢逼。林父缓缓而退，不折一兵。

再说桓王在中军，闻敌营鼓声震天，知是出战，准备相持。只见士卒纷纷耳语，队伍早乱。原来望见溃兵，知左右二营有失，连中军也立脚不住。却被郑兵如墙而进，祝聃在前，原繁在后，曼伯祭足亦领得胜之兵，并力合攻。杀得车倾马毙，将陨兵亡。桓王传令速退，亲自断后，且战且走。祝聃望见绣盖之下，料是周王。尽着眼力觑真，一箭射去，正中周王左肩。幸裹甲坚厚，伤不甚重。祝聃催车前进，正在危急，却得虢公林父前来救驾，与祝聃交锋。原繁曼伯一齐来前，各骋英雄，忽闻郑中军鸣金甚急，遂各收军。桓王引兵退三十里下寨。周公黑肩亦至，诉称：「陈人不肯用力，以至于败。」桓王赧然曰：「此朕用人不明之过也！」

祝聃等回军，见郑庄公曰：「臣已射王肩，周王胆落，正待追赶，生擒那厮。何以鸣金？」庄公曰：「本为天子不明，将德为怨，今日应敌，万非得已。赖诸卿之力，社稷无陨足矣，何敢多求！依你说，取回天子，如何发落？即射王亦不可也。万一重伤殒命，寡人有弑君之名矣！』祭足曰：『主公之言是也。今吾国兵威已立，料周王必当畏惧。宜遣使问安，稍与殷勤，使知射肩非出主公之意。』庄公曰：『此行非仲不可。』命备牛十二头，羊百只，粟刍之物共百余车，连夜到周王营内。祭足叩首再三，口称：『死罪臣寤生，不忍社稷之陨，勒兵自卫。不料军中不戒，有犯王躬。寤生不胜战兢觳觫之至！谨遣陪臣足，待罪辕门。敬问无恙。不腆敝赋，聊充劳军之用。惟天王怜而赦之！』桓王默然，自有惭色。虢公林父从旁代答曰：『寤生既知其罪，当从宽宥，来使便可谢恩。』祭足再拜稽首而出，遍历各营，俱问：『安否？』史官有诗叹云：

漫夸神箭集王肩，不想君臣等地天。对垒公然全不让，却将虚礼媚王前。

又髯翁有诗讥桓王，不当轻兵伐郑，自取其辱。诗云：

明珠弹雀古来讥，岂有天王自出车？传檄四方兼贬爵，郑人宁不惧王威！

桓王兵败归周，不胜其忿。便欲传檄四方，共声郑寤生无王之罪。虢公林父谏曰：『王轻举丧功，若传檄四方，是自彰其败也。诸侯自陈、卫、蔡三国而外，莫非郑党。征兵不至，徒为郑笑。且郑已遣祭足劳军谢罪，可借此赦宥，开郑自新之路。』桓王默然。自此更不言郑事。

却说蔡侯因遣兵从周伐郑，军中探听得陈国篡乱，人心不服公子佗，于是引兵袭陈。不知胜败如何，且看下回分解。

第〇一〇回 楚熊通僭号称王 郑祭足被胁立庶

话说陈桓公之庶子名跃，系蔡姬所出，蔡侯封人之甥也。因陈、蔡之兵，一同伐郑，陈国是大夫伯爰诸为将，蔡国是蔡侯之弟蔡季为将。蔡季向伯爰诸私问陈事。伯爰诸曰：『新君佗虽然篡立，然人心不服，又性好田猎，每每微服从禽于郊外，不恤国政。将来国中必然有变。』蔡季曰：『何不讨其罪而戮之？』伯爰诸曰：『心非不欲，恨力不逮耳！』及周王兵败，三国之师各回本国。蔡季将伯爰诸所言，奏闻蔡侯。蔡侯曰：『太子免既死，次当吾甥即位。佗乃篡弑之贼，岂容久窃富贵耶？』蔡季奏曰：『佗好猎，俟其出，可袭而弑也。』蔡侯以为然。乃密遣蔡季率兵车百乘，待于界口，只等逆佗出猎，便往袭之。

蔡季遣谍打探，回报：『陈君三日前出猎，见屯界口。』蔡季曰：『吾计成矣。』乃将车马分为十队，都扮作猎人模样，一路打围前去。正遇陈君队中射倒一鹿，蔡季驰车夺之。陈君怒，轻身来擒蔡季。季回车便走，陈君招引车徒赶来。只听得金锣一声响亮，十队猎人，一齐上前，将陈君拿住。蔡季大叫道：『吾非别人，乃蔡侯亲弟蔡季是也。因汝国逆佗弑君，奉吾兄之命，来此讨贼。止诛一人，余俱不问。』众人俱拜伏于地。蔡季一一抚慰，言：『故君之子跃，是我蔡侯外甥，今扶立为君，何如？』众人齐声答曰：『如此，甚合公心。某等情愿前导。』蔡季将逆佗即时枭首，悬头于车上，长驱入陈。在先跟随陈君出猎的一班人众，为之开路，表明蔡人讨贼立君之意。于是市井不惊，百姓欢呼载道。蔡季至陈，命以逆佗之首，祭于陈桓公之庙，拥立公子跃为君，是为厉公。此周桓王十四年之事也。公子佗篡位，才一年零六个月。为此须臾富贵，甘受万载恶名，岂不愚哉！有诗为证：

弑君指望千年贵，淫猎谁知一旦诛！若是凶人无显戮，乱臣贼子定纷如。

陈自公子跃即位，与蔡甚睦，数年无事，这段话缴过不提。

且说南方之国曰楚，芈姓，子爵。出自颛顼帝孙重黎，为高辛氏火正之官，能光融天下，命曰祝融。重黎死，其弟吴回嗣为祝融。生子陆终，娶鬼方国君之女，得孕怀十一年，开左胁，生下三子，又开右胁，复生下三子。长曰樊，己姓，封于卫墟，为夏伯，汤伐桀，灭之。次曰参胡，董姓，封于韩墟，周时为胡国，后灭于楚。三曰彭祖，彭姓，封于韩墟，为商伯，商末始亡。四曰会人，妘姓，封于郑墟。五曰安，曹姓，封于邾墟。六曰季连，芈姓，乃季连之苗裔。有名鬻熊者，博学有道，周文王武王俱师之。后世以熊为氏。成王时，举文、武勤劳之后，得鬻熊之曾孙熊绎，封于荆蛮，胙以子男之田，都于丹阳。五传至熊渠，甚得江汉间民和，僭号称王。周厉王暴虐，熊渠畏其侵伐，去王号不敢称。又八传至于熊仪，是为若敖。又再传至熊眴，是为蚡冒。蚡冒卒，其弟熊通，弑蚡冒之子而自立。

熊通强暴好战，有僭号称王之志。见诸侯戴周，朝聘不绝，以此犹怀观望。及周桓王兵败于郑，熊通益无忌惮，僭谋遂决。令尹斗伯比进曰：「楚去王号已久，今欲复称，恐骇观听，必先以威力制服诸侯方可。」熊通曰：「其道如何？」伯比对曰：「汉东之国，惟随为大。君姑以兵临随，而遣使求成焉。随服，则汉、淮诸国，无不顺矣。」熊通从之，乃亲率大军，屯于瑕。遣大夫薳章，求成于随。随有一贤臣，名曰季梁，又有一谀臣，名曰少师。随侯喜谀而疏贤，所以少师有宠。及楚使至随，随侯召二臣问之。季梁奏曰：「楚强随弱，今来求成，其心不可测也。姑外为应承，而内修备御，方保无虞。」少师曰：「臣请奉成约，往探楚军。」随侯乃使少师至瑕，与楚结盟。斗伯比闻少师将至，奏熊通曰：「臣闻少师乃浅近之徒，以谀得宠。今奉使来此探吾虚实，宜藏其壮锐，以老弱示之。彼将轻我，其气必骄。骄必怠，然后我可以得志。」大夫熊率比曰：「季梁在彼，何益于事？」伯比曰：「非为今日，吾以图其后也。」熊通从其计。

少师入楚营，左右瞻视，见戈甲朽敝，人或老或弱，不堪战斗，遂有矜高之色。谓熊通曰：「吾两国各守疆宇，不识上国之求成何意？」熊通谬应曰：「敝邑连年荒歉，百姓疲羸。诚恐小国合党为梗，故欲与上国约为兄弟，为唇齿之援耳。」少师对曰：「汉东小国，皆敝邑号令所及，君不必虑也。」熊通遂与少师结盟。少师行后，熊通传令班师。

少师还见随侯，述楚军羸弱之状：「幸而得盟，即刻班师，其惧我甚矣！愿假臣偏师追袭之，纵不能悉俘以归，亦可掠取其半，使楚今后不敢正眼视随。」随侯以为然。方欲起师，季梁闻之，趋入谏曰：「不可，不可！楚自若敖蚡冒以来，世修其政，冯陵江汉，积有岁年。熊通弑侄而自立，凶暴更甚。无故请成，包藏祸心。今以老弱示我，盖诱我耳。若追之，必堕其计。」随侯卜之，不吉，遂不追楚师。熊通闻季梁谏止追兵，复召斗伯比问计。伯比献策曰：「请合诸侯于沈鹿。若随人来会，服从必矣。如其不至，则以叛盟伐之。」熊通遂遣使遍告汉东诸国，以孟夏之朔，于沈鹿取齐。

至期，巴、庸、濮、邓、鄾、绞、罗、郧、贰、轸、申、江诸国毕集，惟黄、随二国不至。楚子使薳章责黄。黄子遣使告罪。又使屈瑕责随，随侯不服。熊通乃率师伐随，军于汉淮二水之间。随侯集群臣问拒楚之策。季梁进曰：「楚初合诸侯，以兵临我，其锋方锐，未可轻敌。不如卑辞以请成。楚苟听我，复修旧好足矣。其或不听，曲在于楚。楚欺我之辞卑，士有怠心。我见楚之拒请，士有怒气。我怒彼怠，庶可一战，以图侥幸乎！」少师从旁攘臂言曰：「尔何怯之甚也！楚人远来，乃自送死耳！若不速战，恐楚人复如前番遁逃，岂不可惜。」随侯惑其言，乃以少师为戎右，以季梁为御，亲自出师御楚，布阵于青林山之下。季梁升车以望楚师，谓随侯曰：「楚兵分左右二军。楚俗以左为上，其君必在左，君之所在，精兵聚焉。请专攻其右军，若右败，则左亦丧气矣。」少师曰：「避楚君而不攻，宁不贻笑于楚人乎？」随侯从其言，先攻楚左军。楚开阵以纳随师。随侯杀入阵中，楚四面伏兵皆起，人人勇猛，个个精强。少师与楚将斗丹交锋，不十合，被斗丹斩于车下。季梁保着随侯死战，楚兵不退。随侯弃了戎车，微服混于小军之中，季梁杀条血路，方脱重围。点视军卒，十分不存三四。随侯谓季梁曰：「孤不听汝言，以至于此！」问：「少师何在？」有军人见其被杀，奏知随侯，随侯叹息不已。季梁曰：「此误国之人，君何惜焉？为今之计，作速请成为上。」随侯曰：「孤今以国听子。」

季梁乃入楚军求成。熊通大怒曰：「汝主叛盟拒会，以兵相抗。今兵败求成，非诚心也。」季梁面不改色，从容进曰：「昔者奸臣少师，恃宠贪功，强寡君于行阵，实非出寡君之意。今少师已死，寡君自知其罪，遣下臣稽首于麾下。君若赦宥，当倡率汉东君长，朝夕在庭，永为南服。惟君裁之！」斗伯比曰：「天意不欲亡随，故去其谀佞。随未可灭也。不若许成，使倡率汉东君长，颂楚功绩于周，因假位号，以镇服蛮夷，于楚无不利焉。」熊通曰：「善。」乃使薳章私谓季梁曰：「寡君奄有江、汉，欲假位号，以镇服蛮夷。若徼惠上国，率群蛮以请于周室，幸而得请，寡君之荣，实惟上国之赐。寡君戢兵以待命。」季梁归言于随侯，随侯不敢不从。乃自以汉东诸侯之意，颂楚功绩，请王室以王号假楚，弹压蛮夷。桓王不许。熊通闻之，怒曰：「吾先人熊鬻，有辅导二王之劳，仅封微国，远在荆山。今地辟民众，蛮夷莫不臣服，而王不加位，是无赏也，郑人射王肩，而王不能讨，是无罚也。无赏无罚，何以为王！且王号，我先君熊渠之所自称也。孤亦光复旧号，安用周为？」遂即中军自立为楚武王，与随人结盟而去。汉东诸国，各遣使称贺。

桓王虽怒楚，无如之何。自此周室愈弱，而楚益无厌。熊通卒，传子熊赀，迁都于郢，役属群蛮，骎骎乎有侵犯中国之势。后来若非召陵之师，城濮之战，则其势不可遏矣。

话分两头。再说郑庄公自胜王师，深嘉公子元之功，大城栎邑，使之居守，比于附庸。诸大夫各有封赏；惟祝聃之功不录。祝聃自言于庄公。公曰：「射王而录其功，人将议我。」祝聃忿恨，疽发于背而死。庄公私给其家，命厚葬之。

周桓王十九年夏，庄公有疾，召祭足至床头，谓曰：「寡人有子十一人。自世子忽之外，子突、子亹、子仪，皆有贵征。子突才智福禄，似又出三子之上。三子皆非令终之相也。寡人意欲传位于突，何如？」祭足曰：「邓曼，元妃也。子忽嫡长，久居储位，且屡建大功，国人信从。废嫡立庶，臣不敢奉命！」庄公曰：「突志非安于下位者，若立忽，惟有出突于外家耳。」祭足曰：「知子莫如父，惟君命之。」庄公叹曰：「郑国自此多事矣！」乃使公子突出居于宋。五月，庄公薨。世子忽即位，是为昭公。使诸大夫分聘各国。祭足聘宋，因便察子突之变。

却说公子突之母，乃宋雍氏之女，名曰雍姞。雍氏宗族，多仕于宋，宋庄公甚宠任之。公子突被出在宋，思念其母雍姞，与雍氏商议归郑之策。雍氏告于宋公，宋公许为之计。适祭足行聘至宋，宋公喜曰：「子突之归，只在祭仲身上也！」乃使南宫长万，伏甲士于朝以待。祭足入朝，致聘行礼毕，甲士趋出，将祭足拘执。祭足大呼：「外臣何罪？」宋公曰：「姑至军府言之。」

是日，祭足被囚于军府，甲士周围把守，水泄不通。祭足疑惧，坐不安席。至晚，太宰华督携酒亲至军府，与祭足压惊。祭足曰：「寡君使足修好上国，未有开罪，不知何以触怒？将寡君之礼，或有所缺，抑使臣之不职乎？」华督曰：「皆非也。公子突之出于雍，谁不知之。今子突窜伏在宋，寡君悯焉！且子忽柔懦，不堪为君。吾子若能行废立之事，寡君愿与吾子世修姻好。惟吾子图之！』祭足曰：『寡君之立，先君所命也。以臣废君，诸侯将讨吾罪矣。』华督曰：『雍姞有宠于郑先君，母宠子贵，不亦可乎？且弑逆之事，何国蔑有？惟力是视，谁加罪焉！』因附祭足之耳曰：『吾寡君之立，亦有废而后兴。子必行之，寡君当任其无咎。』祭足皱眉不答。华督又曰：『子必不从，寡君将命南宫长万为将，发车六百乘，纳公子突于郑。出军之日，斩吾子以殉于军，吾见子止于今日矣！』祭足大惧，只得应诺。华督复要之立誓。祭足曰：『所不立公子突者，神明殛之！』

史官有诗讥祭足云：

丈夫宠辱不能惊，国相如何受胁陵！若是忠臣拚一死，宋人未必敢相轻。

华督连夜还报宋公，说：『祭足已听命了。』

次日，宋公使人召公子突至于密室，谓曰：『寡人与雍氏有言，许归吾子。今郑国告立新君，有密书及寡人曰：「必杀之，愿割三城为谢。」寡人不忍，故私告子。』公子突拜曰：『突不幸，越在上国。突之死生，已属于君。若以君之灵，使得重见先人之宗庙，惟君所命，岂惟三城！』宋公曰：『寡人囚祭仲于军府，正惟公子之故。此大事非仲不成，寡人将盟之。』乃并召祭足使与子突相见，亦召雍氏，将废忽立突之事说明。三人歃血定盟，宋公自为司盟，太宰华督莅事。宋公使子突立下誓约，三城之外，定要白璧百双，黄金万镒，每岁输谷三万钟，以为酬谢之礼。祭足书名为证。公子突急于得国，无不应承。宋公又要公子突将国政尽委祭足，突亦允之。又闻祭足有女，使许配雍氏之子雍纠，就教带雍纠归国成亲，仕以大夫之职。祭足亦不敢不从。

公子突与雍纠皆微服，诈为商贾，驾车跟随祭足，以九月朔日至郑。藏于祭足之家。

祭足伪称有疾，不能趋朝。诸大夫俱至祭府问安。祭足伏死士百人于壁衣之中，请诸大夫至内室相见。诸大夫见祭足面色充盈，衣冠齐整，大惊曰：『相君无恙，何不入朝？』祭足曰：『足非身病，乃国病也。先君宠爱子突，嘱诸宋公，今宋将遣南宫长万为将，率车六百乘，辅突伐郑。郑国未宁，何以当之？』诸大夫面面相觑，不敢置对。祭足曰：『今日欲解宋兵，惟有废立可免耳。公子突见在，诸君从否？愿一言而决！』高渠弥因世子忽谏止上卿之位，素与子忽有隙，挺身抚剑而言曰：『相君此言，社稷之福。吾等愿见新君！』众人闻高渠弥之言，疑与祭足有约，又窥见壁衣有人，各怀悚惧，齐声唯唯。祭足乃呼公子突至，纳之上坐。祭足与高渠弥先下拜。诸大夫没奈何，只得同拜伏于地。祭足预先写就连名表章，使人上之，言：『宋人以重兵纳突，臣等不能事君矣。』又自作密启，启中言：『主君之立，实非先君之意，乃臣足主之。今宋囚臣而纳突，要臣以盟，臣恐身死无益于君，已口许之。今兵将及郊，群臣畏宋之强，协谋往迎。主公不若从权，暂时避位，容臣乘间再图迎复。』末写一誓云：『违此言者，有如日！』郑昭公接了表文及密启，自知孤立无助，与妫妃泣别，出奔卫国去了。

九月己亥日，祭足奉公子突即位，是为厉公。大小政事，皆决于祭足。以女妻雍纠，谓之雍姬。言于厉公，官雍纠以大夫之职。雍氏原是厉公外家，厉公在宋时，与雍氏亲密往来，所以厉公宠信雍纠，亚于祭足。

自厉公即位，国人俱已安服。惟公子亹公子仪二人，心怀不平。又恐厉公加害，是月，公子亹奔蔡，公子仪奔陈。宋公闻子突定位，遣人致书来贺。

因此一番使命，挑起两国干戈。且听下回分解。

第〇一一回　宋庄公贪赂构兵　郑祭足杀婿逐主

却说宋庄公遣人致书称贺，就索取三城，及白璧、黄金，岁输谷数。厉公召祭足商议。厉公曰：「当初急于得国，以此恣其需索，不敢违命。今寡人即位方新，就来责偿；若依其言，府库一空矣。况嗣位之始，便失三城，岂不贻笑邻国？」祭足曰：「可辞以『人心未定，恐割地生变，愿以三城之贡赋，代输于宋。』其白璧、黄金，姑与以三分之一，婉言谢之。岁输谷数，请以来年为始。」厉公从其言，作书报之。先贡上白璧三十双，黄金三千镒，其三城贡赋，约定冬初交纳。使者还报，宋庄公大怒曰：「突死而吾生之，突贫贱而吾富贵之，区区所许，乃子忽之物，于突何与，而敢吝惜！」即日，又遣使往郑坐索，必欲如数。且立要交割三城，不愿输赋。

厉公又与祭足商议，再贡去谷二万钟。宋使去而复来，传言：「若不满所许之数，要祭足自来回话。」祭足谓厉公曰：「宋受我先君大德，未报分毫。今乃恃立君之功，贪求无厌，且出言无礼，不可听也。臣请奉使齐、鲁，求其宛转。」厉公曰：「齐、鲁肯为郑用乎？」祭足曰：「往年我先君伐许、伐宋，无役不与齐、鲁同事。况鲁侯之立，我先君实成之。即齐不厚郑，鲁自无辞。」厉公曰：「宛转之策何在？」祭足曰：「当初华督弑君而立公子冯，吾先君与齐、鲁，并受贿赂，玉成其事。鲁受郜之大鼎，吾国亦受商彝。今当诉告齐、鲁，以商彝还宋。宋公追想前情，必愧而自止。」厉公大喜曰：「寡人闻仲之言，如梦初醒。」即遣使赍了礼币，分头往齐、鲁二国，告立新君，且诉以宋人忘恩背德，索赂不休之事。使人到鲁致命，鲁桓公笑曰：「昔者，宋君行赂于敝邑，止用一鼎。今得郑赂已多，犹未满意乎？」寡人当身任之，即日亲往宋，为汝君求解。」使者谢别。

再说郑使至齐致命，齐僖公向以败戎之功，感激子忽，欲以次女文姜连姻。虽然子忽坚辞，到底齐侯心内，还偏向他一分。今日郑国废忽立突，齐侯自然不喜，谓使者曰：「郑君何罪，辄行废立？为汝君者，不亦难乎？寡人当亲率诸侯，相见于城下。」礼币俱不受。使者回报厉公。厉公大惊，谓祭足曰：「齐侯见责，必有干戈之事，何以待之？」祭足曰：「臣请简兵搜乘，预作准备。敌至则迎，又何惧焉？」

且说鲁桓公遣公子柔往宋，订期相会。宋庄公曰：「既鲁君有言相订，寡人当躬造鲁境，岂肯烦君远辱？」公子柔返命。鲁侯再遣人往约，酌地之中，在扶钟为会。时周桓王二十年秋九月也。

宋庄公与鲁侯会于扶钟。鲁侯代郑称谢，并为求宽。宋公曰：「郑君受寡人之恩深矣！譬之鸡卵，寡人抱而翼之，所许酬劳，出彼本心。今归国篡位，直欲负诺，寡人岂能忘情乎？」鲁侯曰：「大国所以赐郑者，郑岂忘之！但以嗣服未久，府库空虚，一时未得如约。然迟速之间，决不负诺。此事寡人可以力保。」宋公又曰：「金玉之物，或以府库不充为辞。若三城交割，只在片言，何以不决？」鲁侯曰：「郑君惧失守故业，遗笑列国，故愿以赋税代之。闻已纳粟万钟矣。」宋公曰：「二万钟之入，原在岁输数内，与三城无涉。况所许诸物，完未及半。今日尚然，异日事冷，寡人更何望焉？惟君早为寡人图之！」鲁侯见宋公十分固执，怏怏而罢。

鲁侯归国，即遣公子柔使郑，致宋公不肯相宽之语。郑伯又遣大夫雍纠捧着商彝，呈上鲁侯，言：「此乃宋国故物，寡君不敢擅留。请纳还宋府库，以当三城。更进白璧三十双，黄金三千镒，求君侯善言解释。」鲁桓公情不能已，只得亲至宋国，约宋公于谷邱之地相会。二君相见礼毕，鲁侯又代郑伯致不安之意，呈上白璧、黄金如数。鲁侯曰：「君谓郑所许诸物，完未及半。寡人正言责郑，郑是以勉力输纳。」宋公并不称谢，但问：「三城何日交割？」鲁侯曰：「郑君念先人世守，不敢以私恩之故，轻弃封疆。今奉一物，可以相当。」即命左右将黄锦袱包裹一物，高高捧着，跪献于宋公之前。宋公闻说「私恩」二字，眉头微皱，已有不悦之意。及启袱观看，认得商彝，乃当初宋国赂郑之物，勃然变色，佯为不知，问：「此物何用？」鲁侯曰：「此大国故府之珍，郑先君庄公，向曾效力于上国，蒙上国贶以重器，藏为世宝。嗣君不敢自爱，仍归上国。乞念昔日更事之情，免其纳地。郑先君咸受其赐，岂惟嗣君？」宋公见提起旧事，不觉两颊发赤，应曰：「往事寡人已忘之矣，将归问之故府。」正议论间，忽报：「燕伯朝宋，驾到谷邱。」宋公即请燕伯与鲁侯一处相见。燕伯见宋公，诉称：「地邻于齐，尝被齐国侵伐。寡人愿邀君之灵，请成于齐，以保社稷。」宋公许之。鲁侯谓宋公曰：「齐与纪世仇，尝有袭纪之心。君若为燕请成，寡人亦愿为纪乞好，各修和睦，免构干戈。」三君遂一同于谷邱结盟。鲁桓公回国，自秋至冬，并不见宋国回音。

郑国因宋使督促财贿，不绝于道，又遣人求鲁侯。鲁侯只得又约宋公于虚龟之境面会，以决平郑之事。宋公不至，遣使报鲁曰：「寡君与郑自有成约，君勿与闻可也。」鲁侯大怒，骂曰：「匹夫贪而无信，尚然不可，况国君乎？」遂转辕至郑，与郑伯会于武父之地，约定连兵伐宋。髯翁有诗云：

逐忽弑隐并元凶，同恶相求意自浓。只为宋庄贪诈甚，致令鲁郑起兵锋。

宋庄公闻鲁侯发怒，料想欢好不终。又闻齐侯不肯助突，乃遣公子游往齐结好，诉以子突负德之事：「寡君有悔于心，愿与君协力攻突，以复故君忽之位，并为燕伯求平。」使者未返，宋疆吏报：「鲁、郑二国兴兵来伐，其锋甚锐，将近睢阳。」宋公大惊，遂召诸大夫计议迎敌。公子御说谏曰：「师之老壮，在乎曲直，我贪郑赂，又弃鲁好，彼有词矣。不如请罪求和，息兵罢战，乃为上策。」南宫长万曰：「兵至城下，不发一矢自救，是示弱也。何以为国？」太宰督曰：「长万言是也。」

宋公遂不听御说之言，命南宫长万为将。长万荐猛获为先锋，出车三百乘。两下排开阵势。鲁侯郑伯并驾而出，停车阵前，单搦宋君打话。宋公心下怀惭，托病不出。南宫长万远远望见两枝绣盖飘扬，知是二国之君。乃抚猛获之背曰：「今日尔不建功，更待何时？」猛获应命，手握浑铁点钢矛，麾车直进。鲁、郑二君看见来势凶猛，将车退后一步。左右拥出二员上将，鲁有公子溺，郑有原繁，各驾戎车迎住。先问姓名，答曰：「吾乃先锋猛获是也。」原繁笑曰：「无名小卒，不得污吾刀斧，换你正将来，决一死敌。」猛获大怒，举矛直刺原繁。原繁抡刀接战。子溺指引鲁军，铁叶般裹来。猛获力战二将，全无惧怯。鲁将秦子、梁子，郑将檀伯，一齐俱上。猛获力不能加，被梁子一箭射着右臂，不能持矛，束手受缚。兵车甲士，尽为俘获，只逃走得步卒五十余人。

南宫长万闻败，咬牙切齿曰：「不取回猛获，何面目入城！」乃命长子南宫牛，引车三十乘搦战：「佯输诈败，诱得敌军追至西门，我自有计。」南宫牛应声而出，横戟大骂：「郑突背义之贼，自来送死，何不速降？」刚遇郑将引着弓弩手数人，单车巡阵，欺南宫牛年少，便与交锋。未及三合。南宫牛回车便走，郑将不舍，随后赶来。将近西门，炮声大举，南宫长万从后截住，南宫牛回车，两下夹攻。郑将连发数箭，射南宫牛不着，心里落慌，被南宫长万跃入车中，只手擒来。郑将原繁，闻知本营偏将单车赴敌，恐其有失，同檀伯引军疾驱而前。只见宋国城门大开，太宰华督自率大军，出城接应。这里鲁将公子溺，亦引秦子、梁子助战。两下各秉火炬，混杀一场，直杀至鸡鸣方止。宋兵折损极多。南宫长万将郑将献功，请宋公遣使到郑营，愿以郑将换回猛获。宋公许之。宋使至于郑营，说明交换之事。郑伯应允，各将槛车推出阵前，彼此互换。郑将归于郑营，猛获仍归宋城去了。是日，各自休息不战。

却说公子游往齐致命，齐僖公曰：「郑突逐兄而立，寡人之所恶也。但寡人方有事于纪，未暇及此，倘贵国肯出师助寡人伐纪，寡人敢不相助伐郑？」公子游辞了齐侯，回复宋公去讫。

再说鲁侯与郑伯在营中，正商议攻宋之策，忽报：「纪国有人告急。」鲁侯召见，呈上国书，内言：「齐兵攻纪至急，亡在旦夕。乞念婚姻世好，以一旅拔之水火。」鲁桓公大惊，谓郑伯曰：「纪君告急，孤不得不救。宋城亦未可猝拔，不如撤兵。量宋公亦不敢复来索赂矣。」郑厉公曰：「君既移兵救纪，寡人亦愿悉率敝赋以从。」鲁侯大喜，即时传令拔寨，齐望纪国进发。鲁侯先行三十里，郑伯引军断后。

宋国先得了公子游回音，后知敌营移动，恐别有诱兵之计，不来追赶，只遣谍远探。回报：「敌兵尽已出境，果往纪国。」方才放心。太宰华督奏曰：「齐既许助攻郑，我国亦当助其攻纪。」南宫长万曰：「臣愿往。」宋公发兵车二百乘，仍命猛获为先锋，星夜前来助齐。

却说齐僖公约会卫侯，并征燕兵。卫方欲发兵，而宣公适病薨。世子朔即位，是为惠公。惠公虽在丧中，不敢推辞，遣兵车二百乘相助。燕伯惧齐吞并，正欲借此修好，遂亲自引兵来会。纪侯见三国兵多，不敢出战，只深沟高垒，坚守以待。忽一日报到：「鲁、郑二君，前来救纪。」纪侯登城而望，心中大喜，安排接应。

再说鲁侯先至，与齐侯相遇于军前。鲁侯曰：「纪乃敝邑世姻，闻得罪于上国，寡人躬来请赦。」齐侯曰：「吾先祖哀公为纪所谮，见烹于周，于今八世，此仇未报。君助其亲，我报其仇。今日之事，惟有战耳。」鲁侯大怒，即命公子溺出车。齐将公子彭生接住厮杀。彭生有万夫不当之勇，公子溺如何敌得过？秦子、梁子二将，并力向前，未能取胜，刚办得架隔遮拦。卫、燕二主，闻齐、鲁交战，亦来合攻。却得后队郑伯大军已到，原繁引檀伯众将，直冲齐侯老营。纪侯亦使其弟嬴季，引军出城相助，喊声震天。公子彭生不敢恋战，急急回辕。六国兵车，混做一处相杀。鲁侯遇见燕伯，谓曰：「谷邱之盟，宋、鲁、燕三国同事。口血未干，宋人背盟，寡人伐之。君亦效宋所为，但知媚齐目前，独不为国家长计乎？」燕伯自知失信，垂首避去，托言兵败奔逃。卫无大将，其师先溃。齐侯之师亦败，杀得尸横遍野，血流成河。彭生中箭几死。正在危急，又得宋国兵到，鲁、郑方才收军。胡曾先生咏史诗云：

明欺弱小恣贪谋，只道孤城顷刻收。他国未亡我已败，令人千载笑齐侯。

宋军方到，喘息未定，却被鲁、郑各遣一军冲突前来。宋军不能立营，亦大败而去。各国收拾残兵，分头回国。齐侯回顾纪城，誓曰：「有我无纪，有纪无我，决不两存也！」

纪侯迎接鲁、郑二君入城，设享款待，军士皆重加赏犒。嬴季进曰：「齐兵失利，恨纪愈深。今两君在堂，愿求保全之策！」鲁侯曰：「今未可也，当徐图之。」次日，纪侯远送出城三十里，垂泪而别。

鲁侯归国后，郑厉公又使人来修好，寻武父之盟。自此鲁、郑为一党，宋、齐为一党。时郑国守栎大夫子元已卒，祭足奏过厉公，以檀伯代之。此周桓王二十二年也。

齐僖公为兵败于纪，怀愤成疾，是冬病笃，召世子诸儿至榻前嘱曰：「纪，吾世仇也，能灭纪者，方为孝子。汝今嗣位，当以此为第一件事。不能报此仇者，勿入吾庙！」诸儿顿首受教。僖公又召夷仲年之子无知，使拜诸儿，嘱曰：「吾同母弟，只此一点骨血，汝当善视之。衣服礼秩，一如我生前可也。」言毕，目遂瞑。诸大夫奉世子诸儿成丧即位，是为襄公。

宋庄公恨郑入骨，复遣使将郑国所纳金玉，分赂齐、蔡、卫、陈四国，乞兵复仇。齐因新丧，止遣大夫雍廪，率车一百五十乘相助。蔡、卫亦各遣将，同宋伐郑。郑厉公欲战，上卿祭足曰：「不可！宋大国也，起倾国之兵，盛气而来，若战而失利，社稷难保。幸而胜，将结没世之怨，吾国无宁日矣！不如纵之。」厉公意犹未决。祭足遂发令，使百姓守城，有请战者罪之。宋公见郑师不出，乃大掠东郊，以火攻破渠门，入及大逵，至于太宫，尽取其椽以归，为宋卢门之椽，以辱之。郑伯郁郁不乐，叹曰：「吾为祭仲所制，何乐乎为君？」于是阴有杀祭足之意。

明年春三月，周桓王病笃，召周公黑肩于床前，谓曰：「立子以嫡，礼也。然次子克，朕所钟爱，今以托卿。异日兄终弟及，惟卿主持。」言讫，遂崩。周公遵命，奉世子佗即王位，是为庄王。

郑厉公闻周有丧，欲遣使行吊。祭足固谏，以为：「周乃先君之仇，祝聃曾射王肩，若遣人往吊，只取其辱。」厉公虽然依允，心中愈怒。

一日，游于后圃，止有大夫雍纠相从。厉公见飞鸟翔鸣，凄然而叹。雍纠进曰：「当此春景融和，百鸟莫不得意。主公贵为诸侯，似有不乐之色，何也？」厉公曰：「百鸟飞鸣自繇，全不受制于人。寡人反不如鸟，是以不乐。」雍纠曰：「主公所虑，岂非秉钧之人耶？」厉公嘿然。雍纠又曰：「吾闻『君犹父也，臣犹子也。』子不能为父分忧，即为不孝，臣不能为君排难，即为不忠。倘主公不以纠为不肖，有事相委，不敢不竭死力！」厉公屏去左右，谓雍纠曰：「卿非仲之爱婿乎？」纠曰：「婿则有之，爱则未也。纠之婚于祭氏，实出宋君所迫，非祭足本心。足每言及旧君，犹有依恋之心，但畏宋不敢改图耳。」厉公曰：「卿能杀仲，吾以卿代之，但不知计将安出？」雍纠曰：「今东郊被宋兵残破，民居未复。主公明日命司徒修整廛舍，却教祭足赍粟帛往彼安抚居民，臣当于东郊设享，以鸩酒毒之。」厉公曰：「寡人委命于卿，卿当仔细。」

雍纠归家，见其妻祭氏，不觉有皇遽之色。祭氏心疑，问：「朝中今日有何事？」纠曰：「无也。」祭氏曰：「妾未察其言，先观其色，今日朝中，必无无事之理。夫妇同体，事无大小，妾当与知。」纠曰：「君欲使汝父往东郊安抚居民，至期，吾当设享于彼，与汝父称寿，别无他事。」祭氏曰：「子欲享吾父，何必郊外？」纠曰：「此君命也，汝不必问。」祭氏愈疑。乃醉纠以酒，乘其昏睡，佯问曰：「君命汝杀祭仲，汝忘之耶？」纠梦中糊涂应曰：「此事如何敢忘！」早起，祭氏谓纠曰：「子欲杀吾父，吾已尽知矣。」纠曰：「未尝有此。」祭氏曰：「夜来子醉后自言，不必讳也。」纠曰：「设有此事，与尔何如？」祭氏曰：「既嫁从夫，又何说焉？」纠乃尽以其谋告于祭氏。祭氏曰：「吾父恐行止未定，至期，吾当先一日归宁，怂恿其行。」纠曰：「事若成，吾代其位，于尔亦有荣也。」

祭氏果先一日回至父家，问其母曰：「父与夫二者孰亲？」其母曰：「皆亲。」又问：「二者亲情孰甚？」其母曰：「父甚于夫。」祭氏曰：「何也？」其母曰：「未嫁之女，夫无定而父有定；已嫁之女，有再嫁而无再生。夫合于人，父合于天，夫安得比于父哉？」其母虽则无心之言，却点醒了祭氏有心之听，遂双眼流泪曰：「吾今日为父，不能复顾夫矣！」遂以雍纠之谋，密告其母。其母大惊，转告于祭足。祭足曰：「汝等勿言，临时吾自能处分。」

至期，祭足使心腹强鉏，带勇士十余人，暗藏利刃跟随。再命公子阏率家甲百余，郊外接应防变。祭足行至东郊，雍纠半路迎迓，设享甚丰。祭足曰：「国事奔走，礼之当然，何劳大享。」雍纠曰：「郊外春色可娱，聊具一酌节劳耳。」言讫，满斟大觥，跪于祭足之前，满脸笑容，口称百寿。祭足假作相搀，先将右手握纠之臂，左手接杯浇地，火光迸裂。遂大喝曰：「匹夫何敢弄吾！」叱左右：「为我动手。」强鉏与众勇士一拥而上，擒雍纠缚而斩之，以其尸弃于周池。厉公伏有甲士在于郊外，帮助雍纠做事。早被公子阏搜着，杀得七零八落。厉公闻之，大惊曰：「祭仲不吾容也！」乃出奔蔡国。后有人言及雍纠通知祭氏，以致祭足预作准备。厉公乃叹曰：「国家大事，谋及妇人，其死宜矣！」

且说祭足闻厉公已出，乃使公父定叔往卫国迎昭公忽复位，曰：「吾不失信于旧君也！」

不知后事如何，且看下回分解。

第〇一二回

卫宣公筑台纳媳 高渠弥乘间易君

却说卫宣公名晋，为人淫纵不检。自为公子时，与其父庄公之妾名夷姜者私通，生下一子，寄养于民间，取名曰急子。宣公即位之日，元配邢妃无宠。只有夷姜得幸，如同夫妇。就许立急子为嗣，属之于右公子职。时急子长成，已一十六岁，为之聘齐僖公长女。使者返国，宣公闻齐女有绝世之姿，心贪其色，而难于启口。乃构名匠筑高台于淇河之上，朱栏华栋，重宫复室，极其华丽，名曰新台。先以聘宋为名，遣开急子。然后使左公子泄如齐，迎姜氏径至新台，自己纳之，是为宣姜。时人作新台之诗，以刺其淫乱：

新台有泚，河水弥弥。燕婉之求，籧篨不鲜。

鱼网之设，鸿则离之。燕婉之求，得此戚施！

籧篨、戚施，皆丑恶之貌，以喻宣公。言姜氏本求佳偶，不意乃配此丑恶也。后人读史至此，言齐僖公二女，长宣姜，次文姜，宣姜淫于舅，文姜淫于兄，人伦天理，至此灭绝矣！有诗叹曰：

妖艳春秋首二姜，致令齐卫紊纲常。天生尤物殃人国，不及无盐佐伯王！

急子自宋回家，复命于新台。宣公命以庶母之礼，谒见姜氏。急子全无几微怨恨之意。宣公自纳齐女，只往新台朝欢暮乐，将夷姜又撇一边。一住三年，与齐姜连生二子，长曰寿，次曰朔。自古道：『母爱子贵』。宣公因偏宠齐姜，将昔日怜爱急子之情，都移在寿与朔身上，心中便想百年之后，把卫国江山，传与寿、朔兄弟，他便心满意足，反似多了急子一人。只因公子寿天性孝友，与急子如同胞一般相爱，每在父母面前，周旋其兄。

那急子又温柔敬慎，无有失德，所以宣公未曾显露其意。私下将公子寿嘱托左公子泄，异日扶他为君。那公子朔虽与寿一母所生，贤愚迥然不同；年齿尚幼，天生狡猾，恃其母之得宠，阴蓄死士，心怀非望。不惟憎嫌急子，并亲兄公子寿，也像赘疣一般。只是事有缓急，先除急子要紧。常把说话挑激母亲，说：「父亲眼下，虽然将我母子看待。有急子在先，他为兄，我等为弟，异日传位，蔑不得长幼之序。况夷姜被你夺宠，心怀积忿。若急子为君，彼为国母，我母子无安身之地矣！」齐姜原是急子所聘，今日跟随宣公，生子得时，也觉急子与己有碍。遂与公子朔合谋，每每谗谮急子于父亲之前。

一日，急子诞日，公子寿治酒相贺，朔亦与席。坐间，急子与公子寿说话甚密。公子朔插嘴不下，托病先别。一径到母亲齐姜面前，双眼垂泪，扯个大谎，告诉道：「孩儿好意同自己哥哥与急子上寿，急子饮酒半酣，戏谑之间，呼孩儿为儿子。孩儿心中不平，说他几句。他说：『你母亲原是我的妻子，你便称我为父，于理应该。』孩儿再待开口，他便奋臂要打，亏自己哥哥劝住，孩儿逃席而来。受此大辱，望母亲禀知父侯，与孩儿做主。」齐姜信以为然。待宣公入宫，呜呜咽咽的告诉出来，如此如此，这般这般。又装点几句道：「他还要玷污妾身，说：『我母夷姜，原是父亲的庶母，尚然收纳为妻。况你母亲原是我旧妻，父亲只算借贷一般，少不得与卫国江山，一同还我。』」宣公召公子寿问之，寿答曰：「并无此说。」宣公半疑半信，但遣内侍传谕夷姜，责备他不能教训其子。夷姜怨气填胸，无处伸诉，投缳而死。髯翁有诗叹曰：

父妾如何与子通？聚麀传笑卫淫风。夷姜此日投缳晚，何似当初守节终！

急子痛念其母，惟恐父亲嗔怪，暗地啼哭。公子朔又与齐姜谤说：「急子因生母死于非命，口出怨言，日后要将母子偿命。」宣公本不信有此事。无奈妒妾谗子，日夜撺掇，定要宣公杀急子，以绝后患，不由宣公不听。但展转踌躇，终是杀之无名，必须假手他人，死于道路，方可掩人耳目。

其时，适齐僖公约会伐纪，征兵于卫。宣公乃与公子朔商议，假以往订师期为名，遣急子如齐，授以白旄。此去莘野，是往齐的要路，舟行至此，必然登陆，在彼安排急子，他必不作准备。公子朔向来私蓄死士，今日正用得着，教他假装盗贼，伏于莘野，只认白旄过去，便赶出一齐下手，以旄复命，自有重赏。公子朔处分已定，回复齐姜，齐姜心下十分欢喜。

却说公子寿见父亲屏去从人，独召弟朔议事，心怀疑惑。入宫来见母亲，探其语气。齐姜不知隐瞒，尽吐其实。嘱咐曰：「此乃汝父主意，欲除我母子后患，不可泄漏他人。」公子寿知其计已成，谏之无益。私下来见急子，告以父亲之计：「此去莘野必由之路，多凶少吉。不如出奔他国，别作良图。」急子曰：「为人子者，以从命为孝。弃父之命，即为逆子。世间岂有无父之国，即欲出奔，将安往哉？」遂束装下舟，毅然就道。公子寿泣劝不从，思想：「吾兄真仁人也！此行若死于盗贼之手，父亲立我为嗣，何以自明？子不可以无父，弟不可以无兄，吾当先兄而行，代他一死，吾兄必然获免。父亲闻吾之死，倘能感悟，慈孝两全，落得留名万古。」于是别以一舟载酒，亟往河下，请急子饯别。急子辞以：「君命在身，不敢逗遛。」公子寿乃移樽过舟，满斟以进。未及开言，不觉泪珠堕于杯中。急子忙接而饮之。公子寿曰：「酒已污矣！」急子曰：「正欲饮吾弟之情也。」公子寿拭泪言曰：「今日此酒，乃吾弟兄永诀之酒。哥哥若鉴小弟之情，多饮几杯。」急子曰：「敢不尽量！」两人泪眼相对，彼此劝酬。公子寿有心留量。急子到手便吞，不觉尽醉，倒于席上，鼾鼾睡去。公子寿谓从人曰：「君命不可迟也。我当代往。」即取急子手中白旄，故意建于舟首，用自己仆从相随。嘱咐急子随行人众，好生守候。袖中出一简，付之曰：『俟世子酒醒后，可呈看也。』即命发舟。

行近莘野，方欲整车登岸，那些埋伏的死士，望见河中行旌飘扬，认得白旄，定是急子到来，一声呼哨，如蜂而集。公子寿挺然出喝曰：『吾乃本国卫侯长子，奉使往齐。汝等何人，敢来邀截？』众贼齐声曰：『吾等奉卫侯密旨，来取汝首！』挺刀便砍。从者见势头凶猛，不知来历，一时惊散。可怜寿子引颈受刀，贼党取头，盛于木匣，一齐下船，偃旄而归。

再说急子酒量原浅，一时便醒，不见了公子寿，从人将简缄呈上，急子拆而看之，简上只有八个字云：『弟已代行，兄宜速避。』急子不觉堕泪曰：『弟为我犯难，吾当速往。不然，恐误杀吾弟也！』喜得仆从俱在，就乘了公子寿之舟，催趱舟人速行。真个似电流光绝，鸟逝超群。其夜月明如水，急子心念其弟，目不交睫。注视鹢首之前，望见公子寿之舟，喜曰：『天幸吾弟尚在！』从人禀曰：『此来舟，非去舟也！』急子心疑，教拢船上去。两船相近，楼橹俱明。只见舟中一班贼党，并不见公子寿之面。急子愈疑，乃佯问曰：『主公所命，曾了事否？』众贼听得说出秘密，却认为公子朔差来接应的，乃捧函以对曰：『事已了矣。』急子取函启视，见是公子寿之首，仰天大哭曰：『天乎冤哉！』众贼骇然，问曰：『父杀其子，何故称冤？』急子曰：『我乃真急子也。得罪于父，父命杀我。此吾弟寿也。何罪而杀之？可速断我头，归献父亲，可赎误杀之罪。』贼党中有认得二公子者，于月下细认之曰：『真误矣！』众贼遂将急子斩首，并纳函中。从人亦皆四散。《卫风》有《乘舟》之诗，正咏兄弟争死之事。诗曰：

二子乘舟，泛泛其景；愿言思子，中心养养！

二子乘舟，泛泛其逝；愿言思子，不瑕有害！

诗人不敢明言，但追想乘舟之人，以寓悲思之意也。

再说众贼连夜奔入卫城，先见公子朔，呈上白旄。然后将二子先后被杀事情，细述一遍，犹恐误杀得罪。谁知一箭射双雕，正中了公子朔的隐怀。自出金帛，厚赏众贼。却入宫来见母亲说：『公子寿载旌先行，自陨其命。喜得急子后到，天教他自吐真名，偿了哥哥之命。』齐姜虽痛公子寿，却幸除了急子，拔去眼中之钉，正是忧喜相半。母子商量，且教慢与宣公说知。

却说左公子泄，原受急子之托；右公子职，原受公子寿之托，二人各自关心。遣人打探消息，回报如此如此。起先未免各为其主，到此同病相怜，合在一处商议。候宣公早朝，二人直入朝堂，拜倒在地，放声大哭。宣公惊问何故，公子泄、公子职二人一辞，将急子与公子寿被杀情由，细述一遍，『乞收拾尸首埋葬，以尽当初相托之情。』说罢哭声转高。宣公虽怪急子，却还怜爱公子寿。忽闻二子同时被害，吓得面如土色，半晌不言。痛定生悲，泪如雨下，连声叹曰：『齐姜误我，齐姜误我！』即召公子朔问之，朔辞不知。宣公大怒，就着公子朔拘拿杀人之贼。公子朔口中应承，只是支吾，那肯献出贼党。

宣公自受惊之后，又想念公子寿，感成一病，闭眼便见夷姜、急子、寿子一班，在前啼啼哭哭。祈祷不效，半月而亡。公子朔发丧袭位，是为惠公。时朔年一十五岁，将左右二公子罢官不用。庶兄公子硕字昭伯，心中不服，连夜奔齐。公子泄与公子职怨恨惠公，每思为急子及公子寿报仇，未得其便。

话分两头。却说卫侯朔初即位之年，因助齐攻纪，为郑所败，正在衔恨。忽闻郑国有使命至，问其来意。知郑厉公出奔，群臣迎故君忽复位，心中大喜。即发车徒，护送昭公还国。祭足再拜，谢昔日不能保护之罪。昭公虽不治罪，心中怏怏，恩礼稍减于昔日。祭足亦觉跼蹐不安，每每称疾不朝。高渠弥素失爱于昭公，及昭公复国，恐为所害，阴养死士，为弑忽立亹之计。时郑厉公在蔡，亦厚结蔡人。遣人传语檀伯，欲借栎为巢窟，檀伯不从。于是使蔡人假作商贾，于栎地往来交易，因而厚结栎人，暗约为助，乘机杀了檀伯。厉公遂居栎，增城濬池，大治甲兵，将谋袭郑，遂为敌国。祭足闻报大惊，急奏昭公，命大夫傅瑕屯兵大陵，以遏厉公来路。厉公知郑有备，遣人转央鲁侯，谢罪于宋，许以复国之后，仍补前赂未纳之数。鲁使至宋，宋庄公贪心又起，结连蔡、卫，共纳厉公。时，卫侯朔有送昭公复国之劳，昭公并不修礼往谢，所以亦怨昭公，反与宋公协谋。因即位以来，并未与诸侯相会，乃自将而往。

公子泄谓公子职曰：『国君远出，吾等举事，此其时矣！』公子职曰：『如欲举事，先定所立，人民有主，方保不乱。』正密议间，阍人报：『大夫宁跪有事相访。』两公子迎入。宁跪曰：『二公子忘乘舟之冤乎？今日机会，不可失也！』公子职曰：『正议拥戴，未得其人。』宁跪曰：『吾观群公子中，惟黔牟仁厚可辅，且周王之婿，可以弹压国人。』三人遂歃血定议。乃暗约急子、寿子原旧一班从人，假传一个谍报，只说：『卫侯伐郑，兵败身死。』于是迎公子黔牟即位。百官朝见已毕，然后宣播卫朔构陷二兄，致父忿死之恶。重为急、寿二子发丧，改葬其柩。遣使告立君于周。宁跪引兵营于郊外，以遏惠公归路。公子泄欲杀宣姜，公子职止之曰：『姜虽有罪，然齐侯之妹也，杀之，恐得罪于齐。不如留之，以结齐好。』乃使宣姜出居别宫，月致廪饩无缺。

再说宋、鲁、蔡、卫共是四国，合兵伐郑。祭足自引兵至大陵，与傅瑕合力拒敌，随机应变，未尝挫失。四国不能取胜，只得引回。

单说卫侯朔伐郑无功，回至中途，闻二公子作乱，已立黔牟，乃出奔于齐国。齐襄公曰：『吾甥也。』厚其馆饩，许以兴兵复国。朔遂与襄公立约：『如归国之日，内府宝玉，尽作酬仪。』襄公大喜。忽报：『鲁侯使到。』因齐侯求婚于周，周王允之，使鲁侯主婚，要以王姬下嫁。鲁侯欲亲自至齐，面议其事。襄公想起妹子文姜，久不相会，何不一同请来？遂遣使至鲁，并迎文姜。诸大夫请问伐卫之期。襄公曰：『黔牟，亦天子婿也。寡人方图婚于周，此事姑且迟之。』但恐卫人杀害宣姜，遣公孙无知纳公子硕于卫。私嘱无知，要公子硕烝于宣姜，以为复朔之地。

公孙无知领命，同公子硕归卫，与新君黔牟相见。时公子硕内子已卒，无知将齐侯之意，遍致卫国君臣，并致宣姜。那宣姜倒也心肯。卫国众臣，素恶宣姜僭位中宫，今日欲贬其名号，无不乐从。只是公子硕念父子之伦，坚不允从。无知私言于公子职曰：『此事不谐，何以复寡君之命？』公子职恐失齐欢，定下计策，请公子硕饮宴，使女乐侑酒，灌得他烂醉，扶入别宫，与宣姜同宿，醉中成就其事。醒后悔之，已无及矣。宣姜与公子硕遂为夫妇。后生男女五人：长男齐子早卒，次戴公申，次文公毁；女二，为宋桓公、许穆公夫人。史臣有诗叹曰：

子妇如何攘作妻，子烝庶母报非迟。夷姜生子宣姜继，家法源流未足奇。

此诗言昔日宣公烝父妾夷姜，而生急子。今其子昭伯，亦烝宣姜而生男女五人。家法相传，不但新台之报也。

话分两头。再说郑祭足自大陵回，因旧君子突在栎，终为郑患，思一制御之策。想齐与厉公原有战纪之仇，今日谋纳厉公，惟齐不与。况且新君嗣位，正好修睦。又闻鲁侯为齐主婚，齐、鲁之交将合。于是奏知昭公，自赍礼帛，往齐结好，因而结鲁。若得二国相助，可以敌宋。自古道：『智者千虑，必有一失。』祭足但知防备厉公，却不知高渠弥毒谋已就，只虑祭足多智，不敢动手。今见祭足远行，肆无忌惮。乃密使人迎公子亹在家，乘昭公冬行蒸祭，伏死士于半路，突起弑之，托言为盗所杀。遂奉公子亹为君。使人以公子亹之命，召祭足回国，与高渠弥并执国政。可怜昭公复国，未满三载，遂遭逆臣之祸。髯仙读史至此，论昭公自为世子时，已知高渠弥之恶。及两次为君，不能剪除凶人，留以自祸，岂非优柔不断之祸？有诗叹云：

明知恶草自当鉏，蛇虎如何与共居？我不制人人制我，当年枉自识高渠！

不知郑子亹如何结束，且看下回分解。

第〇一三回 鲁桓公夫妇如齐 郑子亹君臣为戮

却说齐襄公见祭足来聘，欣然接之。正欲报聘，忽闻高渠弥弑了昭公，援立子亹，心中大怒，便有兴兵诛讨之意。因鲁侯夫妇将至齐国，且将郑事搁起，亲至泺水迎候。

却说鲁夫人文姜，见齐使来迎，心下亦想念其兄，欲借归宁之名，与桓公同行。桓公溺爱其妻，不敢不从。大夫申繻谏曰：「『女有室，男有家』，古之制也。礼无相渎，渎则有乱。女子出嫁，父母若在，每岁一归宁。今夫人父母俱亡，无以妹宁兄之理。鲁以秉礼为国，岂可行此非礼之事？」桓公已许文姜，遂不从申繻之谏。夫妇同行，车至泺水，齐襄公早先在矣。殷勤相接，各叙寒温。一同发驾，来到临淄，鲁侯致周王之命，将婚事议定。齐侯十分感激，先设大享，款待鲁侯夫妇。然后迎文姜至于宫中，只说与旧日宫嫔相会。谁知襄公预造下密室，另治私宴，与文姜叙情。饮酒中间，四目相视，你贪我爱，不顾天伦，遂成苟且之事。两下迷恋不舍，遂留宿宫中，日上三竿，尚相抱未起，撇却鲁桓公在外，冷冷清清。鲁侯心中疑虑，遣人至宫门细访，回报：「齐侯未娶正妃，止有偏宫连氏。乃大夫连称之从妹，向来失宠，齐侯不与相处。姜夫人自入齐宫，只是兄妹叙情，并无他宫嫔相聚。」鲁侯情知不做好事，恨不得一步跨进齐宫，观其动静。恰好人报：「国母出宫来了。」鲁侯盛气以待。便问姜氏曰：「夜来宫中共谁饮酒？」答曰：「同连妃。」又问：「几时散席？」答：「久别话长，直到粉墙月上，可半夜矣。」又问：「你兄曾来陪饮否？」答曰：「我兄不曾来。」鲁侯笑而问曰：「难道兄妹之情，不来相陪？」姜氏曰：「饮至中间，曾来相劝一杯，即时便去。」鲁侯曰：「你席散如何不出宫？」姜氏曰：「夜深不便。」鲁侯又问曰：「你在何处安置？」姜氏曰：「君侯差矣！何必盘问至此？宫中许多空房，岂少下榻之处？妾自在西宫过宿，即昔年守闺之所也。」鲁侯曰：「你今日如何起得恁迟？」姜氏曰：「夜来饮酒劳倦，今早梳妆，不觉过时。」鲁侯又问曰：「宿处谁人相伴？」姜氏曰：「宫娥耳。」鲁侯又曰：「你兄在何处睡？」姜氏不觉面赤曰：「为妹的怎管哥哥睡处？言之可笑！」鲁侯曰：「只怕为哥的，倒要管妹子睡处！」姜氏曰：「是何言也？」鲁侯曰：「自古男女有别。你留宿宫中，兄妹同宿，寡人已尽知之，休得瞒隐！」姜氏口中虽是含糊抵赖，啼啼哭哭，心中却也十分惭愧。鲁桓公身在齐国，无可奈何，心中虽然忿恨，却不好发作出来，正是「敢怒而不敢言」。即遣人告辞齐侯，且待归国，再作区处。

却说齐襄公自知做下不是，姜氏出宫之时，难以放心，便密遣心腹力士石之纷如跟随，打听鲁侯夫妇相见有何说话。石之纷如回复：「鲁侯与夫人角口，如此如此。」襄公大惊曰：「亦料鲁侯久后必知，何其早也？」少顷，见鲁使来辞，明知事泄之故。乃固请于牛山一游，便作饯行。使人连逼几次，鲁侯只得命驾出郊。文姜自留邸舍，闷闷不悦。

却说齐襄公一来舍不得文姜回去，二来惧鲁侯怀恨成仇，一不做，二不休，吩咐公子彭生待席散之后，送鲁侯回邸，要在车中结果鲁侯性命。彭生记起战纪时一箭之恨，欣然领命。是日，牛山大宴，盛陈歌舞，襄公意倍殷勤。鲁侯只低头无语。襄公教诸大夫轮流把盏，又教宫娥内侍，捧樽跪劝。鲁侯心中愤郁，也要借杯浇闷，不觉酩酊大醉，别时不能成礼。襄公使公子彭生抱之上车。彭生遂与鲁侯同载。离国门约有二里，彭生见鲁侯熟睡，挺臂以拉其胁。彭生力大，其臂如铁，鲁侯被拉胁折，大叫一声，血流满车而死。彭生谓众人曰：「鲁侯醉后中恶，速驰入城，报知主公。」众人虽觉蹊跷，谁敢多言。史臣有诗云：

男女嫌微最要明，夫妻越境太胡行。当时若听申繻谏，何至车中六尺横？

齐襄公闻鲁侯暴薨，佯啼假哭，即命厚殓入棺，使人报鲁迎丧。鲁之从人回国，备言车中被弑之由。大夫申繻曰：「国不可一日无君。且扶世子同主张丧事，候丧车到日，行即位礼。」公子庆父，字孟，乃桓公之庶长子，攘臂言曰：「齐侯乱伦无礼，祸及君父。愿假我戎车三百乘，伐齐声罪！」大夫申繻惑其言，私以问谋士施伯曰：「可伐齐否？」施伯曰：「此暧昧之事，不可闻于邻国。况鲁弱齐强，伐未可必胜，反彰其丑。不如含忍，姑请究车中之故，使齐杀公子彭生，以解说于列国，齐必听从。」申繻告于庆父，遂使施伯草成国书之稿，世子居丧不言，乃用大夫出名，遣人如齐，致书迎丧。齐襄公启书看之。书曰：

外臣申繻等，拜上齐侯殿下：寡君奉天子之命，不敢宁居，来议大婚。今出而不入，道路纷纷，皆以车中之变为言。无所归咎，耻辱播于诸侯，请以彭生正罪。

襄公览毕，即遣人召彭生入朝。彭生自谓有功，昂然而入。襄公当鲁使之面骂曰：「寡人以鲁侯过酒，命尔扶持上车。何不小心伏侍，使其暴薨？尔罪难辞！」喝令左右缚之，斩于市曹。彭生大呼曰：「淫其妹而杀其夫，皆出汝无道昏君所为。今日又委罪于我！死而有知，必为妖孽，以取尔命！」襄公遽自掩其耳，左右皆笑。襄公一面遣人往周王处谢婚，并订娶期。一面遣人送鲁侯丧车回国，文姜仍留齐不归。

鲁大夫申繻率世子同迎柩至郊，即于柩前行礼成丧，然后嗣位，是为庄公。申繻、颛孙生、公子溺、公子偃、曹沫一班文武，重整朝纲。庶兄公子庆父，庶弟公子牙、嫡弟季友，俱参国政。申繻荐施伯之才，亦拜上士之职。以明年改元，实周庄王之四年也。

鲁庄公集群臣商议，为齐迎婚之事。施伯曰：「国有三耻，君知之乎？」庄公曰：「何谓三耻？」施伯曰：「先君虽已成服，恶名在口，一耻也；君夫人留齐未归，引人议论，二耻也；齐为仇国，况君在衰绖之中，乃为主婚，辞之则逆王命，不辞则贻笑于人，三耻也。」鲁庄公蹴然曰：「此三耻何以免之？」施伯曰：「欲人勿恶，必先自美；欲人勿疑，必先自信。先君之立，未膺王命。若乘主婚之机，请命于周，以荣名被之九泉，则一耻免矣。君夫人在齐，宜以礼迎之，以成主公之孝，则二耻免矣。惟主婚一事，最难两全；然亦有策。」庄公曰：「其策何如？」施伯曰：「可将王姬馆舍，筑于郊外，使上大夫迎而送之，君以丧辞。上不逆天王之命，下不拂大国之情，中不失居丧之礼，如此，则三耻亦免矣。」庄公曰：「申繻言汝『智过于腹』。果然！」遂一一依策而行。

却说鲁使大夫颛孙生至周，请迎王姬；因请以黻冕圭璧，为先君泉下之荣。周庄王许之，择人使鲁，锡桓公命，周公黑肩愿行，庄王不许，别遣大夫荣叔。原来庄王之弟王子克，有宠于先王，周公黑肩曾受临终之托。庄王疑黑肩有外心，恐其私交外国，树成王子克之党，所以不用。黑肩知庄王疑己，夜诣王子克家商议，欲乘嫁王姬之日，聚众作乱，弑庄王而立子克。大夫辛伯闻其谋，以告庄王。乃杀黑肩，而逐子克。子克奔燕。此事表过不提。

且说鲁颛孙生送王姬至齐，就奉鲁侯之命，迎接夫人姜氏。齐襄公十分难舍，碍于公论，只得放回。临行之际，把袂留连，千声珍重：「相见有日！」各各洒泪而别。姜氏一者贪欢恋爱，不舍齐侯，二者背理贼伦，羞回故里，行一步，懒一步。车至禚地，见行馆整洁，叹曰：「此地不鲁不齐，正吾家也。」吩咐从人，回复鲁侯：「未亡人性贪闲适，不乐还宫。要吾回归，除非死后。」鲁侯知其无颜归国，乃为筑馆于祝邱，迎姜氏居之。姜氏遂往来于两地。鲁侯馈问，四时不绝。后来史官议论，以为鲁庄公之于文姜，论情，则生身之母；论义，则杀父之仇。若文姜归鲁，反是难处之事，只合徘徊两地，乃所以全鲁侯之孝也。髯翁诗曰：

弑夫无面返东蒙，禚地徘徊齐鲁中。若使腼颜归故国，亲仇两字怎融通？

话分两头。再说齐襄公拉杀鲁桓公，国人沸沸扬扬，尽说：「齐侯无道，干此淫残蔑理之事。」襄公心中暗愧，急使人迎王姬至齐成婚，国人议犹未息，欲行一二义举，以服众心。想：「郑弑其君，卫逐其君，两件都是大题目。但卫公子黔牟，是周王之婿，方娶王姬，未可便与黔牟作对。不若先讨郑罪，诸侯必然畏服。」又恐起兵伐郑，胜负未卜。乃佯遣人致书子亹，约于首止，相会为盟。

子亹大喜曰：「齐侯下交，吾国安如泰山矣！」欲使高渠弥、祭足同往，祭足称疾不行。原繁私问于祭足曰：「新君欲结好齐侯，君宜辅之，何以不往？」祭足曰：「齐侯勇悍残忍，嗣守大国，侈然有图伯之心。况先君昭公有功于齐，齐所念也。夫大国难测，以大结小，必有奸谋。此行也，君臣其为戮乎？」原繁曰：「君言果信，郑国谁属？」祭足曰：「必子仪也。是有君人之相，先君庄公曾言之矣。」原繁曰：「人言君多智，吾姑以此试之。」至期，齐襄公遣王子成父、管至父二将，各率死士百余，环侍左右，力士石之纷如紧随于后。高渠弥引着子亹同登盟坛，与齐侯叙礼已毕。嬖臣孟阳手捧血盂，跪而请歃。襄公目视之，孟阳遽起。襄公执子亹手问曰：「先君昭公，因甚而殂？」子亹变色，惊颤不能出词。高渠弥代答曰：「先君因病而殂，何烦君问？」襄公曰：「闻蒸祭遇贼，非关病也。」高渠弥遮掩不过，只得对曰：「原有寒疾，复受贼惊，是以暴亡耳。」襄公曰：「君行必有警备，此贼从何而来？」高渠弥对曰：「嫡庶争立，已非一日，各有私党，乘机窃发，谁能防之？」襄公又曰：「曾获得贼人否？」高渠弥曰：「至今尚在缉访，未有踪迹。」襄公大怒曰：「贼在眼前，何烦缉访？汝受国家爵位，乃以私怨弑君。到寡人面前，还敢以言语支吾！寡人今日为汝先君报仇！」叫力士：「快与我下手！」高渠弥不敢分辩。石之纷如先将高渠弥绑缚。

子亹叩首乞哀曰：「此事与孤无干，皆高渠弥所为也。乞恕一命！」襄公曰：「既知高渠弥所为，何不讨之？汝今日自往地下分辩。」把手一招，王子成父与管至父引着死士百余，一齐上前，将子亹乱砍，死于非命。随行人众，见齐人势大，谁敢动手。一时尽皆逃散。襄公谓高渠弥曰：「汝君已了，汝犹望活乎？」高渠弥对曰：「自知罪重，只求赐死！」襄公曰：「只与你一刀，便宜了你！」乃带至国中，命车裂于南门。车裂者，将罪人头与四肢，缚于五辆车辕之上，各自分向，各驾一牛，然后以鞭打牛，牛走车行，其人肢体裂而为五。俗言「五牛分尸」。此乃极重之刑。襄公欲以义举闻于诸侯，故意用此极刑，张大其事也。高渠弥已死，襄公命将其首，号令南门，榜曰：「逆臣视此！」一面使人收拾子亹尸首，藁葬于东郭之外。一面遣使告于郑曰：「贼臣逆子，周有常刑。汝国高渠弥主谋弑君，擅立庶孽，寡君痛郑先君之不吊，已为郑讨而戮之矣。愿改立新君，以邀旧好。」原繁闻之，叹曰：「祭仲之智，吾不及也！」诸大夫共议立君，叔詹曰：「故君在栎，何不迎之？」祭足曰：「出亡之君，不可再辱宗庙。不如立公子仪。」原繁亦赞成之。于是迎公子仪于陈，以嗣君位。祭足为上大夫，叔詹为中大夫，原繁为下大夫。子仪既即位，乃委国于祭足，恤民修备，遣使修聘于齐、陈诸国。又受命于楚，许以年年纳贡，永为属国。厉公无间可乘，自此郑国稍安。

不知后事如何，且看下回分解。

第〇一四回 卫侯朔抗王入国 齐襄公出猎遇鬼

却说王姬至齐，与襄公成婚。那王姬生性贞静幽闲，言动不苟。襄公是个狂淫之辈，不甚相得。王姬在宫数月，备闻襄公淫妹之事，默然自叹：「似此蔑伦悖理，禽兽不如。吾不幸错嫁匪人，是吾命也！」郁郁成疾，不及一年，遂卒。

襄公自王姬之死，益无忌惮。心下思想文姜，伪以狩猎为名，不时往禚。遣人往祝邱，密迎文姜到禚，昼夜淫乐。恐鲁庄公发怒，欲以兵威胁之。乃亲率重兵袭纪，取其郱、鄑、郚三邑之地。兵移酅城，使人告纪侯：「速写降书，免至灭绝。」纪侯叹曰：「齐吾世仇。吾不能屈膝仇人之庭，以求苟活也！」乃使夫人伯姬作书，遣人往鲁求救。齐襄公出令曰：「有救纪者，寡人先移兵伐之！」鲁庄公遣使如郑，约他同力救纪。郑伯子仪，因厉公在栎，谋袭郑国，不敢出师，使人来辞。鲁侯孤掌难鸣，行至滑地，惧齐兵威，留宿三日而返。纪侯闻鲁兵退回，度不能守，将城池、妻子，交付其弟嬴季，拜别宗庙，大哭一场，半夜开门而出，不知所终。

嬴季谓诸大臣曰：「死国与存祀，二者孰重？」诸大夫皆曰：「存祀为重。」嬴季曰：「苟能存纪宗庙，吾何惜自屈？」即写降书，愿为齐外臣，守酅宗庙。齐侯许之。嬴季遂将纪国土地户口之数，尽纳于齐，叩首乞哀。齐襄公收其版籍，于纪庙之旁，割三十户以供纪祭祀，号嬴季为庙主。纪伯姬惊悸而卒。襄公命葬以夫人之礼，以媚于鲁。伯姬之娣叔姬，乃昔日从嫁者，襄公欲送之归鲁。叔姬曰：「妇人之义，既嫁从夫。生为嬴氏妇，死为嬴氏鬼，舍此安归乎？」襄公乃听其居酅守节。后数年而卒。史官赞云：

世衰俗敝，淫风相袭。齐公乱妹，新台娶媳。

禽行兽心，伦亡纪佚。小邦妾媵，矢节从一。

宁守故庙，不归宗国。卓哉叔姬，柏舟同式！

按齐襄公灭纪之岁，乃周庄王七年也。

是年，楚武王熊通，以随侯不朝，复兴兵伐随，未至而薨。令尹斗祈，莫敖屈重，秘不发丧。出奇兵从间道直逼随城。随惧，行成。屈重伪以王命，入盟随侯。大军既济汉水，然后发丧。子熊赀即位，是为文王。此事不提。

再说齐襄公灭纪凯旋，文姜于路迎接其兄，至于祝邱，盛为燕享。用两君相见之礼，彼此酬酢，大犒齐军。又与襄公同至禚地，留连欢宿。襄公乃使文姜作书，召鲁庄公来禚地相会。庄公恐违母命，遂至禚谒见文姜。文姜使庄公以甥舅之礼，见齐襄公，且谢葬纪伯姬之事。庄公亦不能拒，勉强从之。襄公大喜，亦具享礼款待庄公。时襄公新生一女，文姜以庄公内主尚虚，令其订约为婚。庄公曰：『彼女尚血胞，非吾配也。』文姜怒曰：『汝欲疏母族耶？』襄公亦以长幼悬隔为嫌。文姜曰：『待二十年而嫁，亦未晚也。』襄公惧失文姜之意，庄公亦不敢违母命，两下只得依允。甥舅之亲，复加甥舅，情愈亲密。二君并车驰猎于禚地之野，庄公矢不虚发，九射九中。襄公称赞不已。野人窃指鲁庄公戏曰：『此吾君假子也！』庄公怒，使左右踪迹其人，杀之。襄公亦不嗔怪。史臣论庄公有母无父，忘亲事仇。作诗诮云：

车中饮恨已多年，甘与仇雠共戴天。莫怪野人呼假子，已同假父作姻缘。

文姜自鲁、齐同狩之后，益无忌惮，不时与齐襄公聚于一处。或于防，或于谷，或时直至齐都，公然留宿宫中，俨如夫妇。国人作《载驱》之诗，以刺文姜。诗云：

载驱薄薄，簟茀朱鞹。鲁道有荡，齐子发夕。

汶水滔滔，行人儦儦。鲁道有荡，齐子游遨。

薄薄者，疾驱之貌。簟，席，所以铺车。茀，车后户。朱鞹者，以朱漆兽皮。皆车饰也。齐子指文姜。言文姜乘此车而至齐。儦儦，众貌；言其仆从之多也。又有《敝笱》之诗，以刺庄公。诗云：

敝笱在梁，其鱼鲂鳏。齐子归止，其从如云。

敝笱在梁，其鱼鲂鳏。齐子归止，其从如水。

笱者，取鱼之器。言敝坏之罟，不能制大鱼，以喻鲁庄公不能防闲文姜，任其仆从出入无禁也。

且说齐襄公自禚回国，卫侯朔迎贺灭纪之功，再请伐卫之期。襄公曰：『今王姬已卒，此举无碍。但非连合诸侯，不为公举。君少待之。』卫侯称谢。过数日，襄公遣使约会宋、鲁、陈、蔡四国之君，一同伐卫，共纳惠公。其檄云：

天祸卫国，生逆臣泄、职，擅行废立。致卫君越在敝邑，于今七年。孤坐不安席。以疆场多事，不即诛讨。今幸少闲，悉索敝赋，愿从诸君之后，左右卫君，以诛卫之不当立者！

时周庄王八年之冬也。

齐襄公出车五百乘，同卫侯朔先至卫境。四国之君，各引兵来会。那四路诸侯：宋闵公捷，鲁庄公同，陈宣公杵臼，蔡哀侯献舞。卫侯闻五国兵至，与公子泄、公子职商议，遣大夫宁跪告急于周。庄王问群臣：「谁能为我救卫者？」周公忌父，西虢公伯皆曰：「王室自伐郑损威以后，号令不行。今齐侯诸儿，不念王姬一脉之亲，鸠合四国，以纳君为名。名顺兵强，不可敌也。」左班中最下一人挺身出曰：「二公之言差矣！四国但只强耳，安得言名顺乎？」众人视之，乃下士子突也。周公曰：「诸侯失国，诸侯纳之，何为不顺？」子突曰：「黔牟之立，已禀王命。既立黔牟，必废子朔。二公不以王命为顺，而以纳诸侯为顺，诚突所不解也！」虢公曰：「兵戎大事，量力而行。王室不振，已非一日。伐郑之役，先王亲在军中，尚中祝聃之矢。至今两世，未能问罪。况四国之力，十倍于郑。孤军赴援，如以卵抵石，徒自亵威，何益于事？」子突曰：「天下之事，理胜力为常，力胜理为变。王命所在，理所萃也。一时之强弱在力，千古之胜负在理。若蔑理而可以得志，无一人起而问之，千古是非，从此颠倒，天下不复有王矣！诸公亦何面目号为王朝卿士乎？」虢公不能答。周公曰：「倘今日兴救卫之师，汝能任其事否？」子突曰：「九伐之法，司马掌之。突位微才劣，诚非其任。必无人肯往，突不敢爱死，愿代司马一行。」周公又曰：「汝救卫，能保必胜乎？」子突曰：「突今日出师，已据胜理。若以文、武、宣、平之灵，仗义执言，四国悔罪，王室之福。非突敢必也。」大夫富辰曰：「突言甚壮，可令一往，亦使天下知王室有人。」周王从之。乃先遣宁跪，归报卫国，王师随后起行。

却说周、虢二公，忌子突之成功，仅给戎车二百乘。子突并不推诿，告于太庙而行。时五国之师，已至卫城下，攻围甚急。公子泄、公子职昼夜巡守，悬望王朝大兵解围。谁知子突兵微将寡，怎当五国如虎之众？不等子突安营，大杀一场，二百乘兵车，如汤泼雪。子突叹曰：「吾奉王命而战死，不失为忠义之鬼也！」乃手杀数十人，然后自刎而亡。髯翁有诗赞曰：

虽然只旅未成功，王命昭昭耳目中。见义勇为真汉子，莫将成败论英雄！

卫国守城军士，闻王师已败，先自奔窜。齐兵首先登城，四国继之，砍开城门，放卫侯朔入城。公子泄、公子职同宁跪收拾散兵，拥公子黔牟出走。正遇鲁兵，又杀一场。宁跪夺路先奔，三公子俱被鲁兵所擒。宁跪知力不能救，叹口气，奔往秦国逃难去讫。鲁侯将三公子献俘于卫，卫不敢决，转献于齐。齐襄公喝教刀斧手，将泄、职二公子斩讫。公子黔牟是周王之婿，于齐有连襟之情，赦之不诛，放归于周。卫侯朔鸣钟击鼓，重登侯位。将府库所藏宝玉，厚赂齐襄公。襄公曰：「鲁侯擒三公子，其劳不浅！」乃以所赂之半，分赠鲁侯。复使卫侯另出器贿，散于宋、陈、蔡三国。此周庄王九年之事。

却说齐襄公自败子突，放黔牟之后，诚恐周王来讨，乃使大夫连称为将军，管至父为副，领兵戍葵邱，以遏东南之路。二将临行，请于襄公曰：「戍守劳苦，臣不敢辞，以何期为满？」时襄公方食瓜，乃曰：「今此瓜熟之时，明岁瓜再熟，当遣人代汝。」二将往葵邱驻扎，不觉一年光景。忽一日，戍卒进瓜尝新。二将想起瓜熟之约：「此时正该交代，如何主公不遣人来？」特地差心腹往国中探信，闻齐侯在谷城与文姜欢乐，有一月不回。连称大怒曰：「王姬薨后，吾妹当为继室。无道昏君，不顾伦理，在外日事淫媟。使吾等暴露边鄙。吾必杀之！」谓管至父曰：「汝可助吾一臂。」管至父曰：「及瓜而代，主公所亲许也。恐其忘之，不如请代。请而不许，军心胥怨，乃可用也。」连称曰：「善。」乃使人献瓜于襄公，因求交代。襄公怒曰：「代出孤意，奈何请耶？再候瓜一熟可也。」使人回报，连称恨恨不已。谓管至父曰：「今欲行大事，计将安出？」至父曰：

「凡举事必先有所奉，然后成。公孙无知，乃公子夷仲年之子。先君僖公以同母之故，宠爱仲年，并爱无知。从幼畜养宫中，衣服礼数，与世子无别。自主公即位，因无知向在宫中，与主公角力，无知足勾主公仆地，主公不悦。一日，无知又与大夫雍廪争道，主公怒其不逊，遂疏黜之，品秩裁减大半。无知衔恨于心久矣，每思作乱，恨无帮手。我等不若密通无知，内应外合，事可必济。」连称曰：「当于何时？」管至父曰：「主上性喜用兵，又好游猎，如猛虎离穴，易为制耳。但得预闻出外之期，方不失机会也。」连称曰：「吾妹在宫中，失宠于主公，亦怀怨望。今嘱无知阴与吾妹合计，伺主公之间隙，星夜相闻，可无误事。」于是再遣心腹，致书于公孙无知。书曰：

贤公孙受先公如嫡之宠，一旦削夺，行路之人，皆为不平。况君淫昏日甚，政令无常。葵邱久戍，及瓜不代，三军之士，愤愤思乱。如有间可图，称等愿效犬马，竭力推戴。称之从妹，在宫失宠衔怨，天助公孙以内应之资，机不可失！

公孙无知得书大喜，即复书曰：

天厌淫人，以启将军之衷，敬佩衷言，迟疾奉报。

无知阴使女侍通信于连妃，且以连称之书示之：「若事成之日，当立为夫人。」连妃许之。

周庄王十一年冬十月，齐襄公知姑棼之野有山名贝邱，禽兽所聚，可以游猎。乃预戒徒人费等，整顿车徒，将以次月往彼田狩。连妃遣宫人送信于公孙无知。无知星夜传信葵邱，通知连、管二将军，约定十一月初旬，一齐举事。连称曰：「主上出猎，国中空虚，吾等率兵直入都门，拥立公孙，何如？」管至父曰：「主上睦于邻国，若乞师来讨，何以御之？不若伏兵于姑棼，先杀昏君，然后奉公孙即位。事可万全也。」那时葵邱戍卒，因久役在外，无不思家。连称密传号令，各备干粮，往贝邱行事，军士人人乐从。不在话下。

再说齐襄公于十一月朔日，驾车出游。止带力士石之纷如，及幸臣孟阳一班，架鹰牵犬，准备射猎，不用一大臣相随。先至姑棼，原建有离宫，游玩竟日。居民馈献酒肉，襄公欢饮至夜，遂留宿焉。次日，起驾往贝邱来。见一路树木蒙茸，藤萝翳郁。襄公驻车高阜，传令举火焚林，然后合围校射，纵放鹰犬。火烈风猛，狐兔之类，东奔西逸。忽有大豕一只，如牛无角，似虎无斑，从火中奔出，竟上高阜，蹲踞于车驾之前。时众人俱往驰射，惟孟阳立于襄公之侧。襄公顾孟阳曰：「汝为我射此豕。」孟阳瞪目视之，大惊曰：「非豕也，乃公子彭生也！」襄公大怒曰：「彭生何敢见我？」夺孟阳之弓，亲自射之，连发三矢不中。那大豕直立起来，双拱前蹄，效人行步，放声而啼，哀惨难闻。吓得襄公毛骨俱竦，从车中倒撞下来，跌损左足，脱落了丝文屦一只，被大豕衔之而去，忽然不见。髯翁有诗曰：

鲁桓昔日死车中，今日车中遇鬼雄。枉杀彭生应化厉，诸儿空自引雕弓。

徒人费与从人等，扶起襄公卧于车中，传令罢猎，复回姑棼离宫住宿。襄公自觉精神恍惚，心下烦躁。时军中已打二更，襄公因左足疼痛，展转不寐，谓孟阳曰：「汝可扶我缓行几步。」先前坠车，匆忙之际，不知失屦，到此方觉。问徒人费取讨。费曰：「屦为大豕衔去矣。」襄公心恶其言，乃大怒曰：「汝既跟随寡人，岂不看屦之有无？若果衔去，当时何不早言？」自执皮鞭，鞭费之背，血流满地方止。徒人费被鞭，含泪出门，正遇连称引着数人打探动静，将徒人费一索捆住，问曰：「无道昏君何在？」费曰：「在寝室。」又问：「已卧乎？」曰：「尚未卧也。」连称举刀欲砍，费曰：「勿杀我，我当先入，为汝耳目。」连称不信。费曰：「我适被鞭伤，亦欲杀此贼耳。」乃袒衣以背示之。连称见其血肉淋漓，遂信其言。解费之缚，嘱以内应。随即招管至父引着众军士，杀入离宫。

且说徒人费翻身入门，正遇石之纷如，告以连称作乱之事。遂造寝室，告于襄公。襄公惊惶无措。费曰：「事已急矣！若使一人伪作主公，卧于床上，主公潜伏户后，幸而仓卒不辨，或可脱也。」孟阳曰：「臣受恩踰分，愿以身代，不敢恤死。」孟阳即卧于床，以面向内，襄公亲解锦袍覆之。伏身户后，问徒人费曰：「汝将何如？」费曰：「臣当与纷如协力拒贼。」襄公曰：「不苦背创乎？」费曰：「臣死且不避，何有于创？」襄公叹曰：「忠臣也！」徒人费令石之纷如，引众拒守中门，自己单身挟着利刃，诈为迎贼，欲刺连称。

其时众贼已攻进大门，连称挺剑当先开路。管至父列兵门外，以防他变。徒人费见连称来势凶猛，不暇致详，上前一步便刺。谁知连称身被重铠，刃刺不入。却被连称一剑劈去，断其二指，还复一剑，劈下半个头颅，死于门中。石之纷如便挺矛来斗，约战十余合，连称转斗转进。纷如渐渐退步，误绊石阶脚挫，亦被连称一剑砍倒。遂入寝室，侍卫先已惊散。团花帐中，卧着一人，锦袍遮盖。连称手起剑落，头离枕畔，举火烛之，年少无须。连称曰：「此非君也。」使人遍搜房中，并无踪影。连称自引烛照之，忽见户槛之下，露出丝文屦一只，知户后藏躲有人，不是诸儿是谁？打开户后看时，那昏君因足疼，做一堆儿蹲着。那一只丝文屦，仍在足上。连称所见之屦，乃是先前大豕衔去的，不知如何在槛下。分明是冤鬼所为，可不畏哉！连称认得诸儿，似鸡雏一般，一把提出户外，掷于地下。大骂：「无道昏君！汝连年用兵，黩武殃民，是不仁也；背父之命，疏远公孙，是不孝也；兄妹宣淫，公行不忌，是无礼也；不念远戍，瓜期不代，是无信也。仁、孝、礼、信，四德皆失，何以为人？吾今日为鲁桓公报仇！」遂砍襄公为数段，以床褥裹其尸，与孟阳同埋于户下。

计襄公在位只五年。史官评论此事，谓襄公疏远大臣，亲昵群小，石之纷如、孟阳、徒人费等，平日受其私恩，从于昏乱，虽视死如归，不得为忠臣之大节。连称、管至父，徒以久戍不代，遂行篡弑，当是襄公恶贯已满，假手二人耳。彭生临刑大呼：「死为妖孽，以取尔命！」大豕见形，非偶然也。髯翁有诗咏费、石等死难之事。诗云：

捐生殉主是忠贞，费石千秋无令名。假使从昏称死节，飞廉崇虎亦堪旌。

又诗叹齐襄公云：

方张恶焰君侯死，将熄凶威大豕狂。恶贯满盈无不毙，劝人作善莫商量。

连称、管至父重整军容，长驱齐国。公孙无知预集私甲，一闻襄公凶信，引兵开门，接应连、管二将入城。二将托言：「曾受先君僖公遗命，奉公孙无知即位。」立连妃为夫人。连称为正卿，号为国舅。管至父为亚卿。诸大夫虽勉强排班，心中不服。惟雍廪再三稽首，谢往日争道之罪，极其卑顺。无知赦之，仍为大夫。高、国称病不朝，无知亦不敢黜之。至父劝无知悬榜招贤，以收人望。因荐其族子管夷吾之才，无知使人召之。

未知夷吾肯应召否，且听下回分解。

第〇一五回 雍大夫计杀无知 鲁庄公乾时大战

却说管夷吾字仲，生得相貌魁梧，精神俊爽，博通坟典，淹贯古今，有经天纬地之才，济世匡时之略。与鲍叔牙同贾，至分金时，夷吾多取一倍。鲍叔之从人心怀不平，鲍叔曰：『仲非贪此区区之金，因家贫不给，我自愿让之耳。』又曾领兵随征，每至战阵，辄居后队；及还兵之日，又为先驱。多有笑其怯者。鲍叔曰：『仲有老母在堂，留身奉养，岂真怯斗耶？』又数与鲍叔计事，往往相左。鲍叔曰：『人固有遇不遇，使仲遇其时，定当百不失一矣。』夷吾闻之，叹曰：『生我者父母，知我者鲍叔哉！』遂结为生死之交。

值襄公诸儿即位，长子曰纠，鲁女所生，次子小白，莒女所生，虽皆庶出，俱已成立，欲为立傅以辅导之。管夷吾谓鲍叔牙曰：『君生二子，异日为嗣，非纠即白。吾与尔各傅一人。若嗣立之日，互相荐举。』叔牙然其言。于是管夷吾同召忽为公子纠之傅；叔牙为公子小白之傅。襄公欲迎文姜至禚相会。叔牙谓小白曰：『君以淫闻，为国人笑，及今止之，犹可掩饰。更相往来，如水决堤，将成泛滥，子必进谏。』小白果入谏襄公曰：『鲁侯之死，啧有烦言。男女嫌疑，不可不避。』襄公怒曰：『孺子何得多言！』以屦蹴之。小白趋而出。鲍叔曰：『吾闻之：「有奇淫者，必有奇祸。」吾当与子适他国，以俟后图。』小白问：『当适何国？』鲍叔曰：『大国喜怒不常，不如适莒。莒小而近齐，小则不敢慢我，近则旦暮可归。』小白曰：『善。』乃奔莒国。襄公闻之，亦不追还。及公孙无知篡位，来召管夷吾。夷吾曰：『此辈兵已在颈，尚欲累人耶？』遂与召忽共计，以鲁为子纠之母家，乃奉纠奔鲁。鲁庄公居之于生窦，月给廪饩。

鲁庄公十二年春二月，齐公孙无知元年，百官贺旦，俱集朝房，见连、管二人公然压班，人人皆有怨愤之意。雍廪知众心不附，佯言曰：『有客自鲁来，传言「公子纠将以鲁师伐齐。」诸君闻之否？」诸大夫皆曰：「不闻。」雍遂不复言。既朝退，诸大夫互相约会，俱到雍廪家，叩问公子纠伐齐之信。雍廪曰：「诸君谓此事如何？」东郭牙曰：「先君虽无道，其子何罪？吾等日望其来也。」诸大夫有泣下者。雍廪曰：「廪之屈膝，宁无人心？正欲委曲以图事耳。诸君若能相助，共除弑逆之贼，复立先君子，岂非义举？」东郭牙问计。雍廪曰：「高敬仲，国之世臣，素有才望，为人信服。连、管二贼，得其片言奖借，重于千钧，恨不能耳。诚使敬仲置酒，以招二贼，必欣然往赴。吾伪以子纠兵信，面启公孙，彼愚而无勇，俟其相就，卒然刺之，谁为救者？然后举火为号，阖门而诛二贼，易如反掌。」东郭牙曰：「敬仲虽疾恶如仇，然为国自贬，当不靳也。吾力能必之。」遂以雍廪之谋，告于高傒，高傒许诺。即命东郭牙往连、管二家致意。俱如期而至。高傒执觯言曰：「先君行多失德，老夫日虞国之丧亡。今幸大夫援立新君，老夫亦获守家庙，向因老病，不与朝班，今幸贱体稍康，特治一酌，以报私恩，兼以子孙为托。」连称与管至父谦让不已。高傒命将重门紧闭：「今日饮酒，不尽欢不已。」预戒阍人：「勿通外信，直待城中举火，方来传报。」

却说雍廪怀匕首直叩宫门，见了无知，奏言：「公子纠率领鲁兵，旦晚将至，幸早图应敌之计。」无知问：「国舅何在？」雍廪曰：「国舅与管大夫郊饮未回。百官俱集朝中，专候主公议事。」无知信之。方出朝堂，尚未坐定，诸大夫一拥而前，雍廪自后刺之，血流公座，登时气绝。计无知为君，才一月余耳。哀哉！连夫人闻变，自缢于宫中。史官诗云：

只因无宠间襄公，谁料无知宠不终。一月夫人三尺帛，何如寂寞守空宫？

当时雍廪教人于朝外放起一股狼烟，烟透九霄。高傒正欲款客，忽闻门外传板，报说：「外厢举火。」高傒即便起身，往内而走。连称、管至父出其不意，却待要问其缘故。庑下预伏壮士，突然杀出。将二人砍为数段。虽有从人，身无寸铁，一时毕命。雍廪与诸大夫，陆续俱到高府，公同商议，将二人心肝剖出，祭奠襄公。一面遣人于姑棼离宫，取出襄公之尸，重新殡殓。一面遣人于鲁国迎公子纠为君。

鲁庄公闻之，大喜，便欲为公子纠起兵。施伯谏曰：「齐、鲁互为强弱，齐之无君，鲁之利也。请勿动，以观其变。」庄公踌躇未决。时夫人文姜因襄公被弑，自祝邱归于鲁国，日夜劝其子兴兵伐齐，讨无知之罪，为其兄报仇。及闻无知受戮，齐使来迎公子纠为君，不胜之喜。主定纳纠，催促庄公起程。庄公为母命所迫，遂不听施伯之言，亲率兵车三百乘，用曹沫为大将，秦子、梁子为左右，护送公子纠入齐。管夷吾谓鲁侯曰：「公子小白在莒，莒地比鲁为近，倘彼先入，主客分矣。乞假臣良马，先往邀之。」鲁侯曰：「甲卒几何？」夷吾曰：「三十乘足矣。」

却说公子小白闻国乱无君，与鲍叔牙计议，向莒子借得兵车百乘，护送还齐。这里管夷吾引兵昼夜奔驰，行至即墨，闻莒兵已过，从后追之。又行三十余里，正遇莒兵停车造饭。管夷吾见小白端坐车中，上前鞠躬曰：「公子别来无恙！今将何往？」小白曰：「欲奔父丧耳。」管夷吾曰：「纠居长，分应主丧，公子幸少留，无自劳苦。」鲍叔牙曰：「仲且退，各为其主，不必多言！」夷吾见莒兵睁眉怒目，有争斗之色，诚恐众寡不敌，乃佯诺而退。蓦地弯弓搭箭，觑定小白，飕的射来。小白大喊一声，口吐鲜血，倒于车上。鲍叔牙急忙来救，从人尽叫道：「不好了！」一齐啼哭起来。管夷吾率领那三十乘，加鞭飞跑去了。夷吾在路叹曰：「子纠有福，合为君也！」还报鲁侯，酌酒与子纠称庆。此时放心落意，一路邑长献饩进馔，遂缓缓而行。

谁知这一箭，只射中小白的带钩。小白知夷吾妙手，恐他又射，一时急智，嚼破舌尖，喷血诈倒，连鲍叔牙都瞒过了。鲍叔牙曰：「夷吾虽去，恐其又来，此行不可迟也。」乃使小白变服，载以温车，从小路疾驰。将近临淄，鲍叔牙单车先入城中，遍谒诸大夫，盛称公子小白之贤。诸大夫曰：「子纠将至，何以处之？」鲍叔牙曰：「齐连弑二君，非贤者不能定乱。况迎子纠而小白先至，天也！鲁君纳纠，其望报不浅。昔宋立子突，索赂无厌，兵连数年。吾国多难之余，能堪鲁之征求乎？」诸大夫曰：「然则何以谢鲁侯？」叔牙曰：「吾已有君，彼自退矣。」大夫隰朋、东郭牙齐声曰：「叔言是也。」于是迎小白入城即位，是为桓公。髯翁有诗单咏射钩之事。诗曰：

鲁公欢喜莒人愁，谁道区区中带钩？但看一时权变处，便知有智合诸侯。

鲍叔牙曰：「鲁兵未至，宜预止之。」乃遣仲孙湫往迎鲁庄公，告以有君。庄公知小白未死，大怒曰：「立子以长，孺子安得为君？孤不能空以三军退也。」仲孙湫回报。齐桓公曰：「鲁兵不退，奈何？」鲍叔牙曰：「以兵拒之。」乃使王子成父将右军，宁越副之；东郭牙将左军，仲孙湫副之；鲍叔牙奉桓公亲将中军，雍廪为先锋。兵车共五百乘。分拨已定，东郭牙请曰：「鲁君虑吾有备，必不长驱。乾时水草方便，此驻兵之处也。若设伏以待，乘其不备，破之必矣！」鲍叔牙曰：「善。」使宁越、仲孙湫各率本部，分路埋伏。使王子成父、东郭牙从他路抄出鲁兵之后。雍廪挑战诱敌。

却说鲁庄公同子纠行至乾时，管夷吾进曰：「小白初立，人心未定，宜速乘之，必有内变。」庄公曰：「如仲之言，小白已射死久矣。」遂出令于乾时安营。鲁侯营于前，子纠营于后，相去二十里。次早，谍报：「齐兵已到，先锋雍廪索战。」鲁庄公曰：「先破齐师，城中自然寒胆也。」遂引秦子梁子驾戎车而前，呼雍廪亲数之曰：「汝首谋诛贼，求君于我。今又改图，信义安在？」挽弓欲射雍廪。雍廪佯作羞惭，抱头鼠窜。庄公命曹沫逐之。雍廪转辕来战，不几合又走。曹沫不舍，奋生平之勇，挺着画戟赶来，却被鲍叔牙大兵围住。曹沫深入重围，左冲右突，身中两箭，死战方脱。

却说鲁将秦子、梁子恐曹沫有失，正待接应，忽闻左右炮声齐震，宁越、仲孙湫两路伏兵齐起，鲍叔牙率领中军，如墙而进。三面受敌，鲁兵不能抵当，渐渐奔散。鲍叔牙传令：「有能获鲁侯者，赏以万家之邑。」使军中大声传呼。秦子急取鲁侯绣字黄旗，偃之于地。梁子复取旗，建于自车之上。秦子问其故，梁子曰：「吾将以误齐也。」鲁庄公见事急，跳下戎车，别乘轺车，微服而逃。秦子紧紧跟定，杀出重围。宁越望见绣旗，伏于下道，认是鲁君，麾兵围之数重。梁子免胄以面示曰：「吾鲁将也，吾君已去远矣。」鲍叔牙知齐军已全胜，鸣金收军。仲孙湫献戎辂，宁越献梁子，齐侯命斩于军前。齐侯因王子成父东郭牙两路兵尚无下落，留宁越仲孙湫屯于乾时。大军奏凯先回。

再说管夷吾等管辖辎重，在于后营，闻前营战败，教召忽同公子纠守营，悉起兵车自来接应。正遇鲁庄公，合兵一处，曹沫亦收拾残车败卒奔回。计点之时，十停折去其七，夷吾曰：「军气已丧，不可留矣！」乃连夜拔营而起。行不二日，忽见兵车当路，乃是王子成父东郭牙抄出鲁兵之后。曹沫挺戟大呼曰：「主公速行，吾死于此！」顾秦子曰：「汝当助吾。」秦子便接住王子成父厮杀。曹沫便接住东郭牙厮杀。管夷吾保着鲁庄公，召忽保着公子纠，夺路而行。有红袍小将追鲁侯至急，鲁庄公一箭，正中其额。又有一白袍者追来，庄公亦射杀之。齐兵稍却。管仲教把辎重甲兵乘马之类，连路委弃，恣齐兵抢掠，方才得脱。曹沫左膊，复中一刀，尚刺杀齐军无数，溃围而出。秦子战死于阵。史官论鲁庄公乾时之败，实为自取。有诗叹云：

子纠本是仇人胤，何必勤兵往纳之？若念深仇天不戴，助纠不若助无知。

鲁庄公等脱离虎口，如漏网之鱼，急急奔走。隰朋东郭牙从后赶来，直追过汶水，将鲁境内汶阳之田，尽侵夺之，设守而去。鲁人不敢争较，齐兵大胜而归。

齐侯小白早朝，百官称贺。鲍叔牙进曰：『子纠在鲁，有管夷吾召忽为辅，鲁又助之，心腹之疾尚在，未可贺也。』齐侯小白曰：『为之奈何？』鲍叔牙曰：『乾时一战，鲁君臣胆寒矣！臣当统三军之众，压鲁境上，请讨子纠，鲁必惧而从也。』齐侯曰：『寡人请举国以听子。』鲍叔牙乃简阅车马，率领大军，直至汶阳，清理疆界。遣公孙隰朋，致书于鲁侯曰：

外臣鲍叔牙，百拜鲁贤侯殿下：家无二主，国无二君。寡君已奉宗庙，公子纠欲行争夺，非不二之谊也。寡君以兄弟之亲，不忍加戮，愿假手于上国。管仲召忽，寡君之仇，请受而戮于太庙。

隰朋临行，鲍叔牙嘱之曰：『管夷吾天下奇才，吾言于君，将召而用之，必令无死。』隰朋曰：『倘鲁欲杀之如何？』鲍叔曰：『但提起射钩之事，鲁必信矣。』隰朋唯唯而去。鲁侯得书，即召施伯。

不知如何计议，再听下回分解。

释槛囚鲍叔荐仲 战长勺曹刿败齐

却说鲁庄公得鲍叔牙之书，即召施伯计议曰：「向不听子言，以致兵败。今杀纠与存纠，孰利？」施伯曰：「小白初立，即能用人，败我兵于乾时，此非子纠之比也。况齐兵压境，不如杀纠，与之讲和。」时公子纠与管夷吾、召忽，俱在生窦，鲁庄公使公子偃，将兵袭之，杀公子纠，执召忽、管仲至鲁。将纳槛车，召忽仰天大恸曰：「为子死孝，为臣死忠，分也！忽将从子纠于地下，安能受桎梏之辱？」遂以头触殿柱而死。管夷吾曰：「自古人君，有死臣必有生臣。吾且生入齐国，为子纠白冤。」便束身入槛车之中。施伯私谓鲁庄公曰：「臣观管子之容，似有内援，必将不死。此人天下奇才，若不死，必大用于齐，必霸天下。鲁自此奉奔走矣。君不如请于齐而生之。管子生，则必德我。德我而为我用，齐不足虑也。」庄公曰：「齐君之仇，而我留之。虽杀纠，怒未解也。」施伯曰：「君以为不可用，不如杀之，以其尸授齐。」庄公曰：「善。」公孙隰朋闻鲁将杀管夷吾，疾趋鲁庭，来见庄公曰：「夷吾射寡君中钩，寡君恨之切骨，欲亲加刃，以快其志。若以尸还，犹不杀也。」庄公信其言，遂囚夷吾，并函封子纠、召忽之首，交付隰朋。隰朋称谢而行。

却说管夷吾在槛车中，已知鲍叔牙之谋，诚恐：「施伯智士，虽然释放，倘或翻悔，重复追还，吾命休矣。」心生一计，制成《黄鹄》之词，教役人歌之。词曰：

黄鹄黄鹄，戢其翼，絷其足，不飞不鸣兮笼中伏。高天何跼兮，厚地何蹐！丁阳九兮逢百六。引颈长呼兮，继之以哭！黄鹄黄鹄，天生汝翼兮能飞，天生汝足兮能逐，遭此网罗兮谁与赎？一朝破樊而出兮，吾不知其升衢而渐陆。嗟彼弋人兮，徒旁观而踯躅！

役人既得此词，且歌且走，乐而忘倦。车驰马奔，计一日得两日之程，遂出鲁境。鲁庄公果然追悔，使公子偃追之，不及而返。夷吾仰天叹曰：「吾今日乃更生也！」行至堂阜，鲍叔牙先在，见夷吾如获至宝，迎之入馆，曰：「仲幸无恙！」即命破槛出之。夷吾曰：「非奉君命，未可擅脱。」鲍叔牙曰：「无伤也，吾行且荐子。」夷吾曰：「吾与召忽同事子纠，既不能奉以君位，又不能死于其难，臣节已亏矣。况复反面而事仇人？召忽有知，将笑我于地下！」鲍叔牙曰：「『成大事者，不恤小耻，立大功者，不拘小谅。』子有治天下之才，未遇其时。主公志大识高，若得子为辅，以经营齐国，霸业不足道也。功盖天下，名显诸侯，孰与守匹夫之节，行无益之事哉？」夷吾嘿然不语。乃解其束缚，留之于堂阜。

鲍叔遂回临淄见桓公，先吊后贺。桓公曰：「何吊也？」鲍叔牙曰：「子纠，君之兄也。君为国灭亲，诚非得已，臣敢不吊？」桓公曰：「虽然，何以贺寡人？」鲍叔牙曰：「管子天下奇才，非召忽比也，臣已生致之。君得一贤相，臣敢不贺？」桓公曰：「夷吾射寡人中钩，其矢尚在。寡人每戚戚于心，得食其肉不厌，况可用乎？」鲍叔牙曰：「人臣者各为其主。射钩之时，知有纠不知有君。君若用之，当为君射天下，岂特一人之钩哉？」桓公曰：「寡人姑听之，赦勿诛。」鲍叔牙乃迎管夷吾至于其家，朝夕谈论。

却说齐桓公修援立之功，高、国世卿，皆加采邑。欲拜鲍叔牙为上卿，任以国政。鲍叔牙曰：「君加惠于臣，使不冻馁，则君之赐也！至于治国家，则非臣之所能也。」桓公曰：「寡人知卿，卿不可辞。」鲍叔牙曰：「所谓知臣者，小心敬慎，循礼守法而已。此具臣之事，非治国家之才也。夫治国家者，内安百姓，外抚四夷，勋加于王室，泽布于诸侯，国有泰山之安，君享无疆之福，功垂金石，名播千秋。此帝臣王佐之任，臣何以堪之？」桓公不觉欣然动色，促膝而前曰：「如卿所言，当今亦有其人否？」鲍叔牙曰：「君不求其人则已，必求其人，其管夷吾乎？臣所不若夷吾者有五：宽柔惠民，弗若也；治国家不失其柄，弗若也；忠信可结于百姓，弗若也；制礼义可施于四方，弗若也；执枹鼓立于军门，使百姓敢战无退，弗若也。」桓公曰：「卿试与来，寡人将叩其所学。」鲍叔牙曰：「臣闻『贱不能临贵，贫不能役富，疏不能制亲。』君欲用夷吾，非置之相位，厚其禄入，隆以父兄之礼不可。夫相者，君之亚也，相而召之，是轻之也。相轻则君亦轻。夫非常之人，必待以非常之礼，君其卜日而郊迎之。四方闻君之尊贤礼士而不计私仇，谁不思效用于齐者？」桓公曰：「寡人听子。」乃命太卜择吉日，郊迎管子。

鲍叔牙仍送管夷吾于郊外公馆之中。至期，三浴而三衅之。衣冠袍笏，比于上大夫。桓公亲自出郊迎之，与之同载入朝。百姓观者如堵，无不骇然。史官有诗云：

争贺君侯得相臣，谁知即是槛车人。只因此日捐私忿，四海欣然号霸君。

管夷吾已入朝，稽首谢罪。桓公亲手扶起，赐之以坐。夷吾曰：「臣乃俘戮之余，得蒙宥死，实为万幸！敢辱过礼？」桓公曰：「寡人有问于子，子必坐，然后敢请。」夷吾再拜就坐。桓公曰：「齐千乘之国，先僖公威服诸侯，号为小霸。自先襄公政令无常，遂构大变。寡人获主社稷，人心未定，国势不张。今欲修理国政，立纲陈纪，其道何先？」夷吾对曰：「礼、义、廉、耻，国之四维。四维不张，国乃灭亡。今日君欲立国之纲纪，必张四维，以使其民。则纪纲立而国势振矣。」桓公曰：「如何而能使民？」夷吾对曰：「欲使民者，必先爱民，而后有以处之。」桓公曰：「爱民之道若何？」对曰：「公修公族，家修家族，相连以事，相及以禄，则民相亲矣。赦旧罪，修旧宗，立无后，则民殖矣。省刑罚，薄税敛，则民富矣。卿建贤士，使教于国，则民有礼矣。出令不改，则民正矣。此爱民之道也。」桓公曰：「爱民之道既行，处民之道若何？」对曰：「士、农、工、商，谓之四民，士之子常为士，农之子常为农，工、商之子常为工、商，习焉安焉？不迁其业，则民自安矣。」

桓公曰：「民既安矣，甲兵不足，奈何？」对曰：「欲足甲兵，当制赎刑：重罪，赎以犀甲一戟；轻罪，赎以鞼盾一戟；小罪，分别入金，疑罪，则宥之；讼理相等者，令纳束矢，许其平。金既聚矣，美者，以铸剑戟，试诸犬马；恶者，以铸鉏夷斤欘，试诸壤土。」桓公曰：「甲兵既定，财用不足，如何？」对曰：「销山为钱，煮海为盐，其利通于天下。因收天下百物之贱者而居之，以时贸易，为女闾三百，以安行商。商旅如归，百货骈集，因而税之，以佐军兴。如是而财用可足矣。」桓公曰：「财用既足，然军旅不多，兵势不振，如何而可？」对曰：「兵贵于精，不贵于多；强于心，不强于力。君若正卒伍，修甲兵，天下诸侯皆将正卒伍，修甲兵，臣未见其胜也。君若强兵，莫若隐其名而修其实。臣请作内政而寄之以军令焉。」

桓公曰：「内政若何？」对曰：「内政之法，制国以为二十一乡。工商之乡六，士之乡十五。工商足财，士足兵。」桓公曰：「何以足兵？」对曰：「五家为轨，轨为之长。十轨为里，里设有司。四里为连，连为之长。十连为乡，乡有良人焉。即以此为军令。五家为轨，故五人为伍，轨长率之。十轨为里，故五十人为小戎，里有司率之。四里为连，故二百人为卒，连长率之。十连为乡，故二千人为旅，乡良人率之。五乡立一师，故万人为一军，五乡之师率之。十五乡出三万人，以为三军。君主中军，高、国二子各主一军。四时之隙，从事田猎：春曰搜，以索不孕之兽；夏曰苗，以除五谷之灾。秋曰狝，行杀以顺秋气；冬曰狩，围守以告成功，使民习于武事。是故军伍整于里，军旅整于郊，内教既成，勿令迁徙。伍之人，祭祀同福，死丧同恤，人与人相俦，家与家相俦，世同居，少同游。故夜战，声相闻，足以不乖。昼战，目相识，足以不散。其欢欣足以相死。居则同乐，死则同哀，守则同固，战则同强。有此三万人，足以横行于天下。」

桓公曰：「兵势既强，可以征天下诸侯乎？」对曰：「未可也。周室未屏，邻国未附，君欲从事于天下诸侯，莫若尊周而亲邻国。」桓公曰：「其道若何？」对曰：「审吾疆场，而反其侵地，重为皮币以聘问，而勿受其赀，则四邻之国亲我矣。请以游士八十人，奉之以车马衣裘，多其赀帛，使周游于四方，以号召天下之贤士。又使人以皮币玩好，鬻行四方，以察其上下之所好。择其瑕者而攻之，可以益地；择其淫乱篡弑者而诛之，可以立威。如此，则天下诸侯，皆相率而朝于齐矣。然后率诸侯以事周，使修职贡，则王室尊矣。方伯之名，君虽欲辞之，不可得也。」

桓公与管夷吾连语三日三夜，字字投机，全不知倦。桓公大悦。乃复斋戒三日，告于太庙，欲拜管夷吾为相。夷吾辞而不受。桓公曰：「吾纳子之伯策，欲成吾志，故拜子为相。何为不受？」对曰：「臣闻：大厦之成，非一木之材也，大海之润，非一流之归也。君必欲成其大志，则用五杰。」桓公曰：「五杰为谁？」对曰：「升降揖逊，进退闲习，辨辞之刚柔，臣不如隰朋；请立为大司行。垦草莱，辟土地，聚粟众多，尽地之利，臣不如宁越；请立为大司田。平原广牧，车不结辙，士不旋踵，鼓之而三军之士，视死如归，臣不如王子成父；请立为大司马。决狱执中，不杀无辜，不诬无罪，臣不如宾须无；请立为大司理。犯君颜色，进谏必忠，不避死亡，不挠富贵，臣不如东郭牙；请立为大谏之官。君若欲治国强兵，则五子者存矣。若欲霸王，臣虽不才，强成君命，以效区区。」桓公遂拜管夷吾为相国，赐以国中市租一年。其隰朋以下五人，皆依夷吾所荐，一一拜官，各治其事。遂悬榜国门，凡所奏富强之策，次第尽举而行之。

他日，桓公又问于管夷吾曰：「寡人不幸而好田，又好色，得毋害于霸乎？」夷吾对曰：「无害也。」桓公曰：「然则何为而害霸？」夷吾对曰：『不知贤，害霸；知贤而不用，害霸；用而不任，害霸；任而复以小人参之，害霸。』桓公曰：『善。』于是专任夷吾，尊其号曰仲父，恩礼在高、国之上。『国有大政，先告仲父，次及寡人。有所施行，一凭仲父裁决。』又禁国人语言，不许犯夷吾之名，不问贵贱，皆称仲，盖古人以称字为敬也。

却说鲁庄公闻齐国拜管仲为相，大怒曰：『悔不从施伯之言，反为孺子所欺！』乃简车搜乘，谋伐齐以报乾时之仇。齐桓公闻之，谓管仲曰：『孤新嗣位，不欲频受干戈，请先伐鲁，何如？』管仲对曰：『军政未定，未可用也。』桓公不听，遂拜鲍叔牙为将，率师直犯长勺。鲁庄公问于施伯曰：『齐欺吾太甚，何以御之？』施伯曰：『臣荐一人，可以敌齐。』庄公曰：『卿所荐何人？』施伯对曰：『臣识一人，姓曹名刿，隐于东平之乡，从未出仕。其人真将相之才也。』庄公命施伯往招之。刿笑曰：『肉食者无谋，乃谋及藿食耶？』施伯曰：『藿食能谋，行且肉食矣。』遂同见庄公。庄公问曰：『何以战齐？』曹刿曰：『兵事临机制胜，非可预言，愿假臣一乘，使得预谋于行间。』庄公喜其言，与之共载，直趋长勺。鲍叔牙闻鲁侯引兵而来，乃严阵以待。庄公亦列阵相持。鲍叔牙因乾时得胜，有轻鲁之心，下令击鼓进兵，先陷者重赏。庄公闻鼓声震地，亦教鸣鼓对敌。曹刿止之曰：『齐师方锐，宜静以待之。』传令军中：『有敢喧哗者斩。』齐兵来冲鲁阵，阵如铁桶，不能冲动，只得退后。少顷，对阵鼓声又震，鲁军寂如不闻，齐师又退。鲍叔牙曰：『鲁怯战耳。再鼓之，必走。』曹刿又闻鼓响，谓庄公曰：『败齐此其时矣，可速鼓之！』论鲁是初次鸣鼓，论齐已是第三通鼓了。齐兵见鲁兵两次不动，以为不战，都不在意了。谁知鼓声一起，突然而来，刀砍箭射，势如疾雷不及掩耳，杀得齐兵七零八落，大败而奔。庄公欲行追逐，曹刿曰：『未可也，臣当察之。』乃下车，将齐兵列阵之处，周围看了一遍，复登车轼远望，良久曰：『可追矣。』庄公乃驱车而进，追三十余里方还，所获辎重甲兵无算。

不知后事如何，再看下回分解。

第〇一七回

宋国纳赂诛长万 楚王杯酒虏息妫

话说鲁庄公大败齐师，乃问于曹刿曰：「卿何以一鼓而胜三鼓，有说乎？」曹刿曰：「夫战以气为主，气勇则胜，气衰则败。鼓，所以作气也。一鼓气方盛，再鼓则气衰，三鼓则气竭。吾不鼓以养三军之气，彼三鼓而已竭，我一鼓而方盈。以盈御竭，不胜何为？」庄公曰：「齐师既败，始何所见而不追，继何所见而追？请言其故。」曹刿曰：「齐人多诈，恐有伏兵，其败走未可信也。吾视其辙迹纵横，军心已乱，又望其旌旗不整，急于奔驰，是以逐之。」庄公曰：「卿可谓知兵矣！」乃拜为大夫。厚赏施伯荐贤之功。髯翁有诗云：

强齐压境举朝忧，韦布谁知握胜筹？莫怪边庭捷报杳，繇来肉食少佳谋。

时周庄王十三年之春。齐师败归，桓公怒曰：「兵出无功，何以服诸侯乎？」鲍叔牙曰：「齐、鲁皆千乘之国，势不相下，以主客为强弱。昔乾时之战，我为主，是以胜鲁。今长勺之战，鲁为主，是以败于鲁。臣愿以君命乞师于宋，齐、宋同兵，可以得志。」桓公许之。乃遣使行聘于宋，请出宋师。宋闵公捷，自齐襄公时，两国时常共事，今闻小白即位，正欲通好，遂订师期，以夏六月初旬，兵至郎城相会。

至期，宋使南宫长万为将，猛获副之。齐使鲍叔牙为将，仲孙湫副之。各统大兵，集于郎城，齐军于东北，宋军于东南。鲁庄公曰：「鲍叔牙挟忿而来，加以宋助，南宫长万有触山举鼎之力，吾国无其对手，两军并峙，互为犄角，何以御之？」大夫公子偃进曰：「容臣自出觇其军。」还报曰：「鲍叔牙有戒心，军容甚整。南宫长万自恃其勇，以为无敌，其行伍杂乱。倘自雩门窃出，掩其不备，宋可败也。宋败，齐不能独留矣。」庄公曰：「汝非长万敌也。」公子偃曰：「臣请试之。」庄公曰：「寡人自为接应。」

公子偃乃以虎皮百余，冒于马上，乘月色朦胧，偃旗息鼓，开雩门而出。将近宋营，宋兵全然不觉。公子偃命军中举火，一时金鼓喧天，直前冲突。火光之下，遥见一队猛虎咆哮，宋营人马，无不股栗，四下惊皇，争先驰奔。南宫长万虽勇，争奈车徒先散，只得驱车而退。鲁庄公后队已到，合兵一处，连夜追逐。到乘邱地方，南宫长万谓猛获曰：「今日必须死战，不然不免。」猛获应声而出，刚遇公子偃，两下对杀。南宫长万挺着长戟，直撞入鲁侯大军，逢人便刺。鲁兵惧其骁勇，无敢近前。庄公谓戎右歂孙生曰：「汝素以力闻，能与长万决一胜负乎？」歂孙生亦挺大戟，径寻长万交锋。庄公登轼望之，见歂孙生战长万不下，顾左右曰：「取我金仆姑来！」金仆姑者，鲁军府之劲矢也。左右捧矢以进，庄公搭上弓弦，觑得长万亲切，飕的一箭，正中右肩，深入于骨。长万用手拔箭，歂孙生乘其手慢，复尽力一戟，刺透左股。长万倒撞于地，急欲挣扎，被歂孙生跳下车来，双手紧紧按定，众军一拥上前擒住。猛获见主将被擒，弃车而逃。鲁庄公大获全胜，鸣金收军。歂孙生解长万献功。长万肩股被创，尚能挺立，毫无痛楚之态。庄公爱其勇，厚礼待之。鲍叔牙知宋师失利，全军而返。

是年，齐桓公遣大行隰朋，告即位于周，且求婚焉。明年，周使鲁庄公主婚，将王姬下嫁于齐。徐、蔡、卫各以其女来媵。因鲁有主婚之劳，故此齐、鲁复通，各捐两败之辱，约为兄弟。其秋，宋大水，鲁庄公曰：「齐既通好，何恶于宋？」使人吊之。宋感鲁恤灾之情，亦遣人来谢，因请南宫长万。鲁庄公释之归国。自此三国和好，各消前隙。髯翁有诗曰：

乾时长勺互雄雌，又见乘邱覆宋师。胜负无常终有失，何如修好两无危？

却说南宫长万归宋，宋闵公戏之曰：「始吾敬子，今子鲁囚也，吾弗敬子矣。」长万大惭而退。大夫仇牧私谏闵公曰：「君臣之间，以礼相交，不可戏也。戏则不敬，不敬则慢，慢而无礼，悖逆将生，君必戒之！」闵公曰：「孤与长万习狎，无伤也。」

再说周庄王十五年，王有疾，崩。太子胡齐立，是为僖王。讣告至宋。时宋闵公与宫人游于蒙泽，使南宫长万掷戟为戏。原来长万有一绝技，能掷戟于空中，高数丈，以手接之，百不失一。宫人欲观其技，所以闵公召长万同游。长万奉命耍弄了一回，宫人都夸奖不已。闵公微有妒恨之意，命内侍取博局与长万决赌，以大金斗盛酒为罚。这博戏却是闵公所长。长万连负五局，罚酒五斗，已醉到八九分地位了，心中不服，再请覆局。闵公曰：「囚乃常败之家，安敢复与寡人赌胜？」长万心怀惭忿，嘿嘿无言。忽宫侍报道：「周王有使命到。」闵公问其来意，乃是报庄王之丧，且告立新王。闵公曰：「周已更立新王，即当遣使吊贺。」长万奏曰：「臣未睹王都之盛，愿奉使一往！」闵公笑曰：「宋国即无人，何至以囚奉使？」宫人皆大笑。长万面颊发赤，羞变成怒，兼乘酒醉，一时性起，不顾君臣之分，大骂曰：「无道昏君，汝知囚能杀人乎？」闵公亦怒曰：「贼囚！怎敢无礼！」便去抢长万之戟，欲以刺之。长万也不来夺戟，径提博局，把闵公打倒，再复挥拳，呜呼哀哉，闵公死于长万拳下。宫人惊散。长万怒气犹勃勃未息，提戟步行，及于朝门，遇大夫仇牧，问：「主公何在？」长万曰：「昏君无礼，吾已杀之矣。」仇牧笑曰：「将军醉耶？」长万曰：「吾非醉，乃实话也。」遂以手中血污示之。仇牧勃然变色，大骂：「弑逆之贼，天理不容！」便举笏来击长万。怎当得长万有力如虎，掷戟于地，以手来迎。左手将笏打落，右手一挥，正中其头，头如齑粉。齿折，随手跃去，嵌入门内三寸。真绝力也！仇牧已死，长万乃拾起画戟，缓步登车，旁若无人。宋闵公即位共十年，只因一句戏言，遂遭逆臣毒手。春秋世乱，视弑君不啻割鸡，可叹，可叹！史臣有《仇牧赞》云：

世降道斁，纲常扫地。堂帘不隔，君臣交戏。

君戏以言，臣戏以戟。壮哉仇牧，以笏击贼。
不畏强御，忠肝沥血。死重泰山，名光日月。

太宰华督闻变，挺剑登车，将起兵讨乱。行至东宫之西，正遇长万。长万并不交言，一戟刺去，华督坠于车下，又复一戟杀之。遂奉闵公之从弟公子游为君，尽逐戴、武、宣、穆、庄之族。群公子出奔萧，公子御说奔亳。长万曰：『御说文而有才，且君之嫡弟，今在亳，必有变。若杀御说，群公子不足虑也。』乃使其子南宫牛同猛获率师围亳。

冬十月，萧叔大心率戴、武、宣、穆、庄五族之众，又合曹国之师救亳。公子御说悉起亳人，开城接应。内外夹攻，南宫牛大败，被杀。宋兵尽降于御说。猛获不敢回宋，径投卫国去了。戴叔皮献策于御说：『即用降兵旗号，假称南宫牛等已克亳邑，擒了御说，得胜回朝。』先使数人一路传言，南宫长万信之，不做准备。群公子兵到，赚开城门，一拥而入，只叫：『单要拿逆贼长万一人，余人勿得惊慌。』长万仓忙无计，急奔朝中，欲奉子游出奔。见满朝俱是甲士填塞，有内侍走出，言：『子游已被众军所杀。』长万长叹一声，思列国惟陈与宋无交，欲待奔陈。又想家有八十余岁老母，叹曰：『天伦不可弃也！』复翻身至家，扶母登辇，左手挟戟，右手推辇而行，斩门而出，其行如风，无人敢拦阻者。宋国至陈，相去二百六十余里，长万推辇，一日便到。如此神力，古今罕有。

却说群公子既杀子游，遂奉公子御说即位，是为桓公。拜戴叔皮为大夫。选五族之贤者，为公族大夫。萧叔大心仍归守萧。遣使往卫，请执猛获。再遣使往陈，请执南宫长万。公子目夷，时止五岁，侍于宋桓公之侧，笑曰：『长万不来矣！』宋公曰：『童子何以知之？』目夷曰：『勇力，人所敬也，宋之所弃，陈必庇之。空手而行，何爱于我？』宋公大悟，乃命赍重宝以赂之。

先说宋使至卫，卫惠公问于群臣曰：『与猛获，与不与孰便？』群臣皆曰：『人急而投我，奈何弃之？』大夫公孙耳谏曰：『天下之恶，一也。宋之恶，犹卫之恶。留一恶人，于卫何益？况卫、宋之好旧矣，不遣获，宋必怒。庇一人之恶，而失一国之欢，非计之善也。』卫侯曰：『善。』乃缚猛获以畀宋。

再说宋使至陈，以重宝献于陈宣公。宣公贪其赂，许送长万。又虑长万绝力难制，必须以计困之。乃使公子结谓长万曰：『寡君得吾子，犹获十城。宋人虽百请，犹不从也。寡君恐吾子见疑，使结布腹心。如以陈国褊小，更适大国，亦愿从容数月，为吾子治车乘。』长万泣曰：『君能容万，万又何求？』公子结乃携酒为欢，结为兄弟。明日，长万亲至公子结之家称谢。公子结复留款，酒半，大出婢妾劝酬。长万欢饮大醉，卧于坐席。公子结使力士以犀革包裹，用牛筋束之；并囚其老母，星夜传至于宋。至半路，长万方醒，奋身蹴踏，革坚缚固，终不能脱。将及宋城，犀革俱被挣破，手足皆露于外。押送军人以棰击之，胫骨俱折。宋桓公命与猛获一同绑至市曹，剁为肉泥。使庖人治为醢，遍赐群臣，曰：『人臣有不能事君者，视此醢矣！』八十岁老母，亦并诛之。髯翁有诗叹曰：

可惜赳赳力绝伦，但知母子昧君臣。到头骈戮难追悔，好谕将来造逆人。

宋桓公以萧叔大心有救亳之功，升萧为附庸，称大心为萧君。念华督死难，仍用其子家为司马。自是华氏世为宋大夫。

再说齐桓公自长勺大挫之后，深悔用兵。乃委国管仲，日与妇人饮酒为乐。有以国事来告者，桓公曰：『何不告仲父？』时有竖貂者，乃桓公之幸童。因欲亲近内庭，不便往来，乃自宫以进。桓公怜之，宠信愈加，不离左右。又齐之雍邑人名巫者，谓之雍巫，字易牙，为人多权术，工射御，兼精于烹调之技。一日，卫姬病，易牙和五味以进。卫姬食之而愈，因爱近之。易牙又以滋味媚竖貂，貂荐之于桓公。桓公召易牙而问曰：「汝善调味乎？」对曰：「然。」桓公戏曰：「寡人尝鸟兽虫鱼之味几遍矣。所不知者，人肉味何如耳？」易牙既退，及午膳，献蒸肉一盘，嫩如乳羊，而甘美过之。桓公食之尽，问易牙曰：「此何肉，而美至此？」易牙跪而对曰：「此人肉也。」桓公大惊，问：「何从得之？」易牙曰：「臣之长子三岁矣。臣闻「忠君者，不有其家。」君未尝人味，臣故杀子，以适君之口。」桓公曰：「子退矣！」桓公以易牙为爱己，亦宠信之。卫姬复从中称誉。自此竖貂、易牙内外用事，阴忌管仲。至是，竖貂与易牙合词进曰：「闻「君出令，臣奉令」，今君一则仲父，二则仲父，齐国疑于无君矣！」桓公笑曰：「寡人于仲父，犹身之有股肱也。有股肱，方成其身；有仲父，方成其君。尔等小人何知？」二人乃不敢再言。管仲秉政三年，齐国大治。髯仙有诗云：

疑人勿用用无疑，仲父当年独制齐。都似桓公能信任，貂巫百口亦何为？

是时楚方强盛，灭邓，克权，服随，败郧，盟绞，役息。凡汉东小国，无不称臣纳贡。惟蔡恃与齐侯婚姻，中国诸侯通盟同兵，未曾服楚。至文王熊赀，称王已及二世。有斗祈、屈重、斗伯比、薳章、斗廉、鬻拳诸人为辅，虎视汉阳，渐有侵轶中原之意。

却说蔡哀侯献舞，与息侯同娶陈女为夫人。蔡娶在先，息娶在后。息夫人妫氏有绝世之貌，因归宁于陈，道经蔡国。蔡哀侯曰：「吾姨至此，岂可不一相见？」乃使人要至宫中款待，语及戏谑，全无敬客之意。息妫大怒而去。及自陈返息，遂不入蔡国。息侯闻蔡侯怠慢其妻，思有以报之。乃遣使入贡于楚，因密告楚文王曰：「蔡恃中国，不肯纳款。若楚兵加我，我因求救于蔡，蔡君勇而轻，必然亲来相救。我因与楚合兵攻之，献舞可虏也。既虏献舞，不患蔡不朝贡矣。」楚文王大喜，乃兴兵伐息。息侯求救于蔡，蔡哀侯果起大兵，亲来救息。安营未定，楚伏兵齐起。哀侯不能抵当，急走息城。息侯闭门不纳，乃大败而走。楚兵从后追赶，直至莘野，活虏哀侯归国。息侯大犒楚军，送楚文王出境而返。蔡哀侯始知中了息侯之计，恨之入骨。

楚文王回国，欲杀蔡哀侯烹之，以飨太庙。鬻拳谏曰：「王方有事中原，若杀献舞，诸侯皆惧矣！不如归之，以取成焉。」再四苦谏，楚文王只是不从。鬻拳愤气勃发，乃左手执王之袖，右手拔佩刀拟王曰：「臣当与王俱死，不忍见王之失诸侯也！」楚王惧，连声曰：「孤听汝！」遂舍蔡侯。鬻拳曰：「王幸听臣言，楚国之福。然臣而劫君，罪当万死。请伏斧锧！」楚王曰：「卿忠心贯日，孤不罪也。」鬻拳曰：「王虽赦臣，臣何敢自赦？」即以佩刀自断其足，大呼曰：「人臣有无礼于君者，视此！」楚王命藏其足于大府，「以识孤违谏之过！」使医人疗治。鬻拳之病虽愈，不能行走。楚王使为大阍，以掌城门，尊之曰太伯。

遂释蔡侯归国，大排筵席，为之饯行，席中盛张女乐。有弹筝女子，仪容秀丽，楚王指谓蔡侯曰：「此女色技俱胜，可进一觞。」即命此女以大觥送蔡侯，蔡侯一饮而尽。还斟大觥，亲为楚王寿。楚王笑曰：「君生平所见，有绝世美色否？」蔡侯想起息侯导楚败蔡之仇，乃曰：「天下女色，未有如息妫之美者，真天人也。」楚王曰：「其色何如？」蔡侯曰：「目如秋水，脸似桃花，长短适中，举动生态，目中未见其二！」楚王曰：「寡人得一见息夫人，死不恨矣！」蔡侯曰：「以君之威，虽齐姬、宋子，致之不难。何况宇下一妇人乎？」楚王大悦，是日尽欢而散。蔡侯遂辞归本国。

楚王思蔡侯之言，欲得息妫，假以巡方为名，来至息国。息侯迎谒道左，极其恭敬。亲自辟除馆舍，设大飨于朝堂，息侯执爵而前，为楚王寿。楚王接爵在手，微笑而言曰：『昔者，寡人曾效微劳于君夫人，今寡人至此，君夫人何惜为寡人进一觞乎？』息侯惧楚之威，不敢违拒，连声唯唯，即时传语宫中。

不一时，但闻环珮之声，夫人妫氏盛服而至，别设毯褥，再拜称谢。楚王答礼不迭。妫氏取白玉卮满斟以进。素手与玉色相映，楚王视之大惊。果然天上徒闻，人间罕见，便欲以手亲接其卮。那妫氏不慌不忙，将卮递与宫人，转递楚王。楚王一饮而尽。妫氏复再拜请辞回宫。楚王心念息妫，反未尽欢。席散归馆，寝不能寐。

次日，楚王亦设享于馆舍，名为答礼，暗伏兵甲。息侯赴席，酒至半酣，楚王假醉，谓息侯曰：『寡人有大功于君夫人，今三军在此，君夫人不能为寡人一犒劳乎？』息侯辞曰：『敝邑褊小，不足以优从者，容与寡小君图之。』楚王拍案曰：『匹夫背义，敢巧言拒我？左右何不为我擒下！』息侯正待分诉，伏甲猝起，薳章斗丹二将，就席间擒息侯而絷之。楚王自引兵径入息宫，来寻息妫。息妫闻变，叹曰：『引虎入室，吾自取也！』遂奔入后园中，欲投井而死。被斗丹抢前一步，牵住衣裾曰：『夫人不欲全息侯之命乎？何为夫妇俱死！』息妫嘿然。斗丹引见楚王，楚王以好言抚慰，许以不杀息侯，不斩息祀。遂即军中立息妫为夫人，载以后车。以其脸似桃花，又曰桃花夫人。今汉阳府城外有桃花洞，上有桃花夫人庙，即息妫也。唐人杜牧有诗云：

细腰宫里露桃新，脉脉无言几度春。毕竟息亡缘底事？可怜金谷坠楼人！

楚王安置息侯于汝水，封以十家之邑，使守息祀。息侯忿郁而死。楚之无道，至此极矣！

要知后事如何，且看下回分解。

第〇一八回

曹沫手剑劫齐侯　桓公举火爵宁戚

周釐王元年春正月，齐桓公设朝，群臣拜贺已毕，问管仲曰：『寡人承仲父之教，更张国政。今国中兵精粮足，百姓皆知礼义，意欲立盟定伯，何如？』管仲对曰：『当今诸侯，强于齐者甚众。南有荆楚，西有秦晋。然皆自逞其雄，不知尊奉周王，所以不能成霸。周虽衰微，乃天下之共主。东迁以来，诸侯不朝，不贡方物，故郑伯射桓王之肩，五国拒庄王之命，遂令列国臣子，不知君父。熊通僭号，宋郑弑君，习为故然，莫敢征讨。今庄王初崩，新王即位，宋国近遭南宫长万之乱，贼臣虽戮，宋君未定，君可遣使朝周，请天子之旨，大会诸侯，立定宋君。宋君一定，然后奉天子以令诸侯，内尊王室，外攘四夷。列国之中，衰弱者扶之，强横者抑之，昏乱不共命者，率诸侯讨之。海内诸侯，皆知我之无私，必相率而朝于齐。不动兵车，而霸可成矣。』桓公大悦。于是遣使至洛阳，朝贺釐王，因请奉命为会，以定宋君。釐王曰：『伯舅不忘周室，朕之幸也。泗上诸侯，惟伯舅左右之，朕岂有爱焉？』使者回报桓公。桓公遂以王命布告宋、鲁、陈、蔡、卫、郑、曹、邾诸国，约以三月朔日，共会北杏之地。桓公问管仲曰：『此番赴会，用兵车多少？』管仲曰：『君奉王命，以临诸侯，安用兵车？请为衣裳之会。』桓公曰：『诺。』乃使军士先筑坛三层，高起三丈，左悬钟，右设鼓，先陈天子虚位于上，旁设反坫，玉帛器具，加倍整齐。又预备馆舍数处，悉要高敞合式。

至期，宋桓公御说先到，与齐桓公相见，谢其定位之意。次日，陈宣公杵臼，邾子克，二君继到。蔡哀侯献舞，恨楚见执，亦来赴会。四国见齐无兵车，相顾曰：『齐侯推诚待人，一至于此。』乃各将兵车退在二十里之外。时二月将尽，桓公谓管仲曰：『诸侯未集，改期待之，如何？』管仲曰：『语云：「三人成众。」今至者四国，不为不众矣。若改期，是无信也。待而不至，是辱王命也。初合诸侯，而以不信闻，且辱王命，何以图霸？」桓公曰：「盟乎，会乎？」管仲曰：「人心未一，俟会而不散，乃可盟耳。」桓公曰：「善。」

三月朔，昧爽，五国诸侯，俱集于坛下。相见礼毕，桓公拱手告诸侯曰：「王政久废，叛乱相寻。孤奉周天子之命，会群公以匡王室。今日之事，必推一人为主，然后权有所属，而政令可施于天下。」诸侯纷纷私议：欲推齐，则宋爵上公，齐止称侯，尊卑有序；欲推宋，则宋公新立，赖齐定位，未敢自尊，事在两难。陈宣公杵臼越席言曰：「天子以纠合之命，属诸齐侯，谁敢代之？宜推齐侯为盟会之主。」诸侯皆曰：「非齐侯不堪此任，陈侯之言是也。」桓公再三谦让，然后登坛。齐侯为主，次宋公，次陈侯，次蔡侯，次邾子。排列已定，鸣钟击鼓，先于天子位前行礼，然后交拜，叙兄弟之情。仲孙湫捧约简一函，跪而读之曰：「某年月日，齐小白、宋御说、陈杵臼、蔡献舞、邾克，以天子命，会于北杏，共奖王室，济弱扶倾。有败约者，列国共征之！」诸侯拱手受命。《论语》称桓公九合诸侯，此其第一会也。髯翁有诗云：

济济冠裳集五君，临淄事业赫然新。局中先着谁能识？只为推尊第一人。

诸侯献酬甫毕，管仲历阶而上曰：「鲁、卫、郑、曹，故违王命，不来赴会，不可不讨。」齐桓公举手向四君曰：「敝邑兵车不足，愿诸君同事！」陈、蔡、邾三君齐声应曰：「敢不率敝赋以从。」惟宋桓公嘿然。

是晚，宋公回馆，谓大夫戴叔皮曰：「齐侯妄自尊大，越次主会，便欲调遣各国之兵。将来吾国且疲于奔命矣！」叔皮曰：「诸侯从违相半，齐势未集。若征服鲁、郑，霸业成矣。齐之霸，非宋福也。与会四国，惟宋为大，宋不从兵，三国亦将解体。况吾今日之来，止欲得王命，以定位耳。已列于会，又何俟焉？不如先归。」宋公从其言，遂于五更登车而去。

齐桓公闻宋公背会逃归，大怒，欲遣仲孙湫追之。管仲曰：「追之非义，可请王师伐之，乃为有名。然事更有急于此者。」桓公曰：「何事更急于此？」管仲曰：「宋远而鲁近，且王室宗盟，不先服鲁，何以服宋？」桓公曰：「伐鲁当从何路？」管仲曰：「济之东北有遂者，乃鲁之附庸，国小而弱，才四姓耳。若以重兵压之，可不崇朝而下。遂下，鲁必悚惧。然后遣一介之使，责其不会。再遣人通信于鲁夫人，鲁夫人欲其子亲厚于外家，自当极力怂恿。鲁侯内迫母命，外怵兵威，必将求盟。俟其来求，因而许之。平鲁之后，移兵于宋，临以王臣，此破竹之势也。」桓公曰：「善。」乃亲自率师至遂城，一鼓而下。因驻兵于济水。

鲁庄公果惧，大集群臣问计。公子庆父曰：「齐兵两至吾国，未尝得利，臣愿出兵拒之。」班中一人出曰：「不可，不可！」庄公视之，乃施伯也。庄公曰：「汝计将安出？」施伯曰：「臣尝言之：管子天下奇才，今得齐政，兵有节制，其不可，一也；北杏之会，以奉命尊王为名，今责违命，理曲在我，其不可，二也；子纠之戮，君有功焉，王姬之嫁，君有劳焉，弃往日之功劳，结将来之仇怨，其不可，三也。为今之计，不若修和请盟，齐可不战而退。」曹刿曰：「臣意亦如此。」正议论间，报道：「齐侯有书至。」庄公视之，大意曰：

寡人与君并事周室，情同昆弟，且婚姻也。北杏之会，君不与焉。寡人敢请其故？若有二心，亦惟命。

齐侯另有书通信于文姜。文姜召庄公语之曰：「齐、鲁世为甥舅，使其恶我，犹将乞好，况取平乎？」庄公唯唯。乃使施伯答书，略曰：

孤有犬马之疾，未获奔命。君以大义责之，孤知罪矣！然城下之盟，孤实耻之！若退舍于君之境上，孤敢不捧玉帛以从。

齐侯得书大悦，传令退兵于柯。

鲁庄公将往会齐侯，问群臣：『谁能从者？』将军曹沫请往。庄公曰：『汝三败于齐，不虑齐人笑耶？』曹沫曰：『惟耻三败，是以愿往。将一朝而雪之。』庄公曰：『雪之何如？』曹沫曰：『君当其君，臣当其臣。』庄公曰：『寡人越境求盟，犹再败也。若能雪耻，寡人听子矣！』遂偕曹沫而行，至于柯地。齐侯预筑土为坛以待。鲁侯先使人谢罪请盟，齐侯亦使人订期。

是日，齐侯将雄兵布列坛下，青、红、黑、白旗，按东、南、西、北四方，各自分队，各有将官统领，仲孙湫掌之。阶级七层，每层俱有壮士，执着黄旗把守。坛上建大黄旗一面，绣出「方伯」二字。旁置大鼓，王子成父掌之。坛中间设香案，排列着朱盘玉盂，盛牲歃盟之器，隰朋掌之。两旁反坫，设有金尊玉斝。寺人貂掌之。坛西立石柱二根，系着乌牛白马，屠人准备宰杀，司庖易牙掌之。东郭牙为傧，立于阶下迎宾。管仲为相。气象十分整肃。齐侯传令：『鲁君若到，止许一君一臣登坛，余人息屏坛下。』曹沫衷甲，手提利剑，紧随着鲁庄公。庄公一步一战，曹沫全无惧色。将次升阶，东郭牙进曰：『今日两君好会，两相赞礼，安用凶器？请去剑！』曹沫睁目视之，两眦尽裂。东郭牙倒退几步。庄公君臣历阶而上。两君相见，各叙通好之意。三通鼓毕，对香案行礼。隰朋将玉盂盛血，跪而请歃。曹沫右手按剑，左手揽桓公之袖，怒形于色。管仲急以身蔽桓公，问曰：『大夫何为者？』曹沫曰：『鲁连次受兵，国将亡矣。君以济弱扶倾为会，独不为敝邑念乎？』管仲曰：『然则大夫何求？』曹沫曰：『齐恃强欺弱，夺我汶阳之田，今日请还，吾君乃就歃耳！』管仲顾桓公曰：『君可许之。』桓公曰：『大夫休矣，寡人许子！』曹沫乃释剑，代隰朋捧盂以进。两君俱已歃讫，曹沫曰：『仲主齐国之政，臣愿与仲歃。』桓公曰：『何必仲父？寡人与子立誓。』乃向天指日曰：『所不返汶阳田于鲁者，有如此日！』曹沫受歃，再拜称谢。献酬甚欢。

既毕事，王子成父诸人，俱愤愤不平，请于桓公，欲劫鲁侯，以报曹沫之辱。桓公曰：『寡人已许曹沫矣！匹夫约言，尚不失信，况君乎？』众人乃止。明日，桓公复置酒公馆，与庄公欢饮而别。即命南鄙邑宰，将原侵汶阳田，尽数交割还鲁。昔人论要盟可犯，而桓公不欺，曹子可仇，而桓公不怨，此所以服诸侯霸天下也。有诗云：

巍巍霸气吞东鲁，尺剑如何能用武？要将信义服群雄，不吝汶阳一片土。

又有诗单道曹沫劫齐桓公一事，此乃后世侠客之祖。诗云：

森森戈甲拥如潮，仗剑登坛意气豪，三败羞颜一日洗，千秋侠客首称曹。

诸侯闻盟柯之事，皆服桓公之信义。于是卫、曹二国，皆遣人谢罪请盟。桓公约以伐宋之后，相订为会。乃再遣使如周，告以宋公不遵王命，不来赴会，请王师下临，同往问罪。周釐王使大夫单蔑，率师会齐伐宋。谍报陈、曹二国引兵从征，愿为前部。桓公使管仲先率一军，前会陈、曹，自引隰朋、王子成父、东郭牙等，统领大军继进，于商邱取齐。时周釐王二年之春也。

却说管仲有爱妾名婧，钟离人，通文有智。桓公好色，每出行，必以姬嫔自随。管仲亦以婧从行。是日，管仲军出南门，约行三十余里，至猛山，见一野夫，短褐单衣，破笠赤脚，放牛于山下。此人叩牛角而歌。管仲在车上，察其人不凡，使人以酒食劳之。野夫食毕，言：『欲见相君仲父。』使者曰：『相国车已过去矣。』野夫曰：『某有一语，幸传于相君：「浩浩乎白水！」』使者追及管仲之车，以其语述之。管仲茫然，不解所谓，以问妾婧。婧曰：『妾闻古有《白水》之诗云：「浩浩白水，儵儵之鱼，君来召我，我将安居？」此人殆欲仕也。』管仲即命停车，使人召之。

野夫将牛寄于村家，随使者来见管仲，长揖不拜。管仲问其姓名，曰：『卫之野人也，姓宁名戚。慕相君好贤礼士，不惮跋涉至此。无由自达，为村人牧牛耳。』管仲叩其所学，应对如流。叹曰：『豪杰辱于泥涂，不遇汲引，何以自显？吾君大军在后，不日当过此。吾当作书，子持以谒吾君，必当重用。』管仲即作书，缄就，交付宁戚，彼此各别。宁戚仍牧牛于猫山之下。

齐桓公大军三日后方到。宁戚依前短褐单衣，破笠赤脚，立于路旁，全不畏避。桓公乘舆将近，宁戚遂叩牛角而歌之曰：

南山灿，白石烂，中有鲤鱼长尺半。生不逢尧与舜禅，短褐单衣才至骭。从昏饭牛至夜半，长夜漫漫何时旦？

桓公闻而异之，命左右拥至车前，问其姓名居处。戚以实对曰：『姓宁名戚。』桓公曰：『汝牧夫，何得讥刺时政？』宁戚曰：『臣小人，安敢讥刺？』桓公曰：『当今天子在上，寡人率诸侯宾服于下，百姓乐业，草木沾春，舜日尧天，不过如此。汝谓「不逢尧舜」，又曰：「长夜不旦，」非讥刺而何？』宁戚曰：『臣虽村夫，不睹先王之政。然尝闻尧、舜之世，十日一风，五日一雨，百姓耕田而食，凿井而饮，所谓「不识不知，顺帝之则」是也。今值纪纲不振，教化不行之世，而曰舜日尧天，诚小人所不解也。且又闻尧、舜之世，正百官而诸侯服，去四凶而天下安，不言而信，不怒而威。今明公一举而宋背会，再举而鲁劫盟，用兵不息，民劳财敝，而曰「百姓乐业，草木沾春」，又小人所未解也。小人又闻尧弃其子丹朱，而让天下于舜，舜又避于南河，百姓趋而奉之，不得已即帝位。今君杀兄得国，假天子以令诸侯，小人又不知于唐虞揖让何如也！』桓公大怒曰：『匹夫出言不逊！』喝令斩之。左右缚宁戚去，将行刑。戚颜色不变，了无惧意，仰天叹曰：『桀杀龙逢，纣杀比干，今宁戚与之为三矣！』隰朋奏曰：『此人见势不趋，见威不惕，非寻常牧夫也。君其赦之！』桓公念头一转，怒气顿平，遂命释宁戚之缚，谓戚曰：『寡人聊以试子，子诚佳士。』宁戚因探怀中，出管仲之书。桓公拆而观之。书略云：

臣奉命出师，行至猫山，得卫人宁戚。此人非牧竖者流，乃当世有用之才，君宜留以自辅。若弃之使见用于邻国，则齐悔无及矣！

桓公曰：『子既有仲父之书，何不遂呈寡人？』宁戚曰：『臣闻「贤君择人为佐，贤臣亦择主而辅。」君如恶直好谀，以怒色加臣，臣宁死，必不出相国之书矣。』桓公大悦，命以后车载之。

是晚，下寨休军，桓公命举火，索衣冠甚急。寺人貂曰：『君索衣冠，为爵宁戚乎？』桓公曰：『然。』寺人貂曰：『卫去齐不远，何不使人访之？使其人果贤，爵之未晚。』桓公曰：『此人廓达之才，不拘小节，恐其在卫，或有细过。访得其过，爵之则不光，弃之则可惜！』即于灯烛之下，拜宁戚为大夫，使与管仲同参国政。宁戚改换衣冠，谢恩而出，髯翁有诗曰：

短褐单衣牧竖穷，不逢尧舜遇桓公。自从叩角歌声歇，无复飞熊入梦中。

桓公兵至宋界，陈宣公杵臼，曹庄公射姑先在。随后周单子兵亦至。相见已毕，商议攻宋之策。宁戚进曰：『明公奉天子之命，纠合诸侯，以威胜，不如以德胜。依臣愚见，且不必进兵。臣虽不才，请掉三寸之舌，前去说宋公行成。』桓公大悦，传令扎寨于界上，命宁戚入宋。

戚乃乘一小车，与从者数人，直至睢阳，来见宋公。宋公问于戴叔皮曰：『宁戚何人也？』叔皮曰：『臣闻此人乃牧牛村夫，齐侯新拔之于位。必其口才过人，此来乃使其游说也。』宋公曰：『何以待之？』叔皮曰：『主公召入，勿以礼待之，观其动静。若开口一不当，臣请引绅为号，便令武士擒而囚之。则齐侯之计沮矣。』宋公点首，吩咐武士伺候。宁戚宽衣大带，昂然而入，向宋公长揖。宋公端坐不答。戚乃仰面长叹曰：『危哉乎，宋国也！」宋公骇然曰：「孤位备上公，忝为诸侯之首，危何从至？」戚曰：「明公自比与周公孰贤？」宋公曰：「周公圣人也，孤焉敢比之？」戚曰：「周公在周盛时，天下太平，四夷宾服，犹且吐哺握发，以纳天下贤士。明公以亡国之余，处群雄角力之秋，继两世弑逆之后，即效法周公，卑躬下士，犹恐士之不至。乃妄自矜大，简贤慢客，虽有忠言，安能至明公之前乎？不危何待！」宋公愕然，离坐曰：「孤嗣位日浅，未闻君子之训，先生勿罪！」叔皮在旁，见宋公为宁戚所动，连连举其带绅。宋公不顾，乃谓宁戚曰：「先生此来，何以教我？」戚曰：「天子失权，诸侯星散，君臣无等，篡弑日闻。齐侯不忍天下之乱，恭承王命，以主夏盟。明公列名于会，以定位也。若又背之，犹不定也。今天子赫然震怒，特遣王臣，驱率诸侯，以讨于宋。明公既叛王命于前，又抗王师于后，不待交兵，臣已卜胜负之有在矣。」宋公曰：「先生之见如何？」戚曰：「以臣愚计，勿惜一束之贽，与齐会盟。上不失臣周之礼，下可结盟主之欢，兵甲不动，宋国安于泰山。」宋公曰：「孤一时失计，不终会好，今齐方加兵于我，安肯受吾之贽？」戚曰：「齐侯宽仁大度，不录人过，不念旧恶。如鲁不赴会，一盟于柯，遂举侵田而返之。况明公在会之人，焉有不纳？」宋公曰：「将何为贽？」戚曰：「齐侯以礼睦邻，厚往薄来。即束脯可贽，岂必倾府库之藏哉？」宋公大悦，乃遣使随宁戚至齐军中请成。叔皮满面羞惭而退。

却说宋使见了齐侯，言谢罪请盟之事。献白玉十珏，黄金千镒。齐桓公曰：「天子有命，寡人安敢自专？必须烦王臣转奏于王方可。」桓公即以所献金玉，转送单子，致宋公取成之意。单子曰：「苟君侯赦宥，有所藉手，以复于天王，敢不如命。」桓公乃使宋公修聘于周，然后再订会期。单子辞齐侯而归。齐与陈曹二君各回本国。

要知后事如何，且看下回分解。

第〇一九回 擒傅瑕厉公复国 杀子颓惠王反正

话说齐桓公归国，管仲奏曰：「东迁以来，莫强于郑。郑灭东虢而都之，前嵩后河，右洛左济，虎牢之险，闻于天下，故在昔庄公恃之，以伐宋、兼许，抗拒王师。今又与楚为党。楚，僭国也，地大兵强，吞噬汉阳诸国，与周为敌。君若欲屏王室而霸诸侯，非攘楚不可；欲攘楚，必先得郑。」桓公曰：「吾知郑为中国之枢，久欲收之，恨无计耳！」宁戚进曰：「郑公子突为君二载，祭足逐之，而立子忽；高渠弥弑忽，而立子亹；我先君杀子亹，祭足又立子仪。祭足以臣逐君，子仪以弟篡兄，犯分逆伦，皆当声讨。今子突在栎，日谋袭郑。况祭足已死，郑国无人，主公命一将往栎，送突入郑，则突必怀主公之德，北面而朝齐矣。」桓公然之。遂命宾须无引兵车二百乘，屯于栎城二十里之外。宾须无预遣人致齐侯之意。

郑厉公突先闻祭足死信，密差心腹到郑国打听消息。忽闻齐侯遣兵送己归国，心中大喜，出城远接，大排宴会。二人叙话间，郑国差人已转，回说：「祭仲已死，如今叔詹为上大夫。」宾须无曰：「叔詹何人？」郑伯突曰：「治国之良，非将才也。」差人又禀：「郑城有一奇事，南门之内，有一蛇长八尺，青头黄尾；门外又有一蛇，长丈余，红头绿尾；斗于门阙之中，三日三夜，不分胜负。国人观者如市，莫敢近之。后十七日，内蛇被外蛇咬死，外蛇竟奔入城，至太庙之中，忽然不见。」须无欠身贺郑伯曰：「君位定矣。」郑伯突曰：「何以知之？」须无曰：「郑国外蛇即君也，长丈余，君居长也。内蛇子仪也，长八尺，弟也。十七日而内蛇被伤，外蛇入城者，君出亡以甲申之夏，今当辛丑之夏，恰十有七年矣。内蛇伤死，此子仪失位之兆。外蛇入于太庙，君主宗祀之征也。我主方申大义于天下，将纳君于正位，蛇斗适当其时，殆天意乎！」郑伯突曰：「诚如将军之言，没世不敢负德！」宾须无乃与郑伯定计，夜袭大陵。

傅瑕率兵出战，两下交锋，不虞宾须无绕出背后，先打破大陵，插了齐国旗号，傅瑕知力不敌，只得下车投降。郑伯突衔傅瑕十七年相拒之恨，咬牙切齿，叱左右：「斩讫报来！」傅瑕大呼曰：「君不欲入郑耶？何为杀我？」郑伯突唤转问之。傅瑕曰：「君若赦臣一命，臣愿枭子仪之首。」郑伯突曰：「汝有何策，能杀子仪？不过以甘言哄寡人，欲脱身归郑耳。」瑕曰：「当今郑政，皆叔詹所掌，臣与叔詹至厚。君能赦我，我潜入郑国，与詹谋之，子仪之首，必献于座下。」郑伯突大骂：「老贼奸诈，焉敢诳吾？吾今放汝入城，汝将与叔詹起兵拒我矣。」宾须无曰：「瑕之妻孥，见在大陵，可囚于栎城为质。」傅瑕叩头求哀：「如臣失信，诛臣妻子。」且指天日为誓。郑伯突乃纵之。

傅瑕至郑，夜见叔詹。詹见瑕，大惊曰：「汝守大陵，何以至此？」瑕曰：「齐侯欲正郑位，命大将宾须无统领大军，送公子突归国。大陵已失，瑕连夜逃命至此。齐兵旦晚当至，事在危急。子能斩子仪之首，开城迎之，富贵可保，亦免生灵涂炭。转祸为福，在此一时，不然，悔无及矣！」詹闻言嘿然，良久曰：「吾向日原主迎立故君之议，为祭仲所阻。今祭仲物故，是天助故君。违天必有咎，但不知计将安出？」瑕曰：「可通信栎城，令速进兵。子出城，伪为拒敌，子仪必临城观战，吾觑便图之。子引故君入城，大事定矣。」叔詹从其谋，密使人致书于突。傅瑕然后参见子仪，诉以齐兵助突，大陵失陷之事。子仪大惊曰：「孤当以重赂求救于楚，待楚兵到日，内外夹攻，齐兵可退。」叔詹故缓其事。过二日，尚未发使往，侦报：「栎军已至城下。」叔詹曰：「臣当引兵出战。君同傅瑕登城固守。」子仪信以为然。

却说郑伯突引兵先到，叔詹略战数合，宾须无引齐兵大进，叔詹回车便走。傅瑕从城上大叫曰：「郑师败矣！」子仪素无胆勇，便欲下城。瑕从后刺之，子仪死于城上。叔詹叫开城门，郑伯同宾须无一同入城。傅瑕先往清宫，遇子仪二子，俱杀之；迎突复位，国人素附厉公，欢声震地。厉公厚贿宾须无，约以冬十月亲至齐庭乞盟。须无辞归。

厉公复位数日，人心大定。乃谓傅瑕曰：「汝守大陵，十有七年，力拒寡人，可谓忠于旧君矣。今贪生畏死，复为寡人而弑旧君，汝心不可测也！寡人当为子仪报仇！」喝令力士押出，斩于市曹。其妻孥姑赦弗诛。髯翁有诗叹云：

郑突奸雄世所无，借人成事又行诛。傅瑕不爱须臾活，赢得忠名万古呼。

原繁当先赞立子仪，恐其得罪，称疾告老。厉公使人责之，乃自缢而死。厉公复治逐君之罪，杀公子阏。强鉏避于叔詹之家，叔詹为之求生，乃免死，刖其足。公父定叔出奔卫国，后三年，厉公召而复之，曰：「不可使共叔无后也！」祭足已死勿论。叔詹仍为正卿，堵叔、师叔并为大夫，郑人谓之「三良」。

再说齐桓公知郑伯突已复国，卫、曹二国，去冬亦曾请盟，欲大合诸侯，刑牲定约。管仲曰：「君新举霸事，必以简便为政。」桓公曰：「简便如何？」管仲曰：「陈、蔡、邾自北杏之后，事齐不贰。曹伯虽未会，已同伐宋之举。此四国，不必再烦奔走。惟宋、卫未尝与会，且当一见。俟诸国齐心，方举盟约可也。」言未毕，忽传报：「周王再遣单蔑报宋之聘，已至卫国。」管仲曰：「宋可成矣。卫居道路之中，君当亲至卫地为会，以亲诸侯。」桓公乃约宋、卫、郑三国，会于鄄地。连单子、齐侯，共是五位，不用歃血，揖让而散。诸侯大悦。齐侯知人心悦从，乃大合宋、鲁、陈、卫、郑、许诸国于幽地，歃血为盟，始定盟主之号。此周釐王三年之冬也。

却说楚文王熊赀，自得息妫，立为夫人，宠幸无比。三年之内，生下二子，长曰熊囏，次曰熊恽。息妫虽在楚宫三载，从不与楚王说话。楚王怪之。一日，问其不言之故。息妫垂泪不答。楚王固请言之，对曰：『吾一妇人而事二夫，纵不能守节而死，又何面目向人言语乎？』言讫泪下不止。

胡曾先生有诗云：

息亡身入楚王家，回看春风一面花。感旧不言常掩泪，只应翻恨有容华。

楚王曰：『此皆蔡献舞之故，孤当为夫人报此仇也。夫人勿忧。』乃兴兵伐蔡，入其郛。蔡侯、献舞肉袒伏罪，尽出其库藏宝玉以赂楚，楚师方退。

适郑伯突遣使告复国于楚，楚王曰：『突复位二年，乃始告孤，慢孤甚矣。』复兴兵伐郑。郑谢罪请成，楚王许之。周釐王四年，郑伯突畏楚，不敢朝齐。齐桓公使人让之。郑伯使上卿叔詹如齐，谓桓公曰：『敝邑困于楚兵，早夜城守，未获息肩，是以未修岁事。君若能以威加楚，寡君敢不朝夕立于齐庭乎？』桓公恶其不逊，囚詹于军府。詹视隙逃回郑国。自是郑背齐事楚。不在话下。

再说周釐王在位五年崩。子阆立，是为惠王。惠王之二年，楚文王熊赀淫暴无政，喜于用兵，先年，曾与巴君同伐申国，而惊扰巴师。巴君怒，遂袭那处，克之。守将阎敖游涌水而遁。楚王杀阎敖。阎氏之族怨王。至是，约巴人伐楚，愿为内应。巴兵伐楚，楚王亲将迎之，大战于津。不隄防阎族数百人，假作楚军，混入阵中，竟来跟寻楚王。楚军大乱，巴兵乘之，遂大败楚。楚王面颊中箭而奔。巴君不敢追逐，收兵回国，阎氏之族从之，遂为巴人。

楚王回至方城，夜叩城门。鬻拳在门内问曰：『君得胜乎？』楚王曰：『败矣！』鬻拳曰：『自先王以来，楚兵战无不胜。巴，小国也，王自将而见败，宁不为人笑乎？今黄不朝楚，若伐黄而胜，犹可自解。』遂闭门不纳。楚王愤然谓军士曰：『此行再不胜，寡人不归矣！』乃移兵伐黄。王亲鼓，士卒死战，败黄师于踖陵。是夜，宿于营中，梦息侯怒气勃勃而前曰：『孤何罪而见杀？又占吾疆土，淫吾妻室，吾已请于上帝矣！』乃以手批楚王之颊。楚王大叫一声醒来，箭疮迸裂，血流不止。急传令回军，至于湫地，夜半而薨。鬻拳迎丧归葬。长子熊囏嗣立。鬻拳曰：『吾犯王二次，纵王不加诛，吾敢偷生乎？吾将从王于地下！』乃谓家人曰：『我死，必葬我于绖皇，使子孙知我守门也。』遂自刭而死。熊囏怜之，使其子孙，世为大阍。先儒左氏称鬻拳为爱君，史官有诗驳之，曰：

谏主如何敢用兵？闭门不纳亦堪惊。若将此事称忠爱，乱贼纷纷尽借名。

郑厉公闻楚文王凶信，大喜曰：『吾无忧矣！』叔詹进曰：『臣闻「依人者危，臣人者辱」。今立国于齐、楚之间，不辱即危，非长计也。先君桓、武及庄，三世为王朝卿士，是以冠冕列国，征服诸侯。今新王嗣统，闻虢、晋二国朝王，王为之飨醴命宥，又赐玉五珏，马三匹。君不若朝贡于周，若赖王之宠，以修先世卿士之业，虽有大国，不足畏也。』厉公曰：『善。』乃遣大夫师叔如周请朝。师叔回报：『周室大乱。』厉公问：『乱形如何？』对曰：『昔周庄王嬖妾姚姬，谓之王姚，生子颓，庄王爱之，使大夫蒍国为之师傅。子颓性好牛，尝养牛数百，亲自喂养，饲以五谷，被以文绣，谓之「文兽」。凡有出入，仆从皆乘牛而行，践踏无忌。又阴结大夫蒍国、边伯、子禽、祝跪、詹父，往来甚密。釐王之世，未尝禁止。今新王即位，子颓恃在叔行，骄横益甚。新王恶之，乃裁抑其党，夺子禽、祝跪、詹父之田。新王又因筑苑囿于宫侧，蒍国有圃，边伯有室，皆近王宫，王俱取之，以广其囿。又膳夫石速进膳不精，王怒，革其禄，石速亦憾王。故五大夫同石速作乱，奉子颓为君，以攻王。赖周公忌父同召伯廖等死力拒敌，众人不能取胜，乃出奔于苏。先周武王时，苏忿生为王司寇有功，谓之苏公，授以南阳之田为采地。忿生死，其子孙为狄所制，乃叛王而事狄，又不缴还采地于周。桓王八年，乃以苏子之田，畀我先君庄公，易我近周之田。于是苏子与周嫌隙益深。卫侯朔恶周之立黔牟，亦有夙怨，苏子因奉子颓奔卫，同卫侯帅师伐王城。周公忌父战败，同召伯廖等奉王出奔于鄢。五大夫等尊子颓为王，人心不服。君若兴兵纳王，此万世之功也。』厉公曰：『善。虽然，子颓懦弱，所恃者卫燕之众耳，五大夫无能为也。寡人再使人以理谕之，若悔祸反正，免动干戈，岂不美哉？』一面使人如鄢迎王，暂幸栎邑。因厉公向居栎十七年，宫室齐整故也。一面使人致书于王子颓。书曰：

突闻以臣犯君，谓之不忠；以弟奸兄，谓之不顺。不忠不顺，天殃及之！王子误听奸臣之计，放逐其君，若能悔祸之延，奉迎天子，束身归罪，不失富贵。不然，退处一隅，比于藩服，犹可谢天下之口。惟王子速图之！

子颓得书，犹豫未决。五大夫曰：『骑虎者势不能复下。岂有尊居万乘，而复退居臣位者？此郑伯欺人之语，不可听之。』颓遂逐出郑使。郑厉公乃朝王于栎，遂奉王袭入成周，取传国宝器，复还栎城。时惠王三年也。

是冬，郑厉公遣人约会西虢公，同起义兵纳王。虢公许之。

惠王四年之春，郑、虢二君，会兵于弭。夏四月，同伐王城。郑厉公亲率兵攻南门，虢公率兵攻北门。蒍国忙叩宫门，来见子颓。子颓因饲牛未毕，不即相见。蒍国曰：『事急矣！』乃假传子颓之命，使边伯、子禽、祝跪、詹父登陴守御。周人不顺子颓，闻王至，欢声如雷，争开城门迎接。蒍国方草国书，谋遣人往卫求救。书未写就，闻钟鼓之声，人报：『旧王已入城坐朝矣！』蒍国自刎而死。祝跪、子禽死于乱军之中。边伯、詹父被周人绑缚献功。子颓出奔西门，使石速押文牛为前队，牛体肥行迟，悉为追兵所获，与边伯、詹父一同斩首。髯翁有诗叹子颓之愚云：

挟宠横行意未休，私交乘衅起奸谋。一年南面成何事？只合关门去饲牛。

又一诗说齐桓公既称盟主，合倡义纳王，不应让之郑、虢也。诗云：

天子蒙尘九庙羞，纷纷郑虢效忠谋。如何仲父无遗策，却让当时第一筹？

惠王复位，赏郑虎牢以东之地，及后之鞶鉴。赏西虢公以酒泉之邑，及酒爵数器。二君谢恩而归。郑厉公于路得疾，归国而薨。群臣奉世子捷即位，是为文公。

周惠王五年，陈宣公疑公子御寇谋叛，杀之。公子完，字敬仲，乃厉公之子，与御寇相善，惧诛奔齐，齐桓公拜为工正。一日，桓公就敬仲家饮酒甚乐。天色已晚，索烛尽欢。敬仲辞曰：『臣止卜昼，未卜夜，不敢继以烛也。』桓公曰：『敬仲有礼哉！』赞叹而去。桓公以敬仲为贤，使食采于田，是为田氏之祖。是年鲁庄公为图婚之事，会齐大夫高傒于防地。

却说鲁夫人文姜，自齐襄公变后，日夜哀痛想忆，遂得嗽疾。内侍进莒医察脉。文姜久旷之后，欲心难制，遂留莒医饮食，与之私通。后莒医回国，文姜托言就医，两次如莒，馆于莒医之家。莒医复荐人以自代，文姜老而愈淫，然终以不及襄公为恨。周惠王四年秋七月，文姜病愈剧，遂薨于鲁之别寝。临终谓庄公曰：『齐女今长成十八岁矣。汝当速娶，以正六宫之位。万勿拘终丧之制，使我九泉之下，悬念不了。』又曰：『齐方图伯，汝谨事之，勿替世好。』言讫而逝。庄公丧葬如常礼。遵依遗命，其年便欲议婚。大夫曹刿曰：『大丧在殡，未可骤也。请俟三年丧毕行之。』庄公曰：『吾母命我矣。乘凶则骤，终丧则迟，酌其中可也。』遂以期年之后，与高傒申订前约，请自如齐，行纳币之礼。齐桓公亦以鲁丧未终，请缓其期。直至惠王七年，其议始定，以秋为吉。时庄公在位二十四年，年已三十有七岁矣。意欲取悦齐女，凡事极其奢侈。又念父桓公薨于齐国，今复娶齐女，心终不安，乃重建桓宫，丹其楹，刻其桷，欲以媚亡者之灵。大夫御孙切谏，不听。是夏，庄公如齐亲迎。至秋八月，姜氏至鲁，立为夫人，是为哀姜。大夫宗妇，行见小君之礼，一概用币。御孙私叹曰：『男贽大者玉帛，小者禽鸟，以章物采。女贽不过榛栗枣脩，以告虔也。今男女同贽，是无别也。男女之别，国之大节，而由夫人乱之，其不终乎？』自姜氏归鲁后，齐鲁之好愈固矣。齐桓公复同鲁庄公合兵伐徐，伐戎，徐、戎俱臣服于齐。郑文公见齐势愈大，恐其侵伐，遂遣使请盟。

不知后事如何，且看下回分解。

第〇二〇回

晋献公违卜立骊姬　楚成王平乱相子文

周惠王十年，徐、戎俱已臣服于齐。郑文公见齐势愈大，恐其侵伐，遣使请盟。乃复会宋、鲁、陈、郑四国之君，同盟于幽，天下莫不归心于齐。齐桓公归国，大设宴以劳群臣。酒至半酣，鲍叔牙执卮至桓公之前，满斟为寿。桓公曰：『乐哉，今日之饮！』鲍叔牙曰：『臣闻「明主贤臣，虽乐不忘其忧。」臣愿君毋忘出奔，管仲毋忘槛囚，宁戚毋忘饭牛车下之日。』桓公遽起，离席再拜曰：『寡人与诸大夫，皆能毋忘，此齐国社稷无穷之福也！』是日，极欢而散。

忽一日，报：『周王遣召伯廖来到。』桓公迎接入馆。召伯廖宣惠王之命，赐齐侯为方伯，修太公之职，得专征伐。因言：『卫朔援立子颓，助逆犯顺，朕怀之十年，迄今天讨未彰，烦伯舅为朕图之。』惠王十一年，齐桓公亲率车徒伐卫。时卫惠公朔先薨，子赤立，已三年矣。是为懿公，懿公不问来由，率兵接战，大败而归。桓公乃直抵城下，宣扬王命，数其罪状。懿公曰：『然则先君之过，与寡人无与也。』乃使其长子开方，辇金帛五车，纳于齐军，求其讲和、免罪。桓公曰：『先王之制，罪不及子孙。苟遵王命，寡人何多求于卫耶？』公子开方见齐国强盛，愿仕于齐。齐侯曰：『子乃卫侯长子，论次序当为国储。奈何舍南面之尊，而北面于寡人乎？』开方对曰：『明公乃天下之贤侯，倘得执鞭侍左右，荣幸已甚，岂不胜于为君？』桓公以开方为爱己，拜为大夫，宠之与竖貂、易牙等。齐人谓之『三贵』。开方复言卫侯少女之美，卫惠公先曾以女媵齐，此其妹也。桓公遣使纳币，求之为妾。卫懿公不敢辞却，即送卫姬至齐，齐侯纳之。因以长卫姬，少卫姬别之，姊妹俱有宠。髯翁有诗云：

卫侯罪案重如山，奉命如何取赂还？
漫说尊王申大义，到来功利在心间。

话分两头。却说晋国姬姓，侯爵。自周成王时，剪桐叶为珪，封其弟叔虞于此。传九世至穆侯。穆侯生二子，长曰仇，次曰成师。穆侯薨，子仇立，是为文侯。文侯薨，子昭侯立。畏其叔父桓叔之强，乃割曲沃以封之，谓之曲沃伯，改晋号曰翼，谓之二晋。昭侯立七年，大夫潘父弑之，而纳曲沃伯。翼人不受，杀潘父而立昭侯之弟平，是为孝侯。孝侯之八年，桓叔薨，子鱓立，是为曲沃庄伯。孝侯立十五年，庄伯伐翼，孝侯逆战大败，为庄伯所杀。翼人立其弟郄，是为鄂侯。鄂侯立二年，率兵伐曲沃，战败，出奔随国。子光嗣位，是为哀侯。哀侯之二年，庄伯薨，子称代立，是为曲沃武公。哀侯九年，武公率其将韩万、梁宏伐翼，哀侯逆战被杀。周桓王命卿士虢公林父立其弟缗，是为小子侯。小子侯立四年，武公复诱而杀之，遂并其国，定都于绛，仍号曰晋。悉取晋库藏宝器，辇入于周，献于釐王。釐王贪其赂，遂命称代以一军为晋侯。称代凡立三十九年，薨，子佹诸立，是为晋献公。

献公忌桓庄之族，虑其为患。大夫士蔿献计，散其党，因诱而尽杀之。献公嘉其功，命为大司空。因使大城绛邑，规模极其壮丽，比于大国之都。

先献公为世子时，娶贾姬为妃，久而无子。又娶犬戎主之侄女曰狐姬，生子曰重耳，小戎允姓之女，生子曰夷吾。当武公晚年，求妾于齐，齐桓公以宗女归之，是为齐姜。时武公已老，不能御女。齐姜年少而美，献公悦而烝之，与生一子，私寄养于申氏，因名申生。献公即位之年，贾姬已薨，遂立齐姜为夫人。时重耳已二十一岁矣，夷吾年亦长于申生。因申生是夫人之子，论嫡庶不论长幼，乃立申生为世子。以大夫杜原款为太傅，大夫里克为少傅，相与辅导世子。齐姜又生一女而卒。献公复纳贾姬之娣曰贾君，亦无子。因以齐姜所生之女，使贾君育之。

献公十五年，兴兵伐骊戎。骊戎乃请和，纳其二女于献公，长曰骊姬，次曰少姬。那骊姬生得貌比息妫，妖同妲己，智计千条，诡诈百出。在献公前，小忠小信，贡媚取怜。又时常参与政事，十言九中。所以献公宠爱无二，一饮一食，必与之俱。踰年，骊姬生一子，名曰奚齐。又踰年，少姬亦生一子，名曰卓子。献公既心惑骊姬，又喜其有子，遂忘齐姜一段恩情，欲立骊姬为夫人。使太卜郭偃，以龟卜之。郭偃献兆，其繇曰：

专之渝，攘公之羭。一薰一莸，十年尚有臭！

献公曰：「何谓也。」郭偃曰：「渝者，变也。意所专尚，心亦变乱，故曰「专之渝」。攘，夺也。羭美也。心变则美恶倒置，故曰「攘公之羭」。草之香者曰薰，臭者曰莸。香不胜臭，秽气久而未消，故曰「十年尚有臭」也。」献公一心溺爱骊姬，不信其言，更命史苏筮之。得《观卦》之六二，爻词曰：「窥观利女贞。」献公曰：「居内观外，女子之正。吉孰大焉？」卜偃曰：「开辟以来，先有象，后有数。龟，象也。筮，尊也。从筮不如从龟。」史苏曰：「礼无二嫡，诸侯不再娶，所谓观也。继称夫人，何以为正？不正，何利之有？以《易》言之，亦未见吉。」献公曰：「若卜筮有定，尽鬼谋矣。」竟不听史苏卜偃之言。择日告庙，立骊姬为夫人，少姬封为次妃。

史苏私谓大夫里克曰：「晋国将亡，奈何？」里克大惊，问曰：「亡晋者何人？」史苏曰：「其骊戎乎？」里克不解其说。史苏曰：「昔夏桀伐有施，有施人以女妹喜归之。桀宠妹喜，遂以亡夏。殷辛伐有苏，有苏氏以女妲己归之。纣宠妲己，遂以亡殷。周幽王伐有褒，有褒人以女褒姒归之。幽王宠褒姒，西周遂亡。今晋伐骊戎而获其女，又加宠焉，不亡得乎？」适太卜郭偃亦至，里克述史苏之言。郭偃曰：「晋乱而已，亡则未也。昔唐叔之封，卜曰：『尹正诸夏，再造王国。』晋业方大，何亡之患？」里克曰：「若乱当在何时？」郭偃曰：「善恶之报，不出十年。十者，数之

东周列国志

盈也。」里克识其言于简。

再说献公爱骊姬，欲立其子奚齐为嗣。一日，与骊姬言之。骊姬心中甚欲。只因申生已立做世子，无故更变，恐群臣不服，必然谏沮。又且重耳、夷吾，与申生相与友爱，三公子俱在左右，若说而不行，反被提防，岂不误事？乃跪而对曰：「太子之立，诸侯莫不闻，且贤而无罪，君必以妾母子之故，欲行废立，妾宁自杀！」献公以为真心，遂置不言。

献公有嬖幸大夫二人：曰梁五、东关五，并与献公察听外事，挟宠弄权，晋人谓之「二五」。又有优人名施者，少年美姿，伶俐多智，能言快语，献公尤嬖之，出入宫禁，不知防范。骊姬遂与施私通，情好甚密。因告以心腹之事，谋离间三公子，徐为夺嗣之计。优施为之画策：「必须以封疆为名，使三公子远远出镇，然后可居中行事。然此事又必须外臣开口，方见忠谋。今「二五」用事，夫人诚以金币结之，俾彼相与进言，则主公无不听矣。」骊姬乃出金帛付优施，使分送「二五」。优施先见梁五曰：「君夫人愿交欢于大夫，使施致不腆之敬。」梁五大惊曰：「君夫人何须于我？必有嘱也。子不言，吾必不受。」优施乃尽以骊姬之谋告之。梁五曰：「必得东关为助，乃可。」施曰：「夫人亦有馈，如大夫也。」于是同诣东关五之门，三人做一处商议停当。

次日，梁五进言于献公曰：「曲沃始封之地，先君宗庙之所在也。蒲与屈，地近戎狄，边疆之要地也。此三邑者，不可无人以主之。宗邑无主，则民无畏威之心；边疆无主，则戎、狄有窥伺之意。若使太子主曲沃，重耳、夷吾分主蒲、屈，君居中制驭，此磐石之安矣。」献公曰：「世子出外可乎？」东关五曰：「太子，君之贰也。曲沃，国之贰也。非太子其谁居之？」献公曰：「曲沃则然矣。蒲、屈乃荒野之地，如何可守？」东关五又曰：「不城则为荒野，城之即为都邑。」二人又齐声赞美曰：「一朝而增二都，内可屏蔽封内，而外可开拓疆宇，晋自此益大矣！」献公信其言，使世子申生居曲沃，以主宗邑，太傅杜原款从行。使重耳居蒲，夷吾居屈，以主边疆。狐毛从重耳于蒲，吕饴甥从夷吾于屈。又使赵夙为太子城曲沃，比旧益加高广，谓之新城。使士蒍监筑蒲、屈二城。士蒍聚薪筑土，草草完事。或言：「恐不坚固。」士蒍笑曰：「数年之后，此为仇敌，何以固为？」因赋诗曰：

狐裘龙茸，一国三公，吾谁适从？

狐裘，贵者之服。龙茸，乱貌。言贵者之多，喻嫡庶长幼无分别也。士蒍预知骊姬必有夺嫡之谋，故为此语。申生与二公子，俱远居晋鄙。惟奚齐、卓子，在君左右。骊姬益献媚取宠，以蛊献公之心。髯翁有诗云：

女色从来是祸根，骊姬宠爱献公昏。空劳畚筑疆场远，不道干戈伏禁门。

时献公新作二军，自将上军。使世子申生将下军，率领大夫赵夙、毕万攻耿、霍、魏三国，灭之。以耿赐赵夙，魏赐毕万为采邑。太子功益高，骊姬忌之益甚，而谋愈深且毒矣。此事搁过一边。

却说楚熊囏，熊恽兄弟，虽同是文夫人所生，熊恽才智胜于其兄，为文夫人所爱，国人亦推服之。熊囏既嗣位，心忌其弟，每欲因事诛之，以绝后患。左右多有为熊恽周旋者，是以因循不决。熊囏怠于政事，专好游猎，在位三年，无所施设。熊恽嫌隙已成，私畜死士，乘其兄出猎，袭而杀之，以病薨告于文夫人。文夫人虽则心疑，不欲明白其事，遂使诸大夫拥立熊恽为君，是为成王。以熊囏未尝治国，不成为君，号为「堵敖」，不以王礼葬之。任其叔王子善为令尹，即子元也。子元自其兄文王之死，便有篡立之意，兼慕其嫂息妫，天下绝色，欲与私通。况熊囏、熊恽二子，年齿俱幼，自恃尊行，全不在眼。只畏大夫斗伯比正直无私，且多才智，故此不敢纵肆。

至是，周惠王十一年，斗伯比病卒。子元意无忌惮，遂于王宫之旁，大筑馆舍，每日歌舞奏乐，欲以蛊惑文夫人之意。文夫人闻之，问侍人曰：「宫外乐舞之声何来？」侍人曰：「此令尹之新馆也。」文夫人曰：「先君舞干以习武事，以征诸侯，是以朝贡不绝于庭。今楚兵不至中国者十年矣。令尹不图雪耻，而乐舞于未亡人之侧，不亦异乎？」侍人述其言于子元，子元曰：「妇人尚不忘中原，我反忘之？不伐郑，非丈夫也。」遂发兵车六百乘，自为中军，斗御疆、斗梧建大旆为前队，王孙游、王孙嘉为后队，浩浩荡荡，杀奔郑国而来。

郑文公闻楚师大至，急召百官商议。堵叔曰：「楚兵众盛，未可敌也，不如请成。」师叔曰：「吾新与齐盟，齐必来救，且宜坚壁以待之。」世子华，年少方刚，请背城一战。叔詹曰：「三人之言，吾取师叔。然以臣愚见，楚兵不久自退。」郑文公曰：「令尹自将，安肯退乎？」叔詹曰：「自楚加兵人国，未有用六百乘者。公子元操必胜之心，欲以媚息夫人耳。夫求胜者，亦必畏败。楚兵若来，臣自有计退之。」正商议间，谍报：「楚师斩桔柣关而进，已破外郭，入纯门，将及逵市。」堵叔曰：「楚兵偪矣，如行成不可，且奔桐邱以避之。」叔詹曰：「无惧也！」乃使甲士埋伏于城内，大开城门，街市百姓来往如常，并无惧色。

斗御疆等前队先到，见如此模样，城上绝无动静，心中疑惑，谓斗梧曰：「郑闲暇如此，必有诡计，哄吾入城。不可轻进，且待令尹来议之。」遂离城五里，扎住营寨。须臾，子元大兵已到，斗御疆等禀知城中如此。子元亲自登高阜处以望郑城。忽见旌旗整肃，甲士林立，看了一回，叹曰：「郑有『三良』在，其谋叵测！万一失利，何面目见文夫人乎？更探听虚实，方可攻城也。」次日，后队王孙游遣人来报说：「谍探得齐侯同宋、鲁二国诸侯，亲率大军，前来救郑。斗将军等不敢前进，特候军令，准备迎敌。」子元大惊，谓诸将曰：「诸侯若截吾去路，吾腹背受敌，必致损折。吾侵郑及于逵市，可谓全胜矣。」乃暗传号令，人衔枚，马摘铃，是夜拔寨都起。犹恐郑兵追赶，命勿撤军幕，仍建大旆，以疑郑人。大军潜出郑界，乃始鸣钟击鼓，唱凯歌而还。先遣报文夫人曰：「令尹全胜而回矣！」夫人谢曰：「令尹若能歼敌成功，宜宣示国人，以彰明罚，告诸太庙，以慰先王之灵。未亡人何与焉？」子元大惭。楚王熊恽，闻子元不战而还，自是有不悦之意。

却说郑叔詹亲督军士巡城，彻夜不睡。至晓，望见楚幕，指曰：「此空营也，楚师遁矣。」众犹未信，问：「何以知之？」叔詹曰：「幕乃大将所居，鸣钲设儆，军声震动。今见群鸟栖噪于上，故知其为空幕也。吾度诸侯救兵必至，楚先闻信，是以遁耳！」未几，谍报：「诸侯救兵果到，未及郑境，闻楚师已去，各散回本国去了。」众始服叔詹之智。郑遣使致谢齐侯救援之劳。自此感服齐国，不敢怀贰。

再说楚子元自伐郑无功，内不自安，篡谋益急。欲先通文夫人，然后行事。适文夫人有小恙，子元假称问安，来至王宫。遂移卧具，寝处宫中，三日不出。家甲数百，环列宫外。大夫斗廉闻之，闯入宫门，直至卧榻，见子元方对镜整鬓，让之曰：「此岂人臣栉沐之所耶？令尹宜速退！」子元曰：「此吾家宫室，与射师何与？」斗廉曰：「王侯之贵，弟兄不得通属。令尹虽介弟，亦人臣也。人臣过阙则下，过庙则趋，咳唾其地，犹为不敬，况寝处乎？且寡夫人密迩于此，男女别嫌，令尹岂未闻耶？」子元大怒曰：「楚国之政，在吾掌握。汝何敢多言！」命左右梏其手，拘于庑下，不放出宫。文夫人使侍人告急于斗伯比之子斗谷於菟，使其入宫靖难。斗谷於菟密奏楚王，约会斗梧、斗御疆及其子斗班，半夜率甲以围王宫，将家甲乱砍，众俱惊散。子元方拥宫人醉寝，梦中惊起，仗剑而出，恰遇斗班，亦仗剑而入，子元喝曰：「作乱乃孺子耶！」斗班曰：「我非作乱，特来诛乱者耳。」两下就在宫中争战。不数合，斗御疆、斗梧齐到。子元度不能胜，夺门欲走，被斗班一剑，砍下头来。斗谷於菟将斗廉开梏放出，一齐至文夫人寝室之外，稽首问安而退。

次早，楚成王熊恽御殿，百官朝见已毕，楚王命灭子元之家，榜其罪状于通衢。髯翁论公子元欲蛊文夫人之事，有诗曰：

堪嗟色胆大于身，不论尊兮不论亲。莫怪狂且轻动念，楚夫人是息夫人。

却说斗谷於菟之祖曰斗若敖，娶郧子之女，生斗伯比。若敖卒，伯比尚幼，随母居于郧国，往来宫中，郧夫人爱之如子。郧夫人有女，与伯比为表兄妹之亲，自小宫中作伴游耍，长亦不禁，遂成私情。郧女有孕，郧夫人方才知觉，乃禁绝伯比，不许入宫。使其女诈称有病，屏居一室。及诞期已满，产下一子，郧夫人潜使侍人用衣服包裹，将出宫外，弃于梦泽之中。意欲瞒过郧子，且不欲扬其女之丑名也。伯比羞惭，与其母归于楚国去讫。其时郧子适往梦泽田猎，见泽中有猛虎蹲踞，使左右放箭，箭从旁落，一矢不中，其虎全不动掸。郧子心疑，使人至泽察之。回报：「虎方抱一婴儿，喂之以乳，见人亦不畏避。」郧子曰：「是神物，不可惊之。」猎毕而归，谓夫人曰：「适至梦泽，见一奇事。」夫人问曰：「何事？」郧子遂将猛虎乳儿之事，述了一遍。夫人曰：「夫君不知，此儿乃妾所弃也！」郧子骇然曰：「夫人安得此儿而弃之？」夫人曰：「夫君勿罪。此儿实吾女与斗甥所生。妾恐污吾女之名，故命侍者弃于梦泽。妾闻姜嫄履巨人迹而生子，弃之冰上，飞鸟以翼覆之，姜嫄以为神，收养成人，名之曰弃，官为后稷，遂为周代之祖。此儿既有虎乳之异，必是大贵人也。」郧子从之，使人收回，命其女抚养。

踰年，送其女于楚，与斗伯比成亲。楚人乡谈，呼乳曰「谷」，呼虎曰「於菟」。取乳虎为义，名其子曰谷於菟，表字子文。今云梦县有於菟乡，即子文生处也。谷於菟既长，有安民治国之才，经文纬武之略。父伯比，仕楚为大夫。伯比死，谷於菟嗣为大夫。及子元之死，令尹官缺。楚王欲用斗廉，斗廉辞曰：「方今与楚为敌者，齐也。齐用管仲、宁戚，国富兵强。臣才非管、宁之流明矣。王欲改纪楚政，与中原抗衡，非斗谷於菟不可。」百官齐声保奏：「必须此人，方称其职。」楚王准奏，遂拜斗谷於菟为令尹。楚王曰：「齐用管仲，号为仲父。今谷於菟尊显于楚，亦当字之。」乃呼为子文而不名。周惠王之十三年也。子文既为令尹，倡言曰：「国家之祸，皆由君弱臣强所致。凡百官采邑，皆以半纳还公家。」子文先于斗氏行之，诸人不敢不从。又以郢城南极湘潭，北据汉江，形胜之地，自丹阳徙都之，号曰郢都。治兵训武，进贤任能，以公族屈完为贤，使为大夫，族人斗章才而有智，使与诸斗同治军旅。以其子斗班为申公。楚国大治。

齐桓公闻楚王任贤图治，恐其争胜中原，欲起诸侯之兵伐楚。问管仲，管仲对曰：「楚称王南海，地大兵强，周天子不能制。今又任子文为政，四境安堵，非可以兵威得志也。且君新得诸侯，非有存亡兴灭之德，深入人心，恐诸侯之兵，不为我用。今当益广威德，待时而动，方保万全。」桓公曰：「自我先君报九世之仇，剪灭纪国，奄有其地。鄣为纪附庸，至今未服，寡人欲并灭之，何如？」管仲曰：「鄣虽小国，其先乃太公之支孙，为齐同姓。灭同姓，非义也。君可命王子成父率大军巡视纪城，示以欲伐之状。鄣必畏而来降。是无灭亲之名，而有得地之实矣。」桓公用其策，鄣君果畏惧求降。桓公曰：「仲父之谋，百不失一！」君臣正计议国事，忽近臣来报：「燕国被山戎用兵侵伐，特遣人求救。」管仲曰：「君欲伐楚，必先定戎。戎患既熄，乃可专事于南方矣。」

毕竟桓公如何服戎，且听下回分解。

第〇二一回

管夷吾智辨俞儿　齐桓公兵定孤竹

话说山戎乃北戎之一种，国于令支，亦曰离支。其西为燕，其东南为齐、鲁。令支界于三国之间，恃其地险兵强，不臣不贡，屡犯中国。先时曾侵齐界，为郑公子忽所败。至是闻齐侯图伯，遂统戎兵万骑，侵扰燕国，欲绝其通齐之路。燕庄公抵敌不住，遣人走间道告急于齐。齐桓公问于管仲，管仲对曰：『方今为患，南有楚，北有戎，西有狄，此皆中国之忧，盟主之责也。即戎不病燕，犹思膺之。况燕人被师，又求救乎？』桓公乃率师救燕，师过济水，鲁庄公迎之于鲁济。桓公告以伐戎之事。鲁侯曰：『君剪豺狼，以靖北方，敝邑均受其赐，岂惟燕人？寡人愿索敝赋以从。』桓公曰：『北方险远之地，寡人不敢劳君玉趾。若遂有功，君之灵也。不然，而借兵于君未晚。』鲁侯曰：『敬诺。』桓公别了鲁侯，望西北进发。

却说令支子名密卢，蹂躏燕境，已及二月，掳掠子女，不可胜计。闻齐师大至，解围而去。桓公兵至蓟门关，燕庄公出迎，谢齐侯远救之劳。管仲曰：『山戎得志而去，未经挫折，我兵若退，戎兵必然又来。不如乘此伐之，以除一方之患可也。』桓公曰：『善。』燕庄公请率本国之兵为前队。桓公曰：『燕方经兵困，何忍复令冲锋？君姑将后军，为寡人声势足矣。』燕庄公曰：『此去东八十里，国名无终，虽戎种，不附山戎，可以招致，使为向导。』桓公乃大出金帛，遣公孙隰朋召之。无终子即遣大将虎儿斑，率领骑兵二千，前来助战。桓公复厚赏之，使为前队。约行将二百里，桓公见山路逼险，问于燕伯。燕伯曰：『此地名葵兹，乃北戎出入之要路也。』桓公与管仲商议，将辎重资粮，分其一半，屯聚于葵兹。令士卒伐木筑土为关，留鲍叔牙把守，委以转运之事。休兵三日，汰下疲病，只用精壮，兼程而进。

却说令支子密卢闻齐兵来伐，召其将速买计议。速买曰：「彼兵远来疲困，乘其安营未定，突然冲之，可获全胜。」密卢与之三千骑。速买传下号令，四散埋伏于山谷之中，只等齐兵到来行事。虎儿斑前队先到，速买只引百余骑迎敌。虎儿斑奋勇，手持长柄铁瓜锤，望速买当头便打。速买大叫：「且慢来！」亦挺大杆刀相迎。略斗数合，速买诈败，引入林中，一声呼哨，山谷皆应，把虎儿斑之兵，截为二段。虎儿斑死战，马复被伤，束手待缚。恰遇齐侯大军已到，王子成父大逞神威，杀散速买之兵，将虎儿斑救出。速买大败而去。虎儿斑先领戎兵，多有损折，来见桓公，面有愧色。桓公曰：「胜负常事，将军勿以为意。」乃以名马赐之，虎儿斑感谢不已。大军东进三十里，地名伏龙山，桓公和燕庄公结寨于山上。王子成父、宾须无立二营于山下。皆以大车联络为城，巡警甚严。

次日，令支子密卢亲自带领速买，引着骑兵万余，前来挑战。一连冲突数次，皆被车城隔住，不能得入。延至午后，管仲在山头望见戎兵渐渐稀少，皆下马卧地，口中漫骂。管仲抚虎儿斑之背曰：「将军今日可雪耻也！」虎儿斑应诺。车城开处，虎儿斑引本国人马飞奔杀出。隰朋曰：「恐戎兵有计。」管仲曰：「吾已料之矣！」即命王子成父率一军出左，宾须无率一军出右，两路接应，专杀伏兵。原来山戎惯用埋伏之计，见齐兵坚壁不动，乃伏兵于谷中，故意下马漫骂，以诱齐兵。虎儿斑马头到处，戎兵皆弃马而奔。虎儿斑正欲追赶，闻大寨鸣金，即时勒马而回。密卢见虎儿斑不来追赶，一声呼哨，招引谷中人马，指望悉力来攻。却被王子成父和宾须无两路兵到，杀得七零八落，戎兵又大败而回，干折了许多马匹。速买献计曰：「齐欲进兵，必由黄台山谷口而入。吾将木石擂断，外面多掘坑堑，以重兵守之，虽有百万之众，不能飞越也。伏龙山二十余里皆无水泉，必仰汲于濡水。若将濡流坝断，彼军中乏水饮，必乱，乱则必溃。吾因溃而乘之，无有不胜。一面再遣人求救于孤竹国，借兵助战，此万全之策也。」密卢大喜，依计而行。

却说管仲见戎兵退后，一连三日不见动静，心下怀疑。使谍者探听。回言：「黄台山大路已断塞了！」管仲乃召虎儿斑问曰：「尚有别径可入否？」虎儿斑曰：「此去黄台山，不过十五里，便可以直捣其国。若要寻别径，须从西南打大宽转，由芝麻岭抄出青山口，复转东数里，方是令支巢穴。但山高路险，车马不便转动耳。」正商议间，牙将连挚禀道：「戎主断吾汲道，军中乏水，如何？」虎儿斑曰：「芝麻岭一派都是山路，非数日不到。若无水携载，亦自难往。」桓公传令，教军士凿山取水，先得水者重赏。公孙隰朋进曰：「臣闻蚁穴居知水，当视蚁蛭处掘之。」军士各处搜寻，并无蚁蛭，又来禀复。隰朋曰：「蚁冬则就暖，居山之阳；夏则就凉，居山之阴。今冬月，必于山之阳，不可乱掘。」军士如其言，果于山腰掘得水泉，其味清冽。桓公曰：「隰朋可谓圣矣！」因号其泉曰圣泉，伏龙山改为龙泉山。军中得水，欢呼相庆。

密卢打听得齐军未尝乏水，大骇曰：「中国岂有神助耶？」速买曰：「齐兵虽然有水，然涉远而来，粮必不继。吾坚守不战，彼粮尽自然退矣。」密卢从之。管仲使宾须无假托转回葵兹取粮，却用虎儿斑领路，引一军取芝麻岭进发，以六日为期。却教牙将连挚，日往黄台山挑战，以缀密卢之兵，使之不疑。如此六日，戎兵并不接战。管仲曰：「以日计之，宾将军西路将达矣。彼既不战，我不可以坐守。」乃使士卒各负一囊，实土其中，先使人驾空车二百乘前探，遇堑坑处，即以土囊填满。大军直至谷口，发声喊，齐将木石搬运而进。密卢自以为无患，日与速买饮酒为乐。忽闻齐军杀入，连忙跨马迎敌。未及交锋，戎兵报：「西路又有敌军杀到！」速买知小路有失，无心恋战，保着密卢望东南而走。宾须无追赶数里，见山路崎岖，戎人驰马如飞，不及而还。马匹器仗，牛羊帐幕之类，遗弃无算，俱为齐有。夺还燕国子女，不可胜计。令支国人，从未见此兵威，无不箪食壶浆，迎降于马首。桓公一一抚慰，吩咐不许杀戮降夷一人。戎人大悦。桓公召降戎问曰：「汝主此去，当投何国？」降戎曰：「我国与孤竹为邻，素相亲睦，近亦曾遣人乞师未到，此行必投孤竹也。」桓公问孤竹强弱，并路之远近。降戎曰：「孤竹乃东南大国，自商朝便有城郭。从此去约百余里，有溪名曰卑耳。过溪便是孤竹界内。但山路险峻难行耳。」桓公曰：「孤竹党山戎为暴，既在密迩，宜前讨之。」适鲍叔牙遣牙将高黑运干粮五十车到，桓公即留高黑军前听用。于降戎中挑选精壮千人，付虎儿斑帐下，以补前损折之数。休兵三日，然后起程。

再说密卢等行至孤竹，见其主答里呵，哭倒在地，备言：「齐兵恃强，侵夺我国，意欲乞兵报仇。」答里呵曰：「俺这里正欲起兵相助，因有小恙，迟这几日，不意你吃了大亏。此处有卑耳之溪，深不可渡。俺这里将竹筏尽行拘回港中，齐兵插翅亦飞不过。俟他退兵之后，俺和你领兵杀去，恢复你的疆土，岂不稳便？」大将黄花元帅曰：「恐彼造筏而渡，宜以兵守溪口，昼夜巡行，方保无事。」答里呵曰：「彼若造筏，吾岂不知？」遂不听黄花之言。

再说齐桓公大军起程，行不十里，望见顽山连路，怪石嵯峨，草木蒙茸，竹箐塞路。有诗为证：

盘盘曲曲接青云，怪石嵯岈路不分。任是胡儿须下马，还愁石窟有山君。

管仲教取硫黄焰硝引火之物，撒入草树之间，放起火来，哔哔剥剥，烧得一片声响。真个草木无根，狐兔绝影，火光透天，五日夜不绝。火熄之后，命凿山开道，以便进车。诸将禀称：「山高且险，车行费力。」管仲曰：「戎马便于驱驰，惟车可以制之。」乃制上山下山之歌，使军人歌之。

《上山歌》曰：

山嵬嵬兮路盘盘，木濯濯兮顽石如栏。云薄薄兮日生寒，我驱车兮上巉岏。风伯为驭兮俞儿操竿，如飞鸟兮生羽翰，跋彼山巅兮不为难。

《下山歌》曰：

上山难兮下山易，轮如环兮蹄如坠。声辚辚兮人吐气，历几盘兮顷刻而平地。捣彼戎庐兮消烽燧，勒勋孤竹兮亿万世。

人夫唱起歌来，你唱我和，轮转如飞。桓公与管仲、隰朋等，登卑耳之巅，观其上下之势。桓公叹曰：「寡人今日知人力可以歌取也。」管仲对曰：「臣昔在槛车之时，恐鲁人见追，亦作歌以教军夫，乐而忘倦，遂有兼程之功。」桓公曰：「其故何也？」对曰：「凡人劳其形者疲其神，悦其神者忘其形。」桓公曰：「仲父通达人情，一至于此！」于是催趱车徒，一齐进发。

行过了几处山头，又上一岭，只见前面大小车辆，俱壅塞不进。军士禀称：「两边天生石壁，中间一径，止容单骑，不通车辆。」桓公面有惧色，谓管仲曰：「此处倘有伏兵，吾必败矣！」正在踌躇，忽见山凹里走出一件东西来。桓公睁眼看之，似人非人，似兽非兽，约长一尺有余，朱衣玄冠，赤着两脚，向桓公面前再三拱揖，如相迓之状。然后以右手抠衣，竟向石壁中间疾驰而去。桓公大惊，问管仲曰：「卿有所见乎？」管仲曰：「臣无所见。」桓公述其形状。管仲曰：「此正臣所制歌词中「俞儿」者是也。」桓公曰：「俞儿若何？」管仲曰：「臣闻北方有登山之神，名曰「俞儿」，有霸王之主则出见。君之所见，其殆是乎？拱揖相迓者，欲君往伐也。抠衣者，示前有水也。右手者，水右必深，教君以向左也。」髯翁有诗论管仲识「俞儿」之事。诗云：

《春秋》典籍数而知，仲父何从识「俞儿」？岂有异人传异事，张华《博物》总堪疑。

管仲又曰：「既有水阻，幸石壁可守。且屯军山上，使人探明水势，然后进兵。」

探水者去之良久，回报：「下山不五里，即卑耳溪，溪水大而且深，虽冬不竭。原有竹筏以渡，今被戎主拘收矣。右去水愈深，不啻丈余。若从左而行，约去三里，水面虽阔而浅，涉之没不及膝。」桓公抚掌曰：「俞儿之兆验矣！」燕庄公曰：「卑耳溪不闻有浅处可涉，此殆神助君侯成功也！」桓公曰：「此去孤竹城，有路多少？」燕庄公曰：「过溪东去，先团子山，次马鞭山，又次双子山，三山连络，约三十里。此乃商朝孤竹三君之墓。过了三山，更二十五里，便是无棣城，即孤竹国君之都也。」虎儿斑请率本部兵先涉。管仲曰：「兵行一处，万一遇敌，进退两难，须分两路而行。」乃令军人伐竹，以藤贯之，顷刻之间，成筏数百。留下车辆，以为载筏，军士牵之。下了山头，将军马分为两队，王子成父同高黑引着一军，从右乘筏而渡，为正兵，公子开方、竖貂，随着齐桓公亲自接应；宾须无同虎儿斑引着一军，从左涉水而渡，为奇兵，管仲同连挚随着燕庄公接应。俱于团子山下取齐。

却说答里呵在无棣城中，不知齐兵去来消息，差小番到溪中打听，见满溪俱是竹筏，兵马纷纷而渡，慌忙报知城中。答里呵大惊，即令黄花元帅率兵五千拒敌。密卢曰：「俺在此无功，愿引速买为前部。」黄花元帅曰：「屡败之人，难与同事！」跨马径行。答里呵谓密卢曰：「西北团子山，乃东来要路，相烦贤君臣把守，就便接应；俺这里随后也到。」密卢口虽应诺，却怪黄花元帅轻薄了他，心中颇有不悦之意。

却说黄花元帅兵未到溪口，便遇了高黑前队，两下接住厮杀。高黑战黄花不过，却待要走。王子成父已到，黄花撇了高黑，便与王子成父厮杀。大战五十余合，不分胜负。后面齐侯大军俱到，公子开方在右，竖貂在左，一齐卷上。黄花元帅心慌，弃军而走。五千人马，被齐兵掩杀大半，余者尽降。黄花单骑奔逃，将近团子山，见兵马如林，都打着齐、燕、无终三国旗号。乃是宾须无等涉水而渡，先据了团子山了。黄花不敢过山，弃了马匹，扮作樵采之人，从小路爬山得脱。齐桓公大胜，进兵至团子山，与左路军马做一处列营，再议征进。

却说密卢引军刚到马鞭山，前哨报道：「团子山已被齐兵所占。」只得就马鞭山屯扎。黄花元帅逃命至马鞭山，认做自家军马，投入营中，却是密卢。密卢曰：「元帅屡胜之将，何以单身至此？」黄花羞惭无极。索酒食不得，与以炒麦一升。又索马骑，与之漏蹄。黄花大恨，回至无棣城，见答里呵，请兵报仇。答里呵曰：「吾不听元帅之言，以至如此！」黄花曰：「齐侯所恨，在于令支。今日之计，惟有斩密卢君臣之首，献于齐君，与之讲和，可不战而退。」答里呵曰：「密卢穷而归我，何忍卖之？」宰相兀律古进曰：「臣有一计，可以反败为功。」答里呵问：「何计？」兀律古曰：「国之北，有地名曰旱海，又谓之迷谷，乃砂碛之地，一望无水草。从来国人死者，弃之于此，白骨相望，白昼常见鬼。又时时发冷风，风过处，人马俱不能存立，中人毛发辄死。又风沙刮起，咫尺不辨，若误入迷谷，谷路纡曲难认，急不能出，兼有毒蛇猛兽之患。诚得一人诈降，诱至彼地，不须厮杀，管取死亡八九。吾等整顿军马，坐待其敝，岂非妙计？」答里呵曰：「齐兵安肯至彼乎？」兀律古曰：「主公同宫眷暂伏阳山，令城中百姓，俱往山谷避兵，空其城市。然后使降人告于齐侯，只说：『吾主逃往砂碛借兵。』彼必来追赶，堕吾计矣。」黄花元帅欣然愿往。更与骑兵千人，依计而行。黄花元帅在路思想：「不斩密卢之首，齐侯如何肯信？若使成功，主公亦必不加罪。」遂至马鞭山来见密卢。

却说密卢正与齐兵相持未决，且喜黄花救兵来到，欣然出迎。黄花出其不意，即于马上斩密卢之首。速买大怒，绰刀上马来斗黄花。两家军兵，各助其主，自相击斗，互有杀伤。速买料不能胜，单刀独马，径奔虎儿斑营中投降。虎儿斑不信，叱军士缚而斩之。可怜令支国君臣，只因侵扰中原，一朝俱死于非命，岂不哀哉！史官有诗云：

山有黄台水有濡，周围百里令支居。燕山卤获今何在？国灭身亡可叹吁！

黄花元帅并有密卢之众，直奔齐军，献上密卢首级，备言：『国主倾国逃去砂碛，与外国借兵报仇。臣劝之投降不听。今自斩密卢之首，投于帐下，乞收为小卒。情愿率本部兵马为向导，追赶国主，以效微劳。』桓公见了密卢首级，不由不信。即用黄花为前部，引大军进发，直抵无棣，果是个空城，益信其言为不谬。诚恐答里呵去远，止留燕庄公兵一支守城，其余尽发，连夜追袭。黄花请先行探路，桓公使高黑同之，大军继后。已到砂碛，桓公催军速进。行了许久，不见黄花消息。看看天晚，但见白茫茫一片平沙，黑黯黯千重惨雾，冷凄凄数群啼鬼，乱飒飒几阵悲风。寒气逼人，毛骨俱悚，狂飙刮地，人马俱惊，军马多有中恶而倒者。时桓公与管仲并马而行，仲谓桓公曰：『臣久闻北方有旱海，是极厉害之处，恐此是也，不可前行。』桓公急教传令收军，前后队已自相失。带来火种，遇风即灭，吹之不燃。管仲保着桓公，带转马头急走。随行军士，各各敲金击鼓，一来以屏阴气，二来使各队闻声来集。只见天昏地惨，东西南北，茫然不辨。不知走了多少路，且喜风息雾散，空中现出半轮新月。众将闻金鼓之声，追随而至，屯扎一处。挨至天晓，计点众将不缺，止不见隰朋一人。其军马七断八续，损折无数。幸而隆冬闭蛰，毒蛇不出，军声喧闹，猛兽潜藏，不然，真个不死带伤，所存无几矣。管仲见山谷险恶，绝无人行，急教寻路出去。奈东冲西撞，盘盘曲曲，全无出路，桓公心下早已着忙。管仲进曰：『臣闻老马识途，无终与山戎连界，其马多从漠北而来，可使虎儿斑择老马数头，观其所往而随之，宜可得路也。』桓公依其言，取老马数匹，纵之先行，委委曲曲，遂出谷口。髯翁有诗云：

蚁能知水马知途，异类能将危困扶。堪笑浅夫多自用，谁能舍己听忠谟？

再说黄花元帅引齐将高黑先行，径走阳山一路。高黑不见后队大军来到，教黄花暂住，等候一齐进发。黄花只顾催趱。高黑心疑，勒马不行，被黄花执之，来见孤竹主答里呵。黄花瞒过杀密卢之事，只说：『密卢在马鞭山兵败被杀，臣用诈降之计，已诱齐侯大军，陷于旱海。又擒得齐将高黑在此，听凭发落。』答里呵谓高黑曰：『汝若投降，吾当重用。』高黑睁目大骂曰：『吾世受齐恩，安肯臣汝犬羊哉？』又骂黄花：『汝诱吾至此，我一身死不足惜，吾主兵到，汝君臣国亡身死，只在早晚，教你悔之无及！』黄花大怒，拔剑亲斩其首。真忠臣也！答里呵再整军容，来夺无棣城。燕庄公因兵少城空，不能固守，令人四面放火，乘乱杀出，直退回团子山下寨。

再说齐桓公大军出了迷谷，行不十里，遇见一枝军马，使人探之，乃公孙隰朋也。于是合兵一处，径奔无棣城来。一路看见百姓扶老携幼，纷纷行走。管仲使人问之，答曰：『孤竹主逐去燕兵，已回城中，吾等向避山谷，今亦归井里耳。』管仲曰：『吾有计破之矣！』乃使虎儿斑选心腹军士数人，假扮做城中百姓，随着众人，混入城中，只待夜半举火为应。虎儿斑依计去后，管仲使竖貂攻打南门，连挚攻打西门，公子开方攻打东门，只留北门与他做走路。却教王子成父和隰朋分作两路，埋伏于北门之外，只等答里呵出城，截住擒杀。管仲与齐桓公离城十里下寨。

时答里呵方救灭城中之火，招回百姓复业，一面使黄花整顿兵马，以备厮杀。是夜黄昏时候，忽闻炮声四举，报言：『齐兵已到，将城门围住。』黄花不意齐兵即至，大吃一惊，驱率军民，登城守望。延至半夜，城中四五路火起，黄花使人搜索放火之人。虎儿斑率十余人，径至南门，将城门砍开，放竖貂军马入来。黄花知事不济，扶答里呵上马，觅路奔走，闻北路无兵，乃开北门而去。行不二里，但见火把纵横，鼓声震地，王子成父和隰朋两路军马杀来。开方、竖貂、虎儿斑得了城池，亦各统兵追袭。黄花元帅死战良久，力尽被杀。答里呵为王子成父所获。兀律古死于乱兵之中。至天明，迎接桓公入城，桓公数答里呵助恶之罪，亲斩其首，悬之北门，以警戎夷，安抚百姓。戎人言高黑不屈被杀之事，桓公十分叹息，即命录其忠节，待回国再议恤典。

燕庄公闻齐侯兵胜入城，亦自团子山飞马来会。称贺已毕，桓公曰：『寡人赴君之急，跋涉千里，幸而成功。令支孤竹，一朝殄灭，辟地五百里，然寡人非能越国而有之也，请以益君之封。』燕庄公曰：『寡人借君之灵，得保宗社足矣，敢望益地？惟君建置之。』桓公曰：『北陲僻远，若更立夷种，必然复叛，君其勿辞。东道已通，勉脩先召公之业，贡献于周，长为北藩，寡人与有荣施矣。』燕伯乃不敢辞。桓公即无棣城大赏三军，以无终国有助战之功，命以小泉山下之田界之。虎儿斑拜谢先归。

桓公休兵五日而行，再渡卑耳之溪，于石壁取下车辆，整顿停当，缓缓而行。见令支一路荒烟余烬，不觉惨然，谓燕伯曰：『戎主无道，殃及草木，不可不戒！』鲍叔牙自葵兹关来迎，桓公曰：『饷馈不乏，皆大夫之功也。』又吩咐燕伯设戍葵兹关，遂将齐兵撤回。燕伯送桓公出境，恋恋不舍，不觉送入齐界，去燕界五十余里。桓公曰：『自古诸侯相送，不出境外。寡人不可无礼于燕君。』乃割地至所送之处界燕，以为谢过之意。燕伯苦辞，不允，只得受地而还。在其地筑城，名曰燕留，言留齐侯之德于燕也。燕自此西北增地五百里，东增地五十余里，始为北方大国。诸侯因桓公救燕，又不贪其地，莫不畏齐之威，感齐之德。史官有诗云：

千里提兵治犬羊，要将职贡达周王。休言黩武非良策，尊攘须知定一匡。

桓公还至鲁济，鲁庄公迎劳于水次，设飨称贺。桓公以庄公亲厚，特分二戎卤获之半以赠鲁。庄公知管仲有采邑，名曰小谷，在鲁界首，乃发丁夫代为筑城，以悦管仲之意。时鲁庄公三十二年，周惠王之十五年也。是年秋八月，鲁庄公薨，鲁国大乱。

欲知鲁事如何，且看下回分解。

第○二二回 公子友两定鲁君 齐皇子独对委蛇

话说公子庆父字仲，鲁庄公之庶兄，其同母弟名牙字叔，则庄公之庶弟。庄公之同母弟曰公子友，因手掌中生成一『友』字文，遂以为名，字季，谓之季友。虽则兄弟三人同为大夫，一来嫡庶之分，二来惟季友最贤，所以庄公独亲信季友。庄公即位之三年，曾游郎台，于台上窥见党氏之女孟任，容色殊丽，使内侍召之。孟任不从。庄公曰：『苟从我，当立汝为夫人也。』孟任请立盟誓，庄公许之。孟任遂割臂血誓神，与庄公同宿于台上，遂载回宫。岁余生下一子，名般。庄公欲立孟任为夫人，请命于母文姜。文姜不许。必欲其子与母家联姻，遂定下襄公始生之女为婚，只因姜氏年幼，直待二十岁上，方才娶归。所以孟任虽未立为夫人，那二十余年，却也权主六宫之政。比及姜氏入鲁为夫人，孟任已病废不能起。未几卒，以妾礼葬之。姜氏久而无子。其娣叔姜从嫁，生一子曰启。先有妾风氏，乃须句子之女，生一子名申。风氏将申托于季友，谋立为嗣。季友曰：『子般年长。』乃止。姜氏虽为夫人，庄公念是杀父仇家，外虽礼貌，心中不甚宠爱。公子庆父生得魁伟轩昂，姜氏看上了他，阴使内侍往来通语，遂与庆父私通，情好甚密。因与叔牙为一党，相约异日共扶庆父为君，叔牙为相。髯翁有诗云：

淫风郑卫只寻常，更有齐风不可当。堪笑鲁邦偏缔好，文姜之后有哀姜。

庄公三十一年，一冬无雨，欲行雩祭祈祷。先一日，演乐于大夫梁氏之庭。梁氏有女，色甚美，公子般悦之，阴与往来，亦有约为夫人之誓。是日，梁女梯墙而观演乐。圉人荦在墙外，窥见梁女姿色，立于墙下，故作歌以挑之。歌曰：

桃之夭夭兮，凌冬而益芳。中心如结兮，不能踰墙。愿同翼羽兮，化为鸳鸯。

公子般亦在梁氏观雩，闻歌声出看。见圉人荦大怒，命左右擒下，鞭之三百，血流满地。荦再三哀求，乃释之。公子般诉之于庄公，庄公曰：「荦无礼，便当杀之，不可鞭也。荦之勇捷，天下无比，鞭之，必怀恨于汝矣。」原来圉人荦有名绝力，曾登稷门城楼，飞身而下，及地，复踊身一跃，遂手攀楼屋之角，以手撼之，楼俱震动。庄公劝杀荦，亦畏其勇故也。子般曰：「彼匹夫耳，何虑焉？」圉人荦果恨子般，遂投庆父门下。

次年秋，庄公疾笃，心疑庆父。故意先召叔牙，问以身后之事。叔牙果盛称庆父之才：「若主鲁国，社稷有赖。况一生一及，鲁之常也。」庄公不应。叔牙出，复召季友问之。季友对曰：「君与孟任有盟矣。既降其母，可复废其子乎？」庄公曰：「叔牙劝寡人立庆父，何如？」季友曰：「庆父残忍无亲，非人君之器。叔牙私于其兄，不可听之。臣当以死奉般。」庄公点首，遂不能言。

季友出宫，急命内侍传庄公口语，使叔牙待于大夫鍼季之家，即有君命来到。叔牙果往鍼氏。季友乃封鸩酒一瓶，使鍼季毒死叔牙。复手书致牙曰：「君有命，赐公子死。公子饮此而死，子孙世不失其位。不然，族且灭矣！」叔牙犹不肯服，鍼季执耳灌之，须臾，九窍流血而死。史官有诗论鸩牙之事。曰：

周公诛管安周室，季友鸩牙靖鲁邦。为国灭亲真大义，六朝底事忍相戕。

是夕，庄公薨。季友奉公子般主丧，谕国人以明年改元。各国遣吊，自不必说。

至冬十月，子般念外家党氏之恩，闻外祖党臣病死，往临其丧。庆父密召圉人荦谓曰：「汝不记鞭背之恨乎？夫蛟龙离水，匹夫可制。汝何不报之于党氏？吾为汝主。」荦曰：「苟公子相助，敢不如命！」乃怀利刃，夤夜奔党大夫家。时已三更，踰墙而入，伏于舍外。至天明时，小内侍启门取水，圉人荦突入寝室。子般方下床穿履，惊问曰：「汝何至此？」荦曰：「来报去年鞭背之恨耳！」子般急取床头剑劈之，伤额破脑。荦左手格剑，右手握刃刺般，中胁而死。内侍惊报党氏。党氏家众操兵齐来攻荦，荦因脑破不能战，被众人乱斫为泥。季友闻子般之变，知是庆父所为，恐及于祸，乃出奔陈国以避难。庆父佯为不知，归罪于圉人荦，灭其家，以解说于国人。夫人姜氏欲遂立庆父。庆父曰：「二公子犹在，不尽杀绝，未可代也。」姜氏曰：「当立申乎？」庆父曰：「申年长难制，不如立启。」乃为子般发丧，假讣告为名，亲至齐国，告以子般之变，纳贿于竖貂，立子启为君。时年八岁，是为闵公。闵公乃叔姜之子，叔姜是夫人姜氏之娣也。闵公为齐桓公外甥。闵公内畏哀姜，外畏庆父，欲借外家为重。故使人订齐桓公，会于落姑之地。闵公牵桓公之衣，密诉以庆父内乱之事，垂泪不止。桓公曰：「今者鲁大夫谁最贤？」闵公曰：「惟季友最贤，今避难于陈国。」桓公曰：「何不召而复之？」闵公曰：「恐庆父见疑。」桓公曰：「但出寡人之意，谁敢违者？」乃使人以桓公之命，召季友于陈。闵公次于郎地，候季友至郎，并载归国，立季友为相。托言齐侯所命，不敢不从。时周惠王之六年，鲁闵公之元年也。

是冬，齐侯复恐鲁之君臣不安其位，使大夫仲孙湫来候问，且窥庆父之动静。闵公见了仲孙湫，流涕不能成语。后见公子申，与之谈论鲁事，甚有条理。仲孙曰：「此治国之器也！」嘱季友善视之。因劝季友早除庆父，季友伸一掌示之。仲孙已悟孤掌难鸣之意，曰：「湫当言于吾君，倘有缓急，不敢坐视。」庆父以重赂来见仲孙，仲孙曰：「苟公子能忠于社稷，寡君亦受其赐，岂惟湫乎？」固辞不受。庆父悚惧而退。仲孙辞闵公归，谓桓公曰：「不去庆父，鲁难未已也！」桓公曰：「寡人以兵去之，何如？」仲孙曰：「庆父凶恶未彰，讨之无名。臣观其志，不安于为下，必复有变。乘其变而诛之，此霸王之业也。」桓公曰：「善。」

闵公二年，庆父谋篡益急，只为闵公是齐侯外甥，又且季友忠心相辅，不敢轻动。忽一日，阍人报：「大夫卜齮相访。」庆父迎进书房，见卜齮怒气勃勃，问其来意。卜齮诉曰：「我有田与太傅慎不害田庄相近，被慎不害用强夺去。我去告诉主公，主公偏护师傅，反劝我让他。以此不甘，特来投公子，求于主公前一言。」庆父屏去从人，谓卜齮曰：「主公年幼无知，虽言不听。子若能行大事，我为子杀慎不害，何如？」卜齮曰：「季友在，惧不免。」庆父曰：「主公有童心，尝夜出武闱，游行街市。子伏人于武闱，候其出而刺之，但云盗贼，谁能知者？吾以国母之命，代立为君，逐季友如反掌耳。」卜齮许诺。乃求勇士，得秋亚，授以利匕首，使伏武闱。闵公果夜出，秋亚突起，刺杀闵公。左右惊呼，擒住秋亚。卜齮领家甲至，夺去。庆父杀慎不害于家。季友闻变，夜叩公子申之门，蹴之起，告以庆父之乱，两人同奔邾国避难。髯翁有诗云：

子般遭弑闵公戕，操刃当时谁主张？鲁乱尽由宫阃起，娶妻何必定齐姜！

却说国人素服季友，闻鲁侯被杀，相国出奔，举国若狂，皆怨卜齮而恨庆父。是日，国中罢市，一聚千人，先围卜齮之家，满门遭戮。将攻庆父，聚者益众。庆父知人心不附，欲谋出奔。想起齐侯曾藉莒力以复国，齐莒有恩，可因莒以自解于齐。况文姜原有莒医一脉交情，今夫人姜氏，即文姜之侄女，有此因缘，凡事可托。遂微服扮作商人，载了货赂满车，出奔莒国。夫人姜氏闻庆父奔莒，安身不牢，亦想至莒国躲避。左右曰：「夫人以仲故，得罪国人，今复聚一国，谁能容之？季友在邾，众所与也，夫人不如适邾，以乞怜于季。」乃奔邾国，求见季友。季友拒之弗见。

季友闻庆父、姜氏俱出，遂将公子申归鲁，一面使人告难于齐。齐桓公谓仲孙湫曰：「今鲁国无君，取之如何？」仲孙湫曰：「鲁，秉礼之国，虽遭弑乱，一时之变，人心未忘周公，不可取也。况公子申明习国事，季友有戡乱之才，必能安集众庶，不如因而守之。」桓公曰：「诺。」乃命上卿高傒，率南阳甲士三千人，吩咐高傒，相机而动：「公子申果堪主社稷，即当扶立为君，以脩邻好；不然，便可并兼其地。」高傒领命而行。来至鲁国，恰好公子申、季友亦到。高傒见公子申相貌端庄，议论条理，心中十分敬重。遂与季友定计，拥立公子申为君，是为僖公。使甲士帮助鲁人，筑鹿门之城，以防邾、莒之变。季友使公子奚斯，随高傒至齐，谢齐侯定国之功。一面使人如莒，要假手莒人以戮庆父，啖以重赂。

却说庆父奔莒之时，载有鲁国宝器，因莒医以献于莒子，莒子纳之。至是复贪鲁重赂，使人谓庆父曰：「莒国褊小，惧以公子为兵端，请公子改适他国。」庆父犹未行，莒子下令逐之。庆父思竖貂曾受赂相好，乃自邾如齐。齐疆吏素知庆父之恶，不敢擅纳，乃寓居于汶水之上。恰好公子奚斯谢齐事毕，还至汶水，与庆父相见，欲载之归国。庆父曰：「季友必不见容。子鱼能为我代言，乞念先君一脉，愿留性命，长为匹夫，死且不朽！」奚斯至鲁复命，遂致庆父之言。僖公欲许之。季友曰：「使弑君者不诛，何以戒后？」因私谓奚斯曰：「庆父若自裁，尚可为立后，不绝世祀也。」奚斯领命，再往汶上，欲告庆父，而难于启齿，乃于门外号啕大哭。庆父闻其声，知是奚斯，乃叹曰：「子鱼不入见而哭甚哀，吾不免矣！」乃解带自缢于树而死。奚斯乃入而殓之，还报僖公，僖公叹息不已。

忽报：「莒子遣其弟嬴拿，领兵临境。闻庆父已死，特索谢赂。」季友曰：「莒人未尝擒送庆父，安得居功？」乃自请率师迎敌。僖公解所佩宝刀相赠，谓曰：「此刀名曰『孟劳』，长不满尺，锋利无比，叔父宝之。」季友悬于腰胯之间，谢恩而出。行至郦地，莒公子嬴拿列阵以待。季友曰：「鲁新立君，国事未定，若战而不胜，人心动摇矣。莒拿贪而无谋，吾当以计取之。」乃出阵前，请嬴拿面话。因谓之曰：「我二人不相悦，士卒何罪？闻公子多力善搏，友请各释器械，与公子徒手赌一雌雄，何如？」嬴拿曰：「甚善！」两下约退军士，就于战场放对，一来一往，各无破绽。约斗五十余合，季友之子行父，时年八岁，友甚爱之，俱至军中，时在旁观斗，见父亲不能取胜，连呼：「『孟劳』何在？」季友忽然醒悟，故意卖个破绽，让嬴拿赶入一步，季友略一转身，于腰间拔出「孟劳」，回手一挥，连眉带额，削去天灵盖半边。刃无血痕，真宝刀也！莒军见主将劈倒，不待交锋，各自逃命。季友全胜，唱凯还朝。

僖公亲自迎之于郊，立为上相，赐费邑为之采地。季友奏曰：「臣与庆父、叔牙并是桓公之孙，臣以社稷之故，鸩叔牙，缢庆父，大义灭亲，诚非得已。今二子俱绝后，而臣独叨荣爵，受大邑，臣何颜见桓公于地下？」僖公曰：「二子造逆，封之得无非典？」季友曰：「二子有逆心，无逆形，且其死非有刀锯之戮也。宜并建之，以明亲亲之谊。」僖公从之。乃以公孙敖继庆父之后，是为孟孙氏。庆父字仲，后人以字为氏，本曰仲孙，因讳庆父之恶，改为孟也。孟孙氏食采于成。以公孙兹继叔牙之后，是为叔孙氏，食采于郈。季友食采于费，加封以汶阳之田，是为季孙氏。于是季、孟、叔三家，鼎足而立，并执鲁政，谓之「三桓」。是日，鲁南门无故自崩，识者以为高而忽倾，异日必有凌替之祸，兆已见矣。史官有诗云：

手文征异已褒功，孟叔如何亦并封？乱世天心偏助逆，三家宗裔是桓公。

话说齐桓公知姜氏在邾，谓管仲曰：「鲁桓、闵二公不得令终，皆以我姜之故。若不行讨，鲁人必以为戒，姻好绝矣。」管仲曰：「女子既嫁从夫，得罪夫家，非外家所得讨也。君欲讨之，宜隐其事。」桓公曰：「善。」乃使竖貂往邾，送姜氏归鲁。姜氏行至夷，宿馆舍，竖貂告姜氏曰：「夫人与弑二君，齐、鲁莫不闻之，夫人即归，何面目见太庙乎？不如自裁，犹可自盖也。」姜氏闻之，闭门哭泣，至半夜寂然。竖貂启门视之，已自缢死矣。竖貂告夷宰，使治殡事，飞报僖公。僖公迎其丧以归，葬之成礼，曰：「母子之情，不可绝也。」谥之曰哀，故曰哀姜。后八年，僖公以庄公无配，仍祔哀姜于太庙。此乃过厚之处。

却说齐桓公自救燕定鲁以后，威名愈振，诸侯悦服。桓公益信任管仲，专事饮猎为乐。一日，猎于大泽之陂，竖貂为御，车驰马骤，较射方欢。桓公忽然停目而视，半晌无言，若有惧容。竖貂问曰：「君瞪目何所视也？」桓公曰：「寡人适见一鬼物，其状甚怪而可畏，良久忽灭，殆不祥乎！」竖貂曰：「鬼阴物，安敢昼见？」桓公曰：「先君田姑棼而见大豕，是亦昼也。汝为我亟召仲父。」竖貂曰：「仲父非圣人，乌能悉知鬼神之事？」桓公曰：「仲父能识『俞儿』，何谓非圣？」竖貂曰：「君前者先言俞儿之状，仲父因逢君之意，饰美说以劝君之行也。君今但言见鬼，勿泄其状，如仲父言与君合，则仲父信圣不欺矣。」桓公曰：「诺。」乃趋驾归，心怀疑惧，是夜遂大病如疟。

明日，管仲与诸大夫问疾。桓公召管仲，与之言见鬼：「寡人心中畏恶，不能出口，仲父试道其状。」管仲不能答，曰：「容臣询之。」竖貂在旁笑曰：「臣固知仲父之不能言也。」桓公病益增，管仲忧之，悬书于门：「如有能言公所见之鬼者，当赠以封邑三分之一。」有一人，荷笠悬鹑而来，求见管仲，管仲揖而进之。其人曰：「君有恙乎？」管仲曰：「然。」其人曰：「君病见鬼乎？」管仲又曰：「然。」其人曰：「君见鬼于大泽之中乎？」管仲曰：「子能言鬼之状否？吾当与子共家。」其人曰：「请见君而言之。」管仲见桓公于寝室，桓公方累重裀而坐，使两妇人摩背，两妇人捶足，竖貂捧汤，立而候饮。管仲曰：「君之病，有能言者，臣已与之俱来，君可召之。」桓公召入，见其荷笠悬鹑，心殊不喜。遽问曰：「仲父言识鬼者乃汝乎？」对曰：「公则自伤耳，鬼安能伤公？」桓公曰：「然则有鬼否？」对曰：「有之。水有『罔象』，邱有『峷』，山有『夔』，野有「彷徨」，泽有「委蛇」。」桓公曰：「汝试言「委蛇」之状。」对曰：「夫「委蛇」者，其大如毂，其长如辕，紫衣而朱冠。其为物也，恶闻轰车之声，闻则捧其首而立。此不轻见，见之者必霸天下。」桓公辴然而笑，不觉起立曰：「此正寡人之所见也！」于是顿觉精神开爽，不知病之何往矣。桓公曰：「子何名？」对曰：「臣名皇子，齐西鄙之农夫也。」桓公曰：「子可留仕寡人。」遂欲爵为大夫。皇子固辞曰：「公尊王室，攘四夷，安中国，抚百姓，使臣常为治世之民，不妨农务足矣。不愿居官。」桓公曰：「高士也！」赐之粟帛，命有司复其家。复重赏管仲。竖貂曰：「仲父不能言，而皇子言之，仲父安得受赏乎？」桓公曰：「寡人闻之，「任独者暗，任众者明」。微仲父，寡人固不得闻皇子之言也。」竖貂乃服。

时周惠王十七年。狄人侵犯邢邦，又移兵伐卫。卫懿公使人如齐告急。诸大夫请救之，桓公曰：「伐戎之役，疮痍未息。且俟来春，合诸侯往救可也。」其冬，卫大夫宁速至齐，言：「狄已破卫，杀卫懿公。今欲迎公子毁为君。」齐侯大惊曰：「不早救卫，孤罪无辞矣。」

不知狄如何破卫，且看下回分解。

第〇二三回 卫懿公好鹤亡国 齐桓公兴兵伐楚

话说卫惠公之子懿公，自周惠王九年嗣立，在位九年，般乐怠傲，不恤国政，最好的是羽族中一物，其名曰鹤。按浮邱伯《相鹤经》云：

鹤，阳鸟也，而游于阴。因金气，乘火精以自养。金数九，火数七，故鹤七年一小变，十六年一大变，百六十年变止，千六百年形定。体尚洁，故其色白。声闻天，故其头赤。食于水，故其喙长。栖于陆，故其足高。翔于云，故毛丰而肉疏。大喉以吐，脩颈以纳新，故寿不可量。行必依洲渚，止不集林木，盖羽族之宗长，仙家之骐骥也。鹤之上相：隆鼻短口，则少眠；高脚疏节，则多力；露眼赤睛，则视远；凤翼雀毛，则喜飞；龟背鳖腹，则能产；轻前重后，则善舞；洪髀纤趾，则能行。

那鹤色洁形清，能鸣善舞，所以懿公好之。俗谚云：『上人不好，下人不要。』因懿公偏好那鹤，凡献鹤者皆有重赏，弋人百方罗致，都来进献。自苑囿宫廷，处处养鹤，何止数百。有齐高帝咏鹤诗为证：

八风舞遥翮，九野弄清音；一摧云间志，为君苑中禽。

懿公所畜之鹤，皆有品位俸禄：上者食大夫俸，次者食士俸。懿公若出游，其鹤亦分班从幸，命以大轩，载于车前，号曰『鹤将军』。养鹤之人，亦有常俸。厚敛于民，以充鹤粮，民有饥冻，全不抚恤。

大夫石祁子，乃石碏之后，石骀仲之子，为人忠直有名，与宁庄子名速，同秉国政，皆贤臣也。二人进谏屡次，俱不听。公子毁乃惠公庶兄，公子硕烝于宣姜而生者，即文公也。毁知卫必亡，托故如齐。齐桓公妻以宗女，竟留齐国。卫人向来心怜故太子急子之冤，自惠公复位之后，百姓日夜咒诅：「若天道有知，必不终于禄位也！」因急子与寿，俱未有子，公子硕早死，黔牟已绝，惟毁有贤德，人心阴归附之。及懿公失政，公子毁出奔，卫人无不含怨。

却说北狄自周太王之时，獯鬻已强盛，逼太王迁都于岐。及武王一统，周公南惩荆舒，北膺戎、狄，中国久安。迨平王东迁之后，南蛮北狄，交肆其横。单说北狄主名曰瞍瞒，控弦数万，常有迭荡中原之意。及闻齐伐山戎，瞍瞒怒曰：「齐兵远伐，必有轻我之心，当先发制之。」乃驱胡骑二万伐邢，残破其国。闻齐谋救邢，遂移兵向卫。时卫懿公正欲载鹤出游，谍报：「狄人入寇。」懿公大惊，即时敛兵授甲，为战守计。百姓皆逃避村野，不肯即戎。懿公使司徒拘执之。须臾，擒百余人来，问其逃避之故。众人曰：「君用一物，足以御狄，安用我等？」懿公问：「何物？」众人曰：「鹤。」懿公曰：「鹤何能御狄耶？」众人曰：「鹤既不能战，是无用之物，君敝有用以养无用，百姓所以不服也！」懿公曰：「寡人知罪矣！愿散鹤以从民可乎？」石祁子曰：「君亟行之，犹恐其晚也。」懿公果使人纵鹤，鹤素受豢养，盘旋故处，终不肯去。石宁二大夫，亲往街市，述卫侯悔过之意，百姓始稍稍复集。狄兵已杀至荥泽，顷刻三报。石祁子奏曰：「狄兵骁勇，不可轻敌，臣请求救于齐。」懿公曰：「齐昔日奉命来伐，虽然退兵，我国并未修聘谢，安肯相救？不如一战，以决存亡！」宁速曰：「臣请率师御狄，君居守。」懿公曰：「孤不亲行，恐人不用心。」乃与石祁子玉玦，使代理国政，曰：「卿决断如此玦矣！」与宁速矢，使专力守御。又曰：「国中之事，全委二卿。寡人不胜狄，不能归也！」石宁二大夫皆垂泪。懿公吩咐已毕，乃大集车徒，使大夫渠孔为将，于伯副之，黄夷为先锋，孔婴齐为后队。一路军人口出怨言，懿公夜往察之，军中歌曰：

鹤食禄，民力耕；鹤乘轩，民操兵。狄锋厉兮不可撄，欲战兮九死而一生！鹤今何在兮？而我瞿瞿为此行！

懿公闻歌，闷闷不已。大夫渠孔用法太严，人心益离。行近荥泽，见敌军千余，左右分驰，全无行次。渠孔曰：「人言狄勇，虚名耳！」即命鼓行而进。狄人诈败，引入伏中，一时呼哨而起，如天崩地塌，将卫兵截做三处，你我不能相顾。卫兵原无心交战，见敌势凶猛，尽弃车仗而逃。懿公被狄兵围之数重。渠孔曰：「事急矣！请偃大旆，君微服下车，尚可脱也。」懿公叹曰：「二三子苟能相救，以旆为识。不然，去旆无益也。孤宁一死，以谢百姓耳！」须臾，卫兵前后队俱败，黄夷战死，孔婴齐自刎而亡。狄军围益厚。于伯中箭坠车，懿公与渠孔先后被害，被狄人砍为肉泥，全军俱没。髯翁有诗云：

曾闻古训戒禽荒，一鹤谁知便丧邦。荥泽当时遍磷火，可能骑鹤返仙乡？

狄人囚卫太史华龙滑、礼孔，欲杀之。华、礼二人知胡俗信鬼，绐之曰：「我太史也，实掌国之祭祀，我先往为汝白神。不然，鬼神不汝佑，国不可得也。」瞍瞒信其言，遂纵之登车。宁速方戎服巡城，望见单车驰到，认是二太史，大惊，问：「主公何在？」曰：「已全军覆没矣！狄师强盛，不可坐待灭亡，宜且避其锋。」宁速欲开门纳之，礼孔曰：「与君俱出，不与君俱入，人臣之义谓何？吾将事吾君于地下！」遂拔剑自刎。华龙滑曰：「不可失史氏之籍。」乃入城。宁速与石祁子商议，引着卫侯宫眷及公子申，乘夜乘小车出城东走。华龙滑抱典籍从之。国人闻二大夫已行，各各携男抱女，随后逃命，哭声震天。狄兵乘胜长驱，直入卫城。百姓奔走落后者，尽被杀戮。又分兵追逐。石祁子保宫眷先行，宁速断后，且战且走。从行之民，半罹狄刃。将及黄河，喜得宋桓公遣兵来迎，备下船只，星夜渡河。狄兵方才退去，将卫国府库，及民间存留金粟之类，劫掠一空，堕其城郭，满载而归。不在话下。

却说卫大夫弘演，先奉使聘陈，比及反役，卫已破灭。闻卫侯死于荥泽，往觅其尸。一路看见骸骨暴露，血肉狼藉，不胜伤感。行至一处，见大旆倒于荒泽之旁，弘演曰：「旆在此，尸当不远矣。」未数步，闻呻吟之声，前往察之，见一小内侍折臂而卧，弘演问曰：「汝认得主公死处否？」内侍指一堆血肉曰：「此即主公之尸也。吾亲见主公被杀。为臂伤疼痛，不能行走，故卧守于此，欲俟国人来而示之。」弘演视其尸体，俱已零落不全，惟一肝完好。弘演对之再拜，大哭，乃复命于肝前，如生时之礼。事毕，弘演曰：「主公无人收葬，吾将以身为棺耳！」嘱从人曰：「我死后，埋我于林下，俟有新君，方可告之。」遂拔佩刀自剖其腹，手取懿公之肝，纳于腹中，须臾而绝。从者如言埋掩，因以车载小内侍渡河，察听新君消息。

却说石祁子先扶公子申登舟。宁速收拾遗民，随后赶上，至于漕邑，点查男女，才存得七百有二十人。狄人杀戮之多，岂不悲哉！二大夫相议：「国不可一日无君，其奈遗民太少！」乃于共滕二邑，十抽其三，共得四千有余人，连遗民凑成五千之数，即于漕邑创立庐舍，扶立公子申为君，是为戴公。宋桓公御说许桓公新臣，各遣人致唁。戴公先已有疾，立数日遂薨。宁速如齐，迎公子毁嗣位。齐桓公曰：「公子归自敝邑，将守宗庙，若器用不具，皆寡人之过也。」乃遗以良马一乘，祭服五称，牛、羊、豕、鸡、狗各三百只。又以鱼轩赠其夫人，兼美锦三十端。命公子无亏帅车三百乘送之。并致门材，使立门户。公子毁至漕邑，弘演之从人，同折臂小内侍俱到，备述纳肝之事。公子毁先遣使具棺，往荥泽收殓。一面为懿公戴公发丧。追封弘演，录用其子，以旌其忠。诸侯重齐桓公之义，多有吊赙。时周惠王十八年冬十二月也。

其明年，春正月，卫侯毁改元，是为文公。才有车三十乘，寄居民间，甚是荒凉。文公布衣帛冠，蔬食菜羹，早起夜息，抚安百姓，人称其贤。公子无亏辞归齐国，留甲士三千人，协戍漕邑，以防狄患。无亏回见桓公，言卫毁草创之状，并述弘演纳肝之事。桓公叹曰：「无道之君，亦有忠臣如此者乎？其国正未艾也。」管仲进曰：「今留戍劳民，不如择地筑城，一劳永逸。」桓公以为然，正欲纠合诸侯同役。忽邢国遣人告急，言：「狄兵又到本国，势不能支，伏望救援！」桓公问管仲曰：「邢可救乎？」管仲对曰：「诸侯所以事齐，谓齐能拯其灾患也。不能救卫，又不救邢，霸业陨矣！」桓公曰：「然则邢、卫之急孰先？」管仲对曰：「俟邢患既平，因而城卫，此百世之功也。」桓公曰：「善。」即传檄宋、鲁、曹、邾各国，合兵救邢，俱于聂北取齐。宋、曹二国兵先到。管仲又曰：「狄寇方张，邢力未竭，敌方张之寇，其劳倍，助未竭之力，其功少，不如待之。邢不支狄，必溃，狄胜邢，必疲。驱疲狄而援溃邢，所谓力省而功多者也。」桓公用其谋，托言待鲁、邾兵到，乃屯兵于聂北，遣谍打探邢狄攻守消息。史臣有诗讥管仲不早救邢、卫，乃霸者养乱为功之谋也。诗云：

救患如同解倒悬，提兵那可复迁延？从来霸事逊王事，功利偏居道义先。

话说三国驻兵聂北，约及两月。狄兵攻邢，昼夜不息。邢人力竭，溃围而出。谍报方到，邢国男女，填涌而来，俱投奔齐营求救。内一人哭倒在地，乃邢侯叔颜也。桓公扶起，慰之曰：「寡人相援不早，以致如此，罪在寡人。当请宋公、曹伯共议，驱逐狄人。」即日拔寨都起。狄主瞍瞒掳掠满欲，无心恋战，闻三国大兵将至，放起一把火，望北飞驰而去。比及各国兵到，只见一派火光，狄人已遁。桓公传令将火扑灭，问叔颜：「故城尚可居否？」叔颜曰：「百姓逃难者，大半在夷仪地方，愿迁夷仪，以从民欲。」桓公乃命三国各具版筑，筑夷仪城，使叔颜居之。更为建立朝庙，添设庐舍，牛马粟帛之类，皆从齐国运至，充牣其中。邢国君臣，如归故国，欢祝之声彻耳。

事毕，宋、曹欲辞齐归国。桓公曰：『卫国未定，城邢而不城卫，卫其谓我何？』诸侯曰：『惟霸君命。』桓公传令，移兵向卫，凡畚锸之属，尽携带随身。卫文公毁远远相接。桓公见其大布为衣，大帛为冠，不改丧服，恻然久之。乃曰：『寡人藉诸君之力，欲为君定都，未审何地为吉？』文公毁曰：『孤已卜得吉地，在于楚邱，但版筑之费，非亡国所能办耳！』桓公曰：『此事寡人力任之。』即日传令三国之兵，俱往楚邱兴工。复运门材，重立朝庙，谓之『封卫』。卫文公感齐再造之恩，为《木瓜》之诗以咏之。诗云：

投我以木瓜兮，报之以琼琚。
投我以木桃兮，报之以琼瑶。
投我以木李兮，报之以琼玖。

当时称桓公存三亡国：谓立僖公以存鲁，城夷仪以存邢，城楚邱以存卫，有此三大功劳，此所以为五霸之首也。潜渊先生读史诗云：

周室东迁纲纪摧，桓公纠合振倾颓。兴灭继绝存三国，大义堂堂五霸魁。

时楚成王熊恽，任用令尹子文图治，修明国政，有志争霸。闻齐侯救邢存卫，颂声传至荆、襄，楚成王心甚不乐，谓子文曰：『齐侯布德沽名，人心归向。寡人伏处汉东，德不足以怀人，威不足以慑众，当今之时，有齐无楚，寡人耻之！』子文对曰：『齐侯经营伯业，于今几三十年矣。彼以尊王为名，诸侯乐附，未可敌也。郑居南北之间，为中原屏蔽，王若欲图中原，非得郑不可。』成王曰：『谁能为寡人任伐郑之事者？』大夫斗章愿往，成王与车二百乘，长驱至郑。

却说郑自纯门受师以后，日夜提防楚兵，探知楚国兴师，郑伯大惧，即遣大夫聃伯，率师把守纯门，使人星夜告急于齐。齐侯传檄，大合诸侯于柽，将谋救郑。斗章知郑有准备，又闻齐救将至，恐其失利，至界而返。楚成王大怒，解佩剑赐斗廉，使即军中斩斗章之首。斗廉乃斗章之兄也。既至军中，且隐下楚王之命，密与斗章商议：『欲免国法，必须立功，方可自赎。』斗章跪而请教。斗廉曰：『郑知退兵，谓汝必不骤来，若疾走袭之，可得志也。』斗章分军为二队，自率前队先行，斗廉率后队接应。

却说斗章衔枚卧鼓，悄地侵入郑界，恰遇聃伯在界上点阅车马。聃伯闻有寇兵，正不知何国，慌忙点兵，在界上迎住厮杀。不期斗廉后队已到，反抄出郑师之后，腹背夹攻。聃伯力不能支，被斗章只一铁简打倒，双手拿来。斗廉乘胜掩杀，郑兵折其大半。斗章将聃伯上了囚车，便欲长驱入郑。斗廉曰：『此番掩袭成功，且图免死，敢侥幸从事耶？』乃即日班师。

斗章归见楚成王，叩首请罪，奏曰：『臣回军是诱敌之计，非怯战也。』成王曰：『既有擒将之功，权许准罪。但郑国未服，如何撤兵？』斗廉曰：『恐兵少不能成功，惧亵国威。』成王怒曰：『汝以兵少为辞，明是怯敌。今添兵车二百乘，汝可再往，若不得郑成，休见寡人之面！』斗廉奏曰：『臣愿兄弟同往。若郑不投降，当缚郑伯以献。』成王壮其言，许之。乃拜斗廉为大将，斗章副之，共率车四百乘，重望郑国杀来。史臣有诗云：

荆襄自帝势炎炎，吞食多邦志未厌。溱洧何辜三受伐？解悬只把霸君瞻。

且说郑伯闻聃伯被囚，复遣人如齐请救。管仲进曰：『君数年以来，救燕存鲁，城邢封卫，恩德加于百姓，大义布于诸侯，若欲用诸侯之兵，此其时矣。君若救郑，不如伐楚。伐楚，必须大合诸侯。」桓公曰：「大合诸侯，楚必为备，可必胜乎？」管仲曰：「蔡人得罪于君，君欲讨之久矣。楚、蔡接壤，诚以讨蔡为名，因而及楚，《兵法》所谓「出其不意」者也。」先时，蔡穆公以其妹嫁桓公为第三夫人。一日，桓公与蔡姬共登小舟，游于池上，采莲为乐。蔡姬戏以水洒公，公止之。姬知公畏水，故荡其舟，水溅公衣。公大怒曰：「婢子不能事君！」乃遣竖貂送蔡姬归国。蔡穆公亦怒曰：「已嫁而归，是绝之也。」竟将其妹更嫁于楚国，为楚成王夫人。桓公深恨蔡侯，故管仲言及之。桓公曰：「江、黄二国，不堪楚暴，遣使纳款，寡人欲与会盟。伐楚之日，约为内应，何如？」管仲曰：「江、黄远齐而近楚，一向服楚，所以仅存。今背而从齐，楚人必怒，怒必加讨。当此时，我欲救，则阻道路之遥；不救，则乖同盟之义。况中国诸侯，五合六聚，尽可成功，何必借助蕞尔？不如以好言辞之。」桓公曰：「远国慕义而来，辞之将失人心。」管仲曰：「君但识吾言于壁，异日勿忘江、黄之急也。」桓公遂与江、黄二君盟会，密订伐楚之约，以明年春正月为期。二君言：「舒人助楚为虐，天下称为『荆舒』，不可不讨。」桓公曰：「寡人当先取舒国，以剪楚翼。」乃密写一书，付于徐子。徐与舒近，徐嬴嫁为齐桓公第二夫人，有婚姻之好，一向归附于齐，故桓公以舒事嘱之。徐果引兵袭取舒国。桓公即命徐子屯兵舒城，以备缓急。江、黄二君，各守本界，以候调遣。

鲁僖公遣季友至齐谢罪，称：「有邾、莒之隙，不得共邢、卫之役。今闻会盟江、黄，特来申好，嗣有征伐，愿执鞭前驱。」桓公大喜，亦以伐楚之事，密与订约。时楚兵再至郑国，郑文公请成，以纾民祸。大夫孔叔曰：「不可。齐方有事于楚，以我故也。人有德于我，弃之不祥，宜坚壁以待之。」于是再遣使如齐告急。桓公授之以计，使扬言齐救即至，以缓楚。至期，或君或臣，率一军出虎牢，于上蔡取齐，等候协力攻楚。于是遍约宋、鲁、陈、卫、曹、许之君，俱要如期起兵，名为讨蔡，实为伐楚。

明年，为周惠王之十三年，春正月元旦，齐桓公朝贺已毕，便议讨蔡一事。命管仲为大将，率领隰朋、宾须无、鲍叔牙、公子开方、竖人貂等，出车三百乘，甲士万人，分队进发。太史奏：「七日出军上吉。」竖貂请先率一军，潜行掠蔡，就会集各国车马。桓公许之。蔡人恃楚，全不设备，直待齐兵到时，方才敛兵设守。竖貂在城下耀武扬威，喝令攻城，至夜方退。蔡穆公认得是竖貂，先年在齐宫曾伏侍蔡姬，受其恩惠，蔡姬退回，又是他送去的，晓得是宵小之辈。乃于夜深，使人密送金帛一车，求其缓兵。竖貂受了，遂私将齐侯纠合七路诸侯，先侵蔡，后伐楚，一段军机，备细泄漏于蔡：「不日各国军到，将蔡城蹂为平地，不如及早逃遁为上。」使者回报，蔡侯大惊。当夜率领宫眷，开门出奔楚国。百姓无主，即时溃散，竖貂自以为功，飞报齐侯去讫。

却说蔡侯至楚，见了成王，备述竖貂之语。成王方省齐谋，传令简阅兵车，准备战守，一面撤回斗章伐郑之兵。数日后，齐侯兵至上蔡。竖貂谒见已毕。七路诸侯陆续俱到，一个个躬率车徒，前来助战，军威甚壮。那七路：宋桓公御说，鲁僖公申，陈宣公杵臼，卫文公毁，郑文公捷，曹昭公班，许穆公新臣。连主伯齐桓公小白，共是八位。内许穆公抱病，力疾率师先到蔡地。桓公嘉其劳，使序于曹伯之上。是夜，许穆公薨。齐侯留蔡三日，为之发丧。命许国以侯礼葬之。七国之师，望南而进，直达楚界。

只见界上，早有一人衣冠整肃，停车道左，磬折而言曰：「来者可是齐侯？可传言楚国使臣奉候久矣。」那人姓屈名完，乃楚之公族，官拜大夫。今奉楚王之命为行人，使于齐师。桓公曰：「楚人何以预知吾军之至也？」管仲曰：「此必有人漏泄消息。既彼遣使，必有所陈。臣当以大义责之，使彼自愧屈，可不战而降矣。』管仲亦乘车而出，与屈完车上拱手。屈完开言曰：『寡君闻上国车徒，辱于敝邑，使下臣完致命。寡君命使臣辞曰：「齐、楚各君其国，齐居于北海，楚近于南海，虽风马牛不相及也。不知君何以涉于吾地？」敢请其故。』管仲对曰：『昔周成王封吾先君太公于齐，使召康公赐之命，辞曰：「五侯九伯，汝世掌征伐，以夹辅周室。其地东至海，西至河，南至穆陵，北至无棣，凡有不共王职，汝勿赦宥。」自周室东迁，诸侯放恣，寡君奉命主盟，修复先业。尔楚国于南荆，当岁贡包茅，以助王祭。自尔缺贡，无以缩酒，寡人是征。且昭王南征而不返，亦尔故也。尔其何辞？』屈完对曰：『周失其纲，朝贡废缺，天下皆然，岂惟南荆？虽然，包茅不入，寡君知罪矣。敢不共给，以承君命！若夫昭王不返，惟胶舟之故，君其问诸水滨，寡君不敢任咎。完将复于寡君。』言毕，麾车而退。

管仲告桓公曰：『楚人倔强，未可以口舌屈也，宜进逼之。』乃传令八军同发，直至陉山。离汉水不远，管仲下令：『就此屯札，不可前行！』诸侯皆曰：『兵已深入，何不济汉，决一死战，而逗留于此？』管仲曰：『楚既遣使，必然有备，兵锋一交，不可复解。今吾顿兵此地，遥张其势，楚惧吾之众，将复遣使，吾因取成焉。以讨楚出，以服楚归，不亦可乎？』诸侯犹未深信，议论纷纷不一。

却说楚成王已拜斗子文为大将，搜甲厉兵，屯于汉南，只等诸侯济汉，便来邀击。谍报：『八国之兵，屯驻陉地。』子文进曰：『管仲知兵，不万全不发。今以八国之众，逗留不进，是必有谋。当遣使再往，探其强弱，察其意向，或战或和，决计未晚。』成王曰：『此番何人可使？』子文曰：『屈完既与夷吾识面，宜再遣之。』屈完奏曰：『缺贡包茅，臣前承其咎矣。君若请盟，臣当勉行，以解两国之纷。若欲请战，别遣能者。』成王曰：『战、盟任卿自裁，寡人不汝制也。』屈完乃再至齐军。

毕竟齐楚如何，且看下回分解。

第〇二四回　盟召陵礼款楚大夫　会葵邱义戴周天子

话说屈完再至齐军，请面见齐侯言事。管仲曰：『楚使复来，请盟必矣。君其礼之。』屈完见齐桓公，再拜。桓公答礼，问其来意。屈完曰：『寡君以不贡之故，致干君讨，寡君已知罪矣。君若肯退师一舍，寡君敢不惟命是听！』桓公曰：『大夫能辅尔君以修旧职，俾寡人有辞于天子，又何求焉？』屈完称谢而去。归报楚王，言：『齐侯已许臣退师矣，臣亦许以入贡，君不可失信也。』少顷，谍报：『八路军马，拔寨俱起。』成王再使探实，回言：『退三十里，在召陵驻扎。』楚王曰：『齐师之退，必畏我也。』欲悔入贡之事。子文曰：『彼八国之君，尚不失信于匹夫，君可使匹夫食言于国君乎？』楚王嘿然。乃命屈完赍金帛八车，再往召陵，犒八路之师，复备菁茅一车，在齐军前呈样过了，然后具表，如周进贡。

却说许穆公丧至本国，世子业嗣位，主丧，是为僖公。感桓公之德，遣大夫百佗，率师会于召陵。桓公闻屈完再到，吩咐诸侯：『将各国车徒，分为七队，分列七方。齐国之兵，屯于南方，以当楚冲。俟齐军中鼓起，七路一齐鸣鼓，器械盔甲，务要十分整齐，以强中国之威势。』屈完既入，见齐侯，陈上犒军之物。桓公命分派八军。其菁茅验过，仍令屈完收管，自行进贡。桓公曰：『大夫亦曾观我中国之兵乎？』屈完曰：『完僻居南服，未及睹中国之盛，愿借一观。』桓公与屈完同登戎辂，望见各国之兵，各占一方，联络数十里不绝。齐军中一声鼓起，七路鼓声相应，正如雷霆震击。骇地惊天。桓公喜形于色，谓屈完曰：『寡人有此兵众，以战，何患不胜？以攻，何患不克？』屈完对曰：『君所以主盟中夏者，为天子宣布德意，抚恤黎元也。君若以德绥诸侯，谁敢不服？若恃众逞力，楚国虽褊小，有方城为城，汉水为池，池深城峻，虽有百万之众，正未知所用耳！』桓公面有惭色，谓屈完曰：『大夫诚楚之良也！寡人愿与汝国修先君之好，如何？』屈完对曰：『君惠徼福于敝邑之社稷，辱收寡君于同盟，寡君其敢自外？请与君定盟可乎？」桓公曰：「可。」是晚，留屈完宿于营中，设宴款待。

次日，立坛于召陵，桓公执牛耳为主盟，管仲为司盟。屈完称楚君之命，同立载书：「自今以后，世通盟好。」桓公先歃，七国与屈完以次受歃。礼毕，屈完再拜致谢。管仲私与屈完言，请放聃伯还郑。屈完亦代蔡侯谢罪。两下各许诺。管仲下令班师。途中鲍叔牙问于管仲曰：「楚之罪，僭号为大。吾子以包茅为辞，吾所未解。」管仲对曰：「楚僭号已三世矣，我是以摈之，同于蛮夷。倘责其革号，楚肯俛首而听我乎？若其不听，势必交兵，兵端一开，彼此报复，其祸非数年不解，南北从此骚然矣。吾以包茅为辞，使彼易于共命。苟有服罪之名，亦足以夸耀诸侯，还报天子，不愈于兵连祸结，无已时乎？」鲍叔牙嗟叹不已。胡曾先生有诗曰：

楚王南海目无周，仲父当年善运筹。不用寸兵成款约，千秋伯业诵齐侯。

又髯翁有诗，讥桓、仲苟且结局，无害于楚，所以齐兵退后，楚兵犯侵中原如故，桓、仲不能再兴伐楚之师矣。诗云：

南望踌躇数十年，远交近合各纷然。大声罪状谋方壮，直革淫名局始全。

昭庙孤魂终负痛，江黄义举但贻愆。不知一歃成何事，依旧中原战血鲜！

陈大夫辕涛涂闻班师之令，与郑大夫申侯商议曰：「师若取道于陈、郑，粮食衣屦，所费不赀，国必甚病。不若东循海道而归，使徐、莒承供给之劳，吾二国可以少安。」申侯曰：「善，子试言之。」涛涂言于桓公曰：「君北伐戎，南伐楚，若以诸侯之众，观兵于东夷，东方诸侯，畏君之威，敢不奉朝请乎？」桓公曰：「大夫之言是也。」少顷，申侯请见，桓公召入。申侯进曰：「臣闻『师不踰时』，惧劳民也。今自春徂夏，霜露风雨，师力疲矣。若取道于陈、郑，粮食衣屦，取之犹外府也。若出于东方，倘东夷梗路，恐不堪战，将若之何？涛涂自恤其国，非善计也。君其察之！」桓公曰：「微大夫之言，几误吾事！」乃命执涛涂于军，使郑伯以虎牢之地，赏申侯之功。因使申侯大其城邑，为南北藩蔽。郑伯虽然从命，自此心中有不乐之意。陈侯遣使纳赂，再三请罪，桓公乃赦涛涂。诸侯各归本国。桓公以管仲功高，乃夺大夫伯氏之骈邑三百户，以益其封焉。

楚王见诸侯兵退，不欲贡茅。屈完曰：「不可以失信于齐！且楚惟绝周，故使齐得私之以为重。若假此以自通于周，则我与齐共之矣。」楚王曰：「奈二王何？」屈完曰：「不序爵，但称远臣某可也。」楚王从之。即使屈完为使，赍菁茅十车，加以金帛，贡献天子。周惠王大喜曰：「楚不共职久矣。今效顺如此，殆先王之灵乎？」乃告于文、武之庙，因以胙赐楚。谓屈完曰：「镇尔南方，毋侵中国！」屈完再拜稽首而退。

屈完方去后，齐桓公遣隰朋随至，以服楚告。惠王待隰朋有加礼。隰朋因请见世子，惠王便有不乐之色。乃使次子带与世子郑，一同出见。隰朋微窥惠王神色，似有仓皇无主之意。隰朋自周归，谓桓公曰：「周将乱矣！」桓公曰：「何故？」隰朋曰：「周王长子名郑，先皇后姜氏所生，已正位东宫矣。姜后薨，次妃陈妫有宠，立为继后，有子名带。带善于趋奉，周王爱之，呼为太叔。遂欲废世子而立带。臣观其神色仓皇，必然此事在心故也。恐《小弁》之事，复见于今日！君为盟主，不可不图。」桓公乃召管仲谋之。管仲对曰：「臣有一计，可以定周。」桓公曰：「仲父计将安出？」管仲对曰：「世子危疑，其党孤也。君今具表周王，言：『诸侯愿见世子，请世子出会诸侯。』世子一出，君臣之分已定，王虽欲废立，亦难行矣。」桓公曰：「善。」乃传檄诸侯，以明年夏月会于首止。再遣隰朋如周，言：「诸侯愿见世子，以申尊王之情。」周惠王本不欲子郑出会，因齐势强大，且名正言顺，难以辞之，只得许诺。隰朋归报。

至次年春，桓公遣陈敬仲先至首止，筑宫以待世子驾临。夏五月，齐、宋、鲁、陈、卫、郑、许、曹八国诸侯，并集首止。世子郑亦至，停驾于行宫。桓公率诸侯起居，子郑再三谦让，欲以宾主之礼相见。桓公曰：『小白等忝在藩室，见世子如见王也，敢不稽首！』子郑谢曰：『诸君且休矣。』是夜，子郑使人邀桓公至于行宫，诉以太叔带谋欲夺位之事。桓公曰：『小白当与诸臣立盟，共戴世子，世子勿忧也！』子郑感谢不已，遂留于行宫。诸侯亦不敢归国，各就馆舍，轮番进献酒食，及犒劳舆从之属。子郑恐久劳诸国，便欲辞归京师。桓公曰：『所以愿与世子留连者，欲使天王知吾等爱戴世子，不忍相舍之意，所以杜其邪谋也。方今夏月大暑，稍俟秋凉，当送驾还朝耳。』遂预择盟期，用秋八月之吉。

却说周惠王见世子郑久不还辕，知是齐侯推戴，心中不悦。更兼惠后与叔带朝夕在旁，将言语浸润惠王。太宰周公孔来见，谓之曰：『齐侯名虽伐楚，其实不能有加于楚。今楚人贡献效顺，大非昔比，未见楚之不如齐也。齐又率诸侯拥留世子，不知何意，将置朕于何地！朕欲烦太宰通一密信于郑伯，使郑伯弃齐从楚，因为孤致意楚君，努力事周，无负朕意！』宰孔奏曰：『楚之效顺，亦齐力也。王奈何弃久暱之伯舅，而就乍附之蛮夷乎？』惠王曰：『郑伯不离，诸侯不散，能保齐之无异谋乎？朕志决矣，太宰无辞。』宰孔不敢复言。惠王乃为玺书一通，封函甚固，密授宰孔。

宰孔不知书中何语，只得使人星夜达于郑伯。郑文公启函读之，言：『子郑违背父命，植党树私，不堪为嗣。朕意在次子带也。叔父若能舍齐从楚，共辅少子，朕愿委国以听！』郑伯喜曰：『吾先公武、庄，世为王卿士，领袖诸侯，不意中绝，夷于小国。厉公又有纳王之劳，未蒙召用。今王命独临于我，政将及焉，诸大夫可以贺我矣。』大夫孔叔谏曰：『齐以我故，勤兵于楚。今乃反齐事楚，是悖德也。况翼戴世子，天下大义，君不可以独异。』郑伯曰：『从霸何如从王？且王意不在世子，孤何爱焉！』孔叔曰：『周之主祀，惟嫡与长。幽王之爱伯服，桓公之爱子克，庄王之爱子颓，皆君所知也。人心不附，身死无成。君不惟大义是从，而乃蹈五大夫之覆辙乎？后必悔之！』大夫申侯曰：『天子所命，谁敢违之？若从齐盟，是弃王命也。我去，诸侯必疑，疑则必散，盟未必成。且世子有外党，太叔亦有内党，二子成败，事未可知，不如且归，以观其变。』郑文公乃从申侯之言，托言国中有事，不辞而行。

齐桓公闻郑伯逃去，大怒，便欲奉世子以讨郑。管仲进曰：『郑与周接壤，此必周有人诱之。一人去留，不足以阻大计。且盟期已及，俟成盟而后图之。』桓公曰：『善。』于是即首止旧坛，歃血为盟。齐、宋、鲁、陈、卫、许、曹，共是七国诸侯。世子郑临之，不与歃，示诸侯不敢与世子敌也。盟词曰：『凡我同盟，共翼王储，匡靖王室。有背盟者，神明殛之！』事毕，世子郑降阶揖谢曰：『诸君以先王之灵，不忘周室，昵就寡人，自文、武以下，咸嘉赖之！况寡人其敢忘诸君之赐？』诸侯皆降拜稽首。次日，世子郑欲归，各国各具车徒护送。齐桓公同卫侯亲自送出卫境，世子郑垂泪而别。史官有诗赞云：

君王溺爱冢嗣危，郑伯甘将大义违。首止一盟储位定，纲常赖此免凌夷。

郑文公闻诸侯会盟，且将讨郑，遂不敢从楚。

却说楚成王闻郑不与首止之盟，喜曰：『吾得郑矣！』遂遣使通于申侯，欲与郑修好。原来申侯先曾仕楚，有口才，贪而善媚，楚文王甚宠信之。及文王临终之时，恐后人不能容他，赠以白璧，使投奔他国避祸。申侯奔郑，事厉公于栎，厉公复宠信如在楚时。及厉公复国，遂为大夫。楚臣俱与申侯有旧，所以今日打通这个关节，要申侯从中怂恿，背齐事楚。申侯密言于郑伯，言：『非楚不能敌齐，况王命乎？不然，齐、楚二国，皆将仇郑，郑不支矣。』郑文公惑其言，乃阴遣申侯输款于楚。

周惠王二十六年，齐桓公率同盟诸侯伐郑，围新密。时申侯尚在楚，言于楚成王曰：『郑所以愿归宇下者，正谓惟楚足以抗齐也。王不救郑，臣无辞以复命矣。』楚王谋于群臣，令尹子文进曰：『召陵之役，许穆公卒于军中，齐所怜也。许事齐最勤，王若加兵于许，诸侯必救，则郑围自解矣。』楚王从之，乃亲将伐许，亦围许城。诸侯闻许被围，果去郑而救许，楚师遂退。申侯归郑，自以为有全郑之功，扬扬得意，满望加封。郑伯以虎牢之役，谓申侯已过分，不加爵赏。申侯口中不免有怨望之言。

明年春，齐桓公复率师伐郑。陈大夫辕涛涂，自伐楚归时，与申侯有隙，乃为书致孔叔曰：

申侯前以国媚齐，独擅虎牢之赏。今又以国媚楚，使子之君，负德背义，自召干戈，祸及民社。必杀申侯，齐兵可不战而罢。

孔叔以书呈于郑文公。郑伯为前日不听孔叔之言，逃归不盟，以致齐兵两次至郑，心怀愧悔，亦归咎于申侯。乃召申侯责之曰：『汝言惟楚能抗齐。今齐兵屡至，楚救安在？』申侯方欲措辩，郑伯喝教武士推出斩之。函其首，使孔叔献于齐军曰：『寡君昔者误听申侯之言，不终君好。今谨行诛，使下臣请罪于幕下，惟君侯赦宥之！』齐侯素知孔叔之贤，乃许郑平。遂会诸侯于宁母。郑文公终以王命为疑，不敢公然赴会，使其世子华代行，至宁母听命。

子华与弟子臧，皆嫡夫人所出。夫人初有宠，故立华为世子。后复立两夫人，皆有子。嫡夫人宠渐衰，未几病死。又有南燕姞氏之女，为媵于郑宫，向未进御。一夕，梦一伟丈夫，手持兰草谓女曰：『余为伯鯈，乃尔祖也。今以国香赠尔为子，以昌尔国。』遂以兰授之。及觉，满室皆香，且言其梦。同伴嘲之曰：『当生贵子。』是日，郑文公入宫，见此女而悦之。左右皆相顾而笑。文公问其故，乃以梦对。文公曰：『此佳兆也，寡人为汝成之。』遂命采兰蕊佩之，曰：『以此为符。』夜召幸之，有娠，生子，名之曰兰。此女亦渐有宠，谓之燕姞。世子华见其父多宠，恐他日有废立之事。乃私谋之于叔詹。叔詹曰：『得失有命，子亦行孝而已。』又谋之于孔叔，孔叔亦劝之以尽孝。子华不悦而去。子臧性好奇诡，聚鹬羽以为冠，师叔曰：『此非礼之服，愿公子勿服。』子臧恶其直言，诉于其兄。故子华与叔詹、孔叔、师叔三大夫，心中俱有芥蒂。

至是，郑伯使子华代行赴会，子华虑齐侯见怪，不愿往。叔詹促之使速行。子华心中益恨，思为自全之术。既见齐桓公，请屏去左右，然后言曰：『郑国之政，皆听于泄氏、孔氏、子人氏三族。逃盟之役，三族者实主之。若以君侯之灵，除此三臣，我愿以郑附齐，比于附庸。』桓公曰：『诺。』遂以子华之谋，告于管仲，管仲连声曰：『不可，不可！诸侯所以服齐者，礼与信也。子奸父命，不可谓礼。以好来而谋乱其国，不可谓信。且臣闻此三族，皆贤大夫，郑人称为「三良」。所贵盟主，顺人心也。违人自逞，灾祸必及。以臣观之，子华且将不免，君其勿许。』桓公乃谓子华曰：『世子所言，诚国家大事。俟子之君至，当与计之。』子华面皮发赤，汗流浃背，遂辞归郑。管仲恶子华之奸，故泄其语于郑人。先有人报知郑伯。比及子华复命，诡言：『齐侯深怪君不亲行，不肯许成，不如从楚。』郑伯大喝曰：『逆子几卖吾国，尚敢谬说耶？』叱左右将子华囚禁于幽室之中。子华穴墙谋遁，郑伯杀之，果如管仲所料。公子臧奔宋，郑伯使人追杀之于途中。郑伯感齐不听子华之德，再遣孔叔如齐致谢，并乞受盟。胡曾先生咏史诗曰：

郑用『三良』似屋楹，
一朝楹撤屋难撑。
子华奸命思专国，
身死徒留不孝名。

此周惠王二十二年事也。

是冬，周惠王疾笃。王世子郑恐惠后有变，先遣下士王子虎告难于齐。未几，惠王崩。子郑与周公孔、召伯廖商议，且不发丧，星夜遣人密报于王子虎。王子虎言于齐侯，乃大合诸侯于洮。郑文公亦亲来受盟。同歃者，齐、宋、鲁、卫、陈、郑、曹、许，共八国诸侯，各各修表，遣其大夫如周。那几位大夫：齐大夫隰朋，宋大夫华秀老，鲁大夫公孙敖，卫大夫宁速，陈大夫辕选，郑大夫子人师，曹大夫公子戊，许大夫百佗。八国大夫连毂而至，羽仪甚盛，假以问安为名，集于王城之外。王子虎先驱报信，王世子郑使召伯廖问劳，然后发丧。诸大夫固请谒见新王，周、召二公奉子郑主丧，诸大夫假便宜，称君命以吊，遂公请王世子嗣位，百官朝贺，是为襄王。惠后与叔带暗暗叫苦，不敢复萌异志矣。襄王乃以明年改元，传谕各国。

襄王元年，春祭毕。命宰周公孔赐胙于齐，以彰翼戴之功。齐桓公先期闻信，复大合诸侯于葵邱。时齐桓公在路上，偶与管仲论及周事。管仲曰：『周室嫡庶不分，几至祸乱。今君储位尚虚，亦宜早建，以杜后患。』桓公曰：『寡人六子，皆庶出也，以长则无亏，以贤则昭。长卫姬事寡人最久，寡人已许之立无亏矣。易牙、竖貂二人，亦屡屡言之。寡人爱昭之贤，意尚未决。今决之于仲父。』管仲知易牙、竖貂二人奸佞，且素得宠于长卫姬，恐无亏异日为君，内外合党，必乱国政。公子昭，郑姬所出，郑方受盟，假此又可结好。乃对曰：『欲嗣伯业，非贤不可。君既知昭之贤，立之可也。』桓公曰：『恐无亏挟长来争，奈何！』管仲曰：『周王之位，待君而定。今番会盟，君试择诸侯中之最贤者，以昭托之，又何患焉？』桓公点首。

比至葵邱，诸侯毕集，宰周公孔亦到，各就馆舍。时宋桓公御说薨，世子兹父，让国于公子目夷，目夷不受，兹父即位，是为襄公。襄公遵盟主之命，虽在新丧，不敢不至，乃墨衰赴会。管仲谓桓公曰：『宋子有让国之美，可谓贤矣！且墨衰赴会，其事齐甚恭。储贰之事，可以托之。』桓公从其言，即命管仲私诣宋襄公馆舍，致齐侯之意。襄公亲自来见齐侯。齐侯握其手，谆谆以公子昭嘱之：『异日仗君主持，使主社稷。』襄公愧谢不敢当，然心感齐侯相托之意，已心许之矣。

至会日，衣冠济济，环佩锵锵。诸侯先让天使升坛，然后以次而升。坛上设有天王虚位，诸侯北面拜稽，如朝觐之仪，然后各就位次。宰周公孔捧胙，东向而立，传新王之命曰：『天子有事于文、武，使孔赐伯舅胙。』齐侯将下阶拜受。宰孔止之曰：『天子有后命，以伯舅耋老，加劳，赐一级，无下拜。』桓公欲从之，管仲从旁进曰：『君虽谦，臣不可以不敬。』桓公乃对曰：『天威不违颜咫尺，小白敢贪王命，而废臣职乎？』疾趋下阶，再拜稽首，然后登堂受胙。诸侯皆服齐之有礼。桓公因诸侯未散，复申盟好，颂周《五禁》曰：『毋壅泉，毋遏籴，毋易树子，毋以妾为妻，毋以妇人与国事。』誓曰：『凡我同盟，言归于好。』但以载书，加于牲上，使人宣读，不复杀牲歃血，诸侯无不信服。髯翁有诗云：

纷纷疑叛说春秋，攘楚尊周握胜筹。不是桓公功业盛，谁能不歃信诸侯？

盟事已毕，桓公忽谓宰孔曰：『寡人闻三代有封禅之事，其典何如？可得闻乎？』宰孔曰：『古者封泰山，禅梁父。封泰山者，筑土为坛，金泥玉简以祭天，报天之功。天处高，故崇其土以象高也。禅梁父者，扫地而祭，以象地之卑。以蒲为车，菹秸为藉，祭而掩之，所以报地。三代受命而兴，获佑于天地，故隆此美报也。』桓公曰：『夏都于安邑，商都于亳，周都于丰镐。泰山、梁父，去都城甚远，犹且封之禅之。今二山在寡人之封内，寡人欲徼宠天王，举此旷典，诸君以为何如？」宰孔视桓公足高气扬，似有矜高之色，乃应曰：「君以为可，谁敢曰不可！」桓公曰：「俟明日更与诸君议之。」诸侯皆散。宰孔私诣管仲曰：「夫封禅之事，非诸侯所宜言也。仲父不能发一言谏止乎？」管仲曰：「吾君好胜，可以隐夺，难以正格也。夷吾今且言之矣。」乃夜造桓公之前，问曰：「君欲封禅，信乎？」桓公曰：「何为不信？」管仲曰：「古者封禅，自无怀氏至于周成王，可考者七十二家，皆以受命，然后得封。」桓公艴然曰：「寡人南伐楚，至于召陵；北伐山戎，剌令支，斩孤竹；西涉流沙，至于太行；诸侯莫余违也。寡人兵车之会三，衣裳之会六，九合诸侯，一匡天下，虽三代受命，何以过于此？封泰山，禅梁父，以示子孙，不亦可乎？」管仲曰：「古之受命者，先有祯祥示征，然后备物而封，其典甚隆备也。鄗上之嘉黍，北里之嘉禾，所以为盛。江淮之间，一茅三脊，谓之「灵茅」，王者受命则生焉，所以为藉。东海致比目之鱼，西海致比翼之鸟，祥瑞之物，有不召而致者，十有五焉。以书史册，为子孙荣。今凤凰麒麟不来，而鸱鸮数至；嘉禾不生，而蓬蒿繁植；如此而欲行封禅，恐列国有识者必归笑于君矣！」桓公嘿然。明日，遂不言封禅之事。

桓公既归，自谓功高无比，益治宫室，务为壮丽。凡乘舆服御之制，比于王者，国人颇议其僭。管仲乃于府中筑台三层，号为「三归之台。」言民人归，诸侯归，四夷归也。又树塞门，以蔽内外。设反坫，以待列国之使臣。鲍叔牙疑其事，问曰：「君奢亦奢，君僭亦僭，毋乃不可乎？」管仲曰：「夫人主不惜勤劳，以成功业，亦图一日之快意为乐耳。若以礼绳之，彼将苦而生怠。吾之所以为此，亦聊为吾君分谤也。」鲍叔口虽唯唯，心中不以为然。

话分两头。却说周太宰孔自葵邱辞归，于中途遇见晋献公，亦来赴会。宰孔曰：「会已撤矣。」献公顿足恨曰：「敝邑辽远，不及观衣裳之盛，何无缘也。」宰孔曰：「君不必恨。今者齐侯自恃功高，有骄人之意。夫月满则亏，水满则溢，齐之亏且溢，可立而待，不会亦何伤乎？」献公乃回辕西向，于路得疾，回至晋国而薨，晋乃大乱。

欲知晋乱始末，且看下回分解。

第〇二五回 智荀息假途灭虢 穷百里饲牛拜相

话说晋献公内蛊于骊姬，外惑于『二五』，益疏太子而亲爱奚齐。只因申生小心承顺，又数将兵有功，无间可乘。骊姬乃召优施，告以心腹之事：『今欲废太子而立奚齐，何策而可？』施曰：『三公子皆在远鄙，谁敢为夫人难者？』骊姬曰：『三公子年皆强壮，历事已深，朝中多为之左右，吾未敢动也。』施曰：『然则当以次去之。』骊姬曰：『去之孰先？』施曰：『必先申生。其为人也，慈仁而精洁。精洁，则耻于自污；慈仁，则惮于贼人。耻于自污，则愤不能忍；惮于贼人，其自贼易也。然世子迹虽见疏，君素知其为人，谤以异谋必不信。夫人必以夜半泣而诉君，若为誉世子者，而因加诬焉，庶几说可售矣。』

骊姬果夜半而泣，献公惊问其故，再三不肯言。献公迫之，骊姬对曰：『妾虽言之，君必不信也。妾所以泣者，恐妾不能久侍君为欢耳！』献公曰：『何出此不祥之言！』骊姬收泪而对曰：『妾闻申生为人，外仁而内忍。其在曲沃，甚加惠于民，民乐为之死，其意欲有所用之也。申生每为人言：君惑于妾，必乱国。举朝皆闻之，独君不闻耳。毋乃以靖国之故，而祸及于君。君何不杀妾，以谢申生，可塞其谋。勿以一妾乱百姓。』献公曰：『申生仁于民，岂反不仁父乎？』骊姬对曰：『妾亦疑之。然妾闻外人之言曰：匹夫为仁，与在上不同。匹夫以爱亲为仁，在上者以利国为仁。苟利于国，何亲之有？』献公曰：『彼好洁，不惧恶名乎？』骊姬对曰：『昔幽王不杀宜臼，放之于申，申侯召犬戎，杀幽王于骊山之下，立宜臼为君，是为平王，为东周始祖。至于今，幽王之恶益彰，谁复以不洁之名，加之平王者哉？』

献公意悚然，遂披衣起坐，曰：『夫人言是也！若何而可？』骊姬曰：『君不若称耄而以国授之。彼得国而厌其欲，其或可以释君。且昔者，曲沃之兼翼，非骨肉乎？武公惟不顾其亲，故能有晋。申生之志，亦犹是也。君其让之！」献公曰：「不可。我有武与威以临诸侯。今当吾身而失国，不可谓武；有子而不胜，不可谓威。失武与威，人能制我，虽生不如死。尔勿忧，吾将图之。」骊姬曰：「今赤狄皋落氏屡侵吾国，君何不使之将兵伐狄，以观其能用众与否也？若其不胜，罪之有名。若胜，则信得众矣。彼恃其功，必有异谋。因而图之，国人必服。夫胜敌以靖边鄙，又以识世子之能否，君何为不使？」献公曰：「善。」乃传令使申生率曲沃之众，以伐皋落氏。

少傅里克在朝，谏曰：「太子，君之贰也。故君行，则太子监国。夫朝夕视膳，太子之职，远之犹不可，况可使帅师乎？」献公曰：「申生已屡将兵矣。」里克曰：「向者从君于行，今专制，固不可也。」献公仰面而叹曰：「寡人有子九人，尚未定孰为太子，卿勿多言！」里克嘿然而退，告于狐突。狐突曰：「危哉乎，公子也！」乃遗书申生，劝使勿战，战而胜滋忌，不如逃之。申生得书，叹曰：「君之以兵事使我，非好我也，欲测我心耳。违君之命，我罪大矣。战而幸死，犹有令名。」乃与皋落大战于稷桑之地，皋落氏败走，申生献捷于献公。骊姬曰：「世子果能用众矣，奈何？」献公曰：「罪未著也，姑待之。」狐突料晋国将乱，乃托言痼疾，杜门不出。

时有虞、虢二国，乃是同姓比邻，唇齿相依，其地皆连晋界。虢公名丑，好兵而骄，屡侵晋之南鄙。边人告急，献公谋欲伐虢。骊姬请曰：「何不更使申生？彼威名素著，士卒为用，可必成功也。」献公已入骊姬之言，诚恐申生胜虢之后，益立威难制，踌躇未决，问于大夫荀息曰：「虢可伐乎？」荀息对曰：「虞、虢方睦，吾攻虢，虞必救之；若移而攻虞，虢又救之。以一敌二，臣未见其必胜也。」献公曰：「然则寡人无如虢何矣！」荀息对曰：「臣闻虢公淫于色。君诚求国中之美女，教之歌舞，盛其车服，以进于虢，卑词请平，虢公必喜而受之。彼耽于声色，将怠弃政事，疏斥忠良，我更行赂犬戎，使侵扰虢境，然后乘隙而图之，虢可灭也。」献公用其策，以女乐遗虢，虢公欲受之。大夫舟之侨谏曰：「此晋所以钓虢也，君奈何吞其饵乎？」虢公不听，竟许晋平。自此，日听淫声，夜接美色，视朝稀疏矣。舟之侨复谏，虢公怒，使出守下阳之关。

未几，犬戎贪晋之赂，果侵扰虢境，兵至渭汭，为虢兵所败。犬戎主遂起倾国之师。虢公恃其前胜，亦率兵拒之，相持于桑田之地。献公复问于荀息曰：「今戎、虢相持，寡人可以伐虢否？」荀息对曰：「虞、虢之交未离也。臣有一策，可以今日取虢，而明日取虞。」献公曰：「卿策如何？」荀息曰：「君厚赂虞，而假道以伐虢。」献公曰：「吾新与虢成，伐之无名，虞肯信我乎？」荀息曰：「君密使北鄙之人，生事于虢，虢之边吏，必有责言。吾因以为名，而请于虞。」献公又用其策，虢之边吏果来责让，两下遂治兵相攻。虢公方有犬戎之患，不暇照管。献公曰：「今伐虢不患无名矣。但不知赂虞当用何物？」荀息对曰：「虞公性虽贪，然非至宝，不可动之。必须用二物前去，但恐君之不舍耳。」献公曰：「卿试言所用何物？」荀息曰：「虞公最爱者，璧、马之良也。君不有垂棘之璧，屈产之乘乎？请以此二物，假道于虞。虞贪于璧、马，坠吾计矣。」献公曰：「此二物，乃吾至宝，何忍弃之他人？」荀息曰：「臣固知君之不舍也！虽然，假吾道以伐虢，虢无虞救必灭，虢亡，虞不独存，璧、马安往乎？夫寄璧外府，养马外厩，特暂事耳。」大夫里克曰：「虞有贤臣二人，曰宫之奇、百里奚，明于料事，恐其谏阻，奈何？」荀息曰：「虞公贪而愚，虽谏必不从也。」献公即以璧、马交付荀息，使如虞假道。

虞公初闻晋来假道，欲以伐虢，意甚怒。及见璧、马，不觉回嗔作喜，手弄璧而目视马，问荀息曰：「此乃汝国至宝，天下罕有，奈何以惠寡人？」荀息曰：「寡君慕君之贤，畏君之强，故不敢自私其宝，愿邀欢于大国。」虞公曰：「虽然，必有所言于寡人也。」荀息曰：「虢人屡侵我南鄙，寡君以社稷之故，屈意请平。今约誓未寒，责让日至，寡君欲假道以请罪焉。倘幸而胜虢，所有卤获，尽以归君。寡君愿与君世敦盟好。」虞公大悦。宫之奇谏曰：「君勿许也！谚云『唇亡齿寒』，晋吞噬同姓，非一国矣，独不敢加于虞、虢者，以有唇齿之助耳。虢今日亡，则明日祸必中于虞矣！」虞公曰：「晋君不爱重宝，以交欢于寡人，寡人其爱此尺寸之径乎？且晋强于虢十倍，失虢而得晋，何不利焉？子退，勿预吾事！」宫之奇再欲进谏，百里奚牵其裾，乃止。宫之奇退谓百里奚曰：「子不助我一言，而更止我，何故？」百里奚曰：「吾闻进嘉言于愚人之前，犹委珠玉于道也。桀杀关龙逄，纣杀比干，惟强谏耳。子其危哉！」宫之奇曰：「然则虞必亡矣，吾与子盍去乎？」百里奚曰：「子去则可矣。又偕一人，不重子罪乎？吾宁徐耳。」宫之奇尽族而行，不言所之。

荀息归报晋侯，言：「虞公已受璧、马，许以假道。」献公便欲亲将伐虢，里克入见曰：「虢，易与也，毋烦君往。」献公曰：「灭虢之策何如？」里克曰：「虢都上阳，其门户在于下阳。下阳一破，无完虢矣。臣虽不才，愿效此微劳，如无功甘罪。」献公乃拜里克为大将，荀息副之，率车四百乘伐虢，先使人报虞以兵至之期。虞公曰：「寡人辱受重宝，无以为报，愿以兵从。」荀息曰：「君以兵从，不如献下阳之关。」虞公曰：「下阳，虢所守也。寡人安得献之？」荀息曰：「臣闻虢君方与犬戎大战于桑田，胜败未决。君托言助战，以车乘献之，阴纳晋兵，则关可得也。臣有铁叶车百乘，惟君所用。」虞公从其计。守将舟之侨信以为然，开关纳车。车中藏有晋甲，入关后一齐发作，欲闭关已无及矣。里克驱兵直进，舟之侨既失下阳，恐虢公见罪，遂以兵降晋。里克用为向导，望上阳进发。

却说虢公在桑田，闻晋师破关，急急班师，被犬戎兵掩杀一阵，大败而走，随身仅数十乘，奔至上阳守御，茫然无策。晋兵至，筑长围以困之。自八月至十二月，城中樵采俱绝，连战不胜，士卒疲敝，百姓日夜号哭。里克使舟之侨为书，射入城中，谕虢公使降。虢公曰：「吾先君为王卿士，吾不能为降诸侯！」乘夜开城，率家眷奔京师去讫。里克等亦不追赶。百姓香花灯烛，迎里克等进城。克安集百姓，秋毫无犯，留兵戍守，将府库宝藏，尽数装载，以十分之三，并女乐献于虞公。虞公益大喜。里克一面遣人驰报晋侯，自己托言有疾，休兵城外，俟病愈方行。虞公不时馈药，候问不绝。

如此月余。忽谍报：「晋侯兵在郊外。」虞公问其来意，报者曰：「恐伐虢无功，亲来接应耳。」虞公曰：「寡人正欲面与晋君讲好。今晋君自来，寡人之愿也。」慌忙郊迎致饩，两君相见，彼此称谢。自不必说。献公约与虞公较猎于箕山。虞公欲夸耀晋人，尽出城中之甲及坚车良马，与晋侯驰逐赌胜。

是日，自辰及申，围尚未撤，忽有人报：「城中火起！」献公曰：「此必民间漏火，不久扑灭耳。」固请再打一围。大夫百里奚密奏曰：「传闻城中有乱，君不可留矣。」虞公乃辞晋侯先行。半路见人民纷纷逃窜，言：「城池已被晋兵乘虚袭破。」虞公大怒，喝教：「驱车速进！」来至城边。只见城楼上一员大将，倚栏而立，盔甲鲜明，威风凛凛，向虞公言曰：「前蒙君假我以道，今再假我以国，敬谢明赐！」虞公转怒，便欲攻门。城头上一声梆响，箭如雨下。虞公命车速退，使人催趱后面车马。军人报曰：「后军行迟者，俱被晋兵截住，或降或杀，车马皆为晋有。晋侯大军即到矣。」虞公进退两难，叹曰：「悔不听宫之奇之谏也！」顾百里奚在侧，问曰：「彼时卿何不言？」百里奚曰：「君不听宫之奇，其能听奚乎？臣之不言，正留身以从君于今日耳。」虞公正在危急之际，见后有单车驱至，视之，乃虢国降将舟之侨也。虞公不觉面有惭色。舟之侨曰：「君误听弃虢，失已在前。今日之计，与其出奔他国，不如归晋。晋君德量宽洪，必无相害，且怜君必厚待君，君其勿疑。」虞公踌躇未决。晋献公随后来到，使人请虞公相见。虞公不得不往。献公笑曰：『寡人此来，为取璧、马之值耳。』命以后车，载虞公宿于军中。百里奚紧紧相随，或讽其去，曰：『吾食其禄久，所以报也！』献公入城安民。荀息左手托璧，右手牵马而前曰：『臣谋已行，今请还璧于府，还马于厩。』献公大悦。髯翁有诗云：

璧马区区虽至宝，请将社稷较何如？不夸荀息多奇计，还笑虞公真是愚。

献公以虞公归，欲杀之。荀息曰：『此騃竖子耳，何能为！』于是待以寓公之礼，别以他璧及他马赠之。曰：『吾不忘假道之惠也。』舟之侨至晋，拜为大夫。侨荐百里奚之贤。献公欲用奚，使侨通意。奚曰：『终旧君之世乃可。』侨去，奚叹曰：『君子违，不适仇国，况仕乎？吾即仕，不于晋也。』舟之侨闻其言，恶形其短，意甚不悦。

时秦穆公任好即位六年，尚未有中宫，使大夫公子絷求婚于晋，欲得晋侯长女伯姬为夫人。献公使太史苏筮之，得《雷泽归妹》卦第六爻，其繇曰：

士刲羊，亦无也。女承筐，亦无贶也。西邻责言，不可偿也。

太史苏玩其辞，以为秦国在西，而有责言，非和睦之兆。况《归妹》嫁娶之事，而震变为离，其卦为睽，睽、离皆非吉名，此亲不可许。献公更使太卜郭偃以龟卜之。偃献其兆，上吉。断词曰：

松柏为邻，世作舅甥，三定我君。利于婚媾，不利寇。

史苏犹据筮词争之。献公曰：『向者固云：「从筮不如从卜。」卜既吉矣，又可违乎？吾闻秦受帝命，其后将大，不可拒也。』遂许之。

公子絷归复命，路遇一人，面如噀血，隆准虬须，以两手握两锄而耕，入土累尺。命索其锄观之，左右皆不能举。公子絷问其姓名，对曰：『公孙氏，名枝，字子桑，晋君之疏族也。』絷曰：『以子之才，何以屈于陇亩？』枝对曰：『无人荐引耳。』絷曰：『肯从我游于秦乎？』公孙枝曰：『「士为知己者死」。若能见挈，固所愿也。』絷与之同载归秦。言于穆公，穆公使为大夫。穆公闻晋已许婚，复遣公子絷如晋纳币，遂迎伯姬。晋侯问媵于群臣。舟之侨进曰：『百里奚不愿仕晋，其心不测，不如远之。』乃用奚为媵。

却说百里奚是虞国人，字井伯，年三十余，娶妻杜氏，生一子。奚家贫不遇，欲出游，念其妻子无依，恋恋不舍。杜氏曰：『妾闻「男子志在四方」。君壮年不出图仕，乃区区守妻子坐困乎？妾能自给，毋相念也！』家只有一伏雌，杜氏宰之以饯行。厨下乏薪，乃取扊扅炊之。舂黄齑，煮脱粟饭。奚饱餐一顿。临别，妻抱其子，牵袂而泣曰：『富贵勿相忘！』奚遂去。游于齐，求事襄公，无人荐引。久之，穷困乞食于，时奚年四十矣。人有蹇叔者，奇其貌，曰：『子非乞人也。』叩其姓名，因留饭，与谈时事，奚应对如流，指画井井有叙。蹇叔叹曰：『以子之才，而穷困乃尔，岂非命乎？』遂留奚于家，结为兄弟。蹇叔长奚一岁，奚呼叔为兄。蹇叔家亦贫，奚乃为村中养牛，以佐饔飧之费。值公子无知弑襄公，新立为君，悬榜招贤。奚欲往应招。蹇叔曰：『先君有子在外，无知非分窃立，终必无成。』奚乃止。后闻周王子颓好牛，其饲牛者皆获厚糈，乃辞蹇叔如周。蹇叔戒之曰：『丈夫不可轻失身于人。仕而弃之，则不忠；与同患难，则不智。此行，弟其慎之！吾料理家事，当至周相看也。』奚至周，谒见王子颓，以饲牛之术进。颓大喜，欲用为家臣。蹇叔自而至，奚与之同见子颓。退谓奚曰：『颓志大而才疏，其所与皆谗谄之人，必有觊觎非望之事，吾立见其败也。不如去之。』

奚因久别妻子，意欲还虞。蹇叔曰：『虞有贤臣宫之奇者，吾之故人也，相别已久，吾亦欲访之。弟若还虞，吾当同行。』遂与奚同至虞国。

时奚妻杜氏，贫极不能自给，已流落他方，不知去处。奚感伤不已。蹇叔与宫之奇相见，因言百里奚之贤。宫之奇遂荐奚于虞公，虞公拜奚为中大夫。蹇叔曰：「吾观虞君见小而自用，亦非可与有为之主。」奚曰：「弟久贫困，譬之鱼在陆地，急欲得勺水自濡矣！」蹇叔曰：「弟为贫而仕，吾难阻汝，异日若见访，当于宋之鸣鹿村。其地幽雅，吾将卜居于此。」蹇叔辞去。奚遂留事虞公。及虞公失国，奚周旋不舍，曰：「吾既不智矣，敢不忠乎？」至是，晋用奚为媵于秦。奚叹曰：「吾抱济世之才，不遇明主，而展其大志；又临老为人媵，比于仆妾，辱莫大焉！」行至中途而逃。将适宋，道阻，乃适楚。及宛城，宛之野人出猎，疑为奸细，执而缚之。奚曰：「我虞人也，因国亡，逃难至此。」野人问：「何能？」奚曰：「善饲牛。」野人释其缚，使之喂牛，牛日肥泽。野人大悦，闻于楚王。楚王召奚问曰：「饲牛有道乎？」奚对曰：「时其食，恤其力，心与牛而为一。」楚王曰：「善哉，子之言！非独牛也，可通于马。」乃使为圉人，牧马于南海。

却说秦穆公见晋媵有百里奚之名，而无其人，怪之。公子絷曰：「故虞臣也，今逃矣。」穆公谓公孙枝曰：「子桑在晋，必知百里奚之略，是何等人也？」公孙枝对曰：「贤人也。知虞公之不可谏而不谏，是其智。从虞公于晋，而义不臣晋，是其忠。且其人有经世之才，但不遇其时耳！」穆公曰：「寡人安得百里奚而用之？」公孙枝曰：「臣闻奚之妻子在楚，其亡必于楚，何不使人往楚访之？」使者往楚，还报：「奚在海滨，为楚君牧马。」穆公曰：「孤以重币求之，楚其许我乎？」公孙枝曰：「百里奚不来矣！」穆公曰：「何故？」公孙枝曰：「楚之使奚牧马者，为不知奚之贤也。君以重币求之，是告以奚之贤也。楚知奚之贤，必自用之，肯畀我乎？君不若以逃媵为罪，而贱赎之，此管夷吾所以脱身于鲁也。」穆公曰：「善。」乃使人持羖羊之皮五，进于楚王曰：「敝邑有贱臣百里奚者，逃在上国。寡人欲得而加罪，以警亡者，请以五羊皮赎归。」楚王恐失秦欢，乃使东海人囚百里奚，以付秦人。百里奚将行，东海人谓其就戮，持之而泣。奚笑曰：「吾闻秦君有伯王之志，彼何急于一媵？夫求我于楚，将以用我也。此行且富贵矣，又何泣焉！」遽上囚车而去。

将及秦境，秦穆公使公孙枝往迎于郊。先释其囚，然后召而见之。问：「年几何？」奚对曰：「才七十岁。」穆公叹曰：「惜乎老矣！」奚曰：「使奚逐飞鸟，搏猛兽，则臣已老。若使臣坐而策国事，臣尚少也。昔吕尚年八十，钓于渭滨，文王载之以归，拜为尚父，卒定周鼎。臣今日遇君，较吕尚不更早十年乎？」穆公壮其言，正容而问曰：「敝邑介在戎、狄，不与中国会盟，叟何以教寡人，俾敝邑不后于诸侯。幸甚！」奚对曰：「君不以臣为亡国之虏，衰残之年，乃虚心下问，臣敢不竭其愚？夫雍、岐之地，文、武所兴，山如犬牙，原如长蛇，周不能守，而以畀之秦，此天所以开秦也。且夫介在戎、狄，则兵强；不与会盟，则力聚。今西戎之间，为国不啻数十，并其地，足以耕，籍其民，可以战，此中国诸侯所不能与君争者。君以德抚而以力征，既全有西陲，然后厄山川之险，以临中国，俟隙而进，则恩威在君掌中，而伯业成矣。」穆公不觉起立曰：「孤之有井伯，犹齐之得仲父也。」一连与语三日，言无不合。遂爵为上卿，任以国政。因此秦人都称奚为「五羖大夫」。又相传以为穆公举奚于牛口之下，以奚曾饲牛于楚，秦用五羖皮赎回故也。髯翁有诗云：

脱囚拜相事真奇，仲后重闻百里奚。
从此西秦名显赫，不亏身价五羊皮。

百里奚辞上卿之位，举荐一人以自代。

不知所举何人，且听下回分解。

第〇二六回

歌扊扅百里认妻 获陈宝穆公证梦

话说秦穆公深知百里奚之才，欲爵为上卿。百里奚辞曰：『臣之才，不如臣友蹇叔十倍。君欲治国家，请任蹇叔而臣佐之。』穆公曰：『子之才，寡人见之真矣，未闻蹇叔之贤也。』奚对曰：『蹇叔之贤，岂惟君未之闻，虽齐、宋之人，亦莫之闻也。然而臣独知之，臣尝出游于齐，欲委质于公子无知，蹇叔止臣曰：「不可。」臣因去齐，得脱无知之祸。嗣游于周，欲委质于王子颓，蹇叔复止臣曰：「不可。」臣复去周，得脱子颓之祸。后臣归虞，欲委质于虞公，蹇叔又止臣曰：「不可。」臣时贫甚，利其爵禄，姑且留事，遂为晋俘。夫再用其言，以脱于祸，一不用其言，几至杀身，此其智胜于中人远矣。今隐于宋之鸣鹿村，宜速召之。』穆公乃遣公子絷假作商人，以重币聘蹇叔于宋。百里奚另自作书致意。

公子絷收拾行囊，驾起犊车二乘，径投鸣鹿村来。见数人息耕于陇上，相赓而歌。歌曰：

山之高兮无撵，途之泞兮无烛。相将陇上兮，泉甘而土沃。勤吾四体兮，分吾五谷。三时不害兮，饔飧足。乐此天命兮，无荣辱！

絷在车中，听其音韵，有绝尘之致，乃叹谓御者曰：『古云「里有君子，而鄙俗化」。今入蹇叔之乡，其耕者皆有高遁之风，信乎其贤也。』乃下车，问耕者曰：『蹇叔之居安在？』耕者曰：『子问之何为？』絷曰：『其故人百里奚有书，托吾致之。』耕者指示曰：『前去竹林深处，左泉右石，中间一小茅庐，乃其所也。』絷拱手称谢。复登车，行将半里，来至其处。絷举目观看，风景果是幽雅。陇西居士有隐居诗云：

翠竹林中景最幽，人生此乐更何求？数方白石堆云起，一道清泉接涧流；
得趣猿猴堪共乐，忘机麋鹿可同游。红尘一任漫天去，高卧先生百不忧。

絷停车于草庐之外，使从者叩其柴扉。有一小童子启门而问曰：『佳客何来？』絷曰：『吾访蹇先生来也。』童子曰：『吾主不在。』絷曰：『先生何往？』童子曰：『与邻叟观泉于石梁，少顷便回。』絷不敢轻造其庐，遂坐于石上以待之。童子将门半掩，自入户内。须臾之间，见一大汉，浓眉环眼，方面长身，背负鹿蹄二只，从田塍西路而来。絷见其容貌不凡，起身迎之。那大汉即置鹿蹄于地，与絷施礼。絷因叩其姓名，大汉答曰：『某蹇氏，丙名，字白乙。』絷曰：『蹇叔是君何人？』对曰：『乃某父也。』絷重复施礼，口称：『久仰！』大汉曰：『足下何人？到此贵干？』絷曰：『有故人百里奚，今仕于秦，有书信托某奉候尊公。』蹇丙曰：『先生请入草堂少坐，吾父即至矣。』言毕，推开双扉，让公子絷先入。蹇丙复取鹿蹄负之，至于草堂。童子收进鹿蹄。蹇丙又复施礼，分宾主坐定。公子絷与蹇丙谈论些农桑之事，因及武艺。丙讲说甚有次第，絷暗暗称奇，想道：『有其父方有其子，井伯之荐不虚也。』献茶方罢，蹇丙使童子往门首伺候其父。少顷，童子报曰：『翁归矣！』

却说蹇叔与邻叟二人，肩随而至，见门前有车二乘，骇曰：『吾村中安得有此车耶？』蹇丙趋出门外，先道其故。蹇叔同二叟进入草堂，各各相见，叙次坐定。蹇叔曰：『适小儿言吾弟井伯有书，乞以见示！』公子絷遂将百里奚书信呈上。蹇叔启缄观之。略曰：

奚不听兄言，几蹈虞难。幸秦君好贤，赎奚于牧竖之中，委以秦政。奚自量才智不逮恩兄，举兄同事。秦君敬慕若渴，特命大夫公子絷布币奉迎。惟冀幡然出山，以酬生平未足之志。如兄恋恋山林，奚亦当弃爵禄，相从于鸣鹿之乡矣！

蹇叔曰：『井伯何以见知于秦君也？』公子絷将百里奚为媵逃楚，秦君闻其贤，以五羊皮赎归始末，叙述一遍。『今寡君欲爵以上卿，井伯自言不及先生，必求先生至秦，方敢登仕。寡君有不腆之币，使絷致命。』言讫，即唤左右于车厢中取出征书礼币，排列草堂之中。邻叟俱山野农夫，从未见此盛仪，相顾惊骇，谓公子絷曰：『吾等不知贵人至此，有失回避。』絷曰：『何出此言？寡君望蹇先生之临，如枯苗望雨。烦二位老叟相劝一声，受赐多矣！』二叟谓蹇叔曰：『既秦邦如此重贤，不可虚贵人来意。』蹇叔曰：『昔虞公不用井伯，以致败亡。若秦君肯虚心仕贤，一井伯已足。老夫用世之念久绝，不得相从。所赐礼币，望乞收回。求大夫善为我辞！』公子絷曰：『若先生不往，井伯亦必不独留。』蹇叔沉吟半晌，叹曰：『井伯怀才未试，求仕已久，今适遇明主，吾不得不成其志。勉为井伯一行，不久仍归耕于此耳。』童子报：『鹿蹄已熟。』蹇叔命取床头新酿，撔之以奉客。公子絷西席，二叟相陪，瓦杯木箸，宾主劝酬，欣然醉饱。不觉天色已晚，遂留絷于草堂安宿。次早，二叟携樽饯行，依前叙坐。良久，公子絷夸白乙之才，亦要他同至秦邦。蹇叔许之。乃以秦君所赠礼币，分赠二叟，嘱咐看觑家间，『此去不久，便再得相叙。』再吩咐家人：『勤力稼穑，勿致荒芜。』二叟珍重而别。

蹇叔登车，白乙丙为御。公子絷另自一车，并驾而行。夜宿晓驰，将近秦郊，公子絷先驱入朝，参谒了秦穆公，言：『蹇先生已到郊外。其子蹇丙，亦有挥霍之才，臣并取至，以备任使。』穆公大喜，乃命百里奚往迎。

蹇叔既至，穆公降阶加礼，赐坐而问之曰：『井伯数言先生之贤，先生何以教寡人乎？』蹇叔对曰：『秦僻在西土，邻于戎、狄，地险而兵强，进足以战，退足以守。所以不列于中华者，威德不及故也。非威何畏，非德何怀；不畏不怀，何以成霸？』穆公曰：『威与德二者孰先？』蹇叔对曰：『德为本，威济之。德而不威，其国外削；威而不德，其民内溃。』穆公曰：『寡人欲布德而立威，何道而可？』蹇叔对曰：『秦杂戎俗，民鲜礼教，等威不辨，贵贱不明，臣请为君先教化而后刑罚。教化既行，民知尊敬其上，然后恩施而知感，刑用而知惧，上下之间，如手足头目之相为。管夷吾节制之师，所以号令天下而无敌也。」穆公曰：「诚如先生之言，遂可以霸天下乎？」蹇叔对曰：「未也。夫霸天下者有三戒：毋贪，毋忿，毋急。贪则多失，忿则多难，急则多蹶。夫审大小而图之，乌用贪？衡彼己而施之，乌用忿？酌缓急而布之，乌用急？君能戒此三者，于霸也近矣。」穆公曰：「善哉言乎！请为寡人酌今日之缓急。」蹇叔对曰：「秦立国西戎，此祸福之本也。今齐侯已耄，霸业将衰。君诚善抚雍、渭之众，以号召诸戎，而征其不服者。诸戎既服，然后敛兵以俟中原之变，拾齐之遗，而布其德义。君虽不欲霸，不可得而辞矣。」穆公大悦曰：「寡人得二老，真庶民之长也！」乃封蹇叔为右庶长，百里奚为左庶长，位皆上卿，谓之「二相」。并召白乙丙为大夫。自二相兼政，立法教民，兴利除害，秦国大治。史官有诗云：

子絷荐奚奚荐叔，转相汲引布秦庭。但能好士如秦穆，人杰何须问地灵！

穆公见贤才多出于异国，益加采访。公子絷荐秦人西乞术之贤，穆公亦召用之。百里奚素闻晋人繇余负经纶之略，私询于公孙枝。枝曰：「繇余在晋不遇，今已仕于西戎矣。」奚叹惜不已。

却说百里奚之妻杜氏，自从其夫出游，纺绩度日，后遇饥荒，不能存活，携其子趁食他乡，展转流离，遂入秦国，以浣衣为活。其子名视，字孟明，日与乡人打猎角艺，不肯营生。杜氏屡谕不从。及百里奚相秦，杜氏闻其姓名，曾于车中望见，未敢相认。因府中求浣衣妇，杜氏自愿入府浣衣，勤于捣濯，府中人皆喜，然未得见奚之面也。一日，奚坐于堂上，乐工在庑下作乐。杜氏向府中人曰：「老妾颇知音律，愿引至庑，一听其声。」府中人引至庑下，言于乐工，问其所习。杜氏曰：「能琴，亦能歌。」乃以琴授之。杜氏援琴而鼓，其声凄怨。乐工俱倾耳静听，自谓不及。再使之歌，杜氏曰：「老妾自流移至此，未尝发声。愿言于相君，请得升堂而歌之。」乐工禀知百里奚，奚命之立于堂左。杜氏低眉敛袖，扬声而歌。歌曰：

百里奚，五羊皮！忆别时，烹伏雌，舂黄齑，炊扊扅。今日富贵忘我为？

百里奚，五羊皮！父粱肉，子啼饥，夫文绣，妻浣衣。嗟乎！富贵忘我为？

百里奚，五羊皮！昔之日，君行而我啼，今之日，君坐而我离。嗟乎！富贵忘我为！

百里奚闻歌愕然，召至前询之，正其妻也。遂相持大恸。良久，问：「儿子何在？」杜氏曰：「村中射猎。」使人召之。是日，夫妻父子，再得完聚。

穆公闻百里奚妻子俱到，赐以粟千钟，金帛一车。次日，奚率其子孟明视朝见谢恩。穆公亦拜视为大夫，与西乞术、白乙丙并号将军，谓之「三帅」，专掌征伐之事。

姜戎子吾离，桀骜侵掠，三帅统兵征之。吾离兵败奔晋，遂尽有瓜州之地。时西戎主赤斑见秦人强盛，使其臣繇余聘秦，以观穆公之为人。穆公与之游于苑囿，登三休之台，夸以宫室苑囿之美。繇余曰：「君之为此者，役鬼耶，抑役人耶？役鬼劳神，役人劳民！」穆公异其言，曰：「汝戎夷无礼乐法度，何以为治？」繇余笑曰：「礼乐法度，此乃中国所以乱也！自上圣创为文法，以约束百姓，仅仅小治。其后日渐骄淫，借礼乐之名，以粉饰其身，假法度之威，以督责其下，人民怨望，因生篡夺。若戎夷则不然，上含淳德以遇其下，下怀忠信以事其上，上下一体，无形迹之相欺，无文法之相扰，不见其治，乃为至治。」

穆公默然，退而述其言于百里奚。奚对曰：「此晋国之大贤人，臣熟闻其名矣。」穆公蹴然不悦曰：「寡人闻之，『邻国有圣人，敌国之忧也。』今繇余贤而用于戎，将为秦患奈何？」奚对曰：「内史廖多奇智，君可谋之。」穆公即召内史廖告以其故。廖对曰：「戎主僻处荒徼，未闻中国之声，君试遗之女乐，以夺其志。留繇余不遣，以爽其期。使其政事怠废，上下相疑，虽其国可取，况其臣乎？」穆公曰：「善。」乃与繇余同席而坐，共器而食，居常使蹇叔、百里奚、公孙枝等，轮流作伴，叩其地形险夷，兵势强弱之实。一面装饰美女能音乐者六人，遣内史廖至戎报聘，以女乐献之。戎主赤斑大悦，日听音而夜御女，遂疏于政事。

繇余留秦一年乃归。戎主怪其来迟，繇余曰：「臣日夜求归，秦君固留不遣。」戎主疑其有二心于秦，意颇疏之。繇余见戎主耽于女乐，不理政事，不免苦口进谏。戎主拒而不纳。穆公因密遣人招之。繇余弃戎归秦，即擢亚卿，与二相同事。繇余遂献伐戎之策。三帅兵至戎境，宛如熟路。戎主赤斑不能抵敌，遂降于秦。后人有诗云：

虞违百里终成虏，戎失繇余亦丧邦。毕竟贤才能干国，请看齐霸与秦强。

西戎主赤斑，乃诸戎之领袖，向者诸戎俱受服役。及闻赤斑归秦，无不悚惧，纳土称臣者，相继不绝。穆公论功行赏，大宴群臣。群臣更番上寿，不觉大醉，回宫一卧不醒。宫人惊骇，事闻于外。群臣皆叩宫门问安。世子罃召太医入宫诊脉，脉息如常，但闭目不能言动。太医曰：「是有鬼神。」欲命内史廖行祷。内史廖曰：「此是尸厥，必有异梦。须俟其自复，不可惊之。祷亦无益。」世子罃守于床席之侧，寝食俱不敢离。直候至第五日，穆公方醒，额间汗出如雨，连叫：「怪哉！」世子罃跪而问曰：「君体安否？何睡之久也？」穆公曰：「顷刻耳。」罃曰：「君睡已越五日，得无有异梦乎？」穆公惊问曰：「汝何以知之？」世子罃曰：「内史廖固言之。」

穆公乃召廖至榻前，言曰：「寡人今者梦一妇人，妆束宛如妃嫔，容貌端好，肌如冰雪，手握天符，言奉上帝之命，来召寡人。寡人从之。忽若身在云中，缥缈无际，至一宫阙，丹青炳焕，玉阶九尺，上悬珠帘，妇人引寡人拜于阶下。须臾帘卷，见殿上黄金为柱，壁衣锦绣，精光夺目。有王者冕旒华衮，凭玉几上坐，左右侍立，威仪甚盛。王者传命：『赐醴！』有如内侍者，以碧玉斝赐寡人酒，甘香无比。王者以一简授左右，即闻堂上大声呼寡人名曰：『任好听旨，尔平晋乱！』如是者再。妇人遂教寡人拜谢，复引出宫阙。寡人问妇人何名。对曰：『妾乃宝夫人也。居于太白山之西麓，在君宇下，君不闻乎？妾夫叶君，别居南阳，或一二岁来会妾。君能为妾立祠，当使君霸，传名万载。』寡人因问：『晋有何乱，乃使寡人平之？』宝夫人曰：『此天机不可预泄。』已闻鸡鸣，声大如雷霆，寡人遂惊觉。不知此何祥也？」廖对曰：「晋侯方宠骊姬，疏太子，保无乱乎？天命及君，君之福也！」穆公曰：「宝夫人何为者？」廖对曰：「臣闻先君文公之时，有陈仓人，于土中得一异物，形如满囊，色间黄白，短尾多足，嘴有利喙。陈仓人谋献之先君。中途遇二童子，拍手笑曰：『汝虐于死人，今乃遭生人之手乎？』陈仓人请问其说，二童子曰：『此物名猬，在地下惯食死人之脑，得其精气，遂能变化。汝谨持之！』猬亦张喙忽作人言曰：『彼二童子者，一雌一雄，名曰陈宝，乃野雉之精。得雄者王，得雌者霸。』陈仓人遂舍猬而逐童子，二童子忽化为雉飞去。陈仓人以告，先君命书其事于简，藏之内府，臣实掌之，可启而视也。夫陈仓正在太白山之西，君试猎于两山之间，以求其迹，则可明矣。」穆公命取文公藏简观之，果如廖之语。因使廖详记其梦，并藏内府。

次日，穆公视朝。群臣毕贺。穆公遂命驾车，猎于太白山。迤逦而西，将至陈仓山，猎人举网得一雉鸡，玉色无瑕，光采照人。须臾化为石鸡，色光不减。猎者献于穆公。内史廖贺曰：『此所谓宝夫人也。得雌者霸，殆霸征乎？君可建祠于陈仓，必获其福。』穆公大悦，命沐以兰汤，覆以锦衾，盛以玉匮。即日鸠工伐木，建祠于山上，名其祠曰：宝夫人祠。改陈仓山为宝鸡山。有司春秋二祭。每祭之晨，山上闻鸡鸣，其声彻三里之外。间一年或二年，望见赤光长十余丈，雷声殷殷然，此乃叶君来会之期。叶君者，即雄雉之神，所谓别居南阳者也。至四百余年后，汉光武生于南阳，起兵诛王莽，复汉祚，为后汉皇帝，乃是得雄者王之验。

毕竟秦穆公如何定晋乱，再看下回分解。

第〇二七回 骊姬巧计杀申生 献公临终嘱荀息

话说晋献公既并虞、虢二国，群臣皆贺。惟骊姬心中不乐。他本意欲遣世子申生伐虢，却被里克代行，又一举成功，一时间无题目可做。乃复与优施相议，言：「里克乃申生之党，功高位重，我无以敌之，奈何？」优施曰：「荀息以一璧、马灭虞、虢二国，其智在里克之上，其功亦不在里克之下。若求荀息为奚齐、卓子之傅，则可以敌里克有余矣。」骊姬请于献公，遂使荀息傅奚齐、卓子。骊姬又谓优施曰：「荀息已入我党矣。里克在朝，必破我谋，何计可以去之？克去而申生乃可图也。」优施曰：「里克为人，外强而中多顾虑。诚以利害动之，彼必持两端，然后可收而为我用。克好饮，夫人能为我具特羊之飧，我因侍饮而以言探之。其入，则夫人之福也；即不入，我优人亦聊与为戏，何罪焉？」骊姬曰：「善。」乃代为优施治饮具。

优施预请于里克曰：「大夫驱驰虞虢间，劳苦甚。施有一杯之献，愿取闲邀大夫片刻之欢，何如？」里克许之。乃携酒至克家。克与内子孟，皆西坐为客。施再拜进觞，因侍饮于侧，调笑甚洽。酒至半酣，施起舞为寿，因谓孟曰：「主啗我。我有新歌，为主歌之。」孟酌兕觥以赐施，啗以羊脾，问曰：「新歌何名？」施对曰：「名暇豫。大夫得此事君，可保富贵也。」乃顿嗓而歌。歌曰：

暇豫之吾吾兮，不如乌乌。众皆集于菀兮，尔独于枯。菀何荣且茂兮？枯招斧柯！斧柯行及兮，奈尔枯何！

歌讫，里克笑曰：「何谓菀？何谓枯？」施曰：「譬之于人，其母为夫人，其子将为君。本深枝茂，众鸟依托，所谓菀也。若其母已死，其子又得谤，祸害将及。本摇叶落，鸟无所栖，斯为枯矣。」言罢，遂出门。

里克心中怏怏，即命撤馔。起身径入书房，独步庭中，回旋良久。是夕，不用晚餐，挑灯就寝，展转床褥，不能成寐。左思右想：「优施内外俱宠，出入宫禁，今日之歌，必非无谓而发。彼欲言未竟，俟天明当再叩之。」挨至半夜，心中急不能忍，遂吩咐左右：「密唤优施到此问话。」优施已心知其故，连忙衣冠整齐，跟着来人直达寝所。里克召优施坐于床间，以手抚其膝，问曰：「适来「菀枯」之说，我已略喻，岂非谓曲沃乎？汝必有所闻，可与我详言，不可隐也。」施对曰：「久欲告知，因大夫乃曲沃之傅，且未敢直言，恐见怪耳。」里克曰：「使我预图免祸之地，是汝爱我也，何怪之有？」施乃俯首就枕畔低语曰：「君已许夫人，杀太子而立奚齐，有成谋矣。」里克曰：「犹可止乎？」施对曰：「君夫人之得君，子所知也。中大夫之得君，亦子所知也。夫人主乎内，中大夫主乎外，虽欲止，得乎？」里克曰：「从君而杀太子，我不忍也。辅太子以抗君，我不及也。中立而两无所为，可以自脱否？」施对曰：「可。」施退，里克坐以待旦，取往日所书之简视之，屈指恰是十年。叹曰：「卜筮之理，何其神也！」

遂造大夫丕郑父之家，屏去左右告之曰：「史苏、卜偃之言，验于今矣！」丕郑父曰：「有闻乎？」里克曰：「夜来优施告我曰：「君将杀太子而立奚齐也。」」丕郑父曰：「子何以复之？」里克曰：「我告以中立。」丕郑父曰：「子之言，如见火而益之薪也。为子计，宜阳为不信，彼见子不信，必中忌而缓其谋。子乃多树太子之党，以固其位，然后乘间而进言，以夺君之志，成败犹未有定。今子曰「中立」，则太子孤矣，祸可立而待也！」里克顿足曰：「惜哉！不早与吾子商之！」里克别去登车，诈坠于车下。次日遂称伤足，不能赴朝。史臣有诗云：

特羊具享优人舞，断送储君一曲歌。堪笑大臣无远识，却将中立佐操戈。

优施回复骊姬，骊姬大悦。乃夜谓献公曰：「太子久居曲沃，君何不召之，但言妾之思见太子。妾因以为德于太子，冀免旦夕何如？」献公果如其言，以召申生。申生应呼而至，先见献公，再拜问安，礼毕，入宫参见骊姬。骊姬设飨待之，言语甚欢。次日，申生入宫谢宴，骊姬又留饭。是夜，骊姬复向献公垂泪言曰：「妾欲回太子之心，故召而礼之。不意太子无礼更甚。」献公曰：「何如？」骊姬曰：「妾留太子午餐，索饮，半酣，戏谓妾曰：「我父老矣，若母何？」妾怒而不应。太子又曰：「昔我祖老，而以我母姜氏，遗于我父。今我父老，必有所遗，非子而谁？」欲前执妾手，妾拒之乃免。君若不信，妾试与太子同游于囿，君从台上观之，必有睹焉。」献公曰：「诺。」

及明，骊姬召申生同游于囿。骊姬预以蜜涂其发，蜂蝶纷纷，皆集其鬓。姬曰：「太子盍为我驱蜂蝶乎？」申生从后以袖麾之。献公望见，以为真有调戏之事矣。心中大怒，即欲执申生行诛。骊姬跪而告曰：「妾召之而杀之，是妾杀太子也。且宫中暧昧之事，外人未知，姑忍之。」献公乃使申生还曲沃，而使人阴求其罪。

过数日，献公出田于翟桓。骊姬与优施商议，使人谓太子曰：「君梦齐姜诉曰：「苦饥无食」。必速祭之。」齐姜别有祠在曲沃。申生乃设祭，祭齐姜。使人送胙于献公。献公未归，乃留胙于宫中。六日后，献公回宫。骊姬以鸩入酒，以毒药傅肉，而献之曰：「妾梦齐姜苦饥不可忍，因君之出也，以告太子而使祭焉。今致胙于此，待君久矣。」献公取觯，欲尝酒。骊姬跪而止之曰：「酒食自外来者，不可不试。」献公曰：「然。」乃以酒沥地，地即坟起。又呼犬，取一脔肉掷之，犬啖肉立死。骊姬佯为不信，再呼小内侍，使尝酒肉。小内侍不肯，强之。才下口，七窍流血，亦死。骊姬佯大惊，疾趋下堂而呼曰：「天乎！天乎！国固太子之国也。君老矣，岂旦暮之不能待，而必欲弑之？」言罢，双泪俱下。复跪于献公之前，带噎而言曰：「太子所以设此谋者，徒以妾母子故也。愿君以此酒肉赐妾，妾宁代君而死，以快太子之志！」即取酒欲饮。献公夺而覆之，气咽不能出语。骊姬哭倒在地，恨曰：「太子真忍心哉！其父而且欲弑之，况他人乎？始君欲废之，妾固不肯。后囿中戏我，君又欲杀之，我犹力劝。今几害我君，妾误君甚矣！」献公半晌方言，以手扶骊姬曰：「尔起。孤便当暴之群臣，诛此贼子！」

当时出朝，召诸大夫议事。惟狐突久杜门，里克称足疾，丕郑父托以他出不至，其余毕集朝堂。献公以申生逆谋告诉群臣。群臣知献公畜谋已久，皆面面相觑，不敢置对。东关五进曰：「太子无道，臣请为君讨之。」献公乃使东关五为将，梁五副之，率车二百乘，以讨曲沃。嘱之曰：「太子数将兵，善用众。尔其慎之！」狐突虽然杜门，时刻使人打听朝事。闻「二五」戒车，心知必往曲沃。急使人密报太子申生。申生以告太傅杜原款。原款曰：「胙已留宫六日，其为宫中置毒明矣。子必以状自理，群臣岂无相明者？毋束手就死为也！」申生曰：「君非姬氏，居不安，食不饱。我自理而不明，是增罪也。幸而明，君护姬，未必加罪，又以伤君之心。不如我死！」原款曰：「且适他国，以俟后图如何？」申生曰：「君不察其无罪，而行讨于我，我被弑父之名以出，人将以我为鸱鸮矣！若出而归罪于君，是恶君也。且彰君父之恶，必见笑于诸侯。内困于父母，外困于诸侯，是重困也。弃君脱罪，是逃死也。我闻之：『仁不恶君，智不重困，勇不逃死。』」乃为书以复狐突曰：「申生有罪，不敢爱死。虽然，君老矣，子少，国家多难，伯氏努力以辅国家，申生虽死，受伯氏之赐实多！」于是北向再拜，自缢而死。

死之明日，东关五兵到，知申生已死，乃执杜原款囚之，以报献公曰：「世子自知罪不可逃，乃先死也。」献公使原款证成太子之罪。原款大呼曰：「天乎冤哉！原款所以不死而就俘者，正欲明太子之心也！胙留宫六日，岂有毒而久不变者乎？」骊姬从屏后急呼曰：「原款辅导无状，何不速杀之？」献公使力士以铜锤击破其脑而死。群臣皆暗暗流涕。

梁五、东关五谓优施曰：「重耳、夷吾，与太子一体也。太子虽死，二公子尚在，我窃忧之。」优施言于骊姬，使引二公子。骊姬夜半复泣诉献公曰：「妾闻重耳、夷吾，实同申生之谋。申生之死，二公子归罪于妾，终日治兵，欲袭晋而杀妾，以图大事，君不可不察！」献公意犹未信。蚤朝，近臣报：「蒲、屈二公子来觐，已至关，闻太子之变，即时俱回辕去矣。」献公曰：「不辞而去，必同谋也。」乃遣寺人勃鞮，率师往蒲，擒拿公子重耳；贾华率师往屈，擒拿公子夷吾。狐突唤其次子狐偃至前，谓曰：「重耳骈胁重瞳，状貌伟异，又素贤明，他日必能成事。且太子既死，次当及之。汝可速往蒲，助之出奔，与汝兄毛，同心辅佐，以图后举。」狐偃遵命。星夜奔蒲城来投重耳。重耳大惊，与狐毛、狐偃方商议出奔之事，勃鞮车马已到。蒲人欲闭门拒守，重耳曰：「君命不可抗也！」勃鞮攻入蒲城，围重耳之宅。重耳与毛偃趋后园，勃鞮挺剑逐之。毛偃先踰墙出，推墙以招重耳。勃鞮执重耳衣袂，剑起袂绝，重耳得脱去。勃鞮收袂回报。三人遂出奔翟国。

翟君先梦苍龙蟠于城上，见晋公子来到，欣然纳之。须臾，城下有小车数乘，相继而至，叫开城甚急。重耳疑是追兵，便教城上放箭。城下大叫曰：「我等非追兵，乃晋臣愿追随公子者。」重耳登城观看，认得为首一人，姓赵，名衰，字子余，乃大夫赵威之弟，仕晋朝为大夫。重耳曰：「子余到此，孤无虑矣。」即命开门放入。余人乃胥臣、魏犨、狐射姑、颠颉、介子推、先轸，皆知名之士。其他愿执鞭负橐，奔走效劳，又有壶叔等数十人。重耳大惊曰：「公等在朝，何以至此？」赵衰等齐声曰：「主上失德，宠妖姬，杀世子，晋国旦晚必有大乱。素知公子宽仁下士，所以愿从出亡。」翟君教开门放入，众人进见。重耳泣曰：「诸君子能协心相辅，如肉傅骨，生死不敢忘德」。魏犨攘臂前曰：「公子居蒲数年，蒲人咸乐为公子死。若借助于狄，以用蒲人之众，杀入绛城，朝中积愤已深，必有起为内应者。因以除君侧之恶，安社稷而抚民人，岂不胜于流离道途为逋客哉？」重耳曰：「子言虽壮然震惊君父，非亡人所敢出也。」魏犨乃一勇之夫，见重耳不从，遂咬牙切齿，以足顿地曰：「公子畏骊姬辈如猛虎蛇蝎，何日能成大事乎？」狐偃谓犨曰：「公子非畏骊姬，畏名义耳。」犨乃不言。昔人有古风一篇，单道重耳从亡诸臣之盛：

蒲城公子遭谗变，轮蹄西指奔如电。担囊仗剑何纷纷？英雄尽是山西彦。
山西诸彦争相从，吞云吐雨星罗胸。文臣高等擎天柱，武将雄夸驾海虹。
君不见，赵成子，冬日之温彻人髓。又不见，司空季，六韬三略饶经济。
二狐肺腑兼尊亲，出奇制变圆如轮。魏犨矫矫人中虎，贾佗强力轻千钧。
颠颉昂藏独行意，直哉先轸胸无滞。子推介节谁与俦？百炼坚金任磨砺。
颉颃上下如掌股，周流遍历秦齐楚。行居寝食无相离，患难之中定臣主。
古来真主百灵扶，风虎云龙自不孤。梧桐种就鸾凤集，何问朝中莠共枯？

重耳自幼谦恭下士，自十七岁时，已父事狐偃，师事赵衰，长事狐射姑，凡朝野知名之士，无不纳交，故虽出亡，患难之际，豪杰愿从者甚众。惟大夫郤芮，与吕饴甥腹心之契，虢射是夷吾之母舅，三人独奔屈以就夷吾。相见之间，告以：「贾华之兵，旦暮且至。」夷吾即令敛兵为城守计。贾华原无必获夷吾之意，及兵到，故缓其围，使人阴告夷吾曰：「公子宜速去。不然，晋兵继至，不可当也。」夷吾谓郤芮曰：「重耳在翟，今奔翟何如？」郤芮曰：「君固言二公子同谋，以是为讨。今异出而同走，骊姬有辞矣。晋兵且至翟，不如之梁。梁与秦近，秦方强盛，且婚姻之国，君百岁后，可借其力以图归也。」夷吾乃奔梁国。

贾华佯追之不及，以逃奔复命。献公大怒曰：「二子不获其一，何以用兵？」叱左右欲缚贾华斩之。丕郑父奏曰：「君前使人筑二城，使得聚兵为备，非贾华之罪也。」梁五亦奏曰：「夷吾庸才无足虑。重耳有贤名，多士从之，朝堂为之一空。且翟吾世仇，不伐翟除重耳，后必为患。」献公乃赦贾华，使召勃鞮。鞮闻贾华几不免，乃自请率兵伐翟，献公许之。勃鞮兵至翟城，翟君亦盛陈兵于采桑，相守二月余。丕郑父进曰：「父子无绝恩之理。二公子罪恶未彰，既已出奔，而必追杀之，得无已甚乎？且翟未可必胜，徒老我师，为邻国笑。」献公意稍转，即召勃鞮还师。

献公疑群公子多重耳、夷吾之党，异日必为奚齐之梗，乃下令尽逐群公子。晋之公族，无敢留者。于是立奚齐为世子。百官自「二五」及荀息之外，无不人人扼腕，多有称疾告老者。时周襄王之元年，晋献公之二十六年也。

是秋九月，献公奔赴葵邱之会不果，于中途得疾，至国还宫。骊姬坐于足，泣曰：「君遭骨肉之衅，尽逐公族，而立妾之子。一旦设有不讳，我妇人也，奚齐年又幼，倘群公子挟外援以求入，妾母子所靠何人？」献公曰：「夫人勿忧！太傅荀息，忠臣也，忠不二心，孤当以幼君托之。」于是召荀息至于榻前，问曰：「寡人闻『士之立身，忠信为本。』何以谓之忠信？」荀息对曰：「尽心事主曰忠，死不食言曰信。」献公曰：「寡人欲以弱孤累大夫，大夫其许我乎？」荀息稽首对曰：「敢不竭死力！」献公不觉堕泪，骊姬哭声闻幕外。数日，献公薨。骊姬抱奚齐以授荀息，时年才十一岁。荀息遵遗命，奉奚齐主丧，百官俱就位哭泣。骊姬亦以遗命，拜荀息为上卿，梁五、东关五加左右司马，敛兵巡行国中，以备非常。国中大小事体，俱关白荀息而后行。以明年为新君元年，告讣诸侯。

毕竟奚齐能得几日为君，且看下回分解。

东周列国志

第〇二八回 里克两弑孤主 穆公一平晋乱

话说荀息拥立公子奚齐，百官都至丧次哭临，惟狐突托言病笃不至。里克私谓丕郑父曰：「孺子遂立矣，其若亡公子何？」丕郑父曰：「此事全在荀叔，姑与探之。」二人登车，同往荀息府中。息延入，里克告曰：「主上晏驾，重耳夷吾俱在外，叔为国大臣，乃不迎长公子嗣位，而立嬖人之子，何以服人？且三公子之党，怨奚齐子母入于骨髓，只碍主上耳。今闻大变，必有异谋。秦、翟辅之于外，国人应之于内，子何策以御之？」荀息曰：「我受先君遗托，而傅奚齐，则奚齐乃我君矣。此外不知更有他人！万一力不从心，惟有一死，以谢先君而已。」丕郑父曰：「死无益也，何不改图？」荀息曰：「我既以忠信许先君矣，虽无益，敢食言乎？」二人再三劝谕，荀息心如铁石，终不改言，乃相辞而去。

里克谓郑父曰：「我以叔有同僚之谊，故明告以利害。彼坚执不听，奈何？」郑父曰：「彼为奚齐，我为重耳，各成其志，有何不可。」于是二人密约，使心腹力士，变服杂于侍卫服役之中，乘奚齐在丧次，就刺杀于苫块之侧。时优施在旁，挺剑来救，亦被杀。一时幕间大乱。荀息哭临方退，闻变大惊，疾忙趋入，抚尸大恸曰：「我受遗命托孤，不能保护太子，我之罪也！」便欲触柱而死。骊姬急使人止之曰：「君柩在殡，大夫独不念乎？且奚齐虽死，尚有卓子在，可辅也。」荀息乃诛守幕者数十人，即日与百官会议，更扶卓子为君，时年才九岁。里克、丕郑父佯为不知，独不与议。梁五曰：「孺子之死，实里、丕二人为先太子报仇也。今不与公议，其迹昭然。请以兵讨之！」荀息曰：「二人者，晋之老臣，根深党固，七舆大夫，半出其门，讨而不胜，大事去矣。不如姑隐之，以安其心，而缓其谋。俟丧事既毕，改元正位，外结邻国，内散其党，然后乃可图矣。」梁五退谓东关五曰：「荀卿忠而少谋，作事迂缓，不可恃也。里、丕虽同志，而克为先太子之冤，衔怨独深。若除克，则丕氏之心惰矣。」东关五曰：

「何策除之？」梁五曰：「今丧事在迩，诚伏甲东门，视其送葬，突起攻之，此一夫之力也。」东关五曰：「善。我有客屠岸夷者，能负三千钧，绝地而驰。若啖以爵禄，此人可使也。」乃召屠岸夷而语之。

夷素与大夫骓遄相厚，密以其谋告于骓遄，问：「此事可行否？」遄曰：「故太子之冤，举国莫不痛之，皆因骊姬母子之故。今里、丕二大夫，欲歼骊姬之党，迎立公子重耳为君，此义举也。汝若辅佞仇忠，干此不义之事，我等必不容汝。徒受万代骂名，不可，不可！」夷曰：「我侪小人不知也，今辞之，何如？」骓遄曰：「辞之，则必复遣他人矣。子不如佯诺，而反戈以诛逆党，我以迎立之功与子。子不失富贵，而且有令名，与为不义杀身，孰得？」屠岸夷曰：「大夫之教是也。」骓遄曰：「得无变否？」夷曰：「大夫见疑，则请盟！」乃割鸡而为盟。夷去。遄即与丕郑父言之，郑父亦言于里克，各整顿家甲，约定送葬日齐发。

至期，里克称病，不会葬。屠岸夷谓东关五曰：「诸大夫皆在葬，惟里克独留，此天夺其命也。请授甲兵三百人，围其宫而歼之。」东关五大悦，与甲士三百，伪围里克之家。里克故意使人如墓告变。荀息惊问其故，东关五曰：「闻里克将乘隙为乱，五等辄使家客，以兵守之。成则大夫之功，不成不相累也。」荀息心如芒刺，草草毕葬，即使「二五」勒兵助攻，自己奉卓子坐于朝堂，以俟好音。

东关五之兵先至东市。屠岸夷来见，托言禀事，猝以臂拉其颈，颈折坠，军中大乱。屠岸夷大呼曰：「公子重耳，引秦翟之兵，已在城外。我奉里大夫之命，为故太子申生伸冤，诛奸佞之党，迎立重耳为君。汝等愿从者皆来，不愿者自去。」军士闻重耳为君，无不踊跃愿从者。梁五闻东关五被杀，急趋朝堂，欲同荀息奉卓子出奔，却被屠岸夷追及。里克、丕郑父、骓遄各率家甲，一时亦到。梁五料不能脱，拔剑自刎，不断，被屠岸夷只手擒来，里克趁势挥刀，劈为两段。时左行大夫共华，亦统家甲来助，一齐杀入朝门。里克仗剑先行，众人随之，左右皆惊散。荀息面不改色，左手抱卓子，右手举袖掩之。卓子惧而啼。荀息谓里克曰：「孺子何罪？宁杀我，乞留此先君一块肉！」里克曰：「申生安在？亦先君一块肉也！」顾屠岸夷曰：「还不下手！」屠岸夷就荀息手中夺来，掷之于阶。但闻跄踢一声，化为肉饼。荀息大怒，挺佩剑来斗里克，亦被屠岸夷斩之。遂杀入宫中。骊姬先奔贾君之宫。贾君闭门不纳。走入后园，从桥上投水中而死，里克命戮其尸。骊姬之娣，虽生卓子，无宠无权，恕不杀，锢之别室。尽灭「二五」及优施之族。髯仙有诗叹骊姬云：

谮杀申生意若何？要将稚子掌山河。一朝母子遭骈戮，笑杀当年暇豫歌。

又有诗叹荀息从君之乱命，而立庶孽，虽死不足道也！诗云：

昏君乱命岂宜从？犹说硁硁效死忠。璧马智谋何处去？君臣束手一场空。

里克大集百官于朝堂，议曰：「今庶孽已除，公子中惟重耳最长且贤，当立。诸大夫同心者，请书名于简！」丕郑父曰：「此事非狐老大夫不可。」里克即使人以车迎之。狐突辞曰：「老夫二子从亡，若与迎，是同弑也。突老矣，惟诸大夫之命是听！」里克遂执笔先书己名，次丕郑父，以下共华、贾华、骓遄等共三十余人。后至者俱不及书。以上士之衔假屠岸夷，使之奉表往翟，奉迎公子重耳。重耳见表上无狐突名，疑之。魏犨曰：「迎而不往，欲长为客乎？」重耳曰：「非尔所知也。群公子尚多，何必我？且二孺子新诛，其党未尽，入而求出，何可得也？天若祚我，岂患无国？」狐偃亦以乘丧因乱，皆非美名，劝公子勿行。乃谢使者曰：「重耳得罪于父，逃死四方。生既不得展问安侍膳之诚，死又不得尽视含哭位之礼。何敢乘乱而贪国。大夫其更立他子，重耳不敢违！」屠岸夷还报，里克欲遣使再往。大夫梁繇靡曰：「公子孰非君者，盍迎夷吾乎？」里克曰：「夷吾贪而忍。贪则无信，忍则无亲。不如重耳。」梁繇靡曰：「不犹愈于群公子乎？」众人俱唯唯。里克不得已，乃使屠岸夷辅梁繇靡迎夷吾于梁。

且说公子夷吾在梁，梁伯以女妻之，生一子，名曰圉。夷吾安居于梁，日夜望国中有变，乘机求入。闻献公已薨，即命吕饴甥袭屈城，据之。荀息为国中多事，亦不暇问。及闻奚齐、卓子被杀，诸大夫往迎重耳，吕饴甥以书报夷吾，夷吾与虢射、郤芮商议，要来争国。忽见梁繇靡等来迎，以手加额曰：「天夺国于重耳，以授我也！」不觉喜形于色。郤芮进曰：「重耳非恶得国者，其不行，必有疑也。君勿轻信。夫在内而外求君者，是皆有大欲焉。方今晋臣用事，里、丕为首，君宜捐厚赂以啖之。虽然，犹有危。夫入虎穴者，必操利器。君欲入国，非借强国之力为助不可。邻晋之国，惟秦最强，子盍遣使卑辞以求纳于秦乎？秦许我，则国可入矣。」夷吾用其言，乃许里克以汾阳之田百万，许丕郑父以负葵之田七十万，皆书契而缄之。先使屠岸夷还报，留梁繇靡使达手书于秦，并道晋国诸大夫奉迎之意。

秦穆公谓蹇叔曰：「晋乱待寡人而平，上帝先示梦矣。寡人闻重耳、夷吾皆贤公子也。寡人将择而纳之，未知孰胜？」蹇叔曰：「重耳在翟，夷吾在梁，地皆密迩。君何不使人往吊，以观二公子之为人？」穆公曰：「诺。」乃使公子絷先吊重耳，次吊夷吾。

公子絷至翟，见公子重耳，以秦君之命称吊。礼毕，重耳即退。絷使阍者传语：「公子宜乘时图入，寡君愿以敝赋为前驱。」重耳以告赵衰。赵衰曰：「却内之迎，而借外宠以求入，虽入不光矣！」重耳乃出见使者曰：「君惠吊亡臣重耳，辱以后命。亡人无宝，仁亲为宝，父死之谓何，而敢有他志？」遂伏地大哭，稽颡而退，绝无一私语。公子絷见重耳不从，心知其贤，叹息而去。遂吊夷吾于梁，礼毕，夷吾谓絷曰：「大夫以君命下吊亡人，亦何以教亡人乎？」絷亦以「乘时图入」相劝。夷吾稽颡称谢。入告郤芮曰：「秦人许纳我矣！」郤芮曰：「秦人何私于我？亦将有取于我也！君必大割地以赂之。」夷吾曰：「大割地不损晋乎？」郤芮曰：「公子不返国，则梁山一匹夫耳，能有晋尺寸之土乎？他人之物，公子何惜焉？」夷吾复出见公子絷，握其手谓曰：「里克、丕郑皆许我矣，亡人皆有以酬之，且不敢薄也。苟假君之宠，入主社稷，惟是河外五城，所以便君之东游者，东尽虢地，南及华山，内以解梁为界，愿入之于君，以报君德于万一。」出契于袖中，面有德色。公子絷方欲谦让，夷吾又曰：「亡人另有黄金四十镒，白玉之珩六双，愿纳于公子之左右。乞公子好言于君，亡人不忘公子之赐。」公子絷乃皆受之。史臣有诗云：

重耳忧亲为丧亲，夷吾利国喜津津。
但看受吊相悬处，成败分明定两人。

絷返命于穆公，备述两公子相见之状。穆公曰：「重耳之贤，过夷吾远矣！必纳重耳。」公子絷对曰：「君之纳晋君也，忧晋乎？抑欲成名于天下乎？」穆公曰：「晋何与我事？寡人亦欲成名于天下耳。」公子絷曰：「君如忧晋，则为之择贤君。第欲成名于天下，则不如置不贤者。均之有置君之名，而贤者出我上，不贤者出我下，二者孰利？」穆公曰：「子之言，开我肺腑。」乃使公孙枝出车三百乘，以纳夷吾。秦穆公夫人，乃晋世子申生之娣，是为穆姬，幼育于献公次妃贾君之宫，甚有贤德。闻公孙枝将纳夷吾于晋，遂为手书以属夷吾，言：「公子入为晋君，必厚视贾君。其群公子因乱出奔，皆无罪。闻叶茂者本荣，必尽纳之，亦所以固我藩也。」夷吾恐失穆姬之意，随以手书复之，一一如命。

时齐桓公闻晋国有乱，欲合诸侯谋之，乃亲至高梁之地。又闻秦师已出，周惠王亦遣大夫王子党率师至晋，乃遣公孙隰朋会周、秦之师，同纳夷吾。吕饴甥亦自屈城来会。桓公遂回齐。里克、丕郑父请出国舅狐突做主，率群臣备法驾，迎夷吾于晋界。夷吾入绛都即位，是为惠公。即以本年为元年。按晋惠公之元年，实周襄王之二年也。国人素慕重耳之贤，欲得为君，及失重耳得夷吾，乃大失望。

惠公既即位，遂立子圉为世子。以狐突、虢射为上大夫，吕饴甥、郤芮俱为中大夫，屠岸夷为下大夫。其余在国诸臣，一从其旧。使梁繇靡从王子党如周，韩简从隰朋如齐，各拜谢纳国之恩。惟公孙枝以索取河西五城之地，尚留晋国。惠公有不舍之意，乃集群臣议之。虢射目视吕饴甥，饴甥进曰：「君所以赂秦者，为未入，则国非君之国也。今既入矣，国乃君之国矣，虽不畀秦，秦其奈君何？」里克曰：「君始得国，而失信于强邻，不可。不如与之。」郤芮曰：「去五城是去半晋矣。秦虽极兵力，必不能取五城于我。且先君百战经营，始有此地，不可弃也。」里克曰：「既知先君之地，何以许之？许而不与，不怒秦乎？且先君立国于曲沃，地不过蕞尔，惟自疆于政，故能兼并小国，以成其大。君能修政而善邻，何患无五城哉？」郤芮大喝曰：「里克之言，非为秦也，为取汾阳之田百万，恐君不与，故以秦为例耳！」丕郑父以臂推里克，克遂不敢复言。惠公曰：「不与则失信，与之则自弱，畀一二城可乎？」吕饴甥曰：「畀一二城，未为全信也，而适以挑秦之争。不如辞之。」惠公乃命吕饴甥作书辞秦。书略曰：

始夷吾以河西五城许君。今幸入守社稷，夷吾念君之赐，欲即践言。大臣皆曰：「地者，先君之地。君出亡在外，何得擅许他人？」寡人争之弗能得。惟君少缓其期，寡人不敢忘也。

惠公问：「谁人能为寡人谢秦者？」丕郑父愿往，惠公从之。

原来惠公求入国时，亦曾许丕郑父负葵之田七十万，惠公既不与秦城，安肯与里、丕二人之田？郑父口虽不言，心中怨恨，特地讨此一差，欲诉于秦耳。郑父随公孙枝至于秦国，见了穆公，呈上国书。穆公览毕，拍案大怒曰：「寡人固知夷吾不堪为君，今果被此贼所欺！」欲斩丕郑父。公孙枝奏曰：「此非郑父之罪也，望君恕之！」穆公余怒未尽，问曰：「谁使夷吾负寡人者？寡人愿得而手刃之！」丕郑父曰：「君请屏左右，臣有所言。」穆公色稍和，命左右退于帘下，揖郑父进而问之。郑父对曰：「晋之诸大夫，无不感君之恩，愿归地者。惟吕饴甥、郤芮二人从中阻挠。君若重币聘问，而以好言召此二人，二人至，则杀之，君纳重耳，臣与里克逐夷吾，为君内应，请得世世事君。何如？」穆公曰：「此计妙哉！固寡人之本心也！」于是遣大夫冷至，随丕郑父行聘于晋，欲诱吕饴甥、郤芮而杀之。

不知吕、郤性命何如，且看下回分解。

第〇二九回 晋惠公大诛群臣 管夷吾病榻论相

话说里克主意，原要奉迎公子重耳，因重耳辞不肯就，夷吾又以重赂求入，因此只得随众行事。谁知惠公即位之后，所许之田，分毫不给，又任用虢射、吕饴甥、郤芮一班私人，将先世旧臣，一概疏远，里克心中已自不服。及劝惠公畀地于秦，分明是公道话，郤芮反说他为己而设，好生不忿，忍了一肚子气，敢怒而不敢言。出了朝门，颜色之间，不免露些怨望之意。及不郑父使秦，郤芮等恐其与里克有谋，私下遣人窥瞰。郑父亦虑郤芮等有人伺察，遂不别里克而行。里克使人邀郑父说话，则郑父已出城矣。克自往追之，不及而还。早有人报知郤芮。芮求见惠公，奏曰：「里克谓君夺其权政，又不与汾阳之田，心怀怨望。今闻不郑父聘秦，自驾往追，其中必有异谋。臣素闻里克善于重耳，君之立非其本意，万一与重耳内应外合，何以防之？不若赐死，以绝其患。」惠公曰：「里克有功于寡人，今何辞以戮之？」郤芮曰：「克弑奚齐，又弑卓子，又杀顾命之臣荀息，其罪大矣！念其入国之功，私劳也。讨其弑逆之罪，公义也。明君不以私劳而废公议，臣请奉君命行讨！」惠公曰：「大夫往矣！」郤芮遂诣里克之家，谓里克曰：「晋侯有命，使芮致之吾子。晋侯云：『微子，寡人不得立，寡人不敢忘子之功。虽然，子弑二君，杀一大夫，为尔君者难矣！寡人奉先君之遗命，不敢以私劳而废大义，惟子自图之！』」里克曰：「不有所废，君何以兴？欲加之罪，何患无辞？臣闻命矣！」郤芮复迫之，克乃拔佩剑跃地，大呼曰：「天乎冤哉！忠而获罪，死若有知，何面目见荀息乎？」遂自刎其喉而死。郤芮还报惠公，惠公大悦。髯仙有诗云：

才入夷吾身受兵，当初何不死申生？方知中立非完策，不及荀家有令名。

惠公杀了里克，群臣多有不服者。祁举、共华、贾华、骓遄辈，俱口出怨言。惠公欲诛之，郤芮曰：「不郑在外，而多行诛戮，以启其疑叛之心，不可。君且忍之。」惠公曰：「秦夫人有言，托寡人善视贾君，而尽纳群公子。何如？」郤芮曰：「群公子谁无争心，不可纳也。善视贾君，以报秦夫人可矣。」惠公乃入见贾君。时贾君色尚未衰，惠公忽动淫心，谓贾君曰：「秦夫人属寡人与君为欢，君其无拒。」即往抱持贾君，宫人皆含笑避去。贾君畏惠公之威，勉强从命。事毕，贾君垂泪言曰：「妾不幸事先君不终，今又失身于君。妾身不足惜，但乞君为故太子申生白冤，妾得复于秦夫人，以赎失身之罪！」惠公曰：「二竖子见杀，先太子之冤已白矣。」贾君曰：「闻先太子尚藁葬新城，君必迁冢而为之立谥，庶冤魂获安，亦国人之所望于君者也。」惠公许之。乃命郤芮之从弟郤乞，往曲沃择地改葬。使太史议谥，以其孝敬，谥曰：「共世子。」再使狐突往彼设祭告墓。

先说郤乞至曲沃，别制衣衾，棺椁及冥器、木偶之类，极其整齐。掘起申生之尸，面色如生，但臭不可当。役人俱掩鼻欲呕，不能用力。郤乞焚香再拜曰：「世子生而洁，死而不洁乎？若不洁，不在世子，愿无骇众！」言讫，臭气顿息，转为异香。遂重殓入棺，葬于高原。曲沃之人，空城来送，无不堕泪。

葬之三日，狐突赍祭品来到，以惠公之命，设位拜奠，题其墓曰：「晋共太子之墓。」事毕，狐突方欲还国。忽见旌旗对对，戈甲层层，簇拥一队车马，狐突不知是谁，仓忙欲避。只见副车一人，须发斑白，袍笏整齐，从容下车，至于狐突之前，揖曰：「太子有话奉迎，请国舅那步。」突视之，太傅杜原款也。恍惚中忘其已死，问曰：「太子何在？」原款指后面大车曰：「此即太子之车矣。」突乃随至车前。见太子申生冠缨剑佩，宛如生前，使御者下引狐突升车，谓曰：「国舅亦念申生否？」突垂泪对曰：「太子之冤，行道之人，无不悲涕。突何人，能勿念乎？」申生曰：「上帝怜我仁孝，已命我为乔山之主矣。夷吾行无礼于贾君，吾恶其不洁，欲却其葬，恐违众意而止。今秦君甚贤，吾欲以晋畀秦，使秦人奉吾之祀，舅以为何如？」突对曰：「太子虽恶晋君，其民何罪？且晋之先君又何罪？太子舍同姓而求食于异姓，恐乖仁孝之德也。」申生曰：「舅言亦是。然吾已具奏于上帝矣。今当再奏，舅为姑留七日。新城之西偏有巫者，吾将托之以复舅也。」杜原款在车下唤曰：「国舅可别矣！」牵狐突下车，失足跌仆于地，车马一时不见。突身乃卧于新城外馆。心中大惊，问左右：「吾何得在此？」左右曰：「国舅祭奠方毕，焚祝辞神，忽然仆于席上，呼唤不醒。吾等扶至车中，载归此处安息。今幸无恙。」狐突心知是梦，暗暗称异。不与人言，只推抱恙，留车外馆。至第七日未申之交，门上报：「有城西巫者求见。」突命召入，预屏左右以待之。巫者入见，自言：「素与鬼神通语。今有乔山主者，乃晋国故太子申生，托传语致意国舅：「今已复奏上帝，但辱其身，斩其胤，以示罚罪而已，无害于晋。」」狐突佯为不知，问曰：「所罚者，何人之罪？」巫曰：「太子但命传语如此，我亦不知所指何事也？」突命左右以金帛酬巫者，戒勿妄言。巫者叩谢而去。狐突归国，私与丕郑父之子丕豹言之。豹曰：「君举动乖张，必不克终。有晋国者，其重耳乎？」正叙谈间，阍人来报：「丕大夫使秦已归，见在朝中复命。」二人遂各别而归。

却说丕郑父同秦大夫冷至，赍着礼币数车，如晋报聘。行及绛郊，忽闻诛里克之信，郑父心中疑虑，意欲转回秦国，再作商量。又念其子豹在绛城：「我一走，必累及豹。」因此去住两难，踌躇不决。恰遇大夫共华在于郊外，遂邀与相见。郑父叩问里克缘由，共华一一叙述了。郑父曰：「吾今犹可入否？」共华曰：「里克同事之人尚多，如华亦在其内，今止诛克一人，其余并不波及。况子出使在秦，若为不知，可也。如惧而不入，是自供其罪矣。」郑父从其言，乃催车入城。郑父先复命讫，引进冷至朝见，呈上国书礼物。惠公启书看之，略曰：

晋、秦，甥舅之国，地之在晋，犹在秦也。诸大夫亦各忠其国，寡人何敢曰必得地，以伤诸大夫之义。但寡人有疆场之事，欲与吕、郤二大夫面议。幸旦暮一来，以慰寡人之望！

书尾又一行云：「原地券纳还。」惠公是见小之人，看见礼币隆厚，又且缴还地券，心中甚喜，便欲遣吕饴甥、郤芮报秦。

郤芮私谓饴甥曰：「秦使此来，不是好意。其币重而言甘，殆诱我也。吾等若往，必劫我以取地矣。」饴甥曰：「吾亦料秦之欢晋，不至若是。此必丕郑父闻里克之诛，自惧不免，与秦共为此谋，欲使秦人杀吾等而后作乱耳。」郤芮曰：「郑父与克，同功一体之人，克诛，郑父安得不惧？子金之料是也。今群臣半是里、丕之党，若郑父有谋，必更有同谋之人。且先归秦使而徐察之。」饴甥曰：「善。」乃言于惠公，先遣冷至回秦，言：「晋国未定，稍待二臣之暇，即当趋命。」冷至只得回秦。吕、郤二人使心腹每夜伏于丕郑父之门，伺察动静。郑父见吕、郤全无行色，乃密请祁举、共华、贾华、骓遄等，夜至其家议事，五鼓方回。心腹回报所见，如此如此。郤芮曰：「诸人有何难决之事？必逆谋也。」乃与饴甥商议，使人请屠岸夷至，谓曰：「子祸至矣，奈何？」屠岸夷大惊曰：「祸从何来？」郤芮曰：「子前助里克弑幼君，今克已伏法，君将有讨于子。吾等以子有迎立之功，不忍见子之受诛，是以告也。」屠岸夷泣曰：「夷乃一勇之夫，听人驱遣，不知罪之所在。惟大夫救之！」郤芮曰：「君怒不可解也。独有一计，可以脱祸。」夷遂跪而问计。郤芮慌忙扶起，密告曰：「今丕郑父党于里克，有迎立之心，与七舆大夫阴谋作乱，欲逐君而纳公子重耳。子诚伪为惧诛者而见郑父，与之同谋。若尽得其情，先事出首，吾即以所许郑父负葵之田，割三十万以酬子功。子且重用，又何罪之足患乎？」夷喜曰：「夷死而得生，大夫之赐也。敢不效力！但我不善为辞，奈何？」吕饴甥曰：「吾当教子。」乃拟为问答之语，使夷熟记。

是夜，夷遂叩丕郑父之门，言有密事。郑父辞以醉寝，不与相见。夷守门内，更深犹不去。乃延之入。夷一见郑父，便下跪曰：「大夫救我一命！」郑父惊问其故。夷曰：「君以我助里克弑卓子，将加戮于我，奈何？」郑父曰：「吕、郤二人为政，何不求之？」夷曰：「此皆吕、郤之谋也。吾恨不得食二人之肉，求之何益？」郑父犹未深信，又问曰：「汝意欲何如？」夷曰：「公子重耳仁孝，能得士心，国人皆愿戴之为君。而秦人恶夷吾之背约，亦欲改立重耳。诚得大夫手书，夷星夜往致重耳，使合秦、翟之众，大夫亦纠故太子之党，从中而起，先斩吕、郤之首，然后逐君而纳重耳，无不济矣。」郑父曰：「子意得无变否？」夷即啮一指出血，誓曰：「夷若有贰心，当使合族受诛！」郑父方才信之。约次日三更，再会定议。至期，屠岸夷复往。则祁举、共华、贾华、骓遄皆先在，又有叔坚、累虎、特宫、山祈四人，皆故太子申生门下，与郑父、屠岸夷共是十人，重复对天歃血，共扶公子重耳为君。后人有诗云：

只疑屠岸来求救，谁料奸谋吕郤为？强中更有强中手，一人行诈九人危。

丕郑父款待众人，尽醉而别。

屠岸夷私下回报郤芮。芮曰：「汝言无据，必得郑父手书，方可正罪。」夷次夜再至郑父之家，索其手书，往迎重耳。郑父已写就了，简后署名，共是十位，其九人俱先有花押，第十屠岸夷也。夷亦请笔书押。郑父缄封停当，交付夷手，嘱他：「小心在意，不可漏泄。」屠岸夷得书，如获至宝，一径投郤芮家，呈上芮看，芮乃匿夷于家，将书怀于袖中，同吕饴甥往见国舅虢射，备言如此如此，「若不早除，变生不测。」虢射夜叩宫门，见了惠公，细述丕郑父之谋：「明日早朝，便可面正其罪，以手书为证。」

次日，惠公早朝，吕、郤等预伏武士于壁衣之内。百官行礼已毕，惠公召丕郑父问曰：『知汝欲逐寡人而迎重耳，寡人敢请其罪！』郑父方欲致辩。郤芮仗剑大喝曰：『汝遣屠岸夷将手书迎重耳，赖吾君洪福，屠岸夷已被吾等伺候于城外拿下，搜出其书。同事共是十人，今屠岸夷已招出，汝等不必辩矣。』惠公将原书掷于案下。吕饴甥拾起，按简呼名，命武士擒下。只有共华告假在家未到，另行捕拿。见在八人，面面相觑，真个是有口难开，无地可入。惠公喝教：『押出朝门斩首！』内中贾华大呼曰：『臣先年奉命伐屈，曾有私放吾君之功，求免一死，可乎？』吕饴甥曰：『汝事先君，而私放吾主，今事吾主，复私通重耳，此反覆小人，速宜就戮。』贾华语塞。八人束手受刑。

却说共华在家，闻郑父等事泄被诛，即忙拜辞家庙，欲赴朝中领罪。其弟共赐谓曰：『往则就死，盍逃乎？』共华曰：『丕大夫之入，吾实劝之。陷人于死，而己独生，非丈夫也！吾非不爱生，不敢负丕大夫耳！』遂不待捕至，疾趋入朝，请死。惠公亦斩之。丕豹闻父遭诛，飞奔秦国逃难。惠公欲尽诛里、丕诸大夫之族。郤芮曰：『罪人不孥』，古之制也。乱人行诛，足以儆众矣。何必多杀，以惧众心？』惠公乃赦各族不诛。进屠岸夷为中大夫，赏以负葵之田三十万。

却说丕豹至秦，见了穆公，伏地大哭。穆公问其故，丕豹将其父始谋及被害缘由，细述一遍，乃献策曰：『晋侯背秦之大恩，而修国之小怨，百官耸惧，百姓不服。若以偏师往伐，其众必内溃，废置惟君所欲耳。』穆公问于群臣，蹇叔对曰：『以丕豹之言而伐晋，是助臣伐君，于义不可。』百里奚曰：『若百姓不服，必有内变，君且俟其变而图之。』穆公曰：『寡人亦疑此言。彼一朝而杀九大夫，岂众心不附而能如此？况兵无内应，可必有功乎？』丕豹遂留仕秦为大夫。时晋惠公之二年，周襄王之三年也。

是年，周王子带以赂结好伊、雒之戎，使戎伐京师，而已从中应之。戎遂入寇，围王城。周公孔与召伯廖悉力固守。带不敢出会戎师。襄王遣使告急于诸侯。秦穆公、晋惠公皆欲结好周王，各率师伐戎以救周。戎知诸侯兵至，焚掠东门而去。惠公与穆公相见，面有惭色。惠公又接得穆姬密书，书中数晋侯无礼于贾君，又不纳群公子，许多不是。教他速改前非，不失旧好。惠公遂有疑秦之心，急急班师。丕豹果劝穆公夜袭晋师，穆公曰：『同为勤王而来此，虽有私怨，未可动也。』乃各归其国。

时齐桓公亦遣管仲将兵救周，闻戎兵已解，乃遣人诘责戎主。戎主惧齐兵威，使人谢曰：『我诸戎何敢犯京师？尔甘叔招我来耳！』襄王于是逐王子带。子带出奔齐国。戎主使人诣京师，请罪求和，襄王许之。襄王追念管仲定位之功，今又有和戎之劳，乃大飨管仲，待以上卿之礼。管仲逊曰：『有国、高二子在，臣不敢当。』再三谦让，受下卿之礼而还。

是冬，管仲病，桓公亲往问之。见其瘠甚，乃执其手曰：『仲父之疾甚矣。不幸而不起，寡人将委政于何人？』时宁戚、宾须无先后俱卒，管仲叹曰：『惜哉乎，宁戚也！』桓公曰：『宁戚之外，岂无人乎？吾欲任鲍叔牙，何如？』仲对曰：『鲍叔牙，君子也。虽然，不可以为政。其人善恶过于分明。夫好善可也，恶恶已甚，人谁堪之？鲍叔牙见人之一恶，终身不忘，是其短也。』桓公曰：『隰朋何如？』仲对曰：『庶乎可矣。隰朋不耻下问，居其家不忘公门。』言毕，喟然叹曰：『天生隰朋，以为夷吾舌也。身死，舌安得独存？恐君之用隰朋不能久耳！』桓公曰：『然则易牙何如？』仲对曰：『君即不问，臣亦将言之。彼易牙、竖刁、开方三人，必不可近也！』桓公曰：『易牙烹其子，以适寡人之口，是爱寡人胜于爱子，尚可疑耶？』仲对曰：『人情莫爱于子。其子且忍之，何有于君？』桓公曰：『竖刁自宫以事寡人，是爱寡人胜于爱身，尚可疑耶？』仲对曰：『人情莫重于身。其身且忍之，何有于君？」桓公曰：「卫公子开方，去其千乘之太子，而臣于寡人，以寡人之爱幸之也。父母死不奔丧，是爱寡人胜于父母，无可疑矣。」仲对曰：「人情莫亲于父母，其父母且忍之，又何有于君？且千乘之封，人之大欲也。弃千乘而就君，其所望有过于千乘者矣。君必去之勿近，近必乱国！」桓公曰：「此三人者，事寡人久矣。仲父平日何不闻一言乎？」仲对曰：「臣之不言，将以适君之意也。譬之于水，臣为之堤防焉，勿令泛滥。今堤防去矣，将有横流之患，君必远之！」桓公默然而退。

毕竟管仲性命如何，且看下回分解。

中国书籍国学馆

东周列国志

全四卷 第二卷

《中国书籍国学馆》编委会 编

中国书籍出版社
China Book Press

第〇三〇回

秦晋大战龙门山　穆姬登台要大赦

话说管仲于病中，嘱桓公斥远易牙、竖刁、开方三人，荐隰朋为政。左右有闻其言者，以告易牙，易牙见鲍叔牙谓曰：「仲父之相，叔所荐也。今仲病，君往问之，乃言叔不可以为政，而荐隰朋，吾意甚不平焉。」鲍叔牙笑曰：「是乃牙之所以荐仲也。仲忠于为国，不私其友。夫使牙为司寇，驱逐佞人，则有余矣。若使当国为政，即尔等何所容身乎？」易牙大惭而退。

逾一日，桓公复往视仲，仲已不能言。鲍叔牙、隰朋莫不垂泪。是夜，仲卒。桓公哭之恸，曰：「哀哉，仲父！是天折吾臂也！」使上卿高虎董其丧，殡葬从厚。生前采邑，悉与其子，令世为大夫。易牙谓大夫伯氏曰：「昔君夺子骈邑三百，以赏仲之功。今仲父已亡，子何不言于君，而取还其邑？吾当从旁助子。」伯氏泣曰：「吾惟无功，是以失邑。仲虽死，仲之功尚在也。吾何面目求邑于君乎？」易牙叹曰：「仲死犹能使伯氏心服，吾侪真小人矣！」

且说桓公念管仲遗言，乃使公孙隰朋为政。未一月，隰朋病卒。桓公曰：「仲父其圣人乎？何以知朋之用于吾不久也？」于是使鲍叔牙代朋之位，牙固辞。桓公曰：「今举朝无过于卿者，卿欲让之何人？」牙对曰：「臣之好善恶恶，君所知也。君必用臣，请远易牙、竖刁、开方，乃敢奉命。」桓公曰：「仲父固言之矣，寡人敢不从子！」即日罢斥三人，不许入朝相见。鲍叔牙乃受事。时有淮夷侵犯杞国，杞人告急于齐。齐桓公合宋、鲁、陈、卫、郑、许、曹七国之君，亲往救杞，迁其都于缘陵。诸侯尚从齐之令，以能用鲍叔，不改管仲之政故也。

话分两头。却说晋自惠公即位，连岁麦禾不熟，至五年，复大荒，仓廪空虚，民间绝食，惠公欲乞籴于他邦。思想惟秦毗邻地近，且婚姻之国，但先前负约未偿，不便开言。郤芮进曰：「吾非负秦约也，特告缓其期耳。若乞籴而秦不与，秦先绝我，我乃负之有名矣。」惠公曰：「卿言是也。」乃使大夫庆郑，持宝玉如秦告籴。穆公集群臣计议：「晋许五城不与，今因饥乞籴，当与之否？」蹇叔、百里奚同声对曰：「天灾流行，何国无之，救灾恤邻，理之常也。顺理而行，天必福我。」穆公曰：「吾之施于晋已重矣。」公孙枝对曰：「若重施而获报，何损于秦？其或不报，曲在彼矣。民憎其上，孰与我敌？君必与之。」丕豹思念父仇，攘臂言曰：「晋侯无道，天降之灾。乘其饥而伐之，可以灭晋。此机不可失！」繇余曰：「「仁者不乘危以邀利，智者不侥幸以成功。」与之为当。」穆公曰：「负我者，晋君也。饥者，晋民也。吾不忍以君故迁祸于民。」于是运粟数万斛于渭水，直达河、汾、雍、绛之间，舳舻相接，命曰：「泛舟之役」，以救晋之饥。晋人无不感悦。史官有诗称穆公之善云：

晋君无道致天灾，雍绛纷纷送粟来。谁肯将恩施怨者？穆公德量果奇哉！

明年冬，秦国年荒，晋反大熟。穆公谓蹇叔、百里奚曰：「寡人今日乃思二卿之言也，丰凶互有。若寡人去冬遏晋之籴，今日岁饥，亦难乞于晋矣。」丕豹曰：「晋君贪而无信，虽乞之，必不与。」穆公不以为然。乃使冷至亦赍宝玉如晋告籴。惠公将发河西之粟，以应秦命。郤芮进曰：「君与秦粟，亦将与秦地乎？」惠公曰：「寡人但与粟耳，岂与地哉？」芮曰：「君之与粟为何？」惠公曰：「亦报其「泛舟之役」也。」芮曰：「如以泛舟为秦德，则昔年纳君，其德更大。君舍其大而报其小，何哉？」庆郑曰：「臣去岁奉命乞籴于秦，秦君一诺无辞，其意甚美。今乃闭籴不与，秦怨我矣！」吕饴甥曰：「秦与晋粟，非好晋也，为求地也。不与粟而秦怨，与粟而不与地，秦亦怨，均之怨也，何为与之？」庆郑曰：「幸人之灾，不仁。背人之施，不义。不义不仁，何以守国？」韩简曰：「郑之言是也。使去岁秦闭我籴，君意何如？」虢射曰：「去岁天饥晋以授秦，秦弗知取而贷我粟，是甚愚也！今岁天饥秦以授晋，晋奈何逆天而不取？以臣愚意，不如约会梁伯，乘机伐秦，共分其地，是为上策。」惠公从虢射之言。乃辞冷至曰：「敝邑连岁饥馑，百姓流离，今冬稍稔，流亡者渐归故里，仅能自给，不足以相济也。」冷至曰：「寡君念婚姻之谊，不责地，不闭籴，固曰：「同患相恤也。」寡君济君之急，而不得报于君，下臣难以复命。」吕饴甥、郤芮大喝曰：「汝前与丕郑父合谋，以重币诱我，幸天破奸谋，不堕汝计。今番又来饶舌！可归语汝君，要食晋粟，除非用兵来取！」冷至含愤而退。庆郑出朝，谓太史郭偃曰：「晋侯背德怒邻，祸立至矣。」郭偃曰：「今秋沙鹿山崩，草木俱偃。夫山川，国之主也，晋将有亡国之祸，其在此乎？」史臣有诗讥晋惠公云：

泛舟远道赈饥穷，偏遇秦饥意不同。自古负恩人不少，无如晋惠负秦公。

冷至回复秦君，言：「晋不与秦粟，反欲纠合梁伯，共兴伐秦之师。」穆公大怒曰：「人之无道，乃至出于意料若此！寡人将先破梁，而后伐晋。」百里奚曰：「梁伯好土功，国之旷地，皆筑城建室，而无民以实之，百姓胥怨，此其不能用众助晋明矣。晋君虽无道，而吕、郤俱疆力自任，若起绛州之众，必然震惊西鄙。兵法云：「先发制人。」今以君之贤，诸大夫之用命，往声晋侯负德之罪，胜可必也。因以余威，乘梁之敝，如振槁叶耳！」穆公然之。乃大起三军，留蹇叔、繇余辅太子罃守国，孟明视引兵巡边，弹压诸戎。穆公同百里奚亲将中军，西乞术白乙丙保驾。公孙枝将右军，公子絷将左军，共车四百乘，浩浩荡荡，杀奔晋国来。

晋之西鄙，告急于惠公。惠公问于群臣曰：「秦无故兴兵犯界，何以御之？」庆郑进曰：「秦兵为主上背德之故，是以来讨，何谓无故？依臣愚见，只宜引罪请和，割五城以全信，免动干戈。」惠公大怒曰：「以堂堂千乘之国，而割地求和，寡人何面目为君哉？」喝令：「先斩庆郑，然后发兵迎敌！」虢射曰：「未出兵，先斩将，于军不利。姑赦令从征，将功折罪。」惠公准奏。当日大阅车马，选六百乘。命郤步扬、家仆徒、庆郑、蛾晰分将左右，己与虢射居中军调度，屠岸夷为先锋。离绛州望西进发。晋侯所驾之马，名曰「小驷」，乃郑国所献。其马身材小巧，毛鬣润泽，步骤安稳，惠公平昔甚爱之。庆郑又谏曰：「古者出征大事，必乘本国出产之马。其马生在本土，解人心意，安其教训，服习道路，故遇战随人所使，无不如志。今君临大敌，而乘异产之马，恐不利也。」惠公叱曰：「此吾惯乘，汝勿多言！」

却说秦兵已渡河东，三战三胜，守将皆奔窜。长驱而进，直至韩原下寨。晋惠公闻秦军至韩，乃蹙额曰：「寇已深矣，奈何？」庆郑曰：「君自招之，又何问焉？」惠公曰：「郑无礼，可退！」晋兵离韩原十里下寨，使韩简往探秦兵多少。简回报曰：「秦师虽少于我，然其斗气十倍于我。」惠公曰：「何故？」简对曰：「君始以秦近而奔梁，继以秦援而得国，又以秦赈而免饥，三受秦施而无一报。君臣积愤，是以来伐，三军皆有责负之心，其气锐甚，岂止十倍而已！」惠公愠曰：「此乃庆郑之语，定伯亦为此言乎？寡人当与秦决一死敌！」遂命韩简往秦军请战曰：「寡人有甲车六百乘，足以待君。君若退师，寡人之愿；若其不退，寡人即欲避君，其奈此三军之士何！」穆公笑曰：「孺子何骄也？」乃使公孙枝代对曰：「君欲国，寡人纳之。君欲粟，寡人给之。今君欲战，寡人敢拒命乎？」韩简退曰：「秦理直，吾不知死所矣！」晋惠公使郭偃卜车右，诸人莫吉，惟庆郑为可。惠公曰：「郑党于秦，岂可任哉！」乃改用家仆徒为车右，而使郤步扬御车，逆秦师于韩原。百里奚登垒，望见晋师甚众，谓穆公曰：「晋侯将致死于我，君其勿战。」穆公指天曰：「晋负我已甚，若无天道则已，天而有知，吾必胜之！」乃于龙门山下，整列以待。须臾，晋兵亦布阵毕，两阵对圆，中军各鸣鼓进兵。屠岸夷恃勇，手握浑铁枪一条，何止百斤之重，先撞入对阵，逢人便刺，秦军披靡。正遇白乙丙，两下交战，约莫五十余合，杀得性起，各跳下车来，互相扭结。屠岸夷曰：「我与你拚个死活，要人帮助的，不为好汉！」白乙丙曰：「正要独手擒拿你，方是英雄！」吩咐众人：「都莫来！」两个拳捶脚踢，直扭入阵后去了。晋惠公见屠岸夷陷阵，急叫韩简、梁繇靡，引军冲其左，自引家仆徒等冲其右，约于中军取齐。穆公见晋分兵两路冲来，亦分作两路迎敌。

且说惠公之车，正遇见公孙枝，惠公遂使家仆徒接战。那公孙枝有万夫不当之勇，家仆徒如何斗得过？惠公教步扬：「用心执辔，寡人亲自助战。」公孙枝横戟大喝曰：「会战者一齐上来！」只这一声喝，如霹雳震天，把个国舅虢射吓得伏于车中，不敢出气。那小驷未经战阵，亦被惊吓，不繇御人做主，向前乱跑，遂陷于泥泞之中。步扬用力鞭打，奈马小力微，拔脚不起。正在危急，恰好庆郑之车，从前而过。惠公呼曰：「郑速救我！」庆郑曰：「虢射何在？乃呼郑耶？」惠公又呼曰：「郑速将车来载寡人！」郑曰：「君稳乘小驷，臣当报他人来救也！」遂催辕转左而去。步扬欲往觅他车，争奈秦兵围裹将来，不能得出。

再说韩简一军冲入，恰遇着秦穆公中军，遂与秦将西乞术交战，三十余合，未分胜败。蛾晰引军又到，两下夹攻，西乞术不能当，被韩简一戟刺于车下。梁繇靡大叫：「败将无用之物，可协力擒捉秦君！」韩简不顾西乞术，驱率晋兵，迳奔戎辂，来捉穆公。穆公叹曰：「我今日反为晋俘，天道何在？」才叹一声，只见正西角上，一队勇士，约三百余人，高叫：「勿伤吾恩主！」穆公抬头看之，见那三百余人，一个个蓬首袒肩，脚穿草履，步行如飞，手中皆执大砍刀，腰悬弓箭，如混世魔王手下鬼兵一般。脚踪到处，将晋兵乱砍，韩简与梁繇靡慌忙迎敌。又见一人飞车从北而至，乃庆郑也。高叫：「勿得恋战，主公已被秦兵困于龙门山泥泞之中，可速往救驾！」韩简等无心厮杀，撇了那一伙壮士，迳奔龙门山来救晋侯。谁知晋惠公已被公孙枝所获，并家仆徒、虢射、步扬等，一齐就缚，已归大寨去了。韩简顿足曰：「获秦君，犹可相抵，庆郑误我矣！」梁繇靡曰：「君已在此，我辈何归？」遂与韩简各弃兵仗，来投秦寨，与惠公做一处。

再说那壮士三百余人，救了秦穆公，又救了西乞术。秦兵乘胜掩杀，晋兵大溃，龙门山下尸积如山，六百乘得脱者，十分中之二三耳。庆郑闻晋君见擒，遂偷出秦军，遇蛾晰被伤在地，扶之登车，同回晋国。髯翁有诗，咏韩原大战之事。诗曰：

龙门山下叹舆尸，只为昏君不报施。善恶两家分胜败，明明天道岂无知！

却说秦穆公还于大寨，谓百里奚曰：「不听井伯之言，几为晋笑。」那壮士三百余人，一齐到营前叩首。穆公问曰：「汝等何人，乃肯为寡人出死力耶？」壮士对曰：「君不记昔年亡善马乎？吾等皆食马肉之人也。」原来穆公曾出猎于梁山，夜失良马数匹，使吏求之。寻至岐山之下，有野人三百余，群聚而食马肉。吏不敢惊之，趋报穆公：「速遣兵往捕，可尽得。」穆公叹曰：「马已死矣，又因而戮人，百姓将谓寡人贵畜而贱人也。」乃索军中美酒数十瓮，使人赍往岐下，宣君命而赐之曰：「寡君有言：『食良马肉，不饮酒，伤人。』今以美酒赐汝。」野人叩头谢恩，分饮其酒，齐叹曰：「盗马不罪，更虑我等之伤，而赐以美酒，君之恩大矣。何以报之！」至是，闻穆公伐晋，三百余人皆舍命趋至韩原，前来助战。恰遇穆公被围，一齐奋勇救出。真个是：

种瓜得瓜，种豆得豆。施薄报薄，施厚报厚。有施无报，何异禽兽！

穆公仰天叹曰：「野人且有报德之义，晋侯独何人哉？」乃问众人中：「有愿仕者，寡人能爵禄之。」壮士齐声应曰：「吾侪野人，但报恩主一时之惠，不愿仕也！」穆公各赠金帛，野人不受而去。穆公叹息不已。后人有诗云：

韩原山下两交锋，晋甲重重困穆公。当日若诛牧马士，今朝焉得出樊笼？

穆公点视将校不缺，单不见白乙丙一人。使军士遍处搜寻，闻土窟中有哼声，趋往视之，乃是白乙丙与屠岸夷相持，滚入窟中，各各力尽气绝，尚扭定不放手。军士将两下拆开，抬放两个车上，载回本寨。穆公问白乙丙，已不能言。有人看见他两人拚命之事，向前奏知如此如此。穆公叹曰：「两人皆好汉也！」问左右：「有识晋将姓名者乎？」公子絷就车中观看，奏曰：「此乃勇士屠岸夷也。臣前吊晋二公子，夷亦奉本国大臣之命来迎，相遇于旅次，是以识之。」穆公曰：「此人可留为秦用乎？」公子絷曰：「弑卓子，杀里克，皆出其手。今日正当顺天行诛。」穆公乃下令将屠岸夷斩首。亲解锦袍，以覆白乙丙，命百里奚先以温车载回秦国就医。丙服药，吐血数斗，半年之后，方才平复。此是后话。

再说穆公大获全胜，拔寨都起，使人谓晋侯曰：「君不欲避寡人，寡人今亦不能避君，愿至敝邑而请罪焉！」惠公俯首无言。穆公使公孙枝率车百乘，押送晋君至秦。虢射、韩简、梁繇靡、家仆徒、郤步扬、郭偃、郤乞等，皆披发垢面，草行露宿相随，如奔丧之状。穆公复使人吊诸大夫，且慰之曰：「尔君臣谓要食晋粟，用兵来取。寡人之留尔君，聊以致晋之粟耳，敢为已甚乎？二三子何患无君？勿过戚也！」韩简等再拜稽首曰：「君怜寡君之愚，及于宽政，不为已甚，皇天后土，实闻君语。臣等敢不拜赐！」

秦兵回至雍州界上，穆公集群臣议曰：「寡人受上帝之命，以平晋乱，而立夷吾。今晋君背寡人之德，即得罪于上帝也。寡人欲用晋君，郊祀上帝，以答天贶，何如？」公子絷曰：「君言甚当。」公孙枝进曰：「不可。晋大国也，吾俘虏其民，已取怨矣。又杀其君，以益其忿，晋之报秦，将甚于秦之报晋也！」公子縶曰：「臣意非徒杀晋君已也，且将以公子重耳代之。杀无道而立有道，晋人德我不暇，又何怨焉？」公孙枝曰：「公子重耳，仁人也。父子兄弟，相去一间耳。重耳不肯以父丧为利，其肯以弟死为利乎？若重耳不入，别立他人，与夷吾何择？如其肯入，必且为弟而仇秦。君废前德于夷吾，而树新仇于重耳，臣窃以为不可。」穆公曰：「然则逐之乎？囚之乎？抑复之乎？三者孰利？」公孙枝对曰：「囚之，一匹夫耳！于秦何益？逐之，必有谋纳者。不如复之。」穆公曰：「不丧功乎？」枝对曰：「臣意亦非徒复之已也。必使归吾河西五城之地，又使其世子圉留质于吾国，然后许成焉。如是，则晋君终身不敢恶秦，且异日父死子继，吾又以为德于圉。晋世世戴秦，利孰大乎？」穆公曰：「子桑之算，及于数世矣！」乃安置惠公于灵台山之离宫，以千人守之。

穆公发遣晋侯，方欲起程。忽见一班内侍，皆服衰绖而至。穆公意谓有夫人之变，方欲问之。那内侍口述夫人之命，曰：「上天降灾，使秦、晋两君，弃好即戎。晋君之获，亦婢子之羞也。若晋君朝入，则婢子朝死，夕入，则婢子夕死！今特使内侍以丧服迎君之师。若赦晋侯，犹赦婢子，惟君裁之！」穆公大惊，问：「夫人在宫作何状？」内侍奏曰：「夫人自闻晋君见获，便携太子服丧服，徒步出宫，至于后园崇台之上，立草舍而居。台下俱积薪数十层，送饔飧者履薪上下。吩咐：「只待晋君入城，便自杀于台上。纵火焚吾尸，以表兄弟之情也。」穆公叹曰：「子桑劝我，勿杀晋君。不然，几丧夫人之命矣！」于是使内侍去其衰绖，以报穆姬曰：「寡人不日归晋侯也。」穆姬方才回宫。内侍跪而问曰：「晋侯见利忘义，背吾君之约，又负君夫人之托，今日乃自取囚辱，夫人何为哀痛如此？」穆姬曰：「吾闻「仁者虽怨不忘亲，虽怒不弃礼。」若晋侯遂死于秦，吾亦与有罪矣！」内侍无不诵君夫人之贤德。

毕竟晋侯如何回国，且看下回分解。

第〇三一回　晋惠公怒杀庆郑　介子推割股啖君

话说晋惠公囚于灵台山，只道穆姬见怪，全不知衰绖逆君之事。遂谓韩简曰：「昔先君与秦议婚时，史苏已有「西邻责言，不利婚媾」之占。若从其言，必无今日之事矣。」简对曰：「先君之败德，岂在婚秦哉？且秦不念婚姻，君何以得入？入而又伐，以好成仇，秦必不然，君其察之。」惠公嘿然。未几，穆公使公孙枝至灵台山问候晋侯，许以复归。公孙枝曰：「敝邑群臣，无不欲甘心于君者。寡君独以君夫人登台请死之故，不敢伤婚姻之好。前约河外五城，可速交割，再使太子圉为质，君可归矣。」惠公方才晓得穆姬用情，惭愧无地。即遣大夫郤乞归晋，吩咐吕省以割地、质子之事。

省特至王城，会秦穆公，将五城地图，及钱谷户口之数献之，情愿纳质归君。穆公问：「太子如何不到？」省对曰：「国中不和，故太子暂留敝邑。俟寡君入境之日，太子即出境矣。」穆公曰：「晋国为何不和？」省对曰：「君子自知其罪，惟思感秦之德。小人不知其罪，但欲报秦之仇。以此不和也。」穆公曰：「汝国犹望君之归乎？」省对曰：「君子以为必归，便欲送太子以和秦。小人以为必不归，坚欲立太子以拒秦。然以臣愚见，执吾君可以立威，舍吾君又可以见德，德威兼济，此伯主之所以行乎诸侯也。伤君子之心，而激小人之怒，于秦何益？弃前功而坠伯业，料君之必不然矣。」穆公笑曰：「寡人意与饴甥正合！」命孟明往定五城之界，设官分守。迁晋侯于郊外之公馆，以宾礼待之。馈以七牢，遣公孙枝引兵同吕省护送晋侯归国。凡牛羊豕各一，谓之一牢，七牢，礼之厚者。此乃穆公修好之意也。

惠公自九月战败，囚于秦，至十一月才得释。与难诸臣，一同归国，惟虢射病死于秦，不得归。蛾晰闻惠公将入，谓庆郑曰：「子以救君误韩简，君是以被获。今君归，子必不免，盍奔他国以避之？」庆郑曰：「军法：『兵败当死，将为虏当死。』况误君而贻以大辱，又罪之甚者？君若不还，吾亦将率其家属，以死于秦。况君归矣，乃令失刑乎？吾之留此，将使君行法于我，以快君之心；使人臣知有罪之无所逃也。又何避焉？」蛾晰叹息而去。

惠公将至绛，太子圉率领狐突、郤芮、庆郑、蛾晰、司马说、寺人勃鞮等，出郊迎接。惠公在车中望见庆郑，怒从心起，使家仆徒召之来前，问曰：「郑何敢来见寡人？」庆郑对曰：「君始从臣言，报秦之施，必不伐。继从臣言，与秦讲和，必不战。三从臣言，不乘『小驷』，必不败。臣之忠于君也至矣！何为不见？」惠公曰：「汝今尚有何言？」庆郑对曰：「臣有死罪三：有忠言而不能使君必听，罪之一也。卜车右吉，而不能使君必用，罪之二也。以救君召二三子，而不能使君必不为人擒，罪之三也。臣请受刑，以明臣罪。」惠公不能答，使梁繇靡代数其罪。梁繇靡曰：「郑所言，皆非死法也。郑有死罪三，汝不自知乎？君在泥泞之中，急而呼汝，汝不顾，一宜死。我几获秦君，汝以救君误之，二宜死。二三子俱受执缚，汝不力战，不面伤，全身逃归，三宜死。」庆郑曰：「三军之士皆在此，听郑一言：『有人能坐以待刑，而不能力战面伤者乎？』」蛾晰谏曰：「郑死不避刑，可谓勇矣！君可赦之，使报韩原之仇。」梁繇靡曰：「战已败矣，又用罪人以报其仇，天下不笑晋为无人乎？」家仆徒亦谏曰：「郑有忠言三，可以赎死。与其杀之以行君之法，不若赦之以成君之仁。」梁繇靡又曰：「国所以强，惟法行也。失刑乱法，谁复知惧！不诛郑，今后再不能用兵矣！」惠公顾司马说，使速行刑。庆郑引颈受戮。髯仙有诗叹惠公器量之浅，不能容一庆郑也。诗曰：

闭籴谁教负泛舟？反容奸佞杀忠谋。惠公褊急无君德，只合灵台永作囚！

梁繇靡当时围住秦穆公，自谓必获，却被庆郑呼云：「急救主公！」遂弃之而去。以此深恨庆郑，必欲诛之。诛郑之时，天昏地惨，日色无光，诸大夫中多有流涕者。蛾晰请其尸葬之，曰：「吾以报载我之恩也！」惠公既归国，遂使世子圉随公孙枝入秦为质。因请屠岸夷之尸，葬以上大夫之礼，命其子嗣为中大夫。

惠公一日谓郤芮曰：「寡人在秦三月，所忧者惟重耳，恐其乘变求入，今日才放心也。」郤芮曰：「重耳在外，终是心腹之疾。必除了此人，方绝后患。」惠公问：「何人能为寡人杀重耳者？寡人不吝重赏。」郤芮曰：「寺人勃鞮，向年伐蒲，曾斩重耳之衣袂，常恐重耳入国，或治其罪。君欲杀重耳，除非此人可用。」惠公召勃鞮，密告以杀重耳之事。勃鞮对曰：「重耳在翟十二年矣。翟人伐咎如，获其二女，曰叔隗，季隗，皆有美色。以季隗妻重耳，而以叔隗妻赵衰，各生有子，君臣安于室家之乐，无复虞我之意。臣今往伐，翟人必助重耳兴兵拒战，胜负未卜。愿得力士数人，微行至翟，乘其出游，刺而杀之。」惠公曰：「此计大妙！」遂与勃鞮黄金百镒，使购求力士，自去行事：「限汝三日内，便要起身。事毕之日，当加重用。」自古道：「若要不知，除非莫为。若要不闻，除非莫言。」惠公所托，虽是勃鞮一人，内侍中多有闻其谋者。狐突闻勃鞮挥金如土，购求力士，心怀疑惑，密地里访问其故。那狐突是老国舅，那个内侍不相熟？不免把这密谋，来泄漏于狐突之耳。狐突大惊，即时密写一信，遣人星夜往翟，报与公子重耳知道。

却说重耳是日，正与翟君猎于渭水之滨。忽有一人冒围而入，求见狐氏兄弟，说：「有老国舅家书在此。」狐毛、狐偃曰：「吾父素不通外信，今有家书，必然国中有事。」即召其人至前。那人呈上书信，叩了一头，转身就走。毛、偃心疑。启函读之，书中云：

主公谋刺公子，已遣寺人勃鞮，限三日内起身。汝兄弟禀知公子，速往他国，无得久延取祸。

二狐大惊，将书禀知重耳。重耳曰：「吾妻、子皆在此，此吾家矣。欲去将何之？」狐偃曰：「吾之适此，非以营家，将以图国也；以力不能适远，故暂休足于此。今为日已久，宜徙大国。勃鞮之来，殆天遣之以促公子之行乎？」重耳曰：「即行，适何国为可？」狐偃曰：「齐侯虽耄，伯业尚存，收恤诸侯，录用贤士。今管仲、隰朋新亡，国无贤佐，公子若至齐，齐侯必然加礼。倘晋有变，又可借齐之力，以图复也。」重耳以为然。乃罢猎归，告其妻季隗曰：「晋君将使人行刺于我，恐遭毒手，将远适大国，结连秦、楚，为复国之计。子宜尽心抚育二子，待我二十五年不至，方可别嫁他人。」季隗泣曰：「男子志在四方，非妾敢留。然妾今二十五岁矣，再过二十五年，妾当老死，尚嫁人乎？妾自当待子，子勿虑也！」赵衰亦嘱咐叔隗，不必尽述。

次早，重耳命壶叔整顿车乘，守藏小吏头须收拾金帛。正吩咐间，只见狐毛、狐偃仓皇而至，言：「父亲老国舅见勃鞮受命次日，即便起身，诚恐公子未行，难以提防，不及写书，又遣能行快走之人，星夜赶至，催促公子速速逃避，勿淹时刻！」重耳闻信，大惊曰：「鞮来何速也？」不及装束，遂与二狐徒步出于城外。壶叔见公子已行，止备犊车一乘，追上与公子乘坐。赵衰、臼季诸人，陆续赶上，不及乘车，都是步行。重耳问：「头须如何不来？」有人说：「头须席卷藏中所有逃去，不知所向了。」重耳已失窠巢，又没盘费，此时情绪，好不愁闷！事已如此，不得不行。正是忙忙似丧家之犬，急急如漏网之鱼。公子出城半日，翟君始知，欲赠资装，已无及矣。有诗为证：

流落夷邦十二年，困龙伏蛰未升天。豆萁何事相煎急？道路于今又播迁。

却说惠公原限寺人勃鞮三日内起身，往翟干事，如何次日便行？那勃鞮原是个寺人，专以献勤取宠为事。前番献公差他伐蒲，失了公子重耳，仅割取衣袂而回，料想重耳必然衔恨。今番又奉惠公之差，若能够杀却重耳，不惟与惠公立功，兼可除自己之患。故此纠合力士数人，先期疾走，正要公子不知防备，好去结果他性命。谁知老国舅两番送信，漏泄其情，比及勃鞮到翟，访问公子消息，公子已不在了。翟君亦为公子面上，吩咐关津，凡过往之人，加意盘诘，十分严紧。勃鞮在晋国，还是个近侍的宦者，今日为杀重耳而来，做了奸人刺客之流，若被盘诘，如何答应？因此过不得翟国，只得怏怏而回，复命于惠公。惠公没法，只得暂时搁起。

再说公子重耳一心要往齐邦，却先要经繇卫国，这是「登高必自卑，行远必自迩」。重耳离了翟境，一路穷苦之状，自不必说。数日，至于卫界，关吏叩其来历。赵衰曰：「吾主乃晋公子重耳，避难在外，今欲往齐，假道于上国耳。」吏开关延入，飞报卫侯。上卿宁速，请迎之入城。卫文公曰：「寡人立国楚丘，并不曾借晋人半臂之力。卫、晋虽为同姓，未通盟好。况出亡之人，何关轻重？若迎之，必当设宴赠贿，费多少事，不如逐之。」乃吩咐守门阍者，不许放晋公子入城。重耳乃从城外而行。魏犨、颠颉进曰：「卫毁无礼，公子宜临城责之。」赵衰曰：「蛟龙失势，比于蚯蚓。公子且宜含忍，无徒责礼于他人也。」犨、颉曰：「既彼不尽主人之礼，剽掠村落，以助朝夕，彼亦难怪我矣。」重耳曰：「剽掠者谓之盗。吾宁忍饿，岂可行盗贼之事乎？」是日，公子君臣，尚未早餐，忍饥而行。看看过午，到一处地名五鹿，见一伙田夫，同饭于陇上。重耳令狐偃问之求食。田夫问：「客从何来？」偃曰：「吾乃晋客，车上者乃吾主也。远行无粮，愿求一餐！」田夫笑曰：「堂堂男子，不能自资，而问吾求食耶？吾等乃村农，饱食方能荷锄，焉有余食及于他人？」偃曰：「纵不得食，乞赐一食器！」田夫乃戏以土块与之曰：「此土可为器也！」魏犨大骂：「村夫焉敢辱吾！」夺其食器，掷而碎之。重耳亦大怒，将加鞭扑。偃急止之曰：「得饭易，得土难。土地，国之基也。天假手野人，以土地授公子，此乃得国之兆，又何怒焉？公子可降拜受之。」重耳果依其言，下车拜受。田夫不解其意，乃群聚而笑曰：「此诚痴人耳！」后人有诗曰：

土地应为国本基，皇天假手慰艰危。高明子犯窥先兆，田野愚民反笑痴。

再行约十余里，从者饥不能行，乃休于树下。重耳饥困，枕狐毛之膝而卧。狐毛曰：「子余尚携有壶餐，其行在后，可俟之。」魏犨曰：「虽有壶餐，不够子余一人之食，料无存矣。」众人争采蕨薇煮食，重耳不能下咽。忽见介子推捧肉汤一盂以进，重耳食之而美。食毕，问：「此处何从得肉？」介子推曰：「臣之股肉也。臣闻『孝子杀身以事其亲，忠臣杀身以事其君。』今公子乏食，臣故割股以饱公子之腹。」重耳垂泪曰：「亡人累子甚矣！将何以报？」子推曰：「但愿公子早归晋国，以成臣等股肱之义。臣岂望报哉？」髯仙有诗赞云：

孝子重归全，亏体谓亲辱。嗟嗟介子推，割股充君腹。
委质称股肱，腹心同祸福。岂不念亲遗？忠孝难兼局！
彼哉私身家，何以食君禄？

良久，赵衰始至。众人问其行迟之故，衰曰：「被棘刺损足胫，故不能前。」乃出竹筲中壶餐，以献于重耳。重耳曰：「子余不苦饥耶？何不自食？」衰对曰：「臣虽饥，岂敢背君而自食耶？」狐毛戏魏犨曰：「此浆若落子手，在腹中且化矣。」魏犨惭而退。重耳即以壶浆赐赵衰，衰汲水调之，遍食从者。重耳叹服。重耳君臣一路觅食，半饥半饱，至于齐国。

齐桓公素闻重耳贤名，一知公子进关，即遣使往郊，迎入公馆，设宴款待。席间问：「公子带有内眷否？」重耳对曰：「亡人一身不能自卫，安能携家乎？」桓公曰：「寡人独处一宵，如度一年。公子细在行旅，而无人以侍巾栉，寡人为公子忧之！」于是择宗女中之美者，纳于重耳。赠马二十乘，自是从行之众，皆有车马。桓公又使廪人致粟，庖人致肉，日以为常。重耳大悦，叹曰：「向闻齐侯好贤礼士，今始信之！其成伯，不亦宜乎？」其时周襄王之八年，乃齐桓公之四十二年也。

桓公自从前岁委政鲍叔牙，一依管仲遗言，将竖刁、雍巫、开方三人逐去，食不甘味，夜不酣寝，口无谑语，面无笑容。长卫姬进曰：「君逐竖刁诸人，而国不加治。容颜日悴，意者左右使令，不能体君之心。何不召之？」桓公曰：「寡人亦思念此三人，但已逐之，而又召之，恐拂鲍叔牙之意也。」长卫姬曰：「鲍叔牙左右，岂无给使令者？君老矣，奈何自苦如此！君但以调味，先召易牙，则开方竖刁可不烦招而致也。」桓公从其言，乃召雍巫和五味。鲍叔牙谏曰：「君岂忘仲父遗言乎？奈何召之？」桓公曰：「此三人有益于寡人，而无害于国。仲父之言，无乃太过！」遂不听叔牙之言，并召开方、竖刁。三人同时皆令复职，给事左右。鲍叔牙愤郁发病而死，齐事从此大坏矣。

后来毕竟如何，且看下回分解。

第〇三二回 晏蛾儿逾墙殉节 群公子大闹朝堂

话说齐桓公背了管仲遗言，复用竖刁、雍巫、开方三人，鲍叔牙谏诤不从，发病而死。三人益无忌惮，欺桓公老耄无能，遂专权用事。顺三人者，不贵亦富，逆三人者，不死亦逐。这话且搁过一边。

且说是时有郑国名医，姓秦名缓，字越人，寓于齐之卢村，因号卢医。少时开邸舍，有长桑君来寓，秦缓知其异人，厚待之，不责其直。长桑君感之，授以神药，以上池水服之，眼目如镜，暗中能见鬼物，虽人在隔墙，亦能见之，以此视人病症，五脏六腑，无不洞烛，特以诊脉为名耳。古时有个扁鹊，与轩辕黄帝同时，精于医药。人见卢医手段高强，遂比之古人，亦号为扁鹊。先年扁鹊曾游虢国，适值虢太子暴蹶而死，扁鹊过其宫中，自言能医。内侍曰：「太子已死矣，安能复生？」扁鹊曰：「请试之。」内侍报知虢公，虢公流泪沾襟，延扁鹊入视。扁鹊教其弟子阳厉，用砭石针之。须臾，太子苏，更进以汤药，过二旬，复故。世人共称扁鹊有回生起死之术。

扁鹊周游天下，救人无数。一日，游至临淄，谒见齐桓公，奏曰：「君有病在腠理，不治将深？」桓公曰：「寡人不曾有疾。」扁鹊出。后五日复见，奏曰：「君病在血脉，不可不治。」桓公不应。后五日又见，奏曰：「君之病已在肠胃矣。宜速治也！」桓公复不应。扁鹊退，桓公叹曰：「甚矣，医人之喜于见功也！无疾而谓之有疾。」过五日，扁鹊又求见，望见桓公之色，退而却走。桓公使人问其故。曰：「君之病在骨髓矣！夫腠理，汤熨之所及也。血脉，针砭之所及也。肠胃，酒醪之所及也。今在骨髓，虽司命其奈之何！臣是以不言而退也。」又过五日，桓公果病，使人召扁鹊。其馆人曰：「秦先生五日前已束装而去矣。」桓公懊悔无已。

桓公先有三位夫人，曰王姬、徐姬、蔡姬，皆无子。王姬徐姬相继先卒。蔡姬退回蔡国。以下又有如夫人六位，俱因他得君宠爱，礼数与夫人无别，故谓之如夫人。六位各生一子。第一位长卫姬，生公子无亏。第二位少卫姬，生公子元。第三位郑姬，生公子昭。第四位葛嬴，生公子潘。第五位密姬，生公子商人。第六位宋华子，生公子雍。其余妾媵，有子者尚多，不在六位如夫人之数。那六位如夫人中，惟长卫姬事桓公最久。六位公子中，亦惟无亏年齿最长。桓公嬖臣雍巫、竖刁，俱与卫姬相善，巫、刁因请于桓公，许立无亏为嗣。后又爱公子昭之贤，与管仲商议，在葵邱会上，嘱咐宋襄公，以昭为太子。卫公子开方，独与公子潘相善，亦为潘谋嗣立。公子商人性喜施予，颇得民心，因母密姬有宠，未免萌觊觎之心。内中只公子雍出身微贱，安分守己。其他五位公子，各树党羽，互相猜忌，如五只大虫，各藏牙爪，专等人来搏噬。桓公虽然是个英主，却不道剑老无芒，人老无刚，他做了多年的侯伯，志足意满，且是耽于酒色之人，不是个清心寡欲的，到今日衰耄之年，志气自然昏惰了。况又小人用事，蒙蔽耳目，但知乐境无忧境，不听忠言听谀言。那五位公子，各使其母求为太子，桓公也一味含糊答应，全没个处分的道理。正所谓：「人无远虑，必有近忧。」

忽然桓公疾病，卧于寝室。雍巫见扁鹊不辞而去，料也难治了。遂与竖刁商议出一条计策，悬牌宫门，假传桓公之语。牌上写道：

寡人有怔忡之疾，恶闻人声，不论群臣子姓，一概不许入宫，着寺貂紧守宫门，雍巫率领宫甲巡逻。一应国政，俱俟寡人病痊日奏闻。

巫、刁二人，假写悬牌，把住宫门。单留公子无亏，住长卫姬宫中，他公子问安，不容入宫相见。过三日，桓公未死，巫、刁将他左右侍卫之人，不问男女，尽行逐出，把宫门塞断。又于寝室周围，筑起高墙三丈，内外隔绝，风缝不通。止存墙下一穴，如狗窦一般，早晚使小内侍钻入，打探生死消息。一面整顿宫甲，以防群公子之变。不在话下。

再说桓公伏于床上，起身不得，呼唤左右，不听得一人答应，光着两眼，呆呆而看。只见扑蹋一声，似有人自上而坠，须臾推窗入来。桓公睁目视之，乃贱妾晏蛾儿也。桓公曰：「我腹中觉饿，正思粥饮，为我取之！」蛾儿对曰：「无处觅粥饮。」桓公曰：「得热水亦可救渴。」蛾儿对曰：「热水亦不可得。」桓公曰：「何故？」蛾儿对曰：「易牙与竖刁作乱，守禁宫门，筑起三丈高墙，隔绝内外，不许人通，饮食从何处而来？」桓公曰：「汝如何得至于此？」蛾儿对曰：「妾曾受主公一幸之恩，是以不顾性命，踰墙而至，欲以视君之瞑也。」桓公曰：「太子昭安在？」蛾儿对曰：「被二人阻挡在外，不得入宫。」桓公叹曰：「仲父不亦圣乎？圣人所见，岂不远哉！寡人不明，宜有今日。」乃奋气大呼曰：「天乎，天乎！小白乃如此终乎？」连叫数声，吐血数口，谓蛾儿曰：「我有宠妾六人，子十余人，无一人在目前者。单只你一人送终，深愧平日未曾厚汝。」蛾儿对曰：「主公请自保重，万一不幸，妾情愿以死送君！」桓公叹曰：「我死若无知则已，若有知，何面目见仲父于地下？」乃以衣袂自掩其面，连叹数声而绝。计桓公即位于周庄王十一年之夏五月，薨于周襄王九年之冬十月，在位共四十有三年，寿七十三岁。潜渊先生有诗单赞桓公好处：

姬辙东迁纲纪亡，首倡列国共尊王。南征僭楚包茅贡，北启顽戎朔漠疆。
立卫存邢仁德著，定储明禁义声扬。正而不谲春秋许，五伯之中业最强。

髯仙又有一绝，叹桓公一生英雄，到头没些结果。诗云：

四十余年号方伯，南摧西抑雄无敌。一朝疾卧牙刁狂，仲父原来死不得！

晏蛾儿见桓公命绝，痛哭一场，欲待叫唤外人，奈墙高声不得达，欲待踰墙而出，奈墙内没有衬脚之物，左思右想，叹口气曰：「吾曾有言：『以死送君』。若殡殓之事，非妇人所知也！」乃解衣以覆桓公之尸，复肩负窗槅二扇以盖之，权当掩覆之意。向床下叩头曰：「君魂且勿远去，待妾相随！」遂以头触柱，脑裂而死。贤哉此妇也！

是夜，小内侍钻墙穴而入，见寝室堂柱之下，血泊中挺着一个尸首，惊忙而出，报与巫、刁二人曰：「主公已触柱自尽矣！」巫、刁二人不信，使内侍辈掘开墙垣，二人亲自来看，见是个妇人尸首，大惊。内侍中有认得者，指曰：「此晏蛾儿也。」再看牙床之上，两扇窗槅，掩盖着个不言不动，无知无觉的齐桓公。呜呼哀哉，正不知几时气绝的。

竖刁便商议发丧之事。雍巫曰：「且慢，且慢，必须先定了长公子的君位，然后发丧，庶免争竞。」竖刁以为然。

当下二人同到长卫姬宫中，密奏曰：「先公已薨逝矣！以长幼为序，合当夫人之子。但先公存日，曾将公子昭嘱托宋公，立为太子，群臣多有知者，倘闻先公之变，必然辅助太子。依臣等之计，莫若乘今夜仓卒之际，即率本宫甲士，逐杀太子，而奉长公子即位，则大事定矣！」长卫姬曰：「我妇人也，惟卿等好为之！」于是雍巫、竖刁各率宫甲数百，杀入东宫，来擒世子。

且说世子昭不得入宫问疾，闷闷不悦。是夕方挑灯独坐，恍惚之间，似梦非梦，见一妇人前来谓曰：「太子还不速走，祸立至矣！妾乃晏蛾儿也，奉先公之命，特来相报。」昭方欲叩之，妇人把昭一推，如坠万丈深渊，忽然惊醒，不见了妇人。此兆甚奇，不可不信。忙呼侍者取行灯相随，开了便门，步至上卿高虎之家，急扣其门。高虎迎入，问其来意，公子昭诉称如此。高虎曰：「主公抱病半月，被奸臣隔绝内外，声息不通。世子此梦，凶多吉少。梦中口称先公，主公必已薨逝了。宁可信其有，不可信其无，世子且宜暂出境外，以防不测。」昭曰：「何处可以安身？」高虎曰：「主公曾将世子嘱咐宋公，今宜适宋，宋公必能相助。虎乃守国之臣，不敢同世子出奔。吾有门下士崔夭，现管东门锁钥，吾使人吩咐开门，世子可乘夜出城也。」言之未已，阍人传报：「宫甲围了东宫。」吓得世子昭面如土色。高虎使昭变服，与从人一般，差心腹人相随，至于东门，传谕崔夭，令开钥放出世子。崔夭曰：「主公存亡未知，吾私放太子，罪亦不免。太子无人侍从，如不弃崔夭，愿一同奔宋。」世子昭大喜曰：「汝若同行，吾之愿也！」当下开了城门，崔夭见有随身车仗，让世子登车，自己执辔，望宋国急急而去。

话分两头。却说巫、刁二人，率领宫甲，围了东宫，遍处搜寻，不见世子昭的踪影。看看鼓打四更，雍巫曰：「吾等擅围东宫，不过出其不意，若还迟至天明，被他公子知觉，先据朝堂，大事去矣。不如且归宫拥立长公子，看群情如何，再作道理。」竖刁曰：「此言正合吾意。」二人收甲，未及还宫，但见朝门大开，百官纷纷而集。不过是高氏、国氏、管氏、鲍氏、陈氏、隰氏、南郭氏、北郭氏、闾邱氏这一班子孙臣庶，其名也不可尽述。这些众官员闻说巫、刁二人，率领许多甲士出宫，料必宫中有变，都到朝房打听消息。宫内已漏出齐侯凶信了。又闻东宫被围，不消说得，是奸臣乘机作乱。』那世子是先公所立，若世子有失，吾等何面目为齐臣？」三三两两，正商议去救护世子。恰好巫、刁二人兵转，众官员一拥而前，七嘴八张的，都问道：「世子何在？」雍巫拱手答曰：「世子无亏，今在宫中。」众人曰：「无亏未曾受命册立，非吾主也，还我世子昭来！」竖刁仗剑大言曰：「昭已逐去了！今奉先公临终遗命，立长子无亏为君，有不从者，剑下诛之。」众人愤愤不平，乱嚷乱骂：「都是你这班奸佞，欺死蔑生，擅权废置。你若立了无亏，吾等誓不为臣！」大夫管平挺身出曰：「今日先打死这两个奸臣，除却祸根，再作商议。」手挺牙笏，望竖刁顶门便打。竖刁用剑架住。众官员却待上前相助，只见雍巫大喝曰：「甲士们，今番还不动手，平日养你们何干？」数百名甲士，各挺器械，一齐发作，将众官员乱砍。众人手无兵器，况且寡不敌众，弱不敌强，如何支架得来？正是：「白玉阶前为战地，金銮殿上见阎王。」百官死于乱军之手者，十分之三。其余带伤者甚多，俱乱窜出朝门去了。

再说巫、刁二人，杀散了众百官，天已大明，遂于宫中扶出公子无亏，至朝堂即位。内侍们鸣钟击鼓，甲士环列两边，阶下拜舞称贺者，刚刚只有雍巫、竖刁二人。无亏又惭又怒。雍巫奏曰：「大丧未发，群臣尚未知送旧，安知迎新乎？此事必须召国、高二老入朝，方可号召百官，压服人众。」无亏准奏，即遣内侍分头宣召右卿国懿仲，左卿高虎。这两位是周天子所命监国之臣，世为上卿，群僚钦服，所以召之。国懿仲与高虎闻内侍将命，知齐侯已死，且不具朝服，即时披麻带孝，入朝奔丧。巫、刁二人，急忙迎住于门外，谓曰：「今日新君御殿，老大夫权且从吉。」国、高二老齐声答曰：「未殡旧君，先拜新君，非礼也。谁非先公之子，老夫何择，惟能主丧者，则从之。」巫、刁语塞。国、高乃就门外，望空再拜，大哭而出。无亏曰：「大丧未殡，群臣又不服，如之奈何？」竖刁曰：「今日之事，譬如搏虎，有力者胜。主上但据住正殿，臣等列兵两庑，俟公子有入朝者，即以兵劫之。」无亏从其言。长卫姬尽出本宫之甲，凡内侍悉令军装，宫女长大有力者，亦凑甲士之数，巫、刁各统一半，分布两庑。不在话下。

且说卫公子开方，闻巫、刁拥立无亏，谓葛嬴之子潘曰：「太子昭不知何往，若无亏可立，公子独不可立乎？」乃悉起家丁死士，列营于右殿。密姬之子商人，与少卫姬之子元共议：「同是先公骨血，江山莫不有分。公子潘已据右殿，吾等同据左殿。世子昭若到，大家让位，若其不来，把齐国四分均分。」元以为然。亦各起家甲，及平素所养门下之士，成队而来。公子元列营于左殿，公子商人列营于朝门，相约为犄角之势。巫、刁畏三公子之众，牢把正殿，不敢出攻。三公子又畏巫、刁之强，各守军营，谨防冲突。正是：「朝中成敌国，路上绝行人。」有诗为证：

凤阁龙楼虎豹嘶，纷纷戈甲满丹墀。分明四虎争残肉，那个降心肯伏低？

其时只有公子雍怕事，出奔秦国去讫，秦穆公用为大夫。不在话下。

且说众官知世子出奔，无所朝宗，皆闭门不出。惟有老臣国懿仲、高虎，心如刀刺，只想解结，未得其策。如此相持，不觉两月有余。高虎曰：「诸公子但知夺位，不思治丧，吾今日当以死争。」国懿仲曰：「子先入言，我则继之，同舍一命，以报累朝爵禄之恩可也。」高虎曰：「只我两人开口，济得甚事？凡食齐禄者，莫非臣子，吾等沿门唤集，同至朝堂，且奉公子无亏主丧何如？」懿仲曰：「『立子以长』，立无亏不为无名。」于是分头四下，招呼群臣，同去哭临。众官员见两位老大夫做主，放着胆各具丧服，相率入朝。寺貂拦住问曰：「老大夫此来何意？」高虎曰：「彼此相持，无有了期。吾等专请公子主丧而来，无他意也。」貂乃揖虎而进。虎将手一招，国懿仲同群臣俱入，直至朝堂，告无亏曰：「臣等闻『父母之恩，犹天地也。』故为人子者，生则致敬，死则殡葬。未闻父死不殓，而争富贵者。且君者臣之表，君既不孝，臣何忠焉？今先君已死六十七日矣，尚未入棺，公子虽御正殿，于心安乎？」言罢，群臣皆伏地痛哭。无亏亦泣下曰：「孤之不孝，罪通于天。孤非不欲成丧礼，其如元等之见逼何？」国懿仲曰：「太子已外奔，惟公子最长。公子若能主丧事，收殓先君，大位自属公子。元等虽分据殿门，老臣当以义责之，谁敢与公子争者！」无亏收泪下拜曰：「此孤之愿也。」高虎吩咐雍巫，仍守殿庑，群公子但衰麻入临者，便放入宫。如带挟兵仗者，即时拿住正罪。寺貂先至寝宫，安排殡殓。

却说桓公尸在床上，日久无人照顾，虽则冬天，血肉狼藉，尸气所蒸，生虫如蚁，直散出于墙外。起初众人尚不知虫从何来，及入寝室，发开窗槅，见虫攒尸骨，无不凄惨。无亏放声大哭，群臣皆哭。即日取梓棺盛殓，皮肉皆腐，仅以袍带裹之，草草而已。惟晏蛾儿面色如生，形体不变，高虎等知为忠烈之妇，叹息不已，亦命取棺殓之。高虎等率群臣奉无亏居主丧之位，众人各依次哭临。是夜，同宿于柩侧。

却说公子元、公子潘、公子商人，列营在外，见高、国老臣，率群臣丧服入内，不知何事。后闻桓公已殡，群臣俱奉无亏主丧，戴以为君，各相传语，言：「高、国为主，吾等不能与争矣！」乃各散去兵众，俱衰麻入宫奔丧，兄弟相见，各各大哭。当时若无高、国说下无亏，此事不知如何结局也！胡曾先生有诗叹曰：

违背忠臣宠佞臣，致令骨肉肆纷争。若非高国行和局，白骨堆床葬不成。

却说齐世子昭逃奔宋国，见了宋襄公，哭拜于地，诉以雍巫、竖刁作乱之事。其时宋襄公乃集群臣问曰：「昔齐桓公曾以公子昭嘱托寡人，立为太子，屈指十年矣。寡人中心藏之，不敢忘也。今巫、刁内乱，太子见逐，寡人欲约会诸侯，共讨齐罪，纳昭于齐，定其君位而返。此举若遂，名动诸侯，便可倡率会盟，以绍桓公之伯业，卿等以为何如？」忽有一大臣出班奏曰：「宋国有三不如齐，焉能伯诸侯乎？」襄公视之，其人乃桓公之长子，襄公之庶兄，因先年让国不立，襄公以为上卿，公子目夷字子鱼也。襄公曰：「子鱼言『三不如齐』，其故安在？」目夷曰：「齐有泰山、渤海之险，琅琊、即墨之饶，我国小土薄，兵少粮稀，一不如也。齐有高、国世卿，以干其国，有管仲、宁戚、隰朋、鲍叔牙以谋其事，我文武不具，贤才不登，二不如也。桓公北伐山戎，『俞儿』开道，猎于郊外，『委蛇』现形。我今年春正月，五星陨地，俱化为石，二月又有大风之异，六鹢退飞，此乃上而降下，求进反退之象，三不如也。有此三不如齐，自保且不暇，何暇顾他人乎？」襄公曰：「寡人以仁义为主，不救遗孤，非仁也，受人嘱而弃之，非义也。」遂以纳太子昭传檄诸侯，约以来年春正月，共集齐郊。

檄至卫国，卫大夫宁速进曰：「立子以嫡，无嫡立长，礼之常也。无亏年长，且有戍卫之劳，于我有恩，愿君勿与。」卫文公曰：「昭已立为世子，天下莫不知之。夫戍卫，私恩也，立世子，公义也。以私废公，寡人不为也。」檄至鲁国，鲁僖公曰：「齐侯托昭于宋，不托寡人，寡人惟知长幼之序矣。若宋伐无亏，寡人当救之。」

周襄王十年，齐公子无亏元年三月，宋襄公亲合卫、曹、邾三国之师，奉世子昭伐齐，屯兵于郊。时雍巫已进位中大夫，为司马，掌兵权矣。无亏使统兵出城御敌，寺貂居中调度。高、国二卿分守城池。高虎谓国懿仲曰：「吾之立无亏，为先君之未殡，非奉之也。今世子已至，又得宋助，论理则彼顺，较势则彼强。且巫、刁戕杀百官，专权乱政，必为齐患。不若乘此除之，迎世子奉以为君。则诸公子绝觊觎之望，而齐有泰山之安矣。」懿仲曰：「易牙统兵驻郊，吾召竖刁，托以议事，因而杀之，率百官奉迎世子，以代无亏之位。吾谅易牙无能为也。」高虎曰：「此计大妙！」乃伏壮士于城楼，托言机密重事，使人请竖刁相会。正是：『做就机关擒猛虎，安排香饵钓鳌鱼。』

不知竖刁性命如何，且看下回分解。

第〇三三回　宋公伐齐纳子昭　楚人伏兵劫盟主

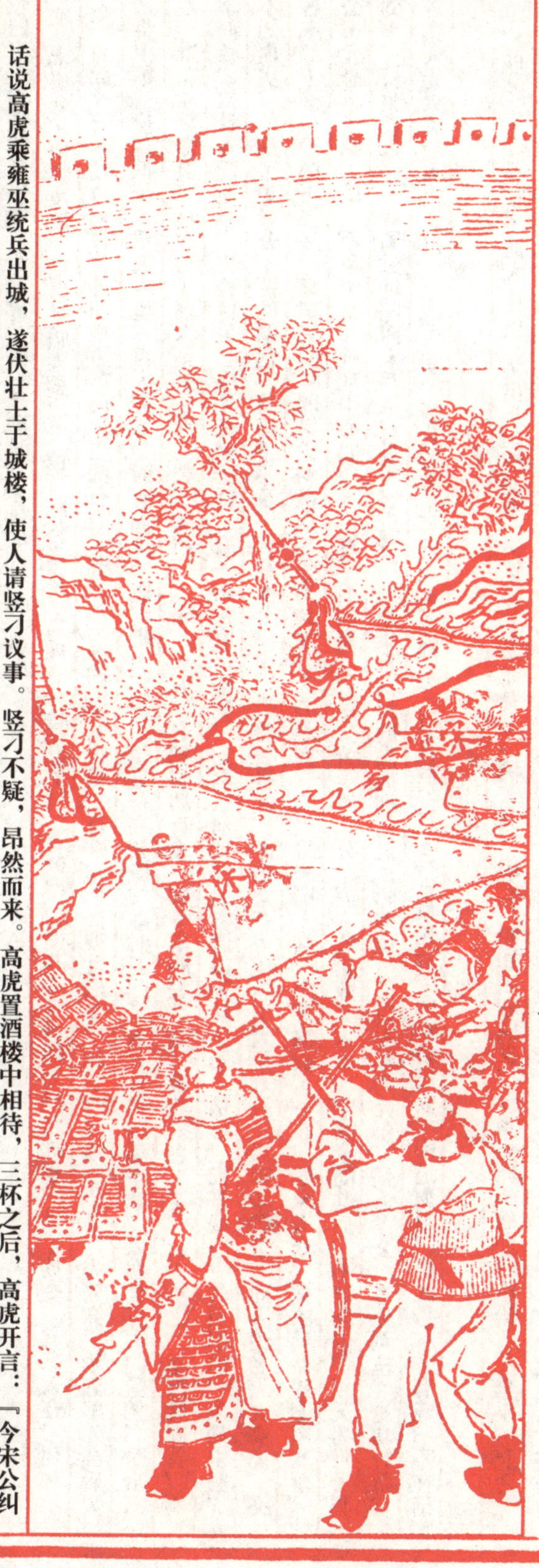

话说高虎乘雍巫统兵出城，遂伏壮士于城楼，使人请竖刁议事。竖刁不疑，昂然而来。高虎置酒楼中相待，三杯之后，高虎开言：「今宋公纠合诸侯，起大兵送太子到此，何以御之？」竖刁曰：「已有易牙统兵出郊迎敌矣。」虎曰：「众寡不敌，奈何？老夫欲借重吾子，以救齐难。」竖刁曰：「刁何能为？如老大夫有差遣，惟命是听！」虎曰：「欲借子之头，以谢罪于宋耳！」刁愕然遽起。虎顾左右喝曰：「还不下手！」壁间壮士突出，执竖刁斩之。虎遂大开城门，使人传呼曰：「世子已至城外，愿往迎者随我！」国人素恶雍巫、竖刁之为人，因此不附无亏，见高虎出迎世子，无不攘臂乐从，随行者何止千人。国懿仲入朝，直叩宫门，求见无亏，奏言：「人心思戴世子，相率奉迎，老臣不能阻当，主公宜速为避难之计。」无亏问：「雍巫、竖刁安在？」懿仲曰：「雍巫胜败未知。竖刁已为国人所杀矣。」无亏大怒曰：「国人杀竖刁，汝安得不知？」顾左右欲执懿仲，懿仲奔出朝门。无亏带领内侍数十人，乘一小车，愤然仗剑出宫，下令欲发丁壮授甲，亲往御敌。内侍辈东唤西呼，国中无一人肯应，反叫出许多冤家出来。正是：

恩德终须报，冤仇撇不开。从前作过事，没兴一齐来。

这些冤家，无非是高氏、国氏、管氏、鲍氏、宁氏、陈氏、晏氏、东郭氏、南郭氏、北郭氏、公孙氏、闾邱氏众官员子姓。当初只为不附无亏，被雍巫、竖刁杀害的，其家属人人含怨，个个衔冤，今日闻宋君送太子入国，雍巫统兵拒战，论起私心，巴不得雍巫兵败。又怕宋国兵到，别有一番杀戮之惨，大家怀着鬼胎。及闻高老相国杀了竖刁，往迎太子，无不喜欢，都道：「今日天眼方开！」齐带器械防身，到东门打探太子来信，恰好撞见无亏乘车而至，仇人相见，分外眼睁，一人为首，众人相助，各各挺着器械，将无亏围住。内侍喝道：『主公在此，诸人不得无礼！』众人道：『那里是我主公！』便将内侍乱砍，无亏抵挡不住，急忙下车逃走，亦被众人所杀。东门鼎沸，却得国懿仲来抚慰一番，众人方才分散。懿仲将无亏尸首抬至别馆殡殓，一面差人飞报高虎。

再说雍巫正屯兵东关，与宋相持，忽然军中夜乱，传说：『无亏、竖刁俱死，高虎相国率领国人，迎接太子昭为君，吾等不可助逆。』雍巫知军心已变，心如芒刺，急引心腹数人，连夜逃奔鲁国去讫。天明，高虎已到，安抚雍巫所领之众，直至郊外，迎接世子昭，与宋、卫、曹、邾四国请和。四国退兵。高虎奉世子昭行至临淄城外，暂停公馆，使人报国懿仲整备法驾，同百官出迎。却说公子元、公子潘闻知其事，约会公子商人，一同出郭奉迎新君。公子商人咈然曰：『我等在国奔丧，昭不与哭泣之位，今乃借宋兵威，以少凌长，强夺齐国，于理不顺。闻诸侯之兵已退，我等不如各率家甲，声言为无亏报仇，逐杀子昭。吾等三人中，凭大臣公议一人为君，也免得受宋国箝制，灭了先公盟主的志气。』公子元曰：『若然，当奉宫中之令而行，庶为有名。』乃入宫禀知长卫姬。长卫姬泣曰：『汝能为无亏报仇，我死无恨矣！』即命纠集无亏旧日一班左右人众，合着三位公子之党，同拒世子。竖刁手下亦有心腹，欲为其主报仇，也来相助。分头据住临淄城各门。国懿仲畏四家人众，将府门紧闭，不敢出头了。高虎谓世子昭曰：『无亏、竖刁虽死，余党尚存，况有三公子为主，闭门不纳，若欲求入，必须交战，倘战而不胜，前功尽弃，不如仍走宋国求救为上。』世子昭曰：『但凭国老主张。』高虎乃奉世子昭复奔宋国。

宋襄公才班师及境，见世子昭来到，大惊，问其来意。高虎一一告诉明白。襄公曰：『此寡人班师太早之故也。世子放心，有寡人在，何愁不入临淄哉？』即时命大将公孙固增添车马。先前有卫、曹、邾三国同事，止用二百乘，今日独自出车，加至四百乘。公子荡为先锋，华御事为合后，亲将中军，护送世子，重离宋境，再入齐郊。时有高虎前驱，把关将吏，望见是高相国，即时开门延入，直逼临淄下寨。宋襄公见国门紧闭，吩咐三军，准备攻城器具。城内公子商人谓公子元、公子潘曰：『宋若攻城，必然惊动百姓。我等率四家之众，乘其安息未定，合力攻之。幸而胜固善，不幸而败，权且各图避难，再作区处。强如死守于此，万一诸侯之师毕集，如之奈何？』元、潘以为然。乃于是日，夜开城门，各引军出，来劫宋寨，不知虚实，单劫了先锋公子荡的前营。荡措手不及，弃寨而奔。中军大将公孙固，闻前寨有失，急引大军来救。后军华御事，同齐国老大夫高虎，亦各率部下接应。两下混战，直至天明。四家党羽虽众，各为其主，人心不齐，怎当得宋国大兵。当下混战了一夜，四家人众，被宋兵杀得七零八落。公子元恐世子昭入国，不免于祸，乘乱引心腹数人，逃奔卫国避难去讫。公子潘、公子商人收拾败兵入城，宋兵紧随其后，不能闭门，崔夭为世子昭御车，长驱直入。上卿国懿仲闻四家兵散，世子已进城，乃聚集百官，同高虎拥立世子昭即位。即以本年为元年，是为孝公。孝公嗣位，论功行赏，进崔夭为大夫。大出金帛，厚犒宋军。襄公留齐境五日，方才回宋。时鲁僖公起大兵来救无亏，闻孝公已立，中道而返，自此鲁、齐有隙。不在话下。

再说公子潘与公子商人计议，将出兵拒敌之事，都推在公子元身上。国、高二国老，明知四家同谋，欲孝公释怨修好，单治首乱雍巫、竖刁二人之罪，尽诛其党，余人俱赦不问。是秋八月，葬桓公于牛首堈之上，连起三大坟。以晏蛾儿附葬于旁，另起一小坟。又为无亏公子元之故，将长卫姬、少卫姬两宫内侍宫人，悉令从葬，死者数百人。后至晋永嘉末年，天下大乱，有村人发桓公冢，冢前有水银池，寒气触鼻，人不敢入，经数日，其气渐消。乃牵猛犬入冢中，得金蚕数十斛，珠襦玉匣，缯彩军器，不可胜数，冢中骸骨狼藉，皆殉葬之人也。足知孝公当日葬父之厚矣。亦何益哉！髯仙有诗云：

疑冢三堆峻似山，金蚕玉匣出人间。从来厚蓄多遭发，薄葬须知不是悭。

话分两头。却说宋襄公自败了齐兵，纳世子昭为君，自以为不世奇功，便想号召诸侯，代齐桓公为盟主。又恐大国难致，先约滕、曹、邾、鄫小国，为盟于曹国之南。曹、邾二君到后，滕子婴齐方至。宋襄不许婴齐与盟，拘之一室。鄫君惧宋之威，亦来赴会，已踰期二日矣。宋襄公问于群臣曰：「寡人甫倡盟好，鄫小国，辄敢怠慢，后期二日，不重惩之，何以立威！」大夫公子荡进曰：「向者齐桓公南征北讨，独未服东夷之众。君欲威中国，必先服东夷，欲服东夷，必用鄫子。」襄公曰：「用之何如？」公子荡曰：「睢水之次，有神能致风雨，东夷皆立社祠之，四时不缺。君诚用鄫子为牺牲，以祭睢神，不惟神将降福，使东夷闻之，皆谓君能生杀诸侯，谁不耸惧来服？然后借东夷之力，以征诸侯，伯业成矣。」上卿公子目夷谏曰：「不可，不可！古者小事不用大牲，重物命也，况于人乎？夫祭祀，以为人祈福也。杀人以祈人福，神必不飨。且国有常祀，宗伯所掌。睢水河神，不过妖鬼耳！夷俗所祀，君亦祀之，未见君之胜于夷也。而谁肯服之？齐桓公主盟四十年，存亡继绝，岁有德施于天下。今君才一举盟会，而遂戮诸侯以媚妖神，臣见诸侯之惧而叛我，未见其服也。」公子荡曰：「子鱼之言谬矣！君之图伯与齐异。齐桓公制国二十余年，然后主盟，君能待乎？夫缓则用德，急则用威，迟速之序，不可不察也。不同夷，夷将疑我，不惧诸侯，诸侯将玩我。内玩而外疑，何以成伯？昔武王斩纣头，悬之太白旗，以得天下。此诸侯之行于天子者也，而何有于小国之君？君必用之。」襄公本心急于欲得诸侯，遂不听目夷之言，使邾文公执鄫子，杀而烹之，以祭睢水之神。遣人召东夷君长，俱来睢水会祀。东夷素不习宋公之政，莫有至者。滕子婴齐大惊，使人以重赂求释，乃解婴齐之囚。

曹大夫僖负羁谓曹共公襄曰：「宋躁而虐，事必无成，不如归也。」共公辞归，遂不具地主之礼。襄公怒，使人责之曰：「古者国君相见，有脯资饩牢，以修宾主之好。寡君逗留于君之境上，非一日矣。三军之众，尚未知主人之所属。愿君图之！」僖负羁对曰：「夫授馆致饩，朝聘之常礼也。今君以公事涉于南鄙，寡人亟于奔命，未及他图。今君责以主人之礼，寡君愧甚，惟君恕之！」曹共公遂归。襄公大怒，传令移兵伐曹。公子目夷又谏曰：「昔齐桓公会盟之迹，遍于列国，厚往薄来，不责其施，不诛其不及，所以宽人之力，而恤人之情也。曹之缺礼，于君无损，何必用兵？」襄公不听，使公子荡将兵车三百乘伐曹，围其城。僖负羁随方设备，与公子荡相持三月，荡不能取胜。是时，郑文公首先朝楚，约鲁、齐、陈、蔡四国之君，与楚成王为盟于齐境。宋襄公闻之大惊。一来恐齐、鲁两国之中，或有倡伯者，宋不能与争，二来又恐公子荡攻曹失利，挫了锐气，贻笑于诸侯，乃召荡归。曹共公亦恐宋师再至，遣人至宋谢罪。自此宋、曹相睦如初。

再说宋襄公一心求伯，见小国诸侯，纷纷不服，大国反远与楚盟，心中愤急，与公子荡商议。公子荡进曰：「当今大国，无过齐、楚。齐虽伯主之后，然纷争方定，国势未张。楚僭王号，乍通中国，诸侯所畏。君诚不惜卑词厚币，以求诸侯于楚，楚必许之。借楚力以聚诸侯，复借诸侯以压楚，此一时权宜之计也。」公子目夷又谏曰：「楚有诸侯，安肯与我？我求诸侯于楚，楚安肯下我？恐争端从此开矣！」襄公不以为然。即命公子荡以厚赂如楚，求见楚成王。成王问其来意，许以明年之春，相会于鹿上之地。公子荡归报襄公，襄公曰：「鹿上齐地，不可不闻之齐侯。」复遣公子荡如齐修聘，述楚王期会之事。齐孝公亦许之。时宋襄公之十一年，乃周襄王之十二年也。

次年春正月，宋襄公先至鹿上，筑盟坛以待齐、楚之君。二月初旬，齐孝公始至。襄公自负有纳孝公之功，相见之间，颇有德色。孝公感宋之德，亦颇尽地主之礼。又二十余日，楚成王方到。宋、齐二君接见之间，以爵为序。楚虽僭王号，实是子爵。宋公为首，齐侯次之，楚子又次之。这是宋襄公定的位次。至期，共登鹿上之坛，襄公毅然以主盟自居，先执牛耳，并不谦让。楚成王心中不悦，勉强受歃。襄公拱手言曰：「兹父忝先代之后，作宾王家，不自揣德薄力微，窃欲修举盟会之政。恐人心不肃，欲借重二君之余威，以合诸侯于敝邑之盂地，以秋八月为期。若君不弃，倡率诸侯，徼惠于盟，寡人愿世敦兄弟之好。自殷先王以下，咸拜君之赐，岂独寡人乎？」齐孝公拱手以让楚成王，成王亦拱手以让孝公，二君互相推让，良久不决。襄公曰：「二君若不弃寡人，请同署之。」乃出征会之牍，不送齐侯，却先送楚成王求署。孝公心中亦怀怏怏。楚成王举目观览，牍中叙合诸侯修会盟之意，效齐桓公衣裳之会，不以兵车。牍尾宋公先已署名。楚成王暗暗含笑，谓襄公曰：「诸侯君自能致，何必寡人？」襄公曰：「郑、许久在君之宇下，而陈、蔡近者复受盟于齐，非乞君之灵，惧有异同。寡人是以借重于上国。」楚成王曰：「然则齐君当署，次及寡人，可也。」孝公曰：「寡人于宋，犹宇下也，所难致者，上国之威令耳。」楚王笑而署名，以笔授孝公。孝公曰：「有楚不必有齐。寡人流离万死之余，幸社稷不陨，得从末歃为荣，何足重轻，而亵此简牍为耶？」坚不肯署。论齐孝公心事，却是怪宋襄公先送楚王求署，识透他重楚轻齐，所以不署。宋襄公自负有恩于齐，却认孝公是衷肠之语，遂收牍而藏之。三君于鹿上又叙数日，丁宁而别。髯仙有诗叹曰：

诸侯原自属中华，何用纷纷乞楚家？错认同根成一树，谁知各自有丫叉？

楚成王既归，述其事于令尹子文。子文曰：「宋君狂甚！吾王何以征会许之？」楚王笑曰：「寡人欲主中华之政久矣，恨不得其便耳。今宋公倡衣裳之会，寡人因之以合诸侯，不亦可乎？」大夫成得臣进曰：「宋公为人好名而无实，轻信而寡谋，若伏甲以劫之，其人可虏也。」楚王曰：「寡人意正如此。」子文曰：「许人以会而复劫之，人谓楚无信矣，何以服诸侯？」得臣曰：「宋喜于主盟，必有傲诸侯之心。诸侯未习宋政，莫之与也。劫之以示威，劫而释之，又可以示德。诸侯耻宋之无能，不归楚，将谁归乎？夫拘小信而丧大功，非策也。」子文奏曰：「子玉之计，非臣所及。」楚王乃使成得臣、斗勃二人为将，各选勇士五百人，操演听令，预定劫盟之计。不必详说，下文便见。

且说宋襄公归自鹿上，欣然有喜色，谓公子目夷曰：「楚已许我诸侯矣。」目夷谏曰：「楚，蛮夷也，其心不测。君得其口，未得其心，臣恐君之见欺也。」襄公曰：「子鱼太多心了，寡人以忠信待人，人其忍欺寡人哉？」遂不听目夷之言，传檄征会。先遣人于盂地筑起坛场，增修公馆，务极华丽。仓场中储积刍粮，以待各国军马食费。凡献享犒劳之仪，一一从厚，无不预备。至秋七月，宋襄公命乘车赴会。目夷又谏曰：「楚强而无义，请以兵车往。」襄公曰：「寡人与诸侯约为『衣裳之会』，若用兵车，自我约之，自我堕之，异日无以示信于诸侯矣。」目夷曰：「君以乘车全信，臣请伏兵车百乘于三里之外，以备缓急，何如？」襄公曰：「子用兵车，与寡人用之何异？必不可！」临行之际，襄公又恐目夷在国起兵接应，失了他信义，遂要目夷同往。目夷曰：「臣亦放心不下，也要同去。」于是君臣同至会所。楚、陈、蔡、许、曹、郑六国之君，如期而至。惟齐孝公心怀怏怏，鲁僖公未与楚通，二君不到。襄公使候人迎接六国诸侯，分馆安歇，回报：「都用乘车。楚王侍从虽众，亦是乘车。」襄公曰：「吾知楚不欺吾也！」

太史卜盟日之吉，襄公命传知各国。先数日，预派定坛上执事人等。是早五鼓，坛之上下，皆设庭燎，照耀如同白日。坛之旁，另有憩息之所，襄公先往以待。陈穆公款，蔡庄公甲午，郑文公捷，许僖公业，曹共公襄五位诸侯，陆续而至。伺候良久，天色将明，楚成王熊恽方到。襄公且循地主之礼，揖让了一番，分左右两阶登坛。右阶宾登，众诸侯不敢僭楚成王，让之居首。成得臣、斗勃二将相随，众诸侯亦各有从行之臣。不必细说。左阶主登，单只宋襄公及公子目夷君臣二人。方才升阶之时，论个宾主，既登盟坛之上，陈牲歃血，要天矢日，列名载书，便要推盟主为尊了。宋襄公指望楚王开口，以目视之。楚王低头不语。陈、蔡诸国，面面相觑，莫敢先发。襄公忍不住了，乃昂然而出曰：「今日之举，寡人欲修先伯主齐桓公故业，尊王安民，息兵罢战，与天下同享太平之福，诸君以为何如？」诸侯尚未答应，楚王挺身而前曰：「君言甚善！但不知主盟今属何人？」襄公曰：「有功论功，无功论爵，更有何言！」楚王曰：「寡人冒爵为王久矣。宋虽上公，难列王前，寡人告罪占先了。」便立在第一个位次。

目夷扯襄公之袖，欲其权且忍耐，再作区处。襄公把个盟主捏在掌中，临时变卦，如何不恼。包着一肚子气。不免疾言遽色，谓楚王曰：「寡人徼福先代，忝为上公，天子亦待以宾客之礼。君言冒爵，乃僭号也。奈何以假王而压真公乎？」楚王曰：「寡人既是假王，谁教你请寡人来此？」襄公曰：「君之至此，亦是鹿上先有成议，非寡人之漫约也。」成得臣在旁大喝曰：「今日之事，只问众诸侯，为楚来乎？为宋来乎？」陈、蔡各国，平素畏服于楚，齐声曰：「吾等实奉楚命，不敢不至。」楚王呵呵大笑曰：「宋君更有何说？」襄公见不是头，欲待与他讲理，他又不管理之长短，欲作脱身之计，又无片甲相护，正在踌躇。只见成得臣、斗勃卸去礼服，内穿重铠，腰间各插小红旗一面，将旗向坛下一招，那跟随楚王人众，何止千人，一个个俱脱衣露甲，手执暗器，如蜂攒蚁聚，飞奔上坛。各国诸侯，俱吓得魂不附体。成得臣先把宋襄公两袖紧紧揪定，同斗勃指挥众甲士，掳掠坛上所陈设玉帛器皿之类。一班执事，乱窜奔逃。宋襄公见公子目夷紧随在旁，低声谓曰：「悔不听子言，以至如此，速归守国，勿以寡人为念！」目夷料想跟随无益，乃乘乱逃回。

不知宋襄公如何脱身，且看下回分解。

第〇三四回 宋襄公假仁失众 齐姜氏乘醉遣夫

话说楚成王假饰乘车赴会，跟随人众，俱是壮丁，内穿暗甲，身带暗器，都是成得臣、斗勃选练来的，好不勇猛！又遣蔿吕臣、斗般二将统领大军，随后而进，准备大大厮杀。宋襄公全然不知，堕其圈套。正是：『没心人遇有心人，要脱身时难脱身』了！楚王拿住了襄公，众甲士将公馆中所备献享犒劳之仪，及仓中积粟，掳掠一空。随行车乘，皆为楚有。陈、蔡、郑、许、曹五位诸侯，人人悚惧，谁敢上前说个方便！楚成王邀众诸侯至于馆寓，面数宋襄公六罪，曰：『汝伐齐之丧，擅行废置，一罪也；滕子赴会稍迟，辄加絷辱，二罪也；用人代牲，以祭淫鬼，三罪也；曹缺地主之仪，其事甚小，汝乃恃强围之，四罪也；以亡国之余，不能度德量力，天象示戒，犹思图伯，五罪也；求诸侯于寡人，而妄自尊大，全无逊让之礼，六罪也。天夺其魄，单车赴会，寡人今日统甲车千乘，战将千员，踏碎睢阳城，为齐鄫各国报仇。诸君但少驻车驾，看寡人取宋而回，更与诸君痛饮十日方散。』众诸侯莫不唯唯。襄公顿口无言，似木雕泥塑一般，只多着两行珠泪。须臾，楚国大兵俱集，号曰千乘，实五百乘。楚成王赏劳了军士，拔寨都起，带了宋襄公，杀向睢阳城来。列国诸侯，奉楚王之命，俱屯盂地，无敢归者。史官有诗讥宋襄之失。诗云：

无端媚楚反遭殃，引得睢阳做战场。昔日齐桓曾九合，何尝容楚近封疆？

却说公子目夷，自盂地盟坛逃回本国，向司马公孙固说知宋公被劫一事，『楚兵旦暮且到，速速调兵，登陴把守。』公孙固曰：『国不可一日无君，公子须暂摄君位，然后号令赏罚，人心始肃。』目夷附公孙固之耳曰：『楚人执我君以伐我，有挟而求也。必须如此如此，楚人必放吾君归国。』固曰：『此言甚当。』乃向群臣言：『吾君未必能归矣！我等宜推戴公子目夷，以主国事。』群臣知目夷之贤，无不欣然。公子目夷告于太庙，南面摄政。三军用命，铃柝严明，睢阳各路城门，把守得铁桶相似。方才安排停当，楚王大军已到，立住营寨。使将军斗勃向前打话，言：「尔君已被我拘执在此，生杀在我手，早早献土纳降，保全汝君性命！」公孙固在城楼答曰：「赖社稷神灵，国人已立新君矣。生杀任你，欲降不可得也！」斗勃曰：「汝君见在，安得复立一君乎？」公孙固曰：「立君以主社稷也，社稷无主，安得不立新君？」斗勃曰：「某等愿送汝君归国，何以相酬？」公孙固曰：「故君被执，已辱社稷，虽归亦不得为君矣。归与不归，惟楚所命。若要决战，我城中甲车未曾损折，情愿决一死敌！」斗勃见公孙固答语硬挣，回报楚王。楚王大怒，喝教攻城。城上矢石如雨，楚兵多有损伤。连攻三日，干折便宜，不能取胜。楚王曰：「彼国既不用宋君，杀之何如？」成得臣对曰：「王以杀鄫子为宋罪，今杀宋公，是效尤也。杀宋公犹杀匹夫耳，不能得宋，而徒取怨，不如释之。」楚王曰：「攻宋不下，又释其君，何以为名？」得臣对曰：「臣有计矣。今不与盂之会者，惟齐、鲁二国。齐与我已两次通好，且不必较。鲁礼义之邦，一向辅齐定伯，目中无楚。若以宋之俘获献鲁，请鲁君于亳都相会，鲁见宋俘，必恐惧而来。鲁、宋是葵邱同盟之人，况鲁侯甚贤，必然为宋求情，我因以为鲁君之德。是我一举而兼得宋、鲁也。」楚王鼓掌大笑曰：「子玉真有见识！」乃退兵屯于亳都，用宜申为使，将卤获数车，如曲阜献捷。其书云：

宋公傲慢无礼，寡人已幽之于亳。不敢擅功，谨献捷于上国，望君辱临，同决其狱！

鲁僖公览书大惊，正是：「兔死狐悲，物伤其类。」明知楚使献捷，词意夸张，是恐吓之意。但鲁弱楚强，若不往会，恐其移师来伐，悔无及矣！乃厚待宜申，先发回书，驰报楚王，言：「鲁侯如命，即日赴会。」鲁僖公随后发驾，大夫仲遂从行。来至亳都，仲遂因宜申先容，用私礼先见了成得臣，嘱其于楚王前，每事方便。得臣引鲁僖公与楚成王相见，各致敬慕之意。其时，陈、蔡、郑、许、曹五位诸侯，俱自盂地来会，和鲁僖公共是六位，聚于一处商议。郑文公开言，欲尊楚王为盟主，诸侯嗫嚅未应。鲁僖公奋然曰：「盟主须仁义布闻，人心悦服。今楚王恃兵车之众，袭执上公，有威无德，人心疑惧。吾等与宋，俱有同盟之谊，若坐视不救，惟知奉楚，恐被天下豪杰耻笑。楚若能释宋公之囚，终此盟好，寡人敢不惟命是听！」众诸侯皆曰：「鲁侯之言甚善！」仲遂将这话私告于成得臣，得臣转闻于楚王。楚王曰：「诸侯以盟主之义责寡人，寡人其可违乎？」乃于亳郊，更筑盟坛，期以十二月癸丑日，歃血要神，同赦宋罪。

约会已定，先一日，将宋公释放，与众诸侯相见。宋襄公且羞且愤，满肚不乐，却又不得不向诸侯称谢。至日，郑文公拉众诸侯，敦请楚成王登坛主盟。成王执牛耳，宋、鲁以下，次第受歃。襄公敢怒而不敢言。事毕，诸侯各散。

宋襄公讹闻公子目夷已即君位，将奔卫以避之。公子目夷遣使已到，致词曰：「臣所以摄位者，为君守也。国固君之国，何为不入？」须臾，法驾齐备，迎襄公以归，目夷退就臣列。胡曾先生论襄公之释，全亏公子目夷定计，神闲气定，全不以旧君为意；若手忙脚乱，求归襄公，楚益视为奇货，岂肯轻放。有诗赞云：

金注何如瓦注奇？新君能解旧君围。
为君守位仍推位，千古贤名诵目夷。

又有诗说六位诸侯，公然媚楚求宽，明明把中国操纵之权，授之于楚，楚目中尚有中国乎？诗云：

从来兔死自狐悲，被劫何人劫是谁？
用夏媚夷全不耻，还夸释宋得便宜。

宋襄公志欲求伯，被楚人捉弄一场，反受大辱，怨恨之情，痛入骨髓，但恨力不能报。又怪郑伯倡议，尊楚王为盟主，不胜其愤，正要与郑国作对。时周襄王之十四年春三月，郑文公如楚行朝礼，宋襄公闻之，大怒，遂起倾国之兵，亲讨郑罪，使上卿公子目夷辅世子王臣居守。目夷谏曰：「楚、郑方睦，宋若伐郑，楚必救之。此行恐不能取胜，不如修德待时为上。」大司马公孙固亦谏。襄公怒曰：「司马不愿行，寡人将独往！」固不敢复言，遂出师伐郑。襄公自将中军，公孙固为副，大夫乐仆伊、华秀老、公子荡、向訾守等皆从行。

谍人报知郑文公。文公大惊，急遣人告急于楚。楚成王曰：「郑事我如父，宜亟救之。」成得臣进曰：「救郑不如伐宋。」楚成王曰：「何故？」得臣对曰：「宋公被执，国人已破胆矣。今复不自量，以大兵伐郑，其国必虚，乘虚而捣之，其国必惧。此不待战而知胜负者也。若宋还而自救，彼亦劳矣，以逸制劳，安往而不得志耶？」楚王以为然。即命得臣为大将，斗勃副之，兴兵伐宋。

宋襄公正与郑相持，得了楚兵之信，兼程而归，列营于泓水之南以拒楚。成得臣使人下战书。公孙固谓襄公曰：「楚师之来，为救郑也。吾以释郑谢楚，楚必归。不可与战。」襄公曰：「昔齐桓公兴兵伐楚，今楚来伐而不与战，何以继桓公之业乎？」公孙固又曰：「臣闻『一姓不再兴』。天之弃商久矣，君欲兴之，得乎？且吾之甲不如楚坚，兵不如楚利，人不如楚强。宋人畏楚如畏蛇蝎，君何恃以胜楚？」襄公曰：「楚兵甲有余，仁义不足。寡人兵甲不足，仁义有余。昔武王虎贲三千，而胜殷亿万之众，惟仁义也。以有道之君，而避无道之臣，寡人虽生不如死矣。」乃批战书之尾，约以十一月朔日，交战于泓阳。命建大旗一面于辂车，旗上写「仁义」二字。公孙固暗暗叫苦，私谓乐仆伊曰：「战主杀而言仁义，吾不知君之仁义何在也？天夺君魄矣，窃为危之！吾等必戒慎其事，毋致丧国足矣。」至期，公孙固未鸡鸣而起，请于襄公，严阵以待。

且说楚将成得臣屯兵于泓水之北，斗勃请：「五鼓济师，防宋人先布阵以扼我。」得臣笑曰：「宋公专务迂阔，全不知兵。吾早济早战，晚济晚战，何所惧哉？」天明，甲乘始陆续渡水。公孙固请于襄公曰：「楚兵天明始渡，其意甚轻我。今乘其半渡，突前击之，是吾以全军而制楚之半也。若令皆济，楚众我寡，恐不敌，奈何？」襄公指大旗曰：「汝见『仁义』二字否？寡人堂堂之阵，岂有半济而击之理？」公孙固又暗暗叫苦。须臾，楚兵尽济。成得臣服琼弁，结玉缨，绣袍软甲，腰挂雕弓，手执长鞭，指挥军士，东西布阵，气宇昂昂，旁若无人。公孙固又请于襄公曰：「楚方布阵，尚未成列，急鼓之，必乱。」襄公唾其面曰：「咄！汝贪一击之利，不顾万世之仁义耶？寡人堂堂之阵，岂有未成列而鼓之之理？」公孙固又暗暗叫苦。楚兵阵势已成，人强马壮，漫山遍野，宋兵皆有惧色。襄公使军中发鼓，楚军中亦发鼓。襄公自挺长戈，带着公子荡、向訾守二将，及门官之众，催车直冲楚阵。得臣见来势凶猛，暗传号令，开了阵门，只放襄公一队车骑进来。公孙固随后赶上护驾，襄公已杀入阵内去了。只见一员上将挡住阵门，口口声声，叫道：「有本事的快来决战！」那员将乃斗勃也。公孙固大怒，挺戟直刺斗勃，勃即举刀相迎。两下交战，未及二十合，宋将乐仆伊引军来到，斗勃微有着忙之意。恰好阵中又冲出一员上将蔿氏吕臣，接住乐仆伊厮杀。公孙固乘忙，觑个方便，拨开刀头，驰入楚军。斗勃提刀来赶，宋将华秀老又到，牵住斗勃，两对儿在阵前厮杀。公孙固在楚阵中，左冲右突，良久，望见东北角上甲士如林，围裹甚紧，疾驱赴之。正遇宋将向訾守，流血被面，急呼曰：「司马可速来救主！」公孙固随着訾守，杀入重围，只见门官之众，一个个身带重伤，兀自与楚军死战不退。原来襄公待下人极有恩，所以门官皆尽死力。楚军见公孙固英勇，稍稍退却。公孙固上前看时，公子荡要害被伤，卧于车下，「仁义」大旗，已被楚军夺去了。襄公身被数创，右股中箭，射断膝筋，不能起立。公子荡见公孙固到来，张目曰：「司马好扶主公，吾死于此矣！」言讫而绝。公孙固感伤不已。扶襄公于自己车上，以身蔽之，奋勇杀出。向訾守为后殿，门官等一路拥卫，且战且走。比及脱离楚阵，门官之众，无一存者。宋之甲车，十丧八九。乐仆伊、华秀老见宋公已离虎穴，各自逃回。成得臣乘胜追之，宋军大败，辎重器械，委弃殆尽。公孙固同襄公连夜奔回。宋兵死者甚众，其父母妻子，皆相讪于朝外，怨襄公不听司马之言，以致于败。襄公闻之，叹曰：「君子不重伤，不擒二毛。寡人将以仁义行师，岂效此乘危扼险之举哉？」举国无不讥笑。后人相传，以为宋襄公行仁义，失众而亡，正指战泓之事。髯翁有诗叹云：

不恤滕鄫恤楚兵，宁甘伤股博虚名。宋襄若可称仁义，盗跖文王两不明。

楚兵大获全胜，复渡泓水，奏凯而还。方出宋界，哨马报：「楚王亲率大军接应，见屯柯泽。」得臣即于柯泽谒见楚王献捷。楚成王曰：「明日郑君将率其夫人，至此劳军，当大陈俘馘以夸示之。」原来郑文公的夫人芈氏，正是楚成王之妹，是为文芈，以兄妹之亲，驾了辎軿，随郑文公至于柯泽，相会楚王。楚王示以俘获之盛。郑文公夫妇称贺，大出金帛，犒赏三军。郑文公敦请楚王来日赴宴。次早，郑文公亲自出郭，邀楚王进城，设享于太庙之中，行九献礼，比于天子。食品数百，外加笾豆六器，宴享之侈，列国所未有也。文芈所生二女，曰伯芈、叔芈，未嫁在室。文芈又率之以甥礼见舅，楚王大喜。郑文公同妻女更番进寿，自午至戌，吃得楚王酩酊大醉。楚王谓文芈曰：「寡人领情过厚，已踰量矣！妹与二甥，送我一程，何如？」文芈曰：「如命。」郑文公送楚王出城，先别。文芈及二女，与楚王并驾而行，直至军营。原来楚王看上了二甥美貌，是夜拉入寝室，遂成枕席之欢。文芈彷徨于帐中，一夜不寐，然畏楚王之威，不敢出声。以舅纳甥，真禽兽也！次日，楚王将军获之半，赠于文芈，载其二女以归，纳之后宫。郑大夫叔詹叹曰：「楚王其不得令终乎？享以成礼，礼而无别，是不终也。」

且不说楚宋之事。再表晋公子重耳，自周襄王八年适齐，至襄王十四年，前后留齐共七年了。遭桓公之变，诸子争立，国内大乱，及至孝公嗣位，又反先人之所为，附楚仇宋，纷纷多事，诸侯多与齐不睦，赵衰等私议曰：「吾等适齐，谓伯主之力，可借以图复也。今嗣君失业，诸侯皆叛，此其不能为公子谋，亦明矣。不如更适他国，别作良图。」乃相与见公子，欲言其事。公子重耳溺爱齐姜，朝夕欢宴，不问外事。众豪杰伺候十日，尚不能见。魏犨怒曰：「吾等以公子有为，故不惮劳苦，执鞭从游。今留齐七载，偷安惰志，日月如流，吾等十日不能一见，安能成其大事哉？」狐偃曰：「此非聚谈之处，诸君都随我来。」乃共出东门外里许，其地名曰桑阴。一望都是老桑，绿荫重重，日色不至。赵衰等九位豪杰，打一圈儿席地而坐。赵衰曰：「子犯计将安出？」狐偃曰：「公子之行，在我而已。我等商议停妥，预备行装，一等公子出来，只说邀他郊外打猎，出了齐城，大家齐心劫他上路便了。但不知此行，得力在于何国？」赵衰曰：「宋方图伯，且其君好名之人，盍往投之。如不得志，更适秦、楚，必有遇焉。」狐偃曰：「吾与公孙司马有旧，且看如何？」众人商议，许久方散。只道幽僻之处，无人知觉，却不道「若要不闻，除非莫说；若要不知，除非莫作。」其时姜氏的婢妾十余人，正在树上采桑喂蚕，见众人环坐议事，停手而听之，尽得其语，回宫时，如此恁般，都述于姜氏知道。姜氏喝道：「那有此话，不得乱道！」乃命蚕妾十余人，幽之一室，至夜半尽杀之，以灭其口。蹴公子重耳起，告之曰：「从者将以公子更适他国，有蚕妾闻其谋，吾恐泄漏其机，或有阻当，今已除却矣。公子宜早定行计。」重耳曰：「人生安乐，谁知其他。吾将老此，誓不他往。」姜氏曰：「自公子出亡以来，晋国未有宁岁。夷吾无道，兵败身辱，国人不悦，邻国不亲。此天所以待公子也。公子此行，必得晋国，万勿迟疑！」重耳迷恋姜氏，犹弗肯。

次早，赵衰、狐偃、臼季、魏犨四人，立宫门之外，传语：「请公子郊外射猎！」重耳尚高卧未起，使宫人报曰：「公子偶有微恙，尚未梳栉，不能往也。」齐姜闻言，急使人单召狐偃入宫。姜氏屏去左右，问其来意。狐偃曰：「公子向在翟国，无日不驰车骤马，伐狐击兔。今在齐，久不出猎，恐其四肢懒惰，故来相请，别无他意。」姜氏微笑曰：「此番出猎，非宋即秦、楚耶？」狐偃大惊曰：「一猎安得如此之远？」姜氏曰：「汝等欲劫公子逃归，吾已尽知，不得讳也。吾夜来亦曾苦劝公子，奈彼执意不从。今晚吾当设宴，灌醉公子，汝等以车夜载出城，事必谐矣。」狐偃顿首曰：「夫人割房闱之爱，以成公子之名，贤德千古罕有！」狐偃辞出，与赵衰等说知其事。凡车马人众鞭刀糗粮之类，收拾一一完备，赵衰、狐毛等先押往郊外停泊。只留狐偃、魏犨、颠颉三人，将小车二乘，伏于宫门左右，专等姜氏送信，即便行事。正是：「要为天下奇男子，须历人间万里程。」

是晚，姜氏置酒宫中，与公子把盏。重耳曰：「此酒为何而设？」姜氏曰：「知公子有四方之志，特具一杯饯行耳。」重耳曰：「人生如白驹过隙，苟可适志，何必他求？」姜氏曰：「纵欲怀安，非丈夫之事也。从者乃忠谋，子必从之！」重耳勃然变色，搁杯不饮。姜氏曰：「子真不欲行乎？抑诳妾也？」重耳曰：「吾不行。谁诳汝！」姜氏带笑言曰：「行者，公子之志，不行者，公子之情。此酒为饯公子，今且以留公子矣。愿与公子尽欢，可乎？」重耳大喜，夫妇交酢，更使侍女歌舞进觞。重耳已不胜饮，再四强之，不觉酩酊大醉，倒于席上。姜氏覆之以衾，使人召狐偃。狐偃知公子已醉，急引魏犨、颠颉二人入宫，和衾连席，抬出宫中。先用重褥衬贴，安顿车上停当。狐偃拜辞姜氏，姜氏不觉泪流。有词为证：

公子贪欢乐，佳人慕远行；要成鸿鹄志，生割凤鸾情。

狐偃等催趱小车二乘，赶黄昏离了齐城，与赵衰等合做一处，连夜驱驰。约行五六十里，但闻得鸡声四起，东方微白。重耳方才在车儿上翻身，唤宫人取水解渴。时狐偃执辔在旁，对曰：「要水须待天明。」重耳自觉摇动不安，曰：「可扶我下床。」狐偃曰：「非床也，车也。」重耳张目曰：「汝为谁？」对曰：「狐偃。」重耳心下恍然，知为偃等所算。推衾而起，大骂子犯：「汝等如何不通知我，将我出城，意欲何为？」狐偃曰：「将以晋国奉公子也。」重耳曰：「未得晋，先失齐，吾不愿行！」狐偃诳曰：「离齐已百里矣。齐侯知公子之逃，必发兵来追，不可复也。」重耳勃然发怒，见魏犨执戈侍卫，乃夺其戈以刺狐偃。

不知生死如何，且看下回分解。

第〇三五回 晋重耳周游列国 秦怀嬴重婚公子

话说公子重耳怪狐偃用计去齐，夺魏犨之戈以刺偃，偃急忙下车走避，重耳亦跳下车挺戈逐之。赵衰、臼季、狐射姑、介子推等，一齐下车解劝。重耳投戟于地，恨恨不已。狐偃叩首请罪曰：「杀偃以成公子，偃死愈于生矣！」重耳曰：「此行有成则已，如无所成，吾必食舅氏之肉！」狐偃笑而答曰：「事若不济，偃不知死在何处，焉得与尔食之？如其克济，子当列鼎而食，偃肉腥臊，何足食？」赵衰等并进曰：「某等以公子负大有为之志，故舍骨肉，弃乡里，奔走道途，相随不舍，亦望垂功名于竹帛耳。今晋君无道，国人孰不愿戴公子为君？公子自不求入，谁走齐国而迎公子者！今日之事，实出吾等公议，非子犯一人之谋，公子勿错怪也。」魏犨亦厉声曰：「大丈夫当努力成名，声施后世。奈何恋恋儿女子目前之乐，而不思终身之计耶？」重耳改容曰：「事既如此，惟诸君命。」狐毛进干粮，介子推捧水以进，重耳与诸人各饱食。壶叔等割草饲马，重施衔勒，再整轮辕，望前进发。有诗为证：

凤脱鸡群翔万仞，虎离豹穴奔千山。要知重耳能成伯，只在周游列国间。

不一日，行至曹国。却说曹共公为人，专好游嬉，不理朝政，亲小人，远君子，以谀佞为腹心，视爵位如粪土。朝中服赤芾乘轩车者，三百余人，皆里巷市井之徒，胁肩谄笑之辈。见晋公子带领一班豪杰到来，正是「薰莸不同器」了！惟恐其久留曹国，都阻挡曹共公不要延接他。大夫僖负羁谏曰：「晋、曹同姓，公子穷而过我，宜厚礼之。」曹共公曰：「曹，小国也，而居列国之中，子弟往来，何国无之？若一一待之以礼，则国微费重，何以支吾？」负羁又曰：「晋公子贤德闻于天下，且重瞳骈胁，大贵之征，不可以寻常子弟视也。」曹共公一团稚气，说贤德，他也不管，说到重瞳骈胁，便道：「重瞳寡人知之，未知骈胁如何？」负羁对曰：「骈胁者，骈胁骨相合如一，乃异相也。」曹共公曰：「寡人不信，姑留馆中，俟其浴而观之。」乃使馆人自延公子进馆，以水饭相待，不致饩，不设享，不讲宾主之礼。重耳怒而不食。馆人进澡盆请浴，重耳道路腌臜，正想洗涤尘垢，乃解衣就浴。曹共公与嬖幸数人，微服至馆，突入浴堂，迫近公子，看他的骈胁，言三语四，嘈杂一番而去。狐偃等闻有外人，急忙来看，犹闻嬉笑之声。询问馆人，乃曹君也。君臣无不愠怒。

却说僖负羁谏曹伯不听，归到家中，其妻吕氏迎之，见其面有忧色，问：「朝中何事？」负羁以晋公子过曹，曹君不礼为言。吕氏曰：「妾适往郊外采桑，正值晋公子车从过去。妾观晋公子犹未的，但从行者数人，皆英杰也。吾闻：『有其君者，必有其臣；有其臣者，必有其君。』以从行诸子观之，晋公子必能光复晋国。此时兴兵伐曹，玉石俱焚，悔之无及。曹君既不听忠言，子当私自结纳可也。妾已备下食品数盘，可藏白璧于中，以为贽见之礼。结交在未遇之先，子宜速往。」僖负羁从其言，夜叩公馆。重耳腹中方馁，含怒而坐，闻曹大夫僖负羁求见馈飧，乃召之入。负羁再拜，先为曹君请罪，然后述自家致敬之意。重耳大悦，叹曰：「不意曹国有此贤臣！亡人幸而返国，当图相报！」重耳进食，得盘中白璧，谓负羁曰：「大夫惠顾亡人，使不饥饿于土地足矣，何用重贿？」负羁曰：「此外臣一点敬心，公子万乞勿弃！」重耳再三不受。负羁退而叹曰：「晋公子穷困如此，而不贪吾璧，其志不可量也！」次日，重耳即行，负羁私送出城十里方回。史官有诗云：

错看龙虎作狉狸，盲眼曹共识见微。堪叹乘轩三百辈，无人及得负羁妻！

重耳去曹适宋。狐偃前驱先到，与司马公孙固相会。公孙固曰：「寡君不自量，与楚争胜，兵败股伤，至今病不能起。然闻公子之名，向慕久矣。必当扫除馆舍，以候车驾。」公孙固入告于宋襄公，襄公正恨楚国，日夜求贤人相助，以为报仇之计。闻晋公子远来，晋乃大国，公子又有贤名，不胜之喜。其奈伤股未痊，难以面会。随命公孙固郊迎授馆，待以国君之礼，馈之七牢。次日，重耳欲行。公孙固奉襄公之命，再三请其宽留，私问狐偃：「当初齐桓公如何相待？」偃备细告以纳姬赠马之事。公孙固回复宋公。宋公曰：「公子昔年已婚宋国矣。纳女吾不能，马则如数可也。」亦以马二十乘相赠，重耳感激不已。住了数日，馈问不绝。狐偃见宋襄公病体没有痊好之期，私与公孙固商议复国一事。公孙固曰：「公子若惮风尘之劳，敝邑虽小，亦可以息足。如有大志，敝邑新遭丧败，力不能振，更求他大国，方可济耳。」狐偃曰：「子之言，肺腑也。」即日告知公子，束装起程。宋襄公闻公子欲行，复厚赠资粮衣履之类，从人无不欢喜。

自晋公子去后，襄公箭疮日甚一日，不久而薨。临终，谓世子王臣曰：「吾不听子鱼之言，以及于此！汝嗣位，当以国委之。楚，大仇也，世世勿与通好。晋公子若返国，必然得位，得位必能合诸侯。吾子孙谦事之，可以少安。」王臣再拜受命。襄公在位十四年薨。王臣主丧即位，是为成公。髯仙有诗，论宋襄公德力俱无，不当列于五伯之内。诗云：

一事无成身死伤，但将迂语自称扬。腐儒全不稽名实，五伯犹然列宋襄。

再说重耳去宋，将至郑国，早有人报知郑文公。文公谓群臣曰：「重耳叛父而逃，列国不纳，屡至饥馁。此不肖之人，不必礼之。」上卿叔詹谏曰：「晋公子有三助，乃天佑之人。不可慢也。」郑伯曰：「何为三助？」叔詹对曰：「『同姓为婚，其类不蕃。』今重耳乃狐女所生，狐与姬同宗，而生重耳，处有贤名，出无祸患，此一助也。自重耳出亡，国家不靖，岂非天意有待治国之人乎？此二助也。赵衰、狐偃，皆当世英杰，重耳得而臣之，此三助也。有此三助，君其礼之。礼同姓，恤困穷，尊贤才，顺天命，四者皆美事也。」郑伯曰：「重耳且老矣，是何能为？」叔詹对曰：「君若不能尽礼，则请杀之。毋留仇雠，以遗后患。」郑伯笑曰：「大夫之言甚矣！既使寡人礼之，又使寡人杀之。礼之何恩，杀之何怨？」乃传令门官，闭门勿纳。

重耳见郑不相延接，遂驱车竟过。行至楚国，谒见楚成王。成王亦待以国君之礼，设享九献。重耳谦让不敢当。赵衰侍立，谓公子曰：「公子出亡在外，十余年矣，小国犹轻慢，况大国乎？此天命也，子勿让。」重耳乃受其享。终席，楚王恭敬不衰。重耳言词亦愈逊。由此两人甚相得，重耳遂安居于楚。

一日，楚王与重耳猎于云梦之泽。楚王卖弄武艺，连射一鹿一兔，俱获之。诸将皆伏地称贺。适有人熊一头，冲车而过，楚王谓重耳曰：「公子何不射之？」重耳拈弓搭箭，暗暗祝祷：「某若能归晋为君，此箭去，中其右掌。」飕的一箭，正穿右掌之上，军士取熊以献。楚王惊服曰：「公子真神箭也！」须臾，围场中发起喊来，楚王使左右视之，回报道：「山谷中赶出一兽，似熊非熊，其鼻如象，其头似狮，其足似虎，其发如豺，其鬣似野豕，其尾似牛，其身大于马，其文黑白斑驳，剑戟刀箭，俱不能伤，嚼铁如泥，车轴裹铁，俱被啮食，矫捷无伦，人不能制，以此喧闹。」楚王谓重耳曰：「公子生长中原，博闻多识，必知此兽之名？」重耳回顾赵衰，衰前进曰：「臣能知之。此兽其名曰：『貘』，秉天地之金气而生，头小足卑，好食铜铁，便溺所至，五金见之，皆消化为水。其骨实无髓，可以代槌，取其皮为褥，能辟瘟去湿。」楚王曰：「然则何以制之？」赵衰曰：「皮肉皆铁所结，惟鼻孔中有虚窍，可以纯钢之物刺之，或以火炙，立死，金性畏火故也。」言毕，魏犨厉声曰：「臣不用兵器，活擒此兽，献于驾前。」跳下车来，飞奔去了。楚王谓重耳曰：「寡人与公子同往观之。」即命驰车而往。

且说魏犨赶入西北角围中，一见那兽，便挥拳连击几下。那兽全然不怕，大叫一声，如牛鸣之响，直立起来，用舌一舐，将魏犨腰间鎏金锃带，舐去一段。魏犨大怒曰：「孽畜不得无礼！」耸身一跃，离地约五尺许。那兽就地打一滚，又蹲在一边。魏犨心中愈怒，再复跃起，趁这一跃之势，用尽平生威力，腾身跨在那兽身上，双手将他项子抱住。那兽奋力踯躅，魏犨随之上下，只不放手。挣扎多时，那兽力势渐衰，魏犨凶猛有余，两臂抱持愈紧。那兽项子被勒，气塞不通，全不动弹。魏犨乃跳下身来，再舒铜筋铁骨两只臂膊，将那兽的象鼻，一手捻定，如牵犬羊一般，直至二君之前。真虎将也！赵衰命军士取火薰其鼻端，火气透入，那兽便软做一堆。魏犨方才放手，拔起腰间宝剑砍之，剑光迸起，兽毛亦不损伤。赵衰曰：「欲杀此兽取皮，亦当用火围而炙之。」楚王依其言。那兽皮肉如铁，经四围火炙，渐渐柔软，可以开剥。楚王曰：「公子相从诸杰，文武俱备，吾国中万不及一也！」时楚将成得臣在旁，颇有不服之意，即奏楚王曰：「吾王夸晋臣之武，臣愿与之比较。」楚王不许曰：「晋君臣，客也，汝当敬之。」

是日猎罢，会饮大欢。楚王谓重耳曰：「公子若返晋国，何以报寡人？」重耳曰：「子女玉帛，君所余也；羽毛齿革，则楚地之所产。何以报君王？」楚王笑曰：「虽然，必有所报。寡人愿闻之。」重耳曰：「若以君王之灵，得复晋国，愿同欢好，以安百姓。倘不得已，与君王以兵车会于平原广泽之间，请避君王三舍。」按行军三十里一停，谓之一舍。三舍，九十里。言异日晋、楚交兵，当退避三舍，不敢即战，以报楚相待之恩。

当日饮罢，楚将成得臣怒言于楚王曰：「王遇晋公子甚厚，今重耳出言不逊，异日归晋，必负楚恩，臣请杀之。」楚王曰：「晋公子贤，其从者皆国器，似有天助。楚其敢违天乎？」得臣曰：「王即不杀重耳，且拘留狐偃、赵衰数人，勿令与虎添翼。」楚王曰：「留之不为吾用，徒取怨焉。寡人方施德于公子，以怨易德，非计也！」于是待晋公子益厚。

话分两头。却说周襄王十五年，实晋惠公之十四年。是岁惠公抱病在身，不能视朝。其太子圉，久质秦国，圉之母家，乃梁国也。梁君无道，不恤民力，日以筑凿为事，万民嗟怨，往往流徙入秦，以逃苛役。秦穆公乘民心之变，命百里奚兴兵袭梁，灭之。梁君为乱民所杀。太子圉闻梁见灭，叹曰：「秦灭我外家，是轻我也！」遂有怨秦之意。及闻惠公有疾，思想：「只身在外，外无哀怜之交，内无腹心之援，万一君父不测，诸大夫更立他公子，我终身客死于秦，与草木何异？不如逃归侍疾，以安国人之心。」乃夜与其妻怀嬴，枕席之间，说明其事：「我如今欲不逃归，晋国非我之有；欲逃归，又割舍不得夫妇之情。你可与我同归晋国，公私两尽。」怀嬴泣下，对曰：「子一国太子，乃拘辱于此，其欲归不亦宜乎？寡君使婢子侍巾栉，欲以固子之心也。今从子而归，背弃君命，妾罪大矣。子自择便，勿与妾言。妾不敢从，亦不敢泄子之语于他人也。」太子圉遂逃归于晋。

秦穆公闻子圉不别而行，大骂：「背义之贼！天不佑汝！」乃谓诸大夫曰：「夷吾父子，俱负寡人，寡人必有以报之！」自悔当时不纳重耳，乃使人访重耳踪迹，知其在楚，已数月矣。于是遣公孙枝聘于楚王，因迎重耳至秦，欲以纳之。重耳假意谓楚王曰：「亡人委命于君王，不愿入秦。」楚王曰：「楚、晋隔远，公子若求入晋，必须更历数国。秦与晋接境，朝发夕到。且秦君素贤，又与晋君相恶，此公子天赞之会也。公子其勉行！」重耳拜谢。楚王厚赠金帛车马，以壮其行色。重耳在路复数月，方至秦界。虽然经历尚有数国，都是秦、楚所属，况有公孙枝同行，一路安稳。自不必说。

秦穆公闻重耳来信，喜形于色，郊迎授馆，礼数极丰。秦夫人穆姬，亦敬爱重耳，而恨子圉，劝穆公以怀嬴妻重耳，结为姻好。穆公使夫人告于怀嬴。怀嬴曰：「妾已失身公子圉矣，可再字乎？」穆姬曰：「子圉不来矣！重耳贤而多助，必得晋国。得晋国，必以汝为夫人，是秦、晋世为婚姻也。」怀嬴默然良久，曰：「诚如此，妾何惜一身，不以成两国之好？」穆公乃使公孙枝通语于重耳。子圉与重耳有叔侄之分，怀嬴是嫡亲侄妇，重耳恐干碍伦理，欲辞不受。赵衰进曰：「吾闻怀嬴美而才，秦君及夫人之所爱也。不纳秦女，无以结秦欢。臣闻之：『欲人爱己，必先爱人，欲人从己，必先从人。』无以结秦欢，而欲用秦之力，必不可得也。公子其毋辞！」重耳曰：「同姓为婚，犹有避焉。况犹子乎？」臼季进曰：「古之同姓，为同德也，非谓族也。昔黄帝、炎帝，俱有熊国君少典之子，黄帝生于姬水，炎帝生于姜水，二帝异德，故黄帝为姬姓，炎帝为姜姓。姬、姜之族，世为婚姻。黄帝之子二十五人，得姓者十四人，惟姬、己各二，同德故也。德同姓同，族虽远，婚姻不通。德异姓异，族虽近，男女不避。尧为帝喾之子，黄帝五代之孙，而舜为黄帝八代之孙，尧之女于舜为祖姑，而尧以妻舜，舜未尝辞。古人婚姻之道若此。以德言，子圉之德，岂同公子？以亲言，秦女之亲，不比祖姑。况收其所弃，非夺其所欢，是何伤哉？」重耳复谋于狐偃曰：「舅犯以为可否？」狐偃问曰：「公子今求入，欲事之乎？抑代之也？」重耳不应。狐偃曰：「晋之统系，将在圉矣。如欲事之，是为国母。如欲代之，则仇雠之妻，又何问焉？」重耳犹有惭色。赵衰曰：「方夺其国，何有于妻？成大事而惜小节，后悔何及？」重耳意乃决。公孙枝复命于穆公。重耳择吉布币，就公馆中成婚。怀嬴之貌，更美于齐姜，又妙选宗女四名为媵，俱有颜色，重耳喜出望外，遂不知有道路之苦矣。史官有诗论怀嬴之事云：

一女如何有二天？况于叔侄分相悬。只因要结秦欢好，不恤人言礼义愆。

秦穆公素重晋公子之品，又添上甥舅之亲，情谊愈笃。三日一宴，五日一飨。秦世子罃亦敬事重耳，时时馈问。赵衰、狐偃等因与秦臣蹇叔、百里奚、公孙枝等深相结纳，共踌躇复国之事。一来公子新婚，二来晋国无衅，以此不敢轻易举动。自古道：「运到时来，铁树花开。」天生下公子重耳，有晋君之分，有名的伯主，自然生出机会。

再说太子圉自秦逃归，见了父亲晋惠公，惠公大喜曰：「吾抱病已久，正愁付托无人。今吾子得脱樊笼，复还储位，吾心安矣。」是秋九月，惠公病笃，托孤于吕省、郤芮二人，使辅子圉：「群公子不足虑，只要谨防重耳。」吕、郤二人，顿首受命。是夜，惠公薨，太子圉主丧即位，是为怀公。

怀公恐重耳在外为变，乃出令：「凡晋臣从重耳出亡者，因亲及亲，限三个月内，俱要唤回。如期回者，仍复旧职，既往不咎。若过期不至，禄籍除名，丹书注死。父子兄弟坐视不召者，并死不赦！」老国舅狐突二子狐毛、狐偃，俱从重耳在秦，郤芮私劝狐突作书，唤二子归国。狐突再三不肯。郤芮乃谓怀公曰：「二狐有将相之才，今从重耳，如虎得翼。突不肯唤归，其意不测，主公当自与言之。」怀公即使人召狐突。突与家人诀别而行。来见怀公，奏曰：「老臣病废在家，不知宣召何言？」怀公曰：「毛、偃在外，老国舅曾有家信去唤否？」突对曰：「未曾。」怀公曰：「寡人有令：『过期不至者，罪及亲党。』老国舅岂不闻乎？」突对曰：「臣二子委质重耳，非一日矣。忠臣事君，有死无二！二子之忠于重耳，犹在朝诸臣之忠于君也。即使逃归，臣犹将数其不忠，戮于家庙。况召之乎？」怀公大怒，喝令二力士以白刃交加其颈，谓曰：「二子若来，免汝一死！」因索简置突前，郤芮执其手，使书之。突呼曰：「勿执我手，我当自书。」乃大书「子无二父，臣无二君」八字。怀公大怒曰：「汝不惧耶？」突对曰：「为子不孝，为臣不忠，老臣之所惧也。若死，乃臣子之常事。有何惧焉！」舒颈受刑。怀公命斩于市曹。太卜郭偃见其尸，叹曰：「君初嗣位，德未及于匹夫，而诛戮老臣，其败不久矣！」即日称疾不出。狐氏家臣，急忙逃奔秦国，报与毛、偃知道。

不知毛、偃如何，且看下回分解。

第〇三六回 晋吕郤夜焚公宫 秦穆公再平晋乱

话说狐毛、狐偃兄弟，从公子重耳在秦，闻知父亲狐突被子圉所害。捶胸大哭。赵衰、臼季等都来问慰。赵衰曰：『死者不可复生，悲之何益？且同见公子，商议大事。』毛、偃收泪，同赵衰等来见重耳。毛、偃言：『惠公已薨，子圉即位，凡晋臣从亡者，立限唤回，如不回，罪在亲党。怪老父不召臣等兄弟，将来杀害。』说罢，痛上心来，重复大哭。重耳曰：『二舅不必过伤，孤有复国之日，为汝父报仇。』即时驾车来见穆公，诉以晋国之事。穆公曰：『此天以晋国授公子，不可失也！寡人当身任之。』赵衰代对曰：『君若庇荫重耳，幸速图之！若待子圉改元告庙，君臣之分已定，恐动摇不易也。』穆公深然其言。重耳辞回甥馆，方才坐定，只见门官通报：『晋国有人到此，说有机密事，求见公子。』公子召入，问其姓名。其人拜而言曰：『臣乃晋大夫栾枝之子栾盾也。因新君性多猜忌，以杀为威，百姓胥怨，群臣不服，臣父特遣盾私送款于公子。子圉心腹，只有吕省、郤芮二人，旧臣郤步扬、韩简等一班老成，俱疏远不用，不足为虑。臣父已约会郤溱、舟之侨等，敛集私甲，只等公子到来，便为内应。』重耳大喜，与之订约，以明年岁首为期，决至河上。栾盾辞去。

重耳对天祷祝，以蓍布筮。得泰卦，六爻安静，重耳疑之。召狐偃占其吉凶。偃拜贺曰：『是为天地配享，小往大来，上吉之兆。公子此行，不惟得国，且有主盟之分。』重耳乃以栾盾之言告狐偃。偃曰：『公子明日便与秦公请兵，事不宜迟。』重耳乃于次日复入朝谒秦穆公，穆公不待开言，便曰：『寡人知公子急于归国矣。恐诸臣不任其事，寡人当亲送公子至河。』重耳拜谢而出。丕豹闻穆公将纳公子重耳，愿为先锋效力。穆公许之。太史择吉于冬之十二月。先三日，穆公设宴，饯公子于九龙山，赠以白璧十双，马四百匹，帷席器用，百物俱备，粮草自不必说。赵衰等九人，各白璧一双，马四匹。重耳君臣俱再拜称谢。

至日，穆公自统谋臣百里奚、繇余，大将公子絷、公孙枝，先锋丕豹等，率兵车四百乘，送公子重耳离了雍州城，望东进发。秦世子罃与重耳素本相得，依依不舍，直送至渭阳，垂泪而别。诗曰：

猛将精兵似虎狼，共扶公子立边疆；怀公空自诛狐突，只手安能掩太阳？

周襄王十六年，晋怀公圉之元年，春正月，秦穆公同晋公子重耳行至黄河岸口。渡河船只，俱已预备齐整，穆公重设饯筵，丁宁重耳曰：『公子返国，毋忘寡人夫妇也。』乃分军一半，命公子絷、丕豹护送公子济河，自己大军屯于河西。正是：『眼望捷旌旗，耳听好消息。』

却说壶叔主公子行李之事。自出奔以来，曹、卫之间，担饥受饿，不止一次，正是无衣惜衣，无食惜食，今日渡河之际，收拾行装，将日用的坏笾残豆，敝席破帷，件件搬运入船，有吃不尽的酒脯之类，亦皆爱惜如宝，摆列船内。重耳见了，呵呵大笑，曰：『吾今日入晋为君，玉食一方，要这些残敝之物何用？』喝教抛弃于岸，不留一些。狐偃私叹曰：『公子未得富贵，先忘贫贱，他日怜新弃旧，把我等同守患难之人，看做残敝器物一般，可不枉了这十九年辛苦！乘今日尚未济河，不如辞之，异时还有相念之日。』乃以秦公所赠白璧一双，跪献于重耳之前曰：『公子今已渡河，便是晋界，内有诸臣，外有秦将，不愁晋国不入公子之手。臣之一身，相从无益，愿留秦邦，为公子外臣。所有白璧一双，聊表寸意。』重耳大惊曰：『孤方与舅氏共享富贵，何出此言？』狐偃曰：『臣自知有三罪于公子，不敢相从。』重耳曰：『三罪何在？』狐偃对曰：『臣闻：「圣臣能使其君尊，贤臣能使其君安。」今臣不肖，使公子困于五鹿，一罪也；受曹、卫二君之慢，二罪也；乘醉出公子于齐城，致触公子之怒，三罪也。向以公子尚在羁旅，臣不敢辞。今入晋矣，臣奔走数年，惊魂几绝，心力并耗，譬之余笾残豆，不可再陈，敝席破帷，不可再设。留臣无益，去臣无损，臣是以求去耳！』重耳垂泪而言曰：『舅氏责孤甚当，乃孤之过也。』即命壶叔将已弃之物，一一取回；复向河设誓曰：『孤返国，若忘了舅氏之劳，不与同心共政者，子孙不昌！』即取白璧投之于河曰：『河伯为盟证也！』时介子推在他船中，闻重耳与狐偃立盟，笑曰：『公子之归，乃天意也，子犯欲窃以为己功乎？此等贪图富贵之辈，吾羞与同朝！』自此有栖隐之意。

重耳济了黄河，东行至于令狐，其宰邓惛，发兵登城拒守。秦兵围之。丕豹奋勇先登，遂破其城，获邓惛斩之。桑泉、臼衰，望风迎降。晋怀公闻谍报大惊，悉起境内车乘甲兵，命吕省为大将，郤芮副之，屯于庐柳，以拒秦兵，畏秦之强，不敢交战。公子絷乃为秦穆公书，使人送吕、郤军中。略曰：

寡人之为德于晋，可谓至矣。父子背恩，视秦如仇，寡人忍其父，不能复忍其子。今公子重耳，贤德著闻，多士为辅，天人交助，内外归心。寡人亲率大军，屯于河上，命絷护送公子归晋，主其社稷。子大夫若能别识贤愚，倒戈来迎，转祸为福，在此一举！

吕、郤二人览书，半晌不语。欲接战，诚恐敌不过秦兵，又如龙门山故事；欲迎降，又恐重耳记着前仇，将他偿里克、丕郑之命。踌躇了多时，商量出一个计较来。乃答书于公子絷，其略云：

某等自知获罪公子，不敢释甲；然翼戴公子，实某等之愿也！倘得与从亡诸子，共矢天日，各无相害，子大夫任其无咎，敢不如命。

公子絷读其回书，已识透其狐疑之意。乃单车造于庐柳，来见吕、郤。吕、郤欣然出迎，告以衷腹曰：『某等非不欲迎降，惧公子不能相容，欲以盟为信耳。」縶曰：「大夫若退军于西北，縶将以大夫之诚，告于公子，而盟可成也。」吕、郤应诺，候公子縶别去，即便出令，退屯于郇城。重耳使狐偃同公子縶至郇城，与吕、郤相会。是日，刑牲歃血，立誓共扶重耳为君，各无二心。盟讫，即遣人相随狐偃至臼衰，迎接重耳到郇城大军之中，发号施令。

怀公不见吕、郤捷音，使寺人勃鞮至晋军催战。行至中途，闻吕、郤退军郇城，与狐偃、公子縶讲和，叛了怀公，迎立重耳，慌忙回报。怀公大惊，急集郤步扬、韩简、栾枝、士会等一班朝臣计议。那一班朝臣，都是向着公子重耳的，平昔见怀公专任吕、郤，心中不忿：「今吕、郤等尚且背叛，事到临头，召我等何用。」一个个托辞，有推病的，有推事的，没半个肯上前。怀公叹了一口气道：「孤不该私自逃回，失了秦欢，以致如此！」勃鞮奏曰：「群臣私约共迎新君，主公不可留矣！臣请为御，暂适高梁避难，再作区处。」

不说怀公出奔高梁。再说公子重耳，因吕、郤遣人来迎，遂入晋军。吕省、郤芮叩首谢罪，重耳将好言抚慰，赵衰、臼季等从亡诸臣，各各相见，吐露心腹，共保无虞。吕、郤大悦，乃奉重耳入曲沃城中，朝于武公之庙。绛都旧臣，栾枝、郤溱为首，引着士会、舟之侨、羊舌职、荀林父，先蔑、箕郑、先都等三十余人，俱至曲沃迎驾。郤步扬、梁繇靡、韩简、家仆徒等，另做一班，俱往绛都郊外邀接。重耳入绛城即位，是为文公，按重耳四十三岁奔翟，五十五岁适齐，六十一岁适秦，及复国为君，年已六十二岁矣。

文公既立，遣人至高梁，刺杀怀公。子圉自去年九月嗣位，至今年二月被杀，首尾为君，不满六个月。哀哉！寺人勃鞮收而葬之，然后逃回。不在话下。

却说文公宴劳秦将公子縶等，厚犒其军。有丕豹哭拜于地，请改葬其父丕郑。文公许之。文公欲留用丕豹，豹辞曰：「臣已委质于秦庭，不敢事二君也。」乃随公子縶到河西，回复秦穆公，穆公班师回国。史臣有诗美秦穆公云：

辚辚车骑过河东，龙虎乘时气象雄；假使雍州无义旅，纵然多助怎成功？

却说吕省、郤芮迫于秦势，虽然一时迎降，心中疑虑，到底不能释然，对着赵衰、臼季诸人，未免有惭愧之意。又见文公即位数日，并不曾爵一有功，戮一有罪，举动不测，怀疑益甚。乃相与计较，欲率家甲造反，焚烧公宫，弑了重耳，别立他公子为君。思想：「在朝无可与商者。惟寺人勃鞮，乃重耳之深仇，今重耳即位，勃鞮必然惧诛，此人胆力过人，可邀与共事。」使人招之，勃鞮随呼而至。吕、郤告以焚宫之事，勃鞮欣然领命。三人歃血为盟，约定二月晦日会齐，夜半一齐举事。吕、郤二人，各往封邑，暗集人众。不在话下。

却说勃鞮虽然当面应承，心中不以为然，思量道：「当初奉献公之命，去伐蒲城；又奉惠公所差，去刺重耳，这是桀犬吠尧，各为其主。今日怀公已死，重耳即位，晋国方定，又干此大逆无道之事，莫说重耳有天人之助，未必成事；纵使杀了重耳，他从亡许多豪杰，休想轻轻放过了我。不如私下往新君处出首，把这话头，反做个进身之阶。此计甚妙。」又想：「自己是个有罪之人，不便直叩公宫。」遂于深夜往见狐偃。狐偃大惊，问曰：「汝得罪新君甚矣！不思远引避祸，而夤夜至此何也？」勃鞮曰：「某之此来，正欲见新君，求国舅一引进耳！」狐偃曰：「汝见主公，乃自投死也。」勃鞮曰：「某有机密事来告，欲救一国人性命，必面见主公，方可言之。」狐偃遂引至公宫门首，偃叩门先入，见了文公，述勃鞮求见之语。文公曰：「鞮有何事，救得一国人性命？此必托言求见，借舅氏作面情讨饶耳。」狐偃曰：「『刍荛之言，圣人择焉。』主公新立，正宜捐弃小忿，广纳忠告，不可拒之。」文公意犹未释。乃使近侍传语责之曰：『汝斩寡人之袂，此衣犹在，寡人每一见之寒心。汝又至翟行刺寡人，惠公限汝三日起身，汝次日即行，幸我天命见佑，不遭毒手。今寡人入国，汝有何面目来见？可速逃遁，迟则执汝付刑矣！』勃鞮呵呵大笑曰：『主公在外奔走十九年，世情尚未熟透耶？先君献公，与君父子；惠公，则君之弟也。父仇其子，弟仇其兄，况勃鞮乎？勃鞮小臣，此时惟知有献、惠，安知有君哉？昔管仲为公子纠射桓公中其钩，桓公用之，遂伯天下。如君所见，将修射钩之怨，而失盟主之业矣。不见臣，不为臣损，但恐臣去，而君之祸不远也。』狐偃奏曰：『勃鞮必有所闻而来，君必见之。』文公乃召勃鞮入宫。勃鞮并不谢罪，但再拜口称：『贺喜！』文公曰：『寡人嗣位久矣，汝今日方称贺，不已晚乎？』勃鞮对曰：『君虽即位，未足贺也。得勃鞮，此位方稳，乃可贺耳！』文公怪其言，屏开左右，愿闻其说。勃鞮将吕、郤之谋，如此恁般，细述一遍：『今其党布满城中，二贼又往封邑聚兵。主公不若乘间与狐国舅微服出城，往秦国起兵，方可平此难也。臣请留此，为诛二贼之内应。』狐偃曰：『事已迫矣！臣请从行。国中之事，子余必能料理。』文公叮嘱勃鞮：『凡事留心，当有重赏！』勃鞮叩首辞出。

文公与狐偃商议了多时，使狐偃预备温车于宫之后门，只用数人相随。文公召心腹内侍，吩咐如此如此，不可泄漏。是晚，依旧如常就寝。至五鼓，托言感寒疾腹病，使小内侍执灯如厕，遂出后门，与狐偃登车出城而去。次早，宫中俱传主公有病，各来寝室问安，俱辞不见。宫中无有知其出外者。天明，百官齐集朝门，不见文公视朝，来至公宫询问。只见朱扉双闭，门上挂着一面免朝牌，守门者曰：『主公夜来偶染寒疾，不能下床。直待三月朔视朝，方可接见列位也。』赵衰曰：『主公新立，百事未举，忽有此疾，正是「天有不测风云，人有旦夕祸福」。』众人信以为真，各各叹息而走。吕、郤二人闻知文公患病不出，直至三月朔方才视朝，暗暗欢喜曰：『天教我杀重耳也！』

且说晋文公、狐偃潜行，离了晋界，直入秦邦，遣人致密书于秦穆公，约于王城相会。穆公闻晋侯微行来到，心知国中有变。乃托言出猎，即日命驾，竟至王城来会晋侯。相见之间，说明来意。穆公笑曰：『天命已定，吕、郤辈何能为哉？吾料子余诸人，必能办贼，君勿虑也！』乃遣大将公孙枝屯兵河口，打探绛都消息，便宜行事。晋侯权住王城。

却说勃鞮恐吕、郤二人见疑，数日前，便寄宿于郤芮之家，假作商量。至二月晦日，勃鞮说郤芮曰：『主公约来早视朝，想病当小愈。宫中火起，必然出外。吕大夫守住前门，郤大夫守住后门，我领家众据朝门，以遏救火之人。重耳虽插翅难逃也！』郤芮以为然，言于吕省。是晚，家众各带兵器火种，分头四散埋伏。约莫三更时分，于宫门放起火来。那火势好不凶猛！宫人都在睡梦中惊醒，只道宫中遗漏，大惊小怪，一齐都乱起来。火光中但见戈甲纷纷，东冲西撞，口内大呼：『不要走了重耳！』宫人遇火者，烂额焦头；逢兵者，伤肢损体。哀哭之声，耳不忍闻。吕省仗剑直入寝宫，来寻文公，并无踪影。撞见郤芮，亦仗剑从后宰门入来，问吕省：『曾了事否？』吕省对答不出，只是摇头。二人又冒火覆身搜寻一遍，忽闻外面喊声大举，勃鞮仓忙来报曰：『狐、赵、栾、魏等各家，悉起兵众前来救火，若至天明，恐国人俱集，我等难以脱身。不如乘乱出城，候至天明，打听晋侯死生的确，再作区处。』吕、郤此时，不曾杀得重耳，心中早已着忙了，全无主意。只得号召其党，杀出朝门而去。史官有诗云：

毒火无情杀械成，谁知车驾在王城！晋侯若记留袂恨，安得潜行会舅甥？

且说狐、赵、栾、魏等各位大夫，望见宫中失火，急忙敛集兵众，准备挠钩水桶，前来救火，原不曾打帐厮杀，直至天明，将火扑灭，方知吕、郤二人造反。不见了晋侯，好大吃惊！有先前吩咐心腹内侍，火中逃出，告知：『主公数日前，于五鼓微服出宫，不知去向。』赵衰曰：『此事问狐国舅便知。」狐毛曰：「吾弟子犯，亦于数日前入宫，是夜便不曾归家。想君臣相随，必然预知二贼之逆谋。吾等只索严守都城，修葺宫寝，以待主公之归，可也。」魏犨曰：「贼臣造逆，焚宫弑主，今虽逃不远，乞付我一旅之师，追而斩之。」赵衰曰：「甲兵，国家大权，主公不在，谁敢擅动。二贼虽逃，不久当授首矣。」

再说吕、郤等屯兵郊外，打听得晋君未死，诸大夫闭城谨守；恐其来追，欲奔他国，但未决所向。勃鞮绐之曰：「晋君废置，从来皆出秦意。况二位与秦君原有旧识，今假说公宫失火，重耳焚死。去投秦君，迎公子雍而立之，重耳虽不死，亦难再入矣。」吕省曰：「秦君向与我有王城之盟，今日只合投之。但未知秦肯容纳否？」勃鞮曰：「吾当先往道意，如其慨许，即当偕往。不然，再作计较。」勃鞮行至河口，闻公孙枝屯兵河西，即渡河求见，各各吐露心腹，说出真情。公孙枝曰：「既贼臣见投，当诱而诛之，以正国法，无负便宜之托，可也。」乃为书托勃鞮往召吕、郤。书略曰：

新君入国，与寡君原有割地之约。寡君使枝宿兵河西，理明疆界，恐新君复如惠公故事也。今闻新君火厄，二大夫有意于公子雍，此寡君之所愿闻。大夫其速来共计！

吕、郤得书，欣然而往。至河西军中，公孙枝出迎。叙话之后，设席相款。吕、郤坦然不疑。谁知公孙枝预遣人报知秦穆公，先至王城等候。吕、郤等留连三日，愿见秦君。公孙枝曰：「寡君驾在王城，同往可也。车徒暂屯此地，俟大夫返驾，一同济河，何如？」吕、郤从其言。行至王城，勃鞮同公孙枝先驱入城，见了秦穆公，使丕豹往迎吕、郤。穆公伏晋文公于围屏之后。吕、郤等继至，谒见已毕，说起迎立子雍之事。穆公曰：「公子雍已在此了！」吕、郤齐声曰：「愿求一见。」穆公呼曰：「新君可出矣！」只见围屏后一位贵人，不慌不忙，叉手步出。吕、郤睁眼看之，乃文公重耳也。吓得吕省、郤芮魂不附体，口称：「该死！」叩头不已。穆公邀文公同坐。文公大骂：「逆贼！寡人何负于汝而反？若非勃鞮出首，潜出宫门，寡人已为灰烬矣！」吕、郤此时方知为勃鞮所卖。报称：「勃鞮实歃血同谋，愿与俱死。」文公笑曰：「勃鞮若不共歃，安知汝谋如此？」喝叫武士拿下，就命勃鞮监斩。须臾，二颗人头，献于阶下。可怜吕省、郤芮辅佐惠、怀，也算一时豪杰，索性屯军庐柳之时，与重耳做个头敌，不失为从一忠臣！既已迎降，又复背叛，今日为公孙枝所诱，死于王城，身名俱败，岂不哀哉！文公即遣勃鞮，将吕、郤首级，往河西招抚其众；一面将捷音驰报国中。众大夫皆喜曰：「不出子余所料也！」赵衰等忙备法驾，往河东迎接晋侯。

要知后事如何，且看下回分解。

第〇三七回

介子推守志焚绵上 太叔带怙宠入宫中

话说晋文公在王城诛了吕省、郤芮，向秦穆公再拜称谢。因以亲迎夫人之礼，请逆怀嬴归国。穆公曰：「弱女已失身子圉，恐不敢辱君之宗庙，得备嫔嫱之数足矣。」文公曰：「秦、晋世好，非此不足以主宗祀。舅其勿辞！且重耳之出，国人莫知，今以大婚为名，不亦美乎？」穆公大喜，乃邀文公复至雍都，盛饰辎軿以怀嬴等五人归之。又亲送其女，至于河上，以精兵三千护送，谓之『纪纲之仆』。今人称管家为纪纲，盖始于此。文公同怀嬴等济河，赵衰诸臣，早备法驾于河口，迎接夫妇升车。百官扈从，旌旗蔽日，鼓乐喧天，好不闹热！昔时宫中夜遁，如入土之龟，缩头缩尾；今番河上荣归，如出冈之凤，双宿双飞。正所谓『彼一时，此一时』也。文公至绛，国人无不额手称庆。百官朝贺，自不必说。遂立怀嬴为夫人。

当初晋献公嫁女伯姬之时，使郭偃卜卦，其繇云：『世作甥舅，三定我君』。伯姬为秦穆公夫人，穆公女怀嬴，又为晋文公夫人，岂不是『世作甥舅』？穆公先送夷吾归国，又送重耳归国，今日文公避难而出，又亏穆公诱诛吕、郤，重整山河，岂不是『三定我君？』又穆公曾梦宝夫人，引之游于天阙，谒见上帝，遥闻殿上呼穆公之名曰：『任好听旨，汝平晋乱！』如是者再。穆公先平里克之乱，复平吕郤之乱，一筮一梦，无不应验。诗云：

万物荣枯皆有定，浮生碌碌空奔忙；笑彼愚人不安命，强觅冬雷和夏霜。

文公追恨吕、郤二人，欲尽诛其党。赵衰谏曰：「惠、怀以严刻失人心，君宜更之以宽。」文公从其言，乃颁行大赦。吕、郤之党甚众，虽见赦文，犹不自安，讹言日起，文公心以为忧。忽一日侵晨，小吏头须叩宫门求见。文公方解发而沐，闻之怒曰：「此人窃吾库藏，致寡人行资缺乏，乞食曹、卫。今日尚何见为？」阍人如命辞之。头须曰：「主公得无方沐乎？」阍者惊曰：「汝何以知之？」头须曰：「夫沐者，俯首曲躬，其心必覆；心覆则出言颠倒，宜我之求见而不得也。且主公能容勃鞮，得免吕、郤之难；今独不能容头须耶？头须此来，有安晋国之策。君必拒之，头须从此逃矣。」阍人遽以其言告于文公，文公曰：「是吾过也！」亟索冠带装束，召头须入见。头须叩头请罪讫，然后言曰：「主公知吕、郤之党几何？」文公蹙眉而言曰：「众甚。」头须奏曰：「此辈自知罪重，虽奉赦犹在怀疑，主公当思所以安之。」文公曰：「安之何策？」头须奏曰：「臣窃主公之财，使主公饥饿。臣之获罪，国人尽知。若主公出游而用臣为御，使举国之人，闻且见之，皆知主公之不念旧恶，而群疑尽释矣。」文公曰：「善。」乃托言巡城，用头须为御。吕、郤之党见之，皆私语曰：「头须窃君之藏，今且仍旧录用，况他人乎？」自是讹言顿息。文公仍用头须掌库藏之事。因有恁般容人之量，所以能安定晋国。

文公先为公子时，已娶过二妻。初娶徐嬴，早卒。再娶偪姞，生一子一女，子名驩，女曰伯姬。偪姞亦薨于蒲城。文公出亡时，子女俱幼，弃之于蒲，亦是头须收留，寄养于蒲民遂氏之家，岁给粟帛无缺。一日，乘间言于文公。文公大惊曰：「寡人以为死于兵刃久矣，今犹在乎？何不早言？」头须奏曰：「臣闻『母以子贵，子以母贵』。君周游列国，所至送女，生育已繁。公子虽在，未卜君意何如？是以不敢遽白耳。」文公曰：「汝如不言，寡人几负不慈之名！」即命头须往蒲，厚赐遂氏，迎其子女以归，使怀嬴母之。遂立驩为太子，以伯姬赐与赵衰为妻，谓之赵姬。

翟君闻晋侯嗣位，遣使称贺，送季隗归晋。文公问季隗之年，对曰：「别来八载，今三十有二矣。」文公戏曰：「犹幸不及二十五年也。」齐孝公亦遣使送姜氏于晋，晋侯谢其玉成之美。姜氏曰：「妾非不贪夫妇之乐，所以劝驾者，正为今日耳。」文公将齐、翟二姬平昔贤德，述于怀嬴。怀嬴称赞不已，固请让夫人之位于二姬。于是更定宫中之位，立齐女为夫人，翟女次之，怀嬴又次之。

赵姬闻季隗之归，亦劝其夫赵衰，迎接叔隗母子。衰辞曰：「蒙主公赐婚，不敢复念翟女也！」赵姬曰：「此世俗薄德之语，非妾所愿闻也。妾虽贵，然叔隗先配，且有子矣，岂可怜新而弃旧乎？」赵衰口虽唯唯，意犹未决。赵姬乃入宫奏于文公曰：「妾夫不迎叔隗，欲以不贤之名遗妾，望父侯作主！」文公乃使人至翟，迎叔隗母子以归。赵姬以内子之位让翟女，赵衰又不可。赵姬曰：「彼长而妾幼，彼先而妾后，长幼先后之序，不可乱也。且闻子盾，齿已长矣，而又有才，自当立为嫡子。妾居偏房，理所当然。若必不从，妾惟有退居宫中耳！」衰不得已，以姬言奏于文公。文公曰：「吾女能推让如此，虽周太妊莫能过也！」遂宣叔隗母子入朝，立叔隗为内子，立盾为嫡子。叔隗亦固辞，文公喻以赵姬之意，乃拜受谢恩而出。盾时年十七岁，生得气宇轩昂，举动有则，通诗书，精射御，赵衰甚爱之。后赵姬生三子，曰同，曰括，曰婴，其才皆不及盾。此是后话。史官叙赵姬之贤德，赞云：

阴性好闭，不嫉则妒。惑夫逞骄，篡嫡敢怒。
褒进中绌，服欢曰怖。理显势穷，误人自误。
贵而自贱，高而自卑。同括下盾，隗压于姬。
谦谦令德，君子所师，文公之女，成季之妻。

再说晋文公欲行复国之赏，乃大会群臣，分为三等：以从亡为首功，送款者次之，迎降者又次之。三等之中，又各别其劳之轻重，而上下其赏。

第一等从亡中，以赵衰、狐偃为最；其他狐毛、胥臣、魏犨、狐射姑、先轸、颠颉，以次而叙。第二等送款者，以栾枝、郤溱为最；其他士会、舟之侨、孙伯纠、祁满等，以次而叙。第三等迎降者，郤步扬、韩简为最；其他梁繇靡、家仆徒、郤乞、先蔑、屠击等，以次而叙。无采地者赐地，有采地者益封。别以白璧五双赐狐偃曰：『向者投璧于河，以此为报。』又念狐突冤死，立庙于晋阳之马鞍山，后人因名其山曰狐突山。又出诏令于国门：『倘有遗下功劳未叙者，许其自言。』小臣壶叔进曰：『臣自蒲城相从主公，奔走四方，足踵俱裂。居则侍寝食，出则戒车马，未尝顷刻离左右也。今主公行从亡之赏，而不及于臣，意者臣有罪乎？』文公曰：『汝来前，寡人为汝明之。夫导我以仁义，使我肺腑开通者，此受上赏；辅我以谋议，使我不辱诸侯者，此受次赏；冒矢石，犯锋镝，以身卫寡人者，此复受次赏。故上赏赏德，其次赏才，又其次赏功。若夫奔走之劳，匹夫之力，又在其次。三赏之后，行且及汝矣。』壶叔愧服而退。文公乃大出金帛，遍赏舆儓仆隶之辈，受赏者无不感悦。惟魏犨、颠颉二人，自恃才勇，见赵衰、狐偃都是文臣，以辞令为事，其赏却在己上，心中不悦，口内稍有怨言。文公念其功劳，全不计较。

又有介子推，原是从亡人数，他为人狷介无比，因济河之时，见狐偃有居功之语，心怀鄙薄，耻居其列，自随班朝贺一次以后，托病居家，甘守清贫，躬自织屦，以侍奉其老母。晋侯大会群臣，论功行赏，不见子推，偶尔忘怀，竟置不问了。邻人解张，见子推无赏，心怀不平；又见国门之上，悬有诏令：『倘有遗下功劳未叙，许其自言。』特地叩子推之门，报此消息。子推笑而不答。老母在厨下闻之，谓子推曰：『汝效劳十九年，且曾割股救君，劳苦不小。今日何不自言？亦可冀数钟之粟米，共朝夕之饔飧，岂不胜于织屦乎？』子推对曰：『献公之子九人，惟主公最贤。惠、怀不德，天夺其助，以国属于主公。诸臣不知天意，争据其功，吾方耻之！吾宁终身织屦，不敢贪天之功以为己力也！』老母曰：『汝虽不求禄，亦宜入朝一见，庶不没汝割股之劳。』子推曰：『孩儿既无求于君，何以见为？』老母曰：『汝能为廉士，吾岂不能为廉士之母？吾母子当隐于深山，毋溷于市井中也。』子推大喜曰：『孩儿素爱绵上，高山深谷，今当归此。』乃负其母奔绵上，结庐于深谷之中，草衣木食，将终其身焉。邻舍无知其去迹者。惟解张知之，乃作书夜悬于朝门。文公设朝，近臣收得此书，献于文公。文公读之，其词曰：

有龙矫矫，悲失其所；数蛇从之，周流天下。
龙饥乏食，一蛇割股；龙返于渊，安其壤土。
数蛇入穴，皆有宁宇；一蛇无穴，号于中野！

文公览毕，大惊曰：『此介子推之怨词也！昔寡人过卫乏食，子推割股以进。今寡人大赏功臣，而独遗子推，寡人之过何辞？』即使人往召子推，子推已不在矣。文公拘其邻舍，诘问子推去处：『有能言者，寡人并官之。』解张进曰：『此书亦非子推之书，乃小人所代也。子推耻于求赏，负其母隐于绵上深谷之中。小人恐其功劳泯没，是以悬书代为白之。』文公曰：『若非汝悬书，寡人几忘子推之功矣！』遂拜解张为下大夫，即日驾车，用解张为前导，亲往绵山，访求子推。

只见峰峦叠叠，草树萋萋，流水潺潺，行云片片，林鸟群噪，山谷应声，竟不得子推踪迹。正是：『只在此山中，云深不知处。』左右拘得农夫数人到来，文公亲自问之。农夫曰：『数日前，曾有人见一汉子，负一老妪，息于此山之足，汲水饮之，复负之登山而去。今则不知所之也。』文公命停车于山下，使人遍访，数日不得。文公面有愠色，谓解张曰：『子推何恨寡人之深耶？吾闻子推甚孝，若举火焚林，必当负其母而出矣。』魏犨进曰：「从亡之日，众人皆有功劳，岂独子推哉？今子推隐身以要君，逗遛车驾，虚费时日。待其避火而出，臣当羞之！」乃使军士于山前山后，周围放火，火烈风猛，延烧数里，三日方息。子推终不肯出，子母相抱，死于枯柳之下。军士寻得其骸骨。文公见之，为之流涕。命葬于绵山之下，立祠祀之。环山一境之田，皆作祠田，使农夫掌其岁祀。「改绵山曰介山，以志寡人之过！」后世于绵上立县，谓之介休，言介子推休息于此也。焚林之日，乃三月五日清明之候。国人思慕子推，以其死于火，不忍举火，为之冷食一月。后渐减至三日。至今太原、上党、西河、雁门各处，每岁冬至后一百五日，预作干粮，以冷水食之，谓之「禁火」，亦曰「禁烟」。因以清明前一日为寒食节，遇节，家家插柳于门，以招子推之魂，或设野祭，焚纸钱，皆为子推也。胡曾有诗云：

羁绁从游十九年，天涯奔走备颠连。食君刳股心何赤？辞禄焚躯志甚坚！
绵上烟高标气节，介山祠壮表忠贤。只今禁火悲寒食，胜却年年挂纸钱。

文公既定君臣之赏，大修国政，举善任能，省刑薄敛，通商礼宾，拯寡救乏，国中大治。周襄王使太宰周公孔，及内使叔兴，赐文公以侯伯之命。文公待之有加礼。叔兴归见襄王，言：「晋侯必伯诸侯，不可不善也。」襄王自此疏齐而亲晋。不在话下。

是时郑文公臣服于楚，不通中国，恃强凌弱，怪滑伯事卫不事郑，乃兴师伐之。滑伯惧而请成。郑师方退，滑仍旧事卫，不肯服郑。郑文公大怒，命公子士泄为将，堵俞弥副之，再起大军伐滑。卫文公与周方睦，诉郑于周。周襄王使大夫游孙伯、伯服至郑，为滑求解。未至，郑文公闻之，怒曰：「郑、卫一体也，王何厚于卫，而薄于郑耶？」命拘游孙伯、伯服于境上，俟破滑凯旋，方可释之。孙伯被拘，其左右奔回，诉知周襄王。襄王骂曰：「郑捷欺朕太甚，朕必报之！」问群臣：「谁能为朕问罪于郑者？」大夫颓叔、桃子二人进曰：「郑自先王兵败，益无忌惮。今又挟荆蛮为重，虐执王臣。若兴兵问罪，难保必胜。以臣之愚，必借兵于翟，方可伸威。」大夫富辰连声曰：「不可，不可！古人云：『疏不间亲。』郑虽无道，乃子友之后，于天子兄弟也。武公著东迁之劳，厉公平子颓之乱，其德均不可忘。翟乃戎、狄豺狼，非我同类。用异类而蔑同姓，修小怨而置大德，臣见其害，未见其利也。」颓叔、桃子曰：「昔武王伐商，九夷俱来助战，何必同姓？东山之征，实因管、蔡。郑之横逆，犹管、蔡也。翟之事周，未尝失礼。以顺诛逆，不亦可乎？」襄王曰：「二卿之言是也。」乃使颓叔、桃子如翟，谕以伐郑之事。翟君欣然奉命，假以出猎为名，突入郑地，攻破栎城，以兵戍之。遣使同二大夫告捷于周。周襄王曰：「翟有功于朕，朕今中宫新丧，欲以翟为婚姻，何如？」颓叔、桃子曰：「臣闻翟人之歌曰：『前叔隗，后叔隗，如珠比玉生光辉。』言翟有二女，皆名叔隗，并有殊色。前叔隗乃咎如国之女，已嫁晋侯。后叔隗乃翟君所生，今尚未聘，王可求之。」襄王大喜，复命颓叔、桃子往翟求婚。翟人送叔隗至周，襄王欲立为继后。富辰又谏曰：「王以翟为有功，劳之可也。今以天子之尊，下配夷女。翟恃其功，加以姻亲，必有窥伺之患矣。」襄王不听，遂以叔隗主中宫之政。

说起那叔隗，虽有韶颜，素无闺德。在本国专好驰马射箭，翟君每出猎，必自请随行。日与将士每驰逐原野，全无拘束。今日嫁与周王，居于深宫，如笼中之鸟，槛内之兽，甚不自在。

一日，请于襄王曰：「妾幼习射猎，吾父未尝禁也。今郁郁宫中，四肢懈倦，将有痿痹之疾。王何不举大狩，使妾观之？」襄王宠爱方新，言无不从。遂命太史择日，大集车徒，较猎于北邙山。有司张幕于山腰，襄王与隗后坐而观之。襄王欲悦隗后之意，出令曰：「日中为期，得三十禽者，赏軘车三乘，得二十禽者，赏以车二乘，得十禽者，赏以轈车一乘，不踰十禽者，无赏。』一时王子王孙及大小将士，击狐伐兔，无不各逞其能，以邀厚赏。打围良久，太史奏：『日已中矣。』襄王传令撤回，诸将各献所获之禽，或一十，或二十，惟有一位贵人，所献踰三十之外。那贵人生得仪容俊伟，一表人物，乃襄王之庶弟，名曰带，国人皆称曰太叔，爵封甘公。因先年夺嫡不遂，又召戎师以伐周，事败出奔齐国，后来，惠后再三在襄王面前辩解求恕，大夫富辰，亦劝襄王兄弟修好，襄王不得已，召而复之。今日在打围中，施逞精神，拔了个头筹。襄王大喜，即赐軘车如数。其余计获多少，各有赐赉。

隗后坐于王侧，见甘公带才貌不凡，射艺出众，夸奖不迭。问之襄王，知是金枝玉叶，十分心爱。遂言于襄王曰：『天色尚早，妾意欲自打一围，以健筋骨，幸吾王降旨！』襄王本意欲取悦隗后，怎好不准其奏，即命将士重整围场，隗后解下绣袍。原来袍内，预穿就窄袖短衫，罩上异样黄金锁子轻细之甲。腰系五彩纯丝绣带。用玄色轻绡六尺，周围抹额，笼蔽凤笄，以防尘土。腰悬箭箙，手执朱弓。妆束得好不齐整！有诗为证：

花般绰约玉般肌，幻出戎装态更奇；仕女班中夸武艺，将军队里擅娇姿。

隗后这回装束，别是一般丰采，喜得襄王微微含笑。左右驾戎辂以待。隗后曰：『车行不如骑迅。妾随行诸婢，凡翟国来的，俱惯驰马。请于王前试之。』襄王命多选良马，鞴勒停当。侍婢陪骑者，约有数人。隗后方欲跨马，襄王曰：『且慢。』遂问同姓诸卿中：『谁人善骑？保护王后下场。』甘公带奏曰：『臣当效劳。』这一差，正暗合了隗后之意。侍婢簇拥隗后，做一队儿骑马先行。甘公带随后跨着名驹赶上，不离左右。隗后要在太叔面前，施逞精神。太叔亦要在隗后面前，夸张手段。未试弓箭，且试跑马。隗后将马连鞭几下，那马腾空一般去了。太叔亦跃马而前。转过山腰，刚刚两骑马，讨个并头。隗后将丝缰勒住，夸奖甘公曰：『久慕王子大才，今始见之！』太叔马上欠身曰：『臣乃学骑耳，不及王后万分之一！』隗后曰：『太叔明早可到太后宫中问安，妾有话讲。』言犹未毕，侍女数骑俱到，隗后以目送情，甘公轻轻点头，各勒马而回。恰好山坡下，赶出一群麋鹿来，太叔左射麋，右射鹿，俱中之。隗后亦射中一鹿。众人喝采一番。隗后复跑马至于山腰，襄王出幕相迎曰：『王后辛苦！』隗后以所射之鹿，拜献襄王。太叔亦以一麋一鹿呈献。襄王大悦。众将及军士，又驰射一番，方才撤围。御庖将野味，烹调以进，襄王颁赐群臣，欢饮而散。

次日，甘公带入朝谢赐，遂至惠后宫中问安。其时隗后已先在矣。隗后预将贿赂，买嘱随行宫侍，遂与太叔眉来眼去，两下意会，托言起身，遂私合于侧室之中。男贪女爱，极其眷恋之情，临别两不相舍。隗后嘱咐太叔：『不时入宫相会。』太叔曰：『恐王见疑。』隗后曰：『妾自能周旋，不必虑也！』惠后宫人，颇知其事，只因太叔是太后的爱子，况且事体重大，不敢多口。惠后心上，亦自觉着，反吩咐宫人：『闲话少说。』隗后的宫侍，已自遍受赏赐，做了一路，为之耳目。太叔连宵达旦，潜住宫中，只瞒得襄王一人。史官有诗叹曰：

太叔无兄何有嫂？襄王爱弟不防妻。一朝射猎成私约，始悔中宫女是夷！

又有诗讥襄王不该召太叔回来，自惹其祸。诗云：

明知篡逆性难悛，便不行诛也绝亲。引虎入门谁不噬？襄王真是梦中人！

大凡做好事的心，一日小一日；做歹事的胆，一日大一日，甘公带与隗后私通，走得路熟，做得事惯，渐渐不避耳目，不顾利害，自然败露出

来。那隗后少年贪欲，襄王虽则宠爱，五旬之人，到底年力不相当了，不时在别寝休息。太叔用些贿，使些势，那把守宫门的，无过是内侍之辈，都想道：『太叔是太后的爱子，周王一旦晏驾，就是太叔为王了，落得他些赏赐，管他甚帐？』以此不分早晚，出入自如。

却说宫婢中有个小东，颇有几分颜色，善于音律。太叔一夕欢宴之际，使小东吹玉箫，太叔歌而和之。是夕开怀畅饮，醉后不觉狂荡，便按住小东求欢。小东惧怕隗后，解衣脱身，太叔大怒，拔剑赶逐，欲寻小东杀之。小东竟奔襄王别寝，叩门哭诉，说太叔如此恁般，『如今见在宫中。』襄王大怒，取了床头宝剑，趋至中宫，要杀太叔。

毕竟性命如何，且看下回分解。

第〇三八回

周襄王避乱居郑　晋文公守信降原

话说周襄王闻宫人小东之语，心头一时火起，急取床头宝剑，趋至中宫，来杀太叔。才行数步，忽然转念：『太叔乃太后所爱，我若杀之，外人不知其罪，必以我为不孝矣。况太叔武艺高强，倘然不逊，挺剑相持，反为不美。不如暂时隐忍，俟明日询有实迹，将隗后贬退；谅太叔亦无颜复留，必然出奔外境，岂不稳便？』叹了一口气，掷剑于地，复回寝宫，使随身内侍，打探太叔消息。回报：『太叔知小东来诉我王，已脱身出宫去矣。』襄王曰：『宫门出入，如何不禀命于朕？亦朕之疏于防范也！』次早，襄王命拘中宫侍妾审问。初时抵赖，唤出小东面证，遂不能隐，将前后丑情，一一招出。襄王将隗后贬入冷宫，封锁其门，穴墙以通饮食。太叔带自知有罪，逃奔翟国去了。惠太后惊成心疾，自此抱病不起。

却说颓叔、桃子闻隗后被贬，大惊曰：『当初请兵伐郑，是我二人；请婚隗氏，又是我二人。今忽然被斥，翟君必然见怪。太叔今出奔在翟，定有一番假话，哄动翟君。倘然翟兵到来问罪，我等何以自解？』即日乘轻车疾驰，赶上太叔，做一路商量：『若见翟君，须是如此如此。』

不一日，行到翟国，太叔停驾于郊外。颓叔、桃子先入城见了翟君，告诉道：『当初我等原为太叔请婚，周王闻知美色，乃自取之，立为正宫。只为往太后处问安，与太叔相遇，偶然太叔叙起前因，说话良久，被宫人言语诬谤，周王轻信，不念贵国伐郑之劳，遂将王后贬入冷宫，太叔逐出境外，忘亲背德，无义无恩，乞假一旅之师，杀入王城，扶立太叔为王，救出王后，仍为国母，诚贵国之义举也。』翟君信其言，问：『太叔何在？』颓叔、桃子曰：『现在郊外候命。』翟君遂迎太叔入城。太叔请以甥舅之礼相见，翟君大喜。遂拨步骑五千，使大将赤丁同颓叔、桃子，奉太叔以伐周。

东周列国志

周襄王闻翟兵临境，遣大夫谭伯为使，至翟军中，谕以太叔内乱之罪。赤丁杀之，驱兵直逼王城之下。襄王大怒，乃拜卿士原伯贯为将，毛卫副之，率车三百乘，出城御敌。伯贯知翟兵勇猛，将軘车联络为营，如坚城一般，赤丁冲突数次，俱不能入，连日搦战，亦不出应。赤丁愤甚，乃定下计策，于翠云山搭起高台，上建天子旌旗，使军士假扮太叔，在台上饮宴歌舞为乐，却教颓叔、桃子各领一千骑兵，伏于山之左右，只等周兵到时，台上放炮为号，一齐拢杀将来。又教亲儿赤风子引骑兵五百，直逼其营辱骂，以激其怒，若彼开营出战，佯输诈败，引他走翠云山一路，便算功劳。赤丁与太叔引大队在后准备接应。分拨停当。

却说赤风子引五百骑兵搦战，原伯贯登垒望之，欺其寡少，便欲出战。毛卫谏曰：『翟人诡诈多端，只宜持重。俟其懈怠，方可击也。』挨至午牌时分，翟军皆下马坐地，口中大骂：『周王无道之君，用这般无能之将，降又不降，战又不战，待要何如？』亦有卧地而骂者。原伯贯忍耐不住，喝教开营。营门开处，涌出车乘百余，车上立着一员大将，金盔绣袄，手执大杆刀，乃原伯贯也。赤风子忙叫：『孩儿们快上马！』自挺铁搠来迎战，不上十合，拨马往西而走。军士多有上马不及者，周军乱抢马匹，全无行列。赤风子回马，又战数合，渐渐引至翠云山相近。赤风子委弃马匹器械殆尽，引数骑奔山后去了。原伯贯抬头一望，见山上飞龙赤旗飘飐，绣伞之下，盖着太叔，大吹大擂饮酒。原伯贯曰：『此贼命合尽于吾手！』乃拣平坦处驱车欲上。山上檑木炮石打将下来，原伯正没计较。忽闻山坳中连珠炮响，左有颓叔，右有桃子，两路铁骑，如狂风骤雨，围裹将来。原伯心知中计，急教回车，来路上已被翟军砍下乱木，纵横道路，车不能行。原伯喝令步卒开路，军士都心慌胆落，不战而溃。原伯无计可施，卸下绣袍，欲杂于众中逃命。有小军叫曰：『将军到这里来！』颓叔听得叫声，疑为原伯，指挥翟骑追之，擒获二十余人，原伯果在其内。比及赤丁大军到时，已大获全胜，车马器械，悉为所俘。有逃脱的军士，回营报知毛卫。毛卫只教坚守，一面遣人驰奏周王，求其添兵助将。不在话下。

颓叔将原伯贯绑缚献功于太叔。太叔命囚之于营。颓叔曰：『今伯贯被擒，毛卫必然丧胆。若夜半往劫其营，以火攻之，卫可擒也。』太叔以为然，言于赤丁。赤丁用其策，暗传号令。是夜三鼓之后，赤丁自引步军千余，俱用利斧，劈开索链，劫入大营，就各车上，将芦苇放起火来。顷刻延烧，遍营中火球乱滚，军士大乱。颓叔桃子各引精骑，乘势杀入，锐不可当。毛卫急乘小车，从营后而遁。正遇着步卒一队，为首乃是太叔带，大喝：『毛卫那里走？』毛卫着忙，被太叔一枪刺于车下。翟军大获全胜，遂围王城。

周襄王闻二将被擒，谓富辰曰：『早不从卿言，致有此祸。』富辰曰：『翟势甚狂，吾王暂尔出巡，诸侯必有倡议纳王者。』周公孔奏曰：『王师虽败，若悉起百官家属，尚可背城一战。奈何轻弃社稷，委命于诸侯乎？』召公过奏曰：『言战者，乃危计也。以臣愚见，此祸皆本于叔隗，吾王先正其诛，然后坚守以待诸侯之救，可以万全。』襄王叹曰：『朕之不明，自取其祸！今太后病危，朕暂当避位，以慰其意。若人心不忘朕，听诸侯自图之可也。』因谓周、召二公曰：『太叔此来，为隗后耳。若取隗氏，必惧国人之谤，不敢居于王城。二卿为朕缮兵固守，以待朕之归，可也。』周、召二公顿首受命。襄王问于富辰曰：『周之接壤，惟郑、卫、陈三国，朕将安适？』富辰对曰：『陈、卫弱，不如适郑。』襄王曰：『朕曾用翟伐郑，郑得无怨乎？』富辰曰：『臣之劝王适郑者，正为此也。郑之先世，有功于周，其嗣必不忘。王以翟伐郑，郑心不平，固日夜望翟之背周，以自明其顺也。今王适郑，彼必喜于奉迎，又何怨焉？』襄王意乃决。富辰又请曰：『王犯翟锋而出，恐翟人悉众与王为难，奈何？臣愿率家属与翟决战，王乘机出避，可也。』乃尽召子弟亲党，约数百人，勉以忠义，开门直犯翟营，牵住翟兵。襄王同简师父、左鄢父等十余人，出城望郑国而去。

富辰与赤丁大战，所杀伤翟兵甚众，辰亦身被重伤，遇颓叔、桃子，慰之曰：『子之忠谏，天下所知也，今日可以无死。』富辰曰：『昔吾屡谏王，王不听，以及此。若我不死战，王必以我为怼矣。』复力战多时，力尽而死。子弟亲党，同死者三百余人。史官有诗赞曰：

用夷凌夏岂良谋？纳女宣淫祸自求。骤谏不从仍死战，富辰忠义播《春秋》。

富辰死后，翟人方知襄王已出王城。时城门复闭，太叔命释原伯贯之囚，使于门外呼之。周、召二公立于城楼之上，谓太叔曰：『本欲开门奉迎，恐翟兵入城剽掠，是以不敢。』太叔请于赤丁，求其屯兵城外，当出府库之藏为犒，赤丁许之。太叔遂入王城，先至冷宫，放出隗后，然后往谒惠太后。太后见了太叔，喜之不胜，一笑而绝。太叔且不治丧，先与隗后宫中聚阔。欲寻小东杀之，小东惧罪，先已投井自尽矣。呜呼哀哉！

次日，太叔假传太后遗命，自立为王，以叔隗为王后，临朝受贺。发府藏大犒翟军，然后为太后发丧。国人为之歌曰：

暮丧母，旦娶妇，妇得嫂，臣娶后。为不惭，言可丑！谁其逐之？我与尔左右！

太叔闻国人之歌，自知众论不服，恐生他变。乃与隗氏移驻于温，大治宫室，日夜取乐。王城内国事，悉委周、召二公料理，名虽为王，实未尝与臣民相接也。原伯贯逃往原城去了。此段话且搁过不提。

且说周襄王避出王城，虽然望郑国而行，心中未知郑意好歹。行至氾地，其地多竹而无公馆，一名竹川。襄王询土人，知入郑界，即命停车，借宿于农民封氏草堂之内。封氏问：『官居何职？』襄王言曰：『我周天子也。为国中有难，避而到此。』封氏大惊，叩头谢罪曰：『吾家二郎，夜来梦红日照于草堂。果有贵人下降。』即命二郎杀鸡为黍。襄王问：『二郎何人？』对曰：『民之后母弟也。与民同居于此，共爨同耕，以奉养后母。』襄王叹曰：『汝农家兄弟，如此和睦，朕贵为天子，反受母弟之害，朕不如此农民多矣！』因凄然泪下。大夫左鄢父进曰：『周公大圣，尚有骨肉之变。吾主不必自伤，作速告难于诸侯，料诸侯必不坐视。』襄王乃亲作书稿，使人分告齐、宋、陈、郑、卫诸国。略曰：

不谷不德，得罪于母之宠子弟带，越在郑地氾。敢告。

简师父奏曰：『今日诸侯有志图伯者，惟秦与晋。秦有蹇叔、百里奚、公孙枝诸贤为政；晋有赵衰、狐偃、胥臣诸贤为政。必能劝其君以勤王之义，他国非所望也。』襄王乃命简师父告于晋，使左鄢父告于秦。

且说郑文公闻襄王居氾，笑曰：『天子今日方知翟之不如郑也。』即日使工师往氾地创立庐舍，亲往起居，省视器具，一切供应，不敢菲薄。襄王见郑文公颇有惭色。鲁、宋诸国，亦遣使问安，各有馈献。惟卫文公不至。鲁大夫臧孙辰字文仲，闻之叹曰：『卫侯将死矣！诸侯之有王，犹木之有本，水之有源也。木无本必枯，水无源必竭，不死何为？』时襄王十八年之冬十月也。至明年春，卫文公薨。世子郑立，是为成公。果应臧文仲之言。此是后话。

再说简师父奉命告晋。晋文公询于狐偃，偃对曰：『昔齐桓之能合诸侯，惟尊王也。况晋数易其君，民以为常，不知有君臣之大义。君盍纳王而讨太叔之罪，使民知君之不可贰乎？继文侯辅周之勋，光武公启晋之烈，皆在于此，若晋不纳，秦必纳之，则伯业独归于秦矣。』文公使太史郭偃卜之。偃曰：『大吉！此黄帝战于阪泉之兆。』文公曰：『寡人何敢当此！』偃对曰：『周室虽衰，天命未改。今之王，古之帝也，其克叔带必矣。』文公曰：『更为我筮之。』得《乾》下《离》上《大有》之卦第三爻，动变为《兑》下《离》上《睽》卦。偃断之曰：『大有之九三云：「公用享于天子。」战克而王享，吉莫大焉！《乾》为天，《离》为日。日丽于天，昭明之象。《乾》变而《兑》，《兑》为《泽》，《泽》在下，以当《离》日之炤。是天子之恩光炤临晋国，又何疑焉？」文公大悦，乃大阅车徒，分左右二军，使赵衰将左军，魏犨佐之；郤溱将右军，颠颉佐之。文公引狐偃、栾枝等，左右策应。临发时，河东守臣报称：「秦伯亲统大兵勤王，已在河上，不日渡河矣。」狐偃进曰：「秦公志在勤王，所以顿兵河上者，为东道之不通故也。如草中之戎，丽土之狄，皆车马必由之路，秦素未与通，恐其不顺，是以怀疑不进。君诚行赂于二夷，谕以假道勤王之意，二夷必听。更使人谢秦君，言晋师已发，秦必退矣。」文公然其言。一面使狐偃之子狐射姑，赍金帛之类，行赂于戎狄；一面使胥臣往河上辞秦。胥臣谒见穆公，致晋侯之命曰：「天子蒙尘在外，君之忧，即寡君之忧也。寡君已扫境内，兴师代君之劳，已有成算，毋敢烦大军远涉。」穆公曰：「寡人恐晋君新立，军师未集，是以奔走在此，以御天子之难。既晋君克举大义，寡人当静听捷音。」蹇叔、百里奚皆曰：「晋侯欲专大义，以服诸侯，恐主公分其功业，故遣人止我之师。不如乘势而下，共迎天子，岂不美哉？」穆公曰：「寡人非不知勤王美事，但东道未通，恐戎、狄为梗。晋初为政，无大功何以定国？不如让之。」乃遣公子絷随左鄢父至汜，问劳襄王。穆公班师而回。

却说胥臣以秦君退师回报，晋兵遂进屯阳樊，守臣苍葛出郊外劳军。文公使右军将军郤溱等围温，左军将军赵衰等迎襄王于汜。襄王以夏四月丁巳日，复至王城，周、召二公迎之入朝。不在话下。

温人闻周王复位，乃群聚攻颓叔、桃子，杀之，大开城门以纳晋师。太叔带忙携隗后登车，欲夺门出走翟国。守门军士，闭门不容其去。太叔仗剑砍倒数人。却得魏犨追到，大喝：「逆贼走那里去？」太叔曰：「汝放孤出城，异日厚报。」魏犨曰：「问天子肯放你时，魏犨就做人情。」太叔大怒，挺剑刺来，被魏犨跃上其车，一刀斩之。军士擒隗氏来见，犨曰：「此淫妇，留他何用！」命众军乱箭攒射。可怜如花夷女，与太叔带半载欢娱，今日死于万箭之下。胡曾先生咏史诗云：

逐兄盗嫂据南阳，半载欢娱并罹殃。淫逆倘然无速报，世间不复有纲常。

魏犨带二尸以报郤溱，溱曰：「何不槛送天子，明正其戮？」魏犨曰：「天子避杀弟之名，假手于晋，不如速诛之为快也！」郤溱叹息不已，乃埋二尸于神农涧之侧。一面安抚温民，一面使人报捷于阳樊。

晋文公闻太叔和隗氏俱已伏诛，乃命驾亲至王城，朝见襄王奏捷。襄王设醴酒以飨之，复大出金帛相赠。文公再拜谢曰：「臣重耳不敢受赐。但死后得用隧葬，臣沐恩于地下无穷矣。」襄王曰：「先王制礼，以限隔上下，止有此生死之文，朕不敢以私劳而乱大典。叔父大功，朕不敢忘！」乃割畿内温、原、阳樊、攒茅四邑，以益其封。文公谢恩而退。百姓携老扶幼，填塞街市，争来识认晋侯，叹曰：「齐桓公今复出也！」晋文公下令，两路俱班师，大军屯于太行山之南，使魏犨定阳樊之田，颠颉定攒茅之田，栾枝定温之田，晋侯亲率赵衰定原之田。为何定原之田，文公亲往？那原乃周卿士原伯贯之封邑，原伯贯兵败无功，襄王夺其邑以与晋，伯贯现在原城，恐其不服，所以必须亲往。颠颉至攒茅，栾枝至温，守臣俱携酒食出迎。

却说魏犨至阳樊，守臣苍葛谓其下曰：「周弃岐、丰，余地几何！而晋复受四邑耶？我与晋同是王臣，岂可服之。」遂率百姓，持械登城。魏犨大怒，引兵围之，大叫：「早早降顺，万事俱休！若打破城池，尽皆屠戮！」苍葛在城上答曰：「吾闻『德以柔中国，刑以威四夷。』今此乃王畿之地，畿内百姓，非王之宗族，即王之亲戚。晋亦周之臣子，忍以兵威相劫耶？」魏犨感其言，遣人驰报文公。文公致书于苍葛，略曰：

四邑之地，乃天子之赐，寡人不敢违命。将军若念天子之姻亲，率以归国，亦惟将军之命是听。

因谕魏犨缓其攻，听阳民迁徙。苍葛得书，命城中百姓：「愿归周者去，愿从晋者留。」百姓愿去者大半，苍葛尽率之，迁于轵村。魏犨定其疆界而还。

再说文公同赵衰略地至原。原伯贯给其下曰：「晋兵围阳樊，尽屠其民矣！」原人恐惧，共誓死守，晋兵围之。赵衰曰：「民所以不服晋者，不信故也。君示之以信，将不攻而下矣。」文公曰：「示信若何？」赵衰对曰：「请下令，军士各持三日之粮，若三日攻原不下，即当解围而去。」文公依其言。到第三日，军吏告禀：「军中只有今日之粮了！」文公不答。是日夜半，有原民缒城而下，言：「城中已探知阳樊之民，未尝遭戮，相约于明晚献门。」文公曰：「寡人原约攻城以三日为期，三日不下，解围去之。今满三日矣，寡人明早退师。尔百姓自尽守城之事，不必又怀二念。」军吏请曰：「原民约明晚献门，主公何不暂留一日，拔一城而归？即使粮尽，阳樊去此不远，可驰取也。」文公曰：「信，国之宝也，民之所凭也。三日之令，谁不闻之？若复留一日，是失信矣！得原而失信，民尚何凭于寡人？」黎明，即解原围。原民相顾曰：「晋侯宁失城，不失信，此有道之君！」乃争建降旗于城楼，缒城以追文公之军者，纷纷不绝。原伯贯不能禁止，只得开城出降。髯仙有诗云：

口血犹含起战戈，谁将片语作山河？
去原毕竟原来服，谲诈何如信义多？

晋军行三十里，原民追至，原伯贯降书亦到。文公命扎住车马，以单车直入原城，百姓鼓舞称庆。原伯贯来见，文公待以王朝卿士之礼，迁其家于河北。文公择四邑之守曰：「昔子余以壶飧从寡人于卫，忍饥不食，此信士也。寡人以信得原，还以信守之。」使赵衰为原大夫，兼领阳樊。又谓郤溱曰：「子不私其族，首同栾氏通款于寡人，寡人不敢忘。」乃以郤溱为温大夫，兼守攒茅。各留兵二千戍其地而还。后人论文公纳王示义，伐原示信，乃图伯之首事也。

毕竟何时称伯，且看下回分解。

第〇三九回 柳下惠授词却敌 晋文公伐卫破曹

话说晋文公定了温、原、阳樊、攒茅四邑封境，直通太行山之南，谓之南阳。此周襄王十七年之冬也。时齐孝公亦有嗣伯之意。自无亏之死，恶了鲁僖公。鹿上不署，警了宋襄公。盂会不赴，背了楚成王。诸侯离心，朝聘不至。孝公心怀愤怒，欲用兵中原，以振先业。乃集群臣问曰：「先君桓公在日，无岁不征，无日不战。今寡人安坐朝堂，如居蜗壳之中，不知外事，寡人愧之！昔年鲁侯谋救无亏，与寡人为难，此仇未报。今鲁北与卫结，南与楚通，倘结连伐齐，何以当之？闻鲁岁饥，寡人意欲乘此加兵，以杜其谋。诸卿以为何如？」上卿高虎奏曰：「鲁方多助，伐之未必有功。」孝公曰：「虽无功，且试一行，以观诸侯离合之状。」乃亲率车徒二百乘，欲侵鲁之北鄙。

边人闻信，先来告急。鲁正值饥馑之际，民不胜兵，大夫臧孙辰言于僖公曰：「齐挟忿深入，未可与争胜负也，请以辞令谢之！」僖公曰：「当今善为辞令者何人？」臧孙辰对曰：「臣举一人，乃先朝司空无骇之子，展氏获名，字子禽，官拜士师，食邑柳下。此人外和内介，博文达理，因居官执法，不合于时，弃职归隐。若得此人为使，定可不辱君命，取重于齐矣。」僖公曰：「寡人亦素知其人，今安在？」曰：「现在柳下。」使人召之，展获辞以病不能行。臧孙辰曰：「禽有从弟名喜，虽在下僚，颇有口辩。若令喜就获之家，请其指授，必有可听。」僖公从之。展喜至柳下，见了展获，道达君命。展获曰：「齐之伐我，欲绍桓公之伯业也。夫图伯莫如尊王，若以先王之命责之，何患无辞？」展喜复于僖公曰：「臣知所以却齐矣。」僖公已具下犒师之物。无非是牲醴粟帛之类，装做数车，交与展喜。喜至北鄙，齐师尚未入境，乃迎将上去。至汶南地方，刚遇齐兵前队，乃崔夭为先锋。展喜先将礼物呈送崔夭。崔夭引至大军，谒见齐侯，呈上犒军礼物，曰：「寡君闻君亲举玉趾，将辱临于敝邑，使下臣喜奉犒执事。」孝公曰：「鲁人闻寡人兴师，亦胆寒乎？」喜答曰：「小人则或者胆寒，下臣不知也。若君子则全无惧意。」孝公曰：「汝国文无施伯之智，武无曹刿之勇，况正逢饥馑，野无青草，何所恃而不惧？」喜答曰：「敝邑别无所恃，所恃者先王之命耳。昔周先王封太公于齐，封我先君伯禽于鲁，使周公与太公割牲为盟，誓曰：『世世子孙，同奖王室，无相害也。』此语载在盟府，太史掌之。桓公是以九合诸侯，而先与庄公为柯之盟，奉王命也。君嗣位九年，敝邑君臣，引领望齐曰：『庶几修先伯主之业，以亲睦诸侯。』若弃成王之命，违太公之誓，堕桓公之业，以好为仇，度君侯之必不然也。敝邑恃此不惧。」孝公曰：「子归语鲁侯，寡人愿修睦，不复用兵矣。」即日传令班师。潜渊有诗，讥臧孙辰知柳下惠之贤，不能荐引同朝。诗云：

北望烽烟鲁势危，片言退敌奏功奇。
臧孙不肯开贤路，柳下仍淹展士师。

展喜还鲁，复命于僖公。臧孙辰曰：「齐师虽退，然其意实轻鲁。臣请偕仲遂如楚，乞师伐齐，使齐侯不敢正眼觑鲁，此数年之福也。」僖公以为然。乃使公子遂为正使，臧孙辰为副使，行聘于楚。

臧孙辰素与楚将成得臣相识，使得臣先容于楚王，谓楚王曰：「齐背鹿上之约，宋为泓水之战，二国者，皆楚仇也。王若问罪于二国，寡君愿悉索敝赋，为王前驱。」楚成王大喜。即拜成得臣为大将，申公叔侯副之，率兵伐齐。取阳谷之地，以封齐桓公之子雍，使雍巫相之。留甲士千人，从申公叔侯屯戍，以为鲁之声援。成得臣奏凯还朝。令尹子文时已年老，请让政于得臣。楚王曰：「寡人怨宋，甚于怨齐。子玉已为我报齐矣，卿为我伐宋，以报郑之仇。俟凯旋之日，听卿自便，何如？」子文曰：「臣才万不及子玉，愿以自代，必不误君王之事。」楚王曰：「宋方事晋，楚若伐宋，晋必救之。两当晋、宋，非卿不可，卿强为寡人一行。」乃命子文治兵于睽，简阅车马，申明军法。子文满意欲显子玉之能，是日草草完事，终朝毕事，不戮一人。楚王曰：「卿阅武而不戮一人，何以立威？」子文奏曰：「臣之才力，比于强弩之末矣。必欲立威，非子玉不可。」楚王更使得臣治兵于蒍。得臣简阅精细，用法严肃，有犯不赦，竟一日之长，方才事毕。总计鞭七人之背，贯三人之耳，真个钟鼓添声，旌旗改色。楚王喜曰：「子玉果将才也！」子文复请致政，楚王许之。乃以得臣为令尹，掌中军元帅事。群臣皆造子文之宅，贺其举荐得人，致酒相款。时文武毕集，惟大夫蒍吕臣有微恙不至。酒至半酣，阍人报：「门外有一小儿求见。」子文命召入。那小儿举手鞠躬，竟造末席而坐，饮酒啖炙，旁若无人。有人认识此儿，乃蒍吕臣之子，名曰蒍贾，年方一十三岁。子文异之，问曰：「某为国得一大将，国老无不贺，尔小子独不贺，何也？」蒍贾曰：「诸公以为可贺，愚以为可吊耳！」子文怒曰：「汝谓可吊，有何说？」贾曰：「愚观子玉为人，勇于任事，而昧于决机。能进而不能退，可使佐斗，不可专任也。若以军政委之，必至偾事。谚云『太刚则折』，子玉之谓矣！举一人而败国，又何贺焉？如其不败，贺未晚也。」左右曰：「此小儿狂言，不须听之。」蒍贾大笑而出，众公卿俱散。

明日，楚王拜得臣为大将，亲统大兵，纠合陈、蔡、郑、许四路诸侯，一同伐宋，围其缗邑。宋成公使司马公孙固如晋告急。晋文公集群臣问计。先轸进曰：「方今惟楚强横，而于君有私恩。今楚戍谷伐宋，生事中原，此天授我以救灾恤患之名也。取威定伯，在此举矣！」文公曰：「寡人欲解齐宋之患，如何而可？」狐偃进曰：「楚始得曹，而新婚于卫，是二国又皆主公之仇也。若兴师以伐曹、卫，楚必移兵来救，则齐、宋宽矣。」文公曰：「善。」乃以其谋告公孙固，使回报宋公，令其坚守。公孙固领命去了。文公以兵少为虑。赵衰进曰：「古者，大国三军，次国二军，小国一军。我曲沃武公，始以一军受命。献公始作二军，以灭霍、魏、虞、虢诸国，拓地千里。晋在今日，不得为次国，宜作三军。」文公曰：「三军既作，遂可用否？」赵衰曰：「未也。民未知礼，虽聚而易散。君盍大搜以示之礼，使民知尊卑长幼之序，动亲上死长之心，然后可用。」文公曰：「作三军，必须立元帅，谁堪其任？」赵衰对曰：「夫为将者，有勇不如有智，有智不如有学。君如求智勇之将，不患无人。若求有学者，臣所见惟郤縠一人耳。縠年五十余矣，好学不倦，说《礼》、《乐》而敦《诗》、《书》。夫《礼》、《乐》、《诗》、《书》，先王之法，德义之府也。民生以德义为本，兵事以民为本。惟有德义者，方能恤民。能恤民者，方能用兵。」文公曰：「善。」乃召郤縠为元帅，縠辞不受。文公曰：「寡人知卿，卿不可辞！」强之再三，乃就职。

择日，大搜于被庐，作中、上、下三军。郤縠将中军，郤溱佐之，祁瞒掌大将旗鼓。使狐偃将上军，偃辞曰：「臣兄在前，弟不可以先兄。」乃命狐毛将上军，狐偃佐之。使赵衰将下军，衰辞曰：「臣贞慎不如栾枝，有谋不如先轸，多闻不如胥臣。」乃命栾枝将下军，先轸佐之。荀林父御戎，魏犨为车右，赵衰为大司马。郤縠登坛发令。三通鼓罢，操演阵法，少者在前，长者在后，坐作进退，皆有成规。有不能者，教之；三教而不遵，以违令论，然后用刑。一连操演三日，奇正变化，指挥如意。众将见郤縠宽严得体，无不悦服。方欲鸣金收军，忽将台之下，起一阵旋风，竟将大帅旗杆，吹为两段，众皆变色。郤縠曰：「帅旗倒折，主将当应之。吾不能久与诸子同事，然主公必成大功。」众问其故，縠但笑而不答。时周襄王十九年，冬十二月之事也。

明年春，晋文公议分兵以伐曹、卫，谋于郤縠。縠对曰：「臣已与先轸商议停当矣。今日非与曹、卫为难也，分兵可以当曹、卫，而不可以当楚。主公宜以伐曹为名，假道于卫，卫、曹方睦，必然不允。我乃从南河济师，出其不意，直捣卫境，所谓『迅雷不及掩耳』，胜有八九。既胜卫，然后乘势而临曹。曹伯素失民心，又惕于败卫之威，其破曹必矣！」文公喜曰：「子真有学之将也！」即使人如卫，假道伐曹。卫大夫元咺请于成公曰：「始晋君出亡过我，先君未尝加礼。今来假道，君必听之。不然，彼将先卫而后曹矣。」成公曰：「寡人与曹共服于楚，若假以伐曹之路，恐未结晋欢，而先取楚怒也。怒晋，犹恃有楚，并怒楚，将何恃乎？」遂不许。晋使回报文公。文公曰：「不出元帅所料也！」乃命迂道南行。渡了黄河，行至五鹿之野，文公曰：「嘻！此介子推割股处也！」不觉凄然泪下，诸将皆感叹助悲。魏犨曰：「吾等当拔城取邑，为君雪往年之耻，何用叹息？」先轸曰：「武子之言是也。臣愿率本部之兵，独取五鹿。」文公壮其言，许之。魏犨曰：「吾当助子一臂。」二将升车前进。先轸令军士多带旗帜，凡所过山林高阜之处，便教悬插，务要透出林表。魏犨曰：「吾闻『兵行诡道』，今遍张旗表，反使敌人知备，不知何意？」先轸曰：「卫素臣服于齐，近改事荆蛮，国人不顺，每虞中国之来讨。吾主欲继齐图伯，不可示弱，当以先声夺之。」

却说五鹿百姓，不意晋兵猝然来到，登城瞭望，但见旌旗布满山林，正不知兵有多少。不论城内城外居民，争先逃窜，守臣禁止不住。先轸兵到，无人守御，一鼓拔之。遣人报捷于文公。文公喜形于色，谓狐偃曰：「舅云得土，今日验矣！」乃留老将郤步扬屯守五鹿，大军移营，进屯敛盂。郤縠忽然得病，文公亲往视之。郤縠曰：「臣蒙主公不世之遇，本欲涂肝裂脑，以报知己。奈天命有限，当应折旗之兆，死在旦夕！尚有一言奉启。」文公曰：「卿有何言？寡人无不听教。」縠曰：「君之伐曹、卫，本谋固以致楚也。致楚必先计战，计战必先合齐、秦。秦远而齐近，君速遣一使结好齐侯，愿与结盟。齐方恶楚，亦思结晋。倘得齐侯降临，则卫、曹必惧而请成。因而收秦。此制楚之全策也。」文公曰：「善。」遂遣使通好于齐，叙述桓公先世之好，愿与结盟，同攘荆蛮。

时齐孝公已薨，国人推立其弟潘，是为昭公。潘，葛嬴所生也，新嗣大位。以取谷之故，正欲结晋以抗楚。闻知晋侯屯军敛盂，即日命驾至卫地相会。卫成公见五鹿已失，忙使宁速之子宁俞，前来谢罪请成。文公曰："卫不容假道，今惧而求成，非其本心。寡人旦夕当踏平楚丘矣。"宁俞还报卫侯。时楚丘城中，讹传晋兵将到，一夕五惊。俞谓卫成公曰："晋怒方盛，国人震恐，君不如暂出城避之。晋知主公已出，必不来攻楚丘。然后再乞晋好，保全社稷，可也。"成公叹曰："先君不幸失礼于亡公子，寡人又一时不明，不允假道，以至如此。累及国人，寡人亦无面目居于国中！"乃使大夫咺同其弟叔武摄国事，自己避居襄牛之地；一面使大夫孙炎，求救于楚。时乃春二月也。髯翁有诗云：

患难何须具主宾？纳姬赠马怪纷纷；谁知五鹿开疆者，便是当年求乞人！

是月，郤縠卒于军。晋文公悼惜不已，使人护送其丧归国。以先轸有取五鹿之功，升为元帅。用胥臣佐下军，以补先轸之缺。因赵衰前荐胥臣多闻，是以任之。文公欲遂灭卫国。先轸谏曰："本为楚困齐、宋，来拯其危，今齐、宋之患未解，而先覆人国，非伯者存亡恤小之义也。况卫虽无道，其君已出，废置在我。不如移兵东伐曹，比及楚师救卫，则我已在曹矣。"文公然其言。

三月，晋师围曹。曹共公集群臣问计。僖负羁进曰："晋君此行，为报观胁之怨也。其怒方深，不可较力。臣愿奉使谢罪请平，以救一国百姓之难。"曹共公曰："晋不纳卫，肯独纳曹乎？"大夫于朗进曰："臣闻晋侯出亡过曹，负羁私馈饮食，今又自请奉使，此乃卖国之计，不可听之。主公先斩负羁，臣自有计退晋。"曹共公曰："负羁谋国不忠，姑念世臣，免杀罢官。"负羁谢恩出朝去了。正是："闭门不管窗前月，吩咐梅花自主张。"共公问于朗："计将安出？"于朗曰："晋侯恃胜，其气必骄。臣请诈为密书，约以黄昏献门。预使精兵挟弓弩，伏于城墉之内，哄得晋侯入城，将悬门放下，万矢俱发，不愁不为齑粉。"曹共公从其计。晋侯得于朗降书，便欲进城。先轸曰："曹力未亏，安知非诈？臣请试之。"乃择军中长须伟貌者，穿晋侯衣冠代行。寺人勃鞮自请为御。黄昏左侧城上竖起降旗一面，城门大开，假晋侯引着五百余人，长驱而入。未及一半，但闻城墉之内，梆声乱响，箭如飞蝗射来。急欲回车，门已下闸。可惜勃鞮及三百余人，死做一堆！幸得晋侯不去，不然，"昆岗失火，玉石俱焚"了。晋文公先年过曹，曹人多有认得的，其夜仓卒，不辨真伪。于朗只道晋侯已死，在曹共公面前，好不夸嘴！及至天明辨验，方知是假的，早减了一半兴。其未曾入城者，逃命来见晋侯。晋侯怒上加怒，攻城愈急。于朗又献计曰："可将射死晋兵，暴尸于城上，彼军见之，必然惨沮，攻不尽力。再延数日，楚救必至，此乃摇动军心之计也。"曹共公从之。晋军见城头用枰竿悬尸，累累相望，口中怨叹不绝。文公谓先轸曰："军心恐变，如之奈何？"先轸对曰："曹国坟墓，俱在西门之外。请分军一半，列营于墓地，若将发掘者，城中必惧，惧必乱，而后乃可乘也。"文公曰："善。"乃令军中扬言："将发曹人之墓。"使狐毛、狐偃率所部之众，移屯墓地，备下锹锄，限定来日午时，各以墓中髑髅献功。城内闻知此信，心胆俱裂。曹共公使人于城上大叫："休要发墓，今番真正愿降！"先轸亦使人应曰："汝诱杀我军，复磔尸城上，众心不忍，故将发墓，以报此恨。汝能殡殓死者，以棺，送还吾军，吾当敛兵而退矣。"曹人覆曰："既如此，请宽限三日！"先轸应曰："三日内不送尸棺，难怪我辱汝祖宗也！"曹共公果然收取城上尸骸，计点数目，各备棺木，三日之内，盛敛得停停当当，装载乘车之上。先轸定下计策，预令狐毛、狐偃、栾枝、胥臣整顿兵车，分作四路埋伏，只等曹人开门出棺，四门一齐攻打进去。

到第四日，先轸使人于城下大叫：「今日还我尸棺否？」曹人城上应曰：「请解围退兵五里，即当交纳。」先轸禀知文公，传令退兵，果退五里之远。城门开处，棺车分四门推出。才出得三分之一，忽闻炮声大举，四路伏兵一齐发作，城门被丧车填塞，急切不能关闭，晋兵乘乱攻入。曹共公方在城上弹压，魏犨在城外看见，从车中一跃登城，劈胸揪住，缚做一束。于朗越城欲遁，被颠颉获住斩之。晋文公率众将登城楼受捷。魏犨献曹伯襄，颠颉献于朗首级，众将各有擒获。晋文公命取仕籍观之，乘轩者三百人，各有姓名，按籍拘拿，无一脱者。籍中不见僖负羁名字，有人说：「负羁为劝曹君行成，已除籍为民矣。」文公乃面数曹伯之罪曰：「汝国只有一贤臣，汝不能用，却任用一班宵小，如小儿嬉戏，不亡何待？」喝教：「幽于大寨，俟胜楚之后，待听处分。」其乘轩三百人，尽行诛戮，抄没其家，以赏劳军士。僖负羁有盘飧之惠，家住北门，环北门一带，传令：「不许惊动，如有犯僖氏一草一木者，斩首！」晋侯分调诸将，一半守城，一半随驾，出屯大寨。胡曾先生咏史诗云：

曹伯慢贤遭絷虏，负羁行惠免诛夷。眼前不肯行方便，到后方知是与非。

却说魏犨、颠颉二人，素有挟功骄恣之意，今日见晋侯保全僖氏之令，魏犨忿然曰：「吾等今日擒君斩将，主公并无一言褒奖。些须盘飧，所惠几何，却如此用情，真个轻重不分了！」颠颉曰：「此人若仕于晋，必当重用，我等被他欺压，不如一把火烧死了他，免其后患。便主公晓得，难道真个斩首不成？」魏犨曰：「言之有理。」二人相与饮酒，候至夜静，私领军卒，围住僖负羁之家，前后门放起火来，火焰冲天。魏犨乘醉恃勇，跃上门楼，冒着火势，在檐溜上奔走如飞，欲寻僖负羁杀之。谁知栋椽焚毁，倒塌下来，扑陆一声，魏犨失脚坠地，跌个仰面朝天。只听得天崩地裂之声，一根败栋刮喇的，正打在魏犨胸脯上。魏犨大痛无声，登时口吐鲜血，前后左右，火球乱滚，只得挣挫起来，兀自攀着庭柱，仍跃上屋，盘旋而出。满身衣服，俱带着火，扯得赤条条，方免焚身之祸。魏犨虽然勇猛，此时不由不困倒了。刚遇颠颉来到，扶到空闲去处，解衣衣之，一同上车，回寓安歇。

却说狐偃、胥臣在城内，见北门火起，疑有军变，慌忙引兵来视。见僖负羁家中被火，急教军士扑灭，已自焚烧得七零八落。僖负羁率家人救火，触烟而倒，比及救起，已中火毒，不省人事。其妻曰：「不可使僖氏无后！」乃抱五岁孩儿僖禄奔后园，立污池中得免。乱到五更，其火方熄。僖氏家丁死者数人，残毁房舍民居数十余家。狐偃、胥臣访知是魏犨、颠颉二人放的火，大惊，不敢隐瞒，飞报大寨。那大寨离城五里，是夜虽望见城中火光，不甚明白，直到天明，文公接得申报，方知其故。即刻驾车入城，先到北门来看僖负羁，负羁张目一看，遂瞑。文公叹息不已。负羁妻抱着五岁孩儿僖禄，哭拜于地。文公亦为垂泪，谓曰：「贤嫂不必愁烦，寡人为汝育之。」即怀中拜为大夫，厚赠金帛，殡葬负羁，携其妻子归晋。直待曹伯归附之后，负羁妻愿归乡省墓，乃遣人送归。僖禄长成，仍仕于曹为大夫。此是后话。

当日文公命司马赵衰，议违命放火之罪，欲诛魏犨、颠颉。赵衰奏曰：「此二人有十九年从亡奔走之劳，近又立有大功，可以赦之！」文公怒曰：「寡人所以取信于民者，令也。臣不遵令，不谓之臣，君不能行令于臣，不谓之君。不君不臣，何以立国？诸大夫有劳于寡人者甚众，若皆可犯令擅行，寡人自今不复能出一令矣！」赵衰复奏曰：「主公之言甚当。然魏犨材勇，诸将莫及，杀之诚为可惜！且罪有首从，臣以为借颠颉一人，亦足警众，何必并诛？」文公曰：「闻魏犨伤胸不能起，何惜此旦暮将死之人，而不以行吾法乎？」赵衰曰：「臣请以君命问之，如其必死，诚如君言。倘尚可驱驰，愿留此虎将，以备缓急。」文公点头道：「是。」乃使荀林父往召颠颉，使赵衰视魏犨之病。

不知魏犨性命如何，且看下回分解。

第〇四〇回

先轸诡谋激子玉　晋楚城濮大交兵

话说赵衰奉了晋侯密旨，乘车来看魏犨。时魏犨胸脯伤重，病卧于床，问：「来者是几人？左右曰：「止赵司马单车至此。」魏犨曰：「此探吾死生，欲以我行法耳！」乃命左右取匹帛：「为我束胸，我当出见使者。」左右曰：「将军病甚，不宜轻动。」魏犨大喝曰：「病不至死，决勿多言！」如常装束而出。赵衰问曰：「闻将军病，犹能起乎？主公使衰问子所苦。」魏犨曰：「君命至此，不敢不敬，故勉强束胸以见吾子。犨自知有罪当死；万一获赦，尚将以余息报君父之恩，其敢自逸！」于是距跃者三，曲踊者三。赵衰曰：「将军保重，衰当为主公言之。」乃复命于文公，言：「魏犨虽伤，尚能跃踊，且不失臣礼，不忘报效。君若赦之，后必得其死力。」文公曰：「苟足以申法而警众，寡人亦何乐乎多杀？」须臾，荀林父拘颠颉至，文公骂曰：「汝焚僖大夫之家何意？」颠颉曰：「介子推割股啖君，亦遭焚死，况盘飧乎？臣欲使僖负羁附于介山之庙也！」文公大怒曰：「介子推逃禄不仕，何与寡人？」乃问赵衰曰：「颠颉主谋放火，违命擅刑，合当何罪？」赵衰应曰：「如令当斩首！」文公喝命军正用刑。刀斧手将颠颉拥出辕门斩之。命以其首祭负羁于僖氏之家，悬其首于北门，号令曰：「今后有违寡人之命者，视此！」文公又问赵衰曰：「魏犨与颠颉同行，不能谏阻，合当何罪？」赵衰应曰：「当革职，使立功赎罪。」文公乃革魏犨右戎之职，以舟之侨代之。将士皆相顾曰：「颠、魏二将，有十九年从亡大功，一违君命，或诛或革，况他人乎？国法无私，各宜谨慎！」自此三军肃然知畏。史官有诗云：

乱国全凭用法严，私劳公议两难兼；只因违命功难赎，岂为盘飧一夕淹？

话分两头。却说楚成王伐宋，克了缗邑，直至睢阳，四面筑起长围，欲俟其困，迫而降之。忽报：「卫国遣使臣孙炎告急。」楚王召问其事。孙

东周列国志

炎将晋取五鹿，及卫君出居襄牛之事，备细诉说，「如救兵稍迟，楚丘不守。」楚王曰：「吾舅受困，不得不救。」乃分申、息二邑之兵，留元帅成得臣及斗越椒、斗勃、宛春一班将佐，同各路诸侯围宋。自统蔿吕臣、斗宜申等，率中军两广，亲往救卫。四路诸侯，亦虑本国有事，各各辞回，止留其将统兵。陈将辕选，蔡将公子印，郑将石癸，许将百畴，俱听得臣调度。

单说楚王行至半途，闻晋兵已移向曹国，正议救曹。未几，报至：「晋兵已破曹，执其君。」楚王大惊曰：「晋之用兵，何神速乃尔？」遂驻军于申城，遣人往谷，取回公子雍及易牙等，以谷地仍复归齐，使申公叔侯与齐讲和，撤戍而还。又遣人往宋，取回成得臣之师，且戒谕之曰：「晋侯在外十九年矣，年逾六旬，而果得晋国，备尝险阻，通达民情，殆天假之年，以昌大晋国之业。非楚所能敌也，不如让之。」使命至谷，申公叔侯致谷修好于齐，班师回楚。惟成得臣自恃其才，愤愤不平，谓众诸侯曰：「宋城旦暮且破，奈何去之？」斗越椒亦以为然。得臣使回见楚王：「愿少待破宋，奏凯而回。如遇晋师，请决一死战；若不能取胜，甘伏军法。」楚王召子文问曰：「孤欲召子玉还，而子玉请战，于卿何如？」子文曰：「晋之救宋，志在图伯；然晋之伯，非楚利也。能与晋抗者惟楚，楚若避晋，则晋遂伯矣。且曹、卫我之与国，见楚避晋，必惧而附晋，姑令相持，以坚曹、卫之心，不亦可乎？王但戒子玉勿轻与晋战，若讲和而退，犹不失南北之局也。」楚王如其言，吩咐越椒，戒得臣勿轻战，可和则和。成得臣闻越椒回复之话，且喜不即班师，攻宋愈急，昼夜不息。

宋成公初时，得公孙固报言，晋侯将伐曹、卫以解宋围，乃悉力固守。及楚成王分兵一半，救卫去了，得臣之围愈急，心下转慌。大夫门尹般进曰：「晋知救卫之师已行，未知围宋之师未退也。臣请冒死出城，再见晋君，乞其救援。」宋成公曰：「求人至再，岂可以空言往乎？」乃籍库藏中宝玉重器之数，造成册籍，献于晋侯，以求进兵，只等楚兵宁静，便照册输纳。门尹般再要一人帮行，宋公使华秀老同之。二人辞了宋公，觑个方便，缒城而出。偷过敌寨，一路挨访晋军，到于何处，径奔军前告急。门尹般、华秀老二人见了晋侯，涕泣而言：「敝邑亡在旦夕，寡君惟是不腆宗器，愿纳左右，乞赐哀怜！」文公谓先轸曰：「宋事急矣！若不往救，是无宋也。若往救，必须战楚。郤縠曾为寡人策之，非合齐、秦为助不可。今楚归谷地于齐，与之通好，秦，楚又无隙，未肯合谋，将若之何？」先轸对曰：「臣有一策，能使齐、秦自来战楚。」文公欣然，问：「卿有何妙计，使齐、秦自来战楚？」先轸对曰：「宋之赂我，可谓厚矣！受赂而救，君何义焉？不如辞之。使宋以赂晋之物，分赂齐、秦，求二国向楚宛转，乞其解围。二国自谓力能得之于楚，必遣使至楚。楚若不从，则齐、秦之隙成矣。」文公曰：「倘请之而从，齐、秦将以宋奉楚，与我何利焉？」先轸对曰：「臣又有一策，能使楚必不从齐、秦之请。」文公曰：「卿又有何计，使楚必不从齐秦之请？」先轸曰：「曹、卫，楚所爱也；宋，楚所嫉也。我已逐卫侯，执曹伯矣。二国土地，在我掌握，与宋连界。诚割取二国田土，以畀宋人，则楚之恨宋愈甚。齐、秦虽请，其肯从乎？齐、秦怜宋而怒楚，虽欲不与晋合，不可得也。」文公抚掌称善。乃使门尹般以宝玉重器之数，分作二籍，转献齐、秦二国。门尹般如秦，华秀老如齐，约定一般说话，相见之间，须要极其哀恳。

秀老至齐，参见了昭公，言：「晋、楚方恶，此难非上国不解，若因上国得保社稷，不惟先朝重器不敢爱，愿年年聘好，子孙无间。」齐昭公问曰：「今楚君何在？」华秀老曰：「楚王亦肯解围，已退师于申矣。惟楚令尹成得臣新得楚政，谓敝邑旦暮可下，贪功不退。是以乞怜于上国耳！」昭公曰：「楚王前日取我谷邑，近日复归于我，结好而退，此无贪功之心。既令尹成得臣不肯解围，寡人为宋曲意请之。」乃命崔夭为使，径至宋地，往见得臣，为宋求释。门尹般到秦，亦如华秀老之言。秦穆公亦遣公子縶为使，如楚军与得臣讨情。齐、秦两不相照，各自遣使。

门尹般和华秀老俱转到晋军回话。文公谓之曰：「寡人已灭曹、卫，其田近宋者，不敢自私。」乃命狐偃同门尹般收取卫田，命胥臣同华秀老收取曹田，把两国守臣，尽行赶逐。崔夭、公子慭，正在成得臣幕下，替宋讲和，恰好那些被逐的守臣，纷纷来诉，说：「宋大夫门尹般、华秀老倚晋之威，将本国田土，都割据去了。」得臣大怒，谓齐、秦使者曰：「宋人如此欺负曹、卫，岂像个讲和的？不敢奉命，休怪，休怪！」崔夭和公子慭一场没趣，即时辞回。晋侯闻得臣不准齐、秦二国之请，预遣人于中途邀迎二国使臣，到于营中，盛席款待，诉以：「楚将骄悍无礼，即日与晋交战，望二国出兵相助。」崔夭、公子慭领命去了。

且说得臣誓于众曰：「不复曹、卫，宁死必不回军！」楚将宛春献策曰：「小将有一计，可以不劳兵刃，而复曹、卫之封。」得臣问曰：「子有何计？」宛春曰：「晋之逐卫君，执曹伯，皆为宋也。元帅诚遣一使至晋军，好言讲解，要晋复了曹、卫之君，还其田土，我这里亦解宋围，大家罢战休兵，岂不为美？」得臣曰：「倘晋不见听如何？」宛春曰：「元帅先以解围之说，明告宋人，姑缓其攻。宋人思脱楚祸，如倒悬之望解，若晋侯不允，不惟曹、卫二国怨晋，宋亦怨之。聚三怨以敌一晋，我之胜数多矣。」得臣曰：「谁人敢使晋军？」宛春曰：「元帅若以见委，春不敢辞。」得臣乃缓宋国之攻，命宛春为使，乘单车直造晋军，谓文公曰：「君之外臣得臣，再拜君侯麾下，楚之有曹、卫，犹晋之有宋也。君若复卫封曹，得臣亦愿解围去宋，彼此修睦，各免生灵涂炭之苦。」言犹未毕，只见狐偃在旁，咬牙怒目骂道：「子玉好没道理！你释了一个未亡之宋，却要我这里复两个已亡之国，你直恁便宜！」先轸急蹑狐偃之足，谓宛春曰：「曹、卫罪不至灭亡，寡君亦欲复之。且请暂住后营，容我君臣计议施行。」栾枝引宛春归于后营，狐偃问于先轸曰：「子载真欲听宛春之请乎？」轸曰：「宛春之请，不可听，不可不听。」偃曰：「何谓也？」轸曰：「宛春此来，盖子玉奸计，欲居德于己，而归怨于晋也。不听，则弃三国，怨在晋矣；听之，则复三国，德又在楚矣。为今之计，不如私许曹、卫，以离其党，再拘执宛春，以激其怒，得臣性刚而躁，必移兵索战于我，是宋围不求解而自解也。倘子玉自与宋通和，则我遂失宋矣。」文公曰：「子载之计甚善！但寡人前受楚君之惠，今拘执其使，恐于报施之理有碍。」栾枝对曰：「楚吞噬小国，凌辱大邦，此皆中原之大耻，君不图伯则已，如欲图伯，耻在于君。乃怀区区之小惠乎？」文公曰：「微卿言，寡人不知也！」遂命栾枝押送宛春于五鹿，交付守将郤步扬小心看管。其原来车骑从人，尽行驱回，教他传话令尹曰：「宛春无礼，已行囚禁，待拿得令尹，一同诛戮。」从人抱头鼠窜而去。文公打发宛春事毕，使人告曹共公曰：「寡人岂为出亡小忿，求过于君？所以不释然于君者，以君之附楚故也。君若遣一介告绝于楚，以明君之与晋，即当送君还曹耳。」曹共公急于求释，信以为然，遂为书遣得臣云：

孤惧社稷之陨，死亡不免，不得已即安于晋，不得复事上国。上国若能驱晋以为孤宁宇，孤敢有二心耶？

文公又使人往襄牛见卫成公，亦以复国许之。成公大喜。宁俞谏曰：「此晋国反间之计，不可信之。」成公不听，亦致书得臣，大约如曹伯之语。

时得臣方闻宛春被拘之报，咆哮叫跳，大骂：「晋重耳，你是跑不伤、饿不死的老贼！当初在我国中，是我刀砧上一块肉，今才得返国为君，辄如此欺负人！自古『两国相争，不罪来使。』如何将我使臣拿住？吾当亲往，与他讲理。」正在发怒，帐外小卒报道：「曹、卫二国，各有书札上达元帅。」得臣想道：「卫侯、曹伯流离之际，有甚书来通我？必是打探得晋国什么破绽，私来报我，此乃天助我成功也！」启书看时，如此恁般，却是从晋绝楚的话头，气得心头一片无明火，直透上三千丈不止，大叫道：「这两封书，又是老贼逼他写的。老贼，老贼！今日不是你，就是我，定要拚个死活！」吩咐大小三军，撤了宋围，且去寻晋重耳做对。「待我败了晋军，怕残宋走往那里去！」斗越椒曰：「吾王曾叮咛『不可轻战』。若元帅要战之时，还须禀命而行。况齐、秦二国，曾为宋求情，恨元帅不从，必然遣兵助晋。我国虽有陈、蔡、郑、许相帮，恐非齐、秦之敌。必须入朝请添兵益将，方可赴敌。」得臣曰：「就烦大夫一行，以速为贵。」

越椒奉元帅将令，径到申邑，来见楚王，奏知请兵交战之意。楚王怒曰：「寡人戒勿与战，子玉强要出师，能保必胜乎？」越椒对曰：「得臣有言在前：「如若不胜，甘当军令。」」楚王终不快意，乃使斗宜申将西广之兵而往。楚兵二广，东广在左，西广在右，凡精兵俱在东广。止分西广之兵，不过千人，又非精卒，乃是楚王疑其兵败，不肯多发之意。成得臣之子成大心，聚集宗人之兵，约六百人，自请助战。楚王许之。斗宜申同越椒领兵至宋，得臣看兵少，心中愈怒，大言曰：「便不添兵，难道我胜不得晋？」即日约会四路诸侯之兵，拔寨都起。这一去，正中了先轸的机谋了。髯翁有诗云：

久困睢阳功未收，勃然一怒战群侯；得臣纵有冲天志，怎脱今朝先轸谋！

得臣以西广戎车，兼成氏本宗之兵，自将中军。使斗宜申率申邑之师，同郑、许二路兵将为左军。使斗勃率息邑之兵，同陈、蔡二路兵将为右军。雨骤风驰，直逼晋侯大寨，做三处屯聚。

晋文公集诸将问计。先轸曰：「本谋致楚，欲以挫之。且楚自伐齐围宋，以至于今，其师老矣。必战楚，毋失敌！」狐偃曰：「主公昔日在楚君面前，曾有一言：「他日治兵中原，请避君三舍。」今遂与楚战，是无信也。主公向不失信于原人，乃失信于楚君乎？必避楚。」诸将皆艴然曰：「以君避臣，辱甚矣！不可，不可！」狐偃曰：「子玉虽刚狠，然楚君之惠，不可忘也。吾避楚，非避子玉。」诸将又曰：「倘楚兵追至，奈何？」狐偃曰：「若我退，楚亦退，必不能复围宋矣。如我退而楚进，则以臣逼君，其曲在彼。避而不得，人有怒心，彼骄我怒，不胜何为？」文公曰：「子犯之言是也。」传令：「三军俱退！」晋军退三十里，军吏来禀曰：「已退一舍之地矣。」文公曰：「未也。」又退三十里，文公仍不许驻军。直退到九十里之程，地名城濮，恰是三舍之远，方教安营息马。时齐孝公命上卿国懿仲之子国归父为大将，崔夭副之；秦穆公使其次子小子慭为大将，白乙丙副之；各率大兵，协同晋师战楚，俱于城濮下寨。宋围已解，宋成公亦遣司马公孙固如晋军拜谢，就留军中助战。

却说楚军见晋军移营退避，各有喜色。斗勃曰：「晋侯以君避臣，于我亦有荣名矣。不如借此旋师，虽无功，亦免于罪。」得臣怒曰：「吾已请添兵将，若不一战，何以复命？晋军既退，其气已怯，宜疾追之！」传令：「速进！」楚军行九十里，恰与晋军相遇，得臣相度地势，凭山阻泽，据险为营。晋诸将言于先轸曰：「楚若据险，攻之难拔，宜出兵争之。」先轸曰：「夫据险以固守也。子玉远来，志在战而不在守。虽据险，安所用之？」时文公亦以战楚为疑。狐偃奏曰：「今日对垒，势在必战。战而胜，可以伯诸侯；即使不胜，我国外河内山，足以自固。楚其奈我何？」文公意犹未决。是夜就寝，忽得一梦，梦见如先年出亡之时，身在楚国，与楚王手搏为戏，气力不加，仰面倒地，楚王伏于身上，击破其脑，以口嗍之。既觉，大惧。时狐偃同宿帐中，文公呼而告之，如此恁般：「梦中斗楚不胜，被饮吾脑，恐非吉兆乎？」狐偃称贺曰：「此大吉之兆也！君必胜矣！」文公曰：「吉在何处？」狐偃对曰：「君仰面倒地，得天相照；楚王伏于身上，乃伏地请罪也。脑所以柔物，君以脑予楚，柔服之矣，非胜而何？」文公意乃释然，天色乍明，军吏报：「楚国使人来下战书。」文公启而观之，书云：

请与君之士戏，君凭轼而观之，得臣与寓目焉。

狐偃曰：「战，危事也，而曰戏，彼不敬其事矣，能无败乎？」文公使栾枝答其书云：

寡人未忘楚君之惠，是以敬退三舍，不敢与大夫对垒。大夫必欲观兵，敢不惟命！

诘朝相见。楚使者去后，文公使先轸再阅兵车，共七百乘，精兵五万余人，齐、秦之众，不在其内。文公登有莘之墟，以望其师，见其少长有序，进退有节，叹曰：『此郤縠之遗教也。以此应敌可矣。』使人伐其山木，以备战具。先轸分拨兵将，使狐毛、狐偃引上军，同秦国副将白乙丙攻楚左师，与斗宜申交战。使栾枝、胥臣引下军，同齐国副将崔夭，攻楚右师，与斗勃交战。各授计策行事。自与郤溱、祁瞒中军结阵，与成得臣相持。却教荀林父、士会，各率五千人为左右翼，准备接应。再教国归父、小子慭，各引本国之兵，从间道抄出楚军背后埋伏，只等楚军败北，便杀入据其大寨。时魏犨胸疾已愈，自请为先锋。先轸曰：『留老将军有用处。从有莘南去，地名空桑，与楚连谷地面接壤。老将军可引一枝兵，伏于彼处，截楚败兵归路，擒拿楚将。』魏犨欣然去了。赵衰、孙伯纠、羊舌突、茅茷等一班文武，保护晋文公于有莘山上观战。再教舟之侨于南河整顿船只，伺候装载楚军辎重，临期无误。次日黎明，晋军列阵于有莘之北，楚军列阵于南，彼此三军，各自成列。得臣传令，教：『左右二军先进，中军继之。』

且说晋下军大夫栾枝，打探楚右师用陈、蔡为前队，喜曰：『元帅密谓我曰：「陈、蔡怯战而易动。」先挫陈、蔡，则右师不攻而自溃矣。』乃使白乙丙出战。陈辕选、蔡公子印，欲在斗勃前建功，争先出车。未及交锋，晋兵忽然退后。二将方欲追赶，只见对阵门旗开处，一声炮响，胥臣领着一阵大车，冲将出来。驾车之马，都用虎皮蒙背，敌马见之，认为真虎，惊惶跳踯，执辔者拿把不住，牵车回走，反冲动斗勃后队。胥臣和白乙丙乘乱掩杀，胥臣斧劈公子印于车下，白乙丙箭射斗勃中颊。斗勃带箭而逃，楚右师大败，死者枕藉，不计其数。栾枝遣军卒，假扮作陈、蔡军人，执着彼处旗号，往报楚军，说：『右师已得胜，速速进兵，共成大功。』得臣凭轼望之，但见晋军北奔，烟尘蔽天，喜曰：『晋下军果败矣！』急催左师并力前进。斗宜申见对阵大旆高悬，料是主将，抖擞精神，冲杀过来。这里狐偃迎住，略战数合，只见阵后大乱，狐偃回辕便走，大旆亦往后退行。斗宜申只道晋军已溃，指引郑、许二将，尽力追逐。忽然鼓声大震，先轸、郤溱引精兵一枝，从半腰里横冲过来，将楚军截做二段。狐毛、狐偃翻身复战，两下夹攻。郑、许之兵先自惊溃，宜申支架不住，拚死命杀出，遇着齐将崔夭，又杀一阵，尽弃其车马器械，杂于步卒之中，爬山而遁。原来晋下军伪作北奔，烟尘蔽天，却是栾枝砍下有莘山之木，曳于车后，车驰木走，自然刮地尘飞，哄得左军贪功索战。狐毛又诈设大旆，教人曳之而走，装作奔溃之形。狐偃佯败，诱其驱逐。先轸早已算定，吩咐祁瞒虚建大将旗，守定中军，任他敌军搦战，切不可出应，自引兵从阵后抄出，横冲过来，恰与二狐夹攻，遂获全胜。这都是先轸预定下的计策。有诗为证：

临机何用阵堂堂？先轸奇谋不可当。只用虎皮蒙马计，楚军左右尽奔亡。

话说楚元帅成得臣虽则恃勇求战，想着楚王两番教诫之语，却也十分持重。传闻左右二军，俱已进战得利，追逐晋兵，遂令中军击鼓，使其子小将军成大心出阵。祁瞒先时，也守着先轸之戒，坚守阵门，全不招架。楚中军又发第二通鼓，成大心手提画戟，在阵前耀武扬威。祁瞒忍耐不住，使人察之。回报：『是十五岁的孩子。』祁瞒曰：『谅童子有何本事！手到拿来，也算我中军一功。』喝教：『擂鼓！』战鼓一鸣，阵门开处，祁瞒舞刀而出，小将军便迎住交锋。约斗二十余合，不分胜败。斗越椒在门旗之下，见小将军未能取胜，即忙驾车而出，拈弓搭箭，觑得较亲，一箭正射中祁瞒的盔缨。祁瞒吃了一惊，欲待退回本阵，恐冲动了大军，只得绕阵而走。斗越椒大叫：『此败将不须追之，可杀入中军，擒拿先轸！』

不知胜负如何，且看下回分解。

第〇四一回

连谷城子玉自杀 践土坛晋侯主盟

话说楚将斗越椒与小将军成大心，不去追赶祁瞒，竟杀入中军，越椒见大将旗迎风荡扬，一箭射将下来。晋军不见了帅旗，即时大乱。却得荀林父、先蔑两路接应兵到，荀林父接住斗越椒厮杀，先蔑便接住成大心厮杀。成得臣麾军大进，攘臂大呼曰：『今日若容晋军一个生还，誓不回军！』正在施设，先轸、郤溱兵到，两下混战多时。栾枝、胥臣、狐毛、狐偃一齐都到，如铜墙铁壁，围裹将来。得臣方知左右二军已溃，无心恋战，急急传令鸣金收军。怎当得晋兵众盛，把楚家兵将，分做十来处围住。小将军成大心一枝画戟，神出鬼没，率领宗兵六百人，无不一以当百，保护其父得臣，拚命杀出重围。不见了斗越椒，复翻身杀入。那斗越椒，乃是子文之从弟，生得状如熊虎，声若豺狼，有万夫不当之勇，精于射艺，矢无虚发。在晋军中左冲右突，正寻觅成家父子。恰好成大心遇见，说：『元帅有了，将军可快行！』两个遂合做一处，各奋神威，复救出许多楚军，溃围而出。

晋文公在有莘山上，观见晋兵得胜，忙使人教先轸传谕各军：『但逐楚兵出了宋、卫之境足矣。不必多事擒杀，以伤两国之情，负了楚王施惠之意。』先轸遂约住诸军，不行追赶。祁瞒违令出战，囚于后军，伺候发落。胡曾先生有诗云：

避兵三舍为酬恩，又诫穷追免楚军，两敌交锋尚如此，平居负义是何人？

陈、蔡、郑、许四国，损兵折将，各自逃生，回本国去了。单说成得臣同成大心、斗越椒出了重围，急投大寨。前哨报：『寨中已竖起齐、秦两家旗号了！』原来国归父、小子慭二将杀散楚兵，据了大寨，辎重粮草，尽归其手。得臣不敢经过，只得倒转从有莘山后，沿睢水一路而行。斗宜申、斗勃各引残兵来会。行至空桑地面，忽然连珠炮响，一军当路，旗上写「大将魏」字。魏犨先在楚国，独制貘兽，楚人无不服其神勇，今日路当险处，遇此劲敌，那残兵又都是个伤弓之鸟，谁人不丧胆消魂！早已望风而溃了。斗越椒大怒，叫小将军保护元帅，奋起精神，独力拒战。斗宜申、斗勃也只得勉强相帮。魏犨力战三将，水泄不漏。正在相持，忽见北来一人，飞马而至，大叫：「将军罢战，先元帅奉主公之命：『放楚将生还本国，以报出亡时款待之德。』」魏犨方才住手，教军士分开两下，大喝：「饶你去！」得臣等奔走不迭，回至连谷，点检残军，中军虽有损折，尚十存六七；其申、息之师，分属左右二军者，所存十无一二。哀哉！古人有吊战场诗云：

胜败兵家不可常，英雄几个老沙场？禽奔兽骇投坑阱，肉颤筋飞饱剑铓。
鬼火荧荧魂宿草，悲风飒飒骨侵霜。劝君莫羡封侯事，一将功成万命亡！

得臣大恸曰：「本图为楚国扬万里之威，不意中晋人诡谋，贪功败绩，罪复何辞？」乃与斗宜申、斗勃俱自囚于连谷，使其子大心部领残军，去见楚王，自请受诛。时楚成王尚在申城，见成大心至，大怒曰：「汝父有言在前：『不胜甘当军令。』今又何言？」大心叩头曰：「臣父自知其罪，便欲自杀，臣实止之；欲使就君之戮，以申国法也。」楚王曰：「楚国之法，兵败者死。诸将速宜自裁，毋污吾斧锧。」大心见楚王无怜赦之意，号泣而出，回复得臣。得臣叹曰：「纵楚王赦我，我亦何面目见申、息之父老乎？」乃北向再拜，拔佩剑自刎而死。

却说蔿贾在家，问其父蔿吕臣曰：「闻令尹兵败，信乎？」吕臣曰：「信。」蔿贾曰：「王何以处之？」蔿吕臣曰：「子玉与诸将请死，王听之矣。」蔿贾曰：「子玉刚愎而骄，不可独任；然其人强毅不屈，使得智谋之士，以为之辅，可使立功。今虽兵败，他日能报晋仇者，必子玉也。父亲何不谏而留之？」吕臣曰：「王怒甚，恐言之无益。」蔿贾曰：「父亲不记范巫矞似之言乎？」吕臣曰：「汝试言之。」蔿贾曰：「矞似善相人，主上为公子时，矞似曾言：『主上与子玉、子西三人，日后皆不得其死。』主上切记其言，即位之日，即赐子玉、子西免死牌各一面，欲使矞似之言不验也。主上怒中，偶忘之耳。父亲若言及此，主上必留二臣无疑矣。」吕臣即时往见楚王，奏曰：「子玉罪虽当死，然吾王曾有免死牌在彼，可以赦之。」楚王愕然曰：「岂非范巫矞似之故耶？微子言，寡人几忘之矣！」乃使大夫潘尪同成大心乘急传宣楚王命：「败将一概免死！」比及到连谷时，得臣先死半日矣。左师将军斗宜申悬梁自缢，因身躯重大，悬帛断绝，恰好免死命至，留下性命。斗勃原要收殓子玉、子西之尸，方才自尽，故此亦不曾死。单死了个成得臣，岂非命乎？潜渊居士有诗吊之云：

楚国昂藏一丈夫，气吞全晋挟雄图。一朝失足身躯丧，始信坚强是死徒。

成大心殡殓父尸。斗宜申、斗勃、斗越椒等，随潘尪到申城谒楚王，伏地拜谢不杀之恩。楚王知得臣自杀，懊悔不已。还驾郢都，升蔿吕臣为令尹，贬斗宜申为商邑尹，谓之商公；斗勃出守襄城。楚王转怜得臣之死，拜其子成大心、成嘉俱为大夫。令尹子文致政居家，闻得臣兵败，叹曰：「不出蔿贾所料！吾之识见，反不如童子，宁不自羞！」呕血数升，伏床不起。召其子斗般嘱曰：「吾死在旦夕。惟有一言嘱汝：汝叔越椒，自初生之日，已有熊虎之状，豺狼之声，此灭族之相也。吾此时曾劝汝祖勿育之，汝祖不听。吾观蔿吕臣不寿，勃与宜申，皆非善终之相，楚国为政，非汝则越椒。越椒傲狠好杀，若为政，必有非理之望，斗氏之祖宗其不祀乎？吾死后，椒若为政，汝必逃之，无与其祸也。」般再拜受命。子文遂卒。未几，蔿吕臣亦死。成王追念子文之功，使斗般嗣为令尹，越椒为司马，蔿贾为工正。不在话下。

却说晋文公既败楚师，移屯于楚大寨。寨中所遗粮草甚广，各军资之以食，戏曰：「此楚人馆谷我也。」齐、秦及诸将等，皆北面称贺。文公谢不受，面有忧色。诸将曰：「君胜敌而忧，何也？」文公曰：「子玉非甘出人下者，胜不可恃，能勿惧乎？」国归父、小子慭等辞归，文公以军获之半遗之，二国奏凯而还。宋公孙固亦归本国，宋公自遣使拜谢齐、秦。不在话下。

先轸因祁瞒至文公之前，奏其违命辱师之罪。文公曰：「若非上、下二军先胜，楚兵尚可制乎？」命司马赵衰定其罪，斩祁瞒以狥于军，号令曰：「今后有违元帅之令者，视此！」军中益加悚惧。大军留有莘三日，然后下令班师。行至南河，哨马禀复：「河下船只，尚未齐备。」文公使召舟之侨，侨亦不在。原来舟之侨是虢国降将，事晋已久，满望重用立功，却差他南河拘集船只，心中不平。恰好接得家报，其妻在家病重，侨料晋、楚相持，必然日久，未必便能班师，因此暂且回国看视。不想夏四月戊辰，师至城濮，己巳交战，便大败楚师，休兵三日，至癸酉大军遂还，前后不过六日，晋侯便至河下，遂误了济河之事。文公大怒，欲令军士四下搜捕民船。先轸曰：「南河百姓，闻吾败楚，谁不震恐？若使搜捕，必然逃匿。不若出令以厚赏募之。」文公曰：「善。」才悬赏军门，百姓争舣船应募，顷刻舟集如蚁，大军遂渡了黄河。文公谓赵衰曰：「曹、卫之耻已雪矣，惟郑仇未报，奈何？」赵衰对曰：「君旋师过郑，不患郑之不来也。」文公从之。

行不数日，遥见一队车马，簇拥着一位贵人，从东而来。前队栾枝迎住，问：「来者何人？」答曰：「吾乃周天子之卿士王子虎也。闻晋侯伐楚得胜，少安中国，故天子亲驾銮舆，来犒三军，先令虎来报知。」栾枝即引子虎来见文公。文公问于群下曰：「今天子下劳寡人，道路之间，如何行礼？」赵衰曰：「此去衡雍不远，有地名践土，其地宽平，连夜建造王宫于此，然后主公引列国诸侯迎驾，以行朝礼，庶不失君臣之义也。」文公遂与王子虎订期，约以五月之吉，于践土候周王驾临。子虎辞去。大军望衡雍而进。途中又见车马一队，有一使臣来迎，乃是郑大夫子人九。奉郑伯之命，恐晋兵来讨其罪，特遣行成。晋文公怒曰：「郑闻楚败而惧，非出本心，寡人俟觐王之后，当亲率师徒，至于城下。」赵衰进曰：「自我出师以来，逐卫君，执曹伯，败楚师，兵威已大震矣。又求多于郑，奈劳师何？君必许之。若郑坚心来归，赦之可也；如其复贰，姑休息数月，讨之未晚。」文公乃许郑成。大军至衡雍下寨。一面使狐毛、狐偃帅本部兵，往践土筑造王宫；一面使栾枝入郑城，与郑伯为盟。郑伯亲至衡雍，致饩谢罪。文公复与歃血订好。话间，因夸美子玉之英勇。郑伯曰：「已自杀于连谷矣。」文公叹息久之。郑伯既退，文公私谓诸臣曰：「吾今日不喜得郑，喜楚之失子玉也。子玉死，余人不足虑，诸卿可高枕而卧矣！」髯翁有诗云：

得臣虽是莽男儿，胜负将来未可知；尽说楚兵今再败，可怜连谷有舆尸！

却说狐毛、狐偃筑王宫于践土，照依明堂之制。怎见得？有《明堂赋》为证：

赫赫明堂，居国之阳。嵬峨特立，镇压殊方。所以施一人之政令，朝万国之侯王。面室有三，总数惟九。闻太庙于正位，处太室于中霤；启闭乎三十六户，罗列乎七十二牖。左个右个，为季孟之交分；上圆下方，法天地之奇偶。及夫诸位散设，三公最崇。当中阶而列位，与群臣而不同。诸侯东阶之东，西面而北上；诸伯西阶之西，东面而相向；诸子应门之东而鹄立，诸男应门之西而鹤望。戎、夷金木之户外，蛮、狄水火而位配。九采外屏之右以成列，四塞外屏之左而遥对。朱干玉戚，森耸以相参；龙旗豹韬，抑扬而相错。肃肃沉沉，峦崇壑深。烟收而卿士齐列，日出而天颜始临。戴冕旒以当轩，见八纮之稽颡；负斧扆而南面，知万国之归心。

王宫左右，又别建馆舍数处，昼夜并工，月余而毕。传檄诸侯：「俱要五月朔日，践土取齐。」是时，宋成公王臣，齐昭公潘，俱系旧好；郑文公捷，是新附之国；率先来赴。他如鲁僖公申，与楚通好；陈穆公款，蔡庄公甲午，与楚连兵，都是楚党，至是惧罪，亦来赴会。邾、莒小国，自不必说。惟许僖公业，事楚最久，不愿从晋。秦穆公任好，虽与晋合，从未与中国会盟，迟疑不至。卫成公郑，出在襄牛；曹共公襄，见拘五鹿，晋侯曾许以复国，尚未明赦，亦不与会。

单说卫成公闻晋将合诸侯，谓宁俞曰：「征会不及于卫，晋怒尚未息也。寡人不可留矣！」宁俞对曰：「君徒出奔，谁纳君者！不如让位于叔武，使元咺奉之，以乞盟于践土，君若为逊避而出。天如祚卫，武获与盟，武之有国，犹君有之。况武素孝友，岂忍代立？必当为复君之计矣。」卫侯心虽不愿，到此地位，无可奈何，使孙炎以君命致国于叔武，如宁俞之言。孙炎领命，往楚丘去了。卫侯又问于宁俞曰：「寡人今欲出奔，何国而可？」俞踌躇未答。卫侯又曰：「适楚何如？」俞对曰：「楚虽婚姻，实晋仇也，且前已告绝，不可复往，不如适陈。陈将事晋，又可藉为通晋之地也。」卫侯曰：「不然，告绝非寡人意，楚必谅之。晋、楚将来，事未可定。使武事晋，而我托于楚，两途观望，不亦可乎？」卫侯遂适楚，楚边人追而詈之，乃改适陈，始服宁俞之先见矣。

孙炎见叔武，致卫侯之命。武曰：「吾之守国，摄也，敢受让乎？」即同元咺赴会。使孙炎回复卫侯，言：「见晋之时，必当为兄乞怜求复也。」元咺曰：「君性多猜忌，吾不遣亲子弟相从，何以取信？」乃使其子元角，伴孙炎以往，名虽问候，实则留质之意。公子歂犬私谓元咺曰：「君之不复，亦可知矣。子何不以让国之事，明告国人，拥立夷叔而相之？晋人必喜。子挟晋之重以临卫，是子与武共卫也。」元咺曰：「叔武不敢无兄，吾敢无君乎？此行且请复吾君矣。」歂犬语塞而退。恐卫侯一旦复国，元咺泄其言，未免得罪，乃私往陈国，密报卫侯，反说：「元咺已立叔武为君，谋会晋以定其位。」卫成公惑其言，以问孙炎。孙炎对曰：「臣不知也。元角现在君所，其父有谋，角必与闻，君何不问之？」卫侯复问于元角，角言并无是事。宁俞亦言曰：「咺若不忠于君，肯遣子出侍乎？君勿疑也。」公子歂犬私见卫侯曰：「咺之设谋拒君，非一日矣。其遣子，非忠于君也，将以窥君之动静，而为之备也。若使乞怜于晋，以求复吾君，必辞会而不敢与，如公然与会，则为君信矣。君其察之。」卫侯果阴使人往践土，伺察叔武元咺之事。胡曾先生有诗云：

弟友臣忠无间然，何堪歂犬肆谗言？从来富贵生猜忌，忠孝常含万古冤。

却说周襄王以夏五月丁未日，驾幸践土。晋侯率诸侯，预于三十里外迎接，驻跸王宫。襄王御殿，诸侯谒拜稽首。起居礼毕，晋文公献所获楚俘于王，被甲之马凡百乘，步卒千人，器械衣甲十余车。襄王大悦，亲劳之曰：「自伯舅齐侯即世之后，荆楚复强，凭陵中夏，得叔父仗义翦伐，以尊王室，自文、武以下，皆赖叔父之休，岂惟朕躬？」晋侯再拜稽首曰：「臣重耳幸歼楚寇，皆仗天子之灵，臣何功焉？」

次日，襄王设醴酒以享晋侯。使上卿尹武公，内史叔兴，策命晋侯为方伯。赐大辂之服，服鷩冕；戎辂之服，服韦弁；彤弓一，彤矢百，玈弓十，玈矢千，秬鬯一卣，虎贲之士三百人。宣命曰：「俾尔晋侯，得专征伐，以纠王慝。」晋侯逊谢再三，然后敢受。遂以王命布告于诸侯。襄王复命王子虎，册封晋侯为盟主，合诸侯修盟会之政。晋侯于王宫之侧，设下盟坛，诸侯先至王宫行觐礼，然后各趋会所。王子虎监临其事。晋侯先登，执牛耳，诸侯以次而登。元咺已引叔武谒过晋侯了。是日，叔武摄卫君之位，附于载书之末。子虎读誓词曰：「凡兹同盟，皆奖王室，毋相害也。有

东周列国志

背盟者，明神殛之，殃及子孙，陨命绝祀！」诸侯齐声曰：「王命修睦，敢不敬承！」各各歃血为信。潜渊读史诗云：

晋国君臣建大猷，取威定伯服诸侯。扬旌城濮观俘馘，连袂王宫觐冕旒。
更羡今朝盟践土，谩夸当日会葵邱。桓公末路留遗恨，重耳能将此志酬。

盟事既毕，晋侯欲以叔武见襄王，立为卫君，以代成公。叔武涕泣辞曰：「昔宁母之会，郑子华以子奸父，齐桓公拒之。今君方继桓公之业，乃令武以弟奸兄乎？君侯若嘉惠于武，赐之矜怜，乞复臣兄郑之位。臣兄郑事君侯，不敢不尽！」元咺亦叩头哀请，晋侯方才首肯。不知卫侯何时复国，再看下回分解。

第○四二回

周襄王河阳受觐 卫元咺公馆对狱

话说周襄王二十年，下劳晋文公于践土，事毕归周，诸侯亦各辞回本国。卫成公疑歂犬之言，遣人密地打探，见元咺奉叔武入盟，名列载书，不暇致详，即时回报卫侯。卫侯大怒曰：「叔武果自立矣！」大骂：「元咺背君之贼！自己贪图富贵，扶立新君，却又使儿子来窥吾动静。吾岂容汝父子乎？」元角方欲置辩，卫侯拔剑一挥，头已坠地。冤哉！元角从人，慌忙逃回，报知其父元咺。咺曰：「子之生死，命也！君虽负咺，咺岂可负太叔乎？」司马瞒谓元咺曰：「君既疑子，子亦当避嫌。何不辞位而去，以明子之心耶？」咺叹曰：「咺若辞位，谁与太叔共守此国者？夫杀子，私怨也；守国，大事也。以私怨而废大事，非人臣所以报国之义也。」乃言于叔武，使奉书晋侯，求其复成公之位。此乃是元咺的好处。这事暂且搁过一边。

再说晋文公受了册命而回，虎贲弓矢，摆列前后，另是一番气象。入国之日，一路百姓，扶老携幼，争睹威仪，箪食壶浆，共迎师旅。叹声啧啧，都夸「吾主英雄！」喜色欣欣，尽道「晋家兴旺。」正是：

捍艰复缵文侯绪，攘楚重修桓伯勋。十九年前流落客，一朝声价上青云。

晋文公临朝受贺，论功行赏，以狐偃为首功，先轸次之。诸将请曰：「城濮之役，设奇破楚，皆先轸之功，今反以狐偃为首，何也？」文公曰：「城濮之役，轸曰：「必战楚，毋失敌。」偃曰：「必避楚，毋失信。」夫胜敌者，一时之功也；全信者，万世之利也。奈何以一时之功，而加万世之利乎？是以先之。」诸将无不悦服。狐偃又奏：「先臣荀息，死于奚齐、卓子之难，忠节可嘉。宜录其后，以励臣节。」文公准奏，遂召荀息之子荀林父为大夫。舟之侨正在家中守着妻子，闻晋侯将到，赶至半路相迎。文公命囚之后车。行赏已毕，使司马赵衰议罪，当诛。舟之侨自陈妻病求宽，文公曰：「事君者不顾其身，况妻子乎？」喝命斩首示众。文公此番出军，第一次斩了颠颉，第二次斩了祁瞒，今日第三次，又斩了舟之侨。这三个都是有名的宿将，违令必诛，全不轻宥。所以三军畏服，诸将用命。正所谓：「赏罚不明，百事不成；赏罚若明，四方可行。」此文公所以能伯诸侯也。文公与先轸等商议，欲增军额，以强其国，又不敢上同天子之六军，乃假名添作「三行」。以荀林父为中行大夫，先蔑屠击为左、右行大夫。前后三军三行，分明是六军，但避其名而已。以此兵多将广，天下莫比其强。

一日，文公坐朝，正与狐偃等议曹、卫之事，近臣奏：「卫国有书到。」文公曰：「此必叔武为兄求宽也。」启而观之，书曰：

君侯不泯卫之社稷，许复故君，举国臣民，咸引领以望高义。惟君侯早图之。

陈穆公亦有使命至晋，代卫、郑致悔罪自新之意。文公乃各发回书，听其复归故国，谕郤步扬不必领兵邀阻。叔武得晋侯宽释之信，急发车骑如陈，往迎卫侯。陈穆公亦遣人劝驾。公子歂犬谓成公曰：「太叔为君已久，国人归附，邻国同盟，此番来迎，不可轻信。」卫侯曰：「寡人亦虑之。」乃遣宁俞先到楚丘，探其实信。宁俞只得奉命而行。至卫，正值叔武在朝中议政。宁俞入朝，望见叔武设座于殿堂之东，西向而坐。一见宁俞，降坐而迎，叙礼甚恭。宁俞佯问曰：「太叔摄位而不御正，何以示观瞻耶？」叔武曰：「此正位吾兄所御，吾虽侧其旁，尚栗栗不自安，敢居正乎？」宁俞曰：「俞今日方见太叔之心矣。」叔武曰：「吾思兄念切，朝暮悬悬，望大夫早劝君兄还朝，以慰我心也。」俞遂与订期，约以六月辛未吉日入城。宁俞出朝，采听人言，但闻得百官之众，纷纷议论，言：「故君若复入，未免分别居行二项，行者有功，居者有罪，如何是好？」宁俞曰：「我奉故君来此传谕尔众：『不论行居，有功无罪。』如或不信，当歃血立誓。」众皆曰：「若能共盟，更有何疑！」俞遂对天设誓曰：「行者卫主，居者守国。若内若外，各宣其力。君臣和协，共保社稷。倘有相欺，明神是殛！」众皆欣然而散，曰：「宁子不欺吾也。」叔武又遣大夫长牂，专守国门，吩咐：「如有南来人到，不拘早晚，立刻放入。」

却说宁俞回复卫侯，言：「叔武真心奉迎，并无歹意。」卫侯也自信得过了。怎奈歂犬谗毁在前，恐临时不合，反获欺谤之罪，又说卫侯曰：「太叔与宁大夫定约，焉知不预作准备，以加害于君？君不如先期而往，出其不意，可必入也。」卫侯从其言，即时发驾。歂犬请为前驱，除宫备难，卫侯许之。宁俞奏曰：「臣已与国人订期矣。君若先期而往，国人必疑。」歂犬大喝曰：「俞不欲吾君速入，是何主意？」宁俞乃不敢复谏，只得奏言：「君驾若即发，臣请先行一程，以晓谕臣民，而安上下之心。」卫侯曰：「卿为国人言之，寡人不过欲早见臣民一面，并无他故。」宁俞去后，歂犬曰：「宁之先行，事可疑也。君行不宜迟矣！」卫侯催促御人，并力而驰。

再说宁俞先到国门，长牂询知是卫侯之使，即时放入。宁俞曰：「君即至矣。」长牂曰：「前约辛未，今尚戊辰，何速也？子先入城报信，吾当奉迎。」宁才转身时，歂犬前驱已至，言：「卫侯只在后面。」长牂急整车从，迎将上去。歂犬先入城去了。时叔武方亲督舆隶，扫除宫室，就便在庭中沐发。闻宁俞报言：「君至。」且惊且喜，仓卒之间，正欲问先期之故，忽闻前驱车马之声，认是卫侯已到，心中喜极，发尚未干，等不得挽髻，急将一手握发，疾趋而出，正撞了歂犬。歂犬恐留下叔武，恐其兄弟相逢，叙出前因，远远望见叔武到来，遂弯弓搭箭，飕的发去，射个正好。叔武被箭中心窝，望后便倒。宁俞急忙上前扶救，已无及矣。哀哉！元咺闻叔武被杀，吃了一惊，大骂：「无道昏君！枉杀无辜，天理岂能容汝？吾当投诉晋侯，看你坐位可稳？」痛哭了一场，急忙逃奔晋国去了。髯翁有诗云：

坚心守国为君兄，弓矢无情害有情。不是卫侯多忌忮，前驱安敢擅加兵？

却说成公至城下，见长牂来迎，叩其来意。长牂述叔武吩咐之语，早来早入，晚来晚入。卫侯叹曰：「吾弟果无他意也！」比及入城，只见宁俞带泪而来，言：「叔武喜主公之至，不等沐完，握发出迎，谁知枉被前驱所杀，使臣失信于国人，臣该万死！」卫侯面有惭色，答曰：「寡人已知夷叔之冤矣！卿勿复言。」趋车入朝，百官尚未知觉，一路迎谒，先后不齐。宁俞引卫侯视叔武之尸，两目睁开如生。卫侯枕其头于膝上，不觉失声大哭，以手抚之曰：「夷叔，夷叔！我因尔归，尔为我死！哀哉痛哉！」只见尸目闪烁有光，渐渐而瞑。宁俞曰：「不杀前驱，何以谢太叔之灵？」卫侯即命拘之。时歂犬谋欲逃遁，被宁俞遣人擒至。歂犬曰：「臣杀太叔，亦为君也！」卫侯大怒曰：「汝谤毁吾弟，擅杀无辜，今又归罪于寡人。」命左右将歂犬斩首号令。吩咐以君礼厚葬叔武。国人初时，闻叔武被杀，议论哄然。及闻诛歂犬，葬叔武，群心始定。

话分两头。再说卫大夫元咺，逃奔晋国，见了晋文公，伏地大哭，诉说卫侯疑忌叔武，故遣前驱射杀之事。说了又哭，哭了又说。说得晋文公发恼起来，把几句好话安慰了元咺，留在馆驿。因大集群臣问曰：「寡人赖诸卿之力，一战胜楚。践土之会，天子下劳，诸侯景从。伯业之盛，窃比齐桓。奈秦人不赴约，许人不会朝；郑虽受盟，尚怀疑贰之心，卫方复国，擅杀受盟之弟。若不再申约誓，严行诛讨，诸侯虽合必离，诸卿计将安出？」先轸进曰：「征会讨贰，伯主之职。臣请厉兵秣马，以待君命。」狐偃曰：「不然。伯主所以行乎诸侯者，莫不挟天子之威。今天子下劳，而君之觐礼未修，我实有缺，何以服人？为君计，莫若以朝王为名，号召诸侯，视其不至者，以天子之命临之。朝王，大礼也。讨慢王之罪，大名也。行大礼而举大名，又大业也。君其图之！」赵衰曰：「子犯之言甚善。然以臣愚见，恐入朝之举，未必遂也。」文公曰：「何为不遂？」赵衰曰：「朝觐之礼，不行久矣。以晋之强，五合六聚，以临京师，所过之地，谁不震惊？臣惧天子之疑君而谢君也。谢而不受，君之威亵矣。莫若致王于温，而率诸侯以见之。君臣无猜，其便一也。诸侯不劳，其便二也。温有叔带之新宫，不烦造作，其便三也。」文公曰：「王可致乎？」赵衰曰：「王喜于亲晋，而乐于受朝，何为不可？臣请为君使于周，而商入朝之事，度天子之计，亦必出此。」

文公大悦，乃命赵衰如周，谒见周襄王，稽首再拜，奏言：「寡君重耳，感天王下劳锡命之恩，欲率诸侯至京师，修朝觐之礼，伏乞圣鉴。」襄王嘿然。命赵衰就使馆安歇。即召王子虎计议，言：「晋侯拥众入朝，其心不测，何以辞之？」子虎对曰：「臣请面见晋使而探其意，可辞则辞。」子虎辞了襄王，到馆驿见了赵衰，叙起入朝之事。子虎曰：「晋侯倡率诸姬，尊奖天子，举累朝废坠之旷典，诚王室之大幸也！但列国鳞集，行李充塞，车徒众盛，士民目未经见，妄加猜度，讹言易起，或相讥讪，反负晋侯一片忠爱之意，不如已之。」赵衰曰：「寡君思见天子，实出至诚。下臣行日，已传檄各国，相会于温邑取齐。若废而不举，是以王事为戏也。下臣不敢复命。」子虎曰：「然则奈何？」赵衰曰：「下臣有策于此，但不敢言耳。」子虎曰：「子余有何良策？敢不如命！」赵衰曰：「古者，天子有时巡之典，省方观民，况温亦畿内故地也。天子若以巡狩为名，驾临河阳，寡君因率诸侯以展觐。上不失王室尊严之体，下不负寡君忠敬之诚。未知可否？」子虎曰：「子余之策，诚为两便。虎即当转达天子。」子虎入朝，述其语于襄王。襄王大喜。约于冬十月之吉，驾幸河阳。赵衰回复晋侯。晋文公以朝王之举，播告诸侯，俱约冬十月朔，于温地取齐。

至期，齐昭公潘，宋成公王臣，鲁僖公申，蔡庄公甲午，秦穆公任好，郑文公捷，陆续俱到。秦穆公言：「前此践土之会，因惮路远后期，是以不果。今番愿从诸侯之后。」晋文公称谢。时陈穆公款新卒，子共公朔新立，畏晋之威，墨衰而至。郑、莒小国，无不毕集。卫侯郑自知有罪，意不欲往。宁俞谏曰：「若不往，是益罪也，晋讨必至矣。」成公乃行。宁俞与鍼庄子、士荣，三人相从。比至温邑，文公不许相见，以兵守之。惟许人终于负固，不奉晋命。总计晋、齐、宋、鲁、蔡、秦、郑、陈、邾、莒，共是十国，先于温地叙会。不一日，周襄王驾到，晋文公率众诸侯迎至新宫驻跸。上前起居，再拜稽首。次日五鼓，十路诸侯，冠裳佩玉，整整齐齐，舞蹈扬尘，锵锵济济。方物有贡，各伸地主之仪；就位惟恭，争睹天颜之喜。这一朝，比践土更加严肃。有诗为证：

衣冠济济集河阳，争睹云车降上方。虎拜朝天鸣素节，龙颜垂地沐恩光。
酆宫胜事空前代，郏鄏虚名慨下堂。虽则致王非正典，托言巡狩亦何妨？

朝礼既毕，晋文公将卫叔武冤情，诉于襄王，遂请王子虎同决其狱。襄王许之。文公邀子虎至于公馆，宾主叙坐。使人以王命呼卫侯。卫侯囚服而至。卫大夫元咺亦到。子虎曰：「君臣不便对理，可以代之。」乃停卫侯于庑下。宁俞侍卫侯之侧，寸步不离。鍼庄子代卫侯，与元咺对理；士荣摄治狱之官，质正其事。元咺口如悬河，将卫侯自出奔襄牛起首，如何嘱咐太叔守国，以后如何先杀元角，次杀太叔，备细铺叙出来。鍼庄子曰：「此皆歂犬谗谮之言，以致卫君误听，不全由卫君之事。」元咺曰：「歂犬初与咺言，要拥立太叔。咺若从之，君岂得复入？只为咺仰体太叔爱兄之心，所以拒歂犬之请，不意彼反肆离间。卫君若无猜忌太叔之意，歂犬之谮，何由而入？咺遣儿子角，往从吾君，正是自明心迹，本是一团美意，乃无辜被杀。就他杀吾子角之心，便是杀太叔之心了。」士荣折之曰：「汝挟杀子之怨，非为太叔也。」元咺曰：「咺常言：『杀子私怨，守国大事。』咺虽不肖，不敢以私怨而废大事。当日太叔作书致晋，求复其兄，此书稿出于咺手。若咺挟怨，岂肯如此？只道吾君一时之误，还指望他悔心之萌，不意又累太叔受此大枉。」士荣又曰：「太叔无篡位之情，吾君亦已谅之。误遭歂犬之手，非出君意。」元咺曰：「君既知太叔无篡位之情，从前歂犬所言，都是虚谬，便当加罪；如何又听他先期而行？比及入国，又用为前驱，明明是假手歂犬，难言不知。」鍼庄子低首不出一语。士荣又折之曰：「太叔虽受枉杀，然太叔臣也，卫侯君也。古来人臣，被君枉杀者，不可胜计。况卫侯已诛歂犬，又于太叔加礼厚葬，赏罚分明，尚有何罪？」元咺曰：「昔者桀枉杀关龙逄，汤放之。纣枉杀比干，武王伐之。汤与武王，并为桀纣之臣子，目击忠良受枉，遂兴义旅，诛其君而吊其民。况太叔同气，又有守国之功，非龙逄、比干之比。卫不过侯封，上制于天王，下制于方伯，又非桀、纣贵为天子，富有四海之比。安得云无罪乎？」士荣语塞，又转口曰：「卫君固然不是，汝为其臣，既然忠心为君，如何君一入国，汝便出奔？不朝不贺，是何道理？」元咺曰：「咺奉太叔守国，实出君命；君且不能容太叔，能容咺乎？咺之逃，非贪生怕死，实欲为太叔伸不白之冤耳！」晋文公在座，谓子虎曰：「观士荣、元咺往复数端，种种皆是元咺的理长。卫郑乃天子之臣，不敢擅决，可先将卫臣行刑。」喝教左右：「凡相从卫君者，尽加诛戮。」子虎曰：「吾闻宁俞，卫之贤大夫，其调停于兄弟君臣之间，大费苦心。无如卫君不听何？且此狱与宁俞无干，不可累之。士荣摄为士师，断狱不明，合当首坐。鍼庄子不发一言，自知理曲，可从末减。惟君侯鉴裁！」文公依其言，乃将士荣斩首，鍼庄子刖足，宁俞姑赦不问。

卫侯上了槛车，文公同子虎带了卫侯，来见襄王，备陈卫家君臣两造狱词：「如此冤情，若不诛卫郑，天理不容，人心不服。乞命司寇行刑，以彰天罚。」襄王曰：「叔父之断狱明矣；虽然，不可以训。朕闻：『《周官》设两造以讯平民，惟君臣无狱，父子无狱。』若臣与君讼，是无上下也。又加胜焉，为臣而诛君，为逆已甚。朕恐其无以彰罚，而适以教逆也。朕亦何私于卫哉？』文公惶恐谢曰：『重耳见不及此。既天王不加诛，当槛送京师，以听裁决。』文公仍带卫侯，回至公馆，使军士看守如初。一面打发元咺归卫，听其别立贤君，以代卫郑之位。

元咺至卫，与群臣计议，诡言：『卫侯已定大辟，今奉王命，选立贤君。』群臣共举一人，乃是叔武之弟名适，字子瑕，为人仁厚。元咺曰：『立此人，正合「兄终弟及」之礼。』乃奉公子瑕即位。元咺相之。司马瞒、孙炎、周歂、冶廑一班文武相助。卫国粗定。

毕竟卫事如何结束，且看下回分解。

第〇四三回

智宁俞假鸩复卫 老烛武缒城说秦

话说周襄王受朝已毕，欲返洛阳。众诸侯送襄王出河阳之境，就命先蔑押送卫侯于京师。时卫成公有微疾，晋文公使随行医衍，与卫侯同行，假以视疾为名，实使之鸩杀卫侯，以泄胸中之忿：「若不用心，必死无赦！」又吩咐先蔑：「作急在意，了事之日，一同医衍回话。」

襄王行后，众诸侯未散，晋文公曰：「寡人奉天子之命，得专征伐。今许人一心事楚，不通中国。王驾再临，诸君趋走不暇，颍阳密迩，置若不闻，怠慢莫甚！愿偕诸君问罪于许。」众诸侯皆曰：「敬从君命。」时晋侯为主，齐、宋、鲁、蔡、陈、秦、莒、邾八国诸侯，皆率车徒听命，一齐向颍阳进发。只有郑文公捷，原是楚王姻党，惧晋来附，见晋文公处置曹、卫太过，心中有不平之意，思想：「晋侯出亡之时，自家也曾失礼于他，看他亲口许复曹、卫，兀自不肯放手。如此怀恨，未必便忘情于郑也。不如且留楚国一路，做个退步，后来患难之时，也有个依靠。」上卿叔詹见郑伯踌躇，似有背晋之意，遂进谏曰：「晋幸辱收郑矣，君勿贰也。贰且获罪不赦。」郑伯不听，使人扬言：「国中有疫。」托言祈祷，遂辞晋先归，阴使人通款于楚曰：「晋侯恶许之暱就上国也，驱率诸侯，将问罪焉。寡君畏上国之威，不敢从兵，敢告。」许人闻有诸侯之兵，亦遣人告急于楚。楚成王曰：「吾兵新败，勿与晋争。俟其厌兵之后，而求成焉。」遂不救许。诸侯之兵，围了颍阳，水泄不漏。

时曹共公襄，尚羁五鹿城中，不见晋侯赦令，欲求能言之人，往说晋侯，小臣侯獳，请携重赂以行，曹共公许之。侯獳闻诸侯在许，径至颍阳，欲求见晋文公。适文公以积劳之故，因染寒疾，梦有衣冠之鬼，向文公求食，叱之而退，病势愈加，卧不能起，方召太卜郭偃，占问吉凶。侯獳遂以金帛一车，致于郭偃，告之以情，使借鬼神之事，为曹求解，须如此恁般进言。郭偃受其贿嘱，许为讲解。既见，晋侯示之以梦。布卦得「天泽」之象，阴变为阳。偃献繇』于文公，其词曰：

阴极生阳，蛰虫开张；大赦天下，钟鼓堂堂。

文公问曰：『何谓也？』郭偃对曰：『以卦合之于梦，必有失祀之鬼神，求赦于君也。』文公曰：『寡人于祀事，有举无废。且鬼神何罪，而求赦耶？』偃曰：『以臣之愚度之，其曹乎？曹叔振铎，文之昭也。晋先君唐叔，武之穆也。昔齐桓公为会，而封邢、卫异姓之国。今君为会，而灭曹、卫同姓之国。况二国已蒙许复矣。践土之盟，君复卫而不复曹，同罪异罚，振铎失祀，其见梦不亦宜乎？君若复曹伯，以安振铎之灵，布宽仁之令，享钟鼓之乐，又何疾之足患？』这一席话，说得文公心下豁然，觉病势顿去其半。即日遣人召曹伯襄于五鹿，使复归本国为君，所畀宋国田土，亦吐还之。曹伯襄得释，如笼鸟得翔于霄汉，槛猿复升于林木，即统本国之兵，趋至颍阳，面谢晋侯复国之恩，遂协助众诸侯围许。文公病亦渐愈。许僖公见楚救不至，乃面缚衔璧，向晋军中乞降，大出金帛犒军。文公乃与诸侯解围而去。

秦穆公临别，与晋文公相约：『异日若有军旅之事，秦兵出，晋必助之。晋兵出，秦亦助之。彼此同心协力，不得坐视。』二君相约已定，各自分路。晋文公在半途，闻郑国遣使复通款于楚，勃然大怒，便欲移兵伐郑。赵衰谏曰：『君玉体乍平，未可习劳。且士卒久敝，诸侯皆散，不如且归，休息一年，而后图之。』文公乃归。

话分两头。再表周襄王回至京师，群臣谒见称贺毕。先蔑稽首，致晋侯之命，乞以卫侯付司寇。时周公阅为太宰秉政，阅请羁卫侯于馆舍，听其修省。襄王曰：『置大狱太重，舍公馆太轻。』乃于民间空房，别立囚室而幽之。襄王本欲保全卫侯，只因晋文公十分忿恨，又有先蔑监押，恐拂其意，故幽之别室，名为囚禁，实宽之也。宁俞紧随其君，寝处必偕，一步不离，凡饮食之类，必亲尝过，方才进用。先蔑催促医衍数次，奈宁俞防范甚密，无处下手。医衍没奈何，只得以实情告于宁俞曰：『晋君之强明，子所知也。有犯必诛，有怨必报。衍之此行，实奉命用鸩，不然，衍且得罪。衍将为脱死之计，子勿与知，可也。』宁俞附耳言曰：『子既剖腹心以教我，敢不曲为子谋乎？子之君老矣，远于人谋，而近于鬼谋。近闻曹君获宥，特以巫史一言，子若薄其鸩以进，而托言鬼神，君必不罪。寡君当有薄献。』医衍会意而去。

宁俞假以卫侯之命，向衍取药酒疗疾，因密致宝玉一函。衍告先蔑曰：『卫侯死期至矣！』遂调鸩于瓯以进，用毒甚少，杂他药以乱其色。宁俞请尝，衍佯不许，强逼卫侯而灌之。才灌下两三口，衍张目仰看庭中，忽然大叫倒地，口吐鲜血，不省人事，仆瓯于地，鸩酒狼藉。宁俞故意大惊小怪，命左右将太医扶起。半晌方苏，问其缘故。衍言：『方灌酒时，忽见一神人，身长丈余，头大如斛，装束威严，自天而下，直入室中，言：「奉唐叔之命，来救卫侯。」遂用金锤，击落酒瓯，使我魂魄俱丧也！』卫侯自言所见，与衍相同。宁俞佯怒曰：『汝原来用毒以害吾君，若非神人相救，几不免矣。我与汝义不俱生！』即奋臂欲与衍斗，左右为之劝解。先蔑闻其事，亦飞驾来视，谓宁俞曰：『汝君既获神祐，后禄未艾，蔑当复于寡君。』卫侯服鸩，又薄又少，以此受毒不深，略略患病，随即痊安。先蔑与医衍还晋，将此事回复文公。文公信以为然，赦医衍不诛。史臣有诗云：

鸩酒何名毒卫侯？漫教医衍碎磁瓯。文公怒气虽如火，怎脱今朝宁武谋？

却说鲁僖公原与卫世相亲睦，闻得医衍进鸩不死，晋文公不加责罪，乃问于臧孙辰曰：『卫侯尚可复乎？』辰对曰：『可复。』僖公曰：『何以见之？」辰对曰：「凡五刑之用，大者甲兵斧钺，次者刀锯钻笮，最下鞭扑。或陈之原野，或肆之市朝，与百姓共明其罪。今晋侯于卫，不用刑而私鸩焉；又不诛医衍，是讳杀卫侯之名也。卫侯不死，其能老于周乎？若有诸侯请之，晋必赦卫。卫侯复国，必益亲于鲁，诸侯谁不诵鲁之高义？」僖公大悦，使臧孙辰先以白璧十双，献于周襄王，为卫求解。襄王曰：「此晋侯之意也。若晋无后言，朕何恶于卫君？」辰对曰：「寡君将使辰哀请于晋，然非天王有命，下臣不敢自往。」襄王受了白璧，明是依允之意。臧孙辰随到晋国，见了文公，亦以白璧十双为献，曰：「寡君与卫，兄弟也。卫侯得罪君侯，寡君不遑宁处。今闻君已释曹伯，寡君愿以不腆之赋，为卫君赎罪。」文公曰：「卫侯已在京师，王之罪人，寡人何得自专乎？」臧孙辰曰：「君侯代天子以令诸侯，君侯如释其罪，虽王命又何殊也？」先蔑进曰：「鲁亲于卫，君为鲁而释卫，二国交亲，以附于晋，君何不利焉？」文公许之，即命先蔑再同臧孙辰如周，共请于襄王。乃释卫成公之囚，放之回国。

时元咺已奉公子瑕为君，修城缮备，出入稽察甚严。卫成公恐归国之日，元咺发兵相拒，密谋于宁俞。俞对曰：「闻周歂、冶廑以拥子瑕之功，求为卿而不得，中怀怨望，此可结为内援也。臣有交厚一人，姓孔名达，此人乃宋忠臣孔父之后，胸中广有经纶，周、冶二人，亦是孔父相识。若使孔达奉君之命，以卿位啖二人，使杀元咺，其余俱不足惧矣。」卫侯曰：「子为我密致之。若事成，卿位固不吝也。」

宁俞乃使心腹人一路扬言：「卫侯虽蒙宽释，无颜回国，将往楚国避难矣。」因取卫侯手书，付孔达为信，教他私结周歂、冶廑二人，如此恁般。歂、廑相与谋曰：「元咺每夜必亲自巡城，设伏兵于城闉隐处，突起刺之，因而杀入宫中，并杀子瑕，扫清宫室，以迎卫侯，功无出我二人上者。」两家各自约会家丁，埋伏停当。黄昏左侧，元咺巡至东门，只见周歂、冶廑二人一齐来迎。元咺惊曰：「二位为何在此？」周歂曰：「外人传言故君已入卫境，旦晚至此。大夫不闻乎？」元咺愕然曰：「此言从何来？」冶廑曰：「闻宁大夫有人入城，约在位诸臣往迎，大夫何以处之？」元咺曰：「此乱言，不可信之。况大位已定，岂有复迎故君之理？」周歂曰：「大夫身为正卿，当洞观万里。如此大事，尚然不知，要你则甚！」冶廑便拿住元咺双手。元咺急待挣扎，周歂手拔佩刀，大喝一声，劈头砍来，去了半个天灵盖。伏兵齐起，左右一时惊逃。

周歂、冶廑率领家丁，沿途大呼：「卫侯引齐、鲁之兵，见集城外矣！尔百姓各宜安居，勿得扰动！」百姓家家闭户，处处关门。便是为官在朝的，此时也半疑半信，正不知甚么缘故。一个个袖手静坐，以待消息。周歂、冶廑二人，杀入宫中。公子适方与其弟子仪在宫中饮酒，闻外面有兵变，子仪拔剑在手，出宫探信。正遇周歂，亦被所杀。寻觅公子适不见。宫中乱了一夜，至天明，方知子适已投井中死矣。周歂、冶廑将卫侯手书，榜于朝堂，大集百官，迎接卫成公入城复位。后人论宁武子，能委曲以求复成公，可谓智矣！然使当此之时，能谕之让国于子瑕，瑕知卫君之归，未必引兵相拒，或退居臣位，岂不两全？乃导周歂、冶廑行袭取之事，遂及弑逆，骨肉相残，虽卫成公之薄，武子不为无罪也！有诗叹曰：

前驱一矢正含冤，又迫新君赴井泉。终始贪残无谏阻，千秋空说宁俞贤。

卫成公复位之后，择日祭享太庙。不负前约，封周歂、冶廑并受卿职，使之服卿服，陪祭于庙。是日五鼓，周歂升车先行，将及庙门，忽然目睛反视，大叫：「周歂穿窬小人，蛇豕奸贼！我父子尽忠为国，汝贪卿位之荣，戕害我命。我父子含冤九泉，汝盛服陪祀，好不快活！我拿你去见太叔及子瑕，看你有何理说？吾乃上大夫元咺是也！」言毕，九窍流血，僵死车中。冶廑后到，吃一大惊，慌忙脱卸卿服，托言中寒而返。卫成公至太庙，改命宁俞、孔达陪祀。还朝之时，冶廑辞爵表章已至。卫侯知周歂死得希奇，遂不强其受。未逾月，冶廑亦病亡。可怜周、冶二人，止为贪图卿位，干此不义之事，未享一日荣华，徒取千年唾骂，岂不愚哉！卫侯以宁俞有保护之功，欲用为上卿。俞让于孔达。乃以达为上卿，宁俞为亚卿。达为卫侯画策，将咺、瑕之死，悉推在已死周歂、冶廑二人身上，遣使往谢晋侯。晋侯亦付之不问。

时周襄王二十二年，晋兵已休息岁余。文公一日坐朝，谓群臣曰："郑人不礼之仇未报。今又背晋款楚。吾欲合诸侯问罪，何如？"先轸曰："诸侯屡勤矣。今以郑故，又行征发，非所以靖中国也。况我军行无缺，将士用命，何必外求？"文公曰："秦君临行有约，必与同事。"先轸对曰："郑为中国咽喉，故齐桓欲伯天下，每争郑地。今若使秦共伐，秦必争之，不如独用本国之兵。"文公曰："郑邻于晋而远于秦，秦何利焉？"乃使人以兵期告秦，约于九月上旬，同集郑境。文公临发，以公子兰从行。兰乃郑伯捷之庶弟，向年逃晋，仕为大夫。及文公即位，兰周旋左右，忠谨无比，故文公爱近之。此行盖欲藉为向导也。兰辞曰："臣闻：'君子虽在他乡，不忘父母之国。'君有讨于郑，臣不敢与其事。"文公曰："卿可谓不背本矣！"乃留公子兰于东鄙，自此有扶持他为郑君之意。

晋师既入郑境，秦穆公亦引着谋臣百里奚，大将孟明视，副将杞子、逢孙、杨孙等，车二百乘来会。两下合兵攻破郊关，直逼曲洧，筑长围而守之。晋兵营于函陵，在郑城之西。秦兵营于汜南，在郑城之东。游兵日夜巡警，樵采俱断。慌得郑文公手足无措。大夫叔詹进曰："秦、晋合兵，其势甚锐，不可与争。但得一舌辩之士，往说秦公，使之退兵，秦若退师，晋势已孤，不足畏矣。"郑伯曰："谁可往说秦公者？"叔詹对曰："佚之狐可。"郑伯命佚之狐。狐对曰："臣不堪也，臣愿举一人以自代。此人乃口悬河汉，舌摇山岳之士，但其老不见用。主公若加其官爵，使之往说，不患秦公不听矣。"郑伯问："是何人？"狐曰："考城人也，姓烛名武，年过七十，事郑国为圉正，三世不迁官。乞主公加礼而遣之！"

郑伯遂召烛武入朝，见其须眉尽白，伛偻其身，蹒跚其步，左右无不含笑。烛武拜见了郑伯，奏曰："主公召老臣何事？"郑伯曰："佚之狐言子舌辩过人，欲烦子说退秦师，寡人将与子共国。"烛武再拜辞曰："臣学疏才拙，当少壮时，尚不能建立尺寸之功，况今老耄，筋力既竭，语言发喘，安能犯颜进说，动千乘之听乎？"郑伯曰："子事郑三世，老不见用，孤之过也。今封子为亚卿，强为寡人一行。"佚之狐在旁赞言曰："大丈夫老不遇时，委之于命。今君知先生而用之，先生不可再辞。"烛乃受命而出。

时二国围城甚急，烛武知秦东晋西，各不相照。是夜，命壮士以绳索缒下东门，径奔秦寨。将士把持，不容入见。武从营外放声大哭，营吏擒来禀见穆公。穆公问："是谁人？"武曰："老臣乃郑之大夫烛武是也。"穆公曰："所哭何事？"武曰："哭郑之将亡耳！"穆公曰："郑亡，汝安得在吾寨外号哭？"武曰："老臣哭郑，兼亦哭秦。郑亡不足惜，独可惜者秦耳！"穆公大怒，叱曰："吾国有何可惜？言不合理，即当斩首！"武面无惧色，叠着两个指头，指东画西，说出一段利害来。正是：

说时石汉皆开眼，道破泥人也点头；红日朝升能夜出，黄河东逝可西流。

烛武曰："秦、晋合兵临郑，郑之亡，不待言矣。若亡郑而有益于秦，老臣又何敢言？不惟无益，又且有损，君何为劳师费财，以供他人之役乎？"穆公曰："汝言无益有损，何说也？"烛武曰："郑在晋之东界，秦在晋之西界，东西相距，千里之遥。秦东隔于晋，南隔于周，能越周、晋而有郑乎？郑虽亡，尺土皆晋之有，于秦何与？夫秦、晋两国，毗邻并立，势不相下。晋益强，则秦益弱矣。为人兼地以自弱其国，智者计不出此。且晋惠公曾以河外五城许君，既入而旋背之，君所知也。君之施于晋者累世矣，曾见晋有分毫之报于君乎？晋侯自复国以来，增兵设将，日务兼并为强。今日拓地于东，既亡郑矣；异日必思拓地于西，患且及秦。君不闻虞、虢之事乎？假虞君以灭虢，旋反戈而中虞。虞公不智，助晋自灭，可不鉴哉！君之施晋，既不足恃，晋之用秦，又不可测。以君之贤智，而甘堕晋之术中，此臣所谓「无益而有损」，所以痛哭者，此也！」穆公静听良久，耸然动色，频频点首曰：「大夫之言是也！」百里奚进曰：「烛武辩士，欲离吾两国之好，君不可听之！」烛武曰：「君若肯宽目下之围，定立盟誓，弃楚降秦。君如有东方之事，行李往来，取给于郑，犹君外府也。」穆公大悦，遂与烛武歃血为誓，反使杞子、逢孙、杨孙三将，留卒二千人助郑戍守，不告于晋，密地班师而去。早有探骑报入晋营。文公大怒，狐偃在旁，请追击秦师。不知文公从否，且看下回分解。

第〇四四回

叔詹据鼎抗晋侯 弦高假命犒秦军

话说秦穆公私与郑盟，背晋退兵，晋文公大怒。狐偃进曰：「秦虽去不远，臣请率偏师追击之。军有归心，必无斗志，可一战而胜也。既胜秦，郑必丧胆，将不攻自下矣。」文公曰：「不可。寡人昔赖其力，以抚有社稷。若非秦君，寡人何能及此？以子玉之无礼于寡人，寡人犹避之三舍，以报其施，况婚姻乎？且无秦，何患不能围郑？」乃分兵一半，营于函陵，攻围如故。

郑伯谓烛武曰：「秦兵之退，子之力也。晋兵未退，如之奈何？」烛武对曰：「闻公子兰有宠于晋侯，若使人迎公子兰归国，以请成于晋，晋必从矣。」郑伯曰：「此非老大夫，亦不堪使也。」石申父曰：「武劳矣，臣愿代一行。」乃携重宝出城，直叩晋营求见。文公命之入。石申父再拜，将重宝上献，致郑伯之命曰：「寡君以密迩荆蛮，不敢显绝，然实不敢离君侯之宇下也。君侯赫然震怒，寡君知罪矣。不腆世藏，愿效贽于左右。寡君有弟兰，获侍左右，今愿因兰以乞君侯之怜。君侯使兰监郑之国，当朝夕在庭，其敢有二心！」文公曰：「汝离我于秦，明欺我不能独下郑也，今又来求成，莫非缓兵之计，欲俟楚救耶？若欲我退兵，必依我二事方可。」石申父曰：「请君侯命之！」文公曰：「必迎立公子兰为世子，且献谋臣叔詹出来，方表汝诚心也。」

石申父领了晋侯言语，入城回复郑伯。郑伯曰：「孤未有子，闻子兰昔有梦征，立为世子，社稷必享之。但叔詹乃吾股肱之臣，岂可去孤左右？」叔詹对曰：「臣闻『主忧则臣辱，主辱则臣死。』今晋人索臣，臣不往，兵必不解。是臣避死不忠，而遗君以忧辱也。臣请往！」郑伯曰：「子往必死，孤不忍也！」叔詹对曰：「君不忍于一詹，而忍于百姓之危困，社稷之陨坠乎？舍一臣以救百姓而安社稷，君何爱焉？」郑伯涕泪而遣之。石申父同侯宣多，送叔詹于晋军，言：「寡君畏君之灵，二事俱不敢违。今使詹听罪于幕下，惟君侯处裁。且求赐公子兰为敝邑之適嗣，以终上国之德。」晋侯大悦，即命狐偃召公子兰于东鄙，命石申父、侯宣多在营中等候。

且说晋侯见了叔詹，大喝：「汝执郑国之柄，使其君失礼于宾客，一罪也；受盟而复怀贰心，二罪也。」命左右速具鼎镬，将烹之。叔詹面不改色，拱手谓文公曰：「臣愿得尽言而死。」文公曰：「汝有何言？」詹对曰：「君侯辱临敝邑，臣常言于君曰：『晋公子贤明，其左右皆卿才，若返国，必伯诸侯。』及温之盟，臣又劝吾君：『必终事晋，无得罪。罪且不赦。』天降郑祸，言不见纳。今君侯委罪于执政，寡君明其非辜，坚不肯遣；臣引『主辱臣死』之义，自请就诛，以救一城之难。夫料事能中，智也；尽心谋国，忠也；临难不避，勇也；杀身救国，仁也。仁智忠勇俱全，有臣如此，在晋国之法，固宜烹矣！」乃据鼎耳而号曰：「自今已往，事君者以詹为戒！」文公悚然，命赦勿杀，曰：「寡人聊以试子，子真烈士也！」加礼甚厚。

不一日，公子兰取至，文公告以相召之意，使叔詹同石申父、侯宣多等，即以世子之礼相见，然后跟随入城。郑伯立公子兰为世子，晋师方退。自是秦、晋有隙。髯翁有诗叹云：

甥舅同兵意不欺，却因烛武片言移。为贪东道蝇头利，数世兵连那得知？

是年，魏犨醉后，坠车折臂，内伤病复发，呕血斗余死。文公录其子魏颗嗣爵。未几，狐毛、狐偃，亦相继而卒。晋文公哭之恸曰：「寡人得脱患难，以有今日，多赖舅氏之力，不意弃我而去，使寡人失其右臂矣。哀哉！」胥臣进曰：「主公惜二狐之才，臣举一人，可为卿相，惟主公主裁。」文公曰：「卿所举何人也？」胥臣曰：「臣前奉使，舍于冀野，见一人方秉耒而耨，其妻馈以午餐，双手捧献，夫亦敛容接之。夫祭而后食，其妻侍立于旁。良久食毕，夫俟其妻行而后复耨，始终无惰容。夫妻之间，相敬如宾，况他人乎？臣闻『能敬者，必有德。』往问姓名，乃郤芮之子郤缺也。此人若用于晋，不弱于子犯。」文公曰：「其父有大罪，安可用其子乎？」胥臣曰：「以尧、舜为父，而有丹朱、商均之不肖；以鲧为父，而有禹之圣；贤不肖之间，父子不相及也。君奈何因已往之恶，而弃有用之才乎？」文公曰：「善。卿为我召之。」胥臣曰：「臣恐其逃奔他国，为敌所用，已携归在臣家中矣。君以使命往，方是礼贤之道。」文公依其言，使内侍以簪缨袍服，往召郤缺。郤缺再拜稽首辞曰：「臣乃冀野农夫，君不以先臣之罪，加之罪戮，已荷宽宥，况敢赖宠以玷朝班？」内侍再三传命劝驾，郤缺乃簪佩入朝。郤缺生得身长九尺，隆准丰颐，声如洪钟。文公一见大喜，乃迁胥臣为下军元帅，使郤缺佐之。复改二行为二军，谓之『新上』、『新下』。以赵衰将『新上军』，箕郑佐之；胥臣之子胥婴将『新下军』，先都佐之。旧有三军，今又添二军，共是五军，亚于天子之制，豪杰向用，军政无阙。楚成王闻之而惧，乃使大夫斗章请平于晋。晋文公念其旧德，许之通好，使大夫阳处父报聘于楚。不在话下。

周襄王二十四年，郑文公捷薨。群臣奉其弟公子兰即位，是为穆公，果应昔日梦兰之兆。是冬，晋文公有疾，召赵衰、先轸、狐射姑、阳处父诸臣，入受顾命，使辅世子驩为君，勿替伯业。复恐诸子不安于国，预遣公子雍出仕于秦，公子乐出仕于陈。雍乃杜祁所生，乐乃辰嬴所生也。又使其幼子黑臀，出仕于周，以亲王室。文公薨，在位八年，享年六十八岁。史臣有诗赞云：

道路奔驰十九年，神龙返穴遂乘权。河阳再觐忠心显，城濮三军义问宣。

雪耻酬恩中始快，赏功罚罪政无偏。虽然广俭由天授，左右匡扶赖众贤。

世子驩主丧即位，是为襄公。襄公奉文公之柩，殡于曲沃。方出绛城，柩中忽作大声，如牛鸣然，其柩重如泰山，车不能动。群臣无不大骇。太卜郭偃卜之，献其繇曰：

有鼠西来，越我垣墙。我有巨梃，一击三伤。

偃曰：『数日内，必有兵信自西方来。我军击之，大捷。此先君有灵，以告我也。』群臣皆下拜，柩中声顿止，亦觉不重，遂如常而行。先轸曰：『西方者，秦也。』随使人密往秦国探信不题。

话分两头。却说秦将杞子、逢孙、杨孙三人，屯戍于郑之北门。见晋国送公子兰归郑，立为世子，忿然曰：『我等为他戍守，以拒晋兵，他又降服晋国，显得我等无功了。』已将密报知会本国。秦穆公心亦不忿，只碍着晋侯，敢怒而不敢言。及公子兰即位，待杞子等无加礼。杞子遂与逢孙、杨孙商议：『我等屯戍在外，终无了期。不若劝吾主潜师袭郑。吾等皆可厚获而归。』正商议间，又闻晋文公亦薨，举手加额曰：『此天赞吾成功也！』遂遣心腹人归秦，言于穆公曰：『郑人使我掌北门之管，若遣兵潜来袭郑，我为内应，郑可灭也。晋有大丧，必不能救郑。况郑君嗣位方新，守备未修，此机不可失。』秦穆公接此密报，遂与蹇叔及百里奚商议。二臣同声进谏曰：『秦去郑千里之遥，非能得其地也，特利其俘获耳。夫千里劳师，跋涉日久，岂能掩人耳目？若彼闻吾谋，而为之备，劳而无功，中途必有变。夫以兵戍人，还而谋之，非信也；乘人之丧而伐之，非仁也；成则利小，不成则害大，非智也。失此三者，臣不知其可也！』穆公艴然曰：『寡人三置晋君，再平晋乱，威名著于天下。只因晋侯败楚城濮，遂以伯业让之。今晋侯即世，天下谁为秦难者？郑如困鸟依人，终当飞去。乘此时灭郑，以易晋河东之地，晋必听之。何不利之有？』蹇叔又曰：『君何不使人行吊于晋，因而吊郑，以窥郑之可攻与否？毋为杞子辈虚言所惑也。』穆公曰：『若待行吊而后出师，往返之间，又几一载。夫用兵之道，疾雷不及掩耳，汝老惫何知？』乃阴约来人：『以二月上旬，师至北门，里应外合，不得有误。』

于是召孟明视为大将，西乞术白乙丙副之，挑选精兵三千余人，车三百乘，出东门之外。孟明乃百里奚之子，白乙乃蹇叔之子。出师之日，蹇叔与百里奚，号哭而送之曰：『哀哉，痛哉！吾见尔之出，而不见尔之入也！』穆公闻之，大怒，使人让二臣曰：『尔何为哭吾师？敢沮吾军心耶？』蹇叔、百里奚并对曰：『臣安敢哭君之师？臣自哭吾子耳！』白乙见父亲哀哭，欲辞不行。蹇叔曰：『吾父子食秦重禄，汝死自分内事也。』乃密授以一简，封识甚固，嘱之曰：『汝可依吾简中之言。』白乙领命而行，心下又惶惑，又凄楚。惟孟明自恃才勇，以为成功可必，恬不为意。

大军既发，蹇叔谢病不朝，遂请致政。穆公强之。蹇叔遂称病笃，求还铚村。百里奚造其家问病，谓蹇叔曰：『奚非不知见几之道，所以苟留于此者，尚冀吾子生还一面耳！吾兄何以教我？』蹇叔曰：『秦兵此去必败。贤弟可密告子桑，备舟楫于河下，万一得脱，接应西还。切记，切记！』百里奚曰：『贤兄之言，即当奉行。』穆公闻蹇叔决意归田，赠以黄金二十斤，彩缎百束，群臣俱送出郊关而返。百里奚握公孙枝之手，告以蹇叔之言，如此恁般：『吾兄不托他人，而托子桑，以将军忠勇，能分国家之忧也。将军不可泄漏，当密图之！』公孙枝曰：『敬如命。』自去准备船只。不在话下。

却说孟明见白乙领父密简，疑有破郑奇计在内，是夜安营已毕，特来索看。白乙丙启而观之，内有字二行曰：『此行郑不足虑，可虑者晋也。

峭山地险，尔宜谨慎。我当收尔骸骨于此！」孟明掩目急走，连声曰：「咄咄！晦气，晦气！」白乙意亦以为未必然。三师自冬十二月丙戌日出师，至明年春正月，从周北门而过，孟明曰：「天子在是，虽不敢以戎事谒见，敢不敬乎？」传令左右，皆免胄下车。前哨牙将褒蛮子，骁勇无比，才过都门，即从平地超越登车，疾如飞鸟，车不停轨。孟明叹曰：「使人人皆褒蛮子，何事不成？」众将士哗然曰：「吾等何以不如褒蛮子？」于是争先攘臂呼于众曰：「有不能超乘者，退之殿后！」凡行军以殿为怯，军败则以殿为勇。此言殿后者，辱之也。一军凡三百乘，无不超腾而上者。登车之后，车行迅速，如疾风闪电一般，霎时不见。

时周襄王使王子虎同王孙满，往观秦师，过讫，回复襄王。王子虎叹曰：「臣观秦师骁健如此，谁能敌者？此去郑必无幸矣！」王孙满时年甚小，含笑而不言。襄王问曰：「尔童子以为何如？」满对曰：「礼，过天子门，必卷甲束兵而趋。今止于免胄，是无礼也。又超乘而上，其轻甚矣。轻则寡谋，无礼则易乱。此行也，秦必有败衄之辱，不能害人，只自害耳！」

却说郑国有一商人，名曰弦高，以贩牛为业。自昔王子颓爱牛，郑、卫各国商人，贩牛至周，颇得重利。今日弦高尚袭其业。此人虽则商贾之流，倒也有些忠君爱国之心，排患解纷之略，只为无人荐引，屈于市井之中。今日贩了数百肥牛，往周买卖。行近黎阳津，遇一故人，名曰蹇他，乃新从秦国而来。弦高与蹇他相见，问：「秦国近有何事？」他曰：「秦遣三帅袭郑，以十二月丙戌日出兵，不久即至矣。」弦高大惊曰：「吾父母之邦，忽有此难，不闻则已，若闻而不救，万一宗社沦亡，我何面目回故乡也？」遂心生一计，辞别了蹇他，一面使人星夜奔告郑国，教他速作准备。一面打点犒军之礼，选下肥牛二十头随身，余牛俱寄顿客舍。弦高自乘小车，一路迎秦师上去。来至滑国，地名延津，恰好遇见秦兵前哨，弦高拦住前路，高叫：「郑国有使臣在此，愿求一见！」前哨报入中军。孟明倒吃一惊，想道：「郑国如何便知我兵到来，遣使臣远远来接？且看他来意如何。」遂与弦高车前相见。弦高诈传郑君之命，谓孟明曰：「寡君闻三位将军，将行师出于敝邑，不腆之赋，敬使下臣高远犒从者。敝邑摄乎大国之间，外侮迭至，为久劳远戍，恐一旦不戒，或有不测，以得罪于上国，日夜儆备，不敢安寝。惟执事谅之！」孟明曰：「郑君既犒师，何无国书？」弦高曰：「执事以冬十二月丙戌日出兵，寡君闻从者驱驰甚力，恐俟词命之修，或失迎犒，遂口授下臣，匍匐请罪，非有他也。」孟明附耳言曰：「寡君之遣视，为滑故也，岂敢及郑？」传令：「住军于延津！」弦高称谢而退。

西乞白乙问孟明：「驻军延津何意？」孟明曰：「吾师千里远涉，止以出郑人之不意，可以得志。今郑人已知吾出军之日，其为备也久矣。攻之，则城固而难克；围之，则兵少而无继。今滑国无备，不若袭滑而破之，得其卤获，犹可还报吾君，师出不为无名也。」是夜三更，三帅兵分作三路，并力袭破滑城。滑君奔翟。秦兵大肆掳掠，子女玉帛，为之一空。史臣论此事，谓秦师目中已无郑矣。若非弦高矫命犒师，以杜三帅之谋，则灭国之祸，当在郑而不在滑也。有诗赞云：

千里驱兵狠似狼，岂因小滑逞锋铓。弦高不假军前犒，郑国安能免灭亡？

滑自被残破，其君不能复国，秦兵去后，其地遂为卫国所并。不在话下。

却说郑穆公接了商人弦高密报，犹未深信。时当二月上旬，使人往客馆，窥觇杞子、逢孙、杨孙所为。则已收束车乘，厉兵秣马，整顿器械，人人装束，个个抖擞，只等秦兵到来，这里准备献门。使者回报，郑伯大惊。乃使老大夫烛武，先见杞子、逢孙、杨孙，各以束帛为赆，谓之曰：「吾子淹久于敝邑，敝邑以供给之故，原圃之麋鹿俱竭矣。今闻吾子戒严，意者有行色乎？孟明诸将在周、滑之间，盍往从之？』杞子大惊，暗思：『吾谋已泄，师至无功，反将得罪，不惟郑不可留，秦亦不可归矣。』乃缓词以谢烛武，即日引亲随数十人，逃奔齐国。逢孙、杨孙，亦奔宋国避罪。戍卒无主，屯聚于北门，欲为乱。郑穆公使佚之狐，多赍行粮，分散众人，导之还乡。郑穆公录弦高之功，拜为军尉。自此郑国安靖。

却说晋襄公在曲沃殡宫守丧，闻谍报：『秦国孟明将军，统兵东去，不知何往？』襄公大惊，即使人召群臣商议。先轸预已打听明白，备知秦君袭郑之谋，遂来见襄公。

不知先轸如何计较，且看下回分解。

第〇四五回　晋襄公墨缞败秦　先元帅免胄殉翟

话说中军元帅先轸，已备知秦国袭郑之谋，遂来见襄公曰：「秦违蹇叔百里奚之谏，千里袭人。此卜偃所谓：『有鼠西来，越我垣墙』者也。急击之，不可失！」栾枝进曰：「秦有大惠于先君，未报其德，而伐其师，如先君何？」先轸曰：「此正所以继先君之志也。先君之丧，同盟方吊恤之不暇，秦不加哀悯，而兵越吾境，以伐我同姓之国，秦之无礼甚矣！先君亦必含恨于九泉，又何德之足报？且两国有约，彼此同兵，围郑之役，背我而去，秦之交情，亦可知矣。彼不顾信，我岂顾德？」栾枝又曰：「秦未犯吾境，击之毋乃太过？」先轸曰：「秦之树吾先君于晋，非好晋也，以自辅也。君之伯诸侯，秦虽面从，心实忌之。今乘丧用兵，明欺我之不能庇郑也，我兵不出，真不能矣！袭郑不已，势将袭晋，谚云：『一日纵敌，数世贻殃。』若不击秦，何以自立？」赵衰曰：「秦虽可击，但吾主苫块之中，遽兴兵革，恐非居丧之礼。」先轸曰：「礼，人子居丧，寝处苫块，以尽孝也。翦强敌以安社稷，孝孰大焉？诸卿若云不可，臣请独往！」胥臣等皆赞成其谋。先轸遂请襄公墨缞治兵。襄公曰：「元帅料秦兵何时当返？从何路行？」先轸屈指算之曰：「臣料秦兵，必不能克郑。远行无继，势不可久，总计往返之期，四月有余，初夏必过渑池，渑池乃秦晋之界，其西有崤山两座，自东崤至于西崤，相去三十五里，此乃秦归必由之路。其地树木丛杂，山石崚嶒，有数处车不可行，必当解骖下走。若伏兵于此处，出其不意，可使秦之兵将，尽为俘虏。」襄公曰：「但凭元帅调度。」先轸乃使其子先且居，同屠击引兵五千，伏于崤山之左；使胥臣之子胥婴，同狐鞫居引兵五千，伏于崤山之右；候秦兵到日，左右夹攻。使狐偃之子狐射姑同韩子舆，引兵五千，伏于西崤山，预先砍伐树木，塞其归路。使梁繇靡之子梁弘同莱驹，引兵五千，伏于东崤山，只等秦兵尽过，以兵追之。先轸同赵衰、栾枝、胥臣、阳处父、先蔑一班宿将，跟随晋襄公，离崤山二十里下寨，各分队伍，准备四下接应。正是：『整顿窝弓射猛虎，安排香饵钓鳌鱼』。

再说秦兵于春二月中，灭了滑国，掳其辎重，满载而归。只为袭郑无功，指望以此赎罪。时夏四月初旬，行及渑池，白乙丙言于孟明曰：『此去从渑池而西，正是崤山险峻之路，吾父谆谆叮嘱谨慎，主帅不可轻忽。』孟明曰：『吾驱驰千里，尚然不惧，况过了崤山，便是秦境，家乡密迩，缓急可恃，又何虑哉？』西乞术曰：『主帅虽然虎威，然慎之无失。恐晋有埋伏，卒然而起，何以御之？』孟明曰：『将军畏晋如此，吾当先行，如有伏兵，吾自当之！』乃遣骁将褒蛮子，打着元帅百里旗号，前往开路。孟明做第二队，西乞第三队，白乙第四队，相离不过一二里之程。却说褒蛮子惯使着八十斤重的一柄方天画戟，抡动如飞，自谓天下无敌。驱车过了渑池，望西路进发。行至东崤山，忽然山凹里鼓声大震，飞出一队车马，车上立着一员大将，当先拦路，问：『汝是秦将孟明否？吾等候多时矣。』褒蛮子曰：『来将可通姓名。』那将答曰：『吾乃晋国大将莱驹是也！』蛮子曰：『教汝国栾枝魏犨来到，还斗上几合戏耍，汝乃无名小卒，何敢拦吾归路？快快闪开，让我过去。若迟慢时，怕你捱不得我一戟！』莱驹大怒，挺长戈劈胸刺去，蛮子轻轻拨开，就势一戟刺来，莱驹急闪，那戟来势太重，就刺在那车衡之上。蛮子将戟一绞，把衡木折做两段。莱驹见其神勇，不觉赞叹一声道：『好孟明，名不虚传！』蛮子呵呵大笑曰：『我乃孟明元帅部下牙将褒蛮子便是！我元帅岂肯与汝鼠辈交锋耶？汝速速躲避，我元帅随后兵到，汝无噍类矣！』莱驹吓得魂不附体，想道：『牙将且如此英雄，不知孟明还是如何？』遂高声叫曰：『我放汝过去，不可伤害吾军！』遂将车马约在一边，让褒蛮子前队过去。蛮子即差军士传报主帅孟明，言：『有些小晋军埋伏，已被吾杀退，可速上前合兵一处，过了崤山，便没事了。』孟明得报大喜，遂催趱西乞、白乙两军，一同进发。且说莱驹引兵来见梁弘，盛述褒蛮子之勇。梁弘笑曰：『虽有鲸蛟，已入铁网，安能施其变化哉？吾等按兵勿动，俟其尽过，从后驱之，可获全胜。』

再说孟明等三帅，进了东崤，约行数里，地名上天梯、堕马崖、绝命岩、落魂涧、鬼愁窟、断云峪，一路都是有名的险处，车马不能通行。前哨褒蛮子，已自去得远了。孟明曰：『蛮子已去，料无埋伏矣。』吩咐军将，解了辔索，卸了甲胄，或牵马而行，或扶车而过，一步两跌，备极艰难，七断八续，全无行伍。有人问道：『秦兵当日出行，也从崤山过去的，不见许多艰阻。今番回转，如何说得恁般？』这有个缘故。当初秦兵出行之日，乘着一股锐气，且没有晋兵拦阻，轻车快马，缓步徐行，任意经过，不觉其苦。今日往来千里，人马俱疲困了，又掳掠得滑国许多子女金帛，行装重滞，况且遇过晋兵一次，虽然硬过，还怕前面有伏，心下慌忙，倍加艰阻，自然之理也。孟明等过了上天梯第一层险隘，正行之间，隐隐闻鼓角之声，后队有人报道：『晋兵从后追至矣！』孟明曰：『我既难行，他亦不易，但愁前阻，何怕后追？吩咐各军，速速前进便了！』教白乙前行：『我当亲自断后，以御追兵。』又蓦过了堕马崖。将近绝命岩了，众人发起喊来，报道：『前面有乱木塞路，人马俱不能通，如何是好？』孟明想：『这乱木从何而来？莫非前面果有埋伏？』乃亲自上前来看，但见岩旁有一碑，镌上五字道：『文王避雨处』。碑旁竖立红旗一面，旗竿约长三丈有余，旗上有一『晋』字。旗下都是纵横乱木。孟明曰：『此是疑兵之计也。事已至此，便有埋伏，只索上前。』遂传令教军士先将旗竿放倒，然后搬开柴木，以便跋涉。

谁知这面晋字红旗，乃是伏军的记号。他伏于岩谷僻处，望见旗倒，便知秦兵已到，一齐发作。秦军方才搬运柴木，只闻前面鼓声如雷，远远望见旌旗闪烁，正不知多少军马。白乙丙且教安排器械，为冲突之计。只见山岩高处，立着一位将军，姓狐名射姑，字贾季，大叫道：『汝家先锋褒蛮子，已被缚在此了。来将早早投降，免遭屠戮！」原来褒蛮子恃勇前进，堕于陷坑之中，被晋军将挠钩搭起，绑缚上囚车了。白乙丙大惊，使人报知西乞术与主将孟明，商议并力夺路。孟明看这条路径，只有尺许之阔，一边是危峰峻石，一边临着万丈深溪，便是落魂涧了，虽有千军万马，无处展施。心生一计，传令：「此非交锋之地。教大军一齐退转东崤宽展处，决一死战，再作区处。」白乙丙奉了将令，将军马退回，一路闻金鼓之声，不绝于耳。才退至堕马崖，只见东路旌旗，连接不断，却是大将梁弘同副将莱驹，引着五千人马，从后一步步袭来。秦军过不得堕马崖，只得又转。此时好像蚂蚁在热盘之上，东旋西转，没有个定处。孟明教军士从左右两旁，爬山越溪，寻个出路。只见左边山头上金鼓乱鸣，左有一枝军占住，叫道：「大将先且居在此，孟明早早投降！」右边隔溪一声炮响，山谷俱应，又竖起大将胥婴的旗号。孟明此时，如万箭攒心，没摆布一头处。军士每分头乱窜，爬山越溪，都被晋兵斩获。孟明大怒，同西乞白乙二将，仍杀到堕马崖来。那柴木上都掺有硫黄焰硝引火之物，被韩子舆放起火来，烧得「焰腾腾烟涨迷天，红赫赫火星撒地」。后面梁弘军马已到，逼得孟明等三帅叫苦不迭。左右前后，都是晋兵布满，孟明谓白乙丙曰：「汝父真神算也！今日困于绝地，我死必矣！你二人变服，各自逃生。万一天幸，有一人得回秦国，奏知吾主，兴兵报仇，九泉之下，亦得吐气！」西乞术、白乙丙哭曰：「吾等生则同生，死则同死，纵使得脱，何面目独归故国？……」言之未已，手下军兵，看看散尽，委弃车仗器械，连路堆积。孟明等三帅，无计可施，聚于岩下，坐以待缚。晋兵四下围裹将来，如馒头一般，把秦家兵将，做个馅子，一个个束手受擒。杀得血污溪流，尸横山径，匹马只轮，一些不曾走漏。髯翁有诗云：

千里雄心一旦灰，西崤无复只轮回；休夸晋帅多奇计，蹇叔先曾堕泪来。

先且居诸将会集于东崤之下，将三帅及褒蛮子，上了囚车。俘获军士及车马，并滑国掳掠来许多子女玉帛，尽数解到晋襄公大营。襄公墨縗受俘，军中欢呼动地。襄公问了三帅姓名，又问：「褒蛮子何人也？」梁弘曰：「此人虽则牙将，有兼人之勇，莱驹曾失利一阵，若非落于陷坑，亦难制缚。」襄公骇然曰：「既如此骁勇，留之恐有他变！」唤莱驹上前：「汝前日战输与他，今日在寡人面前，可斩其头以泄恨。」莱驹领命，将褒蛮子缚于庭柱，手握大刀，方欲砍去。那蛮子大呼曰：「汝是我手下败将，安敢犯吾？」这一声，就如半空中起个霹雳一般，屋宇俱震动。蛮子就呼声中，将两臂一撑，麻索俱断。莱驹吃一大惊，不觉手颤，堕刀于地。蛮子便来抢这把大刀。有个小校，名曰狼瞫，从旁观见，先抢刀在手，将蛮子一刀劈倒，再复一刀，将头割下，献于晋侯之前。襄公大喜曰：「莱驹之勇，不及一小校也！」乃黜退莱驹不用，立狼瞫为车右之职。狼瞫谢恩而出，自谓受知于君，不往元帅先轸处拜谢。先轸心中，颇有不悦之意。

次日，襄公同诸将奏凯而归，因殡在曲沃，且回曲沃。欲俟还绛之后，将秦帅孟明等三人献俘于太庙，然后施刑，先以败秦之功，告于殡宫，遂治窀穸之事。襄公墨縗视葬，以表战功。母夫人嬴氏，因会葬亦在曲沃，已知三帅被擒之信，故意问襄公曰：「闻我兵得胜，孟明等俱被囚执，此社稷之福也。但不知已曾诛戮否？」襄公曰：「尚未。」文嬴曰：「秦晋世为婚姻，相与甚欢。孟明等贪功起衅，妄动干戈，使两国恩变为怨。吾量秦君，必深恨此三人。我国杀之无益，不如纵之还秦，使其君自加诛戮，以释二国之怨，岂不美哉？」襄公曰：「三帅用事于秦，获而纵之，恐贻晋患。」文嬴曰：「『兵败者死』，国有常刑。楚兵一败，得臣伏诛。岂秦国独无军法乎？况当时晋惠公被执于秦，秦君且礼而归之，秦之有礼于我如此。区区败将，必欲自我行戮，显见我国无情也。」襄公初时不肯，闻说到放还惠公之事，悚然动心。即时诏有司释三帅之囚，纵归秦国。孟明等得脱囚系，更不入谢，抱头鼠窜而逃。先轸方在家用饭，闻晋侯已赦三帅，吐哺入见，怒气冲冲，问襄公：「秦囚何在？」襄公曰：「母夫人请放归即刑，寡人已从之矣。」先轸勃然唾襄公之面曰：「咄！孺子不知事如此！武夫千辛万苦，方获此囚，乃坏于妇人之片言耶？放虎归山，异日悔之晚矣！」襄公方才醒悟，拭面而谢，曰：「寡人之过也！」遂问班部中：「谁人敢追秦囚者？」阳处父愿往。先轸曰：「将军用心，若追得，便是第一功也。」阳处父驾起追风马，抡起斩将刀，出了曲沃西门，来追孟明。史臣有诗赞襄公能容先轸，所以能嗣伯业。诗曰：

妇人轻丧武夫功，先轸当时怒气冲，拭面容言无愠意，方知嗣伯属襄公。

却说孟明等三人，得脱大难，路上相议曰：「我等若得渡河，便是再生，不然，犹恐晋君追悔，如之奈何？」比到河下，并无一个船只，叹曰：「天绝我矣！」叹声未绝，见一渔翁，荡着小艇，从西而来，口中唱歌曰：

囚猿离槛兮，囚鸟出笼。有人遇我兮，反败为功。

孟明异其言，呼曰：「渔翁渡我！」渔翁曰：「我渡秦人，不渡晋人！」孟明曰：「吾等正是秦人，可速渡我！」渔翁曰：「子非崤中失事之人耶？」孟明应曰：「然。」渔翁曰：「吾奉公孙将军将令，特舣舟在此相候，已非一日矣。此舟小，不堪重载，前行半里之程有大舟，将军可以速往。」说罢，那渔翁反棹而西，飞也似去了。三帅循河而西，未及半里，果有大船数只泊于河中，离岸有半箭之地，那渔舟已自在彼招呼。孟明和西乞白乙跣足下船，未及撑开，东岸上早有一位将官，乘车而至，乃大将阳处父也。大叫：「秦将且住！」孟明等各各吃惊。须臾之间，阳处父停车河岸，见孟明已在舟中，心生一计，解自家所乘左骖之马，假托襄公之命，赐与孟明：「寡君恐将军不给于乘，使处父将此良马，追赠将军，聊表相敬之意。伏乞将军俯纳！」阳处父本意要哄孟明上岸相见，收马拜谢，乘机缚之。那孟明漏网之鱼，「脱却金钩去，回头再不来」，心上也防这一着，如何再肯登岸。乃立于船头之上，遥望阳处父，稽首拜谢曰：「蒙君不杀之恩，为惠已多，岂敢复受良马之赐？此行寡君若不加戮，三年之后，当亲至上国，拜君之赐耳！」阳处父再欲开口，只见舟师水手运桨下篙，船已荡入中流去了。阳处父惘然如有所失，闷闷而回，以孟明之言，奏闻于襄公。先轸忿然进曰：「彼云『三年之后，拜君之赐』者，盖将伐晋报仇也，不如乘其新败丧气之日，先往伐之，以杜其谋。」襄公以为然，遂商议伐秦之事。

话分两头。再说秦穆公闻三帅为晋所获，又闷又怒，寝食俱废。过了数日，又闻三帅已释放还归，喜形于色。左右皆曰：「孟明等丧师辱国，其罪当诛。昔楚杀得臣以警三军，君亦当行此法也。」穆公曰：「孤自不听蹇叔百里奚之言，以累及三帅，罪在于孤，不在他人。」乃素服迎之于郊，哭而唁之，复用三帅主兵，愈加礼待。百里奚叹曰：「吾父子复得相会，已出望外矣！」遂告老致政。穆公乃以繇余公孙枝为左右庶长，代蹇叔百里奚之位。此话且搁过一边。

再说晋襄公正议伐秦，忽边吏驰报：「今有翟主白部胡，引兵犯界，已过箕城。望乞发兵防御！」襄公大惊曰：「翟晋无隙，如何相犯？」先轸曰：「先君文公，出亡在翟，翟君以二隗妻我君臣，一住十二年，礼遇甚厚。及先君返国，翟君又遣人拜贺，送二隗还晋。先君之世，从无一介束帛，以及于翟。翟君念先君之好，隐忍不言。今其子白部胡嗣位，自恃其勇，故乘丧来伐耳。」襄公曰：「先君勤劳王事，未暇报及私恩。今翟君伐我之丧，是我仇也，子载为寡人创之。」先轸再拜辞曰：「臣忿秦帅之归，一时怒激，唾君之面，无礼甚矣！臣闻『兵事尚整，惟礼可以整民。』无礼之人，不堪为帅。愿主公罢臣之职，别择良将！」襄公曰：「卿为国发愤，乃忠心所激，寡人岂不谅之？今御翟之举，非卿不可，卿其勿辞！」先轸不得已，领命而出，叹曰：「我本欲死于秦，谁知却死于翟也！」闻者亦莫会其意。襄公自回绛都去了。

单说先轸升了中军帐，点集诸军，问众将：「谁肯为前部先锋者？」一人昂然而出曰：「某愿往。」先轸视之，乃新拜右车将军狼瞫也。先轸因他不来谒谢，已有不悦之意，今番自请冲锋，愈加不喜。遂骂曰：「尔新进小卒，偶斩一囚，遂获重用。今大敌在境，汝全无退让之意，岂藐我帐下无一良将耶？」狼瞫曰：「小将愿为国家出力，元帅何故见阻？」先轸曰：「眼前亦不少出力之人，汝有何谋勇，辄敢掩诸将之上？」遂叱去不用。以狐鞫居有崤山夹战之功，用以代之。狼瞫垂首叹气，恨恨而出。遇其友人鲜伯于途，问曰：「闻元帅选将御敌，子安能在此闲行？」狼瞫曰：「我自请冲锋，本为国家出力，谁知反触了先轸那厮之怒。他道我有何谋勇，不该掩诸将之上，已将我罢职不用矣！」鲜伯大怒曰：「先轸妒贤嫉能，我与你共起家丁，刺杀那厮，以出胸中不平之气，便死也落得爽快！」狼瞫曰：「不可，不可！大丈夫死必有名。死而不义，非勇也。我以勇受知于君，得为戎右。先轸以为无勇而黜之。若死于不义，则我今日之被黜，乃黜一不义之人，反使嫉妒者得藉其口矣。子姑待之。」鲜伯叹曰：「子之高见，吾不及也！」遂与狼瞫同归，不在话下。后人有诗议先轸黜狼瞫之非。诗曰：

提戈斩将勇如贲，车右超升属主恩。效力何辜遭黜逐？从来忠勇有冤吞！

再说先轸用其子先且居为先锋，栾盾、郤缺为左右队，狐射姑狐鞫居为合后，发车四百乘，出绛都北门，望箕城进发。两军相遇，各安营停当。先轸唤集诸将授计曰：「箕城有地名曰大谷，谷中宽衍，正乃车战之地。其旁多树木，可以伏兵。栾、郤二将，可分兵左右埋伏。待且居与翟交战，佯败，引至谷中，伏兵齐起，翟主可擒也！二狐引兵接应，以防翟兵驰救。」诸将如计而行。先轸将大营移后十余里安扎。

次早，两下结阵，翟主白部胡亲自索战。先且居略战数合，引车而退。白部胡引着百余骑，奋勇来追。被先且居诱入大谷，左右伏兵俱起。白部胡施逞精神，左一冲，右一突，胡骑百余，看看折尽。晋兵亦多损伤。良久，白部胡杀出重围，众莫能御。将至谷口，遇着一员大将，刺斜里飏的一箭，正中白部胡面门，翻身落马，军士上前擒之。射箭者，乃新拜下军大夫郤缺也。箭透脑后，白部胡登时身死。郤缺认得是翟主，割下首级献功，时先轸在中营，闻知白部胡被获，举首向天连声曰：「晋侯有福！晋侯有福！」遂索纸笔，写表章一道，置于案上。不通诸将得知，竟与营中心腹数人，乘单车驰入翟阵。

却说白部胡之弟白暾，尚不知其兄之死，正欲引兵上前接应。忽见有单车驰到，认是诱敌之兵，白暾急提刀出迎。先轸横戈于肩，瞪目大喝一声，目眦尽裂，血流及面。白暾大惊，倒退数十步，见其无继，传令弓箭手围而射之。先轸奋起神威，往来驰骤，手杀头目三人，兵士二十余人，身上并无点伤。原来这些弓箭手，惧怕先轸之勇：先自手软，箭发的没力了。又且先轸身被重铠，如何射得入去？先轸见射不能伤，自叹曰：「吾不杀敌，无以明吾勇；既知吾勇矣，多杀何为？吾将就死于此！」乃自解其甲以受箭，箭集如猬，身死而尸不僵仆。白暾欲断其首，见其怒目扬须，不异生时，心中大惧。有军士认得的，言：「此乃晋中军元帅先轸。」白暾乃率众罗拜，叹曰：「真神人也！」祝曰：「神许我归翟供养乎？则仆！」尸僵立如故。乃改祝曰：「神莫非欲还晋国否？我当送回。」祝毕，尸遂仆于车上。

要知如何送回晋国，且看下回分解。

第〇四六回

楚商臣宫中弑父　秦穆公崤谷封尸

话说翟主白部胡被杀，有逃命的败军，报知其弟白暾。白暾涕泣曰：「俺说『晋有天助，不可伐之』。吾兄不听，今果遭难也！」欲将先轸尸首，与晋打换部胡之尸，遣人到晋军打话。且说郤缺提了白部胡首级，同诸将到中军献功，不见了元帅。有守营军士说道：「元帅乘单车出营去了，但吩咐『紧守寨门』。不知何往？」先且居心疑，偶于案上见表章一道，取而观之，云：

臣中军大夫先轸奏言：臣自知无礼于君。君不加诛讨，而复用之，幸而战胜，赏赉将及矣。臣归而不受赏，是有功而不赏也；若归而受赏，是无礼而亦可论功也。有功不赏，何以劝功？无礼论功，何以惩罪？功罪紊乱，何以为国？臣将驰入翟军，假手翟人，以代君之讨。臣子且居有将略，足以代臣。臣轸临死冒昧！

且居曰：「吾父驰翟师死矣！」放声大哭。便欲乘车闯入翟军，查看其父下落。此时郤缺、栾盾、狐鞫居、狐射姑等，毕集营中，死劝方住。众人商议：「必先使人打听元帅生死，方可进兵。」忽报：「翟主之弟白暾，差人打话。」召而问之，乃是彼此换尸之事。且居知死信真实，又复痛哭了一场。约定：「明日军前，各抬亡灵，彼此交换。」翟使回复去后，先且居曰：「戎狄多诈，来日不可不备。」乃商议令郤缺栾盾仍旧张两翼于左右，但有交战之事，便来夹攻。二狐同守中军。

次日，两边结阵相持，先且居素服登车，独出阵前，迎接父尸。白暾畏先轸之灵，拔去箭翎，将香水浴净，自脱锦袍包裹，装载车上，如生人一般，推出阵前，付先且居收领。晋军中亦将白部胡首级，交割还翟。翟送还的，是香喷喷一具全尸；晋送去的，只是血淋淋一颗首级。白暾心怀不忍，便叫道：「你晋家好欺负人！如何不把全尸还我？」先且居使人应曰：「若要取全尸，你自去大谷中乱尸内寻认！」白暾大怒，手执开山大斧，指挥翟骑冲杀过来。这里用軘车结阵，如墙一般，连冲突数次，皆不能入。引得白暾踯躅咆哮，有气莫吐。忽然晋军中鼓声骤起，阵门开处，一员大将，横戟而出，乃狐射姑也。白暾便与交锋。战不多合，左有郤缺，右有栾盾，两翼军士围裹将来，白暾见晋兵众盛，急忙拨转马头，晋军从后掩杀。翟兵死者，不计其数。狐射姑认定白暾，紧紧追赶。白暾恐冲动本营，拍马从剌斜里跑去。射姑不舍，随着马尾赶来。白暾回首一看，带转马头，问曰：「将军面善，莫非贾季乎？」射姑答曰：「然也。」白暾曰：「将军别来无恙？将军父子，俱住吾国十二年，相待不薄，今日留情，异日岂无相见？我乃白部之弟白暾是也。」狐射姑见提起旧话，心中不忍，便答道：「我放汝一条生路，汝速速回军，无得淹久于此。」言毕回车，至于大营。晋兵已自得胜，便拿不着白暾，众俱无话。是夜白暾潜师回翟，白部胡无子，白暾为之发丧，遂嗣位为君。此是后话。

且说晋师凯旋而归，参见晋襄公，呈上先轸的遗表。襄公怜轸之死，亲殓其尸。只见两目复开，勃勃有生气，襄公抚其尸曰：「将军死于国事，英灵不泯，遗表所言，足见忠爱，寡人不敢忘也！」乃即柩前，拜先且居为中军元帅，以代父职，其目遂瞑。后人于箕城立庙祀之。襄公嘉郤缺杀白部胡之功，仍以冀为之食邑，谓曰：「尔能盖父之愆，故还尔父之封也。」又谓胥臣曰：「举郤缺者，吾子之功。微子，寡人何由任缺？」乃以先茅之县赏之。诸将见襄公赏当其功，无不悦服。

时许蔡二国，因晋文公之变，复受盟于楚。晋襄公拜阳处父为大将，帅师伐许，因而侵蔡。楚成王命斗勃同成大心，帅师救之。行及泜水，隔岸望见晋军，遂逼泜水下寨。晋军营于泜水之北，两军只隔得一层水面，击柝之声，彼此相闻。晋军为楚师所拒，不能前进。如此相持，约有两月。看看岁终，晋军粮食将尽，阳处父意欲退军。既恐为楚所乘，又嫌于避楚，为人所笑。乃使人渡泜水，直入楚军，传语斗勃曰：「谚云：『来者不惧，惧者不来。』将军若欲与吾战，吾当退去一舍之地，让将军济水而阵，决一死敌；如将军不肯济，将军可退一舍之地，让我渡河南岸，以请战期。若不进不退，劳师费财，何益于事？处父今驾马于车，以候将军之命，惟速裁决！」斗勃忿然曰：「晋欺我不敢渡河耶？」便欲渡河索战。成大心急止曰：「晋人无信，其言退舍，殆诱我耳。若乘我半济而击之，我进退俱无据矣。不如姑退，以让晋涉。我为主，晋为客，不亦可乎？」斗勃悟曰：「孙伯之言是也！」乃传令军中，退三十里下寨，让晋济水。使人回复阳处父。处父使改其词，宣言于众，只说：「楚将斗勃，畏晋不敢涉水，已遁去矣。」军中一时传遍。处父曰：「楚师已遁，我何济为？岁暮天寒，且归休息，以俟再举可也。」遂班师还晋。斗勃退舍二日，不见晋师动静，使人侦之，已去远矣。亦下令班师而回。

却说楚成王之长子，名曰商臣，先时欲立为太子，问于斗勃。勃对曰：「楚国之嗣，利于少，不利于长，历世皆然。且商臣之相，蜂目豺声，其性残忍，今日爱而立之，异日复恶而黜之，其为乱必矣。」成王不听，竟立为嗣，使潘崇傅之。商臣闻斗勃不欲立己，心怀怨恨。及斗勃救蔡，不战而归，商臣谮于成王曰：「子上受阳处父之赂，故避之以为晋名。」成王信其言，遂不许斗勃相见，使人赐之以剑。斗勃不能自明，以剑刎喉而死。成大心自诣成王之前，叩头涕泣，备述退师之故，如此恁般：「并无受赂之事，若以退为罪，罪宜坐臣。」成王曰：「卿不必引咎，孤亦悔之矣！」自此成王有疑太子商臣之意。后又爱少子职，遂欲废商臣而立职，诚恐商臣谋乱，思寻其过失而诛之。宫人颇闻其语，传播于外。商臣犹豫未信，以告于太傅潘崇。崇曰：「吾有一计，可察其说之真假。」商臣问：「计将安出？」潘崇曰：「王妹芈氏，嫁于江国，近以归宁来楚，久住宫中，必知其事。江芈性最躁急，太子诚为设享，故加怠慢，以激其怒，怒中之言，必有泄漏。」商臣从其谋，乃具享以待江芈。芈氏来至东宫，商臣迎拜甚恭，三献之后，渐渐疏慢，中馈但使庖人供馔，自不起身，又故意与行酒侍儿，窃窃私语，芈氏两次问话，俱失应答。芈氏大怒，拍案而起，骂曰：「役夫不肖如此，宜王之欲杀汝而立职也！」商臣假意谢罪，芈氏不顾，竟上车而去，骂声犹不绝口。

商臣连夜告于潘崇，因叩以自免之策。潘崇曰：「子能北面而事职乎？」商臣曰：「吾不能以长事少也。」潘崇曰：「若不能屈首事人，盍适他国？」商臣曰：「无因也，只取辱焉。」潘崇曰：「舍此二者，别无策矣！」商臣固请不已，潘崇曰：「有一策，甚便捷，但恐汝不忍耳。」商臣曰：「死生之际，有何不忍？」潘崇附耳曰：「除非行大事，乃可转祸为福。」商臣曰：「此事吾能之！」乃部署宫甲，至夜半，托言宫中有变，遂围王宫。潘崇仗剑，同力士数人入宫，径造成王之前。左右皆惊散。成王问曰：「卿来何事？」潘崇答曰：「王在位四十七年矣，成功者退，今国人思得新王，请传位于太子！」成王惶遽答曰：「孤即当让位，但不知能相活否？」潘崇曰：「一君死，一君立，国岂有二君耶？何王之老而不达也？」成王曰：「孤方命庖人治熊掌，俟其熟而食之，虽死不恨！」潘崇厉声曰：「熊掌难熟，王欲延时刻，以待外救乎？请王自便，勿俟臣动手！」言毕，解束带投于王前。成王仰天呼曰：「好斗勃！好斗勃！孤不听忠言，自取其祸，复何言哉！」遂以带自挽其颈，潘崇命左右拽之，须臾气绝。江芈曰：「杀吾兄者，我也！」亦自缢而死。时周襄王二十六年，冬十月之丁未日也。髯翁论此事，谓成王以弟弑兄，其子商臣，遂以子弑父，天理报应，昭昭不爽。有诗叹曰：

楚君昔日弑熊囏，今日商臣报叔冤。天遣潘崇为逆傅，痴心犹想食熊蹯。

商臣既弑其父，遂以暴疾讣于诸侯，自立为王，是为穆王。加潘崇之爵为太师，使掌环列之尹，复以为太子之室赐之。令尹斗般等，皆知成王被弑，无人敢言。商公斗宜申闻成王之变，托言奔丧，因来郢都，与大夫仲归谋弑穆王。事露，穆王使司马斗越椒擒宜申仲归杀之。巫者范矞似言：「楚成王与子玉子西三人，俱不得其死。」至是，其言果验矣！斗越椒觊令尹之位，乃说穆王曰：「子扬常向人言：「父子世秉楚政，受先王莫大之恩，愧不能成先王之志。」其意欲扶公子职为君。子上之来，子扬实召之。今子上伏诛，子扬意不自安，恐有他谋，不可不备。」穆王疑之，乃召斗般使杀公子职，斗般辞以不能。穆王怒曰：「汝欲成先王之志耶？」自举铜锤击杀之。公子职欲奔晋，斗越椒追杀之于郊外。穆王拜成大心为令尹。未几，大心亦卒。遂迁斗越椒为令尹，蔿贾为司马，后穆王复念子文治楚之功，录斗克黄为箴尹克黄字子仪，乃斗般之子，子文之孙也。

晋襄公闻楚成王之死，问于赵盾曰：「天其遂厌楚乎？」赵盾对曰：「楚君虽横，犹可以礼义化诲。商臣不爱其父，况其他乎？臣恐诸侯之祸，方未艾耳！」不几年，穆王遣兵四出，先灭江，次灭六，灭蓼，又用兵陈，郑，中原多事，果如赵盾之言。此是后话。

却说周襄王二十七年，春二月，秦孟明视请于穆公，欲兴师伐晋，以报崤山之败。穆公壮其志，许之。孟明遂同西乞白乙，率车四百乘伐晋。晋襄公虑秦有报怨之举，每日使人远探，一得此信，笑曰：「秦之拜赐者至矣！」遂拜先且居为大将，赵衰为副，狐鞫居为车右，迎秦师于境上。大军将发之际，狼瞫自请以私属效劳，先且居许之。时孟明等尚未出境。先且居曰：「与其俟秦至而战，不如伐秦。」遂西行至于彭衙，方与秦兵相遇，两边各排成阵势。狼瞫请于先且居曰：「昔先元帅以瞫为无勇，罢黜不用，今日瞫请自试，非敢求录功，但以雪前之耻耳。」言毕，遂与其友鲜伯等百余人，直犯秦阵，所向披靡，杀死秦兵无算。鲜伯为白乙所杀。先且居登车，望见秦阵已乱，遂驱大军掩杀前去。孟明等不能当，大败而走。先且居救出狼瞫，瞫遍体皆伤，呕血斗余，踰日而亡。晋兵凯歌还朝。且居奏于襄公曰：「今日之胜，狼瞫之力，与臣无与也。」与襄公命以上大夫之礼，葬狼瞫于西郭，使群臣皆送其葬。此是襄公激励人才的好处。史臣有诗夸狼瞫之勇云：

壮哉狼车右，斩囚如割鸡！被黜不妄怒，轻身犯敌威。
一死表生平，秦师因以摧。重泉若有知，先轸应低眉。

却说孟明兵败回秦，自分必死，谁知穆公一意引咎，全无嗔怪之意，依旧使人郊迎慰劳，任以国政如初。孟明自愧不胜，乃增修国政，尽出家财，以恤阵亡之家。每日操演军士，勉以忠义，期来年大举伐晋。是冬，晋襄公复命先且居，纠合宋大夫公子成，陈大夫辕选，郑大夫公子归生，率师伐秦，取江及彭衙二邑而还。戏曰：「吾以报拜赐之役也。」昔郭偃卜繇，有「一击三伤」之语，至是三败秦师，其言果验。孟明不请师御晋，秦人皆以为怯。惟穆公深信之，谓群臣曰：「孟明必能报晋，但时未至耳。」至明年夏五月，孟明补卒搜乘，训练已精，请穆公自往督战「若今次不能雪耻，誓不生还！」穆公曰：「寡人凡三见败于晋矣。若再无功，寡人亦无面目返国也。」乃选车五百乘，择日兴师。凡军士从行者，皆厚赠其家，三军踊跃，皆愿效死。兵由蒲津关而出。既渡黄河，孟明出令，使尽焚其舟。穆公怪而问曰：「元帅焚舟，何意也？」孟明视奏曰：「兵以气胜。吾屡挫之后，气已衰矣。幸而胜，何患不济？吾之焚舟，示三军之必死，有进无退，所以作其气也。」穆公曰：「善。」孟明自为先锋，长驱直入，破王官城，取之。谍报至绛州，晋襄公大集群臣，商议出兵拒敌。赵衰曰：「秦怒已甚，此番起倾国之兵，将致死于我。且其君亲行，不可当也，不如避之。使稍逞其志，可以息两国之争。」先且居亦曰：「困兽犹能斗，况大国乎？秦君耻败，而三帅俱好勇，其志不胜不已。兵连祸结，未有已时，子余之言是也。」襄公乃传谕四境坚守，毋与秦战。繇余谓穆公曰：「晋惧我矣！君可乘此兵威，收崤山死士之骨，可以盖昔之耻。」穆公从之。遂引兵渡黄河上岸，自茅津济师，屯于东崤，晋兵无一人一骑敢相迎者。穆公命军士于堕马崖、绝命岩、落魂涧等处，收检尸骨，用草为椟，埋藏于山谷僻坳之处。宰牛杀马，大陈祭享。穆公素服，亲自沥酒，放声大哭。孟明诸将伏地不能起，哀动三军，无不堕泪。髯仙有诗云：

曾嗔二老哭吾师，今日如何自哭之？莫道封尸豪举事，崤山虽险本无尸。

江及彭衙二邑百姓，闻穆公伐晋得胜，哄然相聚，逐去晋之守将，还复归秦。秦穆公奏凯班师，以孟明为亚卿，与二相同秉国政。西乞、白乙，俱加封赏。改蒲津关为大庆关，以志军功。

却说西戎主赤班，初时见秦兵屡败，欺秦之弱，欲倡率诸戎叛秦。及伐晋回来，穆公遂欲移师伐戎。繇余请传檄戎中，征其朝贡，若其不至，然后攻之。赤班打听孟明得胜，正怀忧惧；一见檄文，遂率西方二十余国，纳地请朝，尊穆公为西戎伯主。史臣论秦事，以为「千军易得，一将难求。」穆公信孟明之贤，能始终任用，所以卒成伯业。

是时秦之威名，直达京师，周襄王谓尹武公曰：「秦、晋匹也，其先世皆有功于王室。昔重耳主盟中夏，朕册命为侯伯。今秦伯任好，强盛不亚于晋，朕亦欲册之如晋。卿以为何如？」尹武公曰：「秦自伯西戎，未若晋之能勤王也。今秦、晋方恶，而晋侯驩能继父业，若册命秦，则失晋欢矣。不若遣使颁赐以贺秦，则秦知感，而晋亦无怨。」襄王从之。

要知后事如何，再看下回分解。

第〇四七回

弄玉吹箫双跨凤　赵盾背秦立灵公

话说秦穆公并国二十，遂伯西戎。周襄王命尹武公赐金鼓以贺之。秦伯自称年老，不便入朝，使公孙枝如周谢恩。是年，繇余病卒，穆公心加痛惜，遂以孟明为右庶长。公孙枝自周还，知穆公意向孟明，亦告老致政。不在话下。

却说秦穆公有幼女，生时适有人献璞，琢之得碧色美玉。女周岁，宫中陈晬盘。女独取此玉，弄之不舍，因名弄玉。稍长，姿容绝世，且又聪明无比，善于吹笙，不由乐师，自成音调。穆公命巧匠，剖此美玉为笙。女吹之，声如凤鸣。穆公钟爱其女，筑重楼以居之，名曰凤楼。楼前有高台，亦名凤台。弄玉年十五，穆公欲为之求佳婿。弄玉自誓曰：『必得善笙人，能与我唱和者，方是我夫，他非所愿也。』穆公使人遍访，不得其人。

忽一日，弄玉于楼上卷帘闲看，见天净云空，月明如镜，呼侍儿焚香一炷，取碧玉笙，临窗吹之。声音清越，响入天际，微风拂拂，忽若有和之者。其声若远若近，弄玉心异之，乃停吹而听，其声亦止，余音犹袅袅不断。弄玉临风惘然，如有所失，徙倚夜半，月昃香消，乃将玉笙置于床头，勉强就寝。梦见西南方，天门洞开，五色霞光，照耀如昼。一美丈夫羽冠鹤氅，骑彩凤自天而下，立于凤台之上，谓弄玉曰：『我乃太华山之主也。上帝命我与尔结为婚姻，当以中秋日相见，宿缘应尔。』乃于腰间解赤玉箫，倚栏吹之。其彩凤亦舒翼鸣舞，凤声与箫声，唱和如一，宫商协调，喤喤盈耳。弄玉神思俱迷，不觉问曰：『此何曲也？』美丈夫对曰：『此《华山吟》第一弄也。』弄玉又问曰：『曲可学乎？』美丈夫对曰：『既成姻契，何难相授？』言毕，直前执弄玉之手。弄玉猛然惊觉，梦中景象，宛然在目。

及旦，自言于穆公。乃使孟明以梦中形像，于太华山访之。有野夫指之曰：『山上明星岩，有一异人，自七月十五日至此，结庐独居，每日下山沽酒自酌。至晚，必吹箫一曲，箫声四彻，闻者忘卧，不知何处人也。」孟明登太华山，至明星岩下，果见一人羽冠鹤氅，玉貌丹唇，飘飘然有超尘出俗之姿。孟明知是异人，上前揖之，问其姓名。对曰：「某萧姓，史名。足下何人？来此何事？」孟明曰：「某乃本国右庶长，百里视是也。吾主为爱女择婿，女善吹笙，必求其匹。闻足下精于音乐，吾主渴欲一见，命某奉迎。」萧史曰：「某粗解宫商，别无他长，不敢辱命。」孟明曰：「同见吾主，自有分晓。」乃与共载而回。

孟明先见穆公，奏知其事，然后引萧史入谒。穆公坐于凤台之上，萧史拜见曰：「臣山野匹夫，不知礼法，伏祈矜宥！」穆公视萧史形容潇洒，有离尘绝俗之韵，心中先有三分欢喜；乃赐坐于旁，问曰：「闻子善箫，亦善笙乎？」萧史曰：「臣止能箫，不能笙也。」穆公曰：「本欲觅吹笙之侣，今箫与笙不同器，非吾女匹也。」顾孟明使引退。弄玉遣侍者传语穆公曰：「箫与笙一类也。客既善箫，何不一试其长？奈何令怀技而去乎？」穆公以为然，乃命萧史奏之。萧史取出赤玉箫一枝，玉色温润，赤光照耀人目，诚希世之珍也。才品一曲，清风习习而来，奏第二曲，彩云四合，奏至第三曲，见白鹤成对，翔舞于空中，孔雀数双，栖集于林际，百鸟和鸣，经时方散，穆公大悦。时弄玉于帘内，窥见其异，亦喜曰：「此真吾夫矣！」穆公复问萧史曰：「子知笙箫何为而作？始于何时？」萧史对曰：「笙者，生也；女娲氏所作，义取发生，律应太簇。箫者，肃也；伏羲氏所作，义取肃清，律应仲吕。」穆公曰：「试详言之。」萧史对曰：「臣执艺在箫，请但言箫。昔伏羲氏，编竹为箫，其形参差，以象凤翼；其声和美，以象凤鸣。大者谓之「雅箫」，编二十三管，长尺有四寸；小者谓之「颂箫」，编十六管，长尺有二寸。总谓之箫管。其无底者，谓之「洞箫」。其后黄帝使伶伦伐竹于昆溪，制为笛，横七孔，吹之，亦象凤鸣，其形甚简。后人厌箫管之繁，专用一管而竖吹之。又以长者名箫，短者名管。今之箫，非古之箫矣。」穆公曰：「卿吹箫，何以能致珍禽也？」史又对曰：「箫制虽减，其声不变，作者以象凤鸣，凤乃百鸟之王，故皆闻凤声而翔集也。昔舜作箫韶之乐，凤凰应声而来仪。凤且可致，况他鸟乎？」萧史应对如流，音声洪亮。穆公愈悦，谓史曰：「寡人有爱女弄玉，颇通音律，不欲归之盲婿，愿以室吾子。」萧史敛容再拜辞曰：「史本山僻野人，安敢当王侯之贵乎？」穆公曰：「小女有誓愿在前，欲择善笙者为偶，今吾子之箫，能通天地，格万物，更胜于笙多矣。况吾女复有梦征，今日正是八月十五中秋之日，此天缘也，卿不能辞。」萧史乃拜谢。穆公命太史择日婚配，太史奏今夕中秋上吉，月圆于上，人圆于下。乃使左右具汤沐，引萧史洁体，赐新衣冠更换，送至凤楼，与弄玉成亲。夫妻和顺，自不必说。

次早，穆公拜萧史为中大夫。萧史虽列朝班，不与国政，日居凤楼之中，不食火食，时或饮酒数杯耳。弄玉学其导气之方，亦渐能绝粒。萧史教弄玉吹箫，为《来凤》之曲。约居半载，忽然一夜，夫妇于月下吹箫，遂有紫凤集于台之左，赤龙盘于台之右。萧史曰：「吾本上界仙人，上帝以人间史籍散乱，命吾整理。乃以周宣王十七年五月五日，降生于周之萧氏，为萧三郎。至宣王末年，史官失职，吾乃连缀本末，备典籍之遗漏。周人以吾有功于史，遂称吾为萧史，今历一百十余年矣。上帝命我为华山之主，与子有夙缘，故以箫声作合，然不应久住人间。今龙凤来迎，可以去矣。」弄玉欲辞其父，萧史不可，曰：「既为神仙，当脱然无虑，岂容于眷属生系恋耶？」于是萧史乘赤龙，弄玉乘紫凤，自凤台翔云而去。今人称佳婿为「乘龙」，正谓此也。是夜，有人于太华山闻凤鸣焉。次早，宫侍报知穆公。穆公惘然，徐叹曰：「神仙之事，果有之也！」倘此时有龙凤迎寡人，寡人视弃山河，如弃敝屣耳！」命人于太华踪迹之，杳然无所见闻。遂立祠于明星岩，岁时以酒果祀之，至今称为萧女祠，祠中时闻凤鸣也。六朝鲍照有《萧史曲》云：

萧史爱少年，嬴女恋童颜。火粒愿排弃，霞雾好登攀。
龙飞逸天路，凤起出秦关。身去长不返，箫声时往还。

又江总亦有诗云：

弄玉秦家女，萧史仙处童。来时兔月满，去后凤楼空。
密笑开还敛，浮声咽更通。相期红粉色，飞向紫烟中。

穆公自是厌言兵革，遂超然有世外之想。以国政专任孟明，日修清净无为之业。未几，公孙枝亦卒。孟明荐子车氏之三子，奄息、仲行、鍼虎并有贤德，国中称为「三良」。穆公皆拜为大夫，恩礼甚厚。又三年，为周襄王三十一年春二月望日，穆公坐于凤台观月，想念其女弄玉，不知何往，更无会期，蓦然睡去。梦见萧史与弄玉，控一凤来迎，同游广寒之宫，清冷彻骨。既醒，遂得寒疾，不数日薨，人以为仙去矣。在位三十九年，年六十九岁。穆公初娶晋献公女，生太子罃，至是即位，是为康公。葬穆公于雍。用西戎之俗，以生人殉葬，凡用一百七十七人。子车氏之三子亦与其数。国人哀之，为赋《黄鸟》之诗。诗见《毛诗·国风》。后人论穆公用「三良」殉葬，以为死而弃贤，失贻谋之道。惟宋苏东坡学士有题秦穆公墓诗，出人意表。诗云：

橐泉在城东，墓在城中无百步，乃知昔未有此城，秦人以此识公墓。昔公生不诛孟明，岂有死之日，而忍用其良？乃知三子殉公意，亦如齐之二子从田横。古人感一饭，尚能杀其身。今人不复见此等，乃以所见疑古人。古人不可望，今人益可伤！

话分两头。却说晋襄公六年，立其子夷皋为世子，使庶弟公子乐出仕于陈。是年，赵衰、栾枝、先且居、胥臣先后皆卒，连丧四卿，位署俱虚。明年，乃大搜车徒于夷。舍二军，仍复三军之旧。襄公欲使士谷、梁益耳将中军，使箕郑父、先都将上军。先且居之子先克进曰：「狐、赵有大功于晋，其子不可废也。且士谷位司空，与梁益耳俱未有战功，骤为大将，恐人心不服。」襄公从之。乃以狐射姑为中军元帅，赵盾佐之；以箕郑父为上军元帅，荀林父佐之；以先蔑为下军元帅，先都佐之。狐射姑登坛号令，指挥如意，旁若无人。其部下军司马臾骈谏曰：「骈闻之：『师克在和。』今三军之帅，非夙将，即世臣也。元帅宜虚心谘访，常存谦退。夫刚而自矜，子玉所以败于晋也，不可不戒。」射姑大怒，喝曰：「吾发令之始，匹夫何敢乱言，以慢军士？」叱左右鞭之一百。众人俱有不服之意。再说士谷梁益耳闻先克阻其进用，心中大恨。先都不得上军元帅之职，亦深恨之。时太傅阳处父聘于卫，不与其事。及处父归国，闻狐射姑为元帅，乃密奏于襄公曰：「射姑刚而好上，不得民心，此非大将之才也。臣曾佐子余之军，与其子盾相善，极知盾贤而且能。夫尊贤使能，国之令典。君如择帅，无如盾者。」襄公用其言，乃使阳处父改搜于董。狐射姑未知易帅之事，欣然长中军之班，襄公呼其字曰：「贾季，向也寡人使盾佐吾子，今吾子佐盾。」射姑不敢言，唯唯而退。襄公乃拜赵盾为中军元帅，而使狐射姑佐之。其上军下军如故。赵盾自此当国，大修政令，国人悦服。有人谓阳处父曰：「子孟言无隐，忠则忠矣，独不虞取怨于人乎？」处父曰：「苟利国家，何敢避私怨也？」次日，狐射姑独见襄公，问曰：「蒙主公念先人之微劳，不以臣为不肖，使司戎政；忽然更易，臣未知罪。意者以先臣偃之勋，不如衰乎？抑别有所谓耶？」襄公曰：「无他也。阳处父谓寡人，言吾子不得民心，难为大将。是以易之。」射姑嘿然而退。

是年秋，八月，晋襄公病，将死，召太傅阳处父，上卿赵盾及诸臣，在榻前嘱曰：「寡人承父业，破狄伐秦，未尝挫锐气于外国。今不幸命之不长，将与诸卿长别。太子夷皋年幼，卿等宜尽心辅佐，和好邻国，不失盟主之业可也。」群臣再拜受命。襄公遂薨。次日，群臣欲奉太子即位。赵盾曰：「国家多难，秦狄为仇，不可以立幼主。今杜祁之子公子雍，见仕于秦，好善而长，可迎之以嗣大位。」群臣莫对。狐射姑曰：「不如立公子乐。其母，君之嬖也。乐仕于陈，而陈素睦于晋，非若秦之为怨，迎之，则朝发而夕至矣。」赵盾曰：「不然。陈小而远，秦大而近。迎君于陈不加睦，而迎于秦，可以释怨而树援，必公子雍乃可。」众议方息。乃使先蔑为正使，士会副之，如秦报丧，因迎公子雍为君。将行，荀林父止之曰：「夫人太子皆在，而欲迎君于他国，恐事之不成，将有他变。子何不托疾以辞之？」先蔑曰：「政在赵氏，何变之有？」林父谓人曰：「『同官为僚。』吾与士伯为同僚，不敢不尽吾心。彼不听吾言，恐有去日，无来日矣。」不说先蔑往秦。且说狐射姑见赵盾不从其言，怒曰：「狐、赵等也。今有赵其无狐耶？」亦阴使人召公子乐于陈，将为争立之计。早有人报知赵盾。盾使其客公孙杵臼，率家丁百人，伏于中路，候公子乐行过，要而杀之。狐射姑益怒曰：「使赵孟有权者，阳处父也。处父族微无援，今出宿郊外，主诸国会葬之事，刺之易耳。盾杀公子乐，我杀处父，不亦可乎？」乃与其弟狐鞫居谋。鞫居曰：「此事吾力能任之。」与家人诈为盗，夜半踰墙而入，处父尚秉烛观书，鞫居直前击之，中肩。处父惊而走，鞫居逐杀之，取其首以归。阳处父之从人，有认得鞫居者，走报赵盾。盾佯为不信，叱曰：「阳太傅为盗所害，安敢诬人？」令人收殓其尸。此九月中事。

至冬十月，葬襄公于曲沃。襄夫人穆嬴同太子夷皋送葬，谓赵盾曰：「先君何罪？其適嗣亦何罪？乃舍此一块肉，而外求君于他国耶？」赵盾曰：「此国家大事，非盾一人之私也。」葬毕，奉主入庙。赵宣子即庙中谓诸大夫曰：「先君惟能用刑赏，以伯诸侯。今君柩在殡，而狐鞫居擅杀太傅，为诸臣者，谁不自危？此不可不讨也！」乃执鞫居付司寇，数其罪而斩之。即于其家，搜出阳处父之首，以线缝于颈而葬之。狐射姑惧赵盾已知其谋，乃夜乘小车，出奔翟国，投翟主白暾去讫。

时翟国有长人曰侨如，身长一丈五尺，谓之长翟。力举千钧，铜头铁额，瓦砾不能伤害。白暾用之为将，使之侵鲁，文公使叔孙得臣帅师拒之。时值冬月，冻雾漫天，大夫富父终甥，知将雨雪，进计曰：「长翟骁勇异常，但可智取，不可力敌。」乃于要道，深掘陷坑数处，将草蓐掩盖，上用浮土。是夜果降大雪，铺平地面，不辨虚实。富父终甥引一枝军，去劫侨如之寨。侨如出战，终甥诈败，侨如奋勇追杀。终甥留下暗号，认得路径，沿坑而走。侨如随后赶来，遂坠于深坑之中。得臣伏兵悉起，杀散翟兵。终甥以戈刺侨如之喉而杀之，取其尸载以大车，见者都骇，以为防风氏之骨，不是过也。得臣适生长子，遂名曰叔孙侨如，以志军功，自此鲁与齐卫合兵伐翟，白暾走死，遂灭其国。狐射姑转入赤翟潞国，依潞大夫酆舒。赵盾曰：「贾季，吾先人同时出亡者，左右先君，功劳不浅。吾诛鞫居，正以安贾季也。彼惧罪而亡，何忍使孤身栖止于翟境乎？」乃使臾骈送其妻子往潞。臾骈唤集家丁，将欲起行。众家丁禀曰：「昔搜夷之日，主人尽忠于狐帅，反被其辱，此仇不可不报。今元帅使主人押送其妻孥，此天赐我也。当尽杀之，以雪其恨！」臾骈连声曰：「不可，不可！元帅以送孥见委，宠我也。元帅送之，而我杀之，元帅不怒我乎？乘人之危，非仁也；取人之怨，非智也。」乃迎其妻子登车，将家财细细登籍，亲送出境，毫无遗失。射姑闻之，叹曰：「吾有贤人而不知，吾之出奔宜也！」赵盾自此重臾骈之人品，有重用之意。

再说先蔑同士会如秦，迎公子雍为君。秦康公喜曰：「吾先君两定晋君，当寡人之身，复立公子雍，是晋君世世自秦出也。」乃使白乙丙率车四百乘，送公子雍于晋。

却说襄夫人穆嬴自送葬归朝之后，每日侵晨，必抱太子夷皋于怀，至朝堂大哭，谓诸大夫曰：「此先君適子也，奈何弃之！」既散朝，则命车适于赵氏，向赵盾顿首曰：「先君临终，以此子嘱卿，尽心辅佐。君虽弃世，言犹在耳。若立他人，将置此子于何地耶？不立吾儿，吾子母有死而已。」言毕，号哭不已。国人闻之，无不哀怜穆嬴，而归咎于赵盾。诸大夫亦以迎雍失策为言。赵盾患之，谋于郤缺曰：「士伯已往秦迎长君矣，何可再立太子？」缺曰：「今日舍幼子而立长君，异日幼子渐长，必然有变。可亟遣人往秦，止住士伯为上。」盾曰：「先定君，然后发使，方为有名。」即时会集群臣，奉夷皋即位，是为灵公，时年才七岁耳。

百官朝贺方毕，忽边谍报称：「秦遣大兵送公子雍已至河下。」诸大夫曰：「我失信于秦矣，何以谢之？」赵盾曰：「我若立公子雍，则秦吾宾客也。既不受其纳，是敌国矣。使人往谢，彼反有辞于我，不如以兵拒之。」乃使上军元帅箕郑父辅灵公居守。盾自将中军。先克为副，以代狐射姑之职。荀林父独将上军。先都因先蔑往秦，亦独将下军。三军整顿，出迎秦师，屯于廑阴。秦师已济河而东，至令狐下寨。闻前有晋军，犹以为迎公子雍而来，全不戒备。先蔑先至晋军来见赵盾。盾告以立太子之故。先蔑睁目视曰：「谋迎公子，是谁主之？今又立太子而拒我乎？」拂袖而出，见荀林父曰：「吾悔不听子言，以至今日。」林父止之曰：「子，晋臣也。舍晋安归？」先蔑曰：「我受命往秦迎雍，则雍是我主，秦为吾主之辅。岂可自背前言，苟图故乡之富贵乎？」遂奔秦寨。赵盾曰：「士伯不肯留晋，来日秦师必然进逼，不如乘夜往劫秦寨，出其不意，可以得志。」遂出令秣谷饲马，军士于寝蓐饱食，衔枚疾走，比至秦寨，恰好三更，一声呐喊，鼓角齐鸣，杀入营门。秦师在睡梦中惊觉，马不及披甲，人不及操戈，四下乱窜。晋兵直追至刳首之地，白乙丙死战得脱，公子雍死于乱军之中。先蔑叹曰：「赵孟背我，我不可背秦！」乃奔秦。士会亦叹曰：「吾与士伯同事，士伯既往秦，吾不可以独归也！」亦从秦师而归。秦康公俱拜为大夫。荀林父言于赵盾曰：「昔贾季奔狄，相国念同僚之义，归其妻孥。今士伯随季与某亦有僚谊，愿效相国昔日之事。」赵盾曰：「荀伯重义，正合吾意。」遂令卫士送两宅家眷及家财于秦。胡曾先生有诗云：

谁当越境送妻孥？只为同僚义气多。近日人情相忌刻，一般僚谊却如何？

又髯翁有诗，讥赵宣子轻于迎雍，以宾为寇：

弈棋下子必踌躇，有嫡如何又外求？宾寇须臾成反覆，赵宣谋国是何筹？

按此一战，各军将皆有俘获，惟先克部下骁将蒯得，贪进不顾，为秦所败，反丧失戎车五乘。先克欲按军法斩之，诸将皆代为哀请。先克言于赵盾，乃夺其田禄。蒯得恨恨不已。

再说箕郑父与士谷梁益耳素相厚善，自赵盾升为中军元帅，士谷梁益耳俱失了兵柄，连箕郑父也有不平之意。时郑父居守，士谷梁益耳俱聚做一处，说起：「赵盾废置自由，目中无人。今闻秦以重兵送公子雍，若两军相持，急未能解，我这里从中为乱，反了赵盾，废夷皋迎公子雍，大权皆归于吾党之手。」商议已定。

不知成败如何，且看下回分解。

第○四八回 刺先克五将乱晋 召士会寿余绐秦

话说箕郑父、士谷、梁益耳三人商议，只等秦兵紧急，便从中作乱，欲更赵盾之位，不意赵盾袭败秦兵，奏凯而回，心中愈愤。先都为下军佐，因主将先蔑为赵盾所卖，出奔于秦，亦恨赵盾。凑着蒯得被先克以军事夺其田禄，中怀怨望，诉于士谷。谷曰：「先克倚恃赵孟之属，故敢横行如此。盾所专制，惟中军耳。诚得一死士，先往刺克，则盾势孤矣。此事非得先子会不可！」蒯得曰：「子会因主帅为盾所卖，意亦恨之。」士谷曰：「既如此，则克不难办也。」遂附耳曰：「只须如此恁般，便可了事。」蒯得大喜曰：「吾当即往言之。」蒯得往见先都，倒是先都开口说起：「赵孟背了士季，袭败秦师，全无信义，难与同事。」蒯得遂以士谷之言，告于先都。都曰：「诚如此，晋国之幸也！」

时冬月将尽，约至新春，先克往箕城，谒拜其祖先轸之祠。先都使家丁伏于箕城之外，只等先克过去，远远跟定，觑个空隙，群起刺杀之。从人惊散。赵盾闻先克为贼所杀，大怒，严令司寇缉获，五日一比。先都等情慌，与蒯得商议，怂恿士谷、梁益耳等作速举事。梁益耳醉中泄其语于梁弘。弘大惊曰：「此灭族之事也！」乃密告于臾骈，骈转闻于赵盾。盾即聚甲戒车，吩咐伺候听令。先都闻赵氏聚甲戒车，疑其谋已泄，急走士谷处，催并速发。箕郑父欲借上元节晋侯赐酺，乘乱行事，议久不决。赵盾先遣臾骈围先都之家，执都付狱。梁益耳、蒯得慌忙之际，欲与箕郑父、士谷团集四族家丁，劫出先都，一同为乱。赵盾使人反以先都之谋，告于箕郑父，请他入朝商议。箕郑父曰：「赵孟见召，殆不疑我也。」遂轻身而往。原来赵孟为箕郑父见为上军元帅，恐其鼓众同乱，假意召之。郑父不知是计，坦然入朝。赵盾留住于朝房，与之议先都之事。密遣荀林父、郤缺、栾盾领着三枝军马，分头拿捕士谷、梁益耳、蒯得三人。俱下狱讫，荀林父等三将，至朝房回话。林父大声喝曰：「箕郑父亦在作乱数内，如何还不就狱？」郑父曰：「我有居守之劳，彼时三军在外，我独居中，不以此时为乱，今日诸卿济济，乃求死耶？」赵盾曰：「汝之迟于为乱，正欲待先都、蒯得也。我已访知的实，不须多辩！」箕郑父俯首就狱。

赵盾奏闻晋灵公，欲将先都等五人行诛。灵公年幼，唯唯而已。灵公既入宫，襄夫人闻五人在狱，问灵公曰：「相国言：「罪并应诛。」」襄夫人曰：「此辈事起争权，原无篡逆之谋，且主谋杀先克者，不过一二人，罪有首从，岂可一概诛戮？迩年老成凋丧，人才稀少，一朝而戮五臣，恐朝堂之位遂虚矣。可不虑乎？」明日，灵公以襄夫人之言，述于赵盾。盾奏曰：「主少国疑，大臣擅杀，不大诛戮，何以惩后？」遂将先都、士谷、箕郑父、梁益耳、蒯得五人，坐以不君之罪，斩于市曹。录先克之子先縠为大夫。国人畏赵盾之严，无不股栗。

狐射姑在潞国闻其事，骇曰：「幸哉！我之得免于死也。」一日，潞大夫酆舒问于狐射姑曰：「赵盾比赵衰二人孰贤？」射姑曰：「赵衰乃冬日之日，赵盾乃夏日之日。冬日赖其温，夏日畏其烈。」酆舒笑曰：「卿宿将，亦畏赵孟耶？」

闲话休提。却说楚穆王自篡位之后，亦有争伯中原之志。闻谍报：「晋君新立，赵盾专政，诸大夫自相争杀。」乃召群臣计议，欲加兵于郑。大夫范山进曰：「晋君年幼，其臣志在争权，不在诸侯。乘此时出兵以争北方，谁能当者！」穆王大悦，使斗越椒为大将，蔿贾副之，帅车三百乘伐郑。自引两广精兵，屯于狼渊，以为声援。别遣息公子朱为大将，公子茷副之，帅车三百乘伐陈。

且说郑穆公闻楚兵临境，急遣大夫公子坚、公子庞、乐耳三人，引兵拒楚于境上，嘱以固守勿战，别遣人告急于晋。越椒连日挑战，郑兵不出。蔿贾密言于越椒曰：「自城濮之后，楚兵久不至郑矣。郑人恃有晋救，不与我战。乘晋之未至，诱而擒之，可以雪往日之耻。不然，迁延日久，诸侯毕集，恐复如子玉故事，将奈何？」越椒曰：「今欲诱之，当用何计？」蔿贾附耳曰：「必须如此恁般……」越椒从其谋，乃传令军中，言：「粮食将缺，可于村落掠取，以供食用。」自于帐中鼓乐饮酒，每日至夜半方散，有人传至狼渊，楚穆王疑斗越椒玩敌，欲自往督战。范山曰：「伯嬴智士，此必有计，不出数日，捷音当至矣。」

再说公子坚等，见楚兵不来搦战，心中疑虑，使人探听。回言：「楚兵四出掳掠为食。斗元帅中军，日逐鼓乐饮酒，酒后谩骂，言郑人无用，不堪厮杀。」公子坚喜曰：「楚兵四出掳掠，其营必虚；楚将鼓乐饮酒，其心必懈；若夜劫其营，可获全胜。」公子庞、乐耳皆以为然。是夜结束饱食，公子庞欲分作前中后三队，次第而进。公子坚曰：「劫营与对阵不同，乃一时袭击之计，可分左右，不可分前后也。」于是三将并进。将及楚营，远远望见灯烛辉煌，笙歌嘹亮。公子坚曰：「伯棼命合休矣！」麾车直进，楚军全不抵当。公子坚先冲入寨中，乐人四散奔走，惟越椒呆坐不动。上前看时，吃一大惊，乃是束草为人，假扮作越椒模样。公子坚急叫：「中计！」退出寨时，忽闻寨后炮声大震，一员大将领军杀来，大叫：「斗越椒在此！」公子坚奔走不迭，会合公子庞及乐耳二将，做一路逃奔。行不一里，对面炮声又起，却是蔿贾预先埋伏一枝军马，在于中路，邀截郑兵。前有蔿贾，后有越椒，首尾夹攻，郑兵大败。公子庞、乐耳先被擒。公子坚舍命来救，马踬车覆，亦为楚兵所获。郑穆公大惧，谓群臣曰：「三将被擒，晋救不至，如何？」群臣皆曰：「楚势甚盛，若不乞降，早晚打破城池，虽晋亦无如之何矣！」郑穆公乃遣公子丰至楚营谢罪，纳赂求和，誓不反叛。斗越椒使人请命于穆王，穆王许之。乃释公子坚、公子庞、乐耳三人之囚，放还郑国。

楚穆王传令班师。行至中途，楚公子朱伐陈兵败，副将公子茷为陈所获，打从狼渊一路来见穆王，请兵复仇。穆王大怒，正欲加兵于陈。忽报：

「陈有使命，送公子茷还楚，上书乞降。」穆王拆书看之，略曰：

寡人朔，壤地褊小，未获接侍君王之左右。蒙君王一旅训定，边人愚莽，获罪于公子。朔惶悚，寝不能寐，敬使一介，具车马致之大国。朔愿终依宇下，以求荫庇。惟君王辱收之！

穆王笑曰：「陈惧我讨罪，是以乞附，可谓见几之士矣。」乃准其降，传檄征取郑陈二国之君，同蔡侯，以冬十月朔，于厥貉取齐相会。

却说晋赵盾因郑人告急，遣人约宋、鲁、卫、许四国之兵，一同救郑。未及郑境，闻郑人降楚，楚师已还。又闻陈亦降楚。宋大夫华耦，鲁大夫公子遂，俱请伐陈郑。赵盾曰：「我实不能驰救，以失二国，彼何罪焉？不如退而修政。」乃班师。髯翁有诗叹云：

谁专国柄主诸侯？却令荆蛮肆蠢谋。今日郑陈连臂去，中原伯气黯然收。

再说陈侯朔与郑伯兰，于秋末齐至息地，候楚穆王驾到。相见礼毕，穆王问曰：「原订厥貉相会，如何逗遛此地？」陈侯郑伯齐声答曰：「蒙君王相约，诚恐后期获罪，故预于此地奉候随行。」穆王大喜。忽谍报：「蔡侯甲午，已先到厥貉境上。」穆王遂同陈、郑二君，登车疾走。蔡侯迎穆王于厥貉，以臣礼见，再拜稽首。陈侯郑伯大惊，私语曰：「蔡屈礼如此，楚必以我为慢矣。」乃相与请于穆王曰：「君王税驾于此，宋君不来参谒，君王可以伐之。」穆王笑曰：「孤之顿兵于此，正欲为伐宋计也。」早有人报入宋国。时宋成公王臣已卒，子昭公杵臼已立三年，信用小人，疏斥公族。穆襄之党作乱，杀司马公子卬，司城荡意诸奔鲁，宋国大乱。赖司寇华御事调停国事，请复意诸之官，国以粗安。至是，闻楚合诸侯于厥貉，有窥宋之意。华御事请于宋公曰：「臣闻『小不事大，国所以亡。』今楚臣服陈、郑，所不得者宋耳。请先往迎之。若待其见伐，然后请成，无及也。」宋公以为然。乃亲造厥貉，迎谒楚王。且治田猎之具，请较猎于孟诸之薮。穆王大悦。陈侯请为前队开路，宋公为右阵，郑伯为左阵，蔡侯为后队，相从楚穆王出猎。穆王出令，命诸侯从田者，于侵晨驾车，车中各载燧，以备取火之用。合围良久，穆王驰入右师，偶赶逐群狐，狐入深窟，穆王回顾宋公，取燧薰之。车中无燧。楚司马申无畏奏曰：「宋公违令，君不可以加刑，请治其仆。」乃叱宋公之御者，挞之三百，以儆于诸侯。宋公大惭。此周顷王二年事，是时楚最强横，遣斗越椒行聘于齐鲁，俨然以中原伯主自待，晋不能制也。

周顷王四年，秦康公集群臣议曰：「寡人衔令狐之恨，五年于兹矣！今赵盾诛戮大臣，不修边政。陈、蔡、郑、宋，交臂事楚，晋莫能禁，其弱可知。此时不伐晋，更何待乎？」诸大夫皆曰：「愿效死力！」康公乃大阅车徒，使孟明居守，拜西乞术为大将，白乙丙副之，士会为参谋，出车五百乘，浩浩荡荡，济河而东，攻羁马拔之。赵盾闻报，急为应敌之计。自将中军，迁上军大夫荀林父为中军佐，以补先克之缺。用提弥明为车右。使郤缺代箕郑父为上军元帅。盾有从弟赵穿，乃晋襄公之爱婿，自请为上军之佐。盾曰：「汝年少好勇，未曾历练，姑待异日。」乃用臾骈为之。使栾盾为下军元帅，补先蔑之缺；胥臣之子胥甲为副，补先都之缺。赵穿又自请以其私属，附于上军，立功报效。赵盾许之。军中缺司马，韩子舆之子韩厥，自幼育于赵盾之家，长为门客，贤而有才。盾乃荐于灵公而用之。三军方出绛城，甚是整肃。行不十里，忽有乘车冲入中军。韩厥使人问之，御者对曰：「赵相国忘携饮具，奉军令来取，特此追送。」韩厥怒曰：「兵车行列已定，岂容乘车擅入？法当斩！」御者涕泣曰：「此相国之命也！」韩厥曰：「厥忝为司马，但知有军法，不知有相国也。」斩御者而毁其车。诸帅言于赵盾曰：「相国举韩厥，而厥戮相国之车。此人负恩，恐不可用。」赵盾微笑，即使人召韩厥。诸将以盾必辱厥以报其怨。厥既至，盾乃降席而礼之曰：「吾闻『事君者，比而不党。』子能执法如此，不负吾举矣。勉之！」厥拜谢而退。盾又谓诸将曰：「他日执晋政者，必厥也！韩氏其将昌矣。」晋师营于河曲，臾骈献策曰：「秦师蓄锐数年，而为此举，其锋不可当，请深沟高垒，固守勿战。彼不能持久，必退，退而击之，胜可万全。」赵盾从其计。

秦康公求战不得，问计于士会。士会对曰：「赵氏新任一人，姓臾名骈，此人广有智谋。今日坚壁不战，盖用其谋，以老我师也。赵有庶子赵穿，晋先君之爱婿。闻其求佐上军，赵孟不从而用骈，穿意必然怀恨。今赵孟用骈之谋，穿必不服，故自以私属从行，其意欲夺臾骈之功也。若使轻兵挑其上军，即臾骈不出，赵穿必恃勇来追，因之以求一战，不亦可乎？」秦康公从其谋，乃使白乙丙率车百乘，袭晋上军挑战。郤缺与臾骈俱坚持不动。赵穿闻秦兵掩至，即率私属百乘出迎。白乙丙回车便走，车行甚速，赵穿追十余里，不及而返。怪臾骈等不肯协力同追，乃召军吏大骂曰：「裹粮披甲，本欲求战，今敌来而不出击，岂上军皆妇人乎？」军吏曰：「主帅自有破敌之谋，不在今日。」穿复大骂曰：「鼠辈有何深谋？直是畏死耳！别人怕秦，我赵穿偏不怕！我将独奔秦军，拚死一战，以雪坚壁之耻。」遂驱车复进，呼号于众曰：「有志气者，都跟我来！」三军莫应。惟有下军副将胥甲叹曰：「此人真正好汉，吾当助之。」正欲出军。却说上军元帅郤缺，急使人以赵穿之事报之赵盾。盾大惊曰：「狂夫独出，必为秦擒，不可不救也。」乃传令三军，一时并出，与秦交战。

再说赵穿驰入秦壁，白乙丙接住交锋，约战三十余合，彼此互有杀伤。西乞术方欲夹攻，见对面大军齐至，两下不敢混战，各鸣金收军。赵穿回至本阵，问于赵盾曰：「我欲独破秦军，为诸将雪耻，何以鸣金之骤也？」盾曰：「秦大国，未可轻敌，当以计破之。」穿曰：「用计用计，吃了一肚子好气！」言犹未毕，报：「秦国有人来下战书。」赵盾使臾骈接之。使者将书呈上，臾骈转呈于赵盾。盾启而观之，书曰：「两国战士，皆未有缺，请以来日决一胜负！」盾曰：「谨如命。」使者去后，臾骈谓赵盾曰：「秦使者口虽请战，然其目彷徨四顾，似有不宁之状，殆惧我也，夜必遁矣。请伏兵于河口，乘其将济而击之，必大获全胜。」赵盾曰：「此计甚妙！」正欲发令埋伏，胥甲闻其谋，告于赵穿。穿遂与胥甲同至军门，大呼曰：「众军士听吾一言：我晋国兵强将广，岂在西秦之下？秦来约战，已许之矣；又欲伏兵河口，为掩袭之计，是岂大丈夫所为耶？」赵盾闻之，召谓曰：「我原无此意，勿得扰乱军心也！」秦谍者探得赵穿和胥甲军门之语，乃连夜遁走，复侵入瑕邑，出桃林塞而归。赵盾亦班师，回国治泄漏军情之罪，以赵穿为君婿，且是从弟，特免其议；专委罪于胥甲，削其官爵，逐去卫国安置。又曰：「臼季之功，不可斩也！」仍用胥甲之子胥克为下军佐。髯仙有诗议赵盾之不公。诗云：

同呼军门罪不殊，独将胥甲正刑书。相君庇族非无意，请把桃园问董狐。

周顷王五年，赵盾惧秦师复至，使大夫詹嘉居瑕邑，以守桃林之塞。臾骈进曰：「河曲之战，为秦画策者士会也。此人在秦，吾辈岂能高枕而卧耶？」赵盾以为然，乃于诸浮之别馆，大集六卿而议之。那六卿：赵盾、郤缺、栾盾、荀林父、臾骈、胥克。是日六卿毕至，赵盾开言曰：「今狐射姑在狄，士会在秦，二人谋害晋国，当何策以待之？」荀林父曰：「请召射姑而复之。射姑堪境外之事，且子犯旧勋，宜延其赏。」郤缺曰：「不然。射姑虽系宿勋，然有擅杀大臣之罪。若复之，何以儆将来乎？不如召士会。士会顺柔而多智，且奔秦非其罪也。狄远而秦逼，欲除秦害，先去其助，言召士会者是。」赵盾曰：「秦方宠任士会，请之必不从，何计而可复之？」臾骈曰：「骈所善一人，乃先臣毕万之孙，名寿余，即魏犨之从子也。现今食邑于魏，虽在国中带名世爵，未有职任。此人颇能权变，要招来士会，只在此人身上。」乃附赵盾之耳曰：「如此恁般……何如？」盾大喜曰：「烦吾子为我致之。」六卿既散，臾骈即夕往叩寿余之门，寿余相迎坐定。臾骈请至密室，以招士会之策，告于寿余，寿余应允。臾骈回复了赵盾。

次早，赵盾奏知灵公，言：「秦人屡次侵晋，宜令河东诸邑宰，各各团练甲伍，结寨于黄河岸口，轮番戍守。并责成食采之人，往督其事，倘有失利，即行削夺，庶肯用心防范。」灵公准奏。赵盾又曰：「魏大邑也。魏倡之，诸邑无敢不从矣。」乃以灵公之命召魏寿余，使督责有司，团兵出戍。寿余奏曰：「臣蒙主上录先世之功，衣食大县，从未知军旅之事。况河上绵延百余里，处处可济，暴露军士，守之无益。」赵盾怒曰：「小臣何敢挠吾大计？限汝三日内，取军籍呈报！再若抗违，当正军法！」寿余叹息而出，回家闷闷不悦。妻子叩问其故，寿余曰：「赵盾无道，欲我督戍河口，何日了期？汝可收拾家资，随我往秦国，从士会去可也。」吩咐家人整备车马。是夜索酒痛饮，以进馔不洁，鞭膳夫百余，犹恨恨不绝，言欲杀之。膳夫奔赵府，首告寿余欲叛晋奔秦之事，赵盾使韩厥帅兵往捕之。厥放走寿余，只擒获其妻子，下于狱中。

寿余连夜遁往秦国，见秦康公，告诉赵盾如此恁般，强横无道，「妻子陷狱，某孤身走脱，特来投降。」康公问士会：「真否？」士会曰：「晋人多诈，不可信也。若寿余果真降，当以何物献功？」寿余于袖中出一文书，乃是魏邑土地人民之数，献于康公曰：「明公能收寿余，愿以食邑奉献。」康公又问士会：「魏可取否？」寿余以目盼士会，且蹑其足。士会虽奔在秦，然心亦思晋，见寿余如此光景，阴会其意，乃对曰：「秦弃河东五城，为姻好也。今两国治兵相攻，数年不息，攻城取邑，惟力是视，河东诸城，无大于魏者，若得魏而据之，以渐收河东之地，亦是长策。只恐魏有司惧晋之讨，不肯来归耳！」寿余曰：「魏有司虽晋臣，实魏氏之私也。若明公率一军屯于河西，遥为声援，臣力能致之。」秦康公顾士会曰：「卿熟知晋事，须同寡人一行。」乃拜西乞术为将，士会副之，亲率大军前进。

既至河口，安营了毕，前哨报：「河东有一支军屯札，不知何意？」寿余曰：「此必魏人闻有秦兵，故为备耳。彼未知臣之在秦也。诚得一东方之人，熟知晋事者，与臣先往，谕以祸福，不愁魏有司不从。」康公命士会同往，士会顿首辞曰：「晋人虎狼之性，暴不可测。倘臣往谕而从，是国家之福也。万一不从，拘执臣身，君复以臣不堪事之故，加罪于臣之妻孥，无益于君，而臣之身家，枉被其殃，九泉之下，可追悔乎？」康公不知士会为诈，乃曰：「卿宜尽心前往。若得魏地，重加封赏，倘被晋人拘留，寡人当送还家口，以表相与之情。」与士会指黄河为誓。秦大夫绕朝谏曰：「士会，晋之谋臣，此去如巨鱼纵壑，必不来矣。君奈何轻信寿余之言，而以谋臣资敌乎？」康公曰：「此事寡人能任之，卿其勿疑。」士会同寿余辞康公而行。绕朝慌忙驾车追送，以皮鞭赠士会曰：「子莫欺秦国无智士也，但主公不听吾言耳。子持此鞭马速回，迟则有祸。」士会拜谢，遂驰车急走。史臣有诗云：

策马挥衣古道前，殷勤赠友有长鞭，休言秦国无名士，争奈康公不纳言。

士会等渡河而东。

未知如何归晋，再看下回分解。

第〇四九回

公子鲍厚施买国　齐懿公竹池遇变

话说士会同寿余济了黄河，望东而行。未及里许，只见一位年少将军，引着一队军马来迎，在车上欠身曰：『随季别来无恙？』士会近前视之，那将军姓赵名朔，乃赵相国盾之子也。三人下车相见。士会问其来意，朔曰：『吾奉父命，前来接应吾子还朝，后面复有大军至矣。』当下一声炮响，车如水，马如龙，簇拥士会同寿余入晋去了。秦康公使人隔河了望，回报康公，大怒，便欲济河伐晋。前哨又报：『探得河东复有大军到来，大将乃是荀林父郤缺二人。』西乞术曰：『晋既有大军接应，必不容我济河，不如归也。』乃班师。荀林父等见秦军已去，亦还晋国。士会去秦三载，今日复进绛城，不胜感慨。入见灵公，肉袒谢罪。灵公曰：『卿无罪也。』使列于六卿之间。赵盾嘉魏寿余之劳，言于灵公，赐车十乘。秦康公使人送士会之妻孥于晋，曰：『吾不负黄河之誓也！』士会感康公之义，致书称谢，且劝以息兵养民，各保四境。康公从之。自此秦晋不交兵者数十年。

周顷王六年，崩，太子班即位，是为匡王。即晋灵公之八年也。时楚穆王薨，世子旅嗣位，是为庄王。赵盾以楚新有丧，乘此机会，思复先世盟主之业，乃大合诸侯于新城。宋昭公杵臼、鲁文公兴、陈灵公平国、卫成公郑、郑穆公兰、许昭公锡我，并至会所。宋、陈、郑三国之君，各诉前日从楚之情，出于不得已。赵盾亦各各抚慰，诸侯始复附于晋。惟蔡侯附楚如故，不肯赴会。赵盾使郤缺引军伐之，蔡人求和，乃还。

齐昭公潘，本欲赴会，适患病，未及盟期，昭公遂薨。太子舍即位。其母乃鲁女子叔姬，谓之昭姬。昭姬虽为昭公夫人，不甚得宠。世子舍才望庸常，亦不为国人所敬重。公子商人，齐桓公之妾密姬所生，素有篡位之志，赖昭公待之甚厚，此念中沮，欲候昭公死后，方举大事。昭公末年，召公子元于卫，任以国政。商人忌公子元之贤，意欲结纳人心，乃尽出其家财，周恤贫民，如有不给，借贷以继之，百姓无不感激。又多聚死士在家，朝夕训练，出入跟随。及世子舍即位，适彗星出于北斗，商人使人占之。曰："宋、齐、晋三国之君，皆将死乱。"商人曰："乱齐者，非我而谁？"命死士即于丧幕中，刺杀世子舍。商人以公子元年长，乃伪言曰："舍无人君之威，不可居大位，吾此举为兄故也。"公子元大惊曰："吾知尔之求为君也久矣，何乃累我？我能事尔，尔不能事我也，但尔为君以后，得容我为齐国匹夫，以寿终足矣！"商人即位，是为懿公。子元心恶商人之所为，闭门托病，并不入朝。此乃是公子元的好处。

且说昭姬痛其子死于非命，日夜悲啼。懿公恶之，乃囚于别室，节其饮食。昭姬阴赂宫人，使通信于鲁。鲁文公畏齐之强，命大夫东门遂如周，告于匡王，欲借天子恩宠，以求释昭姬之囚。匡王命单伯往齐，谓懿公曰："既杀其子，焉用其母，何不纵之还鲁，以明齐之宽德？"懿公讳弑舍之事，闻"杀子"之语，面颊发赤，嘿然无语。单伯退就客馆。懿公迁昭姬于他宫，使人诱单伯曰："寡君于国母未之敢慢。况承天子降谕，敢不承顺？吾子何不谒见国母，使知天子眷顾宗国之意？"单伯只道是好话，遂驾车随使者入宫谒见昭姬。昭姬垂涕，略诉苦情，单伯尚未及答，不虞懿公在外掩至，大骂曰："单伯如何擅入吾宫，私会国母，欲行苟且之事耶？寡人将讼之天子！"遂并单伯拘禁，与昭姬各囚于一室。恨鲁人以王命压之，兴兵伐鲁。论者谓懿公弑幼主，囚国母，拘天使，虐邻国，穷凶极恶，天理岂能容乎？但当时高国世臣，济济在朝，何不奉子元以声商人之罪，而乃纵其凶恶，绝无一言？时事至此，可叹矣！有诗云：

欲图大位欺孤主，先散家财买细民；堪恨朝中绥若若，也随市井媚凶人！

鲁使上卿季孙行父如晋告急。晋赵盾奉灵公合宋、卫、蔡、陈、郑、曹、许共八国诸侯，聚于扈地，商议伐齐。齐懿公纳赂于晋，且释单伯还周，昭姬还鲁，诸侯遂散归本国。鲁闻晋不果伐齐，亦使公子遂纳赂于齐以求和。不在话下。

却说宋襄公夫人王姬，乃周襄王之女兄，宋成公王臣之母，昭公杵臼之祖母也。昭公自为世子时，与公子卬、公孙孔叔、公孙钟离三人，以田猎游戏相善；既即位，惟三人之言是听，不任六卿，不朝祖母，疏远公族，怠弃民事，日以从田为乐。司马乐豫知宋国必乱，以其官让于公子卬。司城公孙寿亦虑祸及，告老致政，昭公即用其子荡意诸，嗣为司城之官。襄夫人王姬老而好淫，昭公有庶弟公子鲍，美艳胜于妇人，襄夫人心爱之，醉以酒，因逼与之通，许以扶立为君。遂欲废昭公而立公子鲍。昭公畏穆襄之族太盛，与公子卬等谋逐之。王姬阴告于二族，遂作乱，围公子卬公孙钟离二人于朝门而杀之。司城荡意诸惧而奔鲁。公子鲍素能敬事六卿，至是，同在国诸卿，与二族讲和，不究擅杀之事，召荡意诸于鲁，复其位。

公子鲍闻齐公子商人，以厚施买众心，得篡齐位。乃效其所为，亦散家财，以周给贫民。昭公七年，宋国岁饥，公子鲍尽出其仓廪之粟，以济贫者。又敬老尊贤，凡国中年七十以上，月致粟帛，加以饮食珍味，使人慰问安否。其有一才一艺之人，皆收致门下，厚糈管待。公卿大夫之门，月有馈送。宗族无亲疏，凡有吉凶之费，倾囊助之。昭公八年，宋复大饥，公子鲍仓廪已竭，襄夫人尽出宫中之藏以助之施，举国无不颂公子鲍之仁。宋国之人，不论亲疏贵贱，人人愿得公子鲍为君。公子鲍知国人助己，密告于襄夫人，谋弑昭公。襄夫人曰："闻杵臼将猎于孟诸之薮，乘其驾出，我使公子须闭门，子帅国人以攻之，无不克矣。"鲍依其言。

司城荡意诸，颇有贤名，公子鲍素敬礼之。至是，闻襄夫人之谋，以告昭公曰："君不可出猎，若出猎，恐不能返。"昭公曰："彼若为逆，虽在国中，其能免乎？"乃使右师华元，左师公孙友居守。遂尽载府库之宝，与其左右，以冬十一月望孟诸进发。才出城，襄夫人召华元公孙友留之宫中，而使公子须闭门。公子鲍使司马华耦号于军中曰：「襄夫人有命：『今日扶立公子鲍为君。』吾等除了无道昏君，共戴有道之主，众议以为何如？」军士皆踊跃曰：「愿从命！」国人亦无不乐从。华耦率众出城，追赶昭公。昭公行至半途闻变，荡意诸劝昭公出奔他国，以图后举。昭公曰：「上自祖母，下及国人，无不与寡人为仇，诸侯谁纳我者？与其死于他国，宁死于故乡耳！」乃下令停车治餐，使从田者皆饱食。食毕，昭公谓左右曰：「罪在寡人一身，与汝等何与？汝等相从数年，无以为赠，今国中宝玉，俱在于此，分赐汝等，各自逃生，毋与寡人同死也！」左右皆哀泣曰：「请君前行，倘有追兵，我等愿拚死一战。」昭公曰：「徒杀身，无益也。寡人死于此，汝等勿恋寡人！」少顷，华耦之兵已至，将昭公围住，口传襄夫人之命：「单诛无道昏君，不关众人之事。」昭公急麾左右，奔散者大半，惟荡意诸仗剑立于昭公之侧。华耦再传襄夫人之命，独召意诸。意诸叹曰：「为人臣而避其难，虽生不如死！」华耦乃操戈直逼昭公，荡意诸以身蔽之，挺剑格斗。众军民齐上，先杀意诸，后杀昭公，左右不去者，尽遭屠戮。伤哉！史臣有诗云：

昔年华督弑殇公，华耦今朝又助凶。贼子乱臣原有种，蔷薇桃李不相同。

华耦引军回报襄夫人。右师华元，左师公孙友等合班启奏：「公子鲍仁厚得民，宜嗣大位。」遂拥公子鲍为君，是为文公。华耦朝贺毕，回家患心疼暴卒。文公嘉荡意诸之忠，用其弟荡虺为司马，以代华耦。母弟公子须为司城，以补荡意诸之缺。

赵盾闻宋有弑君之乱，乃命荀林父为将，合卫、陈、郑之师伐宋。宋右师华元至晋军，备陈国人愿戴公子鲍之情，且敛金帛数车，为犒军之礼，求与晋和。荀林父欲受之。郑穆公曰：「我等鸣钟击鼓，以从将军于宋，讨无君也。若许其和，乱贼将得志矣。」荀林父曰：「齐宋一体也，吾已宽齐，安得独诛宋乎？且国人所愿，因而定之，不亦可乎？」遂与宋华元盟，定文公之位而还。郑穆公退而言曰：「晋惟赂是贪，有名无实，不能复伯诸侯矣。楚王新立，将有事于征伐，不如弃晋从楚，可以自安。」乃遣人通款于楚，晋亦无如之何也！髯仙有诗云：

仗义除残是伯图，兴师翻把乱臣扶；商人无恙鲍安位，笑杀中原少丈夫！

再说齐懿公商人，赋性贪横，自其父桓公在位时，曾与大夫邴原，争田邑之界，桓公使管仲断其曲直，管仲以商人理曲，将田断归邴氏，商人一向衔恨于心。及是弑舍而自立，乃尽夺邴氏之田，又恨管仲党于邴氏，亦削其封邑之半。管氏之族惧罪，逃奔楚国，子孙遂仕于楚。懿公犹恨邴原不已，时邴原已死，知其墓在东郊，因出猎过其墓所，使军士掘墓，出其尸，断其足，邴原之子邴歜随侍左右，懿公问曰：「尔父罪合断足否？卿得无怨寡人乎？」歜应曰：「臣父生免刑诛，已出望外，况此朽骨，臣何敢怨？」懿公大悦曰：「卿可谓干蛊之子矣！」乃以所夺之田还之。邴歜请掩其父，懿公许之。复购求国中美色，淫乐惟日不足，有人誉大夫阎职之妻甚美，因元旦出令，凡大夫内子俱令朝于中宫。阎职之妻，亦在其内，懿公见而悦之，因留宫中，不遣之归，谓阎职曰：「中宫爱尔妻为伴，可别娶也。」阎职敢怒而不敢言。

齐西南门有地名申池，池水清洁可浴，池旁竹木甚茂。时夏五月，懿公欲往申池避暑，乃命邴歜御车，阎职骖乘。右师华元私谏曰：「君刖邴歜之父，纳阎职之妻，此二人者，安知不衔怨于君？而君乃亲近之。齐臣中未尝缺员，何必此二人也？」懿公曰：「二子未尝敢怨寡人也，卿勿疑。」乃驾车游于申池，饮酒甚乐。懿公醉甚，苦热，命取绣榻，置竹林密处，卧而乘凉。邴歜与阎职浴于申池之中，邴歜恨懿公甚深，每欲弑之，以报父仇，未得同事之人，知阎职有夺妻之怨，欲与商量，而难于启口，因在池中同浴，心生一计，故意以折竹击阎职之头。职怒曰：「奈何欺我？」邴歜带笑言曰：『夺汝之妻，尚然不怒，一击何伤，乃不能忍耶？』阎职曰：『失妻虽吾之耻，然视刖父之尸，轻重何如？子忍于父，而责我不能忍于妻，何其昧也！』邴歜曰：『我有心腹之言，正欲语子，一向隐忍不言，惟恐子已忘前耻，吾虽言之，无益于事耳。』阎职曰：『人各有心，何日忘之，但恨力不及也。』邴歜曰：『今凶人醉卧竹中，从游者惟吾二人，此天遣我以报复之机，时不可失！』阎职曰：『子能行大事，吾当相助。』二人拭体穿衣，相与入竹林中，看时，懿公正在熟睡，鼻息如雷，内侍守于左右。邴歜曰：『主公酒醒，必觅汤水，汝辈可预备以待。』内侍往备汤水。阎职执懿公之手，邴歜扼其喉，以佩剑刎之，头坠于地。二人扶其尸，藏于竹林之深处，弃其头于池中。懿公在位才四年耳。内侍取水至，邴歜谓之曰：『商人弑君而立，齐先君使我行诛。公子元贤孝，可立为君也。』左右等唯唯，不敢出一言。邴歜与阎职驾车入城，复置酒痛饮，欢呼相庆。早有人报知上卿高倾国归父，高倾曰：『盍讨其罪而戮之，以戒后人？』国归父曰：『弑君之人，吾不能讨，而人讨之，又何罪焉？』邴阎二人饮毕，命以大车装其家资，以骈车载其妻子，行出南门，家人劝使速驰，邴歜曰：『商人无道，国人方幸其死，吾何惧哉？』徐徐而行，俱往楚国去讫。高倾与国归父聚集群臣商议，请公子元为君，是为惠公。髯翁有诗云：

仇人岂可与同游？密迩仇人仇报仇。不是逆臣无远计，天教二憾逞凶谋。

话分两头。却说鲁文公名兴，乃僖公嫡夫人声姜之子，于周襄王二十六年嗣位。文公娶齐昭公女姜氏为夫人，生二子，曰恶，曰视。其嬖妾秦女敬嬴，亦生二子，曰倭，曰叔肸。四子中惟倭年长，而恶乃嫡夫人所生，故文公立恶为世子。时鲁国任用三桓为政。孟孙氏曰公孙敖，生子曰谷，曰难。叔孙氏曰公孙兹，生子曰叔仲彭生，曰叔孙得臣。文公以彭生为世子太傅。季孙氏曰季无佚，乃季友之子，无佚生行父，即季文子也。鲁庄公有庶子曰公子遂，亦曰仲遂，住居东门，亦曰东门遂，自僖公之世，已与三桓一同用事。论起辈数，公孙敖与仲遂为再从兄弟，季孙行父又是下一辈了。因公孙敖得罪于仲遂，客死于外，故孟孙氏失权，反是仲孙氏、叔孙氏、季孙氏三家为政。

且说公孙敖如何得罪。敖娶莒女戴己为内子，即谷之母；其娣声己，即难之母也。戴己病卒，敖性淫，复往聘己氏之女。莒人辞曰：『声己尚在，当为继室。』敖曰：『吾弟仲遂未娶，即与遂纳聘可也。』莒人许之。鲁文公七年，公孙敖奉君命如莒修聘，因顺便为仲遂逆女。及鄢陵，敖登城而望，见己氏色甚美，是夜竟就己氏同宿，自娶归家。仲遂见夺其妻，大怒，诉于文公，请以兵攻之。叔仲彭生谏曰：『不可。臣闻之：「兵在内为乱，在外为寇。」幸而无寇，可启乱乎？』文公乃召公孙敖，使退还己氏于莒，以释仲遂之憾。敖与遂兄弟讲和如故。敖一心思念己氏，至次年，奉命如周，奔襄王之丧，不至京师，竟携吊币，私往莒国，与己氏夫妇相聚。鲁文公亦不追究，立其子谷主孟氏之祀。其后敖忽思故国，使人言于谷，谷转请于其叔仲遂。遂曰：『汝父若欲归，必依我三件事，乃可。无入朝，无与国政，无携带己氏。』谷使人回复公孙敖。敖急于求归，欣然许之。敖归鲁三年，果然闭户不出。忽一日，尽取家中宝货金帛，复往莒国。孟孙谷想念其父，踰年病死。其子仲孙蔑尚幼，乃立孟孙难为卿。未几，己氏卒，公孙敖复思归鲁，悉以家财纳于文公，并及仲遂，使其子难为父请命。文公许之，遂复归。至齐，病不能行，死于堂阜。孟孙难固请归其丧于鲁。难乃罪人之后，又权主宗祀，以待仲蔑之长，所以不甚与事。季孙行父让仲遂与彭生得臣是叔父行，每事不敢自专。而彭生仁厚，居师傅之任。得臣屡掌兵权，所以仲遂得臣二人，尤当权用事。敬嬴恃文公之宠，恨其子不得为嗣，乃以重赂交结仲遂，因以其子倭托之，曰：『异日倭得为君，鲁国当与子共之。』仲遂感其相托之意，有心要推戴公子倭。念：『叔仲彭生，乃是世子恶之傅，必不肯同谋。而叔孙得臣，性贪贿赂，可以利动。」时时以敬嬴所赐分赠之，曰：「此嬴氏夫人命我赠子者。」又使公子倭时时诣得臣之门，谦恭请教，故得臣亦心向之。

周匡王四年，鲁文公十有八年也。是年春，文公薨，世子恶主丧即位。各国皆遣使吊问。时齐惠公元，新即大位，欲反商人之暴政，特地遣人至鲁，会文公之葬。仲遂谓叔孙得臣曰：「齐鲁世好也。桓僖二公，欢若兄弟。孝公结怨，延及商人，遂为仇敌。今公子元新立，我国未曾致贺，而彼先遣人会葬，此修好之美意，不可不往谢之。乘此机会，结齐为援，以立公子倭，此一策也。」叔孙得臣曰：「子去，我当同行。」毕竟二人如齐，商量出甚事来，且看下回分解。

第〇五〇回 东门遂援立子倭 赵宣子桃园强谏

话说仲孙遂同叔孙得臣二人如齐拜贺新君，且谢会葬之情。行礼已毕，齐惠公赐宴，因问及鲁国新君：「何以名恶？世间嘉名颇多，何偏用此不美之字？」仲遂对曰：「先寡君初生此子，使太史占之，言：『当恶死，不得享国。』故先寡君名之曰恶，欲以厌之。然此子非先寡君所爱也。所爱者长子名倭，为人贤孝，能敬礼大臣，国人皆思奉之为君，但压于嫡耳。」惠公曰：「古来亦有『立子以长』之义，况所爱乎？」叔孙得臣曰：「鲁国故事，立子以嫡，无嫡方立长。先寡君狃于常礼，置倭而立恶，国人皆不顺焉。上国若有意为鲁改立贤君，愿结婚姻之好，专事上国，岁时朝聘，不敢有阙。」惠公大悦曰：「大夫能主持于内，寡人惟命是从，岂敢有违？」仲遂叔孙得臣请歃血立誓，因设婚约。惠公许之。遂等既返，谓季孙行父曰：「方今晋业已替，齐将复强，彼欲以嫡女室公子倭，此厚援不可失也。」行父曰：「嗣君，齐侯之甥也。齐侯有女，何不室嗣君，而乃归之公子乎？」仲遂曰：「齐侯闻公子倭之贤，立心与倭交欢，愿为甥舅。若夫人姜氏，乃昭公之女，桓公诸子，相攻如仇敌，故四世皆以弟代兄，彼不有其兄，何有于甥？」行父嘿然，归而叹曰：「东门氏将有他志矣！」仲遂家住东门，故呼为东门氏。行父密告于叔仲彭生。彭生曰：「大位已定，谁敢贰心耶？」殊不以为意。

仲遂与敬嬴私自定计，伏勇士于厩中，使圉人伪报：「马生驹甚良！」敬嬴使公子倭同恶与视往厩看驹毛色。勇士突起，以木棍击恶杀之，并杀视。仲遂曰：「太傅彭生尚在，此人不除，事犹未了。」乃使内侍假传嗣君有命，召叔仲彭生入宫。彭生将行，其家臣公冉务人，素知仲遂结交宫禁之事，疑其有诈，止之曰：「太傅勿入，入必死。」彭生曰：「有君命，虽死，其可逃乎？」公冉务人曰：「果君命，则太傅不死矣。若非君命而死，死之何名？」彭生不听。务人牵其袂而泣。彭生绝袂登车，径造宫中，问嗣君何在？内侍诡对曰：「内厩马生驹，在彼阅之。」即引彭生往厩所。勇士复攒击杀之，埋其尸于马粪之中。敬嬴使人告姜氏曰：「君与公子视，被劣马踶啮，俱死矣。」姜氏大哭，往厩视之，则二尸俱已移出于宫门之外。季孙行父闻恶视之死，心知仲遂所为，不敢明言，私谓仲遂曰：「子作事太毒，吾不忍闻也。」仲遂曰：「此嬴氏夫人所为，与某无与。」行父曰：「晋若来讨，何以待之？」仲遂曰：「齐宋往事，已可知矣。彼弑其长君，尚不成讨；今二孺子死，又何讨焉？」行父抚嗣君之尸，哭之不觉失声。仲遂曰：「大臣当议大事，乃效儿女子悲啼何益！」行父乃收泪。叔孙得臣亦至，问其兄彭生何在？仲遂辞以不知。得臣笑曰：「吾兄死为忠臣，是其志也，何必讳哉？」仲遂乃私告以尸处，且曰：「今日之事，立君为急。公子倭贤而且长，宜嗣大位。」百官莫不唯唯。乃奉公子倭为君，是为宣公。百官朝贺。胡曾先生咏史诗云：

外权内宠私谋合，无罪嗣君一旦休；可笑模棱季文子，三思不复有良谋。

得臣掘马粪，出彭生之尸而殡之。不在话下。

再说嫡夫人姜氏，闻二子俱被杀，仲遂扶公子倭为君，捶胸大哭，绝而复苏者几次。仲遂又献媚于宣公，引「母以子贵」之文，尊敬嬴为夫人，百官致贺。姜夫人不安于宫，日夜啼哭，命左右收拾车仗，为归齐之计。仲遂伪使人留之曰：「新君虽非夫人所出，然夫人嫡母也，孝养自当不缺。奈何向外家寄活乎？」姜氏骂曰：「贼遂！我母子何负于汝，而行此惨毒之事？今乃以虚言留我！鬼神有知，决不汝宥也！」姜氏不与敬嬴相见，一径出了宫门，登车而去。经过大市通衢，放声大哭，叫曰：「天乎，天乎！二孺子何罪？婢子又何罪？贼遂蔑理丧心，杀嫡立庶！婢子今与国人永辞，不复再至鲁国矣！」路人闻者，莫不哀之，多有泣下者。是日，鲁国为之罢市。因称姜氏为哀姜，又以出归于齐，谓之出姜。出姜至齐，与昭公夫人母子相见，各诉其子之冤，抱头而哭。齐惠公恶闻哭声，另筑室以迁其母子。出姜竟终于齐。

却说鲁宣公同母之弟叔肸，为人忠直，见其兄藉仲遂之力，杀弟自立，意甚非之，不往朝贺。宣公使人召之，欲加重用。肸坚辞不往。有友人问其故，肸曰：「吾非恶富贵，但见吾兄，即思吾弟，是以不忍耳！」友人曰：「子既不义其兄，盍适他国乎？」肸曰：「兄未尝绝我，我何敢于绝兄乎？」适宣公使有司候问，且以粟帛赠之，肸对使者拜辞曰：「肸幸不至冻饿，不敢费公帑。」使者再三致命，肸曰：「俟有缺乏，当来乞取，今决不敢受也。」友人曰：「子不受爵禄，亦足以明志矣。家无余财，稍领馈遗，以给朝夕饔飧之资，未为伤廉。并却之，不已甚乎？」肸笑而不答。友人叹息而去。使者不敢留，回复宣公。宣公曰：「吾弟素贫，不知何以为生？」使人夜伺其所为，方挑灯织屦，俟明早卖之，以治朝餐。宣公叹曰：「此子欲学伯夷叔齐，采首阳之薇耶？吾当成其志可也。」肸至宣公末年方卒。终其身未尝受其兄一寸之丝，一粒之粟，亦终其身未尝言兄之过。史臣有赞云：

贤者叔肸，感时泣血。织屦自赡，于公不屑。

顽民耻周，采薇甘绝。惟叔嗣音，入而不涅。

一乳同枝，兄顽弟洁。形彼东门，言之污舌！

鲁人高叔肸之义，称颂不置。成公初年，用其子公孙婴齐为大夫。于是叔孙氏之外，另有叔氏。叔老、叔弓、叔辄、叔鞅、叔诣，皆其后也。此是后话，搁过一边。

再说周匡王五年，为宣公元年。正旦，朝贺方毕，仲遂启奏：「君内主尚虚，臣前与齐侯，原有婚媾之约，事不容缓。」宣公曰：「谁为寡人使齐者？」仲遂对曰：「约出自臣，臣愿独往。」乃使仲遂如齐，请婚纳币。遂于正月至齐，二月迎夫人姜氏以归，因密奏宣公曰：「齐虽为甥舅，将来好恶，未可测也。况国有大故者，必列会盟，方成诸侯。臣曾与齐侯歃血为盟，约以岁时朝聘，不敢有阙。盍预以定位嘱之。君必无恤重赂，请齐为会。若彼受赂而许会，因恭谨以事之，则两国相亲，有唇齿之固，君位安于泰山矣。」宣公然其言，随遣季孙行父往齐谢婚，致词曰：

寡君赖君之灵宠，备守宗庙，恐恐焉惧不得列于诸侯，以为君羞。君若惠顾寡君，赐以会好，所有不腆济西之田，晋文公所以贶先君者，愿效贽于上国，惟君辱收之！

齐惠公大悦，乃约鲁君以夏五月，会于平州之地。

至期，鲁宣公先往，齐侯继至，先叙甥舅之情，再行两君相见之礼。仲遂捧济西土田之籍以进，齐侯并不推辞。事毕，宣公辞齐侯回鲁。仲遂曰：「吾今日始安枕而卧矣。」自此，鲁或朝或聘，君臣如齐，殆无虚日，无令不从，无役不共。至齐惠公晚年，感鲁侯承顺之意，仍以济西田还之。此是后话。

话分两头。却说楚庄王旅即位三年，不出号令，日事田猎。及在宫中，惟日夜与妇人饮酒为乐。悬令于朝门曰：「有敢谏者，死无赦！」大夫申无畏入谒，庄王右抱郑姬，左抱蔡女，踞坐于钟鼓之间，问曰：「大夫之来，欲饮酒乎？闻乐乎？抑有所欲言也？」申无畏曰：「臣非饮酒听乐也。适臣行于郊，有以隐语进臣者，臣不能解，愿闻之于大王。」庄王曰：「噫！是何隐语，而大夫不能解。盍为寡人言之！」申无畏曰：「有大鸟，身被五色，止于楚之高阜三年矣。不见其飞，不闻其鸣，不知此何鸟也？」庄王知其讽己，笑曰：「寡人知之矣！是非凡鸟也。三年不飞，飞必冲天。三年不鸣，鸣必惊人。子其俟之。」申无畏再拜而退。居数日，庄王淫乐如故。大夫苏从请间见庄王，至而大哭。庄王曰：「苏子何哀之甚也？」苏从对曰：「臣哭夫身死而楚国之将亡也！」庄王曰：「子何为而死？楚国又何为而亡乎？」苏从曰：「臣欲进谏于王，王不听，必杀臣。臣死而楚国更无谏者。恣王之意，以隳楚政，楚之亡可立而待矣。」庄王勃然变色曰：「寡人有令：『敢谏者死。』明知谏之必死，而又欲入犯寡人，不亦愚乎？」苏从曰：「臣之愚，不及王之愚之甚也！」庄王益怒曰：「寡人胡以愚甚？」苏从曰：「大王居万乘之尊，享千里之税，士马精强，诸侯畏服，四时贡献，不绝于庭，此万世之利也。今荒于酒色，溺于音乐，不理朝政，不亲贤才，大国攻于外，小国叛于内，乐在目前，患在日后。夫以一时之乐，而弃万世之利，非甚愚而何？臣之愚，不过杀身。然大王杀臣，后世将呼臣为忠臣，与龙逢、比干并肩，臣不愚也。君之愚，乃至求为匹夫而不可得。臣言毕于此矣。请借大王之佩剑，臣当刎颈王前，以信大王之令！」庄王幡然起立曰：「大夫休矣！大夫之言，忠言也，寡人听子。」乃绝钟鼓之悬，屏郑姬，疏蔡女，立樊姬为夫人，使主宫政。曰：「寡人好猎，樊姬谏我不从，遂不食鸟兽之肉，此吾贤内助也。」任蔿贾、潘尪、屈荡，以分令尹斗越椒之权。早朝宴罢，发号施令。令郑公子归生伐宋，战于大棘，获宋右师华元。命蔿贾救郑，与晋师战于北林，获晋将解扬以归，踰年放还。自是楚势日强，庄王遂侈然有争伯中原之志。

却说晋上卿赵盾，因楚日强横，欲结好于秦以拒楚。赵穿献谋曰：「秦有属国曰崇，附秦最久，诚得偏师以侵崇国，秦必来救，因与讲和，如此，则我占上风矣。」赵盾从之。乃言于灵公，出车三百乘，遣赵穿为将，侵崇。赵朔曰：「秦晋之仇深矣。又侵其属国，秦必益怒，焉肯与我议和？」赵盾曰：「吾已许之矣。」朔复言于韩厥，厥微微冷笑，附朔耳言曰：「尊公此举，欲树穿以固赵宗，非为和秦也。」赵朔嘿然而退。秦闻晋侵崇，竟不来救，兴兵伐晋，围焦。赵穿还兵救焦，秦师始退。穿自此始与兵政。臾骈病卒，穿遂代之。

是时晋灵公年长，荒淫暴虐，厚敛于民，广兴土木，好为游戏。宠任一位大夫，名屠岸贾。乃屠击之子，屠岸夷之孙。岸贾阿谀取悦，言无不纳。命岸贾于绛州城内，起一座花园，遍求奇花异草，种植其中。惟桃花最盛，春间开放，烂如锦绣，名曰桃园。园中筑起三层高台，中间建起一座绛霄楼，画栋雕梁，丹楹刻桷，四围朱栏曲槛，凭栏四望，市井俱在目前。灵公览而乐之，不时登临，或张弓弹鸟，与岸贾赌赛饮酒取乐。一日，召优人呈百戏于台上，园外百姓聚观，灵公谓岸贾曰：「弹鸟何如弹人？寡人与卿试之。中目者为胜，中肩臂者免；不中者以大斗罚之。」灵公弹右，岸贾弹左。台上高叫一声：「看弹！」弓如月满，弹似流星，人丛中一人弹去了半只耳朵，一个弹中了左胛。吓得众百姓每乱惊乱逃，乱嚷乱挤，齐叫道：「弹又来了！」灵公大怒，索性教左右会放弹的，一齐都放。那弹丸如雨点一般飞去，百姓躲避不迭，也有破头的，伤额的，弹出眼乌珠的，打落门牙的，啼哭号呼之声，耳不忍闻。又有唤爹的，叫娘的，抱头鼠窜的，推挤跌倒的，仓忙奔避之状，目不忍见。灵公在台望见，投弓于地，呵呵大笑，谓岸贾曰：「寡人登台，游玩数遍，无如今日之乐也！」自此百姓每望见台上有人，便不敢在桃园前行走。市中为之谚云：

莫看台，飞丸来。出门笑且忻，归家哭且哀！

又有周人所进猛犬，名曰灵獒，身高三尺，色如红炭，能解人意。左右有过，灵公即呼獒使噬之。獒起立啮其额，不死不已。有一奴，专饲此犬，每日啖以羊肉数斤，犬亦听其指使。其人名獒奴，使食中大夫之俸。灵公废了外朝，命诸大夫皆朝于内寝。每视朝或出游，则獒奴以细链牵犬，侍于左右，见者无不悚然。其时列国离心，万民嗟怨，赵盾等屡屡进谏，劝灵公礼贤远佞，勤政亲民，灵公如瑱充耳，全然不听，反有疑忌之意。

忽一日，灵公朝罢，诸大夫皆散，惟赵盾与士会，尚在寝门，商议国家之事，互相怨叹。只见有二内侍抬一竹笼，自闺而出。赵盾曰：「宫中安有竹笼出外？此必有故。」遥呼：「来，来！」内侍只低头不应。盾问曰：「竹笼中所置何物？」内侍曰：「尔相国也，欲看时可自来看，我不敢言。」盾心中愈疑，邀士会同往察之，但见人手一只，微露笼外。二位大夫拉住竹笼细看，乃支解过的一个死人。赵盾大惊，问其来历，内侍还不肯说。盾曰：「汝再不言，吾先斩汝矣！」内侍方才告诉道：「此人乃宰夫也。主公命煮熊蹯，急欲下酒，催促数次，宰夫只得献上。主公尝之，嫌其未熟，以铜斗击杀之，又砍为数段，命我等弃于野外。立限时刻回报，迟则获罪矣。」赵盾乃放内侍依旧扛抬而去。盾谓士会曰：「主上无道，视人命如草菅。国家危亡，只在旦夕。我与子同往苦谏一番。何如？」士会曰：「我二人谏而不从，更无继者。会请先入谏，若不听，子当继之。」时灵公尚在中堂，士会直入。灵公望见，知其必有谏诤之言，乃迎而谓曰：「大夫勿言，寡人已知过矣，今当改之！」士会稽首对曰：「人谁无过，过而能改，社稷之福也！臣等不胜欣幸！」言毕而退，述于赵盾。盾曰：「主公若果悔过，旦晚必有施行。」

至次日，灵公免朝，命驾车往桃园游玩。赵盾曰：「主公如此举动，岂像改过之人？吾今日不得不言矣！」乃先往桃园门外，候灵公至，上前参谒。灵公讶曰：「寡人未尝召卿，卿何以至此？」赵盾稽首再拜，口称：「死罪！微臣有言启奏，望主公宽容采纳！臣闻：『有道之君，以乐乐人，无道之君，以乐乐身。』夫宫室嬖幸，田猎游乐，一身之乐止此矣，未有以杀人为乐者。今主公纵犬噬人，放弹打人，又以小过支解膳夫，此有道之君所不为也，而主公为之。人命至重，滥杀如此，百姓内叛，诸侯外离，桀纣灭亡之祸，将及君身！臣今日不言，更无人言矣。臣不忍坐视君国之危亡，故敢直言无隐。乞主公回辇入朝，改革前非，毋荒游，毋嗜杀。使晋国危而复安，臣虽死不恨！」灵公大惭，以袖掩面曰：「卿且退，容寡人只今日游玩，下次当依卿言。」赵盾身蔽园门，不放灵公进去。屠岸贾在旁言曰：「相国进谏，虽是好意，然车驾既已至此，岂可空回，被人耻笑？相国暂请方便。如有政事，俟主公明日早朝，于朝堂议之，何如？」灵公接口曰：「明日早朝，当召卿也。」赵盾不得已，将身闪开，放灵公进园，瞋目视岸贾曰：「亡国败家，皆由此辈！」恨恨不已。

岸贾侍灵公游戏。正在欢笑之际，岸贾忽然叹曰：「此乐不可再矣！」灵公问曰：「大夫何发此叹？」岸贾曰：「赵相国明早必然又来聒絮，岂容主公复出耶？」灵公忿然作色曰：「自古臣制于君，不闻君制于臣。此老在，甚不便于寡人，何计可以除之？」岸贾曰：「臣有客鉏麑者，家贫，臣常周给之，感臣之惠，愿效死力。若使行刺于相国，主公任意行乐，又何患哉？」灵公曰：「此事若成，卿功非小！」是夜，岸贾密召鉏麑，赐以酒食，告以：「赵盾专权欺主，今奉晋侯之命，使汝往刺。汝可伏于赵相国之门，俟其五鼓赴朝刺杀，不可误事。」鉏麑领命而行，扎缚停当，带了雪花般匕首，潜伏赵府左右。闻谯鼓已交五更，便踅到赵府门首，见重门洞开，乘车已驾于门外，望见堂上灯光影影。鉏麑乘间踅进中门，躲在暗处，仔细观看。堂上有一位官员，朝衣朝冠，垂绅正笏，端然而坐。此位官员，正是相国赵盾，因欲趋朝，天色尚早，坐以待旦。鉏麑大惊，退出门外，叹曰：「不忘恭敬，民之主也！贼杀民主，则为不忠，受君命而弃之，则为不信，不忠不信，何以立于天地之间哉？」乃呼于门曰：「我，鉏麑也，宁违君命，不忍杀忠臣，我今自杀！恐有后来者，相国谨防之！」言罢，望着门前一株大槐，一头触去，脑浆迸裂而死。史臣有赞云：

壮哉鉏麑，刺客之魁！闻义能徙，视死如归。
报屠存赵，身灭名垂。槐阴所在，生气依依！

此时惊动了守门人役，将鉏麑如此恁般，报知赵盾。盾之车右提弥明曰：「相国今日不可入朝，恐有他变。」赵盾曰：「主公许我早朝，我若不往，是无礼也。死生有命，吾何虑哉？」吩咐家人，暂将鉏麑浅埋于槐树之侧。赵盾登车入朝，随班行礼。灵公见赵盾不死，问屠岸贾以鉏麑之事。岸贾答曰：「鉏麑去而不返，有人说道触槐而死，不知何故？」灵公曰：「此计不成，奈何？」岸贾奏曰：「臣尚有一计，可杀赵盾，万无一失。」灵公曰：「卿有何计？」岸贾曰：「主公来日，召赵盾饮于宫中，先伏甲士于后壁。俟三爵之后，主公可向赵盾索佩剑观看，盾必捧剑呈上。臣从旁喝破：『赵盾拔剑于君前，欲行不轨，左右可救驾！』甲士齐出，缚而斩之。外人皆谓赵盾自取诛戮，主公可免杀大臣之名，此计如何？」灵公曰：「妙哉，妙哉！可依计而行。」

明日，复视朝，灵公谓赵盾曰：「寡人赖吾子直言，以得亲于群臣。敬治薄享，以劳吾子。」遂命屠岸贾引入宫中。车右提弥明从之，将升阶，岸贾曰：「君宴相国，余人不得登堂。」弥明乃立于堂下。赵盾再拜，就坐于灵公之右，屠岸贾侍于君左。庖人献馔，酒三巡，灵公谓赵盾曰：「寡人闻吾子所佩之剑，盖利剑也，幸解下与寡人观之。」赵盾不知是计，方欲解剑。提弥明在堂下望见，大呼曰：「臣侍君宴，礼不过三爵，何为酒后拔剑于君前耶？」赵盾悟，遂起立。弥明怒气勃勃，直趋上堂，扶盾而下。岸贾呼獒奴纵灵獒，令逐紫袍者。獒疾走如飞，追及盾于宫门之内。弥明力举千钧，双手搏獒，折其颈，獒死。灵公怒甚，出壁中伏甲以攻盾，弥明以身蔽盾，教盾急走。弥明留身独战，寡不敌众，遍体被伤，力尽而死。

史臣赞云：

君有獒，臣亦有獒，君之獒，不如臣之獒。君之獒，能害人；臣之獒，克保身。呜呼二獒！吾谁与亲？

话说赵盾亏弥明与甲士格斗，脱身先走。忽有一人狂追及盾，盾惧甚。其人曰：『相国无畏，我来相救，非相害也。』盾问曰：『汝何人？』对曰：『相国不记翳桑之饿人乎？则我灵辄便是。』原来五年之前，赵盾曾往九原山打猎而回，休于翳桑之下，见有一男子卧地，盾疑为刺客，使人执之。其人饿不能起，问其姓名，曰：『灵辄也。游学于卫三年，今日始归，囊空无所得食，已饿三日矣。』盾怜之，与之饭及脯，辄出一小筐，先藏其半而后食。盾问曰：『汝藏其半何意？』辄对曰：『家有老母，住于西门，小人出外日久，未知母存亡何如？今近不数里，倘幸而母存，愿以大人之馔，充老母之腹。』盾叹曰：『此孝子也！』使尽食其余，别取箪食与肉，置囊中授之。灵辄拜谢而去。今绛州有哺饥坂，因此得名。后灵辄应募为公徒，适在甲士之数，念赵盾昔日之恩，特地上前相救。时从人闻变，俱已逃散，灵辄背负赵盾，趋出朝门。众甲士杀了提弥明，合力来追。恰好赵朔悉起家丁，驾车来迎，扶盾登车。盾急召灵辄欲共载，辄已逃去矣。甲士见赵府人众，不敢追逐。赵盾谓朔曰：『吾不得复顾家矣！此去或翟或秦，寻一托身之处可也。』于是父子同出西门，望西路而进。

不知赵宣子出奔何处，再看下回分解。

东周列国志

第〇五一回

责赵盾董狐直笔　诛斗椒绝缨大会

话说晋灵公谋杀赵盾，虽然其事不成，却喜得赵盾离了绛城，如村童离师，顽竖离主，觉得胸怀舒畅，快不可言，遂携带宫眷于桃园住宿，日夜不归。再说赵穿在西郊射猎而回，正遇见盾朔父子，停车相见，询问缘由。赵穿曰：「叔父且莫出境，数日之内，穿有信到，再决行止。」赵盾曰：「既然如此，吾权住首阳山，专待好音。汝凡事谨慎，莫使祸上加祸！」赵穿别了盾朔父子，回至绛城，知灵公住于桃园，假意谒见，稽首谢罪，言：「臣穿虽忝宗戚，然罪人之族，不敢复侍左右，乞赐罢斥！」灵公信为真诚，乃慰之曰：「盾累次欺蔑寡人，寡人实不能堪，与卿何与？卿可安心供职。」穿谢恩毕，复奏曰：「臣闻「所贵为人主者，惟能极人生声色之乐也。」主公钟鼓虽悬，而内宫不备，何乐之有？齐桓公嬖幸满宫，正娶之外，如夫人者六人。先君文公虽出亡，患难之际，所至纳姬，迄于返国，年逾六旬，尚且妾媵无数。主公既有高台广囿，以为寝处之所，何不多选良家女子，充牣其中，使明师教之歌舞，以备娱乐，岂不美哉？」，灵公曰：「卿所言，正合寡人之意。今欲搜括国中女色，何人可使？」穿对曰：「大夫屠岸贾可使。」灵公遂命屠岸贾专任其事。不拘城内郊外，有颜色女子，年二十以内未嫁者，咸令报名选择，限一月内回话。赵穿借此公差，遣开了屠岸贾，又奏于灵公曰：「桃园侍卫单弱，臣于军中精选骁勇二百人，愿充宿卫，伏乞主裁！」灵公复准其奏。

赵穿回营，果然挑选了二百名甲士。那甲士问道：「将军有何差遣？」赵穿曰：「主上不恤民情，终日在桃园行乐，命我挑选汝等，替他巡警。汝等俱有室家，此去立风宿露，何日了期？」军士皆嗟怨曰：「如此无道昏君，何不速死？若相国在此，必无此事。」赵穿曰：「吾有一语，与汝等商量，不知可否？」众军士皆曰：「将军能救拔我等之苦，恩同再生！」穿曰：「桃园不比深宫邃密，汝等以二更为候，攻入园中，托言讨赏，我挥袖为号，汝等杀了晋侯，我当迎还相国，别立新君。此计何如？」军士皆曰：「甚善！」赵穿皆劳以酒食，使列于桃园之外。入告灵公。灵公登台阅之，人人精勇，个个刚强。灵公大喜，即留赵穿侍酒，饮至二更，外面忽闻喊声，灵公惊问其故。赵穿曰：「此必宿卫军士，驱逐夜行之人耳。臣往谕之，勿惊圣驾。」当下赵穿命掌灯，步下层台。甲士二百人，已毁门而入。赵穿稳住了众人，引至台前，升楼奏曰：「军士知主公饮宴，欲求余沥犒劳，别无他意。」公传旨，教内侍取酒分犒众人，倚栏看给。赵穿在旁呼曰：「主公亲犒汝等，可各领受！」言毕，以袖麾之，众甲士认定了晋侯，一涌而上。灵公心中着忙，谓赵穿曰：「甲士登台何意？卿可传谕速退！」赵穿曰：「众人思见相国盾，意欲主公召还归国耳。」灵公未及答言，戟已攒刺，登时身死。左右俱各惊走。赵穿曰：「昏君已除，汝等勿得妄杀一人，宜随我往迎相国还朝也。」只为晋侯无道好杀，近侍朝夕惧诛，所以甲士行逆，莫有救者。百姓怨苦日久，反以晋侯之死为快，绝无一人归罪于赵穿。七年之前，彗星入北斗，占云：「齐、宋、晋三国之君，皆将死乱。」至是验矣！髯翁有诗云：

崇台歌管未停声，血溅朱楼起外兵；莫怪台前无救者，避丸之后绝人行。

屠岸贾正在郊外，挨门挨户的访问美色女子，忽报：「晋侯被弑！」吃了大惊，心知赵穿所为，不敢声张，潜回府第。士会等闻变，趋至桃园，寂无一人。亦料赵穿往迎相国，将园门封锁，静以待之。不一日，赵盾回车，入于绛城，巡到桃园，百官一时并集。赵盾伏于灵公之尸，痛哭了一场，哀声闻于园外。百姓闻者皆曰：「相国忠爱如此，晋侯自取其祸，非相国之过也。」赵盾吩咐将灵公殡殓，归葬曲沃。一面会集群臣，议立新君。时灵公尚未有子，赵盾曰：「先君襄公之殁，吾常倡言欲立长君，众谋不协，以及今日。此番不可不慎！」士会曰：「国有长君，社稷之福，诚如相国之言。」赵盾曰：「文公尚有一子，始生之时，其母梦神人以黑手涂其臀，因名曰黑臀。今仕于周，其齿已长，吾意欲迎立之，何如？」百官不敢异同，皆曰：「相国处分甚当。」赵盾欲解赵穿弑君之罪，乃使穿如周，迎公子黑臀归晋，朝于太庙，即晋侯之位，是为成公。

成公既立，专任赵盾以国政，以其女妻赵朔，是为庄姬。盾因奏曰：「臣母乃狄女，君姬氏有逊让之美，遣人迎臣母子归晋，臣得僭居適子，遂主中军。今君姬氏三子同、括、婴皆长，愿以位归之。」成公曰：「卿之弟，乃吾娣所钟爱，自当并用，毋劳过让。」乃以赵同、赵括、赵婴并为大夫。赵穿佐中军如故。穿私谓盾曰：「屠岸贾谄事先君，与赵氏为仇，桃园之事，惟岸贾心怀不顺。若不除此人，恐赵氏不安！」盾曰：「人不罪汝，汝反罪人耶？吾宗族贵盛，但当与同朝修睦，毋用寻仇为也。」赵穿乃止。岸贾亦谨事赵氏，以求自免。

赵盾终以桃园之事为歉。一日，步至史馆，见太史董狐，索简观之。董狐将史简呈上。赵盾观简上，明写：「秋七月乙丑，赵盾弑其君夷皋于桃园。」盾大惊曰：「太史误矣！吾已出奔河东，去绛城二百余里，安知弑君之事？而子乃归罪于我，不亦诬乎？」董狐曰：「子为相国，出亡未尝越境，返国又不讨贼，谓此事非子主谋，谁其信之？」盾曰：「犹可改乎？」狐曰：「是是非非，号为信史。吾头可断，此简不可改也！」盾叹曰：「嗟乎！史臣之权，乃重于卿相！恨吾未即出境，不免受万世之恶名，悔之无及。」自是赵盾事成公，益加敬谨。赵穿自恃其功，求为正卿，盾恐碍公论，不许。穿愤恚，疽发于背而死。穿子赵旃，求嗣父职，盾曰：「待汝他日有功，虽卿位不难致也。」史臣论赵盾不私赵穿父子，皆董狐直笔所致。有赞云：

庸史纪事，良史诛意。穿弑其君，盾蒙其罪。
宁断吾头，敢以笔媚？卓哉董狐，是非可畏！

时乃周匡王之六年也。是年，匡王崩，其弟瑜立，是为定王。

定王元年，楚庄王兴师伐陆浑之戎，遂涉雒水，扬兵于周之疆界，欲以威胁天子，与周分制天下。定王使大夫王孙满问劳庄王。庄王问曰：「寡人闻大禹铸有九鼎，三代相传，以为世宝，今在雒阳。不知鼎形大小与其轻重何如？寡人愿一闻之！」王孙满曰：「三代以德相传，岂在鼎哉！昔禹有天下，九牧贡金，取铸九鼎。夏桀无道，鼎迁于商。商纣暴虐，鼎又迁于周。若其有德，鼎虽小亦重，如其无德，虽大犹轻！成王定鼎于郏鄏，卜世三十，卜年七百，天命有在，鼎未可问也？」庄王惭而退，自是不敢复萌窥周之志。

却说楚令尹斗越椒，自庄王分其政权，心怀怨望，嫌隙已成。自恃才勇无双，且先世功劳，人民信服，久有谋叛之意，常言：「楚国人才，惟司马伯嬴一人，余不足数也！」庄王伐陆浑时，亦虑越椒有变，特留蔿贾在国。越椒见庄王统兵出征，遂决意作乱。欲尽发本族之众，斗克不从，杀之，遂袭杀司马蔿贾。贾子敖，扶其母奔于梦泽以避难。越椒出屯蒸野之地，欲邀截庄王归路。庄王闻变，兼程而行，将及漳澨，越椒引兵来拒，军威甚壮。越椒贯弓挺戟，在本阵往来驰骤，楚兵望之，皆有惧色。庄王曰：「斗氏世有功勋于楚，宁伯棼负寡人，寡人不负伯棼也！」乃使大夫苏从，造越椒之营，与之讲和，赦其擅杀司马之罪，且许以王子为质。越椒曰：「吾耻为令尹耳，非望赦也，能战则来。」苏从再三谕之，不听。苏从去后，越椒命军士击鼓前进。庄王问诸将：「何人可退越椒？」大将乐伯应声而出。越椒之子斗贲皇便接住厮杀。潘尪见乐伯战贲皇不下，即忙驱车出阵。越椒之从弟斗旗亦驱车应之。庄王在戎辂之上，亲自执枹，鸣鼓督战。越椒远远望见，飞车直奔庄王，弯着劲弓，一箭射来。那枝箭直飞过车辕，刚刚中在鼓架之上，骇得庄王连鼓槌掉下车来。庄王急教避箭，左右各将大笠前遮。越椒又复一箭，恰恰的把左笠射个对穿。庄王且教回车，鸣金收兵。越椒奋勇赶来，却得右军大将公子侧，左军大将公子婴齐，两军一齐杀到，越椒方退。乐伯潘尪闻金声，亦弃阵而回。楚军颇有损折，退至皇浒下寨。取越椒箭视之，其长半倍于他箭，鹳翎为羽，豹齿为镞，锋利非常，左右传观，无不吐舌。至夜，庄王自出巡营，闻营中军卒，三三五五，相聚都说：「斗令尹神箭可畏，难以取胜！」庄王乃使人谬言于众曰：「昔先君文王之世，闻戎蛮造箭最利，使人问之，戎蛮，乃献箭样二枝，名「透骨风」，藏于太庙，为越椒所窃得。今尽于两射矣，不必虑也。明日当破之。」众心始定。庄王乃下令退兵随国，扬言：「欲起汉东诸国之众，以讨斗氏。」苏从曰：「强敌在前，一退必为所乘，王失计矣！」公子侧曰：「此王之谬言耳。吾等入见，必别有处分。」乃与公子婴齐，夜见庄王。庄王曰：「逆椒势锐，可计取，不可力敌也。」吩咐二将，如此恁般，埋伏预备。二将领计去了。

次早，鸡鸣，庄王引大军退走。越椒探听得实，率众来追。楚军兼程疾走，已过竟陵而北。越椒一日一夜，行二百余里，至清河桥。楚军在桥北晨炊，望见追兵来到，弃其釜甑而遁。越椒令曰：「擒了楚王，方许朝餐。」众人劳困之后，又忍着饥饿，勉强前进，追及后队潘尪之军。潘尪立于车中，谓越椒曰：「吾子志在取王，何不速驰？」越椒信为好语，乃舍潘尪。前驰六十里，至青山，遇楚将熊负羁，问：「楚王安在？」负羁曰：「王尚未至也。」越椒心疑，谓负羁曰：「子肯为我伺王，如得国，当与子分治。」负羁曰：「吾观子众饥困，且饱食，乃可战耳。」越椒以为然，乃停车治爨。爨尚未熟，只见公子侧公子婴齐两路军杀到。越椒之军，不能复战，只得南走。回至清河桥，桥已拆断。原来楚庄王亲自引兵，伏于桥之左右，只等越椒过去，便将桥梁拆断，绝其归路。越椒大惊，吩咐左右测水深浅，欲为渡河之计。只见隔河一声炮响，楚军于河畔大叫：「乐伯在此！越椒速速下马受缚！」越椒大怒，命隔河放箭。

乐伯军中有一小校，精于射艺，姓养名繇基，军中称为神箭养叔。自请于乐伯，愿与越椒较射。乃立于河口大叫曰：「河阔如此，箭何能及？

闻令尹善射，吾当与比较高低，可立于桥堵之上，各射三矢，死生听命！」越椒问曰：「汝何人也？」应曰：「吾乃乐将军部下小将养繇基也。」越椒欺其无名，乃曰：「汝要与我比箭，须让我先射三矢。」养繇基曰：「莫说三矢，就射百矢，吾何惧哉！躲闪的不算好汉！」乃各约住后队，分立于桥堵之南北。越椒挽弓先发一箭，恨不得将养繇基连头带脑射下河来。谁知「忙者不会，会者不忙。」养繇基见箭来，将弓梢一拨，那箭早落在水中。高叫：「快射，快射！」越椒又将第二箭搭上弓弦，觑得亲切，飕的发来。养繇基将身一蹲，那枝箭从头而过。越椒叫曰：「你说不许躲闪，如何蹲身躲箭？非丈夫也！」繇基答曰：「你还有一箭，吾今不躲，你若这箭不中，须还我射来。」越椒想道：「他若不躲闪，这枝箭管情射着。」便取第三枝箭，端端正正的射去，叫声：「着了！」养繇基两脚站定，并不转动，箭到之时，张开大口，刚刚的将箭镞咬住。越椒三箭不中，心下早已着慌，只是大丈夫出言在前，不好失信，乃叫道：「让你也射三箭，若射不着，还当我射。」养繇基笑曰：「要三箭方射着你，便是初学了。我只须一箭，管教你性命遭于我手！」越椒曰：「你口出大言，必有些本事，好歹由你射来。」心下想道：「那里一箭便射得正中？若一箭不中，我便喝住他。」大着胆由他射出。谁知养繇基的箭，百发百中。那时养繇基取箭在手，叫一声：「令尹看射！」虚把弓拽一拽，却不曾放箭。越椒听得弓弦响，只说箭来，将身往左一闪。养繇基曰：「箭还在我手，不曾上弓，讲过「躲闪的，不算好汉。」你如何又闪去？」越椒曰：「怕人躲闪的，也不算会射！」繇基又虚把弓弦拽响，越椒又往右一闪。养繇基乘他那一闪时，接手放一箭来，斗越椒不知箭到，躲闪不及，这箭直贯其脑。可怜好个斗越椒，做了楚国数年令尹，今日死于小将养繇基的一箭之下！髯仙有诗云：

人生知足最为良，令尹贪心又想王；神箭将军聊试技，越椒已在隔桥亡。

斗家军已自饥困，看见主将中箭，慌得四散奔走。楚将公子侧公子婴齐，分路追逐，杀得尸同山积，血染河红。越椒子斗贲皇，逃奔晋国，晋侯用为大夫，食邑于苗，谓之苗贲皇。

庄王已获全胜，传令班师，有被擒者，即于军前斩首。凯歌还于郢都，将斗氏宗族，不拘大小，尽行斩首。只有斗班之子，名曰克黄，官拜箴尹，是时庄王遣使行聘齐秦二国。斗克黄领命使齐，归及宋国，闻越椒作乱之事，左右曰：「不可入矣！」克黄曰：「君，犹天也，天命其可弃乎？」命驰入郢都，复命毕，自诣司寇请囚，曰：「吾祖子文，曾言「越椒有反相，必主灭族。」临终嘱吾父逃避他国。吾父世受楚恩，不忍他适，为越椒所诛。今日果应吾祖之口！既不幸为逆臣之族，又不幸违先祖之训，今日死其分也！安敢逃刑耶？」庄王闻之，叹曰：「子文真神人也。况治楚功大，何忍绝其嗣乎？」乃赦克黄之罪，曰：「克黄死不逃刑，乃忠臣也。」命复其官，改名曰斗生，言其宜死而得生也。

庄王嘉繇基一箭之功，厚加赏赐，使将亲军，掌车右之职。因令尹未得其人，闻沈尹虞邱之贤，使权主国事。置酒大宴群臣于渐台之上，妃嫔皆从。庄王曰：「寡人不御钟鼓，已六年于此矣。今日叛臣授首，四境安靖，愿与诸卿同一日之游，名曰「太平宴」。文武大小官员，俱来设席，务要尽欢而止。」群臣皆再拜，依次就坐。庖人进食，太史奏乐。饮至日落西山，兴尚未已。庄王命秉烛再酌，使所幸许姬姜氏，遍送诸大夫之酒，众俱起席立饮。忽然一阵怪风，将堂烛尽灭，左右取火未至。席中有一人，见许姬美貌，暗中以手牵其袂，许姬左手绝袂，右手揽其冠缨，缨绝，其人惊惧放手。许姬取缨在手，循步至庄王之前，附耳奏曰：「妾奉大王命，敬百官之酒，内有一人无礼，乘烛灭，强牵妾袖。妾已揽得其缨，王可促火察之。」庄王急命掌灯者：「且莫点烛！寡人今日之会，约与诸卿尽欢，诸卿俱去缨痛饮，不绝缨者不欢。」于是百官皆去其缨，方许秉烛，竟不知牵袖者为何人也。席散回宫，许姬奏曰：『妾闻「男女不渎」，况君臣乎？今大王使妾献觞于诸臣，以示敬也。牵妾之袂，而王不加察，何以肃上下之礼，而正男女之别乎？』庄王笑曰：『此非妇人所知也！古者，君臣为享，礼不过三爵，但卜其昼，不卜其夜。今寡人使群臣尽欢，继之以烛，酒后狂态，人情之常。若察而罪之，显妇人之节，而伤国士之心，使群臣俱不欢，非寡人出令之意也。』许姬叹服。后世名此宴为『绝缨会』。髯翁有诗云：

暗中牵袂醉中情，玉手如风已绝缨。尽说君王江海量，畜鱼水忌十分清。

一日，与虞邱论政，至于夜分，方始回宫。夫人樊姬问曰：『朝中今日何事，而晏罢如此？』庄王曰：『寡人与虞邱论政，殊不觉其晏也。』樊姬曰：『虞邱何如人？』庄王曰：『楚之贤者。』樊姬曰：『以妾观之，虞邱未必贤矣！』庄王曰：『子何以知虞邱之非贤？』樊姬曰：『臣之事君，犹妇之事夫也。妾备位中宫，凡宫中有美色者，未常不进于王前。今虞邱与王论政，动至夜分，然未闻进一贤者。夫一人之智有限，而楚国之士无穷，虞邱欲役一人之智，以掩无穷之士，又乌得为贤乎？』庄王善其言，明早以樊姬之言，述于虞邱。虞邱曰：『臣智不及此，当即图之。』乃遍访于群臣。斗生言蔿贾之子蔿敖之贤，『为避斗越椒之难，隐居梦泽，此人将相才也。』虞邱言于庄王。庄王曰：『伯嬴智士，其子必不凡。微子言，吾几忘之。』即命虞邱同斗生驾车往梦泽，取蔿敖入朝听用。

却说蔿敖字孙叔，人称为孙叔敖。奉母逃难，居于梦泽，力耕自给。一日，荷锄而出，见田中有蛇两头，骇曰：『吾闻两头蛇，不祥之物，见者必死，吾其殆矣！』又想道：『若留此蛇，倘后人复见之，又丧其命，不如我一人自当！』乃挥锄杀蛇，埋于田岸，奔归向母而泣。母问其故，敖对曰：『闻见两头蛇者必死，儿今已见之，恐不能终母之养，是以泣也。』母曰：『蛇今安在？』敖对曰：『儿恐后人复见，已杀而埋之矣。』母曰：『人有一念之善，天必祐之。汝见两头蛇，恐累后人，杀而埋之，此其善岂止一念哉？汝必不死，且将获福矣。』逾数日，虞邱等奉使命至，取用孙叔敖。母笑曰：『此埋蛇之报也。』敖与其母，随虞邱归郢。

庄王一见，与语竟日，大悦曰：『楚国诸臣，无卿之比！』即日拜为令尹。孙叔敖辞曰：『臣起自田野，骤执大政，何以服人？请从诸大夫之后！』庄王曰：『寡人知卿，卿可不辞。』叔敖谦让再三，乃受命为令尹。考求楚国制度，立为军法：凡军行，在军右者，挟辕为战备；在军左者，追求草蓐，为宿备；前茅虑无，中权后劲。前茅虑无者，旌帜在前，以觇贼之有无，而为之谋虑。中权者，权谋皆出中军，不得旁挠。后劲者，以劲兵为后殿，战则用为奇兵，归则用为断后。王之亲兵，分为二广，每广车十五乘，每乘用步卒百人，后以二十五人为游兵。右广管丑、寅、卯、辰、巳五时；左广管午、未、申、酉、戌五时。每日鸡鸣时分，右广驾马以备驱驰，至于日中，则左广代之，黄昏而止。内宫分班捱次，专主巡亥子二时，以防非常之变。用虞邱将中军，公子婴齐将左军，公子侧将右军，养繇基将右广，屈荡将左广。四时搜阅，各有常典，三军严肃，百姓无扰。又筑芍波以兴水利，六蓼之境，灌田万顷，民咸颂之。楚诸臣见庄王宠任叔敖，心中不服，及见叔敖行事，井井有条，无不叹息曰：『楚国有幸，得此贤臣，子文其复起矣！』当初令尹子文，善治楚国，今得叔敖，如子文之再生也。

是时郑穆公兰薨，世子夷即位，是为灵公。公子宋与公子归生当国，尚依违于晋楚之间，未决所事。楚庄王与孙叔敖商议欲兴兵伐郑，忽闻郑灵公被公子归生所弑，庄王曰：『吾伐郑益有名矣！』

不知归生如何弑君，且看下回分解。

第〇五二回

公子宋尝鼋构逆　陈灵公衵服戏朝

话说公子归生字子家，公子宋字子公，二人皆郑国贵戚之卿也。郑灵公夷元年，公子宋与归生相约早起，将入见灵公。公子宋之食指，忽然翕翕自动。何谓食指？第一指曰拇指，第三指曰中指，第四指曰无名指，第五指曰小指。惟第二指，大凡取食必用着他，故曰食指。公子宋将食指跳动之状，与归生观看。归生异之。公子宋曰：「无他。我每常若跳动，是日必尝异味。前使晋食石花鱼，后使楚一食天鹅，一食合欢橘，指皆预动，无次不验。不知今日尝何味耶？」将入朝门，内侍传命，唤宰夫甚急。公子宋问之曰：「汝唤宰夫何事？」内侍曰：「有郑客从汉江来，得一大鼋，重二百余斤，献于主公，主公受而赏之。今缚于堂下，使我召宰夫割烹，欲以享诸大夫也。」公子宋曰：「异味在此，吾食指岂虚动耶？」既入朝，见堂柱缚鼋甚大，二人相视而笑，谒见之际，余笑尚在。灵公问曰：「卿二人今日何得有喜容？」公子归生对曰：「宋与臣入朝时，其食指忽动，言『每常如此，必得异味而尝之。』今见堂下有巨鼋，度主公烹食，必将波及诸臣，食指有验，所以笑耳！」灵公戏之曰：「验与不验，权尚在寡人也！」二人既退，归生谓宋曰：「异味虽有，倘君不召子，如何？」宋曰：「既享众，能独遗我乎？」

至日晡，内侍果遍召诸大夫。公子宋欣然而入，见归生笑曰：「吾固知君之不得不召我也。」已而，诸臣毕集，灵公命布席叙坐，谓曰：「鼋乃水族佳味，寡人不敢独享，愿诸卿共之。」诸臣合词谢曰：「主公一食不忘，臣等何以为报！」坐定，宰夫告鼋味已调，乃先献灵公。公尝而美之。命人赐鼋羹一鼎，象箸一双，自下席派起，至于上席。恰到第一第二席，止剩得一鼎，宰夫禀道：「羹已尽矣，只有一鼎，请命赐与何人？」灵公曰：「赐子家。」宰夫将羹致归生之前。灵公大笑曰：「寡人命遍赐诸卿，而偏缺子公，是子公数不当食鼋也！食指何尝验耶？」原来灵公故意吩

东周列国志

咐庖人，缺此一鼎，欲使宋之食指不验，以为笑端。却不知公子宋已在归生面前说了满话，今日百官俱得赐食，已独不与，羞变成怒，径趋至灵公面前，以指探其鼎，取鼋肉一块啖之，曰：「臣已得尝矣！食指何尝不验也？」言毕，直趋而出。灵公亦怒，投箸曰：「宋不逊，乃欺寡人！岂以郑无尺寸之刃，不能斩其头耶？」归生等俱下席俯伏曰：「宋恃肺腑之爱，欲均沾君惠，聊以为戏。何敢行无礼于君乎？愿君恕之！」灵公恨恨不已，君臣皆不乐而散。归生即趋至公子宋之家，告以君怒之意，「明日可入朝谢罪。」公子宋曰：「吾闻『慢人者，人亦慢之』。」君先慢我，乃不自责而责我耶？」归生曰：「虽然如此，君臣之间，不可不谢。」

次日，二人一同入朝。公子宋随班行礼，全无觳觫伏罪之语。倒是归生心上不安，奏曰：「宋惧主公责其染指之失，特来告罪。战兢不能措辞，望主公宽容之！」灵公曰：「寡人恐得罪子公，子公岂惧寡人耶？」拂衣而起。公子宋出朝，邀归生至家，密语曰：「主公怒我甚矣！恐见诛，不如先作难，事成可以免死。」归生掩耳曰：「六畜岁久，犹不忍杀之。况一国之君，敢轻言弑逆乎？」公子宋曰：「吾戏言，子勿泄也。」归生辞去。公子宋探知归生与灵公之弟公子去疾相厚，数有往来，乃扬言于朝曰：「子家与子良早夜相聚，不知所谋何事，恐不利于社稷也。」归生急牵宋之臂，至于静处，谓曰：「是何言与？」公子宋曰：「子不与我协谋，吾必使子先我一日而死！」归生素性懦弱，不能决断，闻宋之言，大惧曰：「汝意欲何如？」公子宋曰：「主上无道之端，已见于分鼋。若行大事，吾与子共扶子良为君，以亲昵于晋，郑国可保数年之安矣。」归生想了一回，徐答曰：「任子所为，吾不汝泄也。」公子宋乃阴聚家众，乘灵公秋祭斋宿，用重赂结其左右，夜半潜入斋宫，以土囊压灵公而杀之，托言「中魇暴死」。归生知其事而不敢言。按孔子作春秋，书：「郑公子归生弑其君夷。」释公子宋而罪归生，以其身为执政，惧谮从逆，所谓「任重者，责亦重」也。圣人书法，垂戒人臣，可不畏哉！

次日，归生与公子宋共议，欲奉公子去疾为君。去疾大惊，辞曰：「先君尚有八子，若立贤，则去疾无德可称，若立长，则有公子坚在。去疾有死，不敢越也。」于是逆公子坚即位，是为襄公。总计穆公共有子十三人：灵公夷被弑，襄公坚嗣立，以下尚有十一子，曰公子去疾字子良，曰公子喜字子罕，曰公子騑字子驷，曰公子发字子国，曰公子嘉字子孔，曰公子偃字子游，曰公子舒字子印，又有公子丰，公子羽，公子然，公子志。襄公忌诸弟党盛，恐他日生变，私与公子去疾商议，欲独留去疾，而尽逐其诸弟。去疾曰：「先君梦兰而生，卜曰：『是必昌姬氏之宗。』夫兄弟为公族，譬如枝叶盛茂，本是以荣，若剪枝去叶，本根俱露，枯槁可立而待矣。君能容之，固所愿也。若不能容，吾将同行，岂忍独留于此，异日何面目见先君于地下乎？」襄公感悟。乃拜其弟十一人皆为大夫，并知郑政。公子宋遣使求成于晋，以求安其国。此周定王二年事也。

明年，为郑襄公元年，楚庄王使公子婴齐为将，率师伐郑，问曰：「何故弑君？」晋使荀林父救之，楚遂移兵伐陈。郑襄公从晋成公盟于黑壤。

周定王三年，晋上卿赵盾卒。郤缺代为中军元帅，闻陈与楚平，乃言于成公，使荀林父从成公率宋、卫、郑、曹四国伐陈。晋成公于中途病薨，乃班师。立世子孺为君，是为景公。是年，楚庄王亲统大军，复伐郑师于柳棼。晋郤缺率师救之，袭败楚师。郑人皆喜，公子去疾，独有忧色。襄公怪而问之。去疾对曰：「晋之败楚，偶也。楚将泄怒于郑，晋可长恃乎？行见楚兵之在郊矣！」明年，楚庄王复伐郑，屯兵于颍水之北。适公子归生病卒，公子去疾，追治尝鼋之事，杀公子宋，暴其尸于朝，斫子家之棺，而逐其族，遣使谢楚王曰：「寡人有逆臣归生与宋，今俱伏诛。寡君愿因陈侯而受歃于上国。」庄王许之。遂欲合陈郑同盟于辰陵之地，遣使约会陈侯。使者自陈还，言：「陈侯为大夫夏徵舒所弑，国内大乱。」有诗为证：

周室东迁世乱离，纷纷篡弑岁无虚；妖星入斗征三国，又报陈侯遇夏舒。

话说陈灵公讳平国，乃陈共公朔之子，在周顷王六年嗣位。为人轻佻惰慢，绝无威仪，且又耽于酒色，逐于游戏，国家政务，全然不理。宠着两位大夫，一个姓孔名宁，一个姓仪名行父，都是酒色队里打锣鼓的。一君二臣，志同气合，语言戏亵，各无顾忌。其时朝中有个贤臣，姓泄名冶，是个忠良正直之辈，遇事敢言，陈侯君臣，甚畏惮之。又有个大夫夏御叔，其父公子少西，乃是陈定公之子，少西字子夏，故御叔以夏为字，又曰少西氏，世为陈国司马之官，食采于株林。御叔娶郑穆公之女为妻，谓之夏姬。那夏姬生得蛾眉凤眼，杏脸桃腮，有骊姬息妫之容貌，兼妲己文姜之妖淫。见者无不消魂丧魄，颠之倒之。更有一桩奇事，十五岁时，梦见一伟丈夫，星冠羽服，自称上界天仙，与之交合，教以吸精导气之法。与人交接，曲尽其欢，就中采阳补阴，却老还少，名为「素女采战之术」。在国未嫁，先与郑灵公庶兄公子蛮兄妹私通，不够三年，子蛮夭死。后嫁于夏御叔为内子，生下一男，名曰徵舒。徵舒字子南，年十二岁上，御叔病亡。夏姬因有外交，留徵舒于城内，从师习学，自家退居株林。孔宁仪行父，向与御叔同朝相善，曾窥见夏姬之色，各有窥诱之意。夏姬有侍女荷华，伶俐风骚，惯与主母做脚搅主顾。孔宁一日与徵舒射猎郊外，因送徵舒至于株林，留宿其家。孔宁费一片心机，先勾搭上了荷华，赠以簪珥，求荐于主母，遂得入马，窃穿其锦裆以出，夸示于仪行父。行父慕之，亦以厚币交结荷华，求其通款。夏姬平日窥见仪行父，身材长大，鼻准丰隆，也有其心。遂遣荷华约他私会。仪行父广求助战奇药，以媚夏姬，夏姬爱之，倍于孔宁。仪行父谓夏姬曰：『孔大夫有锦裆之赐，今既蒙垂盼，亦欲乞一物为表记，以见均爱。』夏姬笑曰：『锦裆彼自窃去，非妾所赠也。』因附耳曰：『虽在同床，岂无厚薄？』乃自解所穿碧罗襦为赠。仪行父大悦。自此行父往来甚密，孔宁不免稍疏矣。有古诗为证：

郑风何其淫？桓武化已渺。士女竞私奔，里巷失昏晓。
仲子墙欲踰，子充性偏狡。东门忆茹藘，野外生蔓草。
搴裳望匪遥，驾车去何杳？青衿萦我心，琼琚破人老。
风雨鸡鸣时，相会密以巧。扬水流束薪，谗言莫相搅！
习气多感人，安能自美好？

仪行父为孔宁将锦裆骄了他，今得了碧罗襦，亦夸示于孔宁。孔宁私叩荷华，知夏姬与仪行父相密，心怀妒忌，无计拆他，想出一条计策来：那陈侯性贪淫乐，久闻夏姬美色，屡次言之，相慕颇切，恨不到手『不如引他一同入马，陈侯必然感我。况陈侯有个暗疾，医书上名曰「狐臭」，亦名「腋气」，夏姬定不喜欢。我去做个贴身帮闲，落得捉空调情，讨些便宜。少不得仪大夫稀疏一二分，出了我这点捻酸的恶气。好计，好计！』遂独见灵公，闲话间，说及夏姬之美，天下绝无！灵公曰：『寡人亦久闻其名，但年齿已及四旬，恐三月桃花，未免改色矣！』孔宁曰：『夏姬熟晓房中之术，容颜转嫩，常如十七八岁好女子模样。且交接之妙，大异寻常，主公一试，自当魂消也。』灵公不觉欲火上炎，面颊发赤，向孔宁曰：『卿何策使寡人与夏姬一会？寡人誓不相负！』孔宁奏曰：『夏氏一向居株林，其地竹木繁盛，可以游玩。主公明早只说要幸株林，夏氏必然设享相迎。夏姬有婢，名曰荷华，颇知情事，臣当以主公之意达之，万无不谐之理。』灵公笑曰：『此事全仗爱卿作成。』

次日传旨驾车，微服出游株林，只教大夫孔宁相随。孔宁先送信于夏姬，教他治具相候。又露其意于荷华，使之转达。那边夏姬，也是个不怕事的主顾，凡事预备停当。灵公一心贪着夏姬，把游幸当个名色，正是：『窃玉偷香真有意，观山玩水本无心。』略蹬一时，就转到夏家。夏姬具礼服出迎，入于厅坐，拜谒致词曰：『妾男徵舒，出就外傅，不知主公驾临，有失迎接。』其声如新莺巧啭，呖呖可听。灵公视其貌，真天人也！六宫妃嫔，罕有其匹。灵公曰：『寡人偶尔闲游，轻造尊府，幸勿惊讶。』夏姬敛衽对曰：『主公玉趾下临，敝庐增色。贱妾备有蔬酒，未敢献上。』灵公曰：『既费庖厨，不须礼席，闻尊府园亭幽雅，愿入观之，主人盛馔，就彼相扰可也。』夏姬对曰：『自亡夫即世，荒圃久废扫除，恐慢大驾，贱妾预先告罪！』夏姬应对有序，灵公心中愈加爱重，命夏姬：『换去礼服，引寡人园中一游。』夏姬卸下礼服，露出一身淡妆，如月下梨花，雪中梅蕊，别是一般雅致。夏姬前导，至于后园。虽然地段不宽，却有乔松秀柏，奇石名葩，池沼一方，花亭几座。中间高轩一区，朱栏绣幕，甚是开爽，此乃宴客之所。左右俱有厢房。轩后曲房数层，回廊周折，直通内寝。园中立有马厩，乃是养马去处。园西空地一片，留为射圃。

灵公观看了一回，轩中筵席已具，夏姬执盏定席。灵公赐坐于旁，夏姬谦让不敢。灵公曰：『主人岂可不坐？』乃命孔宁坐右，夏姬坐左：『今日略去君臣之分，图个尽欢。』饮酒中间，灵公目不转睛，夏姬亦流波送盼。灵公酒兴带了痴情，又有孔大夫从旁打和事鼓，酒落快肠，不觉其多。日落西山，左右进烛，洗盏更酌，灵公大醉，倒于席上，鼾鼾睡去。孔宁私谓夏姬曰：『主公久慕容色，今日此来，立心与你求欢，不可违拗。』夏姬微笑不答。孔宁便宜行事，出外安顿随驾人众，就便宿歇。夏姬整备锦衾绣枕，假意送入轩中，自己香汤沐浴，以备召幸，止留荷华侍驾。少顷，灵公睡醒，张目问：『是何人？』荷华跪而应曰：『贱婢乃荷华也。奉主母之命，伏侍千岁爷爷。』因取酸梅醒酒汤以进。灵公曰：『此汤何人所造？』荷华答曰：『婢所煎也。』灵公曰：『汝能造梅汤，能为寡人作媒乎？』荷华佯为不知，对曰：『贱婢虽不惯为媒，亦颇知效奔走，但不知千岁爷属意何人？』灵公曰：『寡人为汝主母，神魂俱乱矣！汝能成就吾事，当厚赐汝。』荷华对曰：『主母残体，恐不足当贵人，倘蒙不弃，贱婢即当引入。』灵公大喜，即命荷华掌灯引导，曲曲弯弯，直入内室。夏姬明灯独坐，如有所待。忽闻脚步之声，方欲启问，灵公已入户内。荷华便将银灯携出，灵公更不攀话，拥夏姬入帏，解衣共寝。肌肤柔腻，着体欲融，欢会之时，宛如处女。灵公怪而问之。夏姬对曰：『妾有内视之法，虽产子之后，不过三日，充实如故。』灵公叹曰：『寡人虽遇天上神仙，亦只如此矣！』论起灵公淫具，本不及孔仪二大夫，况带有暗疾，没讨好处。因他是一国之君，妇人家未免带三分势利，不敢嗔嫌，枕席上虚意奉承，灵公遂以为不世之奇遇矣。

睡至鸡鸣，夏姬促灵公起身，灵公曰：『寡人得交爱卿，回视六宫，有如粪土。但不知爱卿心下有分毫及寡人否？』夏姬疑灵公已知孔仪二人往来之事，乃对曰：『贱妾实不相欺，自丧先夫，不能自制，未免失身他人。今既获侍君侯，从兹当永谢外交，敢复有二心，以取罪戾！』灵公欣然曰：『爱卿平日所交，试为寡人悉数之，不必隐讳。』夏姬对曰：『孔仪二大夫，因抚遗孤，遂及于乱，他实未有也。』灵公笑曰：『怪道孔宁说卿交接之妙，大异寻常，若非亲试，何以知之？』夏姬对曰：『贱妾得罪在先，望乞宽宥！』灵公曰：『孔宁有荐贤之美，寡人方怀感激，卿其勿疑。但愿与卿常常相见，此情不绝，其任卿所为，不汝禁也。』夏姬对曰：『主公能源源而来，何难常常而见乎？』须臾，灵公起身，夏姬抽自己贴体汗衫，与灵公穿上，曰：『主公见此衫，如见贱妾矣！』荷华取灯，由旧路送归轩下。天明后，厅事上已备早膳，孔宁率从人驾车伺候。夏姬请灵公登堂，起居问安，庖人进馔。众人俱有酒食犒劳。食毕，孔宁为灵公御车回朝。百官知陈侯野宿，是日俱集朝门伺候。灵公传令：『免朝。』径入宫门去了。仪行父扯住孔宁，盘问主公夜来宿处。孔宁不能讳，只得直言。仪行父知是孔宁所荐，顿足曰：『如此好人情，如何让你独做？』孔宁曰：

「主公十分得意，第二次你做人情便了。」二人大笑而散。

次日，灵公早朝，礼毕，百官俱散，召孔宁至前，谢其荐举夏姬之事。又召仪行父问曰：「如此乐事，何不早奏寡人？你二人却占先头，是何道理？」孔宁仪行父齐曰：「臣等并无此事。」灵公曰：「是美人亲口所言，卿等不必讳矣。」孔宁对曰：「譬如君有味，臣先尝之；父有味，子先尝之。若尝而不美，不敢进于君也。」灵公笑曰：「不然。譬如熊掌，就让寡人先尝也不妨。」孔仪二人俱笑。灵公又曰：「汝二人虽曾入马，他偏有表记送我。」乃扯衬衣示之曰：「此乃美人所赠，你二人可有么？」孔宁曰：「臣亦有之。」灵公曰：「赠卿何物？」孔宁撩衣，见其锦裆，曰：「此姬所赠。不但臣有，行父亦有之。」灵公问行父：「卿又是何物？」行父解开碧罗襦，与灵公观看。灵公大笑曰：「我等三人，随身俱有质证，异日同往株林，可作连床大会矣！」一君二臣，正在朝堂戏谑。把这话传出朝门，恼了一位正直之臣，咬牙切齿，大叫道：「朝廷法纪之地，却如此胡乱，陈国之亡，屈指可待矣！」遂整衣端笏，复身闯入朝门进谏。

不知那位官员是谁，再看下回分解。

第〇五三回 楚庄王纳谏复陈 晋景公出师救郑

却说陈灵公与孔宁仪行父二大夫，俱穿了夏姬所赠亵衣，在朝堂上戏谑。大夫泄冶闻之，乃整襟端笏，复身趋入朝门。孔仪二人，素惮泄冶正直，今日不宣自至，必有规谏，遂先辞灵公而出。灵公抽身欲起御座，泄冶腾步上前，牵住其衣，跪而奏曰：「臣闻『君臣主敬，男女主别。』今主公无《周南》之化，使国中有失节之妇；而又君臣宣淫，互相标榜，朝堂之上，秽语难闻，廉耻尽丧，体统俱失。君臣之敬，男女之别，沦灭已极！夫不敬则慢，不别则乱，慢而且乱，亡国之道也。君必改之！」灵公自觉汗颜，以袖掩面曰：「卿勿多言，寡人行且悔之矣！」泄冶辞出朝门，孔仪二人尚在门外打探，见泄冶怒气冲冲出来。闪入人丛中避之。泄冶早已看见，将二人唤出，责之曰：「君有善，臣宜宣之；君有不善，臣宜掩之。今子自为不善，以诱其君，而复宣扬其事，使士民公然见闻，何以为训？宁不羞耶？」二人不能措对，唯唯谢教。泄冶去了，孔仪二人，求见灵公，述泄冶责备其君之语，「主公自今更勿为株林之游矣！」灵公曰：「卿二人还往否？」孔仪二人对曰：「彼以臣谏君，与臣等无与。臣等可往，君不可往。」灵公奋然曰：「寡人宁得罪于泄冶，安肯舍此乐地乎？」孔仪二人复奏曰：「主公若再往，恐难当泄冶絮聒。如何？」灵公曰：「二卿有何策，能止泄冶勿言？」孔宁曰：「若要泄冶勿言，除非使他开口不得。」灵公笑曰：「彼自有口，寡人安能禁之使不开乎？」仪行父曰：「宁之言，臣能知之。夫人死则口闭，主公何不传旨，杀了泄冶，则终身之乐无穷矣！」灵公曰：「寡人不能也。」孔宁曰：「臣使人刺之何如？」灵公点首曰：「由卿自为。」二人辞出朝门，做一处商议。将重贿买出刺客，伏于要路，候泄冶入朝，突起杀之。国人皆认为陈侯所使，不知为孔仪二人之谋也。史臣有赞云：

陈丧明德，君臣宣淫；缨绅袒服，大廷株林。
壮哉泄冶，独矢直音！身死名高，龙血比心。

自泄冶死后，君臣益无忌惮，三人不时同往株林，一二次还是私偷，以后习以为常，公然不避。国人作《株林》之诗以讥之。诗曰：

胡为乎株林？从夏南！匪适株林，从夏南！

徵舒字子南，诗人忠厚，故不曰夏姬，而曰夏南，言从南而来也。

陈侯本是个没偈的人，孔仪二人，一味奉承帮衬，不顾廉耻，更兼夏姬善于调停，打成和局，弄做了一妇三夫，同欢同乐，不以为怪。徵舒渐渐长大知事，见其母之所为，心如刀刺，只是干碍陈侯，无可奈何。每闻陈侯欲到株林，往往托故避出，落得眼中清净。那一班淫乐的男女，亦以徵舒不在为方便。光阴似箭，徵舒年一十八岁，生得长躯伟干，多力善射。灵公欲悦夏姬之意，使嗣父职为司马，执掌兵权。徵舒谢恩毕，回株林拜见其母夏姬。夏姬曰：『此陈侯恩典，汝当恪供乃职，为国分忧，不必以家事分念。』徵舒辞了母亲，入朝理事。

忽一日，陈灵公与孔仪二人，复游株林，宿于夏氏。徵舒因感嗣爵之恩，特地回家设宴，款待灵公。夏姬因其子在坐，不敢出陪。酒酣之后，君臣复相嘲谑，手舞足蹈。徵舒厌恶其状，退入屏后，潜听其言。灵公谓仪行父曰：『徵舒躯干魁伟，有些像你，莫不是你生的？』仪行父笑曰：『徵舒两目炯炯，极像主公，还是主公所生。』孔宁从旁插嘴曰：『主公与仪大夫年纪小，生他不出，他的爹极多，是个杂种，便是夏夫人自家也记不起了！』三人拍掌大笑。徵舒不听犹可，听见之时，不觉羞恶之心，勃然难遏。正是：『怒从心上起，恶向胆边生。』暗将夏姬锁于内室，却从便门溜出，吩咐随行军众：『把府第团团围住，不许走了陈侯及孔仪二人。』军众得令，发一声喊，围了夏府。徵舒戎妆披挂，手执利刃，引着得力家丁数人，从大门杀进。口中大叫：『快拿淫贼！』陈灵公口中还在那里不三不四，耍笑弄酒。却是孔宁听见了，说道：『主公不好了！徵舒此席，不是好意。如今引兵杀来，要拿淫贼。快跑罢！』仪行父曰：『前门围断，须走后门。』三人常在夏家穿房入户，路道都是识熟的。陈侯还指望跑入内室，求救于夏姬，见中门锁断，慌上加慌，急向后园奔走。徵舒随后赶来。陈侯记得东边马厩，有短墙可越，遂望马厩而奔。徵舒叫道：『昏君休走！』攀起弓来，飕的一箭，却射不中。陈侯奔入马厩，意欲藏躲，却被群马惊嘶起来，即忙退身而出。徵舒刚刚赶近，又复一箭，正中当心。可怜陈侯平国，做了一十五年诸侯，今日死于马厩之下！孔宁仪行父先见陈侯向东走，知徵舒必然追赶，遂望西边奔入射圃。徵舒果然只赶陈侯。孔仪二人，遂从狗窦中钻出，不到家中，赤身奔入楚国去了。

徵舒既射杀了陈侯，拥兵入城，只说陈侯酒后暴疾身亡，遗命立世子午为君，是为成公。成公心恨徵舒，力不能制，隐忍不言。徵舒亦惧诸侯之讨，乃强逼陈侯往朝于晋，以结其好。

再说楚国使臣，奉命约陈侯赴盟辰陵，未到陈国，闻乱而返。恰好孔宁仪行父二人逃到，见了庄王，瞒过君臣淫乱之情，只说：『夏徵舒造反，弑了陈侯平国。』与使臣之言相合。庄王遂集群臣商议。却说楚国一位公族大夫，屈氏名巫，字子灵，乃屈荡之子。此人仪容秀美，文武全材，只有一件毛病，贪淫好色，专讲彭祖房中之术。数年前，曾出使陈国，遇夏姬出游，窥见其貌，且闻其善于采炼，却老还少，心甚慕之。及闻徵舒弑逆，欲借此端，掳取夏姬，力劝庄王兴师伐陈。令尹孙叔敖亦言：『陈罪宜讨。』庄王之意遂决。时周定王九年，陈成公午之元年也。楚庄王先传一檄，至于陈国，檄上写道：

楚王示尔：少西氏弑其君，神人共愤。尔国不能讨，寡人将为尔讨之。罪有专归，其余臣民，静听无扰！

陈国见了檄文，人人归咎徵舒，巴不能够假手于楚，遂不为御敌之计。

楚庄王亲引三军，带领公子婴齐、公子侧、屈巫一班大将，云卷风驰，直造陈都，如入无人之境，所至安慰居民，秋毫无犯。夏徵舒知人心怨己，潜奔株林。时陈成公尚在晋国未归。大夫辕颇，与诸臣商议：「楚王为我讨罪，诛止徵舒。不如执徵舒献于楚军，遣使求和，保全社稷，此为上策。」群臣皆以为然。辕颇乃命其子侨如，统兵往株林，擒拿徵舒。侨如未行，楚兵已至城下。陈国久无政令，况陈侯不在国，百姓做主，开门迎楚。楚庄王整队而入。诸将将辕颇等拥至庄王面前，庄王问：「徵舒何在？」辕颇对曰：「在株林。」庄王问曰：「谁非臣子，如何容此逆贼，不加诛讨？」辕颇对曰：「非不欲讨，力不加也。」庄王即命辕颇为向导，自引大军，往株林进发，却留公子婴齐一军，屯扎城中。

再说徵舒正欲收拾家财，奉了母亲夏姬，逃奔郑国。只争一刻，楚兵围住株林，将徵舒拿住。庄王命囚于后车，问：「何以不见夏姬？」使将士搜其家，于园中得之。荷华逃去，不知所适。夏姬向庄王再拜言曰：「不幸国乱家亡，贱妾妇人，命悬大王之手。倘赐矜宥，愿充婢役！」夏姬颜色妍丽，语复详雅，庄王一见，心志迷惑，谓诸将曰：「楚国后宫虽多，如夏姬者绝少，寡人意欲纳之，以备妃嫔，诸卿以为何如？」屈巫谏曰：「不可，不可！吾主用兵于陈，讨其罪也。若纳夏姬，是贪其色也。讨罪为义，贪色为淫。以义始而以淫终，伯主举动，不当如此。」庄王曰：「子灵之言甚正，寡人不敢纳矣。只是此妇世间尤物，若再经寡人之眼，必然不能自制。」叫军士凿开后垣，纵其所之。时将军公子侧在旁，亦贪夏姬美貌，见庄王已不收用，跪而请曰：「臣中年无妻，乞我王赐臣为室。」屈巫又奏曰：「吾王不可许也。」公子侧怒曰：「子灵不容我娶夏姬，是何缘故？」屈巫曰：「此妇乃天地间不祥之物，据吾所知者言之：夭子蛮，杀御叔，弑陈侯，戮夏南，出孔仪，丧陈国，不祥莫大焉！天下多美妇人，何必取此淫物，以贻后悔？」庄王曰：「如子灵所言，寡人亦畏之矣！」公子侧曰：「既如此，我亦不娶了。只是一件，你说主公娶不得，我亦娶不得，难道你娶了不成？」屈巫连声曰：「不敢，不敢！」庄王曰：「物无所主，人必争之。闻连尹襄老，近日丧偶，赐为继室可也。」时襄老引兵从征，在于后队。庄王召至，以夏姬赐之，夫妇谢恩而出。公子侧倒也罢了。只是屈巫谏止庄王，打断公子侧，本欲留与自家；见庄王赐与襄老，暗暗叫道：「可惜，可惜！」又暗想道：「这个老儿，如何当得起那妇人？少不得一年半载，仍做寡妇，到其间再作区处。」这是屈巫意中之事，口里却不曾说出。庄王居株林一宿，仍至陈国；公子婴齐迎接入城。庄王传令将徵舒囚出栗门，车裂以殉，如齐襄公处高渠弥之刑。史臣有诗云：

陈主荒淫虽自取，徵舒弑逆亦违条；庄王吊伐如时雨，泗上诸侯望羽旄。

庄王号令徵舒已毕，将陈国版图查明，灭陈以为楚县。拜公子婴齐为陈公，使守其地。陈大夫辕颇等，悉带回郢都。南方属国，闻楚王灭陈而归，俱来朝贺，各处县公，自不必说。独有大夫申叔时，使齐未归。其时齐惠公薨，世子无野即位，是为顷公。齐楚一向交好，故庄王遣申叔时，往行吊旧贺新之礼。这一差还在未伐陈以前。及庄王归楚三日之后，申叔方才回转，复命而退，并无庆贺之言。庄王使内侍传语责之曰：「夏徵舒无道，弑其君，寡人讨其罪而戮之，版图收于国中，义声闻于天下。诸侯县公，无不称贺，汝独无一言，岂以寡人讨陈之举为非耶？」申叔时随使者求见楚王，请面毕其辞；庄王许之。申叔时曰：「王闻『蹊田夺牛』之说乎？」庄王曰：「未闻也。」申叔时曰：「今有人牵牛取径于他人之田者，践其禾稼，田主怒夺其牛。此狱若在王前，何以断之？」庄王曰：「牵牛践田，所伤未多也。夺其牛，太甚矣！寡人若断此狱，薄责牵牛者，而还其牛。子以为当否？」申叔时曰：「王何明于断狱，而昧于断陈也？夫徵舒有罪，止于弑君，未至亡国也；王讨其罪足矣。又取其国，此与牵牛何异？又何贺乎？」庄王顿足曰：「善哉此言！寡人未之闻也！」申叔时曰：「王既以臣言为善，何不效反牛之事？」庄王立召陈大夫辕颇，问：「陈君何在？」颇答曰：「向往晋国，今不知何在。」言讫，不觉泪下。庄王惨然曰：「吾当复封汝国，汝可迎陈君而立之。世世附楚，勿依违南北，有负寡人之德。」又召孔宁仪行父吩咐：「放汝归国，共辅陈君！」辕颇明知孔仪二人是个祸根，不敢在楚王面前说明，只是含糊一同拜谢而行。将出楚境，正遇陈侯午自晋而归，闻其国已灭，亦欲如楚，面见楚王。辕颇乃述楚王之美意，君臣并驾至陈。守将公子婴齐，已接得楚王之命，召还本国，遂将版图交割还陈，自归楚国去了。此乃楚庄王第一件好处。髯翁有诗云：

县陈谁料复封陈？跖舜还从一念新。南楚义声驰四海，须知贤主赖贤臣。

孔宁归国，未一月，白日见夏徵舒来索命，因得狂疾，自赴池中而死。死之后，仪行父梦见陈灵公孔宁与徵舒三人，来拘他到帝廷对狱，梦中大惊，自此亦得暴疾卒。此乃淫人之报也！

再说公子婴齐既返楚国，入见庄王，犹自称陈公婴齐。庄王曰：「寡人已复陈国矣，当别图所以偿卿也。」婴齐遂请申吕之田，庄王将许之。屈巫奏曰：「此北方之赋，国家所恃以御晋寇者，不可以充赏。」庄王乃止。及申叔时告老，庄王封屈巫为申公，屈巫并不推辞。婴齐由是与屈巫有隙，周定王十年，楚庄王之十七年也。

庄王以陈虽南附，郑犹从晋，未肯服楚，乃与诸大夫计议。令尹孙叔敖曰：「我伐郑，晋救必至，非大军不可。」庄王曰：「寡人意正如此。」乃悉起三军两广之众，浩浩荡荡，杀奔荥阳而来，连尹襄老为前部。临发时，健将唐狡请曰：「郑小国，不足烦大军，狡愿自率部下百人，前行一日，为三军开路。」襄老壮其志，许之。唐狡所至力战，当者辄败，兵不留行，每夕扫除营地，以待大军。庄王率诸将直抵郑郊，未曾有一兵之阻，一日之稽。庄王怪其神速，谓襄老曰：「不意卿老而益壮，勇于前进如此！」襄老对曰：「非臣之力，乃副将唐狡力战所致也。」庄王即召唐狡，欲厚赏之。唐狡对曰：「臣受君王之赐已厚，今日聊以报效，敢复叨赏乎？」庄王讶曰：「寡人未尝识卿，何处受寡人之赐？」唐狡对曰：「绝缨会上，牵美人之袂者，即臣也。蒙君王不杀之恩，故舍命相报。」庄王叹息曰：「嗟乎！使寡人当时明烛治罪，安得此人之死力哉？」命军正纪其首功，俟平郑之后，将重用之。唐狡谓人曰：「吾得死罪于君，君隐而不诛，是以报之。然既已明言，不敢以罪人徼后日之赏。」即夜遁去，不知所往。庄王闻之，叹曰：「真烈士矣！」

大军攻破郊关，直抵城下。庄王传令，四面筑长围攻之，凡十有七日，昼夜不息。郑襄公恃晋之救，不即行成。军士死伤者甚众。城东北角崩陷数十丈，楚兵将登，庄王闻城内哭声震地，心中不忍，麾军退十里。公子婴齐进曰：「城陷正可乘势，何以退师？」庄王曰：「郑知吾威，未知吾德，姑退以示德。视其从违，以为进退可也。」郑襄公闻楚师退，疑晋救已至，乃驱百姓修筑城垣，男女皆上城巡守。庄王知郑无乞降之意，复进兵围之。郑坚守三月，力不能支。楚将乐伯率众自皇门先登，劈开城门。庄王下令，不许掳掠，三军肃然。行至逵路，郑襄公肉袒牵羊，以迎楚师，辞曰：「孤不德，不能服事大国，使君王怀怒，以降师于敝邑，孤知罪矣！存亡死生，一惟君王命。若惠顾先人之好，不遽翦灭，延其宗祀，使得比于附庸，君王之惠也！」公子婴齐进曰：「郑力穷而降，赦之复叛，不如灭之。」庄王曰：「申公若在，又将以蹊田夺牛见诮矣！」即麾军退三十里。郑襄公亲至楚军，谢罪请盟，留其弟公子去疾为质。

庄王班师北行，次于郔，谍报：「晋国拜荀林父为大将，先谷为副，出车六百乘，前来救郑，已过黄河。」庄王问于诸将曰：「晋师将至，归乎？抑战乎？」令尹孙叔敖对曰：「郑之未成，战晋宜也；已得郑矣，又寻仇于晋，焉用之？不如全师而归，万无一失。」嬖人伍参奏曰：「令尹之言非也。郑谓我力不及，是以从晋；若晋来而避之，真我不及矣。且晋知郑之从楚，必以兵临郑，晋以救来，我亦以救往，不亦可乎？」孙叔敖曰：「昔岁入陈，今岁入郑，楚兵已劳敝矣。若战而不捷，虽食参之肉，岂足赎罪？」伍参曰：「若战而捷，令尹为无谋矣；如其不捷，参之肉将为晋军所食，何能及楚人之口？」庄王乃遍问诸将，各授以笔，使书其掌，主战者写「战」字，主退者写「退」字。诸将写讫，庄王使开掌验之。惟中军元帅虞邱，及连尹襄老、裨将蔡鸠居、彭名四人，掌中写「退」字，其他公子婴齐、公子侧、公子谷臣、屈荡、潘党、乐伯、养繇基、许伯、熊负羁、许偃等二十余人，俱「战」字。庄王曰：「虞邱老臣之见，与令尹合，言「退」者是矣。」乃传令南辕反旆，来日饮马于河而归。

伍参夜求见庄王曰：「君王何畏于晋，而弃郑以畀之也？」庄王曰：「寡人未尝弃郑也。」伍参曰：「楚兵顿郑城下九十日，而仅得郑成。今晋来而楚去，使晋得以救郑为功而收郑，楚自此不复有郑矣，非弃郑而何？」庄王曰：「令尹言战晋未必捷，是以去之。」伍参曰：「臣已料之审矣。荀林父新将中军，威信未孚于众。其佐先谷，先轸之孙，先且居之子，恃其世勋，且刚愎不仁，非用命之将也。栾、赵之辈，皆累世名将，各行其意，号令不一。晋师虽多，败之易耳。且王以一国之主，而避晋之诸臣，将遗笑于天下，况能有郑乎？」庄王愕然曰：「寡人虽不能军，何至出晋诸臣之下？寡人从子战矣！」即夜使人告令尹孙叔敖，将乘辕一齐改为北向，进至管城，以待晋师。

不知胜负如何，且看下回分解。

第〇五四回　荀林父纵属亡师　孟侏儒托优悟主

话说晋景公即位三年，闻楚王亲自伐郑，谋欲救之。乃拜荀林父为中军元帅，先谷副之；士会为上军元帅，郤克副之；赵朔为下军元帅，栾书副之。赵括赵婴齐为中军大夫，巩朔韩穿为上军大夫，荀首赵同为下军大夫，韩厥为司马。更有部将魏锜、赵旃、荀罃、逢伯、鲍癸等数十员，起兵车共六百乘，以夏六月自绛州进发。到黄河口，前哨探得郑城被楚久困，待救不至，已出降于楚，楚兵亦将北归矣。荀林父召诸将商议行止。士会曰：「救之不及，战楚无名，不如班师，以俟再举。」林父善之，遂命诸将班师。中军一员上将，挺身出曰：「不可，不可！晋能伯诸侯者，以其能扶倾救难故也。今郑待救不至，不得已而降楚，我若挫楚，郑必归晋。今弃郑而逃楚，小国何恃之有？晋不复能伯诸侯矣！元帅必欲班师，小将情愿自率本部前进。」荀林父视之，乃中军副将先谷，字彘子。林父曰：「楚王亲在军中，兵强将广，汝偏师独济，如以肉投馁虎，何益于事？」先谷咆哮大叫曰：「我若不往，使人谓堂堂晋国，没一个敢战之人，岂不可耻？此行虽死于阵前，犹不失志气。」说罢，竟出营门，遇赵同赵括兄弟，告以：「元帅畏楚班师，我将独济。」同、括曰：「大丈夫正当如此。我弟兄愿率本部相从。」三人不秉将令，引军济河。荀首不见了赵同，军士报道：「已随先将军去迎楚军矣。」荀首大惊，告于司马韩厥。韩厥特造中军，来见荀林父，曰：「元帅不闻彘子之济河乎？如遇楚师，必败。子总中军，而彘子丧师，咎专在子。将若之何？」林父悚然问计。韩厥曰：「事已至此，不如三军俱进。如其捷，子有功矣。万一不捷，六人均分其责，不犹愈于专罪乎？」林父下拜曰：「子言是也。」遂传令三军并济，立营于敖鄗二山之间。先谷喜曰：「固知元帅不能违吾之言也。」

话分两头。且说郑襄公探知晋兵众盛，恐一旦战胜，将讨郑从楚之罪，乃集群臣计议。大夫皇戌进曰：「臣请为君使于晋军，劝之战楚。晋胜则从晋，楚胜则从楚，择强而事，何患焉？」郑伯善其谋，遂使皇戌往晋军中，致郑伯之命曰：「寡君待上国之救，如望时雨，以社稷之将危，偷安于楚，聊以救亡，非敢背晋也。楚师胜郑而骄，且久出疲敝，晋若击之，敝邑愿为后继。」先谷曰：「败楚服郑，在此一举矣。」栾书曰：「郑人反覆，其言未可信也。」赵同赵括曰：「属国助战，此机不可失。彘子之言是也。」遂不由林父之命，同先谷竟与皇戌定战楚之约。谁知郑襄公又别遣使往楚军中，亦劝楚王与晋交战，是两边挑斗，坐观成败的意思。孙叔敖虑晋兵之盛，言于楚王曰：「晋人无决战之意，不如请成，请而不获，然后交兵，则曲在晋矣。」庄王以为然。使蔡鸠居往晋请罢战修和。荀林父喜曰：「此两国之福也！」先谷对蔡鸠居骂曰：「汝夺我属国，又以和局缓我，便是我元帅肯和，我先谷决不肯，务要杀得你片甲不回，方见我先谷手段！快去报与楚君，教他早早逃走，饶他性命！」蔡鸠居被骂一场，抱头而窜。将出营门，又遇赵同赵括兄弟，以剑指之曰：「汝若再来，先教你吃我一剑！」鸠居出了晋营，又遇晋将赵旃，弯弓向之，说道：「你是我箭头之肉，少不得早晚擒到！烦你传话，只教你蛮王仔细！」鸠居回转本寨，奏知庄王。

庄王大怒，问众将：「谁人敢去挑战？」大将乐伯应声而出曰：「臣愿往！」乐伯乘单车，许伯为御，摄叔为车右。许伯驱车如风，径逼晋垒。乐伯故意代御执辔，使许伯下车饰马正鞅，以示闲暇。有游兵十余人过之，乐伯不慌不忙，一箭发去，射倒一人；摄叔跳下车，又只手生擒一人，飞身上车，余兵发声喊都走。许伯仍为御，望本营而驰。晋军知楚将挑战杀人，分为三路追赶将来。鲍癸居中，左有逢宁，右有逢盖。乐伯大喝曰：「吾左射马，右射人，射错了，就算我输！」乃将雕弓挽满，左一箭，右一箭，忙忙射去，有分有寸，不差一些。左边连射倒三四匹马，马倒，车遂不能行动。右边逢盖面门亦中一箭，军士被箭伤者甚多。左右二路追兵，俱不能进。只有鲍癸紧紧随后，看看赶着。乐伯只存下一箭了，搭上弓靶，欲射鲍癸，想道：「我这箭若不中，必遭来将之手。」正转念间，车驰马骤之际，赶出一头麋来，在乐伯面前经过。乐伯心下转变，一箭望麋射去，刚刚的直贯麋心。乃使摄叔下车取麋，以献鲍癸曰：「愿充从者之膳。」鲍癸见乐伯矢无虚发，心中正在惊惧，因其献麋，遂假意叹曰：「楚将有礼，我不可犯也！」麾左右回车。乐伯徐行而返。有诗为证：

单车挑战骋豪雄，车似雷轰马似龙。神箭将军谁不怕？追军缩首去如风。

晋将魏锜知鲍癸放走了乐伯，心中大怒曰：「楚来挑战，晋国独无一人敢出军前，恐被楚人所笑也。小将亦愿以单车，探楚之强弱。」赵旃曰：「小将愿同魏将军走遭。」林父曰：「楚来求和，然后挑战。子若至楚军，也将和议开谈，方是答礼。」魏锜答曰：「小将便去请和。」赵旃先送魏锜登车，谓魏锜曰：「将军报鸠居之使，我报乐伯，各任其事可也。」

却说上军元帅士会，闻赵、魏二将讨差往楚，慌忙来见荀林父，欲止其行。比到中军，二将已去矣。士会私谓林父曰：「魏锜赵旃，自恃先世之功，不得重用，每怀怨望之心。况血气方刚，不知进退，此行必触楚怒。倘楚兵猝然乘我，何以御之？」时副将郤克亦来言：「楚意难测，不可不备。」先谷大叫曰：「旦晚厮杀，何以备为！」荀林父不能决。士会退谓郤克曰：「荀伯木偶耳！我等宜自为计。」乃使郤克约会上军大夫巩朔韩穿，各率本部兵，分作三处，伏于敖山之前。中军大夫赵婴齐，亦虑晋师之败，预遣人具舟于黄河之口。

话分两头。再说魏锜一心忌荀林父为将，欲败其名，在林父面前只说请和，到楚军中，竟自请战而还。楚将潘党知蔡鸠居出使晋营，受了晋将辱骂，今日魏锜到此，正好报仇。忙趋入中军，魏锜已自出营去了，乃策马追之。魏锜行及大泽，见追将甚紧，方欲对敌；忽见泽中有麋六头，因想起楚将战麋之事，弯起弓来，也射倒一麋，使御者献于潘党曰：『前承乐将军赐鲜，敢以相报。』潘党笑曰：『彼欲我描旧样耳！我若追之，显得我楚人无礼。』亦命御者回车而返。魏锜还营，诡说：『楚王不准讲和，定要交锋，决一胜负。』荀林父问：『赵旃何在？』魏锜曰：『我先行，彼在后，未曾相值。』林父曰：『楚既不准和，赵将军必然吃亏。』乃使荀罃率輴车二十乘，步卒千五百人，往迎赵旃。

却说赵旃夜至楚军，布席于军门之外，车中取酒，坐而饮之。命随从二十余人，效楚语，四下巡绰，得其军号，混入营中。有兵士觉其伪，盘诘之，其人拔刀伤兵士。营中乱嚷起来，举火搜贼，被获一十余人。其余逃出，见赵旃尚安坐席上，扶之起，登车，觅御人，已没于楚军矣。天色渐明，赵旃亲自执辔鞭马，马饿不能驰。楚庄王闻营中有贼遁去，自驾戎辂，引兵追赶，其行甚速。赵旃恐为所及，弃其车，奔入万松林内，为楚将屈荡所见，亦下车逐之。赵旃将甲裳挂于小小松树之上，轻身走脱。屈荡取甲裳并车马，以献庄王。方欲回辕，望见单车风驰而至，视之，乃潘党也。党指北向车尘，谓楚王曰：『晋师大至矣！』这车尘却是荀林父所遣輴车，迎接赵旃者。潘党远远望见，误认以为大军，未免轻事重报，吓得庄王面如土色。忽听得南方鼓角喧天，为首一员大臣，领着一队车马飞到。这员大臣是谁？乃是令尹孙叔敖。庄王心下稍安，问：『相国何以知晋军之至，而来救寡人？』孙叔敖对曰：『臣不知也。但恐君王轻进，误入晋军，臣先来救驾，随后三军俱至矣。』庄王北向再看时，见尘头不高，曰：『非大军也。』孙叔敖对曰：『《兵法》有云：「宁可我迫人，莫使人迫我。」诸将既已到齐，吾王可传令，只顾杀向前去。若挫其中军，余二军皆不能存扎矣。』

庄王果然传令：使公子婴齐同副将蔡鸠居，以左军攻晋上军；公子侧同副将工尹齐，以右军攻晋下军；自引中军两广之众，直捣荀林父大营。庄王亲自援桴击鼓。众军一齐擂鼓，鼓声如雷，车驰马骤，步卒随着车马，飞奔前行。晋军全没准备。荀林父闻鼓声，才欲探听，楚军漫山遍野，已布满于营外，真是出其不意了。林父仓忙无计，传令并力混战。楚兵人人耀武，个个扬威，分明似海啸山崩，天摧地塌。晋兵如久梦乍回，大醉方醒，还不知东西南北。『没心人遇有心人』，怎生抵敌得过？一时鱼奔鸟散，被楚兵砍瓜切菜，乱杀一回，杀得四分五裂，七零八碎。荀罃乘着輴车，迎不着赵旃，却撞着楚将熊负羁，两下交锋。楚兵大至，寡不敌众，步卒奔散，荀罃所乘左骖，中箭先倒，遂为熊负羁所擒。

再说晋将逢伯，引其二子逢宁逢盖，共载一小车，正在逃奔。恰好赵旃脱身走到，两趾俱裂，看见前面有乘车者，大叫：『车中何人？望乞挈带！』逢伯认得是赵旃声音，吩咐二子：『速速驰去，勿得反顾。』二子不解其父之意，回头看之，赵旃即呼曰：『逢君可载我！』二子谓父曰：『赵叟在后相呼。』逢伯大怒曰：『汝既见赵叟，合当让载也！』叱二子下车，以辔授赵旃，使登车同载而去。逢宁逢盖失车，遂死于乱军之中。荀林父同韩厥，从后营登车，引着败残军卒，取路山右，沿河而走，弃下车马器仗无算。先谷自后赶上，额中一箭，鲜血淋漓，扯战袍裹之。林父指曰：『敢战者亦如是乎？』行至河口，赵括亦到，诉称其兄赵婴齐，私下预备船只，先自济河：『不通我们得知，是何道理？』林父曰：『死生之际，何暇相闻也？』赵括恨恨不已，自此与婴齐有隙。林父曰：『我兵不能复战矣！目前之计，济河为急。』乃命先谷往河下招集船只。那船俱四散安泊，一时不能取齐。正扰攘之际，沿河无数人马，纷纷来到。林父视之，乃是下军正副将赵朔栾书，被楚将公子侧袭败，驱率残兵，亦取此路而来。两军一齐在岸，那一个不要渡河的？船数一发少了。南向一望，尘头又起，林父恐楚兵乘胜穷追，乃击鼓出令曰：『先济河者有赏！』两军夺舟，自相争杀。及至船上人满了，后来者攀附不绝，连船覆水，又坏了三十余艘。先谷在舟中喝令军士：『但有攀舷扯桨的，用刀乱砍其手。』各船俱效之。手指砍落舟中，如飞花片片，数掬不尽，皆投河中。岸上哭声震响，山谷俱应，天昏地惨，日色无光。史臣有诗云：

舟翻巨浪连帆倒，人逐洪波带血流。可怜数万山西卒，半丧黄河作水囚！

后面尘头又起，乃是荀首、赵同、魏锜、逢伯、鲍癸一班败将，陆续逃至。荀首已登舟，不见其子荀罃，使人于岸呼之。有小军看见荀罃被楚所获，报知荀首。荀首曰：『吾子既失，吾不可以空返。』乃重复上岸，整车欲行。荀林父阻之曰：『罃已陷楚，往亦无益。』荀首曰：『得他人之子，犹可换回吾子也。』魏锜素与荀罃相厚，亦愿同行。荀首甚喜。聚起荀氏家兵，尚有数百人。更兼他平昔恤民爱士，大得军心，故下军之众，在岸者无不乐从，即已在舟中者，闻说下军荀大夫欲入楚军寻小将军，亦皆上岸相从，愿效死力。此时一股锐气，比着全军初下寨时，反觉强旺。荀首在晋，亦算是数一数二的射手，多带良箭，撞入楚军。遇着老将连尹襄老，正在掠取遗车弃仗，不意晋兵猝至，不作整备，被荀首一箭射去，恰穿其颊，倒于车上。公子谷臣看见襄老中箭，驰车来救。魏锜就迎住厮杀。荀首从旁觑定，又复一箭，中其右腕。谷臣负痛拔箭，被魏锜乘势将谷臣活捉过来，并载襄老之尸，荀首曰：『有此二物，可以赎吾子矣！楚师强甚，不可当也。』乃策马急驰。比及楚军知觉，欲追之，已无及矣。

且说公子婴齐来攻上军。士会预料有事，探信最早，先已结阵，且战且走。婴齐追及敖山之下，忽闻炮声大震，一军杀出，当头一员大将在车中高叫：『巩朔在此，等候多时矣！』婴齐倒吃了一惊。巩朔接住婴齐厮杀，约斗二十余合，不敢恋战，保着士会，徐徐而走。婴齐不舍，再复追来，前面炮声又起，韩穿起兵来到。偏将蔡鸠居出车迎敌，方欲交锋，山凹里炮声又震，旗旛如云，大将郤克引兵又至。婴齐见埋伏甚众，恐堕晋计，鸣金退师。士会点查将士，并不曾伤折一个人。遂依敖山之险，结成七个小寨，连络如七星，楚不敢逼。直到楚兵尽退，方才整旛而还。此是后话。

再说荀首兵转河口，林父大兵尚未济尽，心甚惊皇，却喜得赵婴齐渡过北岸，打发空船南来接应。时天已昏黑，楚军已至邲城。伍参请速追晋师。庄王曰：『楚自城濮失利，贻羞社稷，此一战可雪前耻矣。晋楚终当讲和，何必多杀？』乃下令安营。晋军乘夜济河，纷纷扰扰，直乱到天明方止。史臣论荀林父智不能料敌，才不能御将，不进不退，以至此败，遂使中原伯气，尽归于楚，岂不伤哉！有诗云：

阃外元戎无地天，如何裨将敢挠权？舟中掬指真堪痛，纵渡黄河也觍然！

郑襄公知楚师得胜，亲自至邲城劳军。迎楚王至于衡雍，僭居王宫，大设筵席庆贺。潘党请收晋尸，筑为『京观』，以彰武功于万世。庄王曰：『晋非有罪可讨，寡人幸而胜之，何武功之足称耶？』命军士随在掩埋遗骨，为文祭祀河神，奏凯而还。论功行赏，嘉伍参之谋，用为大夫。伍举、伍奢、伍尚、伍员即其后也。令尹孙叔敖叹曰：『胜晋大功，出自嬖人，吾当愧死矣！』遂郁郁成疾。

话分两头。却说荀林父引败兵还见景公，景公欲斩林父。群臣力保曰：『林父先朝大臣，虽有丧师之罪，皆是先谷故违军令，所以致败。主公但斩先谷，以戒将来足矣。昔楚杀得臣而文公喜，秦留孟明而襄公惧。望主公赦林父之罪，使图后效。』景公从其言，遂斩先谷，复林父原职。命六卿治兵练将，为异日报仇之举。此周定王十年事也。

定王十二年春三月，楚令尹孙叔敖病笃，嘱其子孙安曰：『吾有遗表一通，死后为我达于楚王。楚王若封汝官爵，汝不可受。汝碌碌庸才，非经济之具，不可滥厕冠裳也。若封汝以大邑，汝当固辞。辞之不得，则可以寝邱为请。此地瘠薄，非人所欲，庶几可延后世之禄耳。』言毕遂卒。孙安取遗表呈上，楚庄王启而读之，表曰：

臣以罪废之余，蒙君王拔之相位，数年以来，愧乏大功，有负重任。今赖君王之灵，获死牖下，臣之幸矣！臣止一子，不肖，不足以玷冠裳。臣之从子薳凭，颇有才能，可任一职。晋号世伯，虽偶败绩，不可轻视。民苦战斗已久，惟息兵安民为上。『人之将死，其言也善。』愿王察之！

庄王读罢，叹曰：『孙叔死不忘国，寡人无福，天夺我良臣也！』即命驾往视其殓，抚棺痛哭，从行者莫不垂泪。次日，以公子婴齐为令尹。召薳凭为箴尹，是为薳氏。庄王欲以孙安为工正，安守遗命，力辞不拜，退耕于野。

庄王所宠优人孟侏儒，谓之优孟，身不满五尺，平日以滑稽调笑，取欢左右。一日出郊，见孙安砍下柴薪，自负而归。优孟迎而问曰：『公子何自劳苦负薪？』孙安曰：『父为相数年，一钱不入私门，死后家无余财，吾安得不负薪乎？』优孟叹曰：『公子勉之，王行且召子矣！』乃制孙叔敖衣冠剑履一具，并习其生前言动，摹拟三日，无一不肖，宛如叔敖之再生也。值庄王宴于宫中，召群优为戏。优孟先使他优扮为楚王，为思慕叔敖之状，自己扮叔敖登场。楚王一见，大惊曰：『孙叔无恙乎？寡人思卿至切，可仍来辅相寡人也。』优孟对曰：『臣非真叔敖，偶似之耳。』楚王曰：『寡人思叔敖不得见，见似叔敖者，亦足少慰寡人之思，卿勿辞，可即就相位。』优孟对曰：『王果用臣，于臣甚愿。但家有老妻，颇能通达世情，容归与老妻商议，方敢奉诏。』乃下场，复上曰：『臣适与老妻议之，老妻劝臣勿就。』楚王问曰：『何故？』优孟对曰：『老妻有村歌劝臣，臣请歌之！』遂歌曰：

贪吏不可为而可为，廉吏可为而不可为。贪吏不可为者，污且卑；而可为者，子孙乘坚而策肥。廉吏可为者，高且洁；而不可为者，子孙衣单而食缺。君不见楚之令尹孙叔敖，生前私殖无分毫，一朝身没家凌替，子孙丐食栖蓬蒿。劝君勿学孙叔敖，君王不念前功劳！

庄王在席上见优孟问答，宛似叔敖，心中已是凄然；及闻优孟歌毕，不觉潸然泪下曰：『孙叔之功，寡人不敢忘也！』即命优孟往召孙安。孙安敝衣草履而至，拜见庄王。庄王曰：『子穷困至此乎？』优孟从旁答曰：『不穷困，不见前令尹之贤。』庄王曰：『孙安不愿就职，当封以万家之邑。』安固辞。庄王曰：『寡人主意已定，卿不可却。』孙安奏曰：『君王倘念先臣尺寸之劳，给臣衣食，愿得封寝邱，臣愿足矣。』庄王曰：『寝邱瘠恶之土，卿何利焉？』孙安曰：『先臣有遗命，非此不敢受也。』庄王乃从之。后人以寝邱非善地，无人争夺，遂为孙氏世守。此乃孙叔敖先见之明。史臣有诗单道优孟之事。诗曰：

清官遑计子孙贫，身死褒崇赖主君；不是侏儒能讽谏，庄王安肯念先臣？

却说晋臣荀林父，闻孙叔敖新故，知楚兵不能骤出。乃请师伐郑，大掠郑郊，扬兵而还。诸将请遂围郑，林父曰：『围之未可遽克，万一楚救忽至，是求敌也，姑使郑人惧而自谋耳。』郑襄公果大惧，遣使谋之于楚，且以其弟公子张，换公子去疾回郑，共理国事。庄王曰：『郑荀有信，岂在质乎？』乃悉遣之，因大集群臣计议。

不知所议何事，且看下回分解。

第〇五五回 华元登床劫子反 老人结草亢杜回

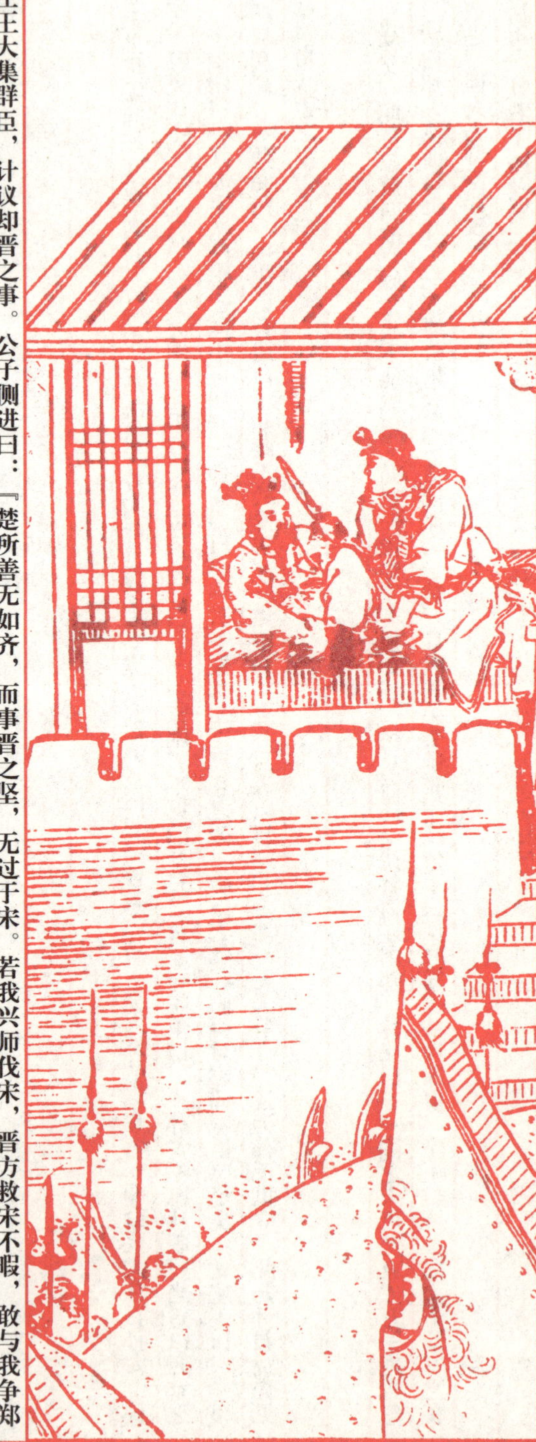

话说楚庄王大集群臣，计议却晋之事。公子侧进曰：「楚所善无如齐，而事晋之坚，无过于宋。若我兴师伐宋，晋方救宋不暇，敢与我争郑乎？」庄王曰：「子策虽善，然未有隙也。自先君败宋于泓，伤其君股，宋能忍之，及厥貉之会，宋君亲受服役。其后昭公见弑，子鲍嗣立，今十八年矣，伐之当奉何名？」公子婴齐对曰：「是不难。齐君屡次来聘，尚未一答。今宜遣使报聘于齐，竟自过宋，令勿假道，且以探之。若彼不较，是惧我也，君之会盟，必不拒矣。如以无礼之故，辱我使臣，我借此为辞，何患无名哉？」庄王曰：「何人可使？」婴齐对曰：「申无畏曾从厥貉之会，此人可使也。」

庄王乃命无畏如齐修聘。无畏奏曰：「聘齐必经宋国，须有假道文书送验，方可过关。」庄王曰：「汝畏阻绝使臣耶？」无畏答曰：「向者厥貉之会，诸君田于孟诸，宋君违令，臣执其仆而戮之，宋恨臣必深；此行若无假道文书，必然杀臣。」庄王曰：「文书上与汝改名曰申舟，不用无畏旧名可矣。」无畏犹不肯行，曰：「名可改，面不可改。」庄王怒曰：「若杀子，我当兴兵破灭其国，为子报仇！」无畏乃不敢复辞。

明日，率其子申犀，谒见庄王曰：「臣以死殉国，分也；但愿王善视此子。」庄王曰：「此寡人之事，子勿多虑。」申舟领了出使礼物，拜辞出城。子犀送至郊外，申舟吩咐曰：「汝父此行，必死于宋。汝必请于君王，为我报仇，切记吾言！」父子洒泪而别。

不一日，行至睢阳，关吏知是楚国使臣，要索假道文验。申舟答言：「奉楚王之命，但有聘齐文书，却没有假道文书。」关吏遂将申舟留住，飞报宋文公。时华元为政，奏于文公曰：「楚，吾世仇也。今遣使公然过宋，不循假道之礼，欺我甚矣！请杀之！」宋公曰：「杀楚使，楚必伐我，奈何？」华元对曰：「欺我之耻，甚于受伐，况欺我，势必伐我，均之受伐，且雪吾耻。」乃使人执申舟至宋廷，华元一见，认得就是申无畏，怒上加怒，责之曰：「汝曾戮我先公之仆，今改名，欲逃死耶？」申舟自知必死，大骂宋鲍：「汝奸祖母，弑嫡侄，幸免天诛；又妄杀大国之使，楚兵一到，汝君臣为齑粉矣！」华元命先割其舌，而后杀之。将聘齐的文书礼物，焚弃于郊外。从人弃车而遁，回报庄王。庄王方进午膳，闻申舟见杀，投箸于席，奋袂而起。即拜司马公子侧为大将，申叔时副之，立刻整车，亲自伐宋，使申犀为军正，从征。按申舟以夏四月被杀，楚兵以秋九月即造宋境，可谓速之至矣！潜渊有诗云：

明知欺宋必遭屯，君命如天敢惜身？投袂兴师风雨至，华元应悔杀行人。

楚兵将睢阳城围困，造楼车高与城等，四面攻城。华元率兵民巡守，一面遣大夫乐婴齐奔晋告急。晋景公欲发兵救之。谋臣伯宗谏曰：「林父以六百乘而败于邲城，此天助楚也，往救未必有功。」景公曰：「当今惟宋与晋亲，若不救，则失宋矣。」伯宗曰：「楚距宋二千里之遥，粮运不继，必不能久。今遣一使往宋，只说：『晋已起大军来救。』谕使坚守。不过数月，楚师将去。是我无敌楚之劳，而有救宋之功也。」景公然其言，问：「谁能与我使宋国者？」大夫解扬请行。景公曰：「非子虎不胜此任也。」

解扬微服行及宋郊，被楚之游兵盘诘获住，献于庄王。庄王认得是晋将解扬，问曰：「汝来何事？」解扬曰：「奉晋侯之命，来谕宋国，坚守待救。」楚庄王曰：「原来是晋使臣！尔前者北林之役，汝为我将蔿贾所擒，寡人不杀，放汝回国；今番又来自投罗网，有何理说？」解扬曰：「晋、楚仇敌，见杀分也，又何说乎？」庄王搜得身边文书，看毕，谓曰：「宋城破在旦夕矣，汝能反书中之言，说汝国中有事，『急切不能相救，恐误你国之事，特遣我口传相报。』如此，则宋人绝望，必然出降，省得两国人民屠戮之惨。事成之日，当封你为县公，留仕楚国。」解扬低头不应。庄王曰：「不然，当斩汝矣！」解扬本欲不从，恐身死于楚军，无人达晋君之命，乃佯许曰：「诺。」庄王升解扬于楼车之上，使人从旁促之。扬遂呼宋人曰：「我晋国使臣解扬也。被楚军所获，使我诱汝出降。汝切不可！我主公亲率大军来救，不久必至矣。」庄王闻其言，命速牵下楼车，责之曰：「尔既许寡人，而又背之，尔自无信，非寡人之过也。」叱左右斩讫报来。解扬全无惧色，徐声答曰：「臣未尝无信也。臣若全信于楚，必然失信于晋，假使楚有臣而背其主之言，以取赂于外国，君以为信乎？不信乎？臣请就诛，以明楚国之信，在外不在内！」庄王叹曰：「『忠臣不惧死。』子之谓矣！」纵之使归。

宋华元因解扬之告，缮守益坚。公子侧使军士筑土堙于外，如敌楼之状，亲自居之，以瞰城内，一举一动皆知。华元亦于城内筑土堙以向之。自秋九月围起，至明年之夏五月，彼此相拒九个月头，睢阳城中，粮草俱尽，人多饿死。华元但以忠义激劝其下，百姓感泣，甚至易子为食，拾骸骨为爨，全无变志。庄王没奈何了。军吏禀道：「营中只有七日之粮矣！」庄王曰：「吾不意宋国难下如此！」乃亲自登车，阅视宋城，见守陴军士，甚是严整，叹了一口气，即召公子侧议班师。

申犀哭拜于马前曰：「臣父以死奉王之命，王乃失信于臣父乎？」庄王面有惭色。申叔时时为庄王执辔在车，乃献计曰：「宋之不降，度我不能久耳。若使军士筑室耕田，示以长久之计，宋必惧矣。」庄王曰：「此计甚善！」乃下令：军士沿城一带起建营房，即拆城外民居，并砍伐竹木为之。每军十名，留五名攻城，五名耕种，十日一更番，军士互相传说。华元闻之，谓宋文公曰：「楚王无去志矣！晋救不至，奈何？臣请入楚营，面

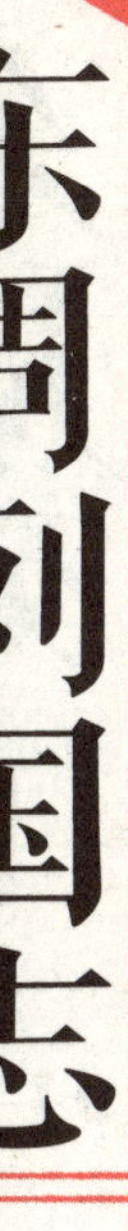

见子反，劫之以和，或可侥幸成事也。」宋文公曰：「社稷存亡，在此一行，小心在意！」

华元探知公子侧在土堙敌楼上住宿，预得其左右姓名，及奉差守宿备细。挨至夜分，扮作谒者模样，悄地从城上缒下，直到土堙边。遇巡军击柝而来，华元问曰：「主帅在上乎？」巡军曰：「在。」又问曰：「已睡乎？」巡军曰：「连日辛苦，今夜大王赐酒一樽，饮之已就枕矣。」华元走上土堙，守堙军士阻之。华元曰：「我谒者庸僚也。大王有紧要机密事吩咐主帅。因适才赐酒，恐其醉卧，特遣我来当面叮嘱，立等回复。」军士认以为真，让华元登堙。堙内灯烛尚明，公子侧和衣睡倒。华元径上其床，轻轻的以手推之。公子侧醒来，要转动时，两袖被华元坐住了。急问：「汝是何人？」华元低声答曰：「元帅勿惊，吾乃宋国右师华元也。奉主公之命，特地夜至求和。元帅若见从，当世从盟好；若还不允，元与元帅之命，俱尽于今夜矣！」言毕，左手按住卧席，右手于袖中掣出雪白一柄匕首，灯光之下，晃上两晃。公子侧慌忙答曰：「有事大家商量，不须粗卤。」华元收了匕首，谢曰：「死罪勿怪！情势已急，不得从容也。」公子侧曰：「子国中如何光景？」华元曰：「易子而食，拾骨而爨，已十分狼狈矣。」公子侧惊曰：「宋之困敝，一至此乎？吾闻军事『虚者实之，实者虚之』。子奈何以实情告我？」华元曰：「『君子矜人之厄，小人利人之危。』元帅乃君子，非小人，元是以不敢匿情。」公子侧曰：「然则何以不降？」华元曰：「国有已困之形，人有不困之志。君民效死，与城俱碎，岂肯为城下之盟哉？倘蒙矜厄之仁，退师三十里，寡君愿以国从，誓无二志！」公子侧曰：「我不相欺，军中亦止有七日之粮矣。若过七日，城不下，亦将班师。筑室耕田之令，聊以相恐耳。明日我当奏知楚王，退军一舍；尔君臣亦不可失信。」华元曰：「元情愿以身为质，与元帅共立誓词，各无反悔。」二人设誓已毕，公子侧遂与华元结为兄弟，将令箭一枝付与华元，吩咐：「速行。」华元有了令箭，公然行走，直到城下，口中一个暗号，城上便放下兜子，将华元吊上城堙去了。华元连夜回复宋公，欢欢喜喜，专等明日退军消息。

次早天明，公子侧将夜来华元所言，告于庄王，言：「臣之一命，几丧于匕首。幸华元仁心，将国情实告于我，哀恳退师；臣已许之。乞我王降旨！」庄王曰：「宋困急如此，寡人当取此而归。」公子侧顿首曰：「我军止有七日之粮，臣已告之矣。」庄王勃然怒曰：「子何为以实情输敌？」公子侧对曰：「区区弱宋，尚有不欺人之臣；岂堂堂大楚，而反无之？臣故不敢隐讳。」庄王颜色顿霁曰：「司马之言是也！」即降旨退军，屯于三十里之外。申犀见军令已出，不敢复阻，捶胸大哭。庄王使人安慰之曰：「子勿悲，终当成汝之孝。」楚军安营已定，华元先到楚军，致宋公之命，请受盟约。公子侧随华元入城，与宋文公歃血为誓。宋公遣华元送申舟之棺于楚营，即留身为质。庄王班师归楚，厚葬申舟，举朝皆往送葬。葬毕，使申犀嗣为大夫。

华元在楚，因公子侧又结交公子婴齐，与婴齐相善。一日，聚会之间，论及时事，公子婴齐叹曰：「今晋、楚分争，日寻干戈，天下何时得太平耶？」华元曰：「以愚观之，晋、楚互为雌雄，不相上下，诚得一人合二国之成，各朝其属，息兵修好，生民免于涂炭，诚为世道之大幸！」婴齐曰：「此事子能任之乎？」华元曰：「元与晋将栾书相善，向年聘晋时，亦曾言及于此。奈无人从中联合耳。」明日，婴齐以华元之言，告于公子侧。侧曰：「二国尚未厌兵，此事殆未可轻议也。」华元留楚凡六年，至周定王十八年，宋文公鲍卒，子共公固立，华元请归奔丧，始返宋国。此是后话。

却说晋景公闻楚人围宋，经年不解，谓伯宗曰：「宋之城守倦矣。寡人不可失信于宋，当往救之。」正欲发兵，忽报：「潞国有密书送到。」按潞国，乃赤狄别种，隗姓，子爵，与黎国为邻。周平王时，潞君逐黎侯而有其地，于是赤狄益强。此时潞子名婴儿，娶晋景公之姊伯姬为夫人。婴儿微弱，其国相酆舒，专权用事。先时，狐射姑奔在彼国，他是晋国勋臣，识多才广，酆舒还怕他三分，不敢放恣。自射姑死后，酆舒益无忌惮，欲潞子绝晋之好，诬伯姬以罪，逼其君使缢杀之。又与潞子出猎郊外，醉后君臣打弹为戏，赌弹飞鸟。酆舒放弹，误伤潞子之目，投弓于地，笑曰：『弹得不准，臣当罚酒一卮！』潞子不堪其虐，力不能制，遂写密书送晋，求晋起兵来讨酆舒之罪。谋臣伯宗进曰：『若戮酆舒，兼并潞地，因及旁国，尽有狄土，则西南之疆益拓，而晋之兵赋益充，此机不可失也。』景公亦怒潞子婴儿不能庇其妻，乃命荀林父为大将，魏颗副之，出车三百乘伐潞。酆舒率兵拒于曲梁，战败奔卫。卫穆公速方与晋睦，因酆舒以献于晋军。荀林父令缚至绛都，杀之。晋师长驱直入潞城，潞子婴儿迎于马首，林父数其诬杀伯姬之罪，并执以归。托言曰：『黎人思其君久矣。』乃访黎侯之裔，割五百家，筑城以居之，名为复黎，实则灭潞也。婴儿痛其国亡，自刎而死。潞人哀之，为之立祠。今黎城南十五里，有潞祠山是也。

晋景公恐林父未能成功，自率大军屯于稷山。林父先至稷山献捷，留副将魏颗，略定赤狄之地。还至辅氏之泽，忽见尘头蔽日，喊杀连天，晋兵不知为谁。前哨飞报：『秦国遣大将杜回起兵来到。』按秦康公薨于周匡王之四年，子共公稻立，因赵穿侵崇起衅，秦兵围焦无功，遂厚结酆舒，共图晋国。共公立四年薨，子桓公荣立。此时乃秦桓公之十一年，闻晋伐酆舒，方欲起兵来救；又闻晋已杀酆舒，执潞子，遂遣杜回引兵来争潞地。

那杜回是秦国有名的力士，生得牙张银凿，眼突金睛，拳似铜锤，脸如铁钵，虬须卷发，身长一丈有余。力举千钧，惯使一柄开山大斧，重一百二十斤。本白翟人氏。曾于青眉山，一日拳打五虎，皆剥其皮以归。秦桓公闻其勇，聘为车右将军。又以三百人破嵯峨山贼寇万余，威名大振，遂为大将。

魏颗排开阵势，等待交锋。杜回却不用车马，手执大斧，领着惯战杀手三百人，大踏步直冲入阵来。下砍马足，上劈甲将，分明是天降下神煞一般！晋兵从来未见此凶狠，遮拦不住，大败一阵。魏颗下令，扎住营垒，且莫出战。杜回领着一队刀斧手，在营外跳跃叫骂，一连三日，魏颗不敢出应。忽报本国有兵来到，其将乃颗弟魏锜也。锜曰：『主公恐赤狄之党，结连秦国生变，特遣弟来帮助。』魏颗述秦将杜回，如此恁般，勇不可当，正欲遣人请兵。魏锜不信，曰：『彼草寇何能为？来日弟当见阵，管取胜之。』

至明日，杜回又来挑战，魏锜忿然欲出，魏颗止之，不听。当下领着新来甲士，驱车直进，秦兵却四散奔走，魏锜分车逐之。忽然呼哨一声，三百个杀手，复合为一，都跟着杜回，大刀阔斧，下砍马足，上劈甲将。北边步卒随车行转，辂车不便转折，被他左右前后，觑便就砍，魏锜大败。亏着魏颗引兵接应，回营去了。

是夜，魏颗在营中闷坐，左思右想，没有良策。坐至三更困倦，朦胧睡去，耳边似有人言『青草坡』三字，醒来不解其义；再睡，仍复如前。乃向魏锜言之。魏锜曰：『辅氏左去十里，有个大坡，名为青草坡，或者秦军合败于此地也。弟先引一军往彼埋伏，兄诱敌军至此，左右夹攻，可以取胜。』魏锜自去行埋伏之事。魏颗传令：『拔寨都起。』扬言：『且回黎城。』杜回果然来追，魏颗略斗数合，回车就走，渐渐引近青草坡来。一声炮响，魏锜伏兵俱起。魏颗复身转来，将杜回团团围住，两下夹攻。杜回全不畏惧，抡着一百二十斤的开山大斧，横劈竖劈，当者辄死，虽然众杀手颇有损伤，不能取胜。二魏督率众军，力战杜回不退。看看杀至青草坡中间，杜回忽然一步一跌，如油靴踏着层冰，立脚不住，军中发起喊来。魏颗举眼看时，遥见一老人，布袍芒履，似庄家之状，将青草一路挽结，以攀杜回之足。魏颗、魏锜双车碾到，二戟并举，把杜回搠倒在地，活捉过来。众杀手见主将被擒，四散逃奔，俱为晋兵追而获之，三百人逃不得四五十人。魏颗问杜回曰：「汝自逞英雄，何以见擒？」杜回曰：「吾双足似有物攀住，不能展动，乃天绝我命，非力不及也。」魏颗暗暗称奇。魏锜曰：「彼既有绝力，留于军中，恐有他变。」魏颗曰：「吾意正虑及此。」即时将杜回斩首，解往稷山请功。

是夜，魏颗始得安睡，梦日间所见老人，前来致揖曰：「将军知杜回所以获乎？是老汉结草以御之，所以颠蹶被获耳。」魏颗大惊曰：「素不识叟面，乃蒙相助，何以奉酬？」老人曰：「我乃祖姬之父也。尔用先人之治命，善嫁吾女，老汉九泉之下，感子活女之命，特效微力，助将军成此军功。将军勉之，后当世世荣显，子孙贵为王侯，无忘吾言。」

原来魏颗之父魏犨，有一爱妾，名曰祖姬。犨每出征，必嘱魏颗曰：「吾若战死沙场，汝当为我选择良配，以嫁此女，勿令失所，吾死亦瞑目矣。」及魏犨病笃之时，又嘱颗曰：「此女吾所爱惜，必用以殉吾葬，使吾泉下有伴也。」言讫而卒。魏颗营葬其父，并不用祖姬为殉。魏锜曰：「不记父临终之嘱乎？」颗曰：「父平日吩咐必嫁此女，临终乃昏乱之言。孝子从治命，不从乱命。」葬事毕，遂择士人而嫁之。有此阴德，所以老人有结草之报。魏颗梦觉，述于魏锜曰：「吾当时曲体亲心，不杀此女，不意女父衔恩地下如此。」魏锜叹息不已。髯仙有诗云：

结草何人亢杜回？梦中明说报恩来。劝人广积阴功事，理顺心安福自该。

秦国败兵，回到雍州，知杜回战死，君臣丧气。晋景公嘉魏颗之功，封以令狐之地，复铸大钟，以纪其事，备载年月。后人因晋景公所铸，因名曰「景钟」。晋景公复遣士会领兵攻灭赤狄余种，共灭三国：曰甲氏，曰留吁，及留吁之属国曰铎辰。自是赤狄之土，尽归于晋。

时晋国岁饥，盗贼蜂起，荀林父访国中之能察盗者，得一人，乃郤氏之族，名雍。此人善于亿逆，尝游市井间，忽指一人为盗，使人拘而审之，果真盗也。林父问：「何以知之？」郤雍曰：「吾察其眉睫之间，见市中之物有贪色，见市中之人有愧色，闻吾之至，而有惧色，是以知之。」郤雍每日获盗数十人，市井悚惧，而盗贼愈多。大夫羊舌职谓林父曰：「元帅任郤雍以获盗也，盗未尽获，而郤雍之死期至矣。」林父惊问：「何故？」

不知羊舌职说出甚话来，且看下回分解。

第〇五六回

萧夫人登台笑客　逢丑父易服免君

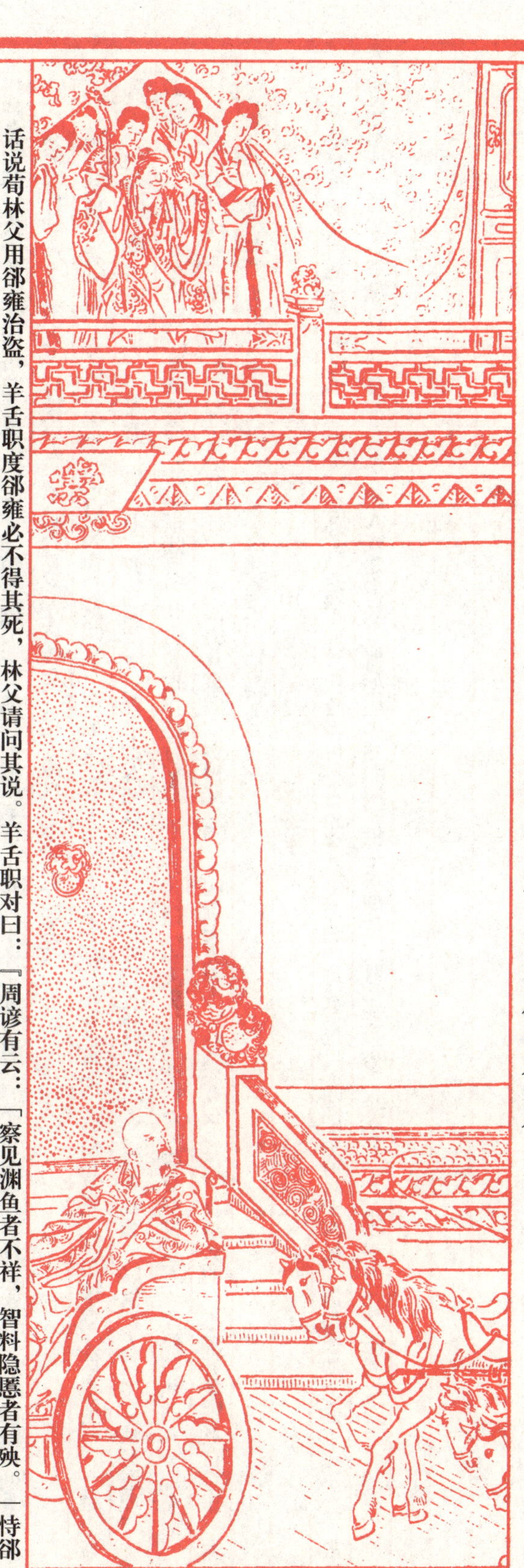

话说荀林父用郤雍治盗，羊舌职度郤雍必不得其死，林父请问其说。羊舌职对曰：「周谚有云：『察见渊鱼者不祥，智料隐慝者有殃。』恃郤雍一人之察，不可以尽群盗，而合群盗之力，反可以制郤雍，不死何为？」未及三日，郤雍偶行郊外，群盗数十人，合而攻之，割其头以去。荀林父忧愤成疾而死。晋景公闻羊舌职之言，召而问曰：「子之料郤雍当矣！然弭盗何策？」羊舌职对曰：「夫以智御智，如用石压草，草必罅生。以暴禁暴，如用石击石，石必两碎。故弭盗之方，在乎化其心术，使知廉耻，非以多获为能也。君如择朝中之善人，显荣之于民上，彼不善者将自化，何盗之足患哉？」景公又问曰：「当今晋之善人，何者为最？卿试举之。」羊舌职曰：「无如士会。其为人，言依于信，行依于义，和而不谄，廉而不矫，直而不亢，威而不猛。君必用之。」及士会定赤狄而还，晋景公献狄俘于周，以士会之功，奏闻周定王。定王赐士会以黻冕之服，位为上卿。遂代林父之任，为中军元帅，且加太傅之职，改封于范，是为范氏之始。士会将缉盗科条，尽行除削，专以教化劝民为善。于是奸民皆逃奔秦国，无一盗贼，晋国大治。

景公复有图伯之意。谋臣伯宗进曰：「先君文公，始盟践土，列国景从。襄公之世，犹受盟新城，未敢贰也。自令狐失信，始绝秦欢。及齐、宋弑逆，我不能讨，山东诸国，遂轻晋而附楚。至救郑无功，救宋不果，复失二国。晋之宇下，惟卫、曹寥寥三四国耳。夫齐、鲁天下之望，君欲复盟主之业，莫如亲齐、鲁。盍使人行聘于二国，以联属其情，而伺楚之间，可以得志。」晋景公以为然，乃遣上军元帅郤克，使鲁及齐，厚其礼币。

却说鲁宣公以齐惠公定位之故，奉事惟谨，朝聘俱有常期。至顷公无野嗣立，犹循旧规，未曾缺礼。郤克至鲁修聘，礼毕，辞欲往齐。鲁宣公亦当聘齐之期，乃使上卿季孙行父，同郤克一齐启行。方及齐郊，只见卫上卿孙良夫，曹大夫公子首，也为聘齐来到。四人相见，各道来由，不期而会，足见同志了。四位大夫下了客馆。次日朝见，各致主君之意。礼毕，齐顷公看见四位大夫容貌，暗暗称怪，道：「大夫请暂归公馆，即容设飨相待。」四位大夫，退出朝门。

顷公入宫，见其母萧太夫人，忍笑不住。太夫人乃萧君之女，嫁于齐惠公。自惠公薨后，萧夫人日夜悲泣。顷公事母至孝，每事求悦其意，即闾巷中有可笑之事，亦必形容称述，博其一启颜也。是日，顷公干笑，不言其故。萧太夫人问曰：「外面有何乐事，而欢笑如此？」顷公对曰：「外面别无乐事，乃见一怪事耳！今有晋、鲁、卫、曹四国，各遣大夫来聘。晋大夫郤克，是个瞎子，只有一只眼光着看人。鲁大夫季孙行父，是个秃子，没一根毛发。卫大夫孙良夫，是个跛子，两脚高低的。曹公子首，是个驼背，两眼观地。吾想生人抱疾，五形四体，不全者有之。但四人各占一病，又同时至于吾国，堂上聚着一班鬼怪，岂不可笑？」萧太夫人不信，曰：「吾欲一观之可乎？」顷公曰：「使臣至国，公宴后，例有私享。来日儿命设宴于后苑，诸大夫赴宴，必从崇台之下经过。母亲登于台上，张帷而窃观之，有何难哉？」

话中略过公宴不题，单说私宴。萧太夫人已在崇台之上了。旧例：使臣来到，凡车马仆从，都是主国供应，以暂息客人之劳。顷公主意，专欲发其母之一笑，乃于国中密选眇者、秃者、跛者、驼者各一人，使分御四位大夫之车。郤克眇，即用眇者为御；行父秃，即用秃者为御；孙良夫跛，即用跛者为御；公子首驼，即用驼者为御。齐上卿国佐谏曰：「朝聘，国之大事。宾主主敬，敬以成礼，不可戏也。」顷公不听。车中两眇，两秃，双驼，双跛，行过台下，萧夫人启帷望见，不觉大笑，左右侍女，无不掩口，笑声直达于外。

郤克初见御者眇目，亦认为偶然，不以为怪。及闻台上有妇女嬉笑之声，心中大疑。草草数杯，即忙起身，回至馆舍，使人诘问：「台上何人？」「乃国母萧太夫人也。」须臾，鲁、卫、曹三国使臣，皆来告诉郤克，言：「齐国故意使执鞭之人，戏弄我等，以供妇人观笑，是何道理？」郤克曰：「我等好意修聘，反被其辱；若不报此仇，非丈夫也！」行父等三人齐声曰：「大夫若兴师伐齐，我等奏过寡君，当倾国相助。」郤克曰：「众大夫果有同心，便当歃血为盟。伐齐之日，有不竭力共事者，明神殛之！」四位大夫聚于一处，竟夜商量，直至天明，不辞齐侯。竟自登车，命御人星驰，各还本国而去。国佐叹曰：「齐患自此始矣！」史臣有诗云：

主宾相见敬为先，残疾何当配执鞭？台上笑声犹未寂，四郊已报起烽烟。

是时鲁卿东门仲遂，叔孙得臣俱卒。季孙行父为正卿，执政当权。自聘齐被笑而归，誓欲报仇。闻郤克请兵于晋侯，因与太傅士会主意不合，故晋侯未许，行父心下躁急，乃奏知宣公，使人往楚借兵。值楚庄王旅病薨，世子审即位，时年才十岁，是为共王。史臣有楚庄王赞云：

于赫庄王，干父之蛊；始不飞鸣，终能张楚。
樊姬内助，孙叔外辅；戮舒播义，衄晋觌武。
窥周围宋，威声如虎；蠢尔荆蛮，桓文为伍！

楚共王方有新丧，辞不出师。行父正在愤懑之际，有人自晋国来述：「郤克日夜言伐齐之利，不伐齐难以图伯，晋侯惑之。士会知郤克意不可回，乃告老，让之以政。今郤克为中军元帅，主晋国之事，不日兴师报齐矣。」行父大喜，乃使仲遂之子公孙归父行聘于晋，一来答郤克之礼，二来订伐齐之期。鲁宣公因仲遂得国，故宠任归父，异于群臣。时鲁孟孙、叔孙、季孙三家，子孙众盛，宣公每以为忧。知子孙必为三家所凌，乃于归父临行之日，握其手密嘱之曰：“三桓日盛，公室日卑，子所知也。公孙此行，觑便与晋君臣密诉其情，倘能借彼兵力，为我逐去三家，情愿岁输币帛，以报晋德，永不贰志。卿小心在意，不可泄漏！”

归父领命，赍重赂至晋，闻屠岸贾复以谀佞得宠于景公，官拜司寇。乃纳赂于岸贾，告以主君欲逐三家之意。岸贾为得罪赵氏，立心结交栾、郤二族，往来甚密。乃以归父之言，告于栾书。书曰：“元帅方与季孙氏同仇，恐此谋未必协也。吾试探之。”栾书乘间言于郤克，克曰：“此人欲乱鲁国，不可听之。”遂写密书一封，遣人星夜至鲁，飞报季孙行父。行父大怒曰：“当年弑杀公子恶及公子视，皆是东门遂主谋，我欲图国家安靖，隐忍其事，为之庇护。今其子乃欲见逐，岂非养虎留患耶？”乃以郤克密书，面致叔孙侨如看之。侨如曰：“主公不视朝，将一月矣。言有疾病，殆托词也。吾等同往问疾，而造主公榻前请罪，看他如何？”亦使人邀仲孙蔑。蔑辞曰：“君臣无对质是非之理，蔑不敢往。”乃拉司寇臧孙许同行。三人行至宫门，闻宣公病笃，不及请见，但致问候而返。

次日，宣公报薨矣。时周定王之十六年也。季孙行父等拥立世子黑肱，时年一十三岁，是为成公。成公年幼，凡事皆决于季氏。季孙行父集诸大夫于朝堂，议曰：“君幼国弱，非大明政刑不可。当初杀嫡立庶，专意媚齐，致失晋好，皆东门遂所为也。仲遂有误国大罪，宜追治之。”诸大夫皆唯唯听命。行父遂使司寇臧孙许，逐东门氏之族。公孙归父自晋归鲁，未及境，知宣公已薨，季氏方治其先人之罪，乃出奔于齐国，族人俱从之。后儒论仲遂躬行弑逆，援立宣公，身死未几，子孙被逐，作恶者亦何益哉？髯翁有诗叹云：

援宣富贵望千秋，谁料三桓作寇仇？楹折东门乔木萎，独余青简恶名留。

鲁成公即位二年，齐顷公闻鲁与晋合谋伐齐，一面遣使结好于楚，以为齐缓急之助。一面整顿车徒，躬先伐鲁，由平阴进兵，直至龙邑。齐侯之嬖人卢蒲就魁轻进，为北门军士所获。顷公使人登车，呼城上人语之曰：“还我卢蒲将军，即当退师。”龙人不信，杀就魁，磔其尸于城楼之上。顷公大怒，令三军四面攻之，三日夜不息。城破，顷公将城北一角，不论军民，尽皆杀死，以泄就魁之恨。正欲深入，哨马探得卫国大将孙良夫，统兵将入齐境。顷公曰：“卫窥吾之虚，来犯吾界，合当反戈迎之。”乃留兵戍龙邑，班师而南。行至新筑界口，恰遇卫兵前队副将石稷已到，两下各结营垒。石稷诣中军告于孙良夫曰：“吾受命侵齐，乘其虚也。今齐师已归，其君亲在，不可轻敌。不如退兵，让其归路，俟晋鲁合力并举，可以万全。”孙良夫曰：“本欲报齐君一笑之仇，今仇人在前，奈何避之？”遂不听石稷之谏。是夜，率中军往劫齐寨。齐人也虑卫军来袭，已有整备。良夫杀入营门，劫了空营。方欲回车，左有国佐，右有高固，两员大将，围裹将来。齐侯自率大军掩至，大叫：“跛夫！且留下头颅！”良夫死命相持，没抵当一头处，正在危急。却得宁相、向禽两队车马，前来接应，救出良夫北奔。卫军大败。齐侯招引二将从后追来，卫将石稷之兵亦至，迎着孙良夫叫道：“元帅只顾前行，吾当断后。”良夫引军急走，未及一里，只见前面尘头起处，车声如雷。良夫叹曰：“齐更有伏兵，吾命休矣！”车马看看近前，一员将在车中鞠躬言曰：“小将不知元帅交兵，救援迟误，伏乞恕罪！”良夫问曰：“子何人也？”那员将答曰：“某乃守新筑大夫，仲叔于奚是也。悉起本境之众，有百余乘在此，足以一战，元帅勿忧。”良夫方才放心，谓于奚曰：“石将军在后，子可助之。”仲叔于奚应声麾车而去。

再说齐兵遇石稷断后之兵，正欲交战，见北路车尘蔽天，探是仲叔于奚领兵来到。齐顷公身在卫地，恐兵力不继，遂鸣金收军，止掠取辎重而回。石稷和于奚亦不追赶。后与晋人胜齐归国，卫侯因于奚有救孙良夫之功，欲以邑赏之。于奚辞曰：「邑不愿受，得赐「曲县」「繁缨」，以光宠于缙绅之中，予愿足矣。」按《周礼》：天子之乐，四面皆县，谓之「宫县」；诸侯之乐，止县三面，独缺南方，谓之「曲县」，亦曰「轩县」；大夫则左右县耳。「繁缨」，乃诸侯所以饰马者。二件皆诸侯之制，于奚自恃其功，以此为请。卫侯笑而从之。孔子修《春秋》，论此事，以为惟名器分别贵贱，不可假人。卫侯为失其赏矣！此是后话，表过不提。

却说孙良夫收拾败军，入新筑城中。歇息数日，诸将请示归期，良夫曰：「吾本欲报齐，反为所败，何面目归见吾主？便当乞师晋国，生缚齐君，方出我胸中之气！」乃留石稷等屯兵新筑，自己亲往晋国借兵。适值鲁司寇臧宣叔亦在晋请师。二人先通了郤克，然后谒见晋景公，内外同心，彼唱此和，不由晋景公不从。郤克虑齐之强，请车八百乘，晋侯许之。郤克将中军，解张为御，郑邱缓为车右。士燮将上军，栾书将下军，韩厥为司马。于周定王十八年夏六月，师出绛州城，望东路进发。臧孙许先期归报，季孙行父同叔孙侨如帅师来会，同至新筑。孙良夫复约会曹公子首。各军俱于新筑取齐，摆成队伍，次第前行，连接三十余里，车声不绝。

齐顷公预先使人于鲁境上觇探，已知臧司寇乞得晋兵消息。顷公曰：「若待晋师入境，百姓震惊，当以兵逆之于境上。」乃大阅车徒，挑选五百乘，三日三夜，行五百余里，直至鞍地扎营。前哨报：「晋军已屯于靡笄山下。」顷公遣使请战，郤克许来日决战。大将高固请于顷公曰：「齐晋从未交兵，未知晋人之勇怯，臣请探之。」乃驾单车，径入晋垒挑战。有末将亦乘车自营门而出，高固取巨石掷之，正中其脑，倒于车上，御人惊走。高固腾身一跃，早跳在晋车之上，脚踹晋囚，手挽辔索，驰还齐垒，周围一转，大呼曰：「出卖余勇！」齐军皆笑。晋军中觉而逐之，已无及矣。高固谓顷公曰：「晋师虽众，能战者少，不足畏也。」

次日，齐顷公亲自披甲出阵，邴夏御车，逢丑父为车右。两家各结阵于鞍。国佐率右军以遏鲁，高固帅左军以遏卫、曹，两下相持，各不交锋，专候中军消息。齐侯自恃其勇，目无晋人，身穿锦袍绣甲，乘着金舆，令军士俱控弓以俟，曰：「视吾马足到处，万矢俱发。」一声鼓响，驰车直冲入晋阵。箭如飞蝗，晋兵死者极多。解张手肘，连中二箭，血流下及车轮，犹自忍痛，勉强执辔。郤克正击鼓进军，亦被箭伤左胁，摽血及屦，鼓声顿缓。解张曰：「师之耳目，在于中军之旗鼓，三军因之以为进退。伤未及死，不可不勉力趋战！」郑邱缓曰：「张侯之言是也！死生命耳！」郤克乃援枹连击，解张策马，冒矢而进。郑邱缓左手执笠，以卫郤克，右手奋戈杀敌。左右一齐击鼓，鼓声震天。晋军只道本阵已得胜，争先驰逐，势如排山倒海，齐军不能当，大败而奔。韩厥见郤克伤重，曰：「元帅且暂息，某当力追此贼！」言毕，招引本部驱车来赶，齐军纷纷四散。顷公绕华不注山而走。韩厥遥望金舆，尽力逐之。逢丑父顾邴夏曰：「将军急急出围，以取救兵，某当代将军执辔。」邴夏下车去了。晋兵到者益多，围华不注山三匝。逢丑父谓顷公曰：「事急矣！主公快将锦袍绣甲脱下，与臣穿之，假作主公。主公可穿臣之衣，执辔于旁，以误晋人之目。倘有不测，臣当以死代君，君可脱也。」顷公依其言。更换方毕，将及华泉，韩厥之车，已到马首。韩厥见锦袍绣甲，认是齐侯，遂手揽其绊马之索，再拜稽首曰：「寡君不能辞鲁、卫之请，使群臣询其罪于上国。臣厥忝在戎行，愿御君侯，以辱临于敝邑。」丑父诈称口渴不能答言，以瓢授齐侯曰：「丑父可为我取饮。」齐侯下车，假作华泉取饮，水至，又嫌其浊，更取清者。齐侯遂绕山左而遁，恰遇齐将郑周父御副车而至，曰：「邴夏已陷于晋军中矣！」

晋势浩大，惟此路兵稀，主公可急乘之！」乃以辔授齐侯，齐侯登车走脱。韩厥先遣人报入晋军曰：「已得齐侯矣！」郤克大喜。及韩厥以丑父献，郤克见之曰：「此非齐侯也！」郤克曾使齐，认得齐侯。韩厥却不认得，因此被他设计赚去。韩厥怒问丑父曰：「汝是何人？」对曰：「某乃车右将军逢丑父。欲问吾君，方才往华泉取饮者就是。」郤克亦怒曰：「军法：『欺三军者，罪应死！』汝冒认齐侯，以欺我军，尚望活耶？」叱左右：「缚丑父去斩！」丑父大呼曰：「晋军听吾一言，自今无有代其君任患者。丑父免君于患，今且为戮矣！」郤克命解其缚，曰：「人尽忠于君，我杀之不祥。」使后车载之。潜渊居士有诗云：

绕山戈甲密如林，绣甲君王险被擒。千尺华泉源不竭，不如丑父计谋深。

后人名华不注山为金舆山，正以齐侯金舆驻此而得名也。

顷公既脱归本营，念丑父活命之恩，复乘轻车驰入晋军，访求丑父，出而复入者三次。国佐、高固二将，闻中军已败，恐齐侯有失，各引军来救驾，见齐侯从晋军中出，大惊曰：「主公何轻千乘之尊，而自探虎穴耶？」顷公曰：「逢丑父代寡人陷于敌中，未知生死，寡人坐不安席，是以求之。」言未毕，哨马报：「晋兵分五路杀来了！」国佐奏曰：「军气已挫，主公不可久留于此。且回国中坚守，以待楚救之至可也。」齐侯从其言，遂引大军，回至临淄去了。

郤克引大军，及鲁、卫、曹三国之师，长驱直入，所过关隘，尽行烧毁，直抵国都，志在灭齐。

不知齐国如何应敌，再看下回分解。

第〇五七回 娶夏姬巫臣逃晋 围下宫程婴匿孤

话说晋兵追齐侯，行四百五十里，至一地，名袁娄，安营下寨，打点攻城。齐顷公心慌，集诸臣问计。国佐进曰：『臣请以纪侯之甗及玉磬，行赂于晋，而请与晋平；鲁、卫二国，则以侵地还之。』顷公曰：『如卿所言，寡人之情已尽矣。再若不从，惟有战耳！』

国佐领命，捧着纪甗、玉磬二物，径造晋军。先见韩厥，致齐侯之意。韩厥曰：『鲁卫以齐之侵削无已，故寡君怜而拯之；寡君则何仇于齐乎？』国佐答曰：『佐愿言于寡君，返鲁、卫之侵地如何？』韩厥曰：『有中军主帅在，厥不敢专。』韩厥引国佐来见郤克，克盛怒以待之，国佐辞气俱恭。郤克曰：『汝国亡在旦夕，尚以巧言缓我耶？倘真心请平，只依我两件事。』国佐曰：『敢问何事？』郤克曰：『一来，要萧君同叔之女为质于晋；二来，必使齐封内垄亩尽改为东西行。万一齐异日背盟，杀汝质，伐汝国，车马从西至东，可直达也。』国佐勃然发怒曰：『元帅差矣！萧君之女非他，乃寡君之母，以齐、晋匹敌言之，犹晋君之母也。那有国母为质人国的道理？至于垄亩纵横，皆顺其地势之自然，若惟晋改易，与失国何异？元帅以此相难，想不允和议了。』郤克曰：『便不允汝和，汝奈我何？』国佐曰：『元帅勿欺齐太甚也！齐虽褊小，其赋千乘；诸臣私赋，不下数百。今偶一挫衄，未及大亏。元帅必不允从，请收合残兵，与元帅决战于城下！一战不胜，尚可再战；再战不胜，尚可三战。若三战俱败，举齐国皆晋所有，何必质母、东亩为哉？佐从此辞矣！』委甗、磬于地，朝上一揖，昂然出营去了。

季孙行父与孙良夫在幕后闻其言，出谓郤克曰：『齐恨我深矣，必将致死于我。兵无常胜，不如从之。』郤克曰：『齐使已去，奈何？』行父曰：『可追而还也。』乃使良马驾车，追及十里之外，强拉国佐，复转至晋营。郤克使与季孙行父、孙良夫相见，乃曰：『克恐不胜其事，以获罪于寡君，故不敢轻诺。今鲁、卫大夫合辞以请，克不能违也，克听子矣。」国佐曰：「元帅已俯从敝邑之请，愿同盟为信。齐认朝晋，且返鲁、卫之侵地。晋认退师，秋毫无犯。各立誓书。」郤克命取牲血共歃，订盟而别。释放逢丑父复归于齐。齐顷公进逢丑父为上卿。晋、鲁、卫、曹之师，皆归本国。宋儒论此盟，谓郤克恃胜而骄，出令不恭，致触国佐之怒，虽取成而还，殊不足以服齐人之心也。

晋师归献齐捷，景公嘉战鞍之功，郤克等皆益地。复作新上中下三军：以韩厥为新中军元帅，赵括佐之；巩朔为新上军元帅，韩穿佐之；荀骓为新下军元帅，赵旃佐之。爵皆为卿。自是晋有六军，复兴伯业。司寇屠岸贾见赵氏复盛，忌之益深。日夜搜赵氏之短，谮于景公。又厚结栾、郤二家，以为己援。此事且搁过一边，表白在后。

齐顷公耻其兵败，吊死问丧，恤民修政，志欲报仇。晋君臣恐齐侵伐，复失伯业，乃托言齐国恭顺可嘉，使各国仍还其所侵之地。自此诸侯以晋无信义，渐渐离心。此是后话。

且说陈夏姬嫁连尹襄老，未及一年，襄老从军于邲，夏姬遂与其子黑要烝淫。及襄老战死，黑要恋夏姬之色，不往求尸，国人颇有议论。夏姬以为耻，欲借迎尸之名，谋归郑国。申公屈巫遂赂其左右，使传语于夏姬曰：「申公相慕甚切，若夫人朝归郑国，申公晚即来聘矣。」又使人谓郑襄公曰：「姬欲归宗国，盍往迎之？」郑襄公果然遣使来迎夏姬。楚庄王问于诸大夫曰：「郑人迎夏姬何意？」屈巫独对曰：「姬欲收葬襄老之尸，郑人任其事，以为可得，故使姬往迎之耳。」庄王曰：「尸在晋，郑安从得之？」屈巫对曰：「荀罃者，荀首之爱子也。罃为楚囚，首念其子甚切。今首新佐中军，而与郑大夫皇戌素相交厚，其必借郑皇戌居间，使讲解于楚，而以王子及襄老之尸，交易荀罃。郑君以邲之战，惧晋行讨，亦将借此以献媚于晋，此真情无疑矣。」话犹未毕，夏姬入朝辞楚王，奏闻归郑之故。言下泪珠如雨，曰：「若不得尸，妾誓不返楚！」楚庄王怜而许之。

夏姬方行，屈巫遂致书于郑襄公，求聘夏姬为内子。襄公不知庄王及公子婴齐欲娶前因，以屈巫方重用于楚，欲结为姻亲，乃受其聘币，楚人无知之者。屈巫复使人至晋，通信于荀首，教他将二尸易荀罃于楚，以实其言。荀首致书皇戌，求为居间说合。庄王欲得其子公子谷臣之尸，乃归荀罃于晋，晋亦以二尸畀楚。楚人信屈巫之言为实，不疑其有他故也。及晋师伐齐，齐顷公请救于楚，值楚新丧，未即发兵。后闻齐师大败，国佐已及晋盟，楚共王曰：「齐之从晋，为楚失救之故，非齐志也。寡人当为齐伐卫、鲁，以雪鞍耻。谁能为寡人达此意于齐侯者？」申公屈巫应声曰：「微臣愿往！」共王曰：「卿此去经由郑国，就便约郑师：以冬十月之望，在卫境取齐，即以此期告于齐侯。可也。」

屈巫领命归家，托言往新邑收赋，先将家属及财帛，装载十余车，陆续出城。自己乘轺车在后，星驰往郑，致楚王师期之命。遂与夏姬在馆舍成亲，二人之乐可知矣！有诗为证：

佳人原是老妖精，到处偷情旧有名。采战一双今作配，这回鏖战定输赢。

夏姬枕畔谓屈巫曰：「此事曾禀知楚王否？」屈巫将庄王及公子婴齐欲娶之事，诉说一遍：「下官为了夫人，费下许多心机，今日得谐鱼水，生平愿足！下官不敢回楚，明日与夫人别寻安身之处，偕老百年，岂不稳便？」夏姬曰：「原来如此。夫君既不回楚，那使齐之命，如何消缴？」屈巫曰：「我不往齐国去了。方今与楚抗衡，莫如晋国，我与汝适晋，可也。」

次早，修下表章一通，付与从人，寄复楚王，遂与夏姬同奔晋国。

晋景公方以兵败于楚为耻，闻屈巫之来，喜曰：「此天以此人赐我也！」即日拜为大夫，赐邢地为之采邑。屈巫乃去屈姓，以巫为氏，名臣，至今人称为申公巫臣。巫臣自此安居于晋。

楚共王接得巫臣来表，拆而读之，略云：

蒙郑君以夏姬室臣，臣不肖，遂不能辞。恐君王见罪，暂寓晋国。使齐之事，望君王别遣良臣。死罪！死罪！

共王见表，大怒，召公子婴齐、公子侧使观之。公子侧对曰：「楚、晋世仇，今巫臣适晋，是反叛也，不可不讨。」公子婴齐复曰：「黑要烝母，是亦有罪，宜并讨之。」共王从其言，乃使公子婴齐领兵抄没巫臣之族，使公子侧领兵擒黑要而斩之。两族家财，尽为二将分得享用。巫臣闻其家族被诛，乃遗书于二将，略云：

尔以贪谗事君，多杀不辜，余必使尔等疲于道路以死！

婴齐等秘其书，不使闻于楚王。

巫臣为晋画策，请通好于吴国，因以车战之法，教导吴人。留其子狐庸仕于吴为行人，使通晋、吴之信，往来不绝。自此吴势日强，兵力日盛，尽夺取楚东方之属国。寿梦遂僭爵为王。楚边境被其侵伐，无宁岁矣。后巫臣死，狐庸复屈姓，遂留仕吴，吴用为相国，任以国政。

冬十月，楚王拜公子婴齐为大将，同郑师伐卫，残破其郊。因移师侵鲁，屯于杨桥之地。仲孙蔑请赂之。乃括国中良匠及织女、针女各百人，献于楚军，请盟而退。晋亦遣使邀鲁侯同伐郑国，鲁成公复从之。周定王二十年，郑襄公坚薨，世子费嗣位，是为悼公。因与许国争田界，许君诉于楚，楚共王为许君理直，使人责郑。郑悼公怒，乃弃楚从晋。是年，郤克以箭伤失于调养，左臂遂损，乃告老；旋卒。栾书代为中军元帅。明年，楚公子婴齐帅师伐郑，栾书救之。

时晋景公以齐、郑俱服，颇有矜慢之心。宠用屠岸贾，游猎饮酒，复如灵公之日。赵同、赵括与其兄赵婴齐不睦，诬以淫乱之事，逐之奔齐，景公不能禁止。时梁山无故自崩，壅塞河流，三日不通。景公使太史卜之。屠岸贾行赂于太史，使以「刑罚不中」为言。景公曰：「寡人未常过用刑罚，何为不中？」屠岸贾奏曰：「所谓刑罚不中者，失入失出，皆不中也。赵盾弑灵公于桃园，载在史册，此不赦之罪，成公不加诛戮，且以国政任之。延及于今，逆臣子孙，布满朝中，何以惩戒后人乎？且臣闻赵朔、原、屏等，自恃宗族众盛，将谋叛逆。楼婴欲行谏沮，被逐出奔。栾、郤二家，畏赵氏之势，隐忍不言。梁山之崩，天意欲主公声灵公之冤，正赵氏之罪耳。」景公自战郤时，已恶同、括专横，遂惑其言。问于韩厥，厥对曰：「桃园之事，与赵盾何与？况赵氏自成季以来，世有大勋于晋。主公奈何听细人之言，而疑功臣之后乎？」景公意未释然。复问于栾书、郤锜。二人先受岸贾之嘱，含糊其词，不肯替赵氏分辩。景公遂信岸贾之言，以为实然。乃书赵盾之罪于版，付岸贾曰：「汝好处分，勿惊国人！」

韩厥知岸贾之谋，夜往下宫，报知赵朔，使预先逃遁。朔曰：「吾父抗先君之诛，遂受恶名。今岸贾奉有君命，必欲见杀，朔何敢避？但吾妻见有身孕，已在临月，倘生女不必说了，天幸生男，尚可延赵氏之祀。此一点骨血，望将军委曲保全，朔虽死犹生矣。」韩厥泣曰：「厥受知于宣孟，以有今日，恩同父子。今日自愧力薄，不能断贼之头！所命之事，敢不力任？但贼臣蓄愤已久，一时发难，玉石俱焚，厥有力亦无用处。及今未发，何不将公主潜送公宫，脱此大难？后日公子长大，庶有报仇之日也。」朔曰：「谨受教！」二人洒泪而别。

赵朔私与庄姬约：『生女当名曰文，若生男当名曰武，文人无用，武可报仇。』独与门客程婴言之。庄姬从后门上温车，程婴护送，径入宫中，投其母成夫人去了。夫妻分别之苦，自不必说。

比及天明，岸贾自率甲士，围了下宫。将景公所书罪版，悬于大门，声言：『奉命讨逆。』遂将赵朔、赵同、赵括、赵旃各家老幼男女，尽行诛戮。旃子赵胜，时在邯郸，独免；后闻变，出奔于宋。当时杀得尸横堂户，血浸庭阶。简点人数，单单不见庄姬。岸贾曰：『公主不打紧，但闻怀妊将产，万一生男，留下逆种，必生后患。』有人报说：『夜半有温车入宫。』岸贾曰：『此必庄姬也。』即时来奏晋侯，言：『逆臣一门，俱已诛绝，只有公主走入宫中，伏乞主裁！』景公曰：『吾姑乃母夫人所爱，不可问也。』岸贾又奏曰：『公主怀妊将产，万一生男，留下逆种，异日长大，必然报仇，复有桃园之事，主公不可不虑！』景公曰：『生男则除之。』岸贾乃日夜使人探伺庄姬生产消息。数日后，庄姬果然生下一男。成夫人吩咐宫中，假说生女。屠岸贾不信，欲使家中乳媪入宫验之。庄姬情慌，与其母成夫人商议，推说所生女已死。此时景公耽于淫乐，国事全托于岸贾，恣其所为。岸贾亦疑所生非女，且未死，乃亲率女仆，遍索宫中。庄姬乃将孤儿置于袴中，对天祝告曰：『天若灭绝赵宗，儿当啼；若赵氏还有一脉之延，儿则无声。』及女仆牵出庄姬，搜其宫，一无所见，袴中绝不闻啼号之声。岸贾当时虽然出宫去了，心中到底狐疑。或言：『孤儿已寄出宫门去了。』岸贾遂悬赏于门：『有人首告孤儿真信，与之千金，知情不言，与窝藏反贼一例，全家处斩。』又吩咐宫门上出入盘诘。

却说赵盾有两个心腹门客，一个是公孙杵臼，一个是程婴。先前闻屠岸贾围了下宫，公孙杵臼约程婴同赴其难。婴曰：『彼假托君命，布词讨贼，我等与之俱死，何益于赵氏？』杵臼曰：『明知无益。但恩主有难，不敢逃死耳！』婴曰：『姬氏有孕，若男也，吾与尔共奉之；不幸生女，死犹未晚。』及闻庄姬生女，杵臼泣曰：『天果绝赵乎！』程婴曰：『未可信也，吾当察之。』乃厚赂宫人，使通信于庄姬。庄姬知程婴忠义，密书一『武』字递出。程婴私喜曰：『公主果生男矣！』及岸贾搜索宫中不得，程婴谓杵臼曰：『赵氏孤在宫中，索之不得，此天幸也！但可瞒过一时耳。后日事泄，屠贼又将搜索。必须用计，偷出宫门，藏于远地，方保无虞。』杵臼沉吟了半日，问婴曰：『立孤与死难，二者孰难？』婴曰：『死易耳，立孤难也。』杵臼曰：『子任其难，我任其易，何如？』婴曰：『计将安出？』杵臼曰：『诚得他人婴儿，诈称赵孤，吾抱往首阳山中，汝当出首，说孤儿藏处。屠贼得伪孤，则真孤可免矣。』程婴曰：『婴儿易得也。必须窃得真孤出宫，方可保全。』杵臼曰：『诸将中惟韩厥受赵氏恩最深，可以窃孤之事托之。』程婴曰：『吾新生一儿，与孤儿诞期相近，可以代之。然子既有藏孤之罪，必当并诛，子先我而死，我心何忍？』因泣下不止。杵臼怒曰：『此大事，亦美事，何以泣为？』婴乃收泪而去。夜半，抱其子付于杵臼之手。即往见韩厥，先以『武』字示之，然后言及杵臼之谋。韩厥曰：『姬氏方有疾，命我求医。汝若哄得屠贼亲往首阳山，吾自有出孤之计。』

程婴乃扬言于众曰：『屠司寇欲得赵孤乎，曷为索之宫中？』屠氏门客闻之，问曰：『汝知赵氏孤所在乎？』婴曰：『果与我千金，当告汝。』门客引见岸贾，岸贾叩其姓氏。对曰：『程氏名婴，与公孙杵臼同事赵氏。公主生下孤儿，即遣妇人抱出宫门，托吾两人藏匿。婴恐日后事露，有人出首，彼获千金之赏，我受全家之戮，是以告之。』岸贾曰：『孤在何处？』婴曰：『请屏左右，乃敢言。』岸贾即命左右退避。婴告曰：『在首阳山深处，急往可得，不久当奔秦国矣。然须大夫自往。他人多与赵氏有旧，勿轻托也。』岸贾曰：『汝但随吾往，实则重赏，虚则死罪。』婴曰：『吾亦自山中来此，腹馁甚，幸赐一饭。』岸贾与之酒食。婴食毕，又催岸贾速行。

岸贾自率家甲三千，使程婴前导，径往首阳山。纡回数里，路极幽僻，见临溪有草庄数间，柴门双掩。婴指曰：「此即杵臼、孤儿处也。」婴先叩门，杵臼出迎，见甲士甚众，为仓皇走匿之状。婴喝曰：「汝勿走，司寇已知孤儿在此，亲自来取，速速献出，可也。」言未毕，甲士缚杵臼来见岸贾。岸贾问：「孤儿何在？」杵臼赖曰：「无有。」岸贾命搜其家，见壁室有锁甚固。甲士去锁，入其室，室颇暗。仿佛竹床之上，闻有小儿惊啼之声。抱之以出，锦绷绣褓，俨如贵家儿。杵臼一见，即欲夺之，被缚不得前。乃大骂曰：「小人哉，程婴也！昔下宫之难，我约汝同死，汝说：『公主有孕，若死，谁作保孤之人！』今公主将孤儿付我二人，匿于此山，汝与我同谋做事，却又贪了千金之赏，私行出首。我死不足惜，何以报赵宣孟之恩乎？」千小人，万小人，骂一个不住。程婴羞惭满面，谓岸贾曰：「何不杀之？」岸贾喝令：「将公孙杵臼斩首！」自取孤儿掷之于地，一声啼哭，化为肉饼，哀哉！髯翁有诗云：

一线宫中赵氏危，宁将血胤代孤儿；
屠奸纵有弥天网，谁料公孙已售欺？

屠岸贾起身往首阳山擒捉孤儿，城中那一处不传遍，也有替屠家欢喜的，也有替赵家叹息的。那宫门盘诘，就怠慢了。韩厥却教心腹门客，假作草泽医人，入宫看病，将程婴所传『武』字，粘于药囊之上。庄姬看见，已会其意。诊脉已毕，讲几句胎前产后的套语，庄姬见左右宫人，俱是心腹，即以孤儿裹置药囊之中。那孩子啼哭起来，庄姬手抚药囊祝曰：「赵武，赵武！我一门百口冤仇，在你一点血泡身上，出宫之时，切莫啼哭！」吩咐已毕，孤儿啼声顿止，走出宫门，亦无人盘问。韩厥得了孤儿，如获至宝，藏于深室，使乳妇育之，虽家人亦无知其事者。

屠岸贾回府，将千金赏赐程婴。程婴辞不愿赏。岸贾曰：「汝原为邀赏出首，如何又辞？」程婴曰：「小人为赵氏门客已久，今杀孤儿以自脱，已属非义，况敢利多金乎？倘念小人微劳，愿以此金收葬赵氏一门之尸，亦表小人门下之情于万一也。」岸贾大喜曰：「子真信义之士也！赵氏遗尸，听汝收取不禁。即以此金为汝营葬之资。」程婴乃拜而受之。尽收各家骸骨，棺木盛殓，分别葬于赵盾墓侧。事毕，复往谢岸贾。岸贾欲留用之，婴流涕言曰：「小人一时贪生怕死，作此不义之事，无面目复见晋人，从此将餬口远方矣。」程婴辞了岸贾，往见韩厥。厥将乳妇及孤儿交付程婴。婴抚为己子，携之潜入盂山藏匿。后人因名其山曰藏山，以藏孤得名也。

后三年，晋景公游于新田，见其土沃水甘，因迁其国，谓之新绛。以故都为故绛。百官朝贺，景公设宴于内宫，款待群臣。日色过晡，左右将治烛。忽然怪风一阵，卷入堂中，寒气逼人，在座者无不惊颤。须臾，风过，景公独见一蓬头大鬼，身长丈余，披发及地，自户外而入，攘臂大骂曰：「天乎！我子孙何罪，而汝杀之？我已诉闻于上帝，来取汝命！」言毕，将铜锤来打景公。景公大叫：「群臣救我！」拔佩剑欲斩其鬼，误劈自己之指，群臣不知为何，慌忙抢剑。景公口吐鲜血，闷倒在地，不省人事。

未知性命如何，且看下回分解。

第〇五八回 说秦伯魏相迎医 报魏锜养叔献艺

话说晋景公被蓬头大鬼所击，口吐鲜血，闷倒在地。内侍扶入内寝，良久方醒。群臣皆不乐而散。景公遂病不能起。左右或言：「桑门大巫，能白日见鬼，盍往召之？」桑门大巫奉晋侯之召，甫入寝门，便言：「有鬼！」景公问：「鬼状何如？」大巫对曰：「蓬头披发，身长丈余，以手拍胸，其色甚怒。」景公曰：「巫言与寡人所见正合，言寡人枉杀其子孙，不知此何鬼也？」大巫曰：「先世有功之臣，其子孙被祸最惨者是也。」景公愕然曰：「得非赵氏之祖乎？屠岸贾在旁，即奏曰：「巫者乃赵盾门客，故借端为赵氏讼冤，吾君不可听信。」景公嘿然良久，又问曰：「鬼可禳否？」大巫曰：「怒甚，禳之无益。」景公曰：「然则寡人大限何如？」大巫曰：「小人冒死直言，恐君之病，不能尝新麦也。」屠岸贾曰：「麦熟只在月内，君虽病，精神犹旺，何至如此？若主公得尝新麦，汝当死罪！」不由景公发落，叱之使出。

大巫去后，景公病愈深，晋国医生入视，不识其症，不敢下药。

大夫魏锜之子魏相言于众曰：「吾闻秦有名医二人，高和、高缓，得传授于扁鹊，能达阴阳之理，善攻内外之症，见为秦国太医。欲治主公之病，非此人不可。盍往请之？」众曰：「秦乃吾之仇国，岂肯遣良医以救吾君哉？」魏相又曰：「恤患分灾，邻国之美事。某虽不才，愿掉三寸之舌，必得名医来晋。」众曰：「如此，则举朝皆拜子之赐矣！」

魏相即日束装，驰轺车，星夜往秦。秦桓公问其来意。魏相奏曰：「寡君不幸而沾狂病，闻上国有良医和、缓，有起死回生之术，臣特来敦请，以救寡君。」桓公曰：「晋国无理，屡败我兵，吾国虽有良医，岂救汝君哉？」魏相正色曰：「明公之言差矣！夫秦、晋，比邻之国，故我献公与尔穆公，结婚定好，世世相亲。尔穆公始纳惠公，复有韩原之来战；继纳文公，又有氾南之背盟。不终其好，皆尔为之。文公即世，穆公又过听孟明，欺我襄公之幼弱，师出崤山，袭我属国，自取败衄。我获三帅，赦而不诛，旋违誓言，夺我王官。灵、康之世，我一侵崇，尔即伐晋。及我景公问罪于齐，明公又遣杜回兴救齐之师。败不知惩，胜不知止，弃好寻仇，莫不由秦。明公试思：晋犯秦乎？秦犯晋乎？今寡君有负兹之忧，欲借针砭于高邻，诸臣皆曰：「秦绝我甚，必不许。」臣曰：「不然。秦君屡举不当，安知不悔于厥心？此行也，将假国手以修先君之旧好。」明公若不许，则诸臣之料秦者中矣！夫邻有恤患之谊，而明公废之；医有活人之心，而明公背之。窃为明公不取也。」秦桓公见魏相言辞慷慨，分剖详明，不觉起敬曰：「大夫以正见责寡人，敢不听教？」即诏太医高缓往晋。魏相谢恩，遂与高缓同出雍州，星夜望新绛而来。有诗为证：

婚媾于今作寇仇，幸灾乐祸是良谋。若非魏相澜翻舌，安得名医到绛州？

时晋景公病甚危笃，日夜望秦医不至。忽梦有二竖子，从己鼻中跳出，一竖曰：「秦高缓乃当世之名医，彼若至，用药，我等必然被伤，何以避之？」又一竖子曰：「若躲在肓之上，膏之下，彼能奈我何哉？」须臾，景公大叫心膈间疼痛，坐卧不安。少顷，魏相引高缓至，入宫诊脉毕，缓曰：「此病不可为矣！」景公曰：「何故？」缓对曰：「此病居肓之上，膏之下，既不可以灸攻，又不可以针达；即使用药之力，亦不能及。此殆天命也。」景公叹曰：「所言正合吾梦，真良医矣？」厚其饯送之礼，遣归秦国。

时有小内侍江忠，伏侍景公辛苦，早间不觉失睡。梦见背负景公，飞腾于天上，醒来与左右言之。值屠岸贾入宫问疾，闻其梦，贺景公曰：「天者阳明，病者阴暗；飞腾天上，离暗就明，君之疾必渐平矣。」晋侯是日，亦自觉胸膈稍宽，闻言甚喜。忽报：「甸人来献新麦。」景公欲尝之，命饔人取其半，舂而屑之为粥。屠岸贾恨桑门大巫言赵氏之冤，乃奏曰：「前巫者言主公不能尝新麦，今其言不验矣，可召而示之。」景公从其言，召桑门大巫入宫，使岸贾责之曰：「新麦在此，犹患不能尝乎？」巫者曰：「尚未可知。」景公色变。岸贾曰：「小臣咒诅，当斩！」即命左右牵去。大巫叹曰：「吾因明于小术，以自祸其身，岂不悲哉！」左右献大巫之首，恰好饔人将麦粥来献，时日已中矣。景公方欲取尝，忽然腹胀欲泄，唤江忠：「负我登厕。」才放下厕，一阵心疼，立脚不住，坠入厕中。江忠顾不得污秽，抱他起来，气已绝矣。到底不曾尝新麦，屈杀了桑门大巫，皆屠岸贾之过也！上卿栾书，率百官奉世子州蒲举哀即位，是为厉公。众议江忠曾梦负公登天，后负公以出于厕，正应其梦，遂用江忠为殉葬焉。当时若不言其梦，无此祸矣。口舌害身，不可不慎也！因晋景公为厉鬼击死，晋人多有言赵门冤枉之事者，只为栾、郤二家，都与屠岸贾交通相善，只有一个韩厥，孤掌难鸣，是以不敢为赵氏伸冤。

时宋共公遣上卿华元，行吊于晋，兼贺新君。因与栾书商议，欲合晋、楚之成，免得南北交争，生民涂炭。栾书曰：「楚未可信也。」华元曰：「元善于子重，可以任之。」栾书乃使其幼子栾鍼，同华元至楚，先与公子婴齐相见。婴齐见栾鍼年青貌伟，问于华元，知是中军元帅之子，欲试其才，问曰：「上国用兵之法何如？」鍼对曰：「整。」又问：「更有何长？」鍼答曰：「暇。」婴齐曰：「人乱我整，人忙我暇，何战不胜？二字可谓简而尽矣！」由此倍加敬重。遂引见楚王，定议两国通和，守境安民，动干戈者，鬼神殛之！遂订期为盟。晋士燮，楚公子罢，共歃血于宋国西门之外。

楚司马公子侧，自以不曾与议，大怒曰：「南北之不相通久矣！子重欲擅合成之功，吾必败之。」探知巫臣纠合吴子寿梦，与晋、鲁、齐、宋、卫、郑各国大夫会于钟离，公子侧遂说楚王曰：『晋、吴通好，必有谋楚之情。宋、郑俱从，楚之宇下一空矣。』共王曰：『孤欲伐郑，奈西门之盟何？』公子侧曰：『宋、郑受盟于楚，非一日矣，惟不顾盟，是以附晋。今日之事，惟利则进，何以盟为？』共王乃命公子侧帅师伐郑，郑复背晋从楚。此周简王十年事也。

晋厉公大怒，集诸大夫计议伐郑。时栾书虽则为政，而三郤擅权。那三郤：乃郤锜、郤犨、郤至。锜为上军元帅，犨为上军副将，至为新军副将，犨子郤毅，至弟郤乞，并为大夫用事。伯宗为人，正直敢言，屡向厉公言：『郤氏族大势盛，宜分别贤愚，稍抑其权，以保全功臣之后。』厉公不听。三郤恨伯宗入骨，遂谮伯宗谤毁朝政。厉公信之，反杀伯宗。其子伯州犁奔楚，楚用为太宰，与之谋晋。厉公素性骄侈，兼好内外嬖幸甚多。外嬖胥童、夷羊五、长鱼矫、匠丽氏等一班少年，皆拜为大夫。内嬖美姬爱婢，不计其数。日事淫乐，好谀恶直，政事不修，群臣解体。士燮见朝政日非，不欲伐郑。郤至曰：『不伐郑，何以求诸侯？』栾书曰：『今日失郑，鲁、宋亦将离心，温季之言是也。』楚降将苗贲皇亦劝伐郑，厉公从其言，独留荀罃居守，遂亲率大将栾书、士燮、郤锜、荀偃、韩厥、郤至、魏锜、栾鍼等，出车六百乘，浩浩荡荡，杀奔郑国。一面使郤犨往鲁、卫各国，请兵助战。

郑成公闻晋兵势大，欲谋出降。大夫姚钩耳曰：『郑地褊小，间于两大，只宜择一强者而事之，岂可朝楚暮晋，而岁岁受兵乎？』郑成公曰：『然则何如？』钩耳曰：『依臣之见，莫如求救于楚。楚至，吾与之夹攻，大破晋兵，可保数年之安也。』成公遂遣钩耳往楚求救。楚共王终以西门之盟为嫌，不欲起兵，问于令尹婴齐。婴齐对曰：『我实无信，以致晋师，又庇郑而与之争，勤民以逞，胜不可必，不如待之。』公子侧进曰：『郑人不忍背楚，是以告急。前不救齐，今又不救郑，是绝归附者之望也。臣虽不才，愿提一旅，保驾前往，务要再奏「掬指」之功。』共王大悦，乃拜司马公子侧为中军元帅，令尹公子婴齐为左军，右尹公子壬夫将右军。自统亲军两广之众，望北进发，来救郑国。日行百里，其疾如风，早有哨马报入晋军。士燮私谓栾书曰：『君幼不知国事，吾伪为畏楚而避之，以儆君心，使知戒惧，犹可少安。』栾书曰：『畏避之名，书不敢居也。』士燮退而叹曰：『此行得败为幸，万一战胜，外宁必有内忧，吾甚惧之！』

时楚兵已过鄢陵，晋兵不能前进，留屯彭祖冈，两下各安营下寨。来日，是六月甲午大尽之日，名为晦日。晦不行兵，晋军不做准备。五鼓漏尽，天色犹未大明，忽然寨外喊声大振。守营军士忙忙来报：『楚军直逼本营，排下阵势。』栾书大惊曰：『彼既压我军而阵，我军不能成列，交兵恐致不利。且坚守营垒，待从容设计以破之。』诸将纷纷议论，有言选锐突阵者，有言移兵退后者。时士燮之子名匄，年才一十六岁，闻众议不决，乃突入中军，禀于栾书曰：『元帅患无战地乎？此易事也。』栾书曰：『子有何计？』士匄曰：『传令牢把营门，军士于寨内暗暗将灶土尽皆削平，井用木板掩盖，不过半个时辰，结阵有余地矣。既成列于军中，决开营垒，以为战道，楚其奈我何哉？』栾书曰：『井灶乃军中急务，平灶塞井，何以为食？』匄曰：『先命各军预备干粮净水，足支一二日，俟布阵已定，分拨老弱于营后另作井灶就之。』士燮本不欲战，见其子进计，大怒，骂曰：『兵之胜负，关系天命。汝童子有何知识，敢在此摇唇鼓舌？』遂拔戈逐之。众将把士燮拖住，士匄方能走脱。栾书笑曰：『此童子之智，胜于范孟也。』乃从士匄之计，令各寨多造干粮，然后平灶掩井，摆列阵势。准备来日交兵。胡曾咏史诗云：

军中列阵本奇谋，士燮抽戈若寇仇；岂是心机逊童子，老成忧国有深筹。

却说楚共王直逼晋营而阵，自谓出其不意，军中必然扰乱。却寂然不见动静，乃问于太宰伯州犁曰：「晋兵坚垒不动，子晋人也，必知其情。」州犁曰：「请王登轈车而望之。」楚王登轈车，使州犁立于其侧。王问曰：「晋兵驰骋，或左或右者何也？」州犁对曰：「召军吏也。」王曰：「今又群聚于中军矣。」州犁曰：「合而为谋也。」又望曰：「忽然张幕何故？」州犁曰：「虔告于先君也。」又望曰：「今又撤幕矣。」对曰：「将发军令也。」又望曰：「军中为何喧哗，飞尘不止？」对曰：「彼因不得成列，将塞井平灶，为战地耳。」又望曰：「车皆驾马矣，将士升车矣。」对曰：「将结阵也。」又望曰：「升车者何以复下？」对曰：「将战而祷神也。」又望曰：「中军势似甚盛，其君在乎？」对曰：「栾、范之族，挟公而阵，不可轻敌也。」楚王尽知晋国之情，乃戒谕军中，打点来日交锋之事。楚之降将苗贲皇亦侍于晋侯之侧，献策曰：「自令尹孙叔之死，军政无常。两广精兵，久不选换，老不堪战者，多矣。且左右二帅，不相和睦。此一战，楚可败也。」髯翁有诗云：

楚用州犁本晋良，晋人用楚是贲皇。人才难得须珍重，莫把谋臣借外邦。

是日，两军各坚垒相持，未战。楚将潘党于营后试射红心，连中三矢，众将哄然赞美。适值养繇基至，众将曰：「神箭手来矣？」潘党怒曰：「我的箭何为不如养叔？」养繇基曰：「汝但能射中红心，未足为奇；我之箭能百步穿杨！」众将问曰：「何为百步穿杨？」繇基曰：「曾有人将颜色认记杨树一叶，我于百步外射之，正穿此叶中心，故曰百步穿杨。」众将曰：此间亦有杨树，可试射否？」繇基曰：「何为不可。」众将大喜曰：「今日乃得观养叔神箭也！」乃取墨涂记杨枝一叶，使繇基于百步外射之，其箭不见落下。众将往察之，箭为杨枝挂住，其镞正贯于叶心。潘党曰：「一箭偶中耳！若依我说，将三叶次第记认，你次第射中，方见高手。」繇基曰：「恐未必能，且试为之。」潘党于杨树上高低不等，涂记了三叶，写个「一」「二」「三」字。养繇基也认过了，退于百步之外，将三矢也记个「一」「二」「三」的号数，以次发之，依次而中，不差毫厘。众将皆拱手曰：「养叔真神人也！」潘党虽然暗暗称奇，终不免自家要显所长，乃谓繇基曰：「养叔之射，可谓巧矣！然杀人还以力胜，吾之射能贯数层坚甲，亦当为诸君试之。」众将皆曰：「愿观。」潘党教随行组甲之士，脱下甲来，叠至五层。众将曰：「足矣。」潘党命更迭二层，共是七层。众将想道：「七层甲，差不多有一尺厚，如何射得过？」潘党教把那七层坚甲，绷于射鹄之上。也立在百步之外，挽起黑雕弓，拈着狼牙箭，左手如托泰山，右手如抱婴儿，觑得端端正正，尽力发去。扑的一声，叫道：「着了！」只见箭上，不见箭落，众人上前看时，齐声喝采起来道：「好箭，好箭！」原来弓劲力深，这枝箭直透过七层坚甲，如钉钉物，穿的坚牢，摇也摇不动。潘党面有德色，叫军士将层甲连箭取下，欲以遍夸营中。养繇基且教：「莫动！吾亦试射一箭，未知何如？」众将曰：「也要看养叔神力。」繇基拈弓在手，欲射复止。众将曰：「养叔如何不射？」繇基曰：「只依样穿札，未为希罕，我有个送箭之法。」说罢，搭上箭，飕的射去，叫声：「正好！」这枝箭不上不下，不左不右，恰恰的将潘党那一枝箭，兜底送出布鹄那边去了。繇基这枝箭，依旧穿于层甲孔内。众将看时，无不吐舌。潘党方才心服，叹曰：「养叔妙手，吾不及也！」史传上载楚王猎于荆山，山上有通臂猿，善能接矢。楚兵围之数重，王命左右发矢，俱为猿所接。乃召养繇基。猿闻繇基之名，即便啼号。及繇基到，一发而中猿心。其为春秋第一射手，名不虚传矣。潜渊有诗云：

落乌贯虱名无偶，百步穿杨更罕有。穿札将军未足奇，强中更有强中手。

众将曰：「晋、楚相持，吾王正在用人之际，两位将军，有此神箭，当奏闻吾王，美玉不可韫椟而藏。」乃命军士将箭穿层甲，抬到楚共王面前，养繇基和潘党一同过去。众将将两人先后赌射之事，细细禀知楚王：『我国有神箭如此，何愁晋兵百万？』楚王大怒曰：『将以谋胜，奈何以一箭侥幸耶？尔自恃如此，异日必以艺死！』尽收繇基之箭，不许复射。养繇基羞惭而退。

次日五鼓，两军中各鸣鼓进兵。晋上军元帅郤锜攻楚左军，与公子婴齐对敌。下军元帅韩厥攻楚右军，与公子壬夫对敌。栾书士燮各帅本部车马，中军护驾，与楚共王和公子侧对敌。这边晋厉公是郤毅为御，栾鍼为车右将军，郤至等引新军，为后队接应。那边楚共王出阵。上午本该乘右广，那右广却是养繇基为将，共王怪繇基恃射夸嘴，不用右广，反乘了左广。却是彭名为御，屈荡为车右将军。郑成公引本国车马为后队接应。

却说厉公头带冲天凤翅盔，身披蟠龙红锦战袍，腰悬宝剑，手提方天大戟，乘着金叶包裹的戎辂。右有栾书，左有士燮，展开军门，杀奔楚阵来。谁知阵前却有一窝泥淖，黎明时候，未曾看得仔细，郤毅御车勇猛，刚刚把晋侯车轮陷于淖中，马不能走。楚共王之子熊茷，他少年好勇，领着前队，望见晋侯车陷，驱车飞赶过来。那边栾鍼忙跳下车，立于泥淖之中，尽平生气力，双手将两轮扶起，车浮马动，一步步挣出泥淖来。那边熊茷将次赶到。这里栾书的军马亦到，大喝：『小将不得无礼！』熊茷见旗上有『中军元帅』字，知是大军，吃了一惊，回车便走，被栾书追上，活捉过来。楚军见熊茷有失，一齐来救。却得士燮引兵杀出，后队郤至等俱到，楚兵恐堕埋伏，收兵回营。晋兵亦不追赶，各自归寨。哨马探听楚左军持重，晋上军不曾交战，下军战二十余合，互有杀伤。胜负未分，约定来日再战。栾书将熊茷献功，晋侯欲斩之。苗贲皇进曰：『楚王闻其子被擒，明日必来亲自出战，可囚熊茷于军前，往来诱之。』晋侯曰：『善。』一夜安息无话。

黎明，栾书命开营索战，大将魏锜告书曰：『吾夜来梦见天上一轮明月，遂弯弓射之，正中月心，射出月中一股金光，直泻下来。慌忙退步，不觉失脚，陷于营前泥淖之内，猛然惊觉。此何兆也？』栾书详之曰：『周之同姓为日，异姓为月。射月而中，必楚君矣。然泥淖乃泉壤之中，退入于泥，亦非吉兆。将军必慎之！』魏锜曰：『苟能破楚，虽死何恨！』栾书遂许魏锜打阵。楚将工尹襄出头。战不数合，晋兵推出囚车，在阵上往来。楚共王见其子熊茷被囚于阵，急得心生烟火，忙叫彭名鞭马上前，来抢囚车。魏锜望见，撇了尹襄，径追楚王，架起一枝箭，飕的射去，正中楚王的左眼。潘党力战，保得楚王回车。楚王负痛拔箭，其瞳子随镞而出，掷于地下。有小卒拾而献曰：『此龙睛，不可轻弃。』楚王乃纳于箭袋之中。晋兵见魏锜得利，一齐杀上。公子侧引兵抵死拒敌，救脱了楚共王。郤至围住了郑成公，赖御者将大旌藏于弓衣之内，成公亦走脱。时楚王怒甚，急唤神箭将军养繇基速来救驾。养繇基闻唤，慌忙驰到，身边并无一箭。楚王乃抽二矢付之曰：『射寡人乃绿袍虬髯者，将军为寡人报仇。将军绝艺，想不费多矢也。』繇基领箭，飞车赶入晋阵，正撞见绿袍虬髯者，知是魏锜。大骂：『匹夫有何本事，辄敢射伤吾主？』魏锜方欲答话，繇基发箭已到，正射中魏锜项下，伏于弓衣而死。栾书引军夺回其尸。繇基余下一矢，缴还楚王，奏曰：『仗大王威灵，已射杀绿袍虬髯将矣？』共王大喜，自解锦袍赐之，并赐狼牙箭百枝。军中称为『养一箭』，言不消第二箭也。有诗为证：

鞭马飞车虎下山，晋兵一见胆生寒。万人丛里诛名将，一矢成功奏凯还。

却说晋兵追逐楚兵至紧，养繇基抽矢控弦，立于阵前，追者辄射杀之，晋兵乃不敢逼。楚将婴齐壬夫闻楚王中箭，各来接应，混战一场，晋兵方退。栾鍼望见令尹旗号，知是公子婴齐之军，请于晋侯曰：『臣前奉使于楚，楚令尹子重问晋国用兵之法，臣以「整暇」二字对。今混战未见其整，各退未见其暇。臣愿使行人持饮献之，以践昔日之言。』晋侯曰：『善。』栾鍼乃使行人执酒榼，造于婴齐之军，曰：『寡君乏人，命鍼持矛车右，故不得亲犒从者，使某代进一觞。」婴齐悟昔日：「整、暇」之言，乃叹曰：「小将军可谓记事矣！」受其榼，对使饮之，谓使者曰：「来日阵前，当面谢也。」行人归述其语。栾鍼曰：「楚君中矢，其师尚未肯退，奈何？」苗贲皇曰：「搜阅车乘，补益士卒，秣马厉兵，修阵固列，鸡鸣饱食，决一死战，何畏乎楚？」时郤犨、栾黡从鲁、卫请兵回转，言二国各起兵来助，已在二十里远近。楚谍探知，报闻楚王。楚王大惊曰：「晋兵已众，鲁、卫又来，如之奈何？」即使左右召中军元帅公子侧商议。

不知后事如何，且看下回分解。

中国书籍国学馆

全四卷 第四卷

东周列国志

《中国书籍国学馆》编委会 编

中国书籍出版社
China Book Press

第〇八四回

智伯决水灌晋阳　豫让击衣报襄子

话说智伯名瑶，乃智武子跞之孙，智宣子徐吾之子。徐吾欲建嗣，谋于族人智果曰：『吾欲立瑶何如？』智果曰：『不如宵也。』徐吾曰：『宵才智皆逊于瑶，不如立瑶。』智果曰：『瑶有五长过人，惟一短耳。美须长大过人，善射御过人，多技艺过人，强毅果敢过人，智巧便给过人，然而贪残不仁，是其一短。以五长凌人，而济之以不仁，谁能容之？若果立瑶，智宗必灭！』徐吾不以为然。竟立瑶为適子。智果叹曰：『吾不别族，惧其随波而溺也！』乃私谒太史，求改氏谱，自称辅氏。

及徐吾卒，瑶嗣位，独专晋政。内有智开智国等肺腑之亲，外有絺疵豫让等忠谋之士，权尊势重，遂有代晋之志，召诸臣密议其事。谋士疵进曰：『四卿位均力敌，一家先发，三家拒之。今欲谋晋室，先削三家之势。』智伯曰：『削之何道？』絺疵曰：『今越国方盛，晋失主盟，主公托言兴兵，与越争霸，假传晋侯之命，令韩、赵、魏三家各献地百里，率其赋以为军资。三家若从命割地，我坐而增三百里之封，智氏益强，而三家日削矣。有不从者，矫晋侯之命，率大军先除灭之。此「食果去皮」之法也。』智伯曰：『此计甚妙！但三家先从那家割起？』絺疵曰：『智氏睦于韩、魏，而与赵有隙，宜先韩次魏，韩、魏既从，赵不能独异也。』

智伯即遣智开至韩虎府中，虎延入中堂，叩其来意。智开曰：『吾兄奉晋侯之命，治兵伐越，令三卿各割采地百里，入于公家，取其赋以充公用。吾兄命某致意，愿乞地界回复。』韩虎曰：『子且暂回，某来日即当报命。』智开去，韩康子虎召集群下谋曰：『智瑶欲挟晋侯以弱三家，故请割地为名。吾欲兴兵先除此贼，卿等以为何如？』谋士段规曰：『智伯贪而无厌，假君命以削吾地，若用兵，是抗君也，彼将借以罪我，不如与之。

东周列国志

彼得吾地，必又求之于赵、魏。赵、魏不从，必相攻击，吾得安坐而观其胜负。」韩虎然之。次日，令段规画出地界百里之图，亲自进于智伯。智伯大喜，设宴于蓝台之上，以款韩虎。饮酒中间，智伯命左右取画一轴，置于几上，同虎观之，乃鲁卞庄子刺三虎之图。上有题赞云：

三虎啖羊，势在必争。其斗可俟，其倦可乘。一举兼收，卞庄之能！

智伯戏谓韩虎曰：「某尝稽诸史册，列国中与足下同名者，齐有高虎，郑有罕虎，今与足下而三矣。」时段规侍侧，进曰：「礼，不呼名，惧触讳也。君之戏吾主，毋乃甚乎？」段规生得身材矮小，立于智伯之旁，才及乳下。智伯以手拍其顶曰：「小儿何知，亦来饶舌！三虎所啖之余，得非汝耶？」言毕，拍手大笑。段规不敢对，以目视韩虎。韩佯醉，闭目应曰：「智伯之言是也。」即时辞去。智国闻之，谏曰：「主公戏其君而侮其臣，韩氏之恨必深，若不备之，祸且至矣。」智伯瞋目大言曰：「我不祸人足矣，谁敢兴祸于我？」智国曰：「蚋蚁蜂虿，犹能害人，况君相乎？主公不备，异日悔之何及！」智伯曰：「吾将效卞庄子一举刺三虎，蚋蚁蜂虿，我何患哉！」智国叹息而出。史臣有诗云：

智伯分明井底蛙，眼中不复置王家；宗英空进兴亡计，避害谁如辅果嘉？

次日，智伯再遣智开求地于魏桓子驹，驹欲拒之。谋臣任章曰：「求地而与之，失地者必惧，得地者必骄，骄则轻敌，惧则相亲，以相亲之众，待轻敌之人，智氏之亡可待矣。」魏驹曰：「善。」亦以万家之邑献之。

智伯乃遣其兄智宵，求蔡皋狼之地于赵氏。赵襄子无恤，衔其旧恨，怒曰：「土地乃先世所传，安敢弃之？韩、魏有地自予，吾不能媚人也！」智宵回报，智伯大怒，尽出智氏之甲，使人邀韩、魏二家，共攻赵氏，约以灭赵氏之日，三分其地。韩虎、魏驹一来惧智伯之强，二来贪赵氏之地，各引一军，从智伯征进。智伯自将中军，韩军在右，魏军在左，杀奔赵府中，欲擒赵无恤。赵氏谋臣张孟谈预知兵到，奔告无恤曰：「寡不敌众，主公速宜逃难！」无恤曰：「逃在何处方好？」张孟谈曰：「莫如晋阳。昔董安于曾筑公宫于城内，又经尹铎经理一番，百姓受尹铎数十年宽恤之恩，必能效死。先君临终有言：『异日国家有变，必往晋阳。』主公宜速行，不可迟疑。」无恤即率家臣张孟谈、高赫等，望晋阳疾走。智伯勒二家之兵，以追无恤。

却说无恤有家臣原过，行迟落后，于中途遇一神人，半云半雾，惟见上截金冠锦袍，面貌亦不甚分明，以青竹二节授之，嘱曰：「为我致赵无恤。」原过追上无恤，告以所见，以竹管呈之。无恤亲剖其竹，竹中有朱书二行：

告赵无恤，余霍山之神也。奉上帝命，三月丙戌，使汝灭智氏。

无恤令秘其事。行至晋阳，晋阳百姓感尹铎仁德，携老扶幼，迎接入城，驻札公宫。无恤见百姓亲附，又见晋阳城堞高固，仓廪充实，心中稍安。即时晓谕百姓，登城守望。点阅军器，戈戟钝敝，箭不满千，愀然不乐，谓张孟谈曰：「守城之器，莫利于弓矢，今箭不过数百，不够分给，奈何？」孟谈曰：「吾闻董安于之治晋阳也，公宫之墙垣，皆以荻蒿楛楚，聚而筑之。主公何不发其墙垣，以验虚实？」无恤使人发其墙垣，果然都是箭簳之料。无恤曰：「箭已足矣，奈无金以铸兵器何？」孟谈曰：「闻董安于建宫之时，堂室皆练精铜为柱，卸而用之，铸兵有余也。」无恤再发其柱，纯是练过的精铜。即使冶工碎柱，铸为剑戟刀枪，无不精利，人情益安。无恤叹曰：「甚哉，治国之需贤臣也！得董安于而器用备，得尹铎而民心归，天祚赵氏，其未艾乎？」

再说智、韩、魏三家兵到，分作三大营，连络而居，把晋阳围得铁桶相似。晋阳百姓，情愿出战者甚众，齐赴公宫请令。无恤召张孟谈商之。孟谈曰：「彼众我寡，战未必胜，不如深沟高垒，坚闭不出，以待其变。韩、魏无仇于赵，特为智伯所迫耳。两家割地，亦非心愿，虽同兵而实不同心，不出数月，必有自相疑猜之事，安能久乎？」无恤纳其言，亲自抚谕百姓，示以协力固守之意。军民互相劝勉，虽妇女童稚，亦皆欣然愿效死力。有敌兵近城，辄以强弩射之，三家围困岁余，不能取胜。智伯乘小车周行城外，叹曰：「此城坚如铁瓮，安可破哉？」正怀闷间，行至一山，见山下泉流万道，滚滚望东而逝。拘土人问之，答曰：「此山名曰龙山，山腹有巨石如瓮，故又名悬瓮山。晋水东流，与汾水合，此山乃发源之处也。」智伯曰：「离城几何里？」土人曰：「自此至城西门，可十里之遥。」智伯登山以望晋水，复绕城东北，相度了一回，忽然省悟曰：「吾得破城之策矣！」即时回寨，请韩、魏二家商议，欲引水灌城。韩虎曰：「晋水东流，安能决之使西乎？」智伯曰：「吾非引晋水也。晋水发源于龙山，其流如注，若于山北高阜处，掘成大渠，预为蓄水之地，然后将晋水上流坝断，使水不归于晋川，势必尽注新渠。方今春雨将降，山水必大发，俟水至之日，决堤灌城，城中之人，皆为鱼鳖矣。」韩、魏齐声赞曰：「此计妙哉！」智伯曰：「今日便须派定路数，各司其事。韩公守把东路，魏公守把南路，须早夜用心，以防奔突。某将大营移屯龙山，兼守西北二路，专督开渠筑堤之事。」韩、魏领命辞去。智伯传下号令，多备锹锸，凿渠于晋水之北。次将各处泉流下泻之道，尽皆坝断。复于渠之左右，筑起高堤，凡山坳泄水之处，都有堤坝。那泉源泛溢，奔激无归，只得望北而走，尽注新渠。却将铁枋闸板，渐次增添，截住水口，其水便有留而无去，有增而无减了。今晋水北流一支，名智伯渠，即当日所凿也。一月之后，果然春雨大降，山水骤涨，渠高顿与堤平。智伯使人决开北面，其水从北溢出，竟灌入晋阳城来。有诗为证：

向闻洪水汩山陵，复见壅泉灌晋城。能令阳侯添胆大，便教神禹也心惊。

时城中虽被围困，百姓向来富庶，不苦冻馁。况城基筑得十分坚厚，虽经水浸，并无剥损。过数日，水势愈高，渐渐灌入城中，房屋不是倒塌，便是淹没，百姓无地可栖，无灶可爨，皆构巢而居，悬釜而炊。公宫虽有高台，无恤不敢安居，与张孟谈不时乘竹筏，周视城垣。但见城外水声淙淙，一望江湖，有排山倒峡之势，再加四五尺，便冒过城头了。无恤心下暗暗惊恐。且喜守城军民，昼夜巡警，未尝疏怠，百姓皆以死自誓，更无二心。无恤叹曰：「今日方知尹铎之功矣！」乃私谓张孟谈曰：「民心虽未变，而水势不退，倘山水再涨，阖城俱为鱼鳖，将若之何？霍山神其欺我乎？」孟谈曰：「韩、魏献地，未必甘心，今日从兵，迫于势耳。臣请今夜潜出城外，说韩、魏之君，反攻智伯，方脱此患。」无恤曰：「兵围水困，虽插翅亦不能飞出也。」孟谈曰：「臣自有计，吾主不必忧虑，主公但令诸将多造船筏，利兵器，倘徼天之幸，臣说得行，智伯之头，指日可取矣。」无恤许之。

孟谈知韩康子屯兵于东门，乃假扮智伯军士，于昏夜缒城而出，径奔韩家大寨，只说：「智元帅有机密事，差某面禀。」韩虎正坐帐中，使人召入。其时军中严急，凡进见之人，俱搜简干净，方才放进。张孟谈既与军士一般打扮，身边又无夹带，并不疑心。孟谈既见韩虎，乞屏左右。虎命从人闪开，叩其所以。孟谈曰：「某非军士，实乃赵氏之臣张孟谈也。吾主被围日久，亡在旦夕，恐一旦身死家灭，无由布其腹心，故特遣臣假作军士，夜潜至此，求见将军，有言相告。将军容臣进言，臣敢开口，如不然，臣请死于将军之前。」韩虎曰：「汝有话但说，有理则从。」孟谈曰：「昔日六卿和睦，同执晋政，自范氏、中行氏不得众心，自取覆灭，今存者，惟智、韩、魏、赵四家耳。智伯无故欲夺赵氏蔡皋狼之地，吾主念先世之遗，不忍遽割，未有得罪于智伯也。智伯自恃其强，纠合韩、魏，欲攻灭赵氏，赵氏亡，则祸必次及于韩、魏矣。」韩虎沉吟未答。孟谈又曰：「今日韩、魏所以从智伯而攻赵者，指望城下之日，三分赵氏之地耳。夫韩、魏不尝割万家之邑，以献智伯乎？世传疆宇，彼尚垂涎而夺之，未闻韩、魏敢出一语相抗也，况他人之地哉？赵氏灭，则智氏益强。韩、魏能引今日之劳，与之争厚薄乎？即使今日三分赵地，能保智氏异日之不复请乎？将军请细思之！」韩虎曰：「子之意欲如何？」孟谈曰：「依臣愚见，莫若与吾主私和，反攻智伯，均之得地，而智氏之地多倍于赵，且以除异日之患，三君同心，世为唇齿，岂不美哉？」韩虎曰：「子言亦似有理，俟吾与魏家计议。子且去，三日后来取回复。」孟谈曰：「臣万死一生，此来非同容易，军中耳目，难保不泄，愿留麾下三日，以待尊命。」韩虎使人密召段规，告以孟谈所言。段规受智伯之侮，怀恨未忘，遂深赞孟谈之谋。韩虎使孟谈与段规相见，段规留孟谈同幕而居，二人深相结纳。

次日，段规奉韩虎之命，亲往魏桓子营中，密告以赵氏有人到军中讲话，如此恁般……：「吾主不敢擅便，请将军裁决！」魏驹曰：「狂贼悖嫚，吾亦恨之！但恐缚虎不成，反为所噬耳。」段规曰：「智伯不能相容，势所必然，与其悔于后日，不如断于今日。赵氏将亡，韩、魏存之，其德我必深，不犹愈于与凶人共事乎？」魏驹曰：「此事当熟思而行，不可造次。」段规辞去。

到第二日，智伯亲自行水，遂治酒于悬瓮山，邀请韩、魏二将军，同视水势。饮酒中间，智伯喜形于色，遥指着晋阳城，谓韩、魏曰：「城不没者，仅三版矣！吾今日始知水之可以亡人国也。晋国之盛，表里山河，汾、浍、晋、绛，皆号巨川，以吾观之，水不足恃，适足速亡耳。」魏驹私以肘撑韩虎，韩虎蹑魏驹之足，二人相视，皆有惧色。须臾席散，辞别而去，絺疵谓智伯曰：「韩、魏二家必反矣！」智伯曰：「子何以知之？」絺疵曰：「臣未察其言，已观其色。主公与二家约，灭赵之日，三分其地，今赵城旦暮必破，二家无得地之喜，而有虑患之色，是以知其必反也。」智伯曰：「吾与二氏方欢然同事，彼何虑焉？」絺疵曰：「主公言水不足恃，适速其亡。夫晋水可以灌晋阳，汾水可以灌安邑，绛水可以灌平阳。主公言及晋阳之水，二君安得不虑乎？」

至第三日，韩虎、魏驹亦移酒于智伯营中，答其昨日之情。智伯举觞未饮，谓韩、魏曰：「瑶素负直性，能吐不能茹。昨有人言，二位将军有中变之意，不知果否？」韩虎、魏驹齐声答曰：「元帅信乎？」智伯曰：「吾若信之，岂肯面询于将军哉？」韩虎曰：「闻赵氏大出金帛，欲离间吾三人，此必谗臣受赵氏之私，使元帅疑我二家，因而懈于攻围，庶几脱祸耳。」魏驹亦曰：「此言甚当。不然，城破在迩，谁不愿剖分其土地，乃舍此目前必获之利，而蹈不可测之祸乎？」智伯笑曰：「吾亦知二位必无此心，乃絺疵之过虑也。」韩虎曰：「元帅今日虽然不信，恐早晚复有言者，使吾两人忠心无以自明，宁不堕谗臣之计乎？」智伯以酒酹地曰：「今后彼此相猜，有如此酒！」虎、驹拱手称谢。是日饮酒倍欢，将晚而散。絺疵随后入见智伯曰：「主公奈何以臣之言，泄于二君耶？」智伯曰：「汝又何以知之？」絺疵曰：「适臣遇二君于辕门，二君端目视臣，已而疾走。彼谓臣已知其情，有惧臣之心，故遑遽如此。」智伯笑曰：「吾与二子酹酒为誓，各不相猜，子勿妄言，自伤和气。」絺疵退而叹曰：「智氏之命不长矣！」乃诈言暴得寒疾，求医治疗，遂逃奔秦国去讫。髯翁有诗咏絺疵云：

韩魏离心已见端，絺疵远识讵能瞒？一朝托疾飘然去，明月清风到处安。

再说韩虎、魏驹从智伯营中归去，路上二君定计，与张孟谈歃血订约：「期于明日夜半，决堤泄水，你家只看水退为信，便引城内军士，杀将出来，共擒智伯。」孟谈领命入城，报知无恤。无恤大喜，暗暗传令，结束停当，等待接应。至期，韩虎、魏驹暗地使人袭杀守堤军士，于西面掘开水口，水从西决，反灌入智伯之寨。军中惊乱，一片声喊起，智伯从睡梦中惊醒起来，水已及于卧榻，衣被俱湿。还认道巡视疏虞，偶然堤漏，急唤左右快去救水塞堤。须臾，水势益大，却得智国、豫让率领水军，驾筏相迎，扶入舟中。回视本营，波涛滚滚，营垒俱陷，军粮器械，飘荡一空。营中军士，尽从水中浮沉挣命。智伯正在凄惨，忽闻鼓声大震，韩、魏两家之兵，各乘小舟，趁着水势杀来，将智家军乱砍，口中只叫：「拿智瑶来献者重赏！」智伯叹曰：「吾不信絺疵之言，果中其诈！」豫让曰：「事已急矣！主公可从山后逃匿，奔入秦邦请兵。臣当以死拒敌。」智伯从其言，遂与智国掉小舟转出山背。谁知赵襄子也料智伯逃奔秦国，却遣张孟谈从韩、魏二家追逐智军，自引一队，伏于龙山之后，凑巧相遇。无恤亲缚智伯，数其罪，斩之。智国投水溺死。豫让鼓励残兵，奋勇迎战，争奈寡不敌众，手下渐渐解散。及闻智伯已擒，遂变服逃往石室山中。智氏一军尽没。无恤查是日，正三月丙戌日也。天神所赐竹书，其言验矣。

三家收兵在于一处，将各路坝闸，尽行拆毁，水复东行，归于晋川，晋阳城中之水，方才退尽。无恤安抚居民已毕，谓韩、魏曰：「某赖二公之力，保全残城，实出望外。然智伯虽死，其族尚存，斩草留根，终为后患。」韩、魏曰：「当尽灭其宗，以泄吾等之恨！」无恤即同韩、魏回至绛州，诬智氏以叛逆之罪，围其家，无论男女少长，尽行屠戮，宗族俱尽。惟智果已出姓为辅氏，得免于难，到此方知果之先见矣。韩、魏所献地，各自收回。又将智氏食邑，三分均分，无一民尺土，入于公家。此周贞定王十六年事也。

无恤论晋阳之功，左右皆推张孟谈为首，无恤独以高赫为第一。孟谈曰：「高赫在围城之中，不闻画一策，效一劳，而乃居首功，受上赏，臣窃不解。」无恤曰：「吾在厄困中，众俱慌错，惟高赫举动敬谨，不失君臣之礼。夫功在一时，礼垂万世，受上赏，不亦宜乎？」孟谈愧服。无恤感山神之灵，为之立祠于霍山，使原过世守其祀。又憾智伯不已，漆其头颅为溲便之器。

豫让在石室山中，闻知其事，涕泣曰：「『士为知己者死。』吾受智氏厚恩，今国亡族灭，辱及遗骸，吾偷生于世，何以为人？」乃更姓名，诈为囚徒服役者，挟利匕首，潜入赵氏内厕之中，欲候无恤如厕，乘间刺之。无恤到厕，忽然心动，使左右搜厕中，牵豫让出见无恤。无恤乃问曰：「子身藏利器，欲行刺于吾耶？」豫让正色答曰：「吾智氏亡臣，欲为智伯报仇耳！」左右曰：「此人叛逆宜诛！」无恤止之曰：「智伯身死无后，而豫让欲为之报仇，真义士也！杀义士者不祥。」令放豫让还家。临去，复召问曰：「吾今纵子，能释前仇否？」豫让曰：「释臣者，主之私恩；报仇者，臣之大义。」左右曰：「此人无礼，纵之必为后患。」无恤曰：「吾已许之，可失信乎？今后但谨避之可耳。」即日归治晋阳，以避豫让之祸。

却说豫让回至家中，终日思报君仇，未能就计。其妻劝其再仕韩、魏，以求富贵。豫让怒，拂衣而出。思欲再入晋阳，恐其识认不便，乃削须去眉，漆其身为癞子之状，乞丐于市中。妻往市跟寻，闻呼乞声，惊曰：「此吾夫之声也！」趋视，见豫让，曰：「其声似而其人非。」遂舍去。豫让嫌其声音尚在，复吞炭变为哑喉，再乞于市。妻虽闻声，亦不复讶。有友人素知豫让之志，见乞者行动，心疑为让，潜呼其名，果是也。乃邀至家中进饮食，谓曰：「子报仇之志决矣！然未得报之术也。以子之才，若诈投赵氏，必得重用。此时乘隙行事，唾手而得，何苦毁形灭性，以求济其事乎？」豫让谢曰：「吾既臣赵氏，而复行刺，是贰心也。今吾漆身吞炭，为智伯报仇，正欲使人臣怀贰心者，闻吾风而知愧耳！请与子诀，勿复相

东周列国志

见。」遂奔晋阳城来，行乞如故，更无人识之者。

赵无恤在晋阳观智伯新渠，已成之业，不可复废，乃使人建桥于渠上，以便来往。名曰赤桥。赤乃火色，火能克水，因晋水之患，故以赤桥厌之。桥既成，无恤驾车出观。豫让预知无恤观桥，复怀利刃，诈为死人，伏于桥梁之下。无恤之车，将近赤桥，其马忽悲嘶却步。御者连鞭数策，亦不前进。张孟谈进曰：「臣闻「良骥不陷其主。」今此马不渡赤桥，必有奸人藏伏，不可不察。」无恤停车，命左右搜简。回报：「桥下并无奸细，只有一死人僵卧。」无恤曰：「新筑桥梁，安得便有死尸？必豫让也。」命曳出视之，形容虽变，无恤尚能识认。骂曰：「吾前已曲法赦子，今又来谋刺，皇天岂佑汝哉！」命牵去斩之。豫让呼天而号，泪与血下。左右曰：「子畏死耶？」让曰：「某非畏死，痛某死之后，别无报仇之人耳！」无恤召回问曰：「子先事范氏，范氏为智伯所灭，子忍耻偷生，反事智伯，不为范氏报仇。今智伯之死，子独报之甚切，何也？」豫让曰：「夫君臣以义合。君待臣如手足，则臣待君如腹心；君待臣如犬马，则臣待君如路人。某向事范氏，止以众人相待，吾亦以众人报之。及事智伯，蒙其解衣推食，以国士相待，吾当以国士报之。岂可一例而观耶？」无恤曰：「子心如铁石不转，吾不复赦子矣！」遂解佩剑，责令自裁。豫让曰：「臣闻「忠臣不忧身之死，明主不掩人之义。」蒙君赦宥，于臣已足。今日臣岂望再活？但两计不成，愤无所泄。请君脱衣与臣击之，以寓报仇之意，臣死亦瞑目矣！」无恤怜其志，脱下锦袍，使左右递与豫让。让掣剑在手，怒目视袍，如对无恤之状，三跃而三砍之，曰：「吾今可以报智伯于地下矣。」遂伏剑而死。至今此桥尚存，后人改名为豫让桥。无恤见豫让自刎，心甚悲之，即命收葬其尸。军士提起锦袍，呈与无恤。无恤视所砍之处，皆有鲜血点污。此乃精诚之所感也。无恤心中惊骇，自是染病。

不知性命何如，且看下回分解。

第〇八五回　乐羊子怒啜中山羹　西门豹乔送河伯妇

话说赵无恤被豫让三击其衣，连打三个寒噤，豫让死后，无恤视衣砍处，皆有血迹，自此患病，踰年不痊。无恤生有五子，因其兄伯鲁为己而废，欲以伯鲁之子周为嗣，而周先死，乃立周之子浣为世子。无恤临终，谓世子赵浣曰：『三卿灭智氏，地土宽饶，百姓悦服。宜乘此时，约韩、魏三分晋国，各立庙社，传之子孙。若迟疑数载，晋或出英主，揽权勤政，收拾民心，则赵氏之祀不保矣。』言讫而瞑。赵浣治丧已毕，即以遗言告于韩虎。时周考王之四年，晋哀公薨，子柳立，是为幽公。韩虎与魏、赵合谋，只以绛州、曲沃二邑，为幽公俸食，余地皆三分入于三家，号曰三晋。幽公微弱，反往三家朝见，君臣之分倒置矣。

再说齐相国田盘，闻三晋尽分公家之地，亦使其兄弟宗人，尽为齐都邑大夫，遣使致贺于三晋，与之通好。自是列国交际，田、赵、韩、魏四家，自出名往来，齐、晋之君，拱手如木偶而已。时周考王封其弟揭于河南王城，以续周公之官职。揭少子班，别封于巩。因巩在王城之东，号曰东周公，而称河南曰西周公，此东西二周之始。考王薨，子午立，是为威烈王。威烈王之世，赵浣卒，子赵籍代立。而韩虔嗣韩，魏斯嗣魏，田和嗣田，四家相结益深，约定彼此互相推援，共成大事。

威烈王二十三年，有雷电击周之九鼎，鼎俱摇动。三晋之君，闻此私议曰：『九鼎乃三代传国之重器，今忽震动，周运其将终矣。吾等立国已久，未正名号，乘此王室衰微之际，各遣使请命于周王，求为诸侯，彼畏吾之强，不敢不许。如此，则名正言顺，有富贵之实，而无篡夺之名，岂不美哉？』于是各遣心腹之使，魏遣田文，赵遣公仲连，韩遣侠累，各赍金帛及土产之物，贡献于威烈王，乞其册命。威烈王问于使者曰：『晋地皆入

东周列国志

于三家乎？』魏使田文对曰：『晋失其政，外离内叛，三家自以兵力征讨叛臣，而有其地，非攘之于公家也。』威烈王又曰：『三晋既欲为诸侯，何不自立？乃复告于朕乎？』赵使公仲连对曰：『以三晋累世之强，自立诚有余，所以必欲禀命者，不敢忘天子之尊耳。王若册封三晋之君，俾世笃忠贞，为周藩屏，于王室何不利焉？』威烈王大悦，即命内史作策命，赐籍为赵侯，虔为韩侯，斯为魏侯，各赐黼冕圭璧全副。田文等回报，于是赵、韩、魏三家，各以王命宣布国中。赵都中牟，韩都平阳，魏都安邑，立宗庙社稷。复遣使遍告列国，列国亦多致贺。惟秦国自弃晋附楚之后，不通中国，中国亦以夷狄待之，故独不遣贺。未几，三家废晋靖公为庶人，迁于纯留，而复分其余地。晋自唐叔传至靖公，凡二十九世，其祀遂绝。髯翁有诗叹云：

六卿归四四归三，南面称侯自不惭；利器莫教轻授柄，许多昏主导奸贪。

又有诗讥周王不当从三晋之命，导人叛逆。诗云：

王室单微似赘瘤，怎禁三晋不称侯？若无册命终成窃，只怪三侯不怪周。

却说三晋之中，惟魏文侯斯最贤，能虚心下士。时孔子高弟卜商，字子夏，教授于西河，文侯从之受经。魏成荐田子方之贤，文侯与之为友。成又言：『西河人段干木，有德行，隐居不仕。』文侯即命驾车往见。干木闻车驾至门，乃踰后垣而避之。文侯叹曰：『高士也！』遂留西河一月，日日造门请见，将近其庐，即凭轼起立，不敢倨坐。干木知其诚，不得已而见之。文侯以安车载归，与田子方同为上卿。四方贤士，闻风来归。又有李克、翟璜、田文、任座一班谋士，济济在朝，当时人才之盛，无出魏右。秦人屡次欲加兵于魏，畏其多贤，为之寝兵。文侯尝与虞人期定午时，猎于郊外。其日早朝，值天雨，寒甚，赐群臣酒，君臣各饮，方在浃洽之际，文侯问左右曰：『时及午乎？』答曰：『时午矣。』文侯遽命撤酒，促舆人速速驾车适野。左右曰：『雨，不可猎矣，何必虚此一出乎？』文侯曰：『吾与虞人有约，彼必相候于郊，虽不猎，敢不亲往以践约哉？』国人见文侯冒雨而出，咸以为怪，及闻赴虞人之约，皆相顾语曰：『我君之不失信于人如此。』于是凡有政教，朝令夕行，无敢违者。

却说晋之东，有国名中山，姬姓，子爵，乃白狄之别种，亦号鲜虞。自晋昭公之世，叛服不常，屡次征讨，赵简子率师围之，始请和，奉朝贡。及三晋分国，无所专属。中山子姬窟，好为长夜之饮，以日为夜，以夜为日，疏远大臣，狎昵群小，黎民失业，灾异屡见。文侯谋欲伐之。魏成进曰：『中山西近赵，而南远于魏，若攻而得之，未易守也。』文侯曰：『若赵得中山，则北方之势愈重矣。』翟璜奏曰：『臣举一人，姓乐名羊，本国谷邱人也。此人文武全才，可充大将之任。』文侯曰：『何以见之？』翟璜对曰：『乐羊尝行路，得遗金，取之以归，其妻唾之曰：「志士不饮盗泉之水，廉者不受嗟来之食。此金不知来历，奈何取之，以污素行乎？」乐羊感妻之言，乃抛金于野，别其妻而出，游学于鲁、卫。过一年来归，其妻方织机，问夫：「所学成否？」乐羊曰：「尚未也。」妻取刀断其机丝。乐羊惊问其故。妻曰：「学成而后可行，犹帛成而后可服。今子学尚未成，中道而归，何异于此机之断乎？」乐羊感悟，复往就学，七年不返。今此人见在本国，高自期许，不屑小仕，何不用之？』文侯即命翟璜以辂车召乐羊，左右阻之曰：『臣闻乐羊长子乐舒，见仕中山，岂可任哉？』翟璜曰：『乐羊，功名之士也。子在中山，曾为其君招乐羊，羊以中山君无道不往。主公若寄以斧钺之任，何患不能成功乎？』文侯从之。乐羊随翟璜入朝见文侯，文侯曰：『寡人欲以中山之事相委，奈卿子在彼国何？』乐羊曰：『丈夫建功立业，各为其主，岂以私情废公事哉？臣若不能破灭中山，甘当军令！』文侯大喜曰：『子能自信，寡人无不信子。』遂拜为元帅，使西门豹为先锋，率兵五万，往伐中山。

姬窟遣大将鼓须，屯兵楸山，以拒魏师。乐羊屯兵于文山。相持月余，未分胜负。乐羊谓西门豹曰：『吾在主公面前，任军令状而来，今出兵月余，未有寸功，岂不自愧！吾视楸山多楸树，诚得一胆勇之士，潜师而往，纵火焚林，彼兵必乱，乱而乘之，无不胜矣。』西门豹愿往。其时八月中秋，中山子姬窟，遣使赍羊酒到楸山，以劳鼓须。鼓须对月畅饮，乐而忘怀。约至三更，西门豹率兵壮衔枚突至，每人各持长炬一根，俱枯枝扎成，内灌有引火药物，四下将楸木焚烧。鼓须见军中火起，延及营寨，带醉率军士救火，只见哓哓哱哱，遍山皆着，没救一头处。军中大乱。鼓须知前营有魏兵，急往山后奔走。正遇乐羊亲自引兵从山后袭来，中山兵大败，鼓须死战得脱。奔至白羊关，魏兵紧追在后，鼓须弃关而走。乐羊长驱直入，所向皆破。

鼓须引败兵见姬窟，言乐羊勇智难敌。须臾，乐羊引兵围了中山，姬窟大怒。大夫公孙焦进曰：『乐羊者，乐舒之父，舒仕于本国。君令舒于城上说退父兵，此为上策。』姬窟依计，谓乐舒曰：『尔父为魏将攻城，如说得退兵，当封汝大邑。』乐舒曰：『臣父前不肯仕中山，而仕于魏，今各为其主，岂臣说之可行哉？』姬窟强之。乐舒不得已，只得登城大呼，请其父相见。乐羊披挂登于轈车，一见乐舒，不等开口，遽责曰：『君子不居危国，不事乱朝。汝贪于富贵，不识去就。吾奉君命吊民伐罪，可劝汝君速降，尚可相见。』乐舒曰：『降不降在君，非男所得专也。但求父暂缓其攻，容我君臣从容计议。』乐羊曰：『吾且休兵一月，以全父子之情。汝君臣可早早定议，勿误大事。』乐羊果然出令，只教软困，不去攻城。姬窟恃着乐羊爱子之心，决不急攻，且图延缓，全无主意。过了一月，乐羊使人讨取降信。姬窟又叫乐舒求宽，乐羊又宽一月。如此三次，西门豹进曰：『元帅不欲下中山乎？何以久而不攻也？』乐羊曰：『中山君不恤百姓，吾故伐之。若攻之太急，伤民益甚。吾之三从其请，不独为父子之情，亦所以收民心也。』

却说魏文侯左右见乐羊新进，骤得大用，俱有不平之意。及闻其三次辍攻，遂谮于文侯曰：『乐羊乘屡胜之威，势如破竹，特因乐舒一语，三月不攻，父子情深，亦可知矣。主公若不召回，恐劳师费财，无益于事。』文侯不应，问于翟璜。璜曰：『此必有计，主公勿疑。』自此群臣纷纷上书，有言中山将分国之半与乐羊者，有言乐羊谋与中山，共攻魏国者，文侯俱封置箧内。但时时遣使劳苦，预为治府第于都中，以待其归。

乐羊心甚感激，见中山不降，遂率将士尽力攻击。中山城坚厚，且积粮甚多，鼓须与公孙焦昼夜巡警，拆城中木石，为捍御之备，攻至数月，尚不能破。恼得乐羊性起，与西门豹亲立于矢石之下，督令四门急攻。鼓须方指挥军士，脑门中箭而死。城中房屋墙垣，渐已拆尽。公孙焦言于姬窟曰：『事已急矣！今日止有一计，可退魏兵。』窟问：『何计？』公孙焦曰：『乐舒三次求宽，羊俱听之，足见其爱子之情矣。今攻击至急，可将乐舒绑缚，置于高竿，若不退师，当杀其子，使乐舒哀呼乞命，乐羊之攻，必然又缓。』姬窟从其言。乐舒在高竿上，大呼：『父亲救命！』乐羊见之，大骂曰：『不肖子！汝仕于人国，上不能出奇运策，使其主有战胜之功；下不能见危委命，使君决行成之计；尚敢如含乳小儿，以哀号乞怜乎？』言毕，架弓搭矢，欲射乐舒。舒叫苦下城，见姬窟曰：『吾父志在为国，不念父子之情。主公自谋战守，臣请死于君前，以明不能退兵之罪。』公孙焦曰：『其父攻城，其子不能无罪，合当赐死。』姬窟曰：『非乐舒之过也。』公孙焦曰：『乐舒死，臣便有退兵之计。』姬窟遂以剑授舒，舒自刭而亡。公孙焦曰：『人情莫亲于父子，今将乐舒烹羹以遗乐羊，羊见羹必然不忍，乘其哀泣之际，无心攻战，主公引一军杀出，大战一

东周列国志

场，幸而得胜，再作计较。」姬窟不得已而从之。命将乐舒之肉烹羹，并其首送于乐羊曰：「寡君以小将军不能退师，已杀而烹之，谨献其羹。小将军尚有妻孥，元帅若再攻城，即当尽行诛戮。」乐羊认得是其子首，大骂曰：「不肖子！事无道昏君，固宜取死。」即取羹对使者食之，尽一器。谓使者曰：「蒙汝君馈羹，破城日面谢。吾军中亦有鼎镬，以待汝君也。」使者还报。姬窟见乐羊全无痛子之心，攻城愈急，恐城破见辱，遂入后宫自缢。公孙焦开门出降，乐羊数其谗谄败国之罪，斩之。抚慰居民已毕，留兵五千，使西门豹居守。尽收中山府藏宝玉，班师回魏。

魏文侯闻乐羊成功，亲自出城迎劳曰：「将军为国丧子，实孤之过也。」乐羊顿首曰：「臣义不敢顾私情，以负主公斧钺之寄。」乐羊朝见毕，呈上中山地图，及宝货之数。群臣称贺。文侯设宴于内台之上，亲捧觞以赐乐羊。羊受觞饮之，足高气扬，大有矜功之色。宴毕，文侯命左右挈二箧，封识甚固，送乐羊归第。左右将二箧交割，乐羊想道：「箧内必是珍珠金玉之类。主公恐群臣相妒，故封识赠我。」命家人抬进中堂，启箧视之，俱是群臣奏本，本内尽说乐羊反叛之事。乐羊大惊曰：「原来朝中如此造谤！若非吾君相信之深，不为所惑，怎得成功？」次日，入朝谢恩，文侯议加上赏。乐羊再拜辞曰：「中山之灭，全赖主公力持于内。臣在外稍效犬马，何力之有？」文侯曰：「非寡人不能任卿，非卿亦不能副寡人之任也。然将军劳矣，盍就封安食乎？」即以灵寿封羊，称为灵寿君，罢其兵权。翟璜进曰：「君既知乐羊之能，奈何不使将兵备边，而纵其安闲乎？」文侯笑而不答。璜出朝以问李克，克曰：「乐羊不爱其子，况他人哉？此管仲所以疑易牙也。」翟璜乃悟。文侯思中山地远，必得亲信之人为守，乃保无虞。乃使其世子击为中山君。

击受命而出，遇田子方乘敝车而来。击慌忙下车，拱立道旁致敬。田子方驱车直过，傲然不顾。击心怀不平，乃使人牵其车索，上前曰：「击有问于子，富贵者骄人乎？贫贱者骄人乎？」子方笑曰：「自古以来，只有贫贱骄人，那有富贵骄人之理？国君而骄人，则不保社稷，大夫而骄人，则不保宗庙。楚灵王以骄亡其国，智伯瑶以骄亡其家，富贵之不足恃明矣。若夫贫贱之士，食不过藜藿，衣不过布褐，无求于人，无欲于世，惟好士之主，自乐而就之，言听计合，勉为之留。不然，则浩然长往，谁能禁焉？武王能诛万乘之纣，而不能屈首阳之二士，盖贫贱之足贵如此。」太子击大惭，谢罪而去。文侯闻子方不屈于世子，益加敬礼。

时邺都缺守，翟璜曰：「邺介于上党邯郸之间，与韩、赵为邻，必得强明之士以守之，非西门豹不可。」文侯即用西门豹为邺都守。豹至邺城，见闾里萧条，人民稀少，召父老至前，问其所苦。父老皆曰：「苦为河伯娶妇。」豹曰：「怪事，怪事！河伯如何娶妇？汝为我详言之。」父老曰：「漳水自沾岭而来，由沙城而东，经于邺，为漳河。河伯即清漳之神也。其神好美妇，岁纳一夫人。若择妇嫁之，常保年丰岁稔，雨水调均。不然，神怒，致水波泛溢，漂溺人家。」豹曰：「此事谁人倡始？」父老曰：「此邑之巫觋所言也。俗畏水患，不敢不从。每年里豪及廷掾，与巫觋共计，赋民钱数百万，用二三十万，为河伯娶妇之费，其余则共分用之。」豹问曰：「百姓任其瓜分，宁无一言乎？」父老曰：「巫觋主祝祷之事，三老廷掾有科敛奔走之劳，分用公费，固所甘心。更有至苦，当春初布种，巫觋遍访人家女子，有几分颜色者，即云「此女当为河伯夫人。」不愿者，多将财帛买免，别觅他女。有贫民不能买免，只得将女与之。巫觋治斋宫于河上，绛帷床席，铺设一新，将此女沐浴更衣，居于斋宫之内。卜一吉日，编苇为舟，使女登之，浮于河，流数十里乃灭。人家苦此烦费，又有爱女者，恐为河伯所娶，携女远窜，所以城中益空。」豹曰：「汝邑曾受漂溺之患否？」父老曰：「赖岁岁娶妇，不曾触河神之怒，但漂溺虽免，奈本邑土高路远，河水难达，每逢岁旱，又有干枯之患。」豹曰：「神既有灵，当嫁女时，吾亦欲往送，当为汝祷之。」

及期，父老果然来禀。西门豹具衣冠亲往河上。凡邑中官属，三老、豪户、里长、父老，莫不毕集。百姓远近皆会，聚观者数千人。三老、里长等，引大巫来见，其貌甚倨。豹观之，乃一老女子也。小巫女弟子二十余人，衣裳楚楚，悉持巾栉、炉香之类，随侍其后。豹曰：「劳苦大巫，烦呼河伯妇来，我欲视之。」老巫顾弟子使唤至。豹视女子，鲜衣素袜，颜色中等。豹谓巫妪及三老众人曰：「河伯贵神，女必有殊色，方才相称。此女不佳，烦大巫为我入报河伯，但传太守之语：「更当别求好女，于后日送之。」」即使吏卒数人，共抱老巫，投之于河，左右莫不惊骇失色。豹静立俟之，良久曰：「妪年老不干事，去河中许久，尚不回话，弟子为我催之。」复使吏卒抱弟子一人，投于河中。少顷，又曰：「弟子去何久也？」复使弟子一人催之。又嫌其迟，更投一人。凡投弟子三人，入水即没。豹曰：「是皆女子之流，传语不明，烦三老入河，明白言之。」三老方欲辞。豹喝：「快去，即取回覆。」吏卒左牵右拽，不由分说，又推河中，逐波而去。旁观者皆为吐舌。豹簪笔鞠躬，向河恭敬以待。约莫又一个时辰，豹曰：「三老年高，亦复不济。须得廷掾、豪长者往告。」那廷掾、里豪，吓得面如土色，流汗浃背，一齐皆叩头求哀，流血满面，坚不肯起。西门豹曰：「且俟须臾。」众人战战兢兢，又过一刻，西门豹曰：「河水滔滔，去而不返，河伯安在？枉杀民间女子，汝曹罪当偿命！」众人复叩头谢曰：「从来都被巫妪所欺，非某等之罪也。」豹曰：「巫妪已死，今后再有言河伯娶妇者，即令其人为媒，往报河伯。」于是廷掾、里豪、三老，干没财赋，悉追出散还民间。又使父老即于百姓中，询其年长无妻者，以女弟子嫁之，巫风遂绝。百姓逃避者，复还乡里。有诗为证：

河伯何曾见娶妻？愚民无识被巫欺；一从贤令除疑网，女子安眠不受亏。

豹又相度地形，视漳水可通处，发民凿渠，各十二处，引漳水入渠，既杀河势，又腹内田亩，得渠水浸灌，无旱干之患，禾稼倍收，百姓乐业。今临漳县有西门渠，即豹所凿也。文侯谓翟璜曰：「寡人听子之言，使乐羊伐中山，使西门豹治邺，皆胜其任，寡人赖之。今西河在魏西鄙，为秦人犯魏之道，卿思何人可以为守？」翟璜沉思半晌，答曰：「臣举一人，姓吴名起，此人大有将才，今自鲁奔魏，主公速召而用之，若迟，则又他适矣。」文侯曰：「起非杀妻以求为鲁将者乎？闻此人贪财好色，性复残忍，岂可托以重任哉？」翟璜曰：「臣所举者，取其能为君成一日之功，若素行不足计也。」文侯曰：「试为寡人召之。」

不知吴起如何在魏立功，且看下回分解。

第〇八六回 吴起杀妻求将　驺忌鼓琴取相

话说吴起卫国人，少居里中，以击剑无赖，为母所责。起自啮其臂出血，与母誓曰：「起今辞母，游学他方，不为卿相，拥节旄，乘高车，不入卫城与母相见！」母泣而留之，起竟出北门不顾。往鲁国，受业于孔门高弟曾参，昼研夜诵，不辞辛苦。有齐国大夫田居至鲁，嘉其好学，与之谈论，渊渊不竭，乃以女妻之。起在曾参之门，岁余，参知其家中尚有老母，一日，问曰：「子游学六载，不归省觐，人子之心安乎？」起对曰：「起曾有誓词在前：「不为卿相，不入卫城。」」参曰：「他人可誓，母安可誓也！」由是心恶其人。未几，卫国有信至，言起母已死；起仰天三号，旋即收泪，诵读如故。参怒曰：「吴起不奔母丧，忘本之人！夫水无本则竭，木无本则折，人而无本，能令终乎？起非吾徒矣。」命弟子绝之，不许相见。

起遂弃儒，学兵法，三年学成，求仕于鲁。鲁相公仪休，常与论兵，知其才能，言于穆公，任为大夫。起禄入既丰，遂多买妾婢，以自娱乐。时齐相国田和谋篡其国，恐鲁与齐世姻，或讨其罪，乃修艾陵之怨，兴师伐鲁，欲以威力胁而服之。鲁相国公仪休进曰：「欲却齐兵，非吴起不可。」穆公口虽答应，终不肯用。及闻齐师已拔成邑，休复请曰：「臣言吴起可用，君何不行？」穆公曰：「吾固知起有将才，然其所娶乃田宗之女，夫至爱莫如夫妻，能保无观望之意乎？吾是以踌躇而不决也。」公仪休出朝，吴起已先在相府候见，问曰：「齐寇已深，主公已得良将否？今日不是某夸口自荐，若用某为将，必使齐兵只轮不返。」公仪休曰：「吾言之再三，主公以子婿于田宗，以此持疑未决。」吴起曰：「欲释主公之疑，此特易耳。」乃归家问其妻田氏曰：「人之所贵有妻者，何也？」田氏曰：「有外有内，家道始立。所贵有妻，以成家耳。」吴起曰：「夫位为卿相，食禄万钟，功垂于竹帛，名留于千古，其成家也大矣，岂非妇之所望于夫者乎？」田氏曰：「然。」起曰：「吾有求于子，子当为我成之。」田氏曰：「妾妇人，安得助君成其功名？」起曰：「今齐师伐鲁，鲁侯欲用我为将，以我娶于田宗，疑而不用。诚得子之头，以谒见鲁侯，则鲁侯之疑释，而吾之功名可就矣。」田氏大惊，方欲开口答话，起拔剑一挥，田氏头已落地。史臣有诗云：

一夜夫妻百夜恩，无辜忍使作冤魂？母丧不顾人伦绝，妻子区区何足论。

于是以帛裹田氏头，往见穆公，奏曰：「臣报国有志，而君以妻故见疑，臣今斩妻之头，以明臣之为鲁不为齐也。」穆公惨然不乐，曰：「将军休矣！」少顷，公仪休入见，穆公谓曰：「吴起杀妻以求将，此残忍之极，其心不可测也。」公仪休曰：「起不爱其妻，而爱功名，君若弃之不用，必反而为齐矣。」穆公乃从休言，即拜吴起为大将，使泄柳、申详副之，率兵二万，以拒齐师。起受命之后，在军中与士卒同衣食，卧不设席，行不骑乘，见士卒裹粮负重，分而荷之，有卒病疽，起亲为调药，以口吮其脓血，士卒感起之恩，如同父子，咸摩拳擦掌，愿为一战。

却说田和引大将田忌、段朋，长驱而入，直犯南鄙，闻吴起为鲁将，笑曰：「此田氏之婿，好色之徒，安知军旅事耶？鲁国合败，故用此人也。」及两军对垒，不见吴起挑战，阴使人觇其作为。见起方与军士中之最贱者，席地而坐，分羹同食。使者还报，田和笑曰：「将尊则士畏，士畏则战力。起举动如此，安能用众？吾无虑矣。」再遣爱将张丑，假称愿与讲和，特至鲁军，探起战守之意。起将精锐之士，藏于后军，悉以老弱见客，谬为恭谨，延入礼待。丑曰：「军中传闻将军杀妻求将，果有之乎？」起觳觫而对曰：「某虽不肖，曾受学于圣门，安敢为此不情之事？吾妻自因病亡，与军旅之命适会其时，君之所闻，殆非其实。」丑曰：「将军若不弃田宗之好，愿与将军结盟通和。」起曰：「某书生，岂敢与田氏战乎？若获结成，此乃某之至愿也。」起留张丑于军中，欢饮三日，方才遣归，绝不谈及兵事。临行，再三致意，求其申好。丑辞去，起即暗调兵将，分作三路，尾其后而行。田和得张丑回报，以起兵既弱，又无战志，全不挂意。忽然辕门外鼓声大振，鲁兵突然杀至，田和大惊，马不及甲，车不及驾，军中大乱。田忌引步军出迎，段朋急令军士整顿车乘接应。不提防泄柳、申详二军，分为左右，一齐杀入，乘乱夹攻。齐军大败，杀得僵尸满野，直追过平陆方回。鲁穆公大悦，进起上卿。

田和责张丑误事之罪，丑曰：「某所见如此，岂知起之诈谋哉。」田和乃叹曰：「起之用兵，孙武、穰苴之流也。若终为鲁用，齐必不安。吾欲遣一人至鲁，暗与通和，各无相犯，子能去否？」丑曰：「愿舍命一行，将功折罪。」田和乃购求美女二人，加以黄金千镒，令张丑诈为贾客，携至鲁，私馈吴起。起贪财好色，见即受之，谓丑曰：「致意齐相国，使齐不侵鲁，鲁何敢加齐哉？」张丑既出鲁城，故意泄其事于行人。遂沸沸扬扬，传说吴起受贿通齐之事。穆公曰：「吾固知起心不可测也。」欲削起爵究罪。起闻而惧，弃家逃奔魏国，主于翟璜之家。

适文侯与璜谋及守西河之人，璜遂荐吴起可用。文侯召起见之，谓起曰：「闻将军为鲁将有功，何以见辱敝邑？」起对曰：「鲁侯听信谗言，信任不终，故臣逃死于此。慕君侯折节下士，豪杰归心，愿执鞭马前。倘蒙驱使，虽肝脑涂地，亦无所恨。」文侯乃拜起为西河守。起至西河，修城治池，练兵训武，其爱恤士卒，一如为鲁将之时。筑城以拒秦，名曰吴城。

时秦惠公薨，太子名出子嗣位。惠公乃简公之子，简公乃灵公之季父。方灵公之薨，其子师隰年幼，群臣乃奉简公而立之。至是三传，及于出子，而师隰年长，谓大臣曰：「国，吾父之国也。吾何罪而见废？」大臣无辞以对，乃相与杀出子而立师隰，是为献公。吴起乘秦国多事之日，兴兵袭秦，取河西五城，韩、赵皆来称贺。文侯以翟璜荐贤有功，欲拜为相国，访于李克。克曰：「不如魏成。」文侯点头。克出朝，翟璜迎而问曰：「闻主公欲卜相，取决于子，今已定乎？何人也？」克曰：「已定魏成。」翟璜忿然曰：「君欲伐中山，吾进乐羊，君忧邺，吾进西门豹，君忧西河，吾进吴起。吾何以不若魏成哉？」李克曰：「成所举卜子夏、田子方、段干木，非师即友。子所进者，君皆臣之。成食禄千钟，什九在外，以待贤士。子禄食皆以自赡。子安得比于魏成哉？」璜再拜曰：「鄙人失言，请侍门下为弟子。」自此魏国将相得人，边鄙安集，三晋之中，惟魏最强。

齐相国田和见魏之强，又文侯贤名重于天下，乃深结魏好。遂迁其君康公贷于海上，以一城给其食，余皆自取。使人于魏文侯处，求其转请于周，欲援三晋之例，列于诸侯。周威烈王已崩，子安王名骄立，势愈微弱，时乃安王之十三年，遂从文侯之请，赐田和为齐侯，是为田太公。自陈公子完奔齐，事齐桓公为大夫，凡传十世，至和而代齐有国。姜氏之祀遂绝。不在话下。

时三晋皆以择相得人为尚，于是相国之权最重。赵相公仲连，韩相侠累。就中单说侠累，微时，与濮阳人严仲子名遂，为八拜之交。累贫而遂富，资其日用，复以千金助其游费，侠累因此得达于韩，位至相国。侠累既执政，颇著威重，门绝私谒。严遂至韩谒累，冀其引进，候月余不得见。遂自以家财赂君左右，得见烈侯，烈侯大喜，欲贵重之。侠累复于烈侯前言严遂之短，阻其进用。严遂闻之大恨，遂去韩，遍游列国，欲求勇士刺杀侠累，以雪其恨。

行至齐国，见屠牛肆中，一人举巨斧砍牛，斧下之处，筋骨立解，而全不费力。视其斧，可重三十余斤。严遂异之。细看其人，身长八尺，环眼虬须，颧骨特耸，声音不似齐人。遂邀与相见，问其姓名来历。答曰：「某姓聂名政，魏人也，家在轵之深井里。因贱性粗直，得罪乡里，移老母及姊，避居此地，屠牛以供朝夕。」亦询严遂姓字。遂告之，匆匆别去。次早，严遂具衣冠往拜，邀至酒肆，具宾主之礼。酒至三酌，遂出黄金百镒为赠。政怪其厚。遂曰：「闻子有老母在堂，故私进不腆，代吾子为一日之养耳。」聂政曰：「仲子为老母谋养，必有用政之处，若不明言，决不敢受！」严遂将侠累负恩之事，备细说知，今欲如此恁般。聂政曰：「昔专诸有言：『老母在，此身未敢许人。』仲子别求勇士，某不敢虚尊赐。」遂曰：「某慕君之高义，愿结兄弟之好，岂敢夺若养母之孝，而求遂其私哉？」聂政被强不过，只得受之。以其半嫁其姊嫈，余金日具肥甘奉母。岁余，老母病卒，严遂复往哭吊，代为治丧。丧葬既毕，聂政曰：「今日之身，乃足下之身也。惟所用之，不复自惜！」仲子乃问报仇之策，欲为具车骑壮士。政曰：「相国至贵，出入兵卫，众盛无比，当以奇取，不可以力胜也。愿得利匕首怀之，伺隙图事。今日别仲子前行，更不相见，仲子亦勿问吾事。」

政至韩，宿于郊外，静息三日。早起入城，值侠累自朝中出，高车驷马，甲士执戈，前后拥卫，其行如飞。政尾至相府，累下车，复坐府决事。自大门至于堂阶，皆有兵仗。政遥望堂上，累重席凭案而坐，左右持牒禀决者甚众。俄顷，事毕将退，政乘其懈，口称：「有急事告相国。」从门外攘臂直趋，甲士挡之者，皆纵横颠踬。政抢至公座，抽匕首以刺侠累。累惊起，未及离席，中心而死。堂上大乱，共呼：「有贼！」闭门来擒聂政。政击杀数人，度不能自脱，恐人识之，急以匕首自削其面，抉出双眼，还自刺其喉而死。早有人报知韩烈侯。烈侯问：「贼何人？」众莫能识。乃暴其尸于市中，悬千金之赏，购人告首，欲得贼人姓名来历，为相国报仇。如此七日，行人往来如蚁，绝无识者。此事直传至魏国轵邑，聂姊嫈闻之，即痛哭曰：「必吾弟也！」便以素帛裹头，竟至韩国，见政横尸市上，抚而哭之，甚哀。市吏拘而问曰：「汝于死者何人也？」妇人曰：「死者为吾弟聂政，妾乃其姊嫈也。聂政居轵之深井里，以勇闻。彼知刺相国罪重，恐累及贱妾，故抉目破面以自晦其名。妾奈何恤一身之死，忍使吾弟终泯没于人世乎？」市吏曰：「死者既是汝弟，必知作贼之故。何人主使？汝若明言，吾请于主上，贷汝一死。」嫈曰：「妾如爱死，不至此矣。吾弟不惜身躯，诛千乘之国相，代人报仇，妾不言其名，是没吾弟之名也；妾复泄其故，是又没吾弟之义也。」遂触市中井亭石柱而死。市吏报知韩烈侯，烈侯叹息，令收葬之。以韩山坚为相国，代侠累之任。

烈侯传子文侯，文侯传哀侯。韩山坚素与哀侯不睦，乘间弑哀侯。诸大臣共诛杀山坚，而立哀侯子若山，是为懿侯。懿侯子昭侯，用申不害为相。不害精于刑名之学，国以大治。此是后话。

再说周安王十五年，魏文侯斯病笃，召太子击于中山。赵闻魏太子离了中山，乃引兵袭而取之。自此魏与赵有隙。太子击归魏，文侯已薨，乃主丧嗣位，是为武侯。拜田文为相国。吴起自西河入朝，自以功大，满望拜相，及闻已相田文，忿然不悦。朝退，遇田文于门，迎而谓曰：「子知起之功乎？今日请与子论之。」田文拱手曰：「愿闻。」起曰：「将三军之众，使士卒闻鼓而忘死，为国立功，子孰与起？」文曰：「不如。」起曰：「治百官，亲万民，使府库充实，子孰与起？」文曰：「不如。」起又曰：「守西河而秦兵不敢东犯，韩、赵宾服，子孰与起？」文又曰：「不如。」起曰：「此三者，子皆出我之下，而位加吾上，何也？」文曰：「某叨窃上位，诚然可愧。然今日新君嗣统，主少国疑，百姓不亲，大臣未附，某特以先世勋旧，承乏肺腑，或者非论功之日也。」吴起俯首沉思，良久曰：「子言亦是。然此位终当属我。」有内侍闻二人论功之语，传报武侯。武侯疑吴起有怨望之心，遂留起不遣，欲另择人为西河守。吴起惧见诛于武侯，出奔楚国。

楚悼王熊疑，素闻吴起之才，一见即以相印授之。起感恩无已，慨然以富国强兵自任。乃请于悼王曰：「楚国地方数千里，带甲百余万，固宜雄压诸侯，世为盟主；所以不能加于列国者，养兵之道失也。夫养兵之道，先阜其财，后用其力。今不急之官，布满朝署，疏远之族，糜费公廪；而战士仅食升斗之余，欲使捐躯殉国，不亦难乎？大王诚听臣计，汰冗官，斥疏族，尽储廪禄，以待敢战之士，如是而国威不振，则臣请伏妄言之诛！」悼王从其计。群臣多谓起言不可用，悼王不听。于是使吴起详定官制，凡削去冗官数百员，大臣子弟，不得夤缘窃禄。又公族五世以上者，令自食其力，比于编氓，五世以下，酌其远近，以次裁之，所省国赋数万。选国中精锐之士，朝夕训练，阅其材器，以上下其廪食，有加厚至数倍者，士卒莫不竞劝。楚遂以兵强，雄视天下。三晋、齐、秦咸畏之，终悼王之世，不敢加兵。及悼王薨，未及殡敛，楚贵戚大臣子弟失禄者，乘丧作乱，欲杀吴起。起奔入宫寝，众持弓矢追之。起知力不能敌，抱王尸而伏。众攒箭射起，连王尸也中了数箭。起大叫曰：「某死不足惜，诸臣衔恨于王，僇及其尸，大逆不道，岂能逃楚国之法哉！」言毕而绝。众闻吴起之言，惧而散走。太子熊臧嗣位，是为肃王。月余，追理射尸之罪，使其弟熊良夫率兵，收为乱者，次第诛之，凡灭七十余家。髯翁有诗叹云：

满望终身作大臣，杀妻叛母绝人伦；谁知鲁魏成流水，到底身躯丧楚人。

又有一诗，说吴起伏王尸以求报其仇，死尚有余智也。诗云：

为国忘身死不辞，巧将贼矢集王尸；虽然王法应诛灭，不报公仇却报私。

话分两头。却说田和自为齐侯，凡二年而薨。和传子午，午传子因齐。当因齐之立，乃周安王之二十三年也。因齐自恃国富兵强，见吴、越俱称王，使命往来，俱用王号，不甘为下，僭称齐王，是为齐威王。魏侯罃闻齐称王，曰：『魏何以不如齐？』于是亦称魏王，即孟子所见梁惠王也。

再说齐威王既立，日事酒色，听音乐，不修国政。九年之间，韩、魏、鲁、赵悉起兵来伐，边将屡败。忽一日，有一士人，叩阍求见，自称：『姓驺名忌，本国人，知琴。闻王好音，特来求见。』威王召而见之，赐之坐，使左右置几，进琴于前。忌抚弦而不弹。威王问曰：『闻先生善琴，寡人愿闻至音。今抚弦而不弹，岂琴不佳乎？抑有不足于寡人耶？』驺忌舍琴，正容而对曰：『臣所知者，琴理也。若夫丝桐之声，乐工之事，臣虽知之，不足以辱王之听也。』威王曰：『琴理如何，可得闻乎？』驺忌对曰：『琴者，禁也。所以禁止淫邪，使归于正。昔伏羲作琴，长三尺六寸六分，象三百六十六日也；广六寸，象六合也；前广后狭，象尊卑也；上圆下方，法天地也；五弦，象五行也。大弦为君，小弦为臣。其音以缓急为清浊，浊者，宽而不弛，君道也；清者，廉而不乱，臣道也。一弦为宫，次弦为商，次为角，次为徵，次为羽。文王、武王各加一弦，文弦为少宫，武弦为少商，以合君臣之恩也。君臣相得，政令和谐，治国之道，不过如此。』威王曰：『善哉。先生既知琴理，必审琴音，愿先生试一弹之！』驺忌对曰：『臣以琴为事，则审于为琴；大王以国为事，岂不审于为国哉？今大王抚国而不治，何异臣之抚琴而不弹乎？臣抚琴而不弹，无以畅大王之意；大王抚国而不治，恐无以畅万民之意也。』威王愕然曰：『先生以琴谏寡人，寡人闻命矣！』遂留之右室。明日，沐浴而召之，与之谈论国事。驺忌劝威王节饮远色，核名实，别忠佞，息民教战，经营霸王之业。威王大悦，即拜驺忌为相国。

时有辩士淳于髡，见驺忌唾手取相印，心中不服，率其徒往见驺忌。忌接之甚恭。髡有傲色，直入踞上坐，谓忌曰：『髡有愚志，愿陈于相国之前，不识可否？』忌曰：『愿闻。』淳于髡曰：『子不离母，妇不离夫。』忌曰：『谨受教，不敢远于君侧。』髡又曰：『棘木为轮，涂以猪脂，至滑也，投于方孔则不能运转。』忌曰：『谨受教，不敢不顺人情。』髡又曰：『弓干虽胶，有时而解；众流赴海，自然而合。』忌曰：『谨受教，不敢不亲附于万民。』髡又曰：『狐裘虽敝，不可补以黄狗之皮。』忌曰：『谨受教，请选择贤者，毋杂不肖于其间。』髡又曰：『辐毂不较分寸，不能成车；琴瑟不较缓急，不能成律。』忌曰：『谨受教，请修法令而督奸吏。』淳于髡默然，再拜而退。既出门，其徒曰：『夫子始见相国，何其倨，今再拜而退，又何屈也？』淳于髡曰：『吾示以微言凡五，相国随口而应，悉解吾意。此诚大才，吾所不及！』于是游说之士，闻驺忌之名，无敢人齐者。

驺忌亦用淳于髡之言，尽心图治。常访问：『邑守中谁贤谁不肖？』同朝之人，无不极口称阿大夫之贤，而贬即墨大夫者。忌述于威王。威王于不意中，时时问及左右，所对大略相同。乃阴使人往察二邑治状，从实回报，因降旨召阿、即墨二守入朝。即墨大夫先到，朝见威王，并无一言发放，左右皆惊讶，不解其故。未几，阿邑大夫亦到。威王大集群臣，欲行赏罚。左右私心揣度，都道：『阿大夫今番必有重赏，即墨大夫祸事到矣。』众文武朝见事毕，威王召即墨大夫至前，谓曰：『自子之官即墨也，毁言日至，吾使人视即墨，田野开辟，人民富饶，官无留事，东方以宁。繇子专意治邑，不肯媚吾左右，故蒙毁耳。子诚贤令！』乃加封万家之邑。又召阿大夫谓曰：『自子守阿，誉言日至，吾使人视阿，田野荒芜，人民冻馁。昔日赵兵近境，子不往救，但以厚币精金，贿吾左右，以求美誉。守之不肖，无过于汝！』阿大夫顿首谢罪，愿改过。威王不听，呼力士使具鼎镬。须臾，火猛汤沸，缚阿大夫投鼎中。复召左右平昔常誉阿大夫毁即墨者，凡数十人，责之曰：『汝在寡人左右，寡人以耳目寄汝，乃私受贿赂，颠倒是非，以欺寡人。有臣如此，要他何用？可俱就烹！』众皆泣拜哀求。威王怒犹未息，择其平日尤所亲信者十余人，次第烹之。众皆股栗。

有诗为证：

权归左右主人依，毁誉繇来倒是非。谁似烹阿封即墨，竟将公道颂齐威。

于是选贤才改易郡守，使檀子守南城以拒楚，田肦守高唐以拒赵，黔夫守徐州以拒燕，种首为司寇，田忌为司马。国内大治，诸侯畏服。威王以下邳封驺忌，曰：『成寡人之志者，吾子也。』号曰成侯。驺忌谢恩毕，复奏曰：『昔齐桓、晋文，五霸中为最盛，所以然者，以尊周为名也。今周室虽衰，九鼎犹在，大王何不如周行朝觐之礼，因假王宠，以临诸侯，桓、文之业，不足道矣。』威王曰：『寡人已僭号为王，今以王朝王，可乎？』驺忌对曰：『夫称王者，所以雄长乎诸侯，非所以压天子也。若朝王之际，暂称齐侯，天子必喜大王之谦德，而宠命有加矣。』威王大悦。即命驾往成周，朝见天子。时周烈王之六年。王室微弱，诸侯久不行朝礼，独有齐侯来朝，上下皆鼓舞相庆。烈王大搜宝藏为赠。威王自周返齐，一路颂声载道，皆称其贤。

且说当时天下，大国凡七：齐、楚、魏、赵、韩、燕、秦。那七国地广兵强，大略相等。余国如越，虽则称王，日就衰弱，至于宋、鲁、卫、郑，益不足道矣。自齐威王称霸，楚、魏、韩、赵、燕五国，皆为齐下，会聚之间，推为盟主。惟秦僻在西戎，中国摈弃，不与通好。秦献公之世，上天雨金三日，周太史儋私叹曰：『秦之地，周所分也，分五百余岁，当复合，有霸王之君出焉，以金德王天下。今雨金于秦，殆其瑞乎？』及献公薨，子孝公代立，以不得列于中国为耻。于是下令招贤，令曰：『宾客群臣，有能出奇计强秦者，授以尊官，封之大邑。』

不知有甚贤臣应募而来，且听下回分解。

第〇八七回 说秦君卫鞅变法 辞鬼谷孙膑下山

话说卫人公孙鞅，原是卫侯之支庶，素好刑名之学，因见卫国微弱，不足展其才能，乃入魏国，欲求事相国田文。田文已卒，公叔痤代为相国，鞅遂委身于痤之门。痤知鞅之贤，荐为中庶子，每有大事，必与计议。鞅谋无不中，痤深爱之，欲引居大位，未及，而痤病。惠王亲往问疾，见痤病势已重，奄奄一息，乃垂泪而问曰：「公叔恙，万一不起，寡人将托国于何人？」痤对曰：「中庶子卫鞅，其年虽少，实当世之奇才也。君举国而听之，胜痤十倍矣！」惠王默然。痤又曰：「君如不用鞅，必杀之，勿令出境。恐见用于他国，必为魏害。」惠王曰：「诺。」既上车，叹曰：「甚矣，公叔之病也，乃使我托国于卫鞅，又曰「不用则杀之」。夫鞅何能为？岂非昏愦之语哉？」惠王既去，公叔痤召卫鞅至床头，谓曰：「吾适言于君如此。欲君用子，君不许，吾又言，若不用当杀之，君曰「诺」。吾向者先君而后臣，故先以告君，后以告子。子必速行，毋及祸也！」鞅曰：「君既不能用相国之言而用臣，又安能用相国之言而杀臣乎？」竟不去。大夫公子卬与鞅善，卬复荐于惠王，惠王竟不能用。

至是，闻秦孝公下令招贤，鞅遂去魏入秦，求见孝公之嬖臣景监。监与论国事，知其才能，言于孝公。公召见，问以治国之道。卫鞅历举羲、农、尧、舜为对，语未及终，孝公已睡去矣。明日，景监入见，孝公责之曰：「子之客，妄人耳！其言迂阔无用，子何为荐之？」景监退朝，谓卫鞅曰：「吾见先生于君，欲投君之好，庶几重子。奈何以迂阔无用之谈，渎君之听耶？」鞅曰：「吾望君行帝道，君不悟也。愿更一见而说之。」景监曰：「君意不怿，非五日之后，不可言也。」

过五日，景监复言于孝公曰：「臣之客，语尚未尽，自请复见，愿君许之。」孝公复召鞅，鞅备陈夏禹画土定赋，及汤、武顺天应人之事。孝公曰：「客诚博闻强记，然古今事异，所言尚未适于用。」乃麾之使退。景监先候于门，见卫鞅从公宫出，迎而问曰：「今日之说何如？」鞅曰：「吾说君以王道，犹未当君意也。」景监愠曰：「人主得士而用，如弋人治缴，且暮望获禽耳。岂能舍目前之效，而远法帝王哉？先生休矣！」鞅曰：「吾向者未察君意，恐其志高，而吾之言卑，故且探之。今得之矣。若使我更得见君，不忧不入。」景监曰：「先生两进言，而两拂吾君，吾尚敢饶舌以干君之怒哉？」

明日，景监入朝谢罪，不敢复言卫鞅。景监归舍，鞅问曰：「子曾为我复言于君否乎？」监曰：「未曾。」鞅曰：「惜乎！君徒下求贤之令，而不能用才，鞅将去矣。」监曰：「先生何往？」鞅曰：「六王扰扰，岂无好贤之主胜于秦君者哉？即不然，岂无委曲进贤，胜于吾子者哉？鞅将求之。」景监曰：「先生且从容，更待五日，吾当复言。」

又过五日，景监入侍孝公，孝公方饮酒，忽见飞鸿过前，停杯而叹。景监进曰：「君目视飞鸿而叹，何也？」孝公曰：「昔齐桓公有言：『吾得仲父，犹飞鸿之有羽翼也。』寡人下令求贤，且数月矣，而无一奇才至者。譬如鸿雁，徒有冲天之志，而无羽翼之资，是以叹耳。」景监答曰：「臣客卫鞅，自言有帝、王、伯三术。向者述帝王之事，君以为迂远难用，今更有『伯术』欲献，愿君省须臾之暇，请毕其词。」孝公闻『伯术』二字，正中其怀，命景监即召卫鞅。鞅入，孝公问曰：「闻子有伯道，何不早赐教于寡人乎？」鞅对曰：「臣非不欲言也。但伯者之术，与帝王异。帝王之道，在顺民情，伯者之道，必逆民情。」孝公勃然按剑变色曰：「夫伯者之道，安在其必逆人情哉！」鞅对曰：「夫琴瑟不调，必改弦而更张之。政不更张，不可为治。小民狃于目前之安，不顾百世之利，可与乐成，难于虑始。如仲父相齐，作内政而寄军令，制国为二十五乡，使四民各守其业，尽改齐国之旧。此岂小民之所乐从哉？及乎政成于内，敌服于外，君享其名，而民亦受其利，然后知仲父为天下才也。」孝公曰：「子诚有仲父之术，寡人敢不委国而听子！但不知其术安在？」卫鞅对曰：「夫国不富，不可以用兵，兵不强，不可以摧敌。欲富国，莫如力田，欲强兵，莫如劝战。诱之以重赏，而后民知所趋，胁之以重罚，而后民知所畏。赏罚必信，政令必行，而国不富强者，未之有也。」孝公曰：「善哉！此术寡人能行之。」鞅对曰：「夫富强之术，不得其人，不行；得其人，而任之不专，不行；任之专而惑于人言，二三其意，又不行。」孝公又曰：「善。」卫鞅请退，孝公曰：「寡人正欲悉子之术，奈何遽退？」鞅对曰：「愿君熟思三日，主意已决，然后臣敢尽言。」鞅出朝，景监又咎之曰：「赖君再三称善，不乘此罄吐其所怀，又欲君熟思三日，无乃为要君耶？」鞅曰：「君意未坚，不如此恐中变耳。」

至明日，孝公使人来召卫鞅，鞅谢曰：「臣与君言之矣，非三日后不敢见也。」景监又劝令勿辞，鞅曰：「吾始与君约而遂自失信，异日何以取信于君哉？」景监乃服。

至第三日，孝公使人以车来迎。卫鞅复入见，孝公赐坐，请教，其意甚切。鞅乃备述秦政所当更张之事。彼此问答，一连三日三夜，孝公全无倦色。遂拜卫鞅为左庶长，赐第一区，黄金五百镒。谕群臣：「今后国政，悉听左庶长施行。有违抗者，与逆旨同！」群臣肃然。

卫鞅于是定变法之令，将条款呈上孝公，商议停当。未及张挂，恐民不信，不即奉行。乃取三丈之木，立于咸阳市之南门，使吏守之，令曰：「有能徙此木于北门者，予以十金。」百姓观者甚众，皆中怀疑怪，莫测其意，无敢徙者。鞅曰：「民莫肯徙，岂嫌金少耶？」复改令，添至五十金。众人愈疑。有一人独出曰：「秦法素无重赏，今忽有此令，必有计议。纵不能得五十金，亦岂无薄赏！」遂荷其木，竟至北门立之。百姓从而观者如堵。吏奔告卫鞅，鞅召其人至，奖之曰：『尔真良民也，能从吾令！』随取五十金与之，曰：『吾终不失信于尔民矣。』市人互相传说，皆言左庶长令出必行，预相诫谕。次日，将新令颁布，市人聚观，无不吐舌。此周显王十年事也。只见新令上云：

一、定都：秦地最胜，无如咸阳，被山带河，金城千里。今当迁都咸阳，永定王业。

二、建县：凡境内村镇，悉并为县。每县设令丞各一人，督行新法；不职者，轻重议罪。

三、辟土：凡郊外旷土，非车马必由之途及田间阡陌，责令附近居民开垦成田。俟成熟之后，计步为亩，照常输租。六尺为一步，二百四十步为一亩。步过六尺为欺，没田入官。

四、定赋：凡赋税悉照亩起科，不用井田什一之制。凡田皆属于官，百姓不得私尺寸。

五、本富：男耕女织，粟帛多者，谓之良民，免其一家之役。惰而贫者，没为官家奴仆。弃灰于道，以惰农论；工商则重征之。民有二男，即令分异，各出丁钱；不分异者，一人出两课。

六、劝战：官爵以军功为叙，能斩一敌首，即赏爵一级；退一步者即斩。功多者受上爵，车服任其华美不禁；无功者虽富室，止许布褐乘犊。宗室以军功多寡为亲疏，战而无功，削其属籍，比于庶民。凡有私下争斗者，不论曲直，并皆处斩。

七、禁奸：五家为保，十家相连，互相觉察。一家有过，九家同举；不举者，十家连坐，俱腰斩。能首奸者，与克敌同赏。告一奸，得爵一级；私匿罪人者，与罪人同。客舍宿人，务取文凭辨验，无验者不许容留。凡民一人有罪，并其室家没官。

八、重令：政令既出，不问贵贱，一体遵行；有不遵者，戮以徇。

新令既出，百姓议论纷纷，或言不便，或言便。鞅悉令拘至府中，责之曰：『汝曹闻令，但当奉而行之。言不便者，梗令之民也；言便者，亦媚令之民也。此皆非良民！』悉籍其姓名，徙于边境为戍卒。大夫甘龙、杜挚私议新法，斥为庶人。于是道路以目相视，不敢有言。卫鞅乃大发徒卒，筑宫阙于咸阳城中，择日迁都。太子驷不愿迁，且言变法之非。卫鞅怒曰：『法之不行，自上犯之。太子君嗣，不可加刑；若赦之，则又非法。』乃言于孝公，坐其罪于师傅。将太傅公子虔劓鼻，太师公孙贾黥面。百姓相谓曰：『太子违令，且不免刑其师傅，况他人乎？』鞅知人心已定，择日迁都。雍州大姓徙居咸阳者，凡数千家。分秦国为三十一县，开垦田亩，增税至百余万。卫鞅常亲至渭水阅囚，一日诛杀七百余人，渭水为之尽赤，哭声遍野，百姓夜卧，梦中皆战。于是道不拾遗，国无盗贼，仓廪充足，勇于公战，而不敢私斗。秦国富强，天下莫比。于是兴师伐楚，取商於之地，武关之外，拓地六百余里。周显王遣使册命秦为方伯，于是诸侯毕贺。

是时，三晋惟魏称王，有吞并韩、赵之意，闻卫鞅用于秦国，叹曰：『悔不听公叔痤之言也！』时卜子夏、田子方、魏成、李克等俱卒，乃捐厚币，招来四方豪杰。邹人孟轲字子舆，乃子思门下高弟。子思姓孔名伋，孔子嫡孙。孟轲得圣贤之传于子思，有济世安民之志。闻魏惠王好士，自邹至魏，惠王郊迎，礼为上宾，问以利国之道。孟轲曰：『臣游于圣门，但知有仁义，不知有利。』惠王迂其言，不用，轲遂适齐。潜渊有诗云：

仁义非同功利谋，纷争谁肯用儒流？子舆空抱图王术，历尽诸侯话不投。

却说周之阳城，有一处地面，名曰鬼谷。以其山深树密，幽不可测，似非人之所居。故云鬼谷。内中有一隐者，但自号曰鬼谷子，相传姓王，名栩，晋平公时人，在云梦山与宋人墨翟，一同采药修道。那墨翟不畜妻子，发愿云游天下，专一济人利物，拔其苦厄，救其危难。惟王栩潜居鬼谷，人但称为鬼谷先生。其人通天彻地，有几家学问，人不能及。那几家学问：一曰数学，日星象纬，在其掌中，占往察来，言无不验。二曰兵学，六韬三略，变化无穷，布阵行兵，鬼神不测。三曰游学，广记多闻，明理审势，出词吐辩，万口莫当。四曰出世学，修真养性，服食导引，却病延年，冲举可俟。那先生既知仙家冲举之术，为何屈身世间？只为要度几个聪明弟子，同归仙境，所以借这个鬼谷栖身。初时偶然入市，为人占卜，所言吉凶休咎，应验如神。渐渐有人慕学其术。先生只看来学者资性，近著那一家学问，便以其术授之。一来成就些人才，为七国之用；二来就访求仙骨，共理出世之事。他住鬼谷，也不计年数。弟子就学者不知多少，先生来者不拒，去者不追。就中单说同时几个有名的弟子：齐人孙宾，魏人庞涓、张仪、洛阳人苏秦。宾与涓结为兄弟，同学兵法；秦与仪结为兄弟，同学游说；各为一家之学。

单表庞涓学兵法三年有余，自以为能，忽一日，为汲水，偶然行至山下，听见路人传说魏国厚币招贤，访求将相，庞涓心动，欲辞先生下山，往魏国应聘。又恐先生不放，心下踌躇，欲言不言。先生见貌察情，早知其意，笑谓庞涓曰：『汝时运已至，何不下山，求取富贵？』庞涓闻先生之言，正中其怀，跪而请曰：『弟子正有此意，未审此行可得意否？』先生曰：『汝往摘山花一枝，吾为汝占之。』庞涓下山，寻取山花。此时正是六月炎天，百花开过，没有山花。庞涓左盘右转，寻了多时，止觅得草花一茎，连根拔起，欲待呈与师父。忽想道：『此花质弱身微，不为大器。』弃掷于地，又去寻觅了一回。可怪绝无他花，只得转身将先前所取草花，藏于袖中，回复先生曰：『山中没有花。』先生曰：『既没有花，汝袖中何物？』涓不能隐，只得取出呈上。其花离土，又先经日色，已半萎矣。先生曰：『汝知此花之名乎？乃马兜铃也。一开十二朵，为汝荣盛之年数。采于鬼谷，见日而萎；鬼傍着委，汝之出身，必于魏国。』庞涓暗暗称奇。先生又曰：『但汝不合见欺，他日必以欺人之事，还被人欺，不可不戒！吾有八字，汝当记取：「遇羊而荣，遇马而瘁。」』庞涓再拜曰：『吾师大教，敢不书绅！』临行，孙宾送之下山，庞涓曰：『某与兄有八拜之交，誓同富贵，此行倘有进身之阶，必当举荐吾兄，同立功业。』孙宾曰：『吾弟此言果实否？』涓曰：『弟若谬言，当死于万箭之下！』宾曰：『多谢厚情，何须重誓！』两下流泪而别。

孙宾还山，先生见其泪容，问曰：『汝惜庞生之去乎？』宾曰：『同学之情，何能不惜？』先生曰：『汝谓庞生之才，堪为大将否？』宾曰：『承师教训已久，何为不可？』先生曰：『全未，全未！』宾大惊，请问其故。先生不言。至次日，谓弟子曰：『我夜间恶闻鼠声，汝等轮流值宿，为我驱鼠。』众弟子如命。其夜，轮孙宾值宿，先生于枕下，取出文书一卷，谓宾曰：『此乃汝祖孙武子《兵法》十三篇。昔汝祖献于吴王阖闾，阖闾用其策，大破楚师。后阖闾惜此书，不欲广传于人，乃置以铁柜，藏于姑苏台屋楹之内。自越兵焚台，此书不传。吾向与汝祖有交，求得其书，亲为注解；行兵秘密，尽在其中，未尝轻授一人。今见子心术忠厚，特以付子。』宾曰：『弟子少失父母，遭国家多故，宗族离散，虽知祖父有此书，实未传领。吾师既有注解，何不并传之庞涓，而独授于宾也？』先生曰：『得此书者，善用之，为天下利；不善用之，为天下害。涓非佳士，岂可轻付哉！』宾乃携归卧室，昼夜研诵。三日之后，先生遽向孙宾索其原书。宾出诸袖中，缴还先生。先生逐篇盘问，宾对答如流，一字不遗。先生喜曰：『子用心如此，汝祖为不死矣！』

再说庞涓别了孙宾，一径入魏国，以兵法干相国王错，错荐于惠王。庞涓入朝之时，正值庖人进蒸羊于惠王之前，惠王方举箸，涓私喜曰：『吾师言「遇羊而荣」，斯不谬矣。」惠王见庞涓一表人物，放箸而起，迎而礼之。庞涓再拜，惠王扶住，问其所学。涓对曰：「臣学于鬼谷先生之门，用兵之道，颇得其精。」因指画敷陈，倾倒胸中，惟恐不尽。惠王问曰：「吾国东有齐，西有秦，南有楚，北有韩、赵、燕，皆势均力敌。而赵人夺我中山，此仇未报，先生何以策之？」庞涓曰：「大王不用微臣则已，如用微臣为将，管教战必胜，攻必取，可以兼并天下，何忧六国哉？」惠王曰：「先生大言，得无难践乎？」涓对曰：「臣自揣所长，实可操六国于掌中，若委任不效，甘当伏罪。」惠王大悦，拜为元帅，兼军师之职。涓子庞英，侄庞葱庞茅，俱为列将。涓练兵训武，先侵卫、宋诸小国，屡屡得胜。宋、鲁、卫、郑诸君，相约联翩来朝。适齐兵侵境，涓复御却之，遂自以为不世之功，不胜夸诩。

时墨翟遨游名山，偶过鬼谷探友，一见孙宾，与之谈论，深相契合。遂谓宾曰：「子学业已成，何不出就功名，而久淹山泽耶？」宾曰：「吾有同学庞涓，出仕于魏，相约得志之日，必相援引，吾是以待之。」墨翟曰：「涓见为魏将，吾为子入魏，以察涓之意。」墨翟辞去，径至魏国，闻庞涓自恃其能，大言不惭，知其无援引孙宾之意；乃自以野服求见魏惠王。惠王素闻墨翟之名，降阶迎入，叩以兵法。墨翟指说大略，惠王大喜，欲留任官职。墨翟固辞曰：「臣山野之性，不习衣冠。所知有孙武子之孙，名宾者，真大将才，臣万分不及也。见今隐于鬼谷，大王何不召之？」惠王曰：「孙宾学于鬼谷，乃是庞涓同门，卿谓二人所学孰胜？」墨翟曰：「宾与涓，虽则同学，然宾独得乃祖秘传，虽天下无其对手，况庞涓乎？」

墨翟辞去，惠王即召庞涓问曰：「闻卿之同学有孙宾者，独得孙武子秘传，其才天下无比，将军何不为寡人召之？」庞涓对曰：「臣非不知孙宾之才，但宾是齐人，宗族皆在于齐，今若仕魏，必先齐而后魏，臣是以不敢进言。」惠王曰：「『士为知己者死。』岂必本国之人，方可用乎？」庞涓对曰：「大王既欲召孙宾，臣即当作书致去。」庞涓口虽不语，心下踌躇：「魏国兵权，只在我一人之手，若孙宾到来，必然夺宠；既魏王有命，不敢不依，且待来时，生计害他，阻其进用之路，却不是好？」遂修书一封，呈上惠王。惠王用驷马高车，黄金白璧，遣人带了庞涓之书，一径望鬼谷来聘取孙宾。宾拆书看之，略曰：

涓托兄之庇，一见魏王，即蒙重用。临岐援引之言，铭心不忘。今特荐于魏王，求即驱驰赴召，共图功业。

孙宾将书呈与鬼谷先生。先生知庞涓已得时大用，今番有书取用孙宾，竟无一字问候其师，此乃刻薄忘本之人，不足计较。但庞涓生性骄妒，孙宾若去，岂能两立？欲待不容他去，又见魏王使命郑重，孙宾已自行色匆匆，不好阻当。亦使宾取山花一枝，卜其休咎。此时九月天气，宾见先生几案之上，瓶中供有黄菊一枝，遂拔以呈上，即时复归瓶中。先生乃断曰：「此花见被残折，不为完好；但性耐岁寒，经霜不坏，虽有残害，不为大凶；且喜供养瓶中，为人爱重。瓶乃范金而成，钟鼎之属。终当威行霜雪，名勒鼎钟矣。但此花再经提拔，恐一时未能得意。仍旧归瓶，汝之功名，终在故土。吾为汝增改其名，可图进取。」遂将孙宾「宾」字，左边加月为「膑」。按字书，膑乃刖刑之名，今鬼谷子改孙宾为孙膑，明明知有刖足之事，但天机不肯泄漏耳。岂非异人哉？髯翁有诗云：

山花入手知休咎，试比蓍龟倍有灵；却笑当今卖卜者，空将鬼谷画占形。

临行，又授以锦囊一枚，吩咐：「必遇至急之地，方可开看。」孙膑拜辞先生，随魏王使者下山，登车而去。

苏秦、张仪在旁，俱有欣羡之色，相与计议来禀，亦欲辞归，求取功名。先生曰：「天下最难得者，聪明之士，以汝二人之质，若肯灰心学道，可致神仙，何苦要碌碌尘埃，甘为浮名虚利所驱逐也！」秦、仪同声对曰：「夫『良材不终朽于岩下，良剑不终秘于匣中。』日月如流，光阴不再，某等受先生之教，亦欲乘时建功，图个名扬后世耳。」先生曰：「你两人中肯留一人与我作伴否？」秦、仪执定欲行，无肯留者。先生强之不得，叹曰：「仙才之难如此哉！」乃为之各占一课，断曰：「秦先吉后凶，仪先凶后吉。秦说先行，仪当晚达。吾观孙、庞二子，势不相容，必有吞噬之事。汝二人异日，宜互相推让，以成名誉，勿伤同学之情！」二人稽首受教。先生又取书二本，分赠二人。秦、仪观之，乃太公《阴符篇》也。秦、仪曰：「此书弟子久已熟诵，先生今日见赐，有何用处？」先生曰：「汝虽熟诵，未得其精。此去若未能得意，只就此篇探讨，自有进益。我亦从此逍遥海外，不复留于此谷矣。」秦、仪既别去，不数日，鬼谷子亦浮海为蓬岛之游，或云已仙去矣。

不知孙膑应聘下山，后来如何，且看下回分解。

第〇八八回 孙膑佯狂脱祸 庞涓兵败桂陵

话说孙膑行至魏国，即寓于庞涓府中。膑谢涓举荐之恩，涓有德色。膑又述鬼谷先生改宾为膑之事，涓惊曰：「膑非佳语，何以改易？」膑曰：「先生之命，不敢违也！」次日，同入朝中，谒见惠王，惠王降阶迎接，其礼甚恭。膑再拜奏曰：「臣乃村野匹夫，过蒙大王聘礼，不胜惭愧！」惠王曰：「墨子盛称先生独得孙武秘传。寡人望先生之来，如渴思饮，今蒙降重，大慰平生！」遂问庞涓曰：「寡人欲封孙先生为副军师之职，与卿同掌兵权，卿意如何？」庞涓对曰：「臣与孙膑，同窗结义，膑乃臣之兄也，岂可以兄为副？不若权拜客卿，候有功绩，臣当让爵，甘居其下。」惠王准奏，即拜膑为客卿，赐第一区，亚于庞涓。客卿者，半为宾客，不以臣礼加之，外示优崇，不欲分兵权于膑也。自此孙庞频相往来。庞涓想道：「孙子既有秘授，未见吐露，必须用意探之。」遂设席请酒，酒中因谈及兵机。孙子对答如流。及孙子问及庞涓数节，涓不知所出，乃佯问曰：「此非孙武子《兵法》所载乎？」膑全不疑虑，对曰：「然也。」涓曰：「愚弟昔日亦蒙先生传授，自不用心，遂至遗忘。今日借观，不敢忘报。」膑曰：「此书经先生注解详明，与原本不同，先生止付看三日，便即取去，亦无录本。」涓曰：「吾兄还记得否？」膑曰：「依稀尚存记忆。」涓心中巴不得便求传授，只是一时难以骤逼。

过数日，惠王欲试孙膑之能，乃阅武于教场，使孙、庞二人，各演阵法。庞涓布的阵法，孙膑一见，即能分说此为某阵，用某法破之。孙膑排成一阵，庞涓茫然不识，私问于孙膑。膑曰：「此即「颠倒八门阵」也。」涓曰：「有变乎？」膑曰：「攻之则变为「长蛇阵」矣。」庞涓探了孙膑说话，先报惠王曰：「孙子所布，乃「颠倒八门阵」，可变「长蛇」。」已而，惠王问于孙膑，所对相同。惠王以庞涓之才，不弱于孙膑，心中愈喜。

只有庞涓回府，思想：「孙子之才，大胜于吾，若不除之，异日必为欺压。」心生一计，于相会中间，私叩孙子曰：「吾兄宗族俱在齐邦，今兄已仕魏国，何不遣人迎至此间，同享富贵？」孙膑垂泪言曰：「子虽与吾同学，未悉吾家门之事也。吾四岁丧母，九岁丧父，育于叔父孙乔身畔。叔父仕于齐康公为大夫。及田太公迁康公于海上，尽逐其故臣，多所诛戮，吾宗族离散，叔与从兄孙平、孙卓，挈吾避难奔周，因遇荒岁，复将吾佣于周北门之外，父子不知所往。吾后来年长，闻邻人言鬼谷先生道高，而心慕之，是以单身往学。又复数年，家乡杳无音信，岂有宗族可问哉！」庞涓复问曰：「然则兄长亦还忆故乡坟墓否？」膑曰：「人非草木，能忘本原？先生于吾临行，亦言『功名终在故土。』今已作魏臣，此话不须提起矣。」庞涓探了口气，佯应曰：「兄长之言甚当，大丈夫随地立功，何必故乡也？」

约过半年，孙膑所言，都已忘怀了。一日，朝罢方回，忽有汉子似山东人语音，问人曰：「此位是孙客卿否？」膑随唤入府，叩其来历。那人曰：「小子姓丁名乙，临淄人氏，在周客贩，令兄有书托某送到鬼谷，闻贵人已得仕魏邦，迂路来此。」说罢，将书呈上。孙膑接书在手，拆而观之，略云：

愚兄平、卓，字达。贤弟宾亲览：吾自家门不幸，宗族荡散，不觉已三年矣。向在宋国为人耕牧，汝叔一病即世，异乡零落，苦不可言。今幸吾王尽释前嫌，招还故里，正欲奉迎吾弟，重立家门。闻吾弟就学鬼谷，良玉受琢，定成伟器。兹因某客之便，作书报闻。幸早为归计，兄弟复得相见！

孙膑得书，认以为真，不觉大哭。丁乙曰：「承贤兄吩咐，劝贵人早早还乡，骨肉相聚。」孙膑曰：「吾已仕于魏，此事不可造次。」乃款待丁乙酒饭，付以回书。前面亦叙思乡之语，后云：「弟已仕魏，未可便归，俟稍有建立，然后徐为首邱之计。」送丁乙黄金一锭为路费。丁乙接了回书，当下辞去。

谁知来人不是什么丁乙，乃是庞涓手下心腹徐甲也。庞涓套出孙膑来历姓名，遂伪作孙平、孙卓手书，教徐甲假称齐商丁乙，投见孙子。孙子兄弟自少分别，连手迹都不分明，遂认以为真了。庞涓诓得回书，遂仿其笔迹，改后数句云：「弟今身仕魏国，心悬故土，不日当图归计。倘齐王不弃微长，自当尽力。」于是入朝私见惠王，屏去左右，将伪书呈上，言：「孙膑果有背魏向齐之心，近日私通齐使，取有回书，臣遣人邀截于郊外，搜得在此。」惠王看毕曰：「孙膑心悬故土，岂以寡人未能重用，不尽其才耶？」涓对曰：「膑祖孙武子为吴王大将，后来仍旧归齐。父母之邦，谁能忘情？大王虽重用膑，膑心已恋齐，必不能为魏尽力。且膑才不下于臣，若齐用为将，必然与魏争雄，此大王异日之患也。不如杀之。」惠王曰：「孙膑应召而来，今罪状未明，遽然杀之，恐天下议寡人之轻士也。」涓对曰：「大王之言甚善。臣当劝谕孙膑，倘肯留魏国，大王重加官爵，若其不然，大王发到微臣处议罪，微臣自有区处。」

庞涓辞了惠王，往见孙子，问曰：「闻兄已得千金家报，有之乎？」膑是忠直之人，全不疑虑，遂应曰：「果然。」因备述书中要他还乡之意。庞涓曰：「弟兄久别思归，人之至情，兄长何不于魏王前暂给一二月之假，归省坟墓，然后再来？」膑曰：「恐主公见疑，不允所请。」涓曰：「兄试请之，弟当从旁力赞。」膑曰：「全仗贤弟玉成。」是夜，庞涓又入见惠王，奏曰：「臣奉大王之命，往谕孙膑，膑意必不愿留，且有怨望之语。若目下有表章请假，主公便发其私通齐使之罪。」惠王点头。次日，孙膑果然进上一通表章，乞假月余，还齐省墓。惠王见表大怒，批表尾云：「孙膑私通齐使，今又告归，显有背魏之心，有负寡人委任之意。可削其官秩，发军师府问罪。」军政司奉旨，将孙膑拿到军师府来见庞涓，涓一见佯惊曰：「兄长何为至此！」军政司宣惠王之命。庞涓领旨讫，问膑曰：「吾兄受此奇冤，愚弟当于王前力保。」言罢，命舆人驾车，来见惠王，奏曰：「孙膑虽有私通齐使之罪，然罪不至死。以臣愚见，不若刖而黥之，使为废人，终身不能退归故土。既全其命，又无后患，岂不两全？微臣不敢自专，特来请旨！」惠王曰：「卿处分最善。」庞涓辞回本府，谓孙膑曰：「魏王十分恼怒，欲加兄极刑，愚弟再三保奏，恭喜得全性命。但须刖足黥面，此乃魏国法度，非愚弟不尽力也。」孙膑叹曰：「吾师云「虽有残害，不为大凶。」今得保首领，此乃贤弟之力，不敢忘报！」庞涓遂唤刀斧手，将孙膑绑住，剔去双膝盖骨。膑大叫一声，昏绝倒地，半晌方苏。又用针刺面，成「私通外国」四字，以墨涂之。庞涓假意啼哭，以刀疮药敷膑之膝，用帛缠裹，使人抬至书馆，好言抚慰，好食将息。约过月余，孙膑疮口已合，只是膝盖既去，两腿无力，不能行动，只好盘足而坐。髯翁有诗云：

易名膑字祸先知，何待庞涓用计时？堪笑孙君太忠直，尚因全命感恩私。

孙膑已成废人，终日受庞涓三餐供养，甚不过意。庞涓乃求膑传示鬼谷子注解孙武兵书，膑慨然应允。涓给以木简，要他缮写。膑写未及十分之一，有苍头名唤诚儿，庞涓使伏侍孙膑，诚儿见孙子无辜受枉，反有怜悯之意。忽庞涓召诚儿至前，问孙膑缮写日得几何？诚儿曰：「孙将军为两足不便，长眠短坐，每日只写得二三策。」庞涓怒曰：「如此迟慢，何日写完？汝可与我上紧催促。」诚儿退问涓近侍曰：「军师央孙君缮写，何必如此催迫？」近侍曰：「汝有所不知。军师与孙君，外虽相恤，内实相忌，所以全其性命，单为欲得兵书耳。缮写一完，便当绝其饮食。汝切不可泄漏！」诚儿闻知此信，密告孙子。孙子大惊：「原来庞涓如此无义，岂可传以《兵法》？」又想：「若不缮写，他必然发怒，吾命旦夕休矣！」左思右想，欲求自脱之计。忽然想著：「鬼谷先生临行时，付我锦囊一个，嘱云：「到至急时，方可开看。」今其时矣！」遂将锦囊启视，乃黄绢一幅，中间写着「诈疯魔」三字。膑曰：「原来如此。」

当日晚餐方设，膑正欲举箸，忽然昏愦，作呕吐之状，良久发怒，张目大叫曰：「汝何以毒药害我？」将瓶瓯悉拉于地，取写过木简，向火焚烧，扑身倒地，口中含糊骂詈不绝。诚儿不知是诈，慌忙奔告庞涓。涓次日亲自来看，膑痰涎满面，伏地呵呵大笑，忽然大哭。庞涓问曰：「兄长为何而笑？为何而哭？」膑曰：「吾笑者笑魏王欲害我命，吾有十万天兵相助，能奈我何？吾哭者哭魏邦没有孙膑，无人作大将也！」说罢，复睁目视涓，磕头不已。口中叫：「鬼谷先生，乞救我孙膑一命！」庞涓曰：「我是庞某，休得错认了！」膑牵住庞涓之袍，不肯放手，乱叫：「先生救命！」庞涓命左右扯脱，私问诚儿曰：「孙子病症是几时发的？」诚儿曰：「是夜来发的。」涓上车而去，心中疑惑不已。恐其佯狂，欲试其真伪，命左右拖入猪圈中，粪秽狼藉，膑被发覆面，倒身而卧。再使人送酒食与之，诈云：「吾小人哀怜先生被刖，聊表敬意，元帅不知也。」孙子已知是庞涓之计，怒目狰狞，骂曰：「汝又来毒我耶？」将酒食倾翻地下。使者乃拾狗矢及泥块以进，膑取而啖之。于是还报庞涓，涓曰：「此真中狂疾，不足为虑矣。」自此纵放孙膑，任其出入。膑或朝出晚归，仍卧猪圈之内，或出而不返，混宿市井之间。或谈笑自若，或悲号不已。市人认得是孙客卿，怜其病废，多以饮食遗之。膑或食，或不食，狂言诞语，不绝于口，无有知其为假疯魔者。庞涓却吩咐地方，每日侵晨，具报孙膑所在，尚不能置之度外也。髯翁有诗叹云：

纷纷七国斗干戈，俊杰乘时归网罗；堪恨奸臣怀嫉忌，致令良友诈疯魔。

时墨翟云游至齐，客于田忌之家，其弟子禽滑从魏而至，墨翟问："孙膑在魏，得意何如？"禽滑亲将孙子被刖之事，述于墨翟。翟叹曰："吾本欲荐膑，反害之矣！"乃将孙膑之才，及庞涓妒忌之事，转述于田忌。田忌言于威王曰："国有贤臣，而令见辱于异国，大不可也！"威王曰："寡人发兵以迎孙子如何？"田忌曰："庞涓不容膑仕于本国，肯容仕于齐国乎？欲迎孙子，须是如此恁般，……密载以归，可保万全。"威王用其谋，即令客卿淳于髡，假以进茶为名，至魏欲见孙子。

淳于髡领旨，押了茶车，捧了国书，竟至魏国。禽滑装做从者随行。到魏都见了魏惠王，致齐侯之命。惠王大喜，送淳于髡于馆驿。禽滑见膑发狂，不与交言，半夜私往候之。膑背靠井栏而坐，见禽滑张目不语。滑垂涕曰："孙卿困至此乎？吾乃墨子之弟子禽滑也。吾师言孙卿之冤于齐王，齐王甚相倾慕。淳于公此来，非为贡茶，实欲载孙卿入齐，为卿报刖足之仇耳！"孙膑泪流如雨，良久言曰："某已分死于沟渠，不期今日有此机会，但庞涓疑虑太甚，恐不便挈带，如何？"禽滑曰："吾已定下计策，孙卿不须过虑，俟有行期，即当相迎。"约定只在此处相会，万勿移动。

次日，魏王款待淳于髡，知其善辩之士，厚赠金帛。髡辞了魏王欲行，庞涓复置酒长亭饯行。禽滑先于是夜将温车藏了孙膑，却将孙膑衣服与厮养王义穿着，披头散发，以泥土涂面，装作孙膑模样。地方已经具报，庞涓以此不疑。淳于髡既出长亭，与庞涓欢饮而别。先使禽滑驱车速行，亲自押后。过数日，王义亦脱身而来。地方但见肮脏衣服，撒做一地，已不见孙膑矣。即时报知庞涓，涓疑其投井而死。使人打捞尸首不得，连连挨访，并无影响。反恐魏王见责，戒左右只将孙膑溺死申报，亦不疑其投齐也。

再说淳于髡载孙膑离了魏境，方与沐浴。既入临淄，田忌亲迎于十里之外。言于威王，使乘蒲车入朝。威王叩以兵法，即欲拜官。孙膑辞曰："臣未有寸功，不敢受爵。庞涓若闻臣用于齐，又起妒嫉之端，不若姑隐其事，俟有用臣之处，然后效力，何如？"威王从之，乃使居田忌之家，忌尊为上客。膑欲偕禽滑，往谢墨翟，他师弟二人，已不别而行了。膑叹息不已。再使人访孙平、孙卓信息，杳然无闻，方知庞涓之诈。

齐威王暇时，常与宗族诸公子驰射赌胜为乐。田忌马力不及，屡次失金。一日，田忌引孙膑同至射圃观射。膑见马力不甚相远，而田忌三棚皆负，乃私谓忌曰："君明日复射，臣能令君必胜。"田忌曰："先生果能使某必胜，某当请于王，以千金决赌。"膑曰："君但请之。"田忌请于威王曰："臣之驰射屡负矣。来日愿倾家财，一决输赢，每棚以千金为采。"威王笑而从之。

是日，诸公子皆盛饰车马，齐至场圃，百姓聚观者数千人。田忌问孙子曰："先生必胜之术安在？千金一棚，不可戏也！"孙膑曰："齐之良马，聚于王厩，而君欲与次第角胜，难矣。然臣能以术得之。夫三棚有上中下之别，诚以君之下驷，当彼上驷，而取君之上驷，与彼中驷角，取君之中驷，与彼下驷角；君虽一败，必有二胜。"田忌曰："妙哉！"乃以金鞍锦鞯，饰其下等之马，伪为上驷，先与威王赌第一棚。马足相去甚远，田忌复失千金。威王大笑，田忌曰："尚有二棚，臣若全输，笑臣未晚。"及二棚、三棚，田忌之马果皆胜，多得采物千金。田忌奏曰："今日之胜，非臣马之力，乃孙子所教也。"因述其故。威王叹曰："即此小事，已见孙先生之智矣！"由是益加敬重，赏赐无算。不在话下。

再说魏惠王既废孙膑，责成庞涓恢复中山之事。庞涓奏曰："中山远于魏，而近于赵，与其远争，不如近割。臣请为君直捣邯郸，以报中山之恨。"惠王许之。庞涓遂出车五百乘伐赵，围邯郸。邯郸守臣丕选，连战俱败，上表赵成侯。成侯使人以中山赂齐求救。齐威王已知孙子之能，拜为大将。膑辞曰：『臣刑余之人，而使主兵，显齐国别无人才，为敌所笑。请以田忌为将。』威王乃用田忌为将，孙膑为军师，常居辎车之中，阴为画策，不显其名。田忌欲引兵救邯郸，膑止之曰：『赵将非庞涓之敌，比我至邯郸，其城已下矣。不如驻兵于中道，扬言欲伐襄陵，庞涓必还，还而击之，无不胜也。』忌用其谋。

时邯郸候救不至，不选以城降涓，涓遣人报捷于魏王。正欲进兵，忽闻齐遣田忌乘虚来袭襄陵。庞涓惊曰：『襄陵有失，安邑震动，吾当还救根本。』乃班师。离桂陵二十里，便遇齐兵。原来孙膑早已打听魏兵到来，预作准备，先使牙将袁达，引三千人截路搦战。庞涓族子庞葱前队先到，迎住厮杀。约战二十余合，袁达诈败而走。庞葱恐有计策，不敢追赶，却来禀知庞涓。涓叱曰：『谅偏将尚不能擒取，安能擒田忌乎？』即引大军追之。将及桂陵，只见前面齐兵排成阵势，庞涓乘车观看，正是孙膑初到魏国时摆的『颠倒八门阵』。庞涓心疑，想道：『那田忌如何也晓此阵法？莫非孙膑已归齐国乎？』当下亦布队成列。只见齐军中闪出大将田旗号，推出一辆戎车，田忌全装披挂，手执画戟，立于车中。田婴挺戈，立于车右。田忌口呼：『魏将能事者，上前打话。』庞涓亲自出车，谓田忌曰：『齐、魏一向和好，魏、赵有怨，何与齐事？将军弃好寻仇，实为失计！』田忌曰：『赵以中山之地献于吾主，吾主命吾帅师救之。若魏亦割数郡之地，付于吾手，吾当即退。』庞涓大怒曰：『汝有何本事，敢与某对阵？』田忌曰：『你既有本事，能识我阵否？』庞涓曰：『此乃「颠倒八门阵」，吾受之鬼谷子，汝何处窃取一二，反来问我？我国中三岁孩童，皆能识之！』田忌曰：『汝既能识，敢打此阵否？』庞涓心下踌躇，若说不打，丧了志气，遂厉声应曰：『既能识，如何不能打！』庞涓吩咐庞英、庞葱、庞茅曰：『记得孙膑曾讲此阵，略知攻打之法。但此阵能变长蛇，击首则尾应，击尾则首应，击中则首尾皆应，攻者辄为所困。我今去打此阵，汝三人各领一军，只看此阵一变，三队齐进，使首尾不能相顾，则阵可破矣。』

庞涓吩咐已毕，自帅选锋五千人，上前打阵。才入阵中，只见八方旗色，纷纷转换，认不出那一门是休、生、伤、杜、景、死、惊、开了。东冲西撞，戈甲如林，并无出路。只闻得金鼓乱鸣，四下呐喊，竖的旗上，俱有军师『孙』字。庞涓大骇曰：『刖夫果在齐国，吾堕其计矣！』正在危急，却得庞英、庞葱两路兵杀进，单单救出庞涓，那五千选锋，不剩一人。问庞茅时，已被田婴所杀，共损军二万余人。庞涓甚是伤感。

原来八卦阵本按八方，连中央戊己，共是九队车马，其形正方。比及庞涓入来打阵，抽去首尾二军为二角，以遏外救，止留七队车马，变为圆阵，以此庞涓迷惑。后来唐朝卫国公李靖，因此作六花阵，即从此圆阵布出。有诗为证：

八阵中藏不测机，传来鬼谷少人知。庞涓只晓长蛇势，那识方圆变化奇？

按今堂邑县东南有地名古战场，乃昔日孙、庞交兵之处也。

却说庞涓知孙膑在军中，心中惧怕，与庞英、庞葱商议，弃营而遁，连夜回魏国去了。田忌与孙膑探知空营，奏凯回齐。此周显王十七年之事。魏惠王以庞涓有取邯郸之功，虽然桂陵丧败，将功准罪。齐威王遂宠任田忌、孙膑，专以兵权委之。驺忌恐其将来代己为相，密与门客公孙阅商量，欲要夺田忌、孙膑之宠。恰好庞涓使人以千金行赂于驺忌之门，要得退去孙膑。驺忌正中其怀，乃使公孙阅假作田忌家人，持十金，于五鼓叩卜者之门，曰：『我奉田忌将军之差，欲求占卦。』卦成，卜者问：『何用？』阅曰『我将军，田氏之宗也，兵权在握，威震邻国。今欲谋大事，烦为断其吉凶。』卜者大惊曰：『此悖逆之事，吾不敢与闻！』公孙阅嘱曰：『先生即不肯断，幸勿泄！』公孙阅方才出门，驺忌差人已至，将卜者拿住，说他替叛臣田忌占卦。卜者曰：『虽有人来小店，实不曾占。』驺忌遂入朝，以田忌所占之语，告于威王，即引卜者为证。威王果疑，每日使人伺田忌之举动。田忌闻其故，遂托病辞了兵政，以释齐王之疑。孙膑亦谢去军师之职。明年，齐威王薨，子辟疆即位，是为宣王。宣王素知田忌之冤，与孙膑之能，俱召复故位。

再说庞涓初时，闻齐国退了田忌、孙膑不用，大喜曰：『吾今日乃可横行天下也！』是时，韩昭侯灭郑国而都之，赵相国公仲侈如韩称贺，因请同起兵伐魏，约以灭魏之日，同分魏地。昭侯应允，回言：『偶值荒馑，俟来年当从兵进讨。』庞涓访知此信，言于惠王曰：『闻韩谋助赵攻魏，今乘其未合，宜先伐韩，以沮其谋。』惠王许之。使太子申为上将军，庞涓为大将，起倾国之兵，向韩国进发。

不知胜负如何，且看下回分解。

第〇八九回 马陵道万弩射庞涓 咸阳市五牛分商鞅

话说庞涓同太子申起兵伐韩，行过外黄，有布衣徐生请见太子。太子问曰：「先生辱见寡人，有何见谕？」徐生曰：「太子此行，将以伐韩也。臣有百战百胜之术于此，太子欲闻之否？」申曰：「此寡人所乐闻也。」徐生曰：「太子自度富有过于魏，位有过于王者乎？」申曰：「无以过矣！」徐生曰：「今太子自将而攻韩，幸而胜，富不过于魏，位不过于王也，万一不胜，将若之何？夫无不胜之害，而有称王之荣，此臣所谓百战百胜者也。」申曰：「善哉！寡人请从先生之教，即日班师。」徐生曰：「太子虽善吾言，必不行也。夫一人烹鼎，众人啜汁。今欲啜太子之汁者甚众，太子即欲还，其谁听之？」徐生辞去。太子出令欲班师。庞涓曰：「大王以三军之寄，属于太子，未见胜败，而遽班师，与败北何异？」诸将皆不欲空还。太子申不能自决，遂引兵前进，直造韩都。

韩哀侯遣人告急于齐，求其出兵相救。齐宣王大集群臣，问以：「救韩与不救，孰是孰非？」相国驺忌曰：「韩、魏相并，此邻国之幸也，不如勿救。」田忌、田婴皆曰：「魏胜韩，则祸必及于齐，救之为是。」孙膑独嘿然无语。宣王曰：「军师不发一言，岂救与不救，二策皆非乎？」孙膑对曰：「然也。夫魏国自恃其强，前年伐赵，今年伐韩，其心亦岂须臾忘齐哉？若不救，是弃韩以肥魏，故言不救者非也。魏方伐韩，韩未敝而吾救之，是我代韩受兵，韩享其安，而我受其危，故言救者亦非也。」宣王曰：「然则何如？」孙膑对曰：「为大王计，宜许韩必救，以安其心。韩知有齐救，必悉力以拒魏，魏亦必悉力以攻韩。吾俟魏之敝，徐引兵而往，攻敝魏以存危韩，用力少而见功多，岂不胜于前二策耶？」宣王鼓掌称：「善。」遂许韩使，言：「齐救旦暮且至。」韩昭侯大喜，乃悉力拒魏。前后交锋五六次，韩皆不胜，复遣使往齐，催趱救兵。齐复用田忌为大将，田婴副之，孙子为军师，率车五百乘救韩。田忌又欲望韩进发，孙膑曰：「不可，不可！吾向者救赵，未尝至赵，今救韩，奈何往韩乎？」田忌曰：「军师之意，将欲如何？」孙膑曰：「夫解纷之术，在攻其所必救。今日之计，惟有直走魏都耳。」田忌从之。乃令三军齐向魏邦进发。

庞涓连败韩师，将逼新都，忽接本国警报，言：「齐兵复寇魏境，望元帅作速班师！」庞涓大惊，即时传令去韩归魏，韩兵亦不追赶。孙膑知庞涓将至，谓田忌曰：「三晋兵素悍勇而轻齐，齐号为怯，善战者因其势而利导之。《兵法》云：『百里而趋利者，蹶上将；五十里而趋利者，军半至。』吾军远入魏地，宜诈为弱形以诱之。」田忌曰：「诱之如何？」孙膑曰：「今日当作十万灶，明后日以渐减去，彼见军灶顿减，必谓吾兵怯战，逃亡过半，将兼程逐利。其气必骄，其力必疲，吾因以计取之。」田忌从其计。

再说庞涓兵望西南而行，心念韩兵屡败，正好征进，却被齐人侵扰，毁其成功，不胜之忿。及至魏境，知齐兵已前去了。遗下安营之迹，地甚宽广，使人数其灶，足有十万，惊曰：「齐兵之众如此，不可轻敌也！」明日又至前营，查其灶仅五万有余，又明日，灶仅三万。涓以手加额曰：「此魏王之洪福矣！」太子申问曰：「军师未见敌形，何喜形于色？」涓答曰：「某固知齐人素怯，今入魏地，才三日，士卒逃亡，已过半了，尚敢操戈相角乎？」太子申曰：「齐人多诈，军师须十分在意。」庞涓曰：「田忌等今番自来送死，涓虽不才，愿生擒忌等，以雪桂陵之耻。」当下传令：选精锐二万人，与太子申分为二队，倍日并行，步军悉留在后，使庞葱率领徐进。孙膑时刻使人探听庞涓消息，回报：「魏兵已过沙鹿山，不分早夜，兼程而进。」孙膑屈指计程，日暮必至马陵。那马陵道在两山中间，溪谷深隘，堪以伏兵。道旁树木丛密，膑只拣绝大一株留下，余树尽皆砍倒，纵横道上，以塞其行。却将那大树向东树身砍白，用黑煤大书六字云：「庞涓死此树下！」上面横书四字云：「军师孙示。」令部将袁达、独孤陈，各选弓弩手五千，左右埋伏，吩咐：「但看树下火光起时，一齐发弩。」再令田婴引兵一万，离马陵三里埋伏，只待魏兵已过，便从后截杀。分拨已定，自与田忌引兵远远屯札，准备接应。

再说庞涓一路打听齐兵过去不远，恨不能一步赶着，只顾催趱。来到马陵道时，恰好日落西山，其时十月下旬，又无月色。前军回报：「有断木塞路，难以进前。」庞涓叱曰：「此齐兵畏吾蹑其后，故设此计也。」正欲指麾军士搬木开路，忽抬头看见树上砍白处，隐隐有字迹，但昏黑难辨。命小军取火照之。众军士一齐点起火来。庞涓于火光之下，看得分明，大惊曰：「吾中刖夫之计矣！」急教军士：「速退！」说犹未绝，那袁达、独孤陈两支伏兵，望见火光，万弩齐发。箭如骤雨，军士大乱。庞涓身带重伤，料不能脱，叹曰：「吾恨不杀此刖夫，遂成竖子之名！」即引佩剑自刎其喉而绝。庞英亦中箭身亡。军士射死者，不计其数。史官有诗云：

昔日伪书奸似鬼，今宵伏弩妙如神。相交须是怀忠信，莫学庞涓自陨身！

昔庞涓下山时，鬼谷曾言：「汝必以欺人之事，还被人欺。」庞涓用假书之事，欺孙膑而刖之，今日亦受孙膑之欺，堕其减灶之计。鬼谷又言：「遇马而瘁。」果然死于马陵。计庞涓仕魏至身死，刚十二年，应花开十二朵之兆。始见鬼谷之占，纤微必中，神妙不测。

时太子申在后队，闻前军有失，慌忙屯札住不行。不提防田婴一军，反从后面杀到，魏兵心胆俱裂，无人敢战，各自四散逃生。太子申势孤力寡，被田婴生擒，缚置车中。田忌和孙膑统大军接应，杀得魏军尸横遍野，轻重军器，尽归于齐。田婴将太子申献功，袁达、独孤陈将庞涓父子尸首献功。孙膑手斩庞涓之头，悬于车上。齐军大胜，奏凯而还。其夜太子申惧辱，亦自刎而死。孙膑叹息不已。大军行至沙鹿山，正逢庞葱步军，孙膑使人挑庞涓之头，示之，步军不战而溃。庞葱下车叩头乞命，田忌欲并诛之。孙膑曰：『为恶者止庞涓一人，其子且无罪，况其侄乎？』乃将太子申及庞英二尸，交付庞葱，教他回报魏王：『速速上表朝贡，不然，齐兵再至，宗社不保。』庞葱喏喏连声而去。此周显王二十八年事也。

田忌等班师回国，齐宣王大喜，设宴相劳，亲为田忌、田婴、孙膑把盏。相国驺忌，自思昔日私受魏赂，欲陷田忌之事，未免于心有愧，遂称病笃，使人缴还相印。齐宣王遂拜田忌为相国，田婴为将军，孙膑军师如故，加封大邑。孙膑固辞不受。手录其祖孙武《兵书》十三篇，献于宣王曰：『臣以废人，过蒙擢用，今上报主恩，下酬私怨，于愿足矣。臣之所学，尽在此书，留臣亦无用，愿得闲山一片，为终老之计！』宣王留之不得，乃封以石闾之山。孙膑住山岁余，一夕忽不见，或言鬼谷先生度之出世矣。此是后话。武成王庙有《孙子赞》云：

孙子知兵，翻为盗憎；刖足衔冤，坐筹运能。救韩攻魏，雪耻扬灵；功成辞赏，遁迹藏名。揆之祖武，何愧典型！

再说齐宣王将庞涓之首，悬示国门，以张国威。使人告捷于诸侯，诸侯无不耸惧。韩、赵二君，尤感救兵之德，亲来朝贺。宣王欲与韩、赵合兵攻魏，魏惠王大恐，亦遣使通和，请朝于齐。齐宣王约会三晋之君，同会于博望城，韩、赵、魏无敢违者。三君同时朝见，天下荣之。宣王遂自恃其强，耽于酒色，筑雪宫于城内，以备宴乐。辟郊外四十里为苑囿，以备狩猎。又听信文学游说之士，于稷门立左右讲室，聚游客数千人，内如驺衍、田骈、接舆、环渊等七十六人，皆赐列第，为上大夫日事议论，不修实政。嬖臣王驩等用事，田忌屡谏不听，郁郁而卒。

一日，宣王宴于雪宫，盛陈女乐。忽有一妇人，广额深目，高鼻结喉，驼背肥项，长指大足，发若秋草，皮肤如漆，身穿破衣，自外而入，声言：『愿见齐王。』武士止之曰：『丑妇何人，敢见大王！』丑妇曰：『吾乃齐之无盐人也，复姓钟离，名春，年四十余，择嫁不得。闻大王游宴离宫，特来求见，愿入后宫，以备洒扫。』左右皆掩口而笑曰：『此天下强颜之女子也！』乃奏知宣王。宣王召入。群臣侍宴者，见其丑陋，亦皆含笑。宣王问曰：『我宫中妃侍已备，今妇人貌丑，不容于乡里，以布衣欲干千乘之君，得无有奇能乎？』钟离春对曰：『妾无奇能，特有隐语之术。』宣王曰：『汝试发隐术，为孤度之。若言不中用，即当斩首。』钟离春乃扬目炫齿，举手再四，拊膝而呼曰：『殆哉，殆哉！』宣王不解其意，问于群臣，群臣莫能对。宣王曰：『春来前，为寡人明言之。』春顿首曰：『大王赦妾之死，妾乃敢言。』宣王曰：『赦尔无罪。』春曰：『妾扬目者，代王视烽火之变；炫齿者，代王惩拒谏之口；举手者，代王挥谗佞之臣；拊膝者，代王拆游宴之台。』宣王大怒曰：『寡人焉有四失？村妇妄言！』喝令斩之。春曰：『乞申明大王之四失，然后就刑。妾闻秦用商鞅，国以富强，不日出兵函关，与齐争胜，必首受其患。大王内无良将，边备渐弛，此妾为王扬目而视之。妾闻「君有诤臣，不亡其国；父有诤子，不亡其家。」大王内耽女色，外荒国政，忠谏之士，拒而不纳，妾所以炫齿为王受谏也。且王驩等阿谀取容，蔽贤窃位，驺衍等迂谈阔论，虚而无实，大王信用此辈，妾恐其有误社稷，所以举手为王挥之。王筑宫筑囿，台榭陂池，殚竭民力，虚耗国赋，所以拊膝为王拆之。大王四失，危如累卵，而偷目前之安，不顾异日之患。妾冒死上言，倘蒙采听，虽死何恨！』宣王叹曰：『使无钟离氏之言，寡人不得闻其过也！』即日罢宴，以车载春归宫，立为正后。春辞曰：『大王不纳妾言，安用妾身？』于是宣王招贤下士，疏远嬖佞，散遣稷下游说之徒，以田婴为相国，以邹人孟轲为上宾，齐国大治。即以无盐之邑封春家，号春为无盐君。此是后话。

话分两头。却说秦相国卫鞅闻庞涓之死，言于孝公曰：『秦、魏比邻之国，秦之有魏，犹人有腹心之疾，非魏并秦，即秦并魏，其势不两存明矣。魏今大破于齐，诸侯叛之，可乘此时伐魏，魏不能支，必然东徙。然后秦据河山之固，东乡以制诸侯，此帝王之业也！』孝公以为然。使卫鞅为大将，公子少官副之，帅兵五万伐魏。师出咸阳，望东进发，警报已至西河。守臣朱仓告急文书，一日三发。惠王大集群臣，问御秦之计。公子卬进曰：『鞅昔日在魏时，与臣相善，臣尝举荐于大王，大王不听。今日臣愿领兵前往，先与讲和。如若不许，然后固守城池，请救韩、赵。』群臣皆赞其策。惠王即拜公子卬为大将，亦率兵五万，来救西河，进屯吴城。那吴城是吴起守西河时所筑，以拒秦者，坚固可守。公子卬正欲修书，遣人往秦寨通问卫鞅，欲其罢兵。守城将士报道：『今有秦相国差人下书，见在城外。』公子卬命缒城而上，发书看之。书曰：

鞅始与公子相得甚欢，不异骨肉。今各事其主，为两国之将，何忍治兵，自相鱼肉？鄙意欲与公子相约，各去兵车，释甲胄，以衣冠之会，相见于玉泉山，乐饮而罢，免使两国肝脑涂地；使千秋而下，称吾两人之交情，同于管、鲍。公子如肯俯从，幸示其期！

公子卬读毕大喜曰：『吾意正欲如此。』遂厚待使者，答以书曰：

相国不忘夙昔之好，举齐桓故事，以衣裳易兵车，安秦、魏之民，明管、鲍之谊，此卬志也。三日之内，惟相国示期，敢不听命。

卫鞅得了回书，喜曰：『吾计成矣！』复使人入城订定日期，言：『秦兵前营已撤，打发先回，只等会过元帅，便拔寨都起。』复以旱藕、麝香遗之曰：『此二物秦地所产，旱藕益人，麝香辟邪，聊志旧情，永以为好。』公子卬谓卫鞅爱己，益信其无他，答书谢之。

卫鞅假传军令，使前营尽撤，公子少官率领先行。却暗暗吩咐，一路只说射猎充食，在狐岐山、白雀山等处，四散埋伏，期定是日午末未初，齐到玉泉山下，只听山上放炮为号，便一齐杀入，将来人尽数拿住，不许走漏一人。

至期，侵晨，卫鞅先使人报入城中，言：『相国先往玉泉山伺候，随行不满三百人。』公子卬十分相信，亦以輶车载酒食，并乐工一部，乘车赴会，人数与卫鞅相当。卫鞅在山下相迎。公子卬见人从既少，且无军器，坦然不疑。相见之间，各叙昔日交情，并及今日通和之意。魏国从人，无不欢喜。两边俱有酒席，公子卬是地主，先替卫鞅把盏。三献三酬，奏乐三次。卫鞅使军吏席上报时，即命撤了魏国筵席，另用本国酒馔。两个侍酒的，都是秦国有名的勇士，一个唤做乌获，力举千钧，一个唤做任鄙，手格虎豹。卫鞅才举初杯相劝，以目视左右，便去山顶上放起一声号炮，山下亦放炮相应，声震陵谷。公子卬大惊曰：『此炮何来？相国莫非见欺否？』卫鞅笑曰：『暂欺一次，尚容告罪！』公子卬心慌，便欲奔逃。却被乌获紧紧帮住，转动不得。任鄙指挥左右拿人。公子少官率领军士，拘获车仗人等，真个是滴水不漏。卫鞅吩咐将公子卬上了囚车，先递回秦国报捷。却将所获随行人众，解其束缚，赐酒压惊，仍用原来车仗，教他：『只说主帅赴会回来。赚开城门，另有重赏；如若不从，即时斩首！』那一行从人，都是小辈，谁不怕死，尽皆依允。却教乌获假作公子卬坐于车中，任鄙作护送使臣，单车随后。城上认得是自家人从，即时开门。那两员勇将，一齐发作，将城门一拳一脚，打个粉碎，关阖不得。军士上前者，都被打倒。背后卫鞅亲率大军，飞也似赶来。城中军民乱窜，卫鞅纵军士乱杀一阵，遂占了吴城。朱仓闻知主帅被虏，度西河难守，弃城而遁。

卫鞅长驱而入，直逼安邑。惠王大惧，使大夫龙贾，往秦军行成。卫鞅曰：『魏王不能用吾，吾故出仕秦国。蒙秦王尊为卿相，食禄万钟，今以兵权交付，若不灭魏，有负重托。』龙贾曰：『吾闻「良鸟恋旧林，良臣怀故主。」魏王虽不能用足下，然父母之邦，足下安得无情？』卫鞅沉思半晌，谓龙贾曰：『若要我班师，除非将河西之地，尽割于秦，方可。』龙贾只得应诺，回奏惠王。惠王从之，即令龙贾奉河西地图，献于秦军买和。卫鞅按图受地，奏凯而归。公子卬遂降于秦。魏惠王以安邑地近于秦，难守，遂迁都大梁去讫。自此称为梁国。

秦孝公嘉卫鞅之功，封为列侯，以前所取魏地商於等十五邑，为鞅食邑，号为商君。后世称为商鞅，为此也。鞅谢恩归第，谓家臣曰：「吾以卫之支庶，挟策归秦，为秦更治，立致富强。今又得魏地七百里，封邑十五城，大丈夫得志，可谓极矣。」宾客齐声称贺。内有一士厉声而前曰：「千人诺诺，不如一士谔谔。」众人视之，乃上客赵良也。鞅曰：「先生谓众人之谄，试言吾之治秦，与五羖大夫孰贤？」良曰：「五羖大夫之相穆公也，三置晋君，并国二十，使其主为西戎伯主。及其自奉，暑不张盖，劳不坐乘，死之日，百姓悲哭，如丧考妣。今君相秦八载，法令虽行，刑戮太惨，民见威而不见德，知利而不知义。太子恨君刑其师傅，怨入骨髓，民间父兄子弟，久含怨心。一旦秦君晏驾，君之危若朝露，尚可贪商於之富贵，而自夸大丈夫乎？君何不荐贤人以自代？辞禄去位，退耕于野。尚可望自全也。」商君默然不乐。

后五月，秦孝公得疾而薨。群臣奉太子驷即位，是为惠文公。商鞅自负先朝旧臣，出入傲慢。公子虔初被商鞅劓鼻，积恨未报，至是，与公孙贾同奏于惠文公曰：「臣闻『大臣太重者国危，左右太重者身危。』商鞅立法治秦，秦邦虽治，然妇人童稚，皆言商君之法，莫言秦国之法。今又封邑十五，位尊权重，后必谋叛。」惠文公曰：「吾恨此贼久矣！但以先王之臣，反形未彰，故姑容旦夕。」乃遣使者收商鞅相印，退归商於。鞅辞朝，具驾出城，仪仗队伍，犹比诸侯。百官饯送，朝署为空。公子虔、公孙贾密告惠文公，言：「商君不知悔咎，僭拟王者仪制，如归商於，必然谋叛。」甘龙、杜挚证成其事。惠文公大怒，即令公孙贾引武士三千，追赶商鞅，枭首回报。公孙贾领命出朝。当时百姓连街倒巷，皆怨商君。一闻公孙贾引兵追赶，攘臂相从者，何止数千余人。商鞅车驾出城，已百余里，忽闻后面喊声大振，使人探听，回报：「朝廷发兵追赶。」商鞅大惊，知是新王见责，恐不免祸，急卸衣冠下车，扮作卒隶逃亡。走至函关，天色将昏，往旅店投宿。店主索照身之帖，鞅辞无有。店主曰：「商君之法，不许收留无帖之人，犯者并斩！吾不敢留。」商鞅叹曰：「吾设此法，乃自害其身也。」乃冒夜前行，混出关门，径奔魏国。魏惠王恨商鞅诱虏公子卬，割其河西之地，于是欲因商鞅以献秦。鞅复逃回商於，谋起兵攻秦，被公孙贾追至缚归。惠文公历数其罪，吩咐将鞅押出市曹，五牛分尸。百姓争啖其肉，须臾而尽。于是尽灭其族。可怜商鞅变立新法，使秦国富强，今日受车裂之祸，岂非过刻之报乎？此周显王三十一年事也。髯翁有诗云：

商於封邑未经年，五路分尸亦可怜！惨刻从来凶报至，劝君熟读省刑篇。

自商鞅之死，百姓歌舞于道，如释重负。六国闻之，亦皆相庆。甘龙、杜挚先被革职，今皆复官。拜公孙衍为相国。衍劝惠文公西并巴、蜀，称王以号召天下，要列国悉如魏国割地为贽，如有违者，即发兵伐之。惠文公遂称王，遣使者遍告列国，都要割地为贺。诸侯俱犹豫未决。惟楚威王熊商，任用昭阳，新败越兵，杀越王无疆，尽有越地，地广兵强，与秦为敌。秦使至楚，被楚王叱咤而去。于是洛阳苏秦挟「兼并」之策，以说秦王。

不知苏秦如何说秦，且看下回分解。

第〇九〇回 苏秦合从相六国 张仪被激往秦邦

话说苏秦、张仪，辞鬼谷下山，张仪自往魏国去了。苏秦回至洛阳家中，老母在堂，一兄二弟，兄已先亡，惟寡嫂在，二弟乃苏代、苏厉也，一别数年，今日重会，举家欢喜，自不必说。过了数日，苏秦欲出游列国，乃请于父母，变卖家财，为资身之费。母嫂及妻，俱力阻之，曰：「季子不治耕获，力工商，求什一之利，乃思以口舌博富贵，弃现成之业，图未获之利，他日生计无聊，岂可悔乎？」苏代、苏厉亦曰：「兄如善于游说之术，何不就说周王，在本乡亦可成名，何必远出？」苏秦被一家阻挡，乃求见周显王，说以自强之术。显王留之馆舍。左右皆素知苏秦出于农贾之家，疑其言空疏无用，不肯在显王前保举。

苏秦在馆舍羁留岁余，不能讨个进身。于是发愤回家，尽破其产，得黄金百镒，制黑貂裘为衣，治车马仆从，遨游列国，访求山川地形，人民风土，尽得天下利害之详。如此数年，未有所遇。闻卫鞅封商君，甚得秦孝公之心，乃西至咸阳，而孝公已薨，商君亦死，乃求见惠文王。惠文王宣秦至殿，问曰：「先生不远千里而来敝邑，有何教诲？」苏秦奏曰：「臣闻大王求诸侯割地，意者欲安坐而并天下乎？」惠文王曰：「然。」秦曰：「大王东有关、河，西有汉中，南有巴、蜀，北有胡、貉，此四塞之国也。沃野千里，奋击百万，以大王之贤，士民之众，臣请献谋效力，并诸侯，吞周室，称帝而一天下，易如反掌。岂有安坐而能成事者乎？」惠文王初杀商鞅，心恶游说之士，乃辞曰：「孤闻『毛羽不成，不能高飞。』先生所言，孤有志未逮，更俟数年，兵力稍足，然后议之。」苏秦乃退。复将古三王五霸攻战而得天下之术，汇成一书，凡十余万言，次日献上秦王。秦王虽然留览，绝无用苏秦之意。再谒秦相公孙衍，衍忌其才，不为引进。

苏秦留秦复岁余，黄金百镒，俱已用尽，黑貂之裘亦敝坏，计无所出。乃货其车马仆从，以为路资，担囊徒步而归。父母见其狼狈，辱骂之。妻方织布，见秦来，不肯下机相见。秦饿甚，向嫂求一饭，嫂辞以无柴，不肯为炊。有诗为证：

富贵途人成骨肉，贫穷骨肉亦途人；试看季子貂裘敝，举目虽亲尽不亲。

秦不觉堕泪，叹曰：「一身贫贱，妻不以我为夫，嫂不以我为叔，母不以我为子，皆我之罪也！」于是简书箧中，得太公《阴符》一篇，忽悟曰：「鬼谷先生曾言：『若游说失意，只须熟玩此书，自有进益。』」乃闭户探讨，务穷其趣，昼夜不息。夜倦欲睡，则引锥自刺其股，血流遍足。既于《阴符》有悟，然后将列国形势，细细揣摩，如此一年，天下大势，如在掌中。乃自慰曰：「秦有学如此，以说人主，岂不能出其金玉锦绣，取卿相之位者乎？」遂谓其弟代、厉曰：「吾学已成，取富贵如寄，弟可助吾行资，出说列国。倘有出身之日，必当相引。」复以《阴符》为弟讲解。代与厉亦有省悟，乃各出黄金，以资其行。

秦辞父母妻嫂，欲再往秦国，思想：「当今七国之中，惟秦最强，可以辅成帝业。无奈秦王不肯收用。吾今再去，倘复如前，何面复归故里？」乃思一摈秦之策，必使列国同心协力，以孤秦势，方可自立。于是东投赵国。时赵肃侯在位，其弟公子成为相国，号奉阳君。苏秦先说奉阳君，奉阳君不喜。秦乃去赵，北游于燕，求见燕文公，左右莫为通达。

居岁余，资用已罄，饥饿于旅邸。旅邸之人哀之，贷以百钱，秦赖以济。适值燕文公出游，秦伏谒道左。文公问其姓名，知是苏秦，喜曰：「闻先生昔年以十万言献秦王，寡人心慕之，恨未得能读先生之书。今先生幸惠教寡人，燕之幸也。」遂回车入朝，召秦入见，鞠躬请教。苏秦奏曰：「大王列在战国，地方二千里，兵甲数十万，车六百乘，骑六千匹，然比于中原，曾未及半。乃耳不闻金戈铁马之声，目不睹覆车斩将之危，安居无事，大王亦知其故乎？」燕文公曰：「寡人不知也。」秦又曰：「燕所以不被兵者，以赵为之蔽耳。大王不知结好于近赵，而反欲割地以媚远秦，不愚甚耶？」燕文公曰：「然则如何？」秦对曰：「依臣愚见，不若与赵从亲，因而结连列国，天下为一，相与协力御秦，此百世之安也。」燕文公曰：「先生合从以安燕国，寡人所愿，但恐诸侯不肯为从耳。」秦又曰：「臣虽不才，愿面见赵侯，与定从约。」燕文公大喜，资以金帛路费，高车驷马，使壮士送秦至赵。

适奉阳君赵成已卒，赵肃侯闻燕国送客来至，遂降阶而迎曰：「上客远辱，何以教我？」苏秦奏曰：「秦闻天下布衣贤士，莫不高贤君之行义，皆愿陈忠于君前。奈奉阳君妒才嫉能，是以游士裹足而不进，卷口而不言。今奉阳君捐馆舍，臣故敢献其愚忠。臣闻『保国莫如安民，安民莫如择交。』当今山东之国，惟赵为强。赵地方二千余里，带甲数十万，车千乘，骑万匹，粟支数年。秦之所最忌害者，莫如赵。然而不敢举兵伐赵者，畏韩、魏之袭其后也。故为赵南蔽者，韩、魏也。韩、魏无名山大川之险，一旦秦兵大出，蚕食二国，二国降，则祸次于赵矣。臣尝考地图，列国之地，过秦万里，诸侯之兵，多秦十倍，设使六国合一，并力西向，何难破秦。今为秦谋者，以秦恐吓诸侯，必须割地求和。夫无故而割地，是自破也。破人与破于人，二者孰愈？依臣愚见，莫如约列国君臣，会于洹水，交盟定誓，结为兄弟，联为唇齿。秦攻一国，则五国共救之，如有败盟背誓者，诸侯共伐之。秦虽强暴，岂敢以孤国与天下之众争胜负哉？」赵肃侯曰：「寡人年少，立国日浅，未闻至计。今上客欲纠诸侯以拒秦，寡人敢不敬从！」乃佩以相印，赐以大第，又以饰车百乘，黄金千镒，白璧百双，锦绣千匹，使为「从约长」。

苏秦乃使人以百金往燕，偿旅邸人之百钱。正欲择日起行，历说韩、魏诸国。忽赵肃侯召苏秦入朝，有急事商议。苏秦慌忙来见肃侯。肃侯曰：「适边吏来报：『秦相国公孙衍出师攻魏，擒其大将龙贾，斩首四万五千，魏王割河北十城以求和。衍又欲移兵攻赵。』将若之何？」苏秦闻言，暗暗吃惊：「秦兵若到赵，赵君必然亦效魏求和，『合从』之计不成矣！」正是「人急计生」，且答应过去，另作区处。乃故作安闲之态，拱手对曰：「臣度秦兵疲敝，未能即至赵国，万一来到，臣自有计退之。」肃侯曰：「先生且暂留敝邑，待秦兵果然不到，方可远离寡人耳。」这句话，正中苏秦之意，应诺而退。

苏秦回至府第，唤门下心腹，唤做毕成，至于密室，吩咐曰：「吾有同学故人，名曰张仪，字余子，乃大梁人氏。我今予汝千金，汝可扮作商贾，变姓名为贾舍人，前往魏邦，寻访张仪。倘相见时，须如此如此。若到赵之日，又须如此如此。汝可小心在意。」贾舍人领命，连夜望大梁而行。

话分两头。却说张仪自离鬼谷归魏，家贫，求事魏惠王不得。后见魏兵屡败，乃挈其妻去魏游楚，楚相国昭阳留之，为门下客。昭阳将兵伐魏，大败魏师，取襄陵等七城。楚威王嘉其功，以「和氏之璧」赐之。何谓「和氏之璧」？当初楚厉王之末年，有楚人卞和，得玉璞于荆山，献于厉王。王使玉工相之，曰：「石也！」厉王大怒，以卞和欺君，刖其左足。及楚武王即位，和复献其璞。玉工又以为石。武王怒，刖其右足。及楚文王即位，卞和又欲往献，奈双足俱刖，不能行动，乃抱璞于怀，痛哭于荆山之下，三日三夜，泣尽继之以血。有晓得卞和的，问曰：「汝再献再刖，可以止矣。尚希赏乎？又何哭为？」和曰：「吾非为求赏也。所恨者，本良玉而谓之石，本贞士而谓之欺，是非颠倒，不得自明，是以悲耳！」楚文王闻卞和之泣，乃取其璞，使玉人剖之，果得无瑕美玉，因制为璧，名曰：「和氏之璧」。今襄阳府南漳县荆山之颠有池，池旁有石室，谓之抱玉岩，即卞和所居，泣玉处也。楚王怜其诚，以大夫之禄给卞和，终其身。此璧乃无价之宝，只为昭阳灭越败魏，功劳最大，故以重宝赐之。昭阳随身携带，未尝少离。

一日，昭阳出游于赤山，四方宾客从行者百人。那赤山下有深潭，相传姜太公曾钓于此。潭边建有高楼，众人在楼上饮酒作乐，已及半酣。宾客慕「和璧」之美，请于昭阳，求借观之。昭阳命守藏竖于车箱中取出宝椟至前，亲自启钥，解开三重锦袱，玉光烁烁，照人颜面。宾客次第传观，无不极口称赞。正赏玩间，左右言：「潭中有大鱼跃起。」昭阳起身凭栏而观，众宾客一齐出看。那大鱼又跃起来，足有丈余，群鱼从之跳跃。俄焉云兴东北，大雨将至，昭阳吩咐：「收拾转程。」守藏竖欲收「和璧」置椟，已不知传递谁手，竟不见了。乱了一回，昭阳回府，教门下客挨查盗璧之人。门下客曰：「张仪赤贫，素无行。要盗璧除非此人。」昭阳亦心疑之。使人执张仪笞掠之，要他招承。张仪实不曾盗，如何肯服。笞至数百，遍体俱伤，奄奄一息。昭阳见张仪垂死，只得释放。旁有可怜张仪的，扶仪归家。其妻见张仪困顿模样，垂泪而言曰：「子今日受辱，皆由读书游说所致；若安居务农，宁有此祸耶？」仪张口向妻，使视之，问曰：「吾舌尚在乎？」妻笑曰：「尚在。」仪曰：「舌在，便是本钱，不愁终困也。」于是将息半愈，复还魏国。

贾舍人至魏之时，张仪已回魏半年矣。闻苏秦说赵得意，正欲往访。偶然出门，恰遇贾舍人休车于门外，相问间，知从赵来。遂问：「苏秦为赵相国，信果真否？」贾舍人曰：「先生何人，得无与吾相国有旧耶？何为问之？」仪告以同学兄弟之情。贾舍人曰：「若是，何不往游？相国必当荐扬。吾贾事已毕，正欲还赵，若不弃嫌微贱，愿与先生同载。」张仪欣然从之。既至赵郊，贾舍人曰：「寒家在郊外，有事只得暂别。城内各门俱有旅店，安歇远客，容卑人过几日相访。」张仪辞贾舍人下车，进城安歇。

次日，修刺求谒苏秦。秦预诫门下人，不许为通。候至第五日，方得投进名刺。秦辞以事冗，改日请会。仪复候数日，终不得见，怒欲去。地方店主人拘留之，曰：「子已投刺相府，未见发落，万一相国来召，何以应之？虽一年半载，亦不敢放去也。」张仪闷甚，访贾舍人何在，人亦无知者。又过数日，复书刺往辞相府。苏秦传命：「来日相见。」仪向店主人假借衣履停当，次日，侵晨往候。苏秦预先排下威仪，阖其中门，命客从耳门而入。张仪欲登阶，左右止之曰：「相国公谒未毕，客宜少待。」仪乃立于庑下，睨视堂前官属拜见者甚众。已而，禀事者又有多人。良久，日将昃，闻堂上呼曰：「客今何在？」左右曰：「相君召客。」仪整衣升阶，只望苏秦降坐相迎，谁知秦安坐不动。仪忍气进揖，秦起立，微举手答之，曰：「余子别来无恙？」仪怒气勃勃，竟不答言。左右禀进午餐。秦复曰：「公事匆冗，烦余子久待，恐饥馁，且草率一饭，饭后有言。」命左右设坐于堂下。秦自饭于堂上，珍馐满案。仪前不过一肉一菜，粗粝之餐而已。张仪本待不吃，奈腹中饥甚，况店主人饭钱先已欠下许多，只指望今日见了苏秦，便不肯荐用，也有些金资赍发，不想如此光景。正是：「在他矮檐下，谁敢不低头！」出于无奈，只得含羞举箸。遥望见苏秦杯盘狼藉，以其余肴分赏左右，比张仪所食，还盛许多。仪心中且羞且怒。食毕，秦复传言：「请客上堂。」张仪举目观看，秦仍旧高坐不起。张仪忍气不过，走上几步，大骂：「季子，我道你不忘故旧，远来相投，何竟辱我至此！同学之情何在？」苏秦徐徐答曰：「以余子之才，只道先我而际遇了，不期穷困如此。吾岂不能荐于赵侯，使子富贵？但恐子志衰才退，不能有为，贻累于荐举之人。」张仪曰：「大丈夫自能取富贵，岂赖汝荐乎？」秦曰：「你既能自取富贵，何必来谒？念同学情分，助汝黄金一笏，请自方便！」命左右以金授仪。仪一时性起，将金掷于地下，愤愤而出。苏秦亦不挽留。

仪回至旅店，只见自己铺盖，俱已移出在外。仪问其故。店主人曰：「今日足下得见相君，必然赠馆授餐，故移出耳。」张仪摇头，口中只说：「可恨，可恨！」一头脱下衣履，交还店主人。店主人曰：「莫非不是同学，足下有些妄扳么？」张仪扯住主人，将往日交情，及今日相待光景，备细述了一遍。店主人曰：「相君虽然倨傲，但位尊权重，礼之当然。送足下黄金一笏，亦是美情，足下收了此金，也可打发饭钱，剩些作归途之费。何必辞之？」张仪曰：「我一时使性，掷之于地，如今手无一钱，如之奈何？」

正说话间，只见前番那贾舍人走入店门，与张仪相见，道：「连日少候，得罪！不知先生曾见过苏相国否？」张仪将怒气重复吊起，将手往店案上一拍，骂道：「这无情无义的贼！再莫提他！」贾舍人曰：「先生出言太重，何故如此发怒？」店主人遂将相见之事，代张仪叙述一遍：「今欠帐无还，又不能作归计，好不愁闷！」贾舍人曰：「当初原是小人撺掇先生来的，今日遇而不遇，却是小人带累了先生，小人情愿代先生偿了欠帐，备下车马，送先生回魏。先生意下何如？」张仪曰：「我亦无颜归魏了。欲往秦邦一游，恨无资斧。」贾舍人曰：「先生欲游秦，莫非秦邦还有同学兄弟么？」张仪曰：「非也。当今七国中，惟秦最强，秦之力，可以困赵。我往秦，幸得用事，可报苏秦之仇耳！」贾舍人曰：「先生若往他国，小人不敢奉承。若欲往秦，小人正欲往彼探亲，依旧与小人同载，彼此得伴，岂不美哉？」张仪大喜曰：「世间有此高义，足令苏秦愧死！」遂与贾舍人为八拜之交。贾舍人替张仪算还店钱，见有车马在门，二人同载，望西秦一路而行。路间为张仪制衣装，买仆从，凡仪所须，不惜财费。及至秦国，复大出金帛，赂秦惠文王左右，为张仪延誉。

时惠文王方悔失苏秦，闻左右之荐，即时召见，拜为客卿，与之谋诸侯之事。贾舍人乃辞去。张仪垂泪曰：『始吾困阨至甚，赖子之力，得显用秦国，方图报德，何遽言去耶？』贾舍人笑曰：『臣非能知君，知君者，乃苏相国也。』张仪愕然良久，问曰：『子以资斧给我，何言苏相国耶？』贾舍人曰：『相国方倡「合从」之约，虑秦伐赵败其事，思可以得秦之柄者，非君不可。故先遣臣伪为贾人，招君至赵，又恐君安于小就，故意怠慢，激怒君。君果萌游秦之意。相君乃大出金资付臣，吩咐恣君所用，必得秦柄而后已。今君已用于秦，臣请归报相君。』张仪叹曰：『嗟乎！吾在季子术中，而吾不觉，吾不及季子远矣。烦君多谢季子，当季子之身，不敢言「伐赵」二字，以此报季子玉成之德也。』

贾舍人回报苏秦，秦乃奏赵肃侯曰：『秦兵果不出矣。』于是拜辞往韩，见韩宣惠公曰：『韩地方九百余里，带甲数十万，然天下之强弓劲弩，皆从韩出。今大王事秦，秦必求割地为贽，明年将复求之。夫韩地有限，而秦欲无穷，再三割则韩地尽矣。俗谚云：「宁为鸡口，勿为牛后。」以大王之贤，挟强韩之兵，而有「牛后」之名，臣窃羞之！』宣惠公蹴然曰：『愿以国听于先生，如赵王约。』亦赠苏秦黄金百镒。苏秦乃过魏，说魏惠王曰：『魏地，方千里，然而人民之众，车马之多，无如魏者，于以抗秦有余也。今乃听群臣之言，欲割地而臣事秦，倘秦求无已，将若之何？大王诚能听臣，六国从亲，并力制秦，可使永无秦患。臣今奉赵王之命，来此约从。』魏惠王曰：『寡人愚不肖，自取败辱。今先生以长策下教寡人，敢不从命！』亦赠金帛一车。苏秦复造齐国，说齐宣王曰：『臣闻临淄之涂，车毂击，人肩摩，富盛天下莫比，乃西面而谋事秦，宁不耻乎？且齐地去秦甚远，秦兵必不能及齐，事秦何为？臣愿大王从赵约，六国和亲，互相救援。』齐宣王曰：『谨受教！』苏秦乃驱车西南，说楚威王曰：『楚地五千余里，天下莫强。秦之所患，莫如楚。楚强，则秦弱；秦强，则楚弱。今列国之士，非从则衡。夫「合从」则诸侯将割地以事楚，「连衡」则楚将割地以事秦，此二策者，相去远矣！』楚威王曰：『先生之言，楚之福也。』

秦乃北行回报赵肃侯，行过洛阳，诸侯各发使送之，仪仗旌旄，前遮后拥，车骑辎重，连接二十里不绝，威仪比于王者。一路官员，望尘下拜。周显王闻苏秦将至，预使人扫除道路，设供帐于郊外以迎之。秦之老母，扶杖旁观，啧啧惊叹；二弟及妻、嫂，侧目不敢仰视，俯伏郊迎。苏秦在车中谓其嫂曰：『嫂向不为我炊，今又何恭之过也？』嫂曰：『见季子位高而金多，不容不敬畏耳！』苏秦喟然叹曰：『世情看冷暖，人面逐高低。吾今日乃知富贵之不可少也！』于是以车载其亲属，同归故里。起建大宅，聚族而居，散千金以赡宗党。今河南府城内有苏秦宅遗址，相传有人掘之，得金百锭，盖当时所埋也。秦弟代、厉，羡其兄之贵盛，亦习《阴符》，学游说之术。

苏秦住家数日，乃发车往赵。赵肃侯封为武安君，遣使约齐、楚、魏、韩、燕五国之君，俱到洹水相会。苏秦同赵肃侯预至洹水，筑坛布位，以待诸侯。燕文公先到，次韩宣惠公到。不数日，魏惠王、齐宣王、楚威王陆续俱到。苏秦先与各国大夫相见，私议坐次。论来楚、燕是个老国，齐、韩、赵、魏，都是更姓新国；但此时战争之际，以国之大小为叙：楚最大，齐次之，魏次之，次赵，次燕，次韩；内中楚、齐、魏已称王，赵、燕、韩尚称侯，爵位相悬，相叙不便。于是苏秦建议，六国一概称王。赵王为约主，居主位。楚王等以次居客位。先与各国会议停当。至期，各登盟坛，照位排立。苏秦历阶而上，启告六王曰：『诸君山东大国，位皆王爵，地广兵多，足以自雄。秦乃牧马贱夫，据咸阳之险，蚕食列国，诸君能以北面之礼事秦乎？』诸侯皆曰：『不愿事秦，愿奉先生明教。』苏秦曰：『「合从摈秦」之策，向者已悉陈于诸君之前矣，今日但当刑牲歃血，誓于神明，结为兄弟，务期患难相恤。」六王皆拱手曰：「谨受教！」秦遂捧盘，请六王以次歃血，拜告天地及六国祖宗，一国背盟，五国共击。写下誓书六通，六国各收一通，然后就宴。赵王曰：「苏秦以大策奠安六国，宜封高爵，俾其往来六国，坚此从约。」五王皆曰：「赵王之言是也！」于是六王合封苏秦为「从约长」，兼佩六国相印，金牌宝剑，总辖六国臣民。又各赐黄金百镒，良马十乘。苏秦谢恩。六王各散归国。苏秦随赵肃侯归赵。此乃周显王三十六年事也。史官有诗云：

相要洹水誓明神，唇齿相依骨肉亲；假使合从终不解，何难协力灭孤秦？

是年，魏惠王燕文王俱薨，魏襄王燕易王嗣立。

不知后事如何，且看下回分解。

第〇九一回 学让国燕哙召兵 伪献地张仪欺楚

话说苏秦既「合从」六国，遂将从约写一通，投于秦关。关吏送与秦惠文王观之，惠文王大惊，谓相国公孙衍曰：「若六国为一，寡人之进取无望矣！必须画一计，散其从约，方可图大事。」公孙衍曰：「首从约者，赵也。大王兴师伐赵，视其先救赵者，即移兵伐之。如是，则诸侯惧，而从约可散矣。」时张仪在座，意不欲伐赵，以负苏秦之德。乃进曰：「六国新合，其势未可猝离也。秦如伐赵，则韩军宜阳，楚军武关，魏军河外，齐涉清河，燕悉锐师以助战。秦师拒斗不暇，何暇他移哉？夫近秦之国无如魏，而燕在北最远。大王诚遣使以重赂求成于魏，以疑各国之心，而与燕太子结婚，如此，则从约自解矣。」惠文王称善，乃许魏还襄陵等七城以讲和。魏亦使人报秦之聘，复以女许配秦太子。

赵王闻之，召苏秦责之曰：「子倡为从约，六国和亲，相与摈秦，今未踰年，而魏、燕二国皆与秦通，从约之不足恃明矣。倘秦兵猝然加赵，尚可望二国之救乎？」苏秦惶恐谢曰：「臣请为大王出使燕国，必有以报魏也。」秦乃去赵适燕，燕易王以为相国。时易王新即位，齐宣王乘丧伐之，取十城。易王谓苏秦曰：「始先君以国听子，六国和亲。今先君之骨未寒，而齐兵压境，取我十城，如洹水之誓何？」苏秦曰：「臣请为大王使齐，奉十城以还燕。」燕易王许之。苏秦见齐宣王曰：「燕王者，大王之同盟，而秦王之爱婿也。大王利其十城，不惟燕怨齐，秦亦怨齐矣。得十城而结二怨，非计也。大王听臣计，不如归燕之十城，以结燕、秦之欢。齐得燕、秦，于以号召天下不难矣。」宣王大悦，乃以十城还燕。

易王之母文夫人，素慕苏秦之才，使左右召秦入宫，因与私通。易王知之而不言。秦惧，乃结好于燕相国子之，与联儿女之姻。又使其弟苏代、苏厉，与子之结为兄弟，欲以自固。燕夫人屡召苏秦，秦益惧，不敢往。乃说易王曰：「燕、齐之势，终当相并。臣愿为大王行反间于齐。」易王

东周列国志

曰：「反间如何？」秦对曰：「臣伪为得罪于燕，而出奔齐国，齐王必重用臣。臣因败齐之政，以为燕地。」易王许之，乃收秦相印，秦遂奔齐。齐宣王重其名，以为客卿。秦因说宣王以田猎钟鼓之乐。宣王好货，因使厚其赋敛；宣王好色，因使妙选宫女；欲俟齐乱，而使燕乘之。宣王全然不悟，相国田婴，客卿孟轲极谏，皆不听。宣王薨，子湣王地立。初年颇勤国政，娶秦女为王后，封田婴为薛公，号靖郭君，苏秦客卿，用事如故。

话分两头。再说张仪闻苏秦去赵，知从约将解，不与魏襄陵七邑之地。魏襄王怒，使人索地于秦。秦惠王使公子华为大将，张仪副之，帅师伐魏，攻下蒲阳。仪请于秦王，复以蒲阳还魏。又使公子繇质于魏，与之结好。张仪送之。魏襄王深感秦王之意。张仪因说曰：「秦王遇魏甚厚，得城不取，又纳质焉。魏不可无礼于秦，宜谋所以谢之。」襄王曰：「何以为谢？」张仪曰：「土地之外，非秦所欲也。大王割地以谢秦，秦之爱魏必深。若秦、魏合兵以图诸侯，大王之取偿于他国者，必十倍于今之所献也。」襄王惑其言，乃献少梁之地以谢秦，又不敢受质。秦王大悦，因罢公孙衍，用张仪为相。

时楚威王已薨，子熊槐立，是为怀王。张仪乃遣人致书怀王，迎其妻子，且言昔日盗璧之冤。楚怀王面责昭阳曰：「张仪贤士，子何不进于先君，而迫之使为秦用也？」昭阳嘿然甚愧，归家发病死。怀王惧张仪用秦，复申苏秦「合从」之约，结连诸侯。而苏秦已得罪于燕，去燕奔齐。张仪乃见秦王，辞相印，自请往魏。惠文王曰：「君舍秦往魏何意？」仪对曰：「六国溺于苏秦之说，未能即解。臣若得魏柄，请令魏先事秦，以为诸侯之倡。」惠文王许之。仪遂投魏，魏襄王果用为相国。仪因说曰：「大梁南邻楚，北邻赵，东邻齐，西邻韩，而无山川之险可恃，此四分五裂之道也。故非事秦，国不得安。」魏襄王计未定。张仪阴使人招秦伐魏，大败魏师，取曲沃。髯翁有诗云：

仕齐却为燕邦去，相魏翻因秦国来；虽则从横分两路，一般反复小人才。

襄王怒，益不肯事秦，谋为「合从」，仍推楚怀王为「从约长」。于是苏秦益重于齐。

时齐相国田婴病卒，子田文嗣为薛公，号为孟尝君。田婴有子四十余人，田文乃贱妾之子，以五月五日生。初生时，田婴戒其妾弃之勿育。妾不忍弃，乃私育之。既长五岁，妾乃引见田婴。婴怒其违命。文顿首曰：「父所以见弃者何故？」婴曰：「世人相传五月五日为凶日，生子者长与户齐，将不利于父母。」文对曰：「人生受命于天，岂受命于户耶？若必受命于户，何不增而高之？」婴不能答，然暗暗称奇。及文长十余岁，便能接应宾客，宾客皆乐与之游，为之延誉。诸侯使者至齐，皆求见田文。于是田婴以文为贤，立为適子，遂继薛公之爵，号孟尝君。

孟尝君既嗣位，大筑馆舍，以招天下之士。凡士来投者，不问贤愚，无不收留。天下亡人有罪者，皆归之。孟尝君虽贵，其饮食与诸客同。一日，待客夜食，有人蔽其火光。客疑饭有二等，投箸辞去。田文起坐，自持饭比之，果然无二。客叹曰：「以孟尝君待士如此，而吾过疑之，吾真小人矣！尚何面目立其门下？」乃引刀自刭而死。孟尝君哭临其丧甚哀，众客无不感动。归者益众，食客尝满数千人。诸侯闻孟尝君之贤，且多宾客，皆尊重齐，相戒不敢犯其境。正是：

虎豹踞山群兽远，蛟龙在水怪鱼藏；堂中有客三千辈，天下人人畏孟尝。

再说张仪相魏三年，而魏襄王薨，子哀王立。楚怀王遣使吊丧，因征兵伐秦，哀王许之。韩宣惠王、赵武灵王、燕王哙皆乐于从兵。楚使者至齐，齐湣王集群臣问计。左右皆曰：「秦甥舅之亲，未有仇隙，不可伐。」苏秦主「合从」之约，坚执以为可伐。孟尝君独曰：「言可伐与不可伐，皆非也。伐则结秦之仇，不伐则触五国之怒。以臣愚计，莫如发兵而缓其行，兵发则不与五国为异同，行缓则可观望为进退。」湣王以为然。即使孟尝君帅兵二万以往。孟尝君方出齐郊，遽称病延医疗治，一路耽搁不行。

却说韩、赵、魏、燕四王，与楚怀王相会于函谷关外，刻期进攻。怀王虽为「从约长」，那四王各将其军，不相统一。秦守将樗里疾大开关门，陈兵索战，五国互相推诿，莫敢先发。相持数日，樗里疾出奇兵，绝楚饷道，楚兵乏食，兵士皆哗。樗里疾乘机袭之，楚兵败走。于是四国皆还。孟尝君未至秦境，而五国之师已撤矣。此乃孟尝君之巧计也。孟尝君回齐，齐湣王叹曰：「几误听苏秦之计！」乃赠孟尝君黄金百斤，为食客费，益爱重之。苏秦自愧以为不及。楚怀王恐齐、秦交合，乃遣使厚结于孟尝君，与齐申盟结好，两国聘使往来不绝。

自齐宣王之世，苏秦专贵宠用，左右贵戚，多有妒者。及湣王时，秦宠未衰。今日湣王不用苏秦之计，却依了孟尝君，果然伐秦失利，孟尝君受多金之赏，左右遂疑湣王已不喜苏秦矣，乃募壮士，怀利匕首，刺苏秦于朝。匕首入秦腹，秦以手按腹而走，诉于湣王。湣王命擒贼，贼已逸去不可得。苏秦曰：「臣死之后，愿大王斩臣之头，号令于市曰：「苏秦为燕行反间于齐，今幸诛死，有人知其阴事来告者，赏以千金。」如是，则贼可得也。」言讫，拔去匕首，血流满地而死。湣王依其言，号令苏秦之头于齐市中。须臾，有人过其头下，见赏格，自夸于人曰：「杀秦者，我也！」市吏因执之以见湣王。王令司寇以严刑鞫之，尽得主使之人，诛灭凡数家。史官论苏秦虽身死，犹能用计自报其仇，可为智矣！而身不免见刺，岂非反覆不忠之报乎？苏秦死后，其宾客往往泄苏秦之谋，言：「秦为燕而仕齐。」湣王始悟秦之诈，自是与燕有隙，欲使孟尝君将兵伐燕。苏代说燕王，纳质子以和齐。燕王从之，使苏厉引质子来见湣王。湣王恨苏秦不已，欲囚苏厉。苏厉呼曰：「燕王欲以国依秦，臣之兄弟陈大王之威德，以为事秦不如事齐，故使臣纳质请平。大王奈何疑死者之心，而加生者之罪乎？」湣王悦，乃厚待苏厉。厉遂委质为齐大夫。苏代留仕燕国。史官有《苏秦赞》曰：

季子周人，师事鬼谷；揣摩既就，阴符伏读。
合从离横，佩印者六；晚节不终，燕齐反覆。

再说张仪见六国伐秦无成，心中暗喜，及闻苏秦已死，乃大喜曰：「今日乃吾吐舌之时矣。」遂乘间说魏哀王曰：「以秦之强，御五国而有余，此其不可抗明矣。本倡「合从」之议者苏秦，而秦且不保其身，况能保人国乎？夫亲兄弟共父母者，或因钱财争斗不休，况异国哉？大王犹执苏秦之议，不肯事秦，倘列国有先事秦者，合兵攻魏，魏其危矣。」哀王曰：「寡人愿从相国事秦，诚恐秦不见纳，奈何？」张仪曰：「臣请为大王谢罪于秦，以结两国之好。」哀王乃饰车从，遣张仪入秦求和。于是秦、魏通好。张仪遂留秦，仍为秦相。

再说燕相国子之身长八尺，腰大十围，肌肥肉重，面阔口方，手绰飞禽，走及奔马，自燕易王时，已执国柄。及燕王哙嗣位，荒于酒色，但贪逸乐，不肯临朝听政，子之遂有篡燕之意。苏代、苏厉与子之相厚，每对诸侯使者，扬其贤名。燕王哙使苏代如齐，问候质子，事毕归燕，燕王哙问曰：「闻齐有孟尝君，天下之大贤也，齐王有此贤臣，遂可以霸天下乎？」代对曰：「不能。」哙问曰：「何故不能？」代对曰：「知孟尝君之贤，而任之不专，安能成霸？」哙曰：「寡人独不得孟尝君为臣耳，何难专任哉！」苏代曰：「今相国子之，明习政事，是即燕之孟尝君也。」哙乃使子之专决国事。

忽一日，哙问于大夫鹿毛寿曰：『古之人君多矣，何以独称尧、舜？』鹿毛寿亦是子之之党，遂对曰：『尧、舜所以称圣者，以尧能让天下于舜，舜能让天下于禹也。』哙曰：『然则禹何为独传于子？』鹿毛寿曰：『禹亦尝让天下于益，但使代理政事，而未尝废其太子。故禹崩之后，太子启竟夺益之天下。至今论者谓禹德衰，不及尧舜，以此之故。』燕王曰：『寡人欲以国让于子之，事可行否？』鹿毛寿曰：『王如行之，与尧、舜何以异哉？』哙遂大集群臣，废太子平，而禅国于子之。子之佯为谦逊，至于再三，然后敢受。乃郊天祭地，服衮冕，执圭，南面称王，略无惭色。哙反北面列于臣位，出就别宫居住。苏代、鹿毛寿俱拜上卿。将军市被心中不忿，乃帅本部军士，往攻子之，百姓亦多从之。两下连战十余日，杀伤数万人，市被终不胜，为子之所杀。鹿毛寿言于子之曰：『市被所以作乱者，以故太子平在也。』子之因欲收太子平。太傅郭隗与平微服共逃于无终山避难。平之庶弟公子职，出奔韩国。国人无不怨愤。

齐湣王闻燕乱，乃使匡章为大将，率兵十万，从渤海进兵。燕人恨子之入骨，皆箪食壶浆，以迎齐师，无有持寸兵拒战者。匡章出兵，凡五十日，兵不留行，直达燕都，百姓开门纳之。子之之党，见齐兵众盛，长驱而入，亦皆耸惧奔窜。子之自恃其勇，与鹿毛寿率兵拒战于大衢。兵士渐散，鹿毛寿战死，子之身负重伤，犹格杀百余人，力竭被擒。燕王哙自缢于别宫。苏代奔周。匡章因毁燕之宗庙，尽收燕府库中宝货，将子之置囚车中，先解去临淄献功。燕地三千余里，大半俱属于齐。匡章留屯燕都，以徇属邑。此周赧王元年事也。齐湣王亲数子之之罪，凌迟处死，以其肉为醢，遍赐群臣。子之为王才一岁有余，痴心贪位，自取丧灭，岂不愚哉！

燕人虽恨子之，见齐王意在灭燕，众心不服，乃共求故太子平，得之于无终山，奉以为君，是为昭王。郭隗为相国。时赵武灵王不忿齐之并燕，使大将乐池迎公子职于韩，欲奉立为燕王，闻太子平已立，乃止。郭隗传檄燕都，告以恢复之义，各邑已降齐者，一时皆叛齐为燕。匡章不能禁止，遂班师回齐。昭王仍归燕都，修理宗庙，志复齐仇，乃卑身厚币，欲以招来贤士，谓相国郭隗曰：『先王之耻，孤早夜在心。若得贤士，可与共图齐事者，孤愿以身事之，惟先生为孤择其人。』郭隗曰：『古之人君，有以千金使涓人求千里之马。途遇死马，旁人皆环而叹息，涓人问其故，答曰：「此马生时，日行千里，今死，是以惜之。」涓人乃以五百金买其骨，囊负而归。君大怒曰：「此死骨何用，而废弃吾多金耶？」涓人答曰：「所以费五百金者，为千里马之骨故也。此奇事，人将竞传，必曰：『死马且得重价，况活马乎？』马今至矣。」不期年，得千里之马三匹。今王欲致天下贤士，请以隗为马骨，况贤于隗者，谁不求价而至哉？』于是昭王特为郭隗筑宫，执弟子之礼，北面听教，亲供饮食，极其恭敬。复于易水之旁，筑起高台，积黄金于台上，以奉四方贤士，名曰招贤台，亦曰黄金台。于是燕王好士，传布远近。剧辛自赵往，苏代自周往，邹衍自齐往，屈景自卫往。昭王悉拜为客卿，与谋国事。元刘因有《黄金台诗》云：

燕山不改色，易水无剩声；谁知数尺台，中有万古情！
区区后世人，犹爱黄金名；黄金亦何物，能为贤重轻？
周道日东渐，二老皆西行；养民以致贤，王业自此成。

话分两头。再说齐湣王既胜燕，杀燕王哙与子之，威震天下，秦惠文王患之。而楚怀王为『从约长』，与齐深相结纳，置符为信。秦王欲离齐、楚之党，召张仪问计。张仪奏曰：『臣凭三寸不烂之舌，南游于楚，伺便进言，必使楚王绝齐而亲于秦。』惠文王曰：『寡人听子。』张仪乃辞相印游楚。知怀王有嬖臣，姓靳名尚，在王左右，言无不从。乃先以重贿纳交于尚，然后往见怀王，怀王重张仪之名，迎之于郊，赐坐而问曰：『先生辱临敝邑，有何见教？』张仪曰：『臣之此来，欲合秦、楚之交耳！』楚怀王曰：『寡人岂不愿纳交于秦哉？但秦侵伐不已，是以不敢求亲也。』张仪对曰：『今天下之国虽七，然大者无过楚、齐，与秦而三耳。秦东合于齐，则齐重，南合于楚，则楚重。然寡君之意，窃在楚而不在齐。何也？以齐为婚姻之国，而负秦独深也。寡君欲事大王，虽仪亦愿为大王门阑之厮。而大王与齐通好，犯寡君之所忌。大王诚能闭关而绝齐，寡君愿以商君所取楚商於之地六百里，还归于楚，使秦女为大王箕帚妾。秦、楚世为婚姻兄弟，以御诸侯之患。惟大王纳之！』怀王大悦曰：『秦肯还楚故地，寡人又何爱于齐？』群臣皆以楚复得地，合词称贺。独一人挺然出奏曰：『不可，不可！以臣观之，此事宜吊不宜贺！』楚怀王视之，乃客卿陈轸也。怀王曰：『寡人不费一兵，坐而得地六百里，群臣贺，子独吊，何故？』陈轸曰：『王以张仪为可信乎？』怀王笑曰：『何为不信？』轸曰：『秦所以重楚者，以有齐也。今若绝齐，则楚孤矣。秦何重于孤国，而割六百里之地以奉之耶？此张仪之诡计也。倘绝齐，而张仪负王，不与王地，齐又怨王，而反附于秦，齐、秦合而攻楚，楚亡可待矣！臣所谓宜吊者，为此也。王不如先遣一使，随张仪往秦受地，地入楚而后绝齐未晚。』大夫屈平进曰：『陈轸之言是也。张仪反覆小人，决不可信！』嬖臣靳尚曰：『不绝齐，秦肯与我地乎？』怀王点头曰：『张仪不负寡人明矣。陈子闭口勿言，请看寡人受地。』遂以相印授张仪，赐黄金百镒，良马十驷，命北关守将勿通齐使。一面使逢侯丑随张仪入秦受地。

张仪一路与逢侯丑饮酒谈心，欢若骨肉。将近咸阳，张仪诈作酒醉，失足坠于车下。左右慌忙扶起，仪曰：『吾足胫损伤，急欲就医。』先乘卧车入城，表奏秦王，留逢侯丑于馆驿。仪闭门养病，不入朝。逢侯丑求见秦王，不得，往候张仪，只推未愈。如此三月，丑乃上书秦王，述张仪许地之言。惠文王复书曰：『仪如有约，寡人必当践之。但闻楚与齐尚未决绝，寡人恐受欺于楚，非得张仪病起，不可信也。』逢侯丑再往张仪之门，仪终不出。乃遣人以秦王之言，还报怀王。怀王曰：『秦犹谓楚之绝齐未甚耶？』乃遣勇士宋遗假道于宋，借宋符直造齐界，辱骂湣王。湣王大怒，遂遣使西入秦，愿与秦共攻楚国。张仪闻齐使者至，其计已行，乃称病愈，入朝。遇逢侯丑于朝门，故意讶曰：『将军胡不受地，乃尚淹吾国耶？』丑曰：『秦王专候相国面决，今幸相国玉体无恙，请入言于王，早定地界，回覆寡君。』张仪曰：『此事何须关白秦王耶？仪所言者，乃仪之俸邑六里，自愿献于楚王耳。』丑曰：『臣受命于寡君，言商於之地六百里，未闻只六里也。』张仪曰：『楚王殆误听乎？秦地皆百战所得，岂肯以尺土让人？况六百里哉？』

逢侯丑还报怀王。怀王大怒曰：『张仪果是反覆小人，吾得之，必生食其肉！』遂传旨发兵攻秦。客卿陈轸进曰：『臣今日可以开口乎？』怀王曰：『寡人不听先生之言，为狡贼所欺，先生今日有何妙计？』陈轸曰：『大王已失齐助，今复攻秦，未见利也。不如割两城以赂秦，与之合兵而攻齐，虽失地于秦，尚可取偿于齐。』怀王曰：『本欺楚者，秦也，齐何罪焉？合秦而攻齐，人将笑我。』即日拜屈匄为大将，逢侯丑副之，兴兵十万，取路天柱山西北而进，径袭蓝田。

秦王命魏章为大将，甘茂为副，起兵十万拒之。一面使人征兵于齐。齐将匡章，亦率师助战。屈匄虽勇，怎当二国夹攻，连战俱北。秦、齐之兵，追至丹阳，屈匄聚残兵复战，被甘茂斩之。前后获首级八万有余，名将逢侯丑等死者七十余人，尽取汉中之地六百里，楚国震动。韩、魏闻楚败，亦谋袭楚。楚怀王大惧，乃使屈平如齐谢罪。使陈轸如秦军，献二城以求和。魏章遣人请命于秦王，惠文王曰：『寡人欲得黔中之地，请以商於地易之，如允，便可罢兵。」魏章奉秦王之命，使人言于怀王。怀王曰：「寡人不愿得地，愿得张仪而甘心焉！如上国肯以张仪畀楚，寡人情愿献黔中之地为谢。」

不知秦王肯放张仪入楚否，且看下回分解。

第○九二回　赛举鼎秦武王绝胫　莽赴会楚怀王陷秦

话说楚怀王恨张仪欺诈，愿自献黔中之地，只要换张仪一人。左右忌嫉张仪者，皆曰：「以一人而易数百里之地，利莫大焉！」秦惠文王曰：「张仪吾股肱之臣，寡人宁不得地，何忍弃之？」张仪自请曰：「微臣愿往！」惠文王曰：「楚王含盛怒以待先生，往必见杀，故寡人不忍遣也。」张仪奏曰：「杀臣一人，而为秦得黔中之地，臣死有余荣矣！况未必死乎？」惠文王曰：「先生何计自脱？试为寡人言之。」张仪曰：「楚夫人郑袖，美而有智，得王之宠。臣昔在楚时，闻楚王新幸一美人，郑袖谓美人曰：『大王恶人以鼻气触之，子见王必掩其鼻。』美人信其言。楚王问于郑袖曰：『美人见寡人，辄掩鼻，何也？』郑袖曰：『嫌大王体臭，故恶闻之。』楚王大怒，命劓美人之鼻。袖遂专宠。又有嬖臣靳尚，媚事郑袖，内外用事。而臣与靳尚相善，臣自料能借其庇，可以不死。大王但诏魏章等留兵汉中，遥为进取之势，楚必然不敢杀臣矣。」秦王乃遣仪行。

仪既至楚国，怀王即命使者执而囚之，将择日告于太庙，然后行诛。张仪别遣人打靳尚关节。靳尚入言于郑袖曰：「夫人之宠不终矣，奈何！」郑袖曰：「何故？」靳尚曰：「秦不知楚王之怒张仪，故遣使楚。今闻楚王欲杀仪，秦将还楚侵地，使亲女下嫁于楚，以美人善歌者为媵，以赎张仪之罪。秦女至，楚王必尊而礼之，夫人虽欲擅宠，得乎？」郑袖大惊曰：「子有何计，可止其事？」靳尚曰：「夫人若为不知者，而以利害言于大王，使出张仪还秦，事宜可已。」郑袖乃中夜涕泣，言于怀王曰：「大王欲以地易张仪，地未入秦，而张仪先至，是秦之有礼于大王也。秦兵一举而席卷汉中，有吞楚之势，若杀张仪以怒之，必将益兵攻楚。我夫妇不能相保，妾中心如刺，饮食不甘者，累日矣。且人臣各为其主，张仪天下智士，其相秦国久，与秦偏厚，何怪其然？大王若厚待仪，仪之事楚，亦犹秦也。」怀王曰：「卿勿忧，容寡人从长计议。」靳尚复乘间言曰：「杀一张仪，何损于秦？而又失黔中数百里之地。不如留仪，以为和秦之地。」怀王意亦惜黔中之地，不肯与秦，于是出张仪，因厚礼之。张仪遂说怀王以事秦之利。怀王即遣张仪归秦，通两国之好。

屈平出使齐国而归，闻张仪已去，乃谏曰：「前大王见欺于张仪，仪至，臣以为大王必烹食其肉，今赦之不诛，又欲听其邪说，率先事秦。夫匹夫犹不忘仇雠，况君乎？未得秦欢，而先触天下之公愤，臣窃以为非计也。」怀王悔，使人驾轺车追之，张仪已星驰出郊二日矣。张仪既还秦，魏章亦班师而归。史臣有诗云：

张仪反覆为嬴秦，朝作俘囚暮上宾。堪笑怀王如木偶，不从忠计听谗人。

张仪谓秦王曰：「仪万死一生，得复见大王之面。楚王诚畏秦甚，虽然，不可使臣失信于楚。大王诚割汉中之半，以为楚德，与为婚姻，臣请借楚为端，说六国连袂以事秦。」秦王许之。遂割汉中五县，遣人往楚修好。因求怀王之女为太子荡妃，复以秦女许妻怀王之少子兰。怀王大喜，以为张仪果不欺楚也。秦王念张仪之劳，封以五邑，号武信君。因具黄金白璧，高车驷马，使以「连衡」之术，往说列国。

张仪东见齐湣王，曰：「大王自料土地孰与秦广？甲兵孰与秦强？从人为齐计者，皆谓齐去秦远，可以无患。此但狃目前，不顾后患。今秦、楚嫁女娶妇，结昆弟之好，三晋莫不悚惧，争献地以事秦。大王独与秦为仇，秦驱韩、魏攻齐之南境，悉赵兵渡黄河，以乘临淄、即墨之敝，大王虽欲事秦，尚可得乎？今日之计，事秦者安，背秦者危！」齐湣王曰：「寡人愿以国听于先生。」乃厚赠张仪。仪复西说赵王曰：「敝邑秦王，有敝甲凋兵，愿与君会于邯郸之下，使微臣先闻于左右。大王所恃者，苏秦之约耳。秦背燕逃齐，又以反诛，一身不保，而人犹信之，误矣！今秦、楚结婚，齐献鱼盐之地，韩、魏称东藩之臣，是五国为一也。大王欲以孤赵抗五国之锋，万无一幸！故臣为大王计，莫如事秦。」赵王许诺。仪复北往燕国，说燕昭王曰：「大王所最亲者，莫如赵。昔赵襄子尝以其姊为代王夫人，襄子欲并代国，约与代王为好会，令工人制为长柄金斗，方宴，厨人进羹，反斗柄以击代王，破脑而死，遂袭据代国。其姊闻之，泣而呼天，因摩笄以自刺。后人因号其山曰摩笄山。夫亲姊犹欺之以取利，况他人哉？今赵王已割地谢过于秦，将入朝秦王于渑池。一旦驱赵而攻燕，则易水长城，非大王之有也！」燕昭王恐惧，愿献恒山之东五城以和秦。

张仪「连衡」之说既行，将归报秦。未至咸阳，秦惠文王已病薨，太子荡即位，是为武王。齐湣王初听张仪之说，以为三晋皆已献地事秦，故不敢自异。及闻仪说齐之后，方往说赵，以仪为欺，大怒。又闻秦惠文王之薨，乃使孟尝君致书列国，约共背秦，复为「合从」。疑楚已结婚于秦，恐其不从，先欲伐之。楚怀王遣其太子横为质于齐，齐兵乃止。湣王自为「从约长」，连结诸侯，约能得张仪者，赏以十城。秦武王生性粗直，自为太子时，素恶张仪之多诈。群臣先忌仪宠者，至是皆谗谮之。仪惧祸，乃入见武王曰：「仪有愚计，愿效于左右。」武王曰：「君计安出？」张仪曰：「闻齐王甚憎仪，仪之所在，必兴师伐之。仪愿辞大王，东往大梁，齐之伐梁，必矣。梁、齐兵连而不解，大王乃乘间伐韩，通三川以窥周室，此王业也。」武王以为然。乃具革车三十乘，送张仪入大梁。魏哀王用为相国，以代公孙衍之位。衍乃去魏入秦。

齐湣王知仪相魏，果然大怒，兴师伐魏。魏哀王大惧，谋于张仪。仪乃使其舍人冯喜，伪为楚客，往见湣王曰：「闻大王甚憎张仪，信乎？」湣王曰：「然。」冯喜曰：「大王如憎仪，愿无伐魏也。臣适从咸阳来，闻仪去秦时，与秦王有约，言『齐王恶仪，仪所在，必兴师伐之。』故秦王具车乘，送仪于魏，欲以挑齐、魏之斗。齐、魏兵连而不解，秦乃得乘间而图事于北方。王今伐魏，中仪计。王不如无伐，使秦不信张仪，仪虽在魏，亦无能为矣。」湣王遂罢兵，不伐魏。魏哀王益厚张仪。踰年，张仪病卒于魏。是岁，齐无盐后死。

却说秦武王长大多力，好与勇士角力为戏。乌获、任鄙自先世已为秦将，武王复宠任之，益其禄秩。有齐人孟贲字说，以力闻，水行不避蛟龙，陆行不避虎狼，发怒吐气，声响动天。尝于野外见两牛相斗，孟贲从中以手分之，一牛伏地，一牛犹触不止。贲怒，左手按牛头，以右手拔其角，角出，牛死。人畏其勇，莫敢与抗。闻秦王招致天下勇力之士，乃西渡黄河。岸上人待渡者甚众，常日，以次上船。贲最后至，强欲登船先渡。船人怒其不逊，以楫击其头曰：「汝用强如此，岂孟说耶？」贲瞋目而视，发植目裂，举声一喝，波涛顿作。舟中之人，惶惧颠倒，尽扬播入于河。贲振桡顿足，一去数丈，须臾过岸，竟入咸阳，来见武王。武王试知其勇，亦拜大官，与乌获、任鄙，并见宠任。时周赧王六年，秦武王之二年也。

秦以六国皆有相国之名，不屑与同，乃特置丞相，左右各一人，以甘茂为左丞相，樗里疾为右丞相。魏章忿其不得相位，奔梁国去了。武王思张仪之言，谓樗里疾曰：「寡人生于西戎，未睹中原之盛。若得通三川，一游巩、洛之间，虽死无恨！二卿谁能为寡人伐韩乎？」樗里疾曰：「王之伐韩，欲取宜阳以通三川之道也。宜阳路险而远，劳师费财，梁、赵之救将至，臣窃以为不可。」武王复问于甘茂，茂曰：「臣请为王使梁，约共伐韩。」武王大喜，使甘茂往说梁王，梁王许秦助兵。

甘茂初与樗里疾相左，恐从中阻挠其事，先遣副使向寿回报秦王，言：「魏已听命矣。然虽如此，劝王勿伐韩为便。」秦武王疑其言，乃亲往迎甘茂，至息壤，与甘茂相遇。武王曰：「相国许为寡人约魏攻韩，今魏人听命，相国又曰：『勿伐韩为便。』何也？」甘茂曰：「夫越千里之险，以攻劲韩之大邑，此不可以岁月计也。昔曾参居费，鲁人有与曾参同姓名者杀人，人奔告其母曰：『曾参杀人！』其母方织，应曰：『吾子不杀人。』织如故。未几，又一人奔告曰：『曾参杀人！』其母停梭而思，曰：『吾子必无此事。』复织如故。少顷，又一人奔告曰：『杀人者，果曾参也！』其母投杼下机，踰墙走匿。夫以曾参之贤，其母信之，然而三人言杀人，而慈母亦疑矣。今臣之贤，不及曾参，王之信臣，未必如曾参之母，而谤臣杀人者，恐不止三人，臣恐大王之投杼也。」武王曰：「寡人不听人言也，请与子盟！」于是君臣歃血为誓，藏誓书于息壤。遂发兵五万，使甘茂为大将，向寿副之。

兵至宜阳，围其城五月，宜阳守臣固守不能拔，右相樗里疾言于武王曰：「秦师老矣，不撤回，恐有变。」武王召甘茂班师。甘茂乃为书一函，以谢武王。武王启函视之，书中惟『息壤』二字。武王悟曰：「甘茂固尝言之，是寡人之过也。」更益兵五万，使乌获往助甘茂。韩王亦使大将公叔婴率师救宜阳，大战于城下。乌获持铁戟一双，重一百八十斤，独入韩军，军士皆披靡，莫敢御者。甘茂与向寿各率一军，乘势并进。韩兵大败，斩首七万有余。乌获一跃登城，手攀城堞，堞毁，获堕于石上，折肋而死。秦兵乘之，遂拔宜阳。韩王恐惧，乃使相国公仲侈，持宝器入秦乞和。武王大喜，许之。诏甘茂班师，留向寿安戢宜阳地方。使右丞相樗里疾先往三川开路。随后引任鄙、孟贲一班勇士起程，直入雒阳。

周赧王遣使郊迎，亲具宾主之礼。秦武王谢弗敢见，知九鼎在太庙之旁室，遂往观之。见九位宝鼎一字排列，果然整齐。那九鼎是禹王收取九州的贡金，各铸成一鼎，载其本州山川人物，及贡赋田土之数，足耳俱有龙文，又谓之『九龙神鼎』。夏传于商，为镇国之重器。及周武王克商，迁之于雒邑。迁时，用卒徒牵挽，舟车负载，分明是九座小铁山相似，正不知重多少斤两。武王周览了一回，赞叹不已。鼎腹有荆、梁、雍、豫、徐、扬、青、兖、冀等九字分别，武王指雍字一鼎叹曰：「此雍州，乃秦鼎也！寡人当携归咸阳耳。」因问守鼎吏曰：「此鼎曾有人能举之否？」吏叩首对曰："自有鼎以来，未曾移动。闻人传说每鼎有千钧之重，谁人能举？"武王遂问任鄙、孟贲曰："二卿多力，能举此鼎否？"任鄙知武王恃力好胜，辞曰："臣力止可胜百钧，此鼎十倍之重，臣不能胜。"孟贲攘臂而前曰："臣请试之，若不能举，休得见罪。"即命左右取青丝为巨索，宽宽的系于鼎耳之上，孟贲将腰带束紧，揎起双袖，用两枝铁臂，套入丝络，狠狠的喝一声："起！"那鼎离起约有半尺，仍还于地。用力过猛，眼珠迸出，目眦流血。武王笑曰："卿大费力。既然卿能举起此鼎，寡人难道不如！"任鄙谏曰："大王万乘之躯，不可轻试！"武王不听。即时卸下锦袍玉带，束缚腰身，更用大带扎缚其袖。任鄙拖袖固谏。武王曰："汝自不能，乃妒寡人耶？"鄙遂不敢复言。武王大踏步向前，亦将双臂套入丝络，想道："孟贲止能举起，我偏要行动数步，方可夸胜。"乃尽生平神力，屏一口气，喝声："起！"那鼎亦离地半尺。方欲转步，不觉力尽失手，鼎坠于地，正压在武王右足上，趷札一声，将胫骨压个平断。武王大叫："痛哉！"登时闷绝。左右慌忙扶归公馆。血流床席，痛极难忍，挨至夜半而薨。武王自言："得游巩雒，虽死无恨。"今日果然死于雒阳，前言岂非谶乎。

周赧王闻变大惊，急备美棺，亲往视殓，哭吊尽礼。樗里疾奉其丧以归。武王无子，迎其异母弟稷嗣位，是为昭襄王。樗里疾讨举鼎之罪，磔孟贲，族灭其家，以任鄙能谏，用为汉中太守。疾复宣言于朝曰："通三川者，甘茂之谋也！"甘茂惧为疾所害，遂奔魏国，后死于魏。

再说秦昭襄王闻楚送质子于齐，疑其背秦而向齐，乃使樗里疾为大将，兴兵伐楚。楚使大将景快迎战，兵败被杀。楚怀王恐惧。昭襄王乃遣使遗怀王书，略云：

始寡人与王约为兄弟，结为婚姻，相亲久矣。王弃寡人而纳质于齐，寡人诚不胜其愤！是以侵王之边境，然非寡人之情也。今天下大国，惟楚与秦，吾两君不睦，何以令于诸侯？寡人愿与王会于武关，面相订约，结盟而散。还王之侵地，复遂前好，惟王许之。王如不从，是明绝寡人也，寡人不能以兵退矣。

怀王览书，即召群臣计议曰："寡人欲勿往，恐激秦之怒；欲往，恐被秦之欺。二者孰善？"屈原进曰："秦，虎狼之国也。楚之见欺于秦，非一二次矣，王往必不归。"相国昭雎曰："灵均乃忠言也！王其勿行。速发兵自守，以防秦兵之至。"靳尚曰："不然。楚惟不能敌秦，故兵败将死，舆地日削。今欢然结好，而复拒之，倘秦王震怒，益兵伐楚，奈何？"怀王之少子兰，娶秦女为妇，以为婚姻可恃，力劝王行，曰："秦、楚之女，互相嫁娶，亲莫过于此。彼以兵来，尚欲请和，况欢然求为好会乎？上官大夫所言最当，王不可不听。"怀王因楚兵新败，心本畏秦，又被靳尚子兰二人撺掇不过，遂许秦王赴会。择日起程，只有靳尚相随。

秦昭王使其弟泾阳君悝，乘王车羽旄，侍卫毕具，诈为秦王，居武关；使将军白起引兵一万，伏于关内，以劫楚王；使将军蒙骜引兵一万，伏于关外，以备非常。一面遣使者为好语，前迎楚王，往来不绝。楚怀王信之不疑，遂至武关之下。只见关门大开，秦使者复出迎曰："寡君候大王于关内三日矣。不敢辱车从于草野，请至廨馆，成宾主之礼。"怀王已至秦国，势不容辞，遂随使者入关。怀王刚刚进了关门，一声炮响，关门已紧闭矣。怀王心疑，问使者曰："闭关何太急也？"使者曰："此秦法也。战争之世，不得不然。"怀王问："尔王何在？"对曰："先在公馆伺候车驾。"即叱御者速驰。

约行二里许，望见秦王侍卫，排列公馆之前，使者吩咐停车。馆中一人出迎，怀王视之，虽然锦袍玉带，举动却不像秦王。怀王心下踌躇，未肯下车。那人鞠躬致词曰：「大王勿疑，臣实非秦王，乃王弟泾阳君也。请大王至馆，自有话讲。」怀王只得就馆。泾阳君与怀王相见。方欲就坐，只听得外面一片声喊起，秦兵万余，围住公馆。怀王曰：「寡人赴秦王之约，奈何以兵见困耶？」泾阳君曰：「无伤也。寡君适有微恙，不能出门，又恐失信于君王，故使微臣惶奉迎君王，屈至咸阳，与寡君一会。以些少军卒，为君侍卫，万勿推辞。」那时不由楚王做主，拥之登车。留蒙骜一军于关上。泾阳君陪乘，白起领兵四下拥卫，西望咸阳而去。靳尚逃归楚国。怀王叹曰：「悔不听昭雎、屈平之言，乃为靳尚所误！」流泪不已。

怀王既至咸阳，昭襄王大集群臣及诸侯使者于章台之上。秦王南面上坐，使怀王北面参谒，如藩臣礼。怀王大怒，抗声大言曰：「寡人信婚姻之好，轻身赴会。今君王假称有疾，诱寡人至于咸阳，复不以礼相接，此何意也？」昭襄王曰：「向者蒙君许我黔中之地，已而不果。今日相屈，欲遂前约耳！倘君王朝许割地，暮即送王归楚矣。」怀王曰：「秦纵欲得地，亦当善言，何必诡计如此？」昭襄王曰：「不如此，君必不从。」怀王曰：「寡人愿割黔中矣！请与君王为盟，以一将军随寡人至楚受地，何如？」昭襄王曰：「盟不可信也。必须先遣使回楚，将地界交割分明，方与王饯行耳。」秦之群臣，皆前劝怀王。怀王益怒曰：「汝诈诱我至此，复强要我以割地，寡人死即死耳，不受汝胁也！」昭襄王乃留怀王于咸阳城中，不放回国。

再说靳尚逃回，报与昭雎，如此恁般：「秦王欲得楚黔中之地，拘留在彼。」昭雎曰：「吾王在秦不得还，而太子又质于齐，倘齐人与秦合谋，复留太子，则楚国无君矣！」靳尚曰：「公子兰见在，何不立之？」昭雎曰：「太子之立已久，今王犹在秦，遽弃其命，舍嫡立庶，异日王幸归国，何以自解？吾今诈讣于齐，以请太子，齐必信从。」靳尚曰：「吾不能为君御难，此行当效微劳耳！」昭雎即遣靳尚使齐，诈称楚王已薨，迎太子奔丧嗣位。齐湣王谓其相国孟尝君田文曰：「楚国无君，吾欲留太子以求淮北之地，何如？」孟尝君曰：「不可。楚王固非一子，吾留太子，而彼以地来赎，可也；倘彼别立一人为王，我无尺寸之利，而徒抱不义之名，将安用之？」湣王以为然。乃以礼归太子横于楚。

横即楚王位，是为顷襄王。子兰、靳尚用事如故。遣使告于秦曰：「赖社稷神灵，国已有王矣！」秦王空留怀王，不可得地，乃大惭怒，使白起为将，蒙骜副之，帅师十万攻楚，取十五城而归。楚怀王留秦岁余，秦守者久而懈怠，怀王变服，逃出咸阳，欲东归楚国。秦王发兵追之，怀王不敢东行，遂转北路，间道走赵。

不知赵国肯纳怀王否，且看下回分解。

第○九三回 赵主父饿死沙邱宫 孟尝君偷过函谷关

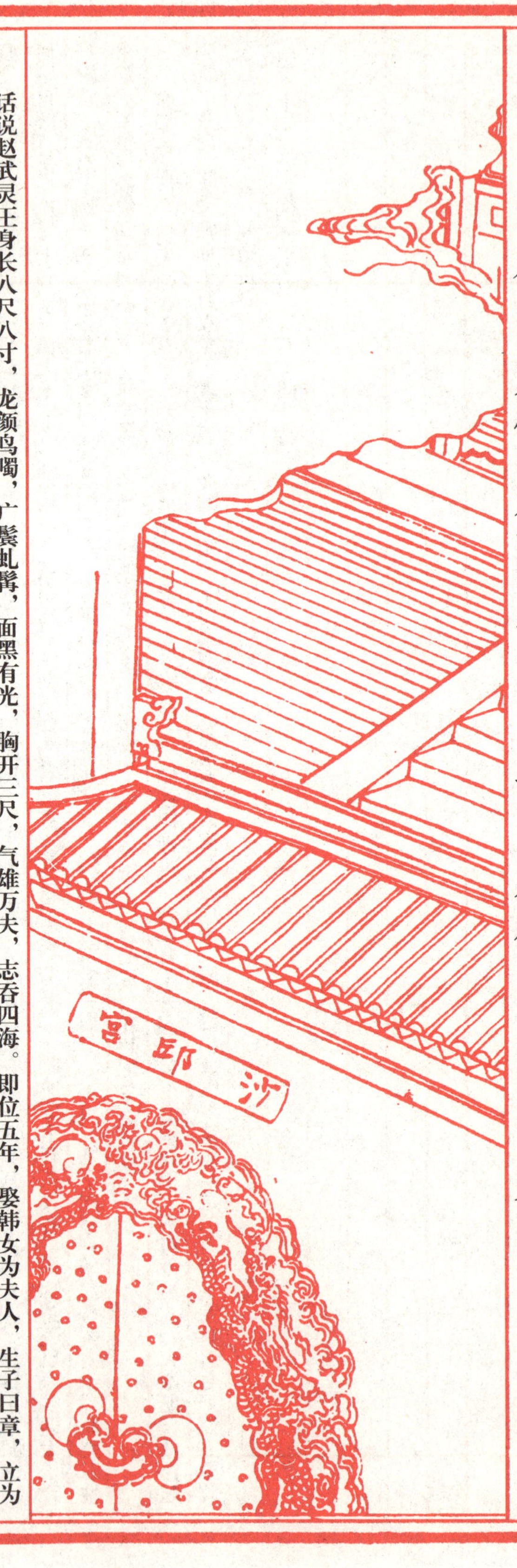

话说赵武灵王身长八尺八寸，龙颜鸟喙，广鬓虬髯，面黑有光，胸开三尺，气雄万夫，志吞四海。即位五年，娶韩女为夫人，生子曰章，立为太子。至十六年，因梦美人鼓琴，心慕其貌，次日，向群臣言之。大夫胡广自言其女孟姚，善于琴。武灵王召见于大陵之台，容貌宛如梦中所见，因使鼓琴，大悦之，纳于宫中，谓之吴娃，生子曰何。及韩后薨，竟立吴娃为后，废太子章，而立何为太子。武灵王自念赵国北边于燕，东边于胡，西边于林胡、楼烦，与赵为邻，而秦止一河之隔，居四战之地，恐日就微弱。乃身自胡服，革带皮靴，使民皆效胡俗，窄袖左衽，以便骑射。国中无贵贱，莫不胡服者。废车乘马，日逐射猎，兵以益强。武灵王亲自帅师略地，至于常山，西极云中，北尽雁门，拓地数百里。遂有吞秦之志，欲取路云中，自九原而南，竟袭咸阳。以诸将不可专任，不若使其子治国事，而出其身经略四方。乃使群臣大朝于东宫，传位于太子何，是为惠王。武灵王自号曰主父。主父者，犹后世称太上皇也。使肥义为相国，李兑为太傅，公子成为司马。封长子章以安阳之地，号安阳君，使田不礼为之相。此周赧王十七年事也。

主父欲窥秦之山川形势，及观秦王之为人，乃诈称赵国使者赵招，赍国书来告立君于秦国。携工数人，一路图其地形；竟入咸阳，来谒秦王。昭襄王问曰：「汝王年齿几何？」对曰：「尚壮。」又问曰：「既在壮年，何以传位于子？」对曰：「寡君以嗣位之人，多不谙事，欲及其身。使娴习之。寡君虽为「主父」，然国事未尝不主裁也。」昭襄王曰：「汝国亦畏秦乎？」对曰：「寡君不畏秦，不胡服习骑射矣。今驰马控弦之士，十倍昔年，以此待秦，或者可终徼盟好。」昭襄王见其应对凿凿，甚相敬重。使者辞出就馆。昭襄王睡至中夜，忽思赵使者形貌魁梧轩伟，不似人臣之相，事有可疑，展转不寐。天明，传旨宣赵招相见。其从人答曰：『使人患病，不能入朝，请缓之。』过三日，使者尚不出。昭襄王怒，遣吏追之。吏直入舍中，不见使者，止获从人，自称真赵招，乃解到昭襄王面前。王问：『汝既是真赵招，使者的系何人？』对曰：『实吾王主父也。主父欲睹大王威容，故诈称使者而来，今已出咸阳三日矣。特命臣招，待罪于此。』昭襄王大惊，顿足曰：『主父大欺吾也！』即使泾阳君同白起领精兵三千，星夜追之。至函谷关，守关将士言：『赵国使者，于三日前已出关矣。』泾阳君等回复秦王，秦王心跳不宁者数日，乃以礼遣赵招还国。髯翁有诗云：

分明猛虎踞咸阳，谁敢潜窥函谷关？不道龙颜赵主父，竟从堂上认秦王。

次年，主父复出巡云中，自代而西，收兵于楼烦。筑城于灵寿，以镇中山，名赵王城。吴娃亦于肥乡筑城，号夫人城。是时赵之强，甲于三晋。

其年，楚怀王自秦来奔，惠王与群臣计议，恐触秦怒，且主父远在代地，不敢自专，遂闭关不纳。怀王计穷，欲南奔大梁。秦兵追及之，复与泾阳君俱至咸阳。怀王愤甚，呕血斗余，遂发病，未几而薨。秦乃归其丧于楚。楚人怜怀王为秦所欺，客死于外，百姓往迎丧者，无不痛哭，如悲亲戚。诸侯咸恶秦之无道，复为『合从』以摈秦。

楚大夫屈原痛怀王之死，繇子兰、靳尚误之，今日二人，仍旧用事，君臣贪于苟安，绝无报秦之志，乃屡屡进谏，劝顷襄王近贤远佞，选将练兵，以图雪怀王之耻。子兰悟其意，使靳尚言于顷襄王曰：『原自以同姓不得重用，心怀怨望，且每向人言大王忘秦仇为不孝，子兰等不主张伐秦为不忠。』顷襄王大怒，削屈原之职，放归田里。原有姊名嬃，已远嫁，闻原被放，乃归家，访原于夔之故宅。见原被发垢面，形容枯槁，行吟于江畔，乃喻之曰：『楚王不听子言，子之心已尽矣！忧思何益？幸有田亩，何不力耕自食，以终余年乎？』原重违姊意，乃秉耒而耕，里人哀原之忠者，皆为助力。月余，姊去，原叹曰：『楚事至此，吾不忍见宗室之亡灭！』忽一日，晨起，抱石自投汨罗江而死。其日乃五月五日。里人闻原自溺，争棹小舟，出江拯救，已无及矣。乃为角黍投于江中以祭之，系以彩线，恐为蛟龙所攫食也。又龙舟竞渡之戏，亦因拯救屈原而起，至今自楚至吴，相沿成俗。屈原所耕之田，获米如白玉，因号曰『玉米田』。里人私为原立祠，名其乡曰姊归乡。今荆州府有归州，亦因姊归得名也。至宋元丰中，封原为清烈公，兼为其姊立庙，号姊归庙，后复加封原为忠烈王。髯翁有过《忠烈王庙诗》云：

峨峨庙貌立江旁，香火争趋忠烈王。佞骨不知何处朽，龙舟岁岁吊沧浪。

再说赵主父出巡云中，回至邯郸，论功行赏，赐通国百姓酒脯五日。是日，群臣毕集称贺。主父使惠王听朝，自己设便坐于旁，观其行礼。见何年幼，服衮冕南面为王，长子章魁然丈夫，反北面拜舞于下，兄屈于弟，意甚怜之。朝既散，主父见公子胜在侧，私谓曰：『汝见安阳君乎？虽随班拜舞，似有不甘之色。吾分赵地为二，使章为代王，与赵相并，汝以为何如？』赵胜对曰：『王昔日已误矣！今君臣之分已定，复生事端，恐有争变！』主父曰：『事权在我，又何虑哉？』主父回宫，夫人吴娃见其色变，问曰：『今日朝中有何事？』主父曰：『吾见故太子章，以兄朝弟，于理不顺，欲立为代王，胜又言其不便，吾是以踌躇而未决也。』吴娃曰：『昔晋穆侯生二子，长曰仇，弟曰成师，穆侯薨，子仇嗣立，都于翼，封其弟成师于曲沃，其后曲沃益强，遂尽灭仇之子孙，并吞翼国。此主父所知也。成师为弟，尚能戕兄，况以兄而临弟，以长而临少乎？吾母子且为鱼肉矣！』主父惑其言，遂止。

有侍人旧曾服事故太子章于东宫者，闻知主父商议之事，乃私告于章。章与田不礼计之。不礼曰：『主父分王二子，出自公心，特为妇人所阻

耳。王年幼，不谙事，诚乘间以计图之，主父亦无如何也。」章曰：「此事惟君留意，富贵共之！」太傅李兑与肥义相善，密告曰：「安阳君强壮而骄，其党甚众，且有怨望之心。田不礼刚狠自用，知进而不知退。二人为党，行险侥幸，其事不远。子任重而势尊，祸必先及，何不称病，传政于公子成，可以自免。」肥义曰：「主父以王属义，尊为相国，谓义可托安危也。今未见祸形，而先自避，不为荀息所笑乎？」李兑叹曰：「子今为忠臣，不得复为智士矣。」因泣下，久之，别去。肥义思李兑之言，夜不能寐，食不下咽，展转踌躇，未得良策。乃谓近侍高信曰：「今后若有召吾王者，必先告我。」高信曰：「诺。」

忽一日，主父与王同游于沙邱，安阳君章亦从行。那沙邱有台，乃商纣王所筑。有离宫二所，主父与王各居一宫，相去五六里，安阳君之馆适当其中。田不礼谓安阳君曰：「王出游在外，其兵众不甚集。若假以主父之命召王，王必至。吾伏兵于中途，要而杀之，因奉主父以抚其众，谁敢违者！」章曰：「此计甚妙！」即遣心腹内侍，伪为主父使者，夜召惠王曰：「主父卒然病发，欲见王面，幸速往！」高信即走告相国肥义，义曰：「王素无病，事可疑也。」乃入谓王曰：「义当以身先之，俟无他故，王乃可行。」又谓高信曰：「紧闭宫门，慎勿轻启。」

肥义与数骑随使者先行，至中途，伏兵误以为王，群起尽杀之。田不礼举火验视，乃肥义也。田不礼大惊曰：「事已变矣！及其机未露，宜悉众乘夜袭王，幸或可胜。」于是奉安阳君以攻王。高信因肥义吩咐，已预作准备。田不礼攻王宫不能入。至天明，高信使从军乘屋发矢，贼多伤死者。矢尽，乃飞瓦下掷之。田不礼命取巨石系于木，以撞宫门，哗声如雷。惠王正在危急，只听得宫外喊声大举，两队军马杀来，贼兵大败，纷纷而散。原来是公子成、李兑在国中商议，恐安阳君乘机为乱，各率一枝军前来接应，正遇着贼围王宫，解救了此难。

安阳君兵败，谓田不礼曰：「今当如何？」不礼曰：「急走主父处涕泣哀求，主父必然相庇，吾当力拒追兵。」章从其言，乃单骑奔主父宫中，主父果然开门匿之，殊无难色。田不礼驱残兵，再与成、兑交战，众寡不敌，不礼被兑斩之。兑度安阳君无处托身，必然往投主父，乃引兵前围主父之宫。打开宫门，李兑仗剑当先开路，公子成在后，入见主父，叩头曰：「安阳君反叛，法所不宥，愿主父出之。」主父曰：「彼未尝至吾宫中，二卿可他觅也。」兑、成再四告禀，主父并不统口。李兑曰：「事已至此，当搜简一番，即不得贼，谢罪未晚。」公子成曰：「君言是也。」乃呼集亲兵数百人，遍搜宫中，于复壁中得安阳君，牵之以出。李兑遽拔剑击断其头。公子成曰：「何急也？」兑曰：「若遇主父，万一见夺，抗之则非臣礼，从之则为失贼，不如杀之。」公子成乃服。李兑提安阳君之首，自宫内出，闻主父泣声，复谓公子成曰：「主父开宫纳章，心已怜之矣！吾等以章故，围主父之宫，搜章而杀之，无乃伤主父之心？事平之后，主父以围宫加罪，吾辈族灭矣！王年幼，不足与计，吾等当自决也。」乃吩咐军士：「不许解围。」使人诈传惠王之令曰：「在宫人等，先出者免罪；后出者即系贼党，夷其族！」从官及内侍等，闻王令，争先出宫，单单剩得主父一人。主父呼人，无一应者，欲出，则门已下钥矣。一连围了数日，主父在宫中饿甚，无从取食。庭中树有雀巢，乃探其卵生啖之，月余饿死。髯仙有诗叹曰：

胡服行边靖虏尘，雄心直欲并西秦。吴娃一脉能贻祸，梦里琴声解误人。

主父既死，外人未知。李兑等尚不敢入，直待三月有余，方才启钥入视，主父尸身已枯瘪矣。公子成奉惠王往沙邱宫，视殓发丧，葬于代地。今灵邱县，以葬武灵王得名也。惠王回国，以公子成为相国，李兑为司寇。未几，公子成卒，惠王以公子胜曾阻主父分王之谋，乃用为相国，封以平原，号为平原君。

平原君亦好士，有孟尝君之风。既贵，益招致宾客，坐食者常数千人。平原君之府第，有画楼，置美人于上。其楼俯临民家，民家之主人有躄疾，晓起蹒跚而出汲，美人于楼上望见，大笑。少顷，躄者造平原君之门，请见。公子胜揖而进之。躄者曰：「闻君之喜士，士所以不远千里集于君之门者，以君贵士而贱色也。臣不幸有罢癃之病，不良于行，君之后宫，乃临而笑臣。臣不甘受妇人之辱，愿得笑臣者之头！」胜笑应曰：「诺。」躄者去。平原君笑曰：「愚哉此竖也！以一笑之故，遂欲杀吾美人乎？」平原君门下有个常规：主客者，每月一进客籍，稽客之多少，料算钱谷出人之数。前此客有增无减，至是日渐引去，岁余客减半。公子胜怪之，乃鸣钟大会诸客，问曰：「胜所以待诸君者，未尝敢失礼，乃纷纷引去，何也？」客中一人前对曰：「君不杀笑躄之美人，众皆怫然，以君爱色而贱士，所以去耳。臣等不日亦将辞矣！」平原君大惊，引罪曰：「此胜之过也！」即解佩剑，令左右斩楼上美人之头，自造躄者之门，长跽请罪。躄者乃喜。于是门下皆称颂平原君之贤，宾客复聚如初。时人为三字语云：

食我饱，衣我温，息其馆，游其门。齐孟尝，赵平原，佳公子，贤主人。

时秦昭襄王闻平原君斩美人谢躄之事，一日，与向寿述之，嗟叹其贤。向寿曰：「尚不及齐孟尝君之甚也！」秦王曰：「孟尝君如何？」向寿曰：「孟尝君自其父田婴存日，即使主家政，接待宾客。宾客归之如云，诸侯咸敬慕之，请于田婴以为世子。及嗣为薛公，宾客益盛，衣食与己无二，供给繁费，为之破产。士从齐来者，人人以为孟尝君亲己，无有间言。今平原君容美人笑躄而不诛，直待宾客离心，乃斩头以谢，不亦晚乎？」秦王曰：「寡人安得一见孟尝君，与之同事哉？」向寿曰：「王如欲见孟尝君，何不召之？」秦王曰：「彼齐相国也，召之安肯来乎？」向寿曰：「王诚以亲子弟为质于齐，以请孟尝君，齐信秦，不敢不遣。王得孟尝君，即以为相，齐亦必相王之亲子弟。秦、齐互相，其交必合，然后共谋诸侯，不难矣。」秦王曰：「善！」乃以泾阳君悝为质于齐：「愿易孟尝君来秦，使寡人一见其面，以慰饥渴之想。」

宾客闻秦召，皆劝孟尝君必行。时苏代适为燕使于齐，谓孟尝君曰：「今代从外来，见土偶人与木偶人相与语，木偶人谓土偶人曰：『天方雨，子必败矣！奈何！』土偶人笑曰：『我生于土，败则仍还于土耳。子遭雨漂流，吾不知其所底也！』秦，虎狼之国，楚怀王犹不返，况君乎？若留君不遣，臣不知君之所终矣。」孟尝君乃辞秦不欲行。匡章言于湣王曰：「秦之效质而求见孟尝君，欲亲齐也。孟尝君不往，失秦欢矣！虽然，留秦之质，犹为不信秦也。王不如以礼归泾阳君于秦，而使孟尝君聘秦，以答秦之礼。如是，则秦王必听信孟尝君，而厚于齐。」湣王以为然。谓泾阳君曰：「寡人行将遣相国文，行聘于上国，以候秦王之颜色，岂敢烦贵人为质？」即备车乘送泾阳君还秦，而使孟尝君行聘于秦。

孟尝君同宾客千余人，车骑百余乘，西入咸阳，谒见秦王。秦王降阶迎之，握手为欢，道平生相慕之意。孟尝君有白狐裘，毛深二寸，其白如雪，价值千金，天下无双。以此为私礼，献于秦王。秦王服此裘入宫，夸于所幸燕姬。燕姬曰：「此裘亦常有，何以足贵？」秦王曰：「狐非数千岁色不白。今之白裘，皆取狐腋下一片，补缀而成。此乃纯白之皮，所以贵重，真无价之珍也。齐乃山东大国，故有此珍服耳。」时天气尚暖，秦王解裘付主藏吏，吩咐珍藏，以俟进御。择日将立孟尝君为丞相。樗里疾忌孟尝君见用，恐夺其相权，乃使其客公孙奭说秦王曰：「田文，齐族也，今相秦，必先齐而后秦。夫以孟尝君之贤，其筹事无不中，又加以宾客之众，而借秦权以阴为齐谋，秦其危矣！」秦王以其言问于樗里疾。疾对曰：「奭言是也。」秦王曰：「然则遣之乎？」疾对曰：「孟尝君居秦月余，其宾客千人，尽已得秦钜细之事，若遣之归齐，终为秦害，不如杀之。」秦王惑其言，命幽孟尝君于馆舍。

泾阳君在齐时，孟尝君待之甚厚，日具饮食，临行，复馈以宝器数事，泾阳君甚德之。至是，闻秦王之谋，私见孟尝君言其事。孟尝君惧而问计。泾阳君曰：「王计尚未决也。宫中有燕姬者，最得王心，所言必从。君携有重器，吾为君进于燕姬，求其一言，放君还国，则祸可免矣。」孟尝君以白璧二双，托泾阳君献于燕姬求解。燕姬曰：「妾甚爱白狐裘，闻山东大国有之，若有此裘，妾不惜一言，不愿得璧也。」泾阳君回报孟尝君。孟尝君曰：「只有一裘，已献秦王，何可复得？」遍问宾客：「有能复得白狐裘者否？」众皆束手莫对。最下坐有一客，自言：「臣能得之。」孟尝君曰：「子有何计得裘？」客曰：「臣能为狗盗。」孟尝君笑而遣之。客是夜装束如狗，从窦中潜入秦宫库藏，为狗吠声。主藏吏以为守狗，不疑。客伺吏睡熟，取身边所藏钥匙，逗开藏柜，果得白狐裘，遂盗之以出，献于孟尝君。孟尝君使泾阳君转献燕姬，燕姬大悦。值与王夜饮方欢，遂进言曰：「妾闻齐有孟尝君，天下之大贤也！孟尝君方为齐相，不欲来秦，秦请而致之，不用则已矣，乃欲加诛？夫请人国之相，而无故诛之，又有戮贤之名，妾恐天下贤士，将裹足而避秦也！」秦王曰：「善。」明日御殿，即命具车马，给驿券，放孟尝君还齐。

孟尝君曰：「吾侥幸燕姬之一言，得脱虎口，万一秦王中悔，吾命休矣。」客有善为伪券者，为孟尝君易券中名姓，星驰而去。至函谷关，夜方半，关门下钥已久。孟尝君虑追者或至，急欲出关。关开闭，俱有常期，人定即闭，鸡鸣始开。孟尝君与宾客咸拥聚关内，心甚惶迫。忽闻鸡鸣声自客队中出。孟尝君怪而视之，乃下客一人，能效鸡声者。于是群鸡尽鸣。关吏以为天且晓，即起验券开关。孟尝君之众，复星驰而去。谓二客曰：「吾之得脱虎口，乃狗盗鸡鸣之力也！」众宾客自愧无功，从此不敢怠慢下坐之客。髯翁有赞曰：

明珠弹雀，不如泥丸；白璧疗饥，不如壶餐。
狗吠裘得，鸡鸣关启；虽为圣贤，不如彼鄙。
细流纳海，累尘成冈；用人惟器，勿陋孟尝。

樗里疾闻孟尝君得放归国，即趋入朝，见昭襄王曰：「王即不杀田文，亦宜留以为质，奈何遣之？」秦王大悔，即使人驰急传追孟尝君，至函谷关，索出客籍阅之，无齐使田文姓名。使者曰：「得无从间道，尚未至乎？」候半日，杳无影响。乃言孟尝君状貌及宾客车马之数。关吏曰：「若然，则今早出关者是矣。」使者曰：「还可追否？」关吏曰：「其驰如飞，今已去百里之远，不可追也。」使者乃还报秦王。王叹曰：「孟尝君有鬼神不测之机，果天下贤士也！」后秦王索狐白裘于主藏吏不得，及见燕姬服之，因叩其故，知其为孟尝君之客所盗，复叹曰：「孟尝君门下，如通都之市，无物不有。吾秦国未有其比！」竟以裘赐燕姬，不罪主藏吏。

不知孟尝君归国如何，且看下回分解。

第〇九四回

冯谖弹铗客孟尝　齐王纠兵伐桀宋

话说孟尝君自秦逃归，道经于赵，平原君赵胜，出迎于三十里外，极其恭敬。赵人素闻人传说孟尝之名，未见其貌，至是，争出观之。孟尝君身材短小，不踰中人。观者或笑曰：「始吾慕孟尝君，以为天人，必魁然有异。今观之，但渺小丈夫耳！」和而笑者复数人。是夜，凡笑孟尝君者皆失头。平原君心知孟尝门客所为，不敢问也。

再说齐湣王既遣孟尝君往秦，如失左右手，恐其遂为秦用，深以为忧。乃闻其逃归，大喜，仍用为相国，宾客归者益众。乃置为客舍三等：上曰「代舍」，中等曰「幸舍」，下等曰「传舍」。代舍者，言其人可以自代也；上客居之，食肉乘舆。幸舍者，言其人可任用也；中客居之，但食肉不乘舆。传舍者，脱粟之饭，免其饥馁；出入听其自便，下客居之。前番鸡鸣狗盗及伪券有功之人，皆列于代舍。所收薛邑俸入，不足以给宾客，乃出钱行债于薛，岁收利息，以助日用。

一日，有一汉子，状貌修伟，衣敝褐，蹑草屦，自言姓冯，名谖，齐人，求见孟尝君。孟尝君揖之与坐，问曰：「先生下辱，有以教文乎？」谖曰：「无也。窃闻君好士，不择贵贱，故不揣以贫身自归耳。」孟尝君命置传舍。十余日，孟尝君问于传舍长曰：「新来客何所事？」传舍长答曰：「冯先生贫甚，身无别物，止存一剑，又无剑囊，以蒯缑系之于腰间，食毕，辄弹其剑而歌曰：「长铗归来兮，食无鱼！」」孟尝君笑曰：「是嫌吾食俭也。」乃迁之于幸舍，食鱼肉。仍使幸舍长候其举动：「五日后，来告我。」居五日，幸舍长报曰：「冯先生弹剑而歌如故，但其辞不同矣。曰：「长铗归来兮，出无车！」」孟尝君惊曰：「彼欲为我上客乎？其人必有异也。」又迁之代舍。复使代舍长伺其歌否。谖乘车日出夜归，又歌曰：「长铗归来兮，无以为家！」代舍长诣孟尝君言之。孟尝君蹙额曰：「客何无餍之甚乎？」更使伺之，谖不复歌矣。居一年有余，主家者来告孟尝君：「钱谷只够一月之需。」孟尝君查贷券，民间所负甚多，乃问左右曰：「客中谁能为我收债于薛者？」代舍长进曰：「冯先生不闻他长，然其人似忠实可任。向者自请为上客，君其试之。」孟尝君请冯谖与言收债之事。冯谖一诺无辞，遂乘车至薛，坐于公府。

薛民万户，多有贷者，闻薛公使上客来征息，时输纳甚众，计之得息钱十万。冯谖将钱多市牛酒，预出示：「凡负孟尝君息钱者，勿论能偿不能偿，来日悉会府中验券。」百姓闻有牛酒之犒，皆如期而来。冯谖一一劳以酒食，劝使酣饱。因而旁观，审其中贫富之状，尽得其实。食毕，乃出券与合之，度其力饶，虽一时不能，后可相偿者，与为要约，载于券上；其贫不能偿者，皆罗拜哀乞宽期。冯谖命左右取火，将贫券一筒，悉投火中烧之，谓众人曰：「孟尝君所以贷钱于民者，恐尔民无钱以为生计，非为利也。然君之食客数千，俸食不足，故不得已而征息以奉宾客。今有力者更为期约，无力者焚券蠲免。君之施德于尔薛人，可谓厚矣。」百姓皆叩头欢呼曰：「孟尝君真吾父母也！」

早有人将焚券事报知孟尝君。孟尝君大怒，使人催召谖，谖空手来见，孟尝君假意问曰：「客劳苦，收债毕乎？」谖曰：「不但为君收债，且为君收德！」孟尝君色变，让之曰：「文食客三千人，俸食不足，故贷钱于薛，冀收余息，以助公费。闻客得息钱，多具牛酒，与众乐饮，复焚券之半，犹曰：『收德』，不知所收何德也？」谖对曰：「君请息怒，容备陈之。负债者多，不具牛酒为欢，众疑，不肯齐赴，无以验其力之饶乏。力饶者与为期约。其乏者虽严责之，亦不能偿；久而息多，则逃亡耳。区区之薛，君之世封，其民乃君所与共安危者也。今焚无用之券，以明君之轻财而爱民。仁义之名，流于无穷，此臣所谓为君收德者矣。」孟尝君迫于客费，心中殊不以为然，然已焚券，无可奈何，勉为放颜，揖而谢之。史臣有诗云：

逢迎言利号佳宾，焚券先虞触主嗔；
空手但收仁义返，方知弹铗有高人。

却说秦昭襄王悔失孟尝君，又见其作用可骇，想道：「此人用于齐国，终为秦害！」乃广布谣言，流于齐国，言：「孟尝君名高天下，天下知有孟尝君，不知有齐王，不日孟尝君且代齐矣！」又使人说楚顷襄王曰：「向者六国伐秦，齐兵独后，因楚王自为从约长，孟尝君不服，故不肯同兵。及怀王在秦，寡君欲归之，孟尝君使人劝寡君勿归怀王；以太子见质于齐，欲秦杀怀王，彼得留太子以要地于齐；故太子几不得归，而怀王竟死于秦。寡君之得罪于楚，皆孟尝君之故也。寡君以楚之故，欲得孟尝君而杀之，会逃归不获。今复为齐相，专权，且暮篡齐，秦、楚自此多事矣。寡君愿悔前之过，与楚结好，以女为楚王妇，共备孟尝君之变。幸大王裁听！」楚王惑其言，竟通和于秦，迎秦王之女为夫人，亦使人布流言于齐。齐湣王疑之，遂收孟尝君相印，黜归于薛。

宾客闻孟尝君罢相，纷纷散去；惟冯谖在侧，为孟尝君御车。未至薛，薛百姓扶老携幼相迎，争献酒食，问起居。孟尝君谓谖曰：「此先生所谓为文收德者也！」冯谖曰：「臣意不止于此。倘借臣以一乘之车，必令君益重于国，而俸邑益广。」孟尝君曰：「惟先生命！」

过数日，孟尝君具车马及金币，谓冯谖曰：「听先生所往。」冯谖驾车，西入咸阳，求见昭襄王，说曰：「士之游秦者，皆欲强秦而弱齐；其游齐者，皆欲强齐而弱秦。秦与齐势不两雄，其雄者，乃得天下。」秦王曰：「先生何策，可使秦为雄而不为雌乎？」冯谖曰：「大王知齐之废孟尝君否？」秦王曰：「寡人曾闻之，而未信也。」冯谖曰：「齐之所以重于天下者，以有孟尝君之贤也。今齐王惑于谗毁，一旦收其相印，以功为罪，孟尝君怨齐必深，乘其怀怨之时，而秦收之以为用，则齐国之阴事，以将尽输于秦，用以谋齐，齐可得也，岂特为雄而已哉？大王急遣使，载重币，阴迎孟尝君于薛，时不可失！万一齐王悔悟而复用之，则两国之雌雄未可定矣。』时樗里疾方卒，秦王急欲得贤相，闻谖言大喜，乃饰良车十乘，黄金百镒，命使者以丞相之仪从，迎孟尝君。冯谖曰：『臣请为大王先行报孟尝君，使之束装，毋淹来使。』冯谖疾驱至齐，未暇见孟尝君，先见齐王，说曰：『齐、秦之互为雌雄，王所知也。得人者为雄，失人者为雌。今臣闻道路之言，秦王幸孟尝君之废，阴遣良车十乘，黄金百镒，迎孟尝君为相。倘孟尝君西入相秦，反其为齐谋者以为秦谋，则雄在秦，而临淄、即墨危矣！』湣王色动，问曰：『然则如何？』冯谖曰：『秦使旦暮且至薛，大王乘其未至，先复孟尝君相位，更广其邑封，孟尝君必喜而受之。秦使者虽强，岂能不告于王，而擅迎人之相国哉？』湣王曰：『善。』然口虽答应，意未深信。使人至境上，探其虚实，只见车骑纷纷而至，询之，果秦使也。使者连夜奔告湣王，湣王即命冯谖，持节迎孟尝君，复其相位，益封孟尝君千户。秦使者至薛，闻孟尝君已复相齐，乃转辕而西。

孟尝君既复相位，前宾客去者复归。孟尝君谓冯谖曰：『文好客无敢失礼，一日罢相，客皆弃文而去；今赖先生之力，得复其位，诸客有何面目复见文乎？』冯谖答曰：『夫荣辱盛衰，物之常理。君不见大都之市乎？旦则侧肩争门而入，日暮为墟矣，为所求不在焉。夫富贵多士，贫贱寡交，事之常也。君又何怪乎？』孟尝君再拜曰：『敬闻命矣。』乃待客如初。

是时，魏昭王与韩釐王奉周王之命，『合从』伐秦。秦使白起将兵迎之，大战于伊阙，斩首二十四万，虏韩将公孙喜，取武遂地二百里；遂伐魏，取河东地四百里。昭襄王大喜；以七国皆称王，不足为异，欲别立帝号，以示贵重，而嫌于独尊，乃使人言于齐湣王曰：『今天下相王，莫知所归。寡人意欲称西帝，以主西方；尊齐为东帝，以主东方，平分天下，大王以为何如？』湣王意未决，问于孟尝君。孟尝君曰：『秦以强横见恶于诸侯，王勿效之。』

踰一月，秦复遣使至齐，约共伐赵，适苏代自燕复至，湣王先以并帝之事，请教于代。代对曰：『秦不致帝于他国，而独致于齐，所以尊齐也。却之，则拂秦之意，直受之，则取恶于诸侯。愿王受之而勿称。使秦称之，而西方之诸侯奉之，王乃称帝，以王东方；未晚也；使秦称之，而诸侯恶之，王因以为秦罪。』湣王曰：『敬受教。』又问：『秦约伐赵，其事何如？』苏代曰：『兵出无名，事故不成。赵无罪而伐之，得地则为秦利，齐无与焉。今宋方无道，天下号为桀宋。王与其伐赵，不如伐宋，得其地可守，得其民可臣，而又有诛暴之名，此汤、武之举也。』湣王大悦，乃受帝号而不称。厚待秦使，而辞其伐赵之请。秦昭襄王称帝才二月，闻齐仍称王，亦去帝号，不敢称。

话分两头。却说宋康王乃宋辟公辟兵之子，剔成之弟，其母梦徐偃王来托生，因名曰偃。生有异相，身长九尺四寸，面阔一尺三寸，目如巨星，面有神光，力能屈伸铁钩。于周显王四十一年，逐其兄剔成而自立。立十一年，国人探雀巢，得蜕卵，中有小鹯，以为异事，献于君偃。偃召太史占之。太史布卦奏曰：『小而生大，此反弱为强，崛起霸王之象。』偃喜曰：『宋弱甚矣，寡人不兴之，更望何人。』乃多检壮丁，亲自训练，得劲兵十万余。东伐齐，取五城；南败楚，拓地三百余里；西又败魏军，取二城；灭滕，有其地。因遣使通好于秦，秦亦遣使报之。自是宋号强国，与齐、楚、三晋相并。偃遂称为宋王。自谓天下英雄，无与为比，欲速就霸王之业。每临朝，辄令群臣齐呼万岁。堂上一呼，堂下应之，门外侍卫亦俱应之，声闻数里。又以革囊盛牛血，悬于高竿，挽弓射之。弓强矢劲，射透革囊，血雨从空乱洒，使人传言于市曰：『我王射天得胜。』欲以恐吓远人。又为长夜之饮，以酒强灌群臣，而阴使左右以热水代酒自饮。群臣量素洪者，皆潦倒大醉，不能成礼；惟康王惺然。左右献谀者，皆曰：「君王酒量如海，饮千石不醉也。」又多取妇人为淫乐，一夜御数十女，使人传言：「宋王精神兼数百人，从不倦息。」以此自炫。

一日，游封父之墟，遇见采桑妇甚美，筑青陵之台以望之。访其家，乃舍人韩凭之妻息氏也。王使人喻凭以意，使献其妻。凭与妻言之，问其愿否。息氏作诗以对曰：

南山有乌，北山张罗；乌自高飞，罗当奈何？

宋王慕息氏不已，使人即其家夺之。韩凭见息氏升车而去，心中不忍，遂自杀。宋王召息氏共登青陵台，谓之曰：「我宋王也，能富贵人，亦能生杀人。况汝夫已死，汝何所归？若从寡人，当立为王后。」息氏复作诗以对曰：

乌有雌雄，不逐凤凰；妾是庶人，不乐宋王。

宋王曰：「卿今已至此，虽欲不从寡人，不可得也！」息氏曰：「容妾沐浴更衣，拜辞故夫之魂，然后侍大王巾栉耳。」宋王许之。息氏沐浴更衣讫，望空再拜，遂从台上自投于地。宋王急使人揽其衣，不及，视之，气已绝矣。简其身畔，于裙带得书一幅，书云：

死后，乞赐遗骨与韩凭合葬于一冢，黄泉感德！

宋王大怒，故为二冢，隔绝埋之，使其东西相望，而不相亲。埋后三日，宋王还国。忽一夜，有文梓木生于二冢之旁，旬日间，木长三丈许，其枝自相附结成连理。有鸳鸯一对，飞集于枝上，交颈悲鸣。里人哀之曰：「此韩凭夫妇之魂所化也！」遂名其树曰「相思树」。髯仙有诗叹云：

相思树上两鸳鸯，千古情魂事可伤！莫道威强能夺志，妇人执性抗君王。

群臣见宋王暴虐，多有谏者。宋王不胜其渎，乃置弓矢于座侧，凡进谏者，辄引弓射之。尝一日间射杀景成、戴乌、公子勃等三人。自是举朝莫敢开口。诸侯号曰桀宋。

时齐湣王用苏代之说，遣使于楚、魏，约共攻宋，三分其地。兵既发，秦昭王闻之，怒曰：「宋新与秦欢，而齐伐之，寡人必救宋，无再计。」齐湣王恐秦兵救宋，求于苏代。代曰：「臣请西止秦兵，以遂王伐宋之功。」乃西见秦王曰：「齐今伐宋矣，臣敢为大王贺。」秦王曰：「齐伐宋，先生何以贺寡人乎」苏代曰：「齐王之强暴，无异于宋。今约楚、魏而攻宋，其势必欺楚、魏。楚、魏受其欺，必向西而事秦。是秦损一宋以饵齐，而坐收楚、魏之二国也，王何不利焉？敢不贺乎？」秦王曰：「寡人欲救宋何如？」代答曰：「桀宋犯天下之公怒，天下皆幸其亡，而秦独救之，众怒且移于秦矣。」秦王乃罢兵不救宋。

齐师先至宋郊，楚、魏之兵亦陆续来会。齐将韩聂，楚将唐昧，魏将芒卯，三人做一处商议。唐昧曰：「宋王志大气骄，宜示弱以诱之。」芒卯曰：「宋王淫虐，人心离怨，我三国皆有丧师失地之耻，宣传檄文，布其罪恶，以招故地之民，必有反戈而向宋者。」韩聂曰：「二君之言皆是也。」乃为檄数桀宋十大罪：

一、逐兄篡位，得国不正；二、灭滕兼地，恃强凌弱；三、好攻乐战，侵犯大国；四、革囊射天，得罪上帝；五、长夜酣饮，不恤国政；六、夺人妻女，淫荡无耻；七、射杀谏臣，忠良结舌；八、僭拟王号，妄自尊大；九、独媚强秦，结怨邻国；十、慢神虐民，全无君道。

檄文到处，人心耸惧，三国所失之地，其民不乐附宋，皆逐其官吏，登城自守，以待来兵。于是所向皆捷，直逼睢阳。

宋王偃大阅车徒，亲领中军，离城十里结营，以防攻突。韩聂先遣部下将闾丘俭，以五千人挑战。宋兵不出，闾丘俭使军士声洪者数人，登轈车朗诵桀宋十罪。宋王偃大怒，命将军卢曼出敌。略战数合，闾丘俭败走，卢曼追之，俭尽弃其车马器械，狼狈而奔。宋王偃登垒，望见齐师已败，喜曰：『败齐一军，则楚、魏俱丧气矣！』乃悉师出战，直逼齐营。韩聂又让一阵，退二十里下寨，却教唐昧、芒卯二军，左右取路，抄出宋王大营之后。

次日，宋王偃只道齐兵已不能战，拔寨都进，直攻齐营。闾丘俭打着韩聂旗号，列阵相持。自辰至午，合战三十余次。宋王果然英勇，手斩齐将二十余员，兵士死者百余人。宋将卢曼亦死于阵。闾丘俭复大败而奔，委弃车仗器械无数。宋兵争先掠取。忽有探子报道：『敌兵袭攻睢阳城甚急！探是楚、魏二国军马。』宋王大怒，忙教整队回军。行不上五里，刺斜里一军突出，大叫：『齐国上将韩聂在此！无道昏君，还不速降！』宋王左右将戴直、屈志高，双车齐出。韩聂大展神威，先将屈志高斩于车下。戴直不敢交锋，保护宋王，且战且走。回至睢阳城下，守将公孙拔认得自家军马，开门放入。三国合兵攻打，昼夜不息。

忽见尘头起处，又有大军到来，乃是齐湣王恐韩聂不能成功，亲帅大将王蠋太史敫等，引生军三万前来，军势益壮。宋军知齐王亲自领兵，人人丧胆，个个灰心。又兼宋王不恤士卒，昼夜驱率男女守瞭，绝无恩赏，怨声籍籍。戴直言于王偃曰：『敌势猖狂，人心已变，大王不如弃城，权避河南，更图恢复。』宋王此时，一片图王定霸之心，化为秋水，叹息了一回，与戴直半夜弃城而遁。公孙拔遂竖起降旗，迎湣王入城。湣王安抚百姓，一面令诸军追逐宋王。宋王走至温邑，为追兵所及，先擒戴直斩之。宋王自投于神农涧中，不死，被军士牵出，斩首，传送睢阳。齐、楚、魏遂共灭宋国，三分其地。

楚、魏之兵既散，湣王曰：『伐宋之役，齐力为多；楚、魏安得受地？』遂引兵衔枚尾唐昧之后，袭败楚师于重丘。乘胜逐北，尽收取淮北之地。又西侵三晋，屡败其军。楚、魏恨湣王之负约，果皆遣使附秦，秦反以为苏代之功矣。

湣王既兼有宋地，气益骄恣，使嬖臣夷维，往合卫、鲁、邹三国之君，要他称臣入朝。三国惧其侵伐，不敢不从。湣王曰：『寡人残燕灭宋，辟地千里，败梁割楚，威加诸侯。鲁、卫尽已称臣，泗上无不恐惧。旦晚提一旅兼并二周，迁九鼎于临淄，正号天子，以令天下，谁敢违者！』孟尝君田文谏曰：『宋王偃惟骄，故齐得而乘之，愿大王以宋为戒！夫周虽微弱，然号为共主。七国攻战，不敢及周，畏其名也。大王前去帝号不称，天下以此多齐之让。今忽萌代周之志，恐非齐福！』湣王曰：『汤放桀，武王伐纣，桀、纣非其主乎？寡人何不如汤、武？惜子非伊尹、太公耳！』于是复收孟尝君相印。

孟尝君惧诛，乃与其宾客走大梁，依公子无忌以居。那公子无忌，乃是魏昭王之少子，为人谦恭好士，接人惟恐不及。尝朝膳，有一鸠为鹞所逐，急投案下，无忌蔽之，视鹞去，乃纵鸠。谁知鹞隐于屋脊，见鸠飞出，逐而食之。无忌自咎曰：『此鸠避患而投我，乃竟为鹞所杀，是我负此鸠也！』竟日不进膳。令左右捕鹞，共得百余头，各置一笼以献。无忌曰：『杀鸠者止一鹞，吾何可累及他禽！』乃按剑于笼上，祝曰：『不食鸠者，向我悲鸣，我则放汝。』群鹞皆悲鸣。独至一笼，其鹞低头不敢仰视，乃取而杀之。遂开笼放其余鹞。闻者叹曰：『魏公子不忍负一鸠，忍负人乎？」由是士无贤愚，归之如市。食客亦三千余人，与孟尝君、平原君相亚。

魏有隐士，姓侯名嬴，年七十余，家贫，为大梁夷门监者。无忌闻其素行修洁，且好奇计，里中尊敬之，号为侯生。于是驾车往拜，以黄金二十镒为贽。侯生谢曰：「嬴安贫自守，不妄受人一钱，今且老矣，宁为公子而改节乎？」无忌不能强。欲尊礼之，以示宾客，乃置酒大会。是日，魏宗室将相诸贵客毕集堂中，坐定，独虚左第一席。无忌命驾亲往夷门，迎侯生赴会。侯生登车，无忌揖之上坐，生略不谦逊。无忌执辔在旁，意甚恭敬。侯生又谓无忌曰：「臣有客朱亥，在市屠中，欲往看之，公子能枉驾同一往否？」无忌曰：「愿与先生偕往。」即命引车枉道入市。及屠门，侯生曰：「公子暂止车中，老汉将下看吾客。」侯生下车，入亥家，与亥对坐肉案前，絮语移时。侯生时时睨视公子，公子颜色愈和，略无倦怠。时从骑数十余，见侯生絮语不休，厌之，多有窃骂者。侯生亦闻之，独视公子色终不变。乃与朱亥别，复登车，上坐如故。无忌以午牌出门，比回府，已申末矣。

诸贵客见公子亲往迎客，虚左以待，正不知甚处有名的游士，何方大国的使臣，俱办下一片敬心伺候。及久不见到，各各心烦意懒。忽闻报说：「公子迎客已至。」众贵客敬心复萌，俱起坐出迎，睁眼相看。及客到，乃一白须老者，衣冠敝陋，无不骇然。无忌引侯生遍告宾客。诸贵客闻是夷门监者，意殊不以为然。无忌揖侯生就首席，侯生亦不谦让。酒至半酣，无忌手捧金卮为寿于侯生之前。侯生接卮在手，谓无忌曰：「臣乃夷门抱关吏也。公子枉驾下辱，久立市中，毫无怠色。又尊臣于诸贵之上，于臣似为过分。然所以为此，欲成公子下士之名耳！」诸贵客皆窃笑。席散，侯生遂为公子上客。

侯生因荐朱亥之贤，无忌数往候见，朱亥绝不答拜。无忌亦不以为怪，其折节下士如此。今日孟尝君至魏，独依无忌，正合着古语：「同声相应，同气相求」八个字，自然情投意合。孟尝君原与赵平原君公子胜交厚，因使无忌结交于赵胜。无忌将亲姊嫁于平原君为夫人。于是魏、赵通好，而孟尝君居间为重。

齐湣王自孟尝君去后，益自骄矜，日夜谋代周为天子。时齐境多怪异：天雨血，方数百里，沾人衣，腥臭难当；又地坼数丈，泉水涌出；又有人当关而哭，但闻其声，不见其形。由是百姓惶惶，朝不保夕。大夫狐咺、陈举先后进谏，且请召还孟尝君。湣王怒而杀之，陈尸于通衢，以杜谏者。于是王蠋、太史敫等，皆谢病弃职，归隐乡里。

不知湣王如何结果，且看下回分解。

第〇九五回 说四国乐毅灭齐 驱火牛田单破燕

话说燕昭王自即位之后，日夜以报齐雪耻为事。吊死问孤，与士卒同甘苦，尊礼贤士，四方豪杰，归者如市。有赵人乐毅，乃乐羊之孙，自幼好讲兵法。当初乐羊封于灵寿，子孙遂家焉。赵主父沙邱之乱，乐毅挈家去灵寿，奔大梁，事魏昭王，不甚信用。闻燕王筑黄金台，招致天下贤士，欲往投之。乃谋出使于燕。见燕昭王，说以兵法，燕王知其贤，待以客礼。乐毅谦让不敢当。燕王曰：『先生生于赵，仕于魏，在燕，固当为客。』乐毅曰：『臣之仕魏，以避乱也。大王若不弃微末，请委质为燕臣。』燕王大喜，即拜毅为亚卿，位于剧辛诸人之上。乐毅悉召其宗族居燕，为燕人。

其时齐国强盛，侵伐诸侯。昭王深自韬晦，养兵恤民，待时而动。及湣王逐孟尝君，恣行狂暴，百姓弗堪；而燕国休养多年，国富民稠，士卒乐战。于是昭王进乐毅而问曰：『寡人衔先人之恨，二十八年于兹矣！常恐一旦溘先朝露，不及剸刃于齐王之腹，以报国耻，终夜痛心。今齐王骄暴自恃，中外离心，此天亡之时。寡人欲起倾国之兵，与齐争一旦之命，先生何以教之？』乐毅对曰：『齐国地大人众，士卒习战，未可独攻也。王必欲伐之，必与天下共图之。今燕之比邻，莫密于赵，王宜首与赵合，则韩必从。而孟尝君相魏，方恨齐，宜无不听。如是，而齐可攻也。』燕王曰：『善。』乃具符节，使乐毅往说赵国。

平原君赵胜为言于惠文王，王许之。适秦国使者在赵，乐毅并说秦使者以伐齐之利。使者还报秦王。秦王忌齐之盛，惧诸侯背秦而事齐，于是复遣使者报赵，愿共伐齐之役。剧辛往说魏王，见孟尝君，孟尝君果主发兵，复为约韩与共事。俱与订期。于是，燕王悉起国中精锐，使乐毅将之。秦将白起，赵将廉颇，韩将暴鸢，魏将晋鄙，各率一军，如期而至。于是燕王命乐毅并护五国之兵，号为乐上将军，浩浩荡荡，杀奔齐国。

东周列国志

齐湣王自将中军，与大将韩聂迎战于济水之西。乐毅身先士卒，四国兵将，无不贾勇争奋，杀得齐兵尸横原野，流血成渠。韩聂被乐毅之弟乐乘所杀。诸军乘胜逐北，湣王大败，奔回临淄，连夜使人求救于楚，许尽割淮北之地为赂；一面检点军民，登城设守。秦、魏、韩、赵乘胜，各自分路收取边城，独乐毅自引燕军，长驱深入，所过宣谕威德，齐城皆望风而溃，势如破竹，大军直逼临淄。湣王大惧，遂与文武数十人，潜开北门而遁。行至卫国，卫君郊迎称臣。既入城，让正殿以居之，供具甚敬。湣王骄傲，待卫君不以礼。卫诸臣意不能平，夜往掠其辎重。湣王怒，欲俟卫君来见，责以捕盗。卫君是日竟不朝见，亦不复给廪饩。湣王甚愧，候至日昃饿甚，恐卫君图己，与夷维数人，连夜逃去。从臣失主，一时皆四散奔走。

湣王不一日，逃至鲁关，关吏报知鲁君。鲁君遣使者出迎，夷维谓曰：“鲁何以待吾君？”对曰：“将以十太牢待子之君。”夷维曰：“吾君，天子也。天子巡狩，诸侯辟宫，朝夕亲视膳于堂下，天子食已，乃退而听朝，岂止十牢之奉而已！”使者回复鲁君，鲁君大怒，闭关不纳。复至邹，值邹君方死，湣王欲入行吊。夷维谓邹人曰：“天子下吊，主人必背其殡棺，立西阶，北面而哭，天子乃于阼阶上，南面而吊之。”邹人曰：“吾国小，不敢烦天子下吊。”亦拒之不受。湣王计穷。夷维曰：“闻莒州尚完，何不往？”乃奔莒州，佥兵城守，以拒燕军。

乐毅遂破临淄，尽收取齐之财物祭器，并查旧日燕国重器前被齐掠者，大车装载，俱归燕国。燕昭王大悦，亲至济上，大犒三军，封乐毅于昌国，号昌国君。燕昭王返国，独留乐毅于齐，以收齐之余城。

齐之宗人有田单者，有智术，知兵。湣王不能用，仅为临淄市椽。燕王入临淄，城中之人，纷纷逃窜。田单与同宗逃难于安平，尽截去其车轴之头，略与毂平，而以铁叶裹轴。务令坚固。人皆笑之。未几，燕兵来攻安平，城破，安平人复争窜，乘车者拥挤，多因轴头相触，不能疾驱，或轴折车覆，皆为燕兵所获。惟田氏一宗，以铁笼坚固，且不碍，竟得脱，奔即墨去讫。

乐毅分兵略地，至于画邑，闻故太傅王蠋家在画邑，传令军中，环画邑三十里，不许入犯。使人以金币聘蠋，欲荐于燕王。蠋辞老病，不肯往。使者曰：“上将军有令：‘太傅来，即用为将，封以万家之邑；不行，且引兵屠邑！’”蠋仰天叹曰：“‘忠臣不事二君，烈女不更二夫。’齐王疏斥忠谏，故吾退而耕于野。今国破君亡，吾不能存，而又劫吾以兵，吾与其不义而存，不若全义而亡！”遂自悬其头于树上，举身一奋，颈绝而死。乐毅闻之叹息，命厚葬之，表其墓曰：“齐忠臣王蠋之墓。”

乐毅出兵六个月，所攻下齐地共七十余城，皆编为燕之郡县，惟莒州与即墨坚守不下。毅乃休兵享士，除其暴令，宽其赋役，又为齐桓公、管夷吾立祠设祭，访求逸民，齐民大悦。乐毅之意，以为齐止二城，在掌握之中，终不能成大事，且欲以恩结之，使其自降，故不极其兵力。此周赧王三十一年事也。

却说楚顷襄王，见齐使者来请救兵，许尽割淮北之地，乃命大将淖齿，率兵二十万，以救齐为名，往齐受地。谓淖齿曰：“齐王急而求我，卿往彼可相机而行，惟有利于楚，可以便宜从事。”淖齿谢恩而出，率兵从齐湣王于莒州。湣王德淖齿，立以为相国，大权皆归于齿。齿见燕兵势盛，恐救齐无功，获罪二国，乃密遣使私通乐毅，欲弑齐王，与燕中分齐国，使燕人立己为王。乐毅回报曰：“将军诛无道，以自立功名，桓、文之业，不足道也。所请惟命！”淖齿大悦，乃大陈兵于鼓里，请湣王阅兵。湣王既至，遂执而数其罪曰：“齐有亡征三：雨血者，天以告也；地坼者，地以告也；有人当阙而哭，人以告也。王不知省戒，戮忠废贤，希望非分。今全齐尽失，而偷生于一城，尚欲何为？』湣王俯首不能答。夷维拥王而哭，淖齿先杀夷维；乃生擢王筋，悬于屋梁之上，三日而后气绝。湣王之得祸，亦惨矣哉！淖齿回莒州，欲觅王世子杀之，不得。齿乃为表奏燕王，自陈其功，使人送于乐毅，求其转达。是时莒州与临淄，阴自相通，往来无禁。

却说齐大夫王孙贾，年十二岁，丧父，止有老母。湣王怜而官之。湣王出奔，贾亦从行，在卫相失，不知湣王下处，遂潜自归家。其老母见之，问曰：『齐王何在？』贾对曰：『儿从王于卫，王中夜逃出，已不知所之矣。』老母怒曰：『汝朝去而晚回，则吾倚门而望。汝暮出而不还，则吾倚闾而望。君之望臣，何异母之望子？汝为齐王之臣，王昏夜出走，汝不知其处，尚何归乎？』贾大愧，复辞老母，踪迹齐王，闻其在莒州，趋往从之。比至莒州，知齐王已为淖齿所杀。贾乃袒其左肩，呼于市中曰：『淖齿相齐而弑其君，为臣不忠，有愿与吾诛讨其罪者，依吾左袒！』市人相顾曰：『此人年幼，尚有忠义之心，吾等好义者，皆当从之。』一时左袒者，四百余人。时楚兵虽众，皆分屯于城外。淖齿居齐王之宫，方酣饮，使妇人奏乐为欢。兵士数百人，列于宫外。王孙贾率领四百人，夺兵士器仗，杀入宫中，擒淖齿，剁为肉酱，因闭城坚守。楚兵无主，一半逃散，一半投降于燕国。

再说齐世子法章，闻齐王遇变，急更衣为穷汉，自称临淄人王立，逃难无归，投太史敫家为佣工，与之灌园，力作辛苦，无人知其为贵介者。太史敫有女，年及笄，偶游园中，见法章之貌，大惊曰：『此非常人，何以屈辱于此？』使侍女叩其来历。法章惧祸，坚不肯吐。太史女曰：『白龙鱼服，畏而自隐，异日富贵，不可言也。』时时使侍女给其衣食，久益亲近。法章因私露其迹于太史女。女遂与订夫妇之约，因而私通，举家俱不知也。

时即墨守臣病死，军中无主，欲择知兵者，推戴为将，而难其人。有人知田单铁笼得全之事，言其才可将，乃共拥立为将军。田单身操版锸，与士卒同操作；宗族妻妾，皆编于行伍之间。城中人畏而爱之。

再说齐诸臣四散奔逃，闻王蠋死节之事，叹曰：『彼已告老，尚怀忠义之心，我辈见立齐朝，坐视君亡国破，不图恢复，岂得为人！』乃共走莒州，投王孙贾，相与访求世子。岁余，法章知其诚，乃出自言曰：『我实世子法章也。』太史敫报知王孙贾，乃具法驾迎之，即位，是为襄王。告于即墨，相约为犄角，以拒燕兵。乐毅围之，三年不克。乃解围退九里，建立军垒，令曰：『城中民有出樵采者，听之，不许擒拿。其有困乏饥饿者食之，寒者衣之。』欲使感恩悦附。不在话下。

且说燕大夫骑劫，颇有勇力，亦喜谈兵，与太子乐资相善，觊得兵权。谓太子曰：『齐王已死，城之不拔者，惟莒与即墨耳。乐毅能于六月间，下齐七十余城，何难于二邑？所以不肯即拔者，以齐人未附，欲徐以恩威结齐，不久当自立为齐王矣。』太子乐资述其言于昭王。昭王怒曰：『吾先王之仇，非昌国君不能报，即使真欲王齐，于功岂不当耶？』乃笞乐资二十，遣使持节至临淄，即拜乐毅为齐王。毅感泣，以死自誓，不受命。昭王曰：『吾固知毅之本心，决不负寡人也。』

昭王好神仙之术，使方士炼金石为神丹，服之，久而内热发病，遂薨。太子乐资嗣位，是为惠王。

田单每使细作入燕窥觇事情。闻骑劫谋代乐毅，及燕太子被笞之事，叹曰：『齐之恢复，其在燕后王乎！』及燕惠王立，田单使人宣言于燕国曰：「乐毅久欲王齐，以受燕先王厚恩，不忍背，故缓攻二城，以待其事。今新王即位，且与即墨连和，齐人所惧，惟恐他将来，则即墨残矣。」燕惠王久疑乐毅，及闻流言与骑劫之言相合，因信为然。乃使骑劫往代乐毅，而召毅归国。毅恐见诛，曰：「我赵人也。」遂弃其家，西奔赵国。赵王封乐毅于观津，号望诸君。

骑劫既代将，尽改乐毅之令，燕军俱愤怨不服。骑劫往垒三日，即率师往攻即墨，围其城数匝，城中设守愈坚。

田单晨起谓城中人曰：「吾夜来梦见上帝告我云：齐当复兴，燕当即败。不日当有神人为我军师，战无不克。」有一小卒悟其意，趋近单前，低语曰：「臣可以为师否？」言毕，即疾走。田单急起持之，谓人曰：「吾梦中所见神人，即此是也！」乃为小卒易衣冠，置之幕中上坐，北面而师事之。小卒曰：「臣实无能。」田单曰：「子勿言。」因号为「神师」。每出一约束，必禀命于神师而行。谓城中人曰：「神师有令：『凡食者必先祭其先祖于庭，当得祖宗阴力相助。』」城中人从其教。飞鸟见庭中祭品，悉翔舞下食。如此早暮二次，燕军望见，以为怪异。闻有神君下教，因相与传说，谓齐得天助，不可敌，敌之违天，皆无战心。

单复使人扬乐毅之短曰：「昌国君太慈，得齐人不杀，故城中不怕。若劓其鼻而置之前行，即墨人苦死矣！」骑劫信之，将降卒尽劓其鼻。城中人见降者割鼻，大惧，相戒坚守，惟恐为燕人所得。

田单又扬言：「城中人家，坟墓皆在城外，倘被燕人发掘，奈何？」骑劫又使兵卒尽掘城外坟墓，烧死人，暴骸骨。即墨人从城上望见，皆涕泣，欲食燕人之肉。相率来军门，请出一战，以报祖宗之仇。田单知士卒可用，乃精选强壮者五千人，藏匿于民间，其余老弱，同妇女轮流守城。遣使送款于燕军，言：「城中食尽，将以某日出降。」骑劫谓诸将曰：「我比乐毅何如？」诸将皆曰：「胜毅多倍！」军中悉踊跃呼：「万岁！」

田单又收民间金得千镒，使富家私遗燕将，嘱以城下之日，求保全家小。燕将大喜，受其金，各付小旗，使插于门上，以为记认。全不准备，呆呆的只等田单出降。单乃使人收取城中牛共千余头，制为绛缯之衣，画以五色龙文，披于牛体，将利刃束于牛角，又将麻苇灌下膏油，束于牛尾，拖后如巨帚，于约降前一日，安排停当。众人皆不解其意。田单椎牛具酒，候至日落黄昏，召五千壮卒饱食，以五色涂面，各执利器，跟随牛后。使百姓凿城为穴，凡数十处，驱牛从穴中出，用火烧其尾帚。火热渐迫牛尾，牛怒，直奔燕营。五千壮卒，衔枚随之。

燕军信为来日受降入城，方夜，皆安寝。忽闻驰骤之声，从梦中惊起，那帚炬千余，光明照耀，如同白日，望之皆龙文五采，突奔前来，角刃所触，无不死伤，军中扰乱。那一伙壮卒，不言不语，大刀阔斧，逢人便砍，虽只五千个人，慌乱之中，恰像几万一般。况且向来听说神师下教，今日神头鬼脸，不知何物，田单又亲率城中人鼓噪而来，老弱妇女，皆击铜器为声，震天动地，一发胆都吓破了，脚都吓软了，那个还敢相持！真个人人逃窜，个个奔忙，自相蹂踏，死者不计其数。骑劫乘车落荒而走，正遇田单，一戟刺死，燕军大败。此周赧王三十六年事也。史官有诗云：

火牛奇计古今无，毕竟机乘骑劫愚。假使金台不易将，燕齐胜负竟何如？

田单整顿队伍，乘势追逐，战无不克。所过城邑，闻齐兵得胜，燕将已死，尽皆叛燕而归齐。田单兵势日盛，掠地直逼河上，抵齐北界，燕所下七十余城，复归于齐。众军将以田单功大，欲奉为王。田单曰：「太子法章自在莒州，吾疏族，安敢自立？」于是迎法章于莒。王孙贾为法章御车，至于临淄，收葬湣王，择日告庙临朝。襄王谓田单曰：「齐国危而复安，亡而复存，皆叔父之功也！叔父知名，始于安平，今封叔父为安平君，食邑万户。」王孙贾拜爵亚卿。迎太史女为后，是为君王后。那时太史敫方知其女先以身许法章，怒曰：『汝不取媒而自嫁，非吾种也！』终身誓不复相见。齐襄王使人益其官禄，皆不受。惟君王后岁时遣人候省，未尝缺礼。此是后话。

时孟尝君在魏，让相印于公子无忌。魏封无忌为信陵君。孟尝君退居于薛，比于诸侯，与平原君、信陵君相善。齐襄王畏之，复遣使迎为相国。孟尝君不就。于是与之连和通好，孟尝君往来于齐、魏之间。其后，孟尝君死，无子，诸公子争立。齐、魏共灭薛，分其地。

再说燕惠王自骑劫兵败，方知乐毅之贤，悔之无及。使人遗毅书谢过，欲招毅还国。毅答书不肯归。燕王恐赵用乐毅以图燕，乃复以毅子乐閒，袭封昌国君，毅从弟乐乘为将军，并贵重之。毅遂合燕、赵之好，往来其间。二国皆以毅为客卿。毅终于赵。时廉颇为赵大将，有勇，善用兵，诸侯皆惮之。秦兵屡侵赵境，赖廉颇力拒，不能深入。秦乃与赵通好。

不知后事如何，且看下回分解。

第〇九六回 蔺相如两屈秦王 马服君单解韩围

却说赵惠文王宠用一个内侍，姓缪名贤，官拜宦者令，颇干预政事。忽一日，有外客以白璧来求售，缪贤爱其玉色光润无瑕，以五百金得之，以示玉工。玉工大惊曰：「此真和氏之璧也！楚相昭阳因宴会偶失此璧，疑张仪偷盗，捶之几死，张仪以此入秦。后昭阳悬千金之赏，购求此璧，盗者不敢出献，竟不可得。今日无意中落于君手，此乃无价之宝，须什袭珍藏，不可轻示于人也。」缪贤曰：「虽然，良玉何以遂为无价？」玉工曰：「此玉置暗处，自然有光，能却尘埃，辟邪魅，名曰「夜光之璧」。若置之座间，冬月则暖，夏月则凉，百步之内，蝇蚋不入。有此数般奇异，他玉不及。所以为至宝。」缪贤试之，果然。乃制为宝椟，藏于内笥。早有人报知赵王，言：「缪中侍得和氏璧。」赵王问缪贤取之，贤爱璧不即献。赵王怒，因出猎之便，突入贤家，搜其室，得宝椟，收之以去。缪贤恐赵王治罪诛之，欲出走。其舍人蔺相如牵衣问曰：「君今何往？」贤曰：「吾将奔燕。」相如曰：「君何以受知于燕王，而轻身往投也？」缪贤曰：「吾昔年尝从大王与燕王相会于境上，燕王私握吾手曰：「愿与君结交。」以此相知，故欲往。」相如谏曰：「君误矣！夫赵强而燕弱，而君得宠于赵王，故燕王欲与君结交。非厚君也，因君以厚于赵王也。今君得罪于王，亡命走燕，燕畏赵王之讨，必将束缚君以媚于赵王，君其危矣。」缪贤曰：「然则如何？」相如曰：「君无他大罪，惟不早献璧耳！若肉袒负斧锧，叩首请罪，王必赦君。」缪贤从其计，赵王果赦贤不诛。贤重相如之智，以为上客。

再说玉工偶至秦国，秦昭襄王使之治玉，玉工因言及和氏之璧，今归于赵。秦王问：「此璧有甚好处？」玉工如前夸奖。秦王想慕之甚，思欲一见其璧。时昭襄王之母舅魏冉为丞相，进曰：「王欲见和璧，何不以西阳十五城易之？」秦王讶曰：「十五城，寡人所惜也，奈何易一璧哉？」魏冉曰：「赵之畏秦久矣！大王若以城易璧，赵不敢不以璧来，来则留之。是易城者名也，得璧者实也。王何患失城乎？」秦王大喜，即为书致赵王，命客卿胡伤为使。书略曰：

寡人慕和氏璧有日矣，未得一见。闻君王得之，寡人不敢轻请，愿以西阳十五城奉酬。惟君王许之。

赵王得书，召大臣廉颇等商议。欲予秦，恐其见欺，璧去城不可得；欲勿予，又恐触秦之怒。诸大臣或言不宜与，或言宜与，纷纷不决。李克曰：「遣一智勇之士，怀璧以往，得城则授璧于秦，不得城仍以璧归赵，方为两全。」赵王目视廉颇，颇俯首不语。宦者令缪贤进曰：「臣有舍人姓蔺，名相如，此人勇士，且有智谋。若求使秦，无过此人。」赵王即命缪贤召蔺相如至，相如拜谒已毕，赵王问曰：「秦王请以十五城，易寡人之璧，先生以为可许否？」相如曰：「秦强赵弱，不可不许。」赵王曰：「倘璧去城不可得，如何？」相如对曰：「秦以十五城易璧，价厚矣。如是赵不许璧，其曲在赵。赵不待入城而即献璧，礼恭矣。如是而秦不予城，其曲在秦。」赵王曰：「寡人欲求一人使秦，保护此璧。先生能为寡人一行乎？」相如曰：「大王必无其人，臣愿奉璧以往。若城入于赵，臣当以璧留秦；不然，臣请完璧归赵。」赵王大喜。即拜相如为大夫，以璧授之。

相如奉璧，西入咸阳。秦昭襄王闻璧至，大喜，坐章台之上，大集群臣，宣相如入见。相如留下宝椟，只用锦袱包裹，两手捧定，再拜奉上秦王。秦王展开锦袱观看，但见纯白无瑕，宝光闪烁，雕镂之处，天成无迹，真希世之珍矣。秦王饱看了一回，啧啧叹息。因付左右群臣递相传示，群臣看毕，皆罗拜称：「万岁！」秦王命内侍重将锦袱包裹，传与后宫美人玩之，良久送出。仍归秦王案上。蔺相如从旁伺候，良久，并不见说起偿城之话。相如心生一计，乃前奏曰：「此璧有微瑕，臣请为大王指之。」秦王命左右以璧传与相如。相如得璧在手，连退数步，靠在殿柱之上，睁开双目，怒气勃不可遏，谓秦王曰：「和氏之璧，天下之至宝也。大王欲得璧，发书至赵，寡君悉召群臣计议，群臣皆曰：『秦自负其强，以空言求璧，恐璧往，城不可得，不如勿许。』臣以为：『布衣之交，尚不相欺，况万乘之君乎？奈何以不肖之心待人，而得罪于大王？』于是寡君乃斋戒五日，然后使臣奉璧拜送于庭，敬之至也。今大王见臣，礼节甚倨，坐而受璧，左右传观，复使后宫美人玩弄，亵渎殊甚。以此知大王无偿城之意矣，臣所以复取璧也。大王必欲迫臣，臣头今与璧俱碎于柱，宁死不使秦得璧！」于是持其璧睨柱，欲以击柱。秦王惜璧，恐其碎之，乃谢曰：「大夫无然！寡人岂敢失信于赵？」即召有司取地图来，秦王指示，从某处至某处，共十五城予赵。相如心中暗想：「此乃秦王欲诳取璧，非真情。」乃谓秦王曰：「寡君不敢爱希世之宝，以得罪于大王，故临遣臣时，斋戒五日，遍召群臣，拜而遣之。今大王亦宜斋戒五日，陈设车辂文物，具左右威仪，臣乃敢上璧。」秦王曰：「诺。」乃命斋戒五日，送相如于公馆安歇。

相如抱璧至馆，又想道：「我曾在赵王面前夸口：『秦若不偿城，愿完璧归赵。』今秦王虽然斋戒，倘得璧之后，仍不偿城，何面目回见赵王？」乃命从者穿粗褐衣，装作贫人模样，将布袋缠璧于腰，从径路窃走。附奏于赵王曰：「臣恐秦欺赵，无意偿城，谨遣从者归璧大王。臣待罪于秦，死不辱命！」赵王曰：「相如果不负所言矣。」

再说秦王假说斋戒，实未必然，过五日。升殿陈设礼物，令诸侯使者皆会，共观受璧，欲以夸示列国。使赞礼引赵国使臣上殿。蔺相如从容徐步而入。谒见已毕，秦王见相如手中无璧，问曰：「寡人已斋戒五日，敬受和璧，今使者不持璧来，何故？」相如奏曰：「秦自穆公以来，共二十余君，皆以诈术用事。远则杞子欺郑，孟明欺晋，近则商鞅欺魏，张仪欺楚，往事历历，从无信义。臣今者惟恐见欺于王，以负寡君，已令从者怀璧从间道还赵矣。臣当死罪！」秦王怒曰：「使者谓寡人不敬，故寡人斋戒受璧。使者以璧归赵，是明欺寡人也！」叱左右前缚相如。相如面不改色，奏曰：「大王请息怒，臣有一言。今日之势，秦强赵弱，但有秦负赵之事，决无赵负秦之理。大王真欲得璧，先割十五城予赵，随一介之使，同臣往赵取璧，赵岂敢得城而留璧，负不信之名，以得罪于大王哉？臣自知欺大王之罪，罪当万死，臣已寄奏寡君，不望生还矣。请就鼎镬之烹，令诸侯皆知秦以欲璧之故，而诛赵使，曲直有所在矣。」秦王与群臣面面相觑，不能吐一语。诸侯使者旁观，皆为相如危惧。左右欲牵相如去，秦王喝住，谓群臣曰：「即杀相如，璧未可得，徒负不义之名，绝秦、赵之好。」乃厚待相如，礼而归之。髯翁读史至此，论秦人攻城取邑，列国无可奈何，一璧何足为重？相如之意，只恐被秦王欺赵得璧，便小觑了赵国，将来难以立国，倘索地、索贡，不可复拒，故于此显个力量，使秦王知赵国之有人也。

蔺相如既归，赵王以为贤，拜上大夫。其后秦竟不予赵城，赵亦不与秦璧。秦王心中终不释然于赵，复遣使约赵王于西河外渑池之地，共为好会。赵王曰：「秦以会欺楚怀王，锢之咸阳，至今楚人伤心未已。今又来约寡人为会，得无以怀王相待乎？」廉颇与蔺相如计议曰：「王若不行，示秦以弱。」乃共奏曰：「臣相如愿保驾前往。臣颇愿辅太子居守。」赵王喜曰：「相如且能完璧，况寡人乎？」平原君赵胜奏曰：「昔宋襄公以乘车赴会，为楚所劫。鲁君与齐会于夹谷，具左右司马以从。今保驾虽有相如，请精选锐卒五千扈从，以防不虞。再用大军，离三十里屯札，方保万全。」赵王曰：「五千锐卒，何人为将？」赵胜对曰：「臣所知田部吏李牧者，真将才也。」赵王曰：「何以见之？」赵胜对曰：「李牧为田部吏，取租税，臣家过期不纳，牧以法治之，杀臣司事者九人。臣怒责之，牧谓臣曰：『国之所恃者，法也。今纵君家而不奉公，则法削，法削则国弱，而诸侯加兵，赵且不保其国，君安得保其家乎？以君之贵，奉公如法，法立而国强，长保富贵，岂不善耶？』此其识虑非常，臣是以知其可将也。」赵王即用李牧为中军大夫，使其率精兵五千扈从同行。平原君以大军继之。廉颇送至境上，谓赵王曰：「王入虎狼之秦，其事诚不测！今与王约：度往来道路，与夫会遇之礼毕，为期不过三十日耳。若过期不归，臣请如楚国故事，立太子为王，以绝秦人之望。」赵王许诺。遂至渑池，秦王亦到，各归馆驿。

至期，两王以礼相见，置酒为欢。饮至半酣，秦王曰：「寡人窃闻赵王善于音乐，寡人有宝瑟在此，请赵王奏之。」赵王面赤，然不敢辞。秦侍者将宝瑟进于赵王之前，赵王为奏《湘灵》一曲，秦王称善不已。鼓毕，秦王曰：「寡人闻赵之始祖烈侯好音，君王真得家传矣。」乃顾左右召御史，使载其事。秦御史秉笔取简，书曰：「某年月日，秦王与赵王会于渑池，令赵王鼓瑟。」蔺相如前进曰：「赵王闻秦王善于秦声，臣谨奉盆缶，请秦王击之，以相娱乐。」秦王怒，色变不应。相如即取盛酒瓦器，跪请于秦王之前，秦王不肯击。相如曰：「大王恃秦之强乎？今五步之内，相如得以颈血溅大王矣！」左右曰：「相如无礼！」欲前执之。相如张目叱之，须发皆张，左右大骇，不觉倒退数步。秦王意不悦，然心惮相如，勉强击缶一声。相如方起，召赵御史亦书于简曰：「某年月日，赵王与秦王会于渑池，令秦王击缶。」秦诸臣意不平，当筵而立，请于赵王曰：「今日赵王惠顾，请王割十五城为秦王寿！」相如亦请于秦王曰：「礼尚往来，赵既进十五城于秦，秦不可不报。亦愿以秦之咸阳为赵王寿！」秦王曰：「吾两君为好，诸君不必多言。」乃命左右，更进酒献酬，假意尽欢而罢。秦客卿胡伤等密劝拘留赵王及蔺相如，秦王曰：「谍者言：『赵设备甚密。』万一其事不济，为天下笑。」乃益敬重赵王，约为兄弟，永不侵伐。使太子安国君之子，名异人者，为质于赵。群臣皆曰：「约好足矣，何必送质？」秦王笑曰：「赵方强，未可图也。不送质，则赵不相信。赵信我，其好方坚，我乃得专事于韩矣。」群臣乃服。

赵王辞秦王而归，恰三十日。赵王曰：『寡人得蔺相如，身安于泰山，国重于九鼎。相如功最大，群臣莫及。』乃拜为上相，班在廉颇之右。廉颇怒曰：『吾有攻城野战之大功，相如徒以口舌微劳，位居吾上。且彼乃宦者舍人，出身微贱，吾岂甘为之下乎？今见相如，必击杀之！』相如闻廉颇之言，每遇公朝，托病不往，不肯与颇相会。舍人俱以相如为怯，窃议之。

偶一日，蔺相如出外，廉颇亦出，相如望见廉颇前导，忙使御者引车避匿旁巷中去，俟廉颇车过，方出。舍人等益忿，相约同见相如，谏曰：『臣等抛井里，弃亲戚，来君之门下者，以君为一时之丈夫，故相慕悦而从之。今君与廉将军同列，班况在右，廉君口出恶言，君不能报，避之于朝，又避之于市，何畏之甚也？臣等窃为君羞之！请辞去！』相如固止之曰：『吾所以避廉将军者有故，诸君自不察耳！』舍人等曰：『臣等浅近无知，乞君明言其故。』相如曰：『诸君视廉将军孰若秦王？』诸舍人皆曰：『不若也。』相如曰：『夫以秦王之威，天下莫敢抗，而相如廷叱之，辱其群臣，相如虽驽，独畏一廉将军哉？顾吾念之：强秦所以不敢加兵于赵者，徒以吾两人在也。今两虎共斗，势不俱生，秦人闻之，必乘间而侵赵。吾所以强颜引避者，国计为重，而私仇为轻也。』舍人等乃叹服。未几，蔺氏之舍人，与廉氏之客，一日在酒肆中，不期而遇，两下争坐。蔺氏舍人曰：『吾主君以国家之故，让廉将军，吾等亦宜体主君之意，让廉氏客。』于是廉氏益骄。

河东人虞卿游赵，闻蔺氏舍人述相如之语，乃说赵王曰：『王今日之重臣，非蔺相如、廉颇乎？』王曰：『然。』虞卿曰：『臣闻前代之臣，师师济济，同寅协恭，以治其国。今大王所恃重臣二人，而使自相水火，非社稷之福也。夫蔺氏愈益让，而廉氏不能谅其情。廉氏愈益骄，而蔺氏不敢折其气。在朝则有事不共议，为将则有急不相恤，臣窃为大王忧之！臣请合廉、蔺之交，以为大王辅。』赵王曰：『善。』

虞卿往见廉颇，先颂其功，廉颇大喜。虞卿曰：『论功则无如将军矣。论量则还推蔺君。』廉颇勃然曰：『彼懦夫，以口舌取功名，何量之有哉？』虞卿曰：『蔺君非懦士也，其所见者大。』因述相如对舍人之言，且曰：『将军不欲托身于赵则已，若欲托身于赵，而两大臣一让一争，恐盛名之归，不在将军也。』廉颇大惭曰：『微先生之言，吾不闻过。吾不及蔺君远矣。』因使虞卿先道意于相如，颇肉袒负荆，自造于蔺氏之门，谢曰：『鄙人志量浅狭，不知相国能宽容至此，死不足赎罪矣！』因长跪庭中。相如趋出引起曰：『吾二人比肩事主，为社稷臣，将军能见谅，已幸甚，何烦谢为。』廉颇曰：『鄙性粗暴，蒙君见容，惭愧无地！』因相持泣下。相如亦泣。廉颇曰：『从今愿结为生死之交，虽刎颈不变！』颇先下拜，相如答拜。因置酒筵款待，极欢而罢。后世称刎颈之交，正谓此也。无名子有诗云：

引车趋避量诚洪，肉袒将军志亦雄。今日纷纷竞门户，谁将国计置胸中！

赵王赐虞卿黄金百镒，拜为上卿。

是时，秦大将白起击破楚军，收郢都。置南郡。楚顷襄王败走，东保于陈。大将魏冉复攻取黔中，置黔中郡，楚益衰削。乃使太傅黄歇，侍太子熊完，人质于秦以求和。白起等复攻魏，至于大梁。梁遣大将暴鸢迎战，败绩，斩首四万，魏献三城以和。秦封白起为武安君。未几，客卿胡伤复攻魏，败魏将芒卯，取南阳，置南阳郡。秦王以赐魏冉，号为穰侯。复遣胡伤帅师二十万伐韩，围阏与。韩釐王遣使求救于赵。赵惠文王聚集群臣商议：『韩可救与否？』蔺相如、廉颇、乐乘皆言：『阏与道险且狭，救之不便。』平原君赵胜曰：『韩、魏唇齿相蔽，不救则还戈即向赵矣！』赵奢嘿然无言。赵王独问之，奢对曰：『道险且狭，譬如两鼠斗于穴中，将勇者胜。』赵王乃选军五万，使奢帅之救韩。出邯郸东门三十里，传令立壁垒下寨。安插已定，又出令曰：『有言及军事者斩！』闭营高卧，军中寂然。秦军鼓噪勒兵，声如震霆，阏与城中，屋瓦皆为振动。军吏一人来报，秦兵如此恁般……赵奢以为犯令，立斩之以徇。留二十八日不行，日使人增垒浚沟，为自固计。

秦将胡伤，闻有赵兵来救，不见其来，再使谍人探听，报云：『赵果有救兵，乃大将赵奢也。出邯郸城三十里，即立垒下寨不进。』胡伤未信，更使亲近左右，直入赵军，谓赵奢曰：『秦攻阏与，旦暮且下矣，将军能战，即速来！』赵奢曰：『寡君以邻邦告急，遣某为备，某何敢与秦战乎？』因具酒食厚款之，使周视壁垒。秦使者还报胡伤，胡伤大喜曰：『赵兵去国才三十里，而坚壁不进，乃增垒自固，已无战情，阏与必为吾有矣。』遂不为御赵之备，一意攻韩。

赵奢既遣秦使，约三日，度其可至秦军，遂出令选骑兵善射惯战者万人为前锋，大军在后，衔枚卷甲，昼夜兼行。二日一夜及韩境，去阏与城十五里，复立军垒。胡伤大怒，留兵一半围城，悉起老营之众，前来迎敌。赵营军士许历书一简，上为『请谏』二字，跪于营前。赵奢异之，命刊去前令，召入曰：『汝欲何言？』许历曰：『秦人不意赵师猝至，此其来气盛。元帅必厚集其阵，以防冲突，不然必败。』赵奢曰：『诺。』即传令列阵以待。许历又曰：『《兵法》：「得地利者胜。」阏与形势，惟北山最高，而秦将不知据守，此留以待元帅也，宜速据之。』赵奢又曰：『诺。』即命许历引军万人，屯据北山岭上，凡秦兵行动，一望而知。胡伤兵到，便来争山。山势崎岖，秦兵胆大的，有几个上前，都被赵军飞石击伤。胡伤咆哮大怒，指挥军将四下寻路。忽闻鼓声大振，赵奢引军杀到，胡伤命分军拒敌。赵奢将射手万人，分为二队，左右各五千人，向秦军乱射。许历驱万人，从山顶上趁势杀下，喊声如雷，前后夹攻。杀得秦军如天崩地裂，没处躲闪，大败而奔。胡伤马蹶坠下，几为赵兵所获，却遇兵尉斯离引军刚到，抵死救出。赵奢追至五十里，秦军屯扎不住，只得望西逃奔，遂解阏与之围。韩釐王亲自劳军，致书称谢赵王。赵王封奢为马服君，位与蔺相如、廉颇相并。赵奢荐许历之才，以为国尉。

赵奢子赵括，自少喜谈兵法，家传《六韬》、《三略》之书，一览而尽；尝与父奢论兵，指天画地，目中无人，虽奢亦不能难也。其母喜曰：『有子如此，可谓将门出将矣！』奢蹴然不悦曰：『括不可为将。赵不用括，乃社稷之福耳！』母曰：『括尽读父书，其谈兵自以为天下莫及，子曰：「不可为将」，何故？』奢曰：『括自谓天下莫及，此其所以不可为将也。夫兵者，死地，战战兢兢，博谘于众，犹惧有遗虑；而括易言之！若得兵权，必果于自用，忠谋善策，无繇而入，其败必矣。』母以奢之语告括，括曰：『父年老而怯，宜有是言也！』后二岁，赵奢病笃，谓括曰：『兵凶战危，古人所戒。汝父为将数年，今日方免败衄之辱，死亦瞑目。汝非将才，切不可妄居其位，自坏家门！』又嘱括母曰：『异日若赵王召括为将，汝必述吾遗命辞之。丧师辱国，非细事也！』言讫而终。赵王念奢之功，以括嗣马服君之职。

未知后事如何，且看下回分解。

第〇九七回

死范睢计逃秦国 假张禄廷辱魏使

话说大梁人范睢，字叔，有谈天说地之能，安邦定国之志。欲求事魏王，因家贫，不能自通。乃先投于中大夫须贾门下，用为舍人。当初，齐湣王无道，乐毅纠合四国，一同伐齐，魏亦遣兵助燕。及田单破燕复齐，齐襄王法章即位，魏王恐其报复，同相国魏齐计议，使须贾至齐修好。贾使范睢从行。齐襄王问于须贾曰：「昔我先王，与魏同兵伐宋，声气相投。及燕人残灭齐国，魏实与焉。寡人念先王之仇，切齿腐心！今又以虚言来诱寡人，魏反复无常，使寡人何以为信？」须贾不能对。范睢从旁代答曰：「大王之言差矣！先寡君之从于伐宋，以奉命也。本约三分宋国，上国背约，尽收其地，反加侵虐。是齐之失信于敝邑也！诸侯畏齐之骄暴无厌，于是昵就燕人，济西之战，五国同仇，岂独敝邑？然敝邑不为已甚，不敢从燕于临淄，是敝邑之有礼于齐也。今大王英武盖世，报仇雪耻，光启前人之绪。寡君以为桓、威之烈，必当再振，可以上盖湣王之愆，垂休无穷，故遣下臣贾来修旧好。大王但知责人，不知自反，恐湣王之覆辙，又见于今矣。」齐襄王愕然起谢曰：「是寡人之过也！」即问须贾：「此位何人？」须贾曰：「臣之舍人范睢也。」齐王顾盼良久，乃送须贾于公馆，厚其廪饩。使人阴说范睢曰：「寡君慕先生人才，欲留先生于齐，当以客卿相处，万望勿弃！」范睢辞曰：「臣与使者同出，而不与同入，不信无义，何以为人？」齐王益爱重之，复使人赐范睢黄金十斤及牛酒。睢固辞不受。使者再四致齐王之命，坚不肯去。睢不得已，乃受牛酒而还其金。使者叹息而去。

早有人报知须贾，须贾召范睢问曰：「齐使者为何而来？」范睢曰：「齐王以黄金十斤及牛酒赐臣，臣不敢受。再四相强，臣止留其牛酒。」须贾曰：「所以赐子者何故？」范睢曰：「臣不知。或者以臣在大夫之左右，故敬大夫以及臣耳。」须贾曰：「赐不及使者，而独及子，必子与齐有私

东周列国志

也。」范雎曰：「齐王先曾遣使，欲留臣为客卿，臣峻拒之。臣以信义自矢，岂敢有私哉？」须贾疑心益甚。

使事既毕，须贾同范雎还魏，贾遂言于魏齐曰：「齐王欲留舍人范雎为客卿，又赐以黄金、牛酒，疑以国中阴事告齐，故有此赐也。」魏齐大怒，乃会宾客，使人擒范雎，即席讯之。雎至，伏于阶下。魏齐厉声问曰：「汝以阴事告齐乎？」范雎曰：「怎敢？」魏齐曰：「汝若无私于齐，齐王安用留汝？」雎曰：「留果有之，雎不从也。」魏齐曰：「然则黄金牛酒之赐，子何受之？」雎曰：「使者十分相强，雎恐拂齐王之意，勉受牛酒。其黄金十斤，实不曾收。」魏齐咆哮大喝曰：「卖国贼！还要多言！即牛酒之赐，亦岂无因？」呼狱卒缚之，决脊一百，使招承通齐之语。范雎曰：「臣实无私，有何可招？」魏齐益怒曰：「为我笞杀此奴，勿留祸种！」狱卒鞭笞乱下，将牙齿打折。雎血流被面，痛极难忍，号呼称冤。宾客见相国盛怒之下，莫敢劝止。魏齐教左右一面用巨觥行酒，一面教狱卒加力，自辰至未，打得范雎遍体皆伤，血肉委地，咶喇一响，胁骨亦断，雎大叫失声，闷绝而死。

可怜信义忠良士，翻作沟渠枉死人！传语上官须仔细，莫将屈棒打平民。

潜渊居士又有诗云：

张仪何曾盗楚璧？范叔何曾卖齐国？疑心盛气总难平，多少英雄受冤屈！

左右报曰：「范雎气绝矣。」魏齐亲自下视，见范雎断胁折齿，身无完肤，直挺挺在血泊中不动。齐指骂曰：「卖国贼死得好！好教后人看样！」命狱卒以苇薄卷其尸，置之坑厕间，使宾客便溺其上，勿容他为干净之鬼。

看看天晚，范雎命不该绝，死而复苏，从苇薄中张目偷看，只有一卒在旁看守。范雎微叹一声。守卒闻之，慌忙来看。范雎谓曰：「吾伤重至此，虽暂醒，决无生理。汝能使我死于家中，以便殡殓，家有黄金数两，尽以相谢。」守卒贪其利，谓曰：「汝仍作死状，吾当入禀。」时魏齐与宾客皆大醉，守卒禀曰：「厕间死人腥臭甚，合当发出。」宾客皆曰：「范雎虽然有罪，相国处之亦已足矣。」魏齐曰：「可出之于郊外，使野鸢饱其余肉也。」言罢，宾客皆散，魏齐亦回内宅。守卒挨至黄昏人静，乃私负范雎至其家。雎妻小相见，痛苦自不必说。范雎命取黄金相谢，又卸下苇薄，付与守卒，使弃野外，以掩人之目。

守卒去后，妻小将血肉收拾干净，缚裹伤处，以酒食进之。范雎徐谓其妻曰：「魏齐恨我甚，虽知吾死，尚有疑心。我之出厕，乘其醉耳。明日复求吾尸不得，必及吾家，吾不得生矣。吾有八拜兄弟郑安平，在西门之陋巷，汝可乘夜送我至彼，不可泄漏。俟月余，吾创愈当逃命于四方也。我去后，家中可发哀，如吾死一般，以绝其疑。」其妻依言，使仆人先往报知郑安平。郑安平即时至雎家看视，与其家人同携负以去。

次日，魏齐果然疑心范雎，恐其复苏，使人视其尸所在。守卒回报：「弃野外无人之处，今惟苇薄在，想为犬豕衔去矣。」魏齐复使人瞷其家，举哀带孝，方始坦然。

再说范雎在郑安平家，敷药将息，渐渐平复。安平乃与雎共匿于具茨山。范雎更姓名曰张禄，山中人无知其为范雎者。过半岁，秦谒者王稽奉昭襄王之命，出使魏国，居于公馆。郑安平诈为驿卒，伏侍王稽，应对敏捷，王稽爱之。因私问曰：「汝知国有贤人，未出仕者乎？」安平曰：「贤人何容易言也！向有一范雎者，其人智谋之士，相国箠之至死。……」言未毕，王稽叹曰：「惜哉！此人不到我秦国，不得展其大才！」安平曰：「今臣里中有张禄先生，其才智不亚于范雎，君欲见其人否？」王稽曰：「既有此人，何不请来相会？」安平曰：「其人有仇家在国中，不敢昼行。若无此仇，久已仕魏，不待今日矣。」王稽曰：「夜至不妨，吾当候之。」

郑安平乃使张禄亦扮做驿卒模样，以深夜至公馆来谒，王稽略叩以天下大势。范雎指陈了了，如在目前。王稽喜曰：「吾知先生非常人，能与我西游于秦否？」范雎曰：「臣禄有仇于魏，不能安居，若能挈行，实乃至愿。」王稽屈指曰：「度吾使事毕，更须五日。先生至期，可待我于三亭冈无人之处，当相载也。」过五日，王稽辞别魏王，群臣俱饯送于郊外，事毕俱别。王稽驱车至三亭冈上，忽见林中二人趋出，乃张禄、郑安平也。王稽大喜，如获奇珍，与张禄同车共载。一路饮食安息，必与相共，谈论投机，甚相亲爱。

不一日，已入秦界。至湖关，望见对面尘头起处，一群车骑自西而来。范雎问曰：「来者谁人？」王稽认得前驱，曰：「此丞相穰侯，东行郡邑耳。」原来穰侯名魏冉，乃是宣太后之弟。宣太后芈氏，楚女，乃昭襄王之母。昭襄王即位时，年幼未冠，宣太后临朝决政，用其弟魏冉为丞相，封穰侯。次弟芈戎，亦封华阳君，并专国用事。后昭襄王年长，心畏太后，乃封其弟公子悝为泾阳君，公子市为高陵君，欲以分芈氏之权。国中谓之「四贵」，然总不及丞相之尊也。丞相每岁时，代其王周行郡国，巡察官吏，省视城池，较阅车马，抚循百姓，此是旧规。今日穰侯东巡，前导威仪，王稽如何不认得。范雎曰：「吾闻穰侯专秦权，妒贤嫉能，恶纳诸侯宾客。恐其见辱，我且匿车箱中以避之。」须臾，穰侯至，王稽下车迎谒。穰侯亦下车相见，劳之曰：「谒君国事劳苦！」遂共立于车前，各叙寒温。穰侯曰：「关东近有何事？」王稽鞠躬对曰：「无有。」穰侯目视车中曰：「谒君得无与诸侯宾客俱来乎？此辈仗口舌游说人国，取富贵，全无实用！」王稽又对曰：「不敢。」穰侯既别去，范雎从车箱中出，便欲下车趋走。王稽曰：「丞相已去，先生可同载矣。」范雎曰：「臣潜窥穰侯之貌，眼多白而视邪，其人性疑而见事迟。向者目视车中，固已疑之。一时未即搜索，不久必悔，悔必复来，不若避之为安耳。」遂呼郑安平同走。王稽车仗在后，约行十里之程，背后马铃声响，果有二十骑从东如飞而来，赶着王稽车仗，言：「吾等奉丞相之命，恐大夫带有游客，故遣复行查看，大夫勿怪。」因遍索车中，并无外国之人，方才转身。王稽叹曰：「张先生真智士，吾不及也！」乃命催车前进，再行五六里，遇着了张禄、郑安平二人，邀使登车，一同竟入咸阳。髯翁有诗咏范雎去魏之事云：

料事前知妙若神，一时智术少俦伦。信陵空养三千客，却放高贤遁入秦！

王稽朝见秦昭襄王，复命已毕，因进曰：「魏有张禄先生，智谋出众，天下奇才也。与臣言秦国之势，危于累卵，彼有策能安之，然非面对不可。臣故载与俱来。」秦王曰：「诸侯客好为大言，往往如此。姑使就客舍。」乃馆于下舍，以需召问。踰年不召。

忽一日，范雎出行市上，见穰侯方征兵出征，范雎私问曰：「丞相征兵出征，将伐何国？」有一老者对曰：「欲伐齐纲寿也。」范雎曰：「齐兵曾犯境乎？」老者曰：「未曾。」范雎曰：「秦与齐东西悬绝，中间隔有韩、魏，且齐不犯秦，秦奈何涉远而伐之？」老者引范雎至僻处，言曰：「伐齐非秦王之意。因陶山在丞相封邑中，而纲寿近于陶，故丞相欲使武安君为将，伐而取之，以自广其封耳。」范雎回舍，遂上书于秦王。略曰：

羁旅臣张禄，死罪，死罪！奏闻秦王殿下：臣闻「明主立政，有功者赏，有能者官，劳大者禄厚，才高者爵尊。」故无能者不敢滥职，而有能者亦不得遗弃。今臣待命于下舍，一年于兹矣。如以臣为有用，愿借寸阴之暇，悉臣之说。如以臣为无用，留臣何为？夫言之在臣，听之在君，臣言而不当，请伏斧锧之诛未晚。毋以轻臣故，并轻举臣之人也。

秦王已忘张禄，及见其书，即使人以传车召至离宫相见。

秦王犹未至。范雎先到，望见秦王车骑方来，佯为不知，故意趋入永巷。宦者前行逐之，曰：「王来。」范雎谬言曰：「秦独有太后、穰侯耳，安得有王！」前行不顾。正争嚷间，秦王随后至，问宦者：「何为与客争论？」宦者述范雎之语。

秦王亦不怒，遂迎之入于内宫，待以上客之礼。范雎逊让。

秦王屏去左右，长跪而请曰：「先生何以幸教寡人？」范雎曰：「唯唯。」少顷，秦王又跪请如前。范雎又曰：「唯唯。」如此三次。秦王曰：「先生卒不幸教寡人，岂以寡人为不足语耶？」范雎对曰：「非敢然也。昔者吕尚钓于渭滨，及遇文王，一言而拜为尚父，卒用其谋，灭商而有天下。箕子、比干，身为贵戚，尽言极谏，商纣不听，或奴或诛，商遂以亡。此无他，信与不信之异也。吕尚虽疏，而见信于文王，故王业归于周，而尚亦享有侯封，传之世世。箕子、比干虽亲，而不见信于纣，故身不免死辱，而无救于国。今臣羁旅之臣，居至疏之地，而所欲言者，皆兴亡大计，或关系人骨肉之间。不深言，则无救于秦；欲深言，则箕子、比干之祸随于后，所以王三问而不敢答者，未卜王心之信不信何如耳？」秦王复跪请曰：「先生，是何言也！寡人慕先生大才，故屏去左右，专意听教。事凡可言者，上及太后，下及大臣，愿先生尽言无隐。」秦王这句话，因是进永巷时，闻宦者述范雎之言，「秦止有太后、穰侯，不闻有王」之语，心下疑惑，实落的要请教一番。这边范雎犹恐初见之时，万一语不投机，便绝了后来进言之路，况且左右窃听者多，恐其传说，祸且不测，故且将外边事情，略说一番，以为引火之煤。乃对曰：「大王以尽言命臣，臣之愿也！」遂下拜，秦王亦答拜。然后就坐开言曰：「秦地之险，天下莫及，其甲兵之强，天下亦莫敌。然兼并之谋不就，伯王之业不成，岂非秦之大臣，计有所失乎？」秦王侧席问曰：「请言失计何在？」范雎曰：「臣闻穰侯将越韩、魏而攻齐，其计左矣。齐去秦甚远，有韩、魏以间之。王少出师，则不足以害齐，若多出师，则先为秦害。昔魏越赵而伐中山，即克其地，旋为赵有。何者？以中山近赵而远魏也。今伐齐而不克，为秦大辱。即伐齐而克，徒以资韩、魏，于秦何利焉？为大王计，莫如远交而近攻。远交，以离人之欢，近攻，以广我之地。自近而远，如蚕食叶，天下不难尽矣。」秦王又曰：「远交近攻之道何如？」范雎曰：「远交，莫如齐、楚，近攻，莫如韩、魏，既得韩、魏，齐、楚能独存乎？」秦王鼓掌称善，即拜范雎为客卿，号为张卿。用其计，东伐韩、魏，止白起伐齐之师不行。

魏冉与白起一相一将，用事日久，见张禄骤然得宠，俱有不悦之意。惟秦王深信之，宠遇日隆，每每中夜独召计事，无说不行。范雎知秦王之心已固，请间，尽屏左右，进说曰：「臣蒙大王过听，引与共事，臣虽粉骨碎身，无以为酬。虽然，臣有安秦之计，尚未敢尽效于王也。」秦王跪问曰：「寡人以国托于先生，先生有安秦之计，不以此时辱教，尚何待乎？」范雎曰：「臣前居山东时，闻齐但有孟尝君，不闻有齐王；闻秦但有太后、穰侯、华阳君、高陵君、泾阳君，不闻有秦王。夫制国之谓王，生杀予夺，他人不敢擅专。今太后恃国母之尊，擅行不顾者四十余年。穰侯独相秦国，华阳辅之，泾阳、高陵，各立门户，生杀自由，私家之富，十倍于公。大王拱手而享其空名，不亦危乎？昔崔杼擅齐，卒弑庄公；李兑擅赵，终戕主父。今穰侯内仗太后之势，外窃大王之威，用兵则诸侯震恐，解甲则列国感恩，广置耳目，布王左右，臣见王之独立于朝，非一日矣。恐千秋万岁而后，有秦国者，非王之子孙也！」秦王闻之，不觉毛骨悚然，再拜谢曰：「先生所教，乃肺腑至言，寡人恨闻之不早。」遂于次日，收穰侯魏冉相印，使就国。穰侯取牛车于有司，徙其家财，千有余乘，奇珍异宝，皆秦内库所未有者。明日，秦王复逐华阳、高陵、泾阳三君于关外，安置太后于深宫，不许与闻政事。遂以范雎为丞相，封以应城，号为应侯。秦人皆谓张禄为丞相，无人知为范雎。惟郑安平知之，雎戒以勿泄，安平亦不敢言。时秦昭襄王之四十一年，周赧王之四十九年也。

是时，魏昭王已薨，子安釐王即位，闻知秦王新用张禄丞相之谋，欲伐魏国，急集群臣计议。信陵君无忌曰：「秦兵不加魏者数年矣。今无故兴师，明欺我不能相持也。宜严兵固圉以待之。」相国魏齐曰：「不然。秦强魏弱，战必无幸。闻丞相张禄，乃魏人也，岂无香火之情哉？倘遣使赍厚币，先通张相，后谒秦王，许以纳质讲和，可保万全。」安釐王初即位，未经战伐，乃用魏齐之策，使中大夫须贾出使于秦。

须贾奉命，竟至咸阳，下于馆驿。范雎知之，喜曰：「须贾至此，乃吾报仇之日矣。」遂换去鲜衣，装作寒酸落魄之状，潜出府门，来到馆驿，徐步而入，谒见须贾。须贾一见，大惊曰：「范叔固无恙乎？吾以汝被魏相打死，何以得命在此？」范雎曰：「彼时将吾尸首掷于郊外，次早方苏，适遇有贾客过此，闻呻吟声，怜而救之。苟延一命，不敢回家，因间关来至秦国。不期复见大夫之面于此。」须贾曰：「范叔岂欲游说于秦乎？」雎曰：「某昔日得罪魏国，亡命来此，得生为幸，尚敢开口言事耶？」须贾曰：「范叔在秦，何以为生？」雎曰：「为佣餬口耳。」须贾不觉动了哀怜之意，留之同坐，索酒食赐之。时值冬天，范雎衣敝，有战栗之状。须贾叹曰：「范叔一寒如此哉！」命取一绨袍与穿。范雎曰：「大夫之衣，某何敢当？」须贾曰：「故人何必过谦！」范雎穿袍，再四称谢。因问：「大夫来此何事？」须贾曰：「今秦相张君方用事，吾欲通之，恨无其人。孺子在秦久，岂有相识，能为我先容于张君者哉？」范雎曰：「某之主人翁与丞相善，臣尝随主人翁至于相府。丞相好谈论，反复之间，主人不给，某每助之一言。丞相以某有口辩，时赐酒食，得亲近。君若欲谒张君，某当同往。」须贾曰：「既如此，烦为订期。」范雎曰：「丞相事忙，今日适暇，何不即去？」须贾曰：「吾乘大车驾驷马而来，今马损足，车轴折，未能即行。」范雎曰：「吾主人翁有之，可假也。」

范雎归府，取大车驷马至馆驿前，报须贾曰：「车马已备，某请为君御。」须贾欣然登车，范雎执辔。街市之人，望见丞相御车而来，咸拱立两旁，亦或走避。须贾以为敬己，殊不知其为范雎也。既至府前，范雎曰：「大夫少待于此，某当先入，为大夫通之。若丞相见许，便可入谒。」范雎径进府门去了。

须贾下车，立于门外，候之良久，只闻府中鸣鼓之声，门上喧传：「丞相升堂。」属吏舍人，奔走不绝，并不见范雎消息。须贾因问守门者曰：「向有吾故人范叔，入通相君，久而不出，子能为我召之乎？」守门者曰：「君所言范叔，何时进府？」须贾曰：「适间为我御车者是也。」门下人曰：「御车者乃丞相张君，彼私到驿中访友，故微服而出。何得言范叔乎？」须贾闻言，如梦中忽闻霹雳，心坎中突突乱跳，曰：「吾为范雎所欺，死期至矣！」常言道：「丑媳妇少不得见公婆。」只得脱袍解带，免冠徒跣，跪于门外，托门下人入报，但言：「魏国罪人须贾在外领死！」

良久，门内传丞相召入。须贾愈加惶悚，俯首膝行，从耳门而进，直至阶前，连连叩首，口称：「死罪！」范雎威风凛凛，坐于堂上，问曰：「汝知罪么？」须贾俯伏应曰：「知罪！」范雎曰：「汝罪有几？」须贾曰：「擢贾之发，以数贾之罪，尚犹未足！」范雎曰：「汝罪有三：吾先人邱墓在魏，吾所以不愿仕齐，汝乃以吾有私于齐，妄言于魏齐之前，致触其怒，汝罪一也；当魏齐发怒，加以笞辱，至于折齿断胁，汝略不谏止，汝罪二也；及我昏愦，已弃厕中，汝复率宾客而溺我。昔仲尼不为已甚，汝何太忍乎？汝罪三也。今日至此，本该断头沥血，以酬前恨。汝所以得不死者，以绨袍恋恋，尚有故人之情，故苟全汝命，汝宜知感。」须贾叩头称谢不已。范雎麾之使去，须贾匍匐而出。于是秦人始知张禄丞相，乃魏人范雎，假托来秦。

次日，范雎入见秦王，言：「魏国恐惧，遣使乞和，不须用兵，此皆大王威德所致。」秦王大喜。范雎又奏曰：「臣有欺君之罪，求大王怜恕，方才敢言。」秦王曰：「卿有何欺？寡人不罪。」范雎奏曰：「臣实非张禄，乃魏人范雎也。自少孤贫，事魏中大夫须贾为舍人。从贾使齐，齐王私馈臣金，臣坚却不受，须贾谤于相国魏齐，将臣捶击至死。幸而复苏，改名张禄，逃奔入秦，蒙大王拔之上位。今须贾奉使而来，臣真姓名已露，便当仍旧，伏望吾王怜恕！」秦王曰：「寡人不知卿之受冤如此。今须贾既到，便可斩首，以快卿之愤。」范雎奏曰：「须贾为公事而来，自古两国交兵，不斩来使，况求和乎？臣岂敢以私怨而伤公义！且忍心杀臣者，魏齐；不全关须贾之事。」秦王曰：「卿先公后私，可谓大忠矣。魏齐之仇，寡人当为卿报之。来使从卿发落。」范雎谢恩而退。秦王准了魏国之和。

须贾入辞范雎，雎曰：「故人至此，不可无一饭之敬。」使舍人留须贾于门中，吩咐大排筵席。须贾暗暗谢天道：「惭愧，惭愧！难得丞相宽洪大量，如此相待，忒过礼了！」范雎退堂。须贾独坐门房中，有军牢守着，不敢转动。自辰至午，渐渐腹中空虚，须贾想道：「我前日在馆驿中，见成饮食相待。今番答席，故人之情，何必过礼？」少顷，堂上陈设已完。只见府中发出一单，遍邀各国使臣，及本府有名宾客。须贾心中想道：「此是请来陪我的了。但不知何国何人？少停坐次亦要斟酌，不好一概僭妄。」须贾方在踌躇，只见各国使臣及宾客纷纷而到，径上堂阶。管席者传板报道：「客齐！」范雎出堂相见，叙礼已毕，送盏定位，两庑下鼓乐交作，竟不呼召须贾。须贾那时又饥又渴，又苦又愁，又羞又恼，胸中烦懑，不可形容。三杯之后，范雎开言：「还有一个故人在此，适才倒忘了。」众客齐起身道：「丞相既有贵相知，某等礼合伺候。」范雎曰：「虽则故人，不敢与诸公同席。」乃命设一小坐于堂下，唤魏客到，使两黥徒夹之以坐。席上不设酒食，但置炒熟料豆，两黥徒手捧而喂之，如喂马一般。众客甚不过意，问曰：「丞相何恨之深也？」范雎将旧事诉说一遍。众客曰：「如此亦难怪丞相发怒。」须贾虽然受辱，不敢违抗，只得将料豆充饥，食毕，还要叩谢。范雎瞋目数之曰：「秦王虽然许和，但魏齐之仇，不可不报。留汝蚁命，归告魏王，速斩魏齐头送来，将我家眷，送入秦邦，两国通好；不然，我亲自引兵来屠大梁，那时悔之晚矣。」唬得须贾魂不附体，喏喏连声而出。

不知魏国可曾斩魏齐头来献，且看下回分解。

第○九八回

质平原秦王索魏齐 败长平白起坑赵卒

话说须贾得命，连夜奔回大梁，来见魏王，述范雎吩咐之语。那送家眷是小事，要斩相国之头，干碍体面，难于启齿。魏王踌躇未决。魏齐闻知此信，弃了相印，连夜逃往赵国，依平原君赵胜去了。魏王乃大饰车马，将黄金百镒，采帛千端，送范雎家眷至咸阳。又告明：『魏齐闻风先遁，今在平原君府中，不干魏国之事。』范雎乃奏闻秦王。秦王曰：『赵与秦一向结好，渑池会上，结为兄弟，又将王孙异人为质于赵，欲以固其好也。前秦兵伐韩，围阏与，赵遣李牧救韩，大败秦兵，寡人向未问罪。今又擅纳丞相之仇人，丞相之仇，即寡人之仇，寡人决意伐赵，一则报阏与之恨，二者索取魏齐。』乃亲帅师二十万，命王翦为大将，伐赵，拔三城。

是时赵惠文王方薨，太子丹立，是为孝成王。孝成王年少，惠文太后用事，闻秦兵深入，甚惧。时蔺相如病笃告老，虞卿代为相国。使大将廉颇帅师御敌，相持不决。虞卿言于惠文太后曰：『事急矣！臣请奉长安君为质于齐，以求救。』太后许之。原来惠文王之太后，乃齐湣王之女。其年齐襄王新薨，太子建即位，年亦少，君王后太史氏用事。两太后姑嫂之亲，亲情和睦，长安君又是惠文太后最爱之少子，往质于齐，君王后如何不动心？于是即命田单为大将，发兵十万，前来救赵。

秦将王翦言于秦王曰：『赵多良将，又有平原君之贤，未易攻也。况齐救将至，不如全师而归。』秦王曰：『不得魏齐，寡人何面见应侯乎？』乃遣使谓平原君曰：『秦之伐赵，为取魏齐耳！若能献出魏齐，即当退兵。』平原君对曰：『魏齐不在臣家，大王无误听人言也。』使者三往，平原君终不肯认。秦王心中闷闷不悦。欲待进兵，又恐齐、赵合兵，胜负难料；欲待班师，魏齐如何可得？再四踌躇，生出一个计策来。乃为书谢赵王，略曰：

寡人与君，兄弟也。寡人误闻道路之言，魏齐在平原君所，是以兴兵索之。不然，岂敢轻涉赵境？所取三城，谨还归于赵。寡人愿复前好，往来无间。

赵王亦遣使答书，谢其退兵还城之意。田单闻秦师已退，亦归齐去讫。秦王回至函谷关，复遣人以一缄致平原君赵胜。胜拆书看之，略曰：

寡人闻君之高义，愿与君为布衣之交。君幸过寡人，寡人愿与君为十日之饮。

平原君将书来见赵王。赵王集群臣计议，相国虞卿进曰：「秦，虎狼之国也。昔孟尝君入秦，几乎不返。况彼方疑魏齐在赵，平原君不可往！」廉颇曰：「昔蔺相如怀和氏璧单身入秦，尚能完归赵国，秦不欺赵。若不往，反起其疑。」赵王曰：「寡人亦以此为秦王美意，不可违也。」遂命赵胜同秦使西入咸阳。

秦王一见，欢若平生，日日设宴相待。盘桓数日，秦王因极欢之际，举卮向赵胜曰：「寡人有请于君，君若见诺，乞饮此酌。」胜曰：「大王命胜，何敢不从！」因引卮尽之。秦王曰：「昔周文王得吕尚以为太公，齐桓公得管夷吾以为仲父。今范君亦寡人之太公仲父也！范君之仇魏齐，托在君家，君可使人归取其头，以毕范君之恨，即寡人受君之赐！」赵胜曰：「臣闻之：『贵而为友者，为贱时也；富而为友者，为贫时也。』夫魏齐，臣之友也。即使真在臣所，臣亦不忍出之，况不在乎？」秦王变色曰：「君必不出魏齐，寡人不放君出关！」赵胜曰：「关之出与不出，事在大王。且王以饮相召，而以威劫之，天下知曲直之所在矣。」秦王知平原君不肯负魏齐，遂与之俱至咸阳，留于馆舍。使人遗赵王书，略曰：

王之弟平原君在秦，范君之仇魏齐在平原君之家。魏齐头旦至，平原君夕返。不然，寡人且举兵临赵，亲讨魏齐，又不出平原君于关，惟王谅之！

赵王得书大恐，谓群臣曰：「寡人岂为他国之亡臣，易吾国之镇公子？」乃发兵围平原君家，索取魏齐。平原君宾客多与魏齐有交，乘夜纵之逃出，往投相国虞卿。虞卿曰：「赵王畏秦，甚于豺虎，此不可以言语争也。不如仍走大梁，信陵君招贤纳士，天下亡命者皆归之，又且平原君之厚交，必然相庇。虽然，君罪人，不可独行，吾当与君同往！」即解相印，为书以谢赵王，与魏齐共变服为贱者，逃出赵国。

既至大梁，虞卿乃伏魏齐于郊外，慰之曰：「信陵君慷慨丈夫，我往投之，必立刻相迎，不令君久待也。」虞卿徒步至信陵君之门，以剌通。主客者入报，信陵君方解发就沐，见剌，大惊曰：「此赵之相国，安得无故至此？」使主客者辞以主人方沐，暂请入坐，因叩其来魏之意。虞卿情急，只得将魏齐得罪于秦始末，及自家捐弃相印，相随投奔之意，大略告诉一番。主客者复入言之。信陵君心中畏秦，不欲纳魏齐，又念虞卿千里相投一段意思，不好直拒，事在两难，犹豫不决。虞卿闻信陵君有难色，不即出见，大怒而去。信陵君问于宾客曰：「虞卿之为人何如？」时侯生在旁，大笑曰：「何公子之暗于事也？虞卿以三寸舌取赵王相印，封万户侯，及魏齐穷困而投虞卿，虞卿不爱爵禄之重，解绶相随，天下如此人有几？公子犹未定其贤否耶？」信陵君大惭，急挽发加冠，使舆人驾车疾驱郊外追之。

再说魏齐悬悬而望，待之良久，不见消息，想曰：「虞卿言信陵君慷慨丈夫，一闻必立刻相迎。今久而不至，事不成矣！」少顷，只见虞卿含泪而至曰：「信陵君非丈夫也，乃畏秦而却我。吾当与君间道入楚。」魏齐曰：「吾以一时不察，得罪于范叔，一累平原君，再累吾子，又欲子间关跋涉，乞残喘于不可知之楚，我安用生为？」即引佩剑自刎。虞卿急前夺之，喉已断矣。虞卿正在悲伤，信陵君车骑随到。虞卿望见，遂趋避他所，不与相见。信陵君见魏齐尸首，抚而哭之曰：「无忌之过也！」

时赵王不得魏齐，又走了相国虞卿，知两人相随而去，非韩即魏，遣飞骑四出追捕。使者至魏郊，方知魏齐自刎。即奏知魏王，欲请其头，以赎平原君归国。信陵君方命殡殓魏齐尸首，意犹不忍。使者曰：「平原君与君一体也。平原之爱魏齐，与君又一心也。魏齐若在，臣何敢言？今惜已死，无知之骨，而使平原君长为秦虏，君其安乎？」信陵君不得已，乃取其首，用匣盛之，交付赵使，而葬其尸于郊外。髯翁有诗咏魏齐云：

无端辱士听须贾，只合捐生谢范雎。残喘累人还自累，咸阳函首恨教迟！

虞卿既弃相印，感慨世情，遂不复游宦，隐于白云山中，著书自娱，讥刺时事，名曰：《虞氏春秋》。髯翁亦有诗云：

不是穷愁肯著书，千秋高尚记虞兮。可怜有用文章手，相印轻抛徇魏齐！

赵王将魏齐之首，星夜送至咸阳，秦王以赐范雎。范雎命漆其头为溺器，曰：「汝使宾客醉而溺我，今令汝九泉之下，常含我溺也。」秦王以礼送平原君还赵，赵用为相国，以代虞卿之位。范雎又言于秦王曰：「臣布衣下贱，幸受知于大王，备位卿相，又为臣报切齿之仇，此莫大之恩也。但臣非郑安平，不能延命于魏，非王稽，不能获进于秦，愿大王贬臣爵秩，加此二臣，以毕臣报德之心，臣死无所恨！」秦王曰：「丞相不言，寡人几忘之！」即用王稽为河东守，郑安平为偏将军。于是专用范雎之谋，先攻韩、魏，遣使约好于齐、楚。范雎谓秦王曰：「吾闻齐之君王后，贤而有智，当往试之。」乃命使者以玉连环献于君王后曰：「齐国有人能解此环者，寡人愿拜下风！」君王后命取金锤在手，即时击断其环，谓使者曰：「传语秦王，老妇已解此环讫矣。」使者还报。范雎曰：「君王后果女中之杰，不可犯也。」于是与齐结盟，各无侵害，齐国赖以安息。

单说楚太子熊完为质于秦，秦留之十六年不遣。适秦使者约好于楚，楚使者朱英，与俱至咸阳报聘。朱英因述楚王病势已成，恐遂不起。太傅黄歇言于熊完曰：「王病笃而太子留于秦，万一不讳，太子不在榻前，诸公子必有代立者，楚国非太子有矣。臣请为太子谒应侯而请之。」太子曰：「善。」黄歇遂造相府说范雎曰：「相君知楚王之病乎？」范雎曰：「使者曾言之。」黄歇曰：「楚太子久于秦，其与秦将相无不交亲者，倘楚王薨而太子得立，其事秦必谨。相君诚以此时归之于楚，太子之感相君无穷也！若留之不遣，楚更立他公子，则太子在秦，不过咸阳一布衣耳。况楚人惩于太子之不返，异日必不复委质事秦。夫留一布衣，而绝万乘之好，臣窃以为非计也。」范雎首肯曰：「君言是也。」即以黄歇之言，告于秦王，秦王曰：「可令太子傅黄歇先归问疾，病果笃，然后来迎太子。」

黄歇闻太子不得同归，私与太子计议曰：「秦王留太子不遣，欲如怀王故事，乘急以求割地也。楚幸而来迎，则中秦之计；不迎，则太子终为秦虏矣。」太子跪请曰：「太傅计将若何？」黄歇曰：「以臣愚见，不如微服而逃。今楚使者报聘将归，此机不可失也！臣请独留，以死当之。」太子泣曰：「事若成，楚国当与太傅共之。」黄歇私见朱英，与之通谋，朱英许之。太子熊完乃微服为御者，与楚使者朱英执辔，竟出函谷关，无人知觉。

黄歇守旅舍，秦王遣归问疾。黄歇曰：「太子适患病，无人守视，俟病稍愈，臣即当辞朝矣。」过半月，度太子已出关久，乃求见秦王，叩首谢罪曰：「臣歇恐楚王一旦不讳，太子不得立，无以事君，已擅遣之，今出关矣。歇有欺君之罪，请伏斧锧！」秦王大怒曰：「楚人乃多诈如此！」叱左右囚黄歇，将杀之。丞相范雎谏曰：『杀黄歇不能复还太子，而徒绝楚欢，不如嘉其忠而归之。楚王死，太子必嗣位；太子嗣位，歇必为相，楚君臣俱感秦德，其事秦必矣。』秦王以为然，乃厚赐黄歇，遣之归楚。史臣有诗云：

更衣执辔去如飞，险作咸阳一布衣。不是春申有先见，怀王余涕又重挥。

歇归三月，而楚顷襄王薨，太子熊完立，是为考烈王。进太傅黄歇为相国，以淮北地十二县封春申君。黄歇曰：『淮北地边齐，请置为郡，以便城守。臣愿远封江东。』考烈王乃改封黄歇于故吴之地。歇修阖闾故城，以为都邑；濬河于城内，四纵五横，以通太湖之水；改破楚门为昌门。时孟尝君虽死，而赵有平原君，魏有信陵君，方以养士相尚，黄歇慕之，亦招致宾客，食客常数千人。平原君赵胜常遣使至春申君家，春申君馆之于上舍。赵使者欲夸示楚人，用玳瑁为簪，以珠玉饰刀剑之室。及见春申君客三千余人，其上客皆以明珠为履，赵使大惭。春申君用宾客之谋，北兼邹、鲁之地，用贤士荀卿为兰陵令，修举政法，练习兵士，楚国复强。

话分两头。再说秦昭襄王已结齐、楚，乃使大将王龁帅师伐韩，从渭水运粮，东入河洛，以给军饷。拔野王城，上党往来路绝。上党守臣冯亭，与其吏民议曰：『秦据野王，则上党非韩有矣。与其降秦，不如降赵。秦怒赵得地，必移兵于赵，赵受兵，必亲韩，韩、赵同患，可以御秦。』乃遣使持书并上党地图，献于赵孝成王。时孝成王之四年，周赧王之五十三年也。

赵王夜卧得一梦，梦衣偏裻之衣，有龙自天而下，王乘之，龙即飞去，未至于天而坠，见两旁有金山、玉山二座，光辉夺目。王觉，召大夫赵禹，以梦告之。赵禹对曰：『偏衣者，合也；乘龙上天，升腾之象；坠地者，得地也；金玉成山者，货财充溢也。大王目下必有广地增财之庆，此梦大吉。』赵王喜，复召筮史敢占之。敢对曰：『偏衣者，残也；乘龙上天，不至而坠者，事多中变，有名无实也；金玉成山，可观而不可用也。此梦不吉，王其慎之！』赵王心惑赵禹之言，不以筮史为然。

后三日，上党太守冯亭使者至赵。赵王发书观之，略曰：

秦攻韩急，上党将入于秦矣！其吏民不愿附秦，而愿附赵，臣不敢违吏民之欲，谨将所辖十七城，再拜献之于大王。惟大王辱收之！

赵王大喜曰：『禹所言广地增财之庆，今日验矣！』平阳君赵豹谏曰：『臣闻无故之利，谓之祸殃，王勿受也。』赵王曰：『人畏秦而怀赵，是以来归，何谓无故？』赵豹对曰：『秦蚕食韩地，拔野王，绝上党之道，不令相通，自以为掌握中物，坐而得之，一旦为赵所有，秦岂能甘心哉？秦力其耕，而赵收其获，此臣所谓「无故之利」也。且冯亭所以不入地于秦，而入之于赵者，将嫁祸于赵，以舒韩之困也。王何不察耶？』赵王不以为然，再召平原君赵胜决之。胜对曰：『发百万之众，而攻人国，踰年历岁，未得一城。今不费寸兵斗粮，得十七城，此莫大之利，不可失也。』赵王曰：『君此言，正合寡人之意。』乃使平原君率兵五万，往上党受地，封冯亭以三万户，号华陵君，仍为守。其县令十七人，各封以三千户，皆世袭称侯。冯亭闭门而泣，不与平原君相见。平原君固请之，亭曰：『吾有三不义，不可以见使者。为主守地不能死，一不义也；不由主命，擅以地入赵，二不义也；卖主地以得富贵，三不义也。』平原君叹曰：『此忠臣也！』候其门，三日不去。冯亭感其意，乃出见，犹垂涕不止；愿交割地面，别选良守。平原君再三抚慰曰：『君之心事，胜已知之，君不为守，无以慰吏民之望。』冯亭乃领守如故，竟不受封。平原君将别，冯亭谓曰：『上党所以归赵者，以力不能独抗秦也。望公子奏闻赵王，大发士卒，急遣名将，为御秦计。』

平原君回报赵王。赵王置酒贺得地，徐议发兵，未决，秦大将王龁进兵围上党。冯亭坚守两月，赵援兵犹未至，乃率其吏民奔赵。时赵王拜廉颇为上将，率兵二十万来援上党。行至长平关，遇冯亭，方知上党已失，秦兵日近。乃就金门山下，列营筑垒，东西各数十，如列星之状，别分兵一万，使冯亭守光狼城，又分兵二万，使都尉盖负盖同分领之，守东西二鄣城，又使裨将赵茄远探秦兵。

却说赵茄领军五千，哨探出长平关外，约二十里，正遇秦将司马梗，亦行探来到。赵茄欺司马梗兵少，直前搏战。正在交锋，秦第二哨张唐兵又到。赵茄心慌手慢，被司马梗一刀斩之，乱杀赵兵。廉颇闻前哨有失，传谕各垒用心把守，勿与秦战，且使军士掘地深数丈以注水，军中都不解其意。王龁大军已到，距金门山十里下寨。先分军攻二鄣城，盖负、盖同出战，皆败没。王龁乘胜攻光狼城，司马梗奋勇先登，大军继之。冯亭复败走，奔金门山大营，廉颇纳之。秦兵又来攻垒，廉颇传令：「出战者，虽胜亦斩！」王龁攻之不入，乃移营逼之，去赵营仅五里，挑战几次，赵兵终不出。王龁曰：「廉颇老将，其行军持重，未可动也。」偏将王陵献计曰：「金门山下有流涧，名曰杨谷，秦、赵之军，共取汲于此涧。赵垒在涧水之南，而秦垒踞其西，水势自西而流于东南，若绝断此涧，使水不东流，赵人无汲，不过数日军必乱，乱而击之，无不胜矣。」王龁以为然，使军士将涧水筑断。至今杨谷名为绝水，为此也。谁知廉颇预掘深坎，注水有余，日用不乏。秦、赵相持四个月，王龁不得一战，无可奈何。遣使入告于秦王，秦王召应侯范雎计议，范雎曰：「廉颇更事久，知秦军强，不轻战，彼以秦兵道远，不能持久，欲以老我而乘其隙。若此人不去，赵终未可入也。」秦王曰：「卿有何计，可以去廉颇乎？」范雎屏左右言曰：「要去廉颇，须用『反间之计』，如此恁般，……非费千金不可。」秦王大喜，即以千金付范雎，乃使其心腹门客，从间道入邯郸，用千金贿赂赵王左右，布散流言曰：「赵将惟马服君最良，闻其子赵括勇过其父，若使为将，诚不可当！廉颇老而怯，屡战俱败，失亡赵卒三四万，今为秦兵所逼，不日将出降矣。」

赵王先闻赵茄等被杀，连失三城，使人往长平催颇出战。廉颇主「坚壁」之谋，不肯出战，赵王已疑其怯，及闻左右反间之言，信以为实，遂召赵括问曰：「卿能为我击秦军乎？」括对曰：「秦若使武安君为将，尚费臣筹画；如王龁不足道矣。」赵王曰：「何以言之？」赵括曰：「武安君数将秦军，先败韩、魏于伊阙，斩首二十四万；再攻魏，取大小六十一城；又南攻楚，拔鄢郢，定巫黔；又复攻魏，走芒卯，斩首十三万；又攻韩，拔五城，斩首五万；又斩赵将贾偃，沉其卒二万人于河；战必胜，攻必取，其威名素著，军士望风而栗，臣若与对垒，胜负居半，故尚费筹画。如王龁新为秦将，乘廉颇之怯，故敢于深入；若遇臣，如秋叶之遇风，不足当迅扫也。」赵王大悦，即拜赵括为上将，赐黄金彩帛，使持节往代廉颇，复益劲军二十万。

括阅军毕，车载金帛，归见其母。母曰：「汝父临终遗命，戒汝勿为赵将，汝今日何不辞之？」括曰：「非不欲辞，奈朝中无如括者！」母乃上书谏曰：「括徒读父书，不知通变，非将才，愿王勿遣！」赵王召其母至，亲叩其说。母对曰：「括父奢为将，所得赏赐，尽以与军吏；受命之日，即宿于军中，不问及家事；与士卒同甘苦每事必博谘于众，不敢自专。今括一旦为将，东乡而朝，军吏无敢仰视；所赐金帛，悉归私家。为将岂宜如此？括父临终，尝戒妾曰：「括若为将，必败赵兵！」妾谨识其言，愿王别选良将，切不可用括！」赵王曰：「寡人意已决矣。」母曰：「王即不听妾言，倘兵败，妾一家请无连坐。」赵王许之。赵括遂引军出邯郸，望长平进发。

再说范雎所遣门客，犹在邯郸，备细打听，尽知赵括向赵王所说之语，赵王已拜为大将，择日起程，遂连夜奔回咸阳报信。秦王与范雎计议曰：

「非武安君不能了此事也！」乃更遣白起为上将，王龁副之，传令军中秘密其事：「有人泄漏武安君为将者斩！」

再说赵括至长平关，廉颇验过符节，即将军籍交付赵括。独引亲军百余人，回邯郸去讫。赵括将廉颇约束，尽行更改，军垒合并成大营。时冯亭在军中，固谏不听。括又以自己所带将士，易去旧将。严谕：「秦兵若来，各要奋勇争先。如遇得胜，便行追逐，务使秦军一骑不返！」

白起既入秦军，闻赵括更易廉颇之令，先使卒三千人出营挑战。赵括辄出万人来迎，秦军大败奔回。白起登壁上望赵军，谓王龁曰：「吾知所以胜之矣！」赵括胜了一阵，不禁手舞足蹈，使人至秦营下战书。白起使王龁批：「来日决战。」因退军十里，复营于王龁旧屯之处。赵括喜曰：「秦兵畏我矣！」乃椎牛飨士，传令：「来日大战，定要生擒王龁，与诸侯做个笑话！」白起安营已定，大集诸将听令。使将军王贲、王陵率万人列阵，与赵括更迭交战，只要输，不要赢，引得赵兵来攻秦壁，便算一功。再唤大将司马错、司马梗二人，各引兵一万五千，从间道绕出赵军之后，绝其粮道。又遣大将胡伤引兵二万，屯于左近，只等赵人开壁出逐秦军，即便杀出，要将赵军截为二段。又遣大将蒙骜、王翦各率轻骑五千，伺候接应。白起与王龁坚守老营。正是：「安排地网天罗计，待捉龙争虎斗人。」

再说赵括吩咐军中，四鼓造饭，五鼓结束，平明列阵前进。行不五里，遇见秦兵，两阵对圆，赵括使先锋傅豹出马。秦将王贲接战，约三十余合，王贲败走，傅豹追之。赵括复遣王容率军帮助。又遇秦将王陵，略战数合，王陵又败。赵括见赵兵连胜，自率大军来追。冯亭又谏曰：「秦人多诈，其败不可信也。元帅勿追！」赵括不听，追奔十余里，及于秦壁。王贲、王陵绕营而走，秦壁不开。赵括传令一齐攻打，连打数日，秦军坚守不可入。赵括使人催取后军，移营齐进。只见赵将苏射飞骑而来，报曰：「后营被秦将胡伤引兵冲出遏住，不得前来！」赵括大怒曰：「胡伤如此无礼，吾当亲往！」使人探听秦军行动，回报道：「西路军马不绝，东路无人。」赵括麾军从东路而转。

行不上二三里，大将蒙骜一军从刺斜里杀出，大叫：「赵括你中了我武安君之计，还不投降！」赵括大怒，挺戟欲战蒙骜；偏将王容出曰：「不劳元帅，容某建功。」王容便接住蒙骜交锋。王翦一军又至，赵兵折伤颇众。赵括料难取胜，鸣金收军，就便择水草处安营。冯亭又谏曰：「军气用锐，今我兵虽失利，苟能力战，尚可脱归本营，并力拒敌。若在此安营，腹背受困，将来不可复出！」赵括又不听。使军士筑成长垒，坚壁自守；一面飞奏赵王求援，一面催取后队粮饷。谁知运粮之路，又被司马错、司马梗引兵塞断。白起大军遮其前，胡伤、蒙骜等大军截其后，秦军每日传武安君将令，招赵括投降。赵括此时方知白起真在军中，唬得心胆俱裂。

再说秦王得武安君捷报，知赵括兵困长平，亲命驾来至河内，尽发民家壮丁，凡年十五以上，皆令从军，分路掠取赵人粮草，遏绝救兵。赵括被秦军围困，凡四十六日，军中无粮，士卒自相杀食，赵括不能禁止。乃将军将分为四队：傅豹一队向东，苏射一队向西，冯亭一队向南，王容一队向北。吩咐四队，一齐鸣鼓，夺路杀出，如一路打通，赵括便招引三路齐走。谁知武安君白起，又预选射手，环赵垒埋伏，凡遇赵垒中出来者，不拘兵将便射。四队军马，冲突三四次，俱被射回。又过一月，赵括不胜其愤，精选上等锐卒五千人，俱穿重铠，乘坐骏马，赵括握戟当先，傅豹、王容紧帮在后，冒围突出。王翦、蒙骜二将齐上，赵括大战数合，不能透围。复身欲归长垒，马蹶坠地，中箭而亡。赵军大乱，傅豹王容俱死。苏射引冯亭共走，冯亭曰：「吾三谏不从，今至于此，天也！又何逃乎？」乃自刎而亡。苏射奔脱，往胡地去讫。

白起竖起招降旗，赵军皆弃兵解甲，投拜呼：「万岁！」白起使人揭赵括之首，往赵营招抚。营中军士尚二十余万，闻主帅被杀，无人敢出拒战，亦皆愿降。甲胄器械，堆积如山，营中辎重，悉为秦有。白起与王龁计议曰：『前秦已拔野王，上党在掌握中，其吏民不乐为秦，而愿归赵。今赵卒先后降者，总合来将近四十万之众，倘一旦有变，何以防之？』乃将降卒分为十营，使十将以统之，配以秦军二十万，各赐以牛酒，声言：『明日武安君将汰选赵军，凡上等精锐能战者，给以器械，带回秦国，随征听用；其老弱不堪，或力怯者，俱发回赵。』赵军大喜。是夜，武安君密传一令于十将：『起更时分，但是秦兵，都要用白布一片裹首。凡首无白布者，即系赵人，当尽杀之。』秦兵奉令，一齐发作。降卒不曾准备，又无器械，束手受戮。其逃出营门者，又有蒙骜王翦等引军巡逻，获住便砍。四十万军，一夜俱尽。血流淙淙有声，杨谷之水，皆变为丹，至今号为丹水。武安君收赵卒头颅，聚于秦垒之间，谓之头颅山。因以为台，其台崔嵬杰起，亦号白起台。台下即杨谷也。后来大唐玄宗皇帝巡幸至此，凄然长叹，命三藏高僧，设水陆七昼夜，超度坑卒亡魂，因名其谷曰省冤谷。此是后话。史臣有诗云：

高台百尺尽头颅，何止区区万骨枯！矢石无情缘斗胜，可怜降卒有何辜？

通计长平之战，前后斩虏首共四十五万人，连王龁先前投下降卒，并皆诛戮。止存年少者二百四十人未杀，放归邯郸，使宣扬秦国之威。

不知赵国存亡何如，且看下回分解。

第〇九九回　武安君含冤死杜邮　吕不韦巧计归异人

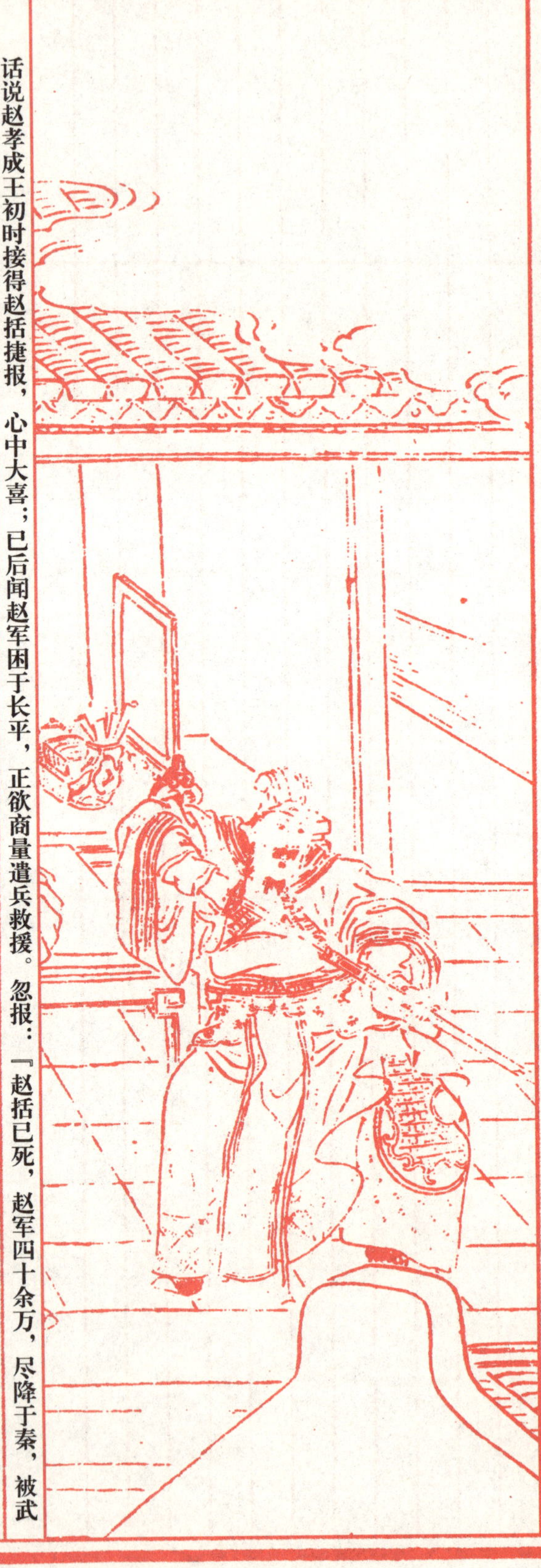

话说赵孝成王初时接得赵括捷报，心中大喜；已后闻赵军困于长平，正欲商量遣兵救援。忽报：「赵括已死，赵军四十余万，尽降于秦，被武安君一夜坑杀，止放二百四十人还赵。」赵王大惊，群臣无不悚惧。国中子哭其父，父哭其子，兄哭其弟，弟哭其兄，祖哭其孙，妻哭其夫，沿街满市，号痛之声不绝。惟赵括之母不哭，曰：「自括为将时，老妾已不看作生人矣。」赵王以赵母有前言，不加诛，反赐粟帛以慰之。又使人谢廉颇。赵国正在惊惶之际，边吏又报道：「秦兵攻下上党，十七城皆已降秦。今武安君亲率大军前进，声言欲围邯郸。」赵王问群臣：「谁能止秦兵者？」群臣莫应。平原君归家，遍问宾客，宾客亦无应者。适苏代客于平原君之所，自言：「代若至咸阳，必能止秦兵不攻赵。」平原君言于赵王，赵王大出金币，资之入秦。

苏代往见应侯范雎，雎揖之上坐，问曰：「先生何为而来？」苏代曰：「为君而来。」范雎曰：「何以教我？」苏代曰：「武安君已杀马服子乎？」雎应曰：「然。」代曰：「今且围邯郸乎？」雎又应曰：「然。」代曰：「武安君用兵如神，身为秦将，所收夺七十余城，斩首近百万，虽伊尹、吕望之功，不加于此。今又举兵而围邯郸，赵必亡矣！赵亡，则秦成帝业，秦成帝业，则武安君为佐命之元臣，如伊尹之于商，吕望之于周。君虽素贵，不能不居其下也！」范雎愕然前席曰：「然则如何？」苏代曰：「君不如许韩、赵割地以和于秦。夫割地以为君功，而又解武安君之兵柄，君之位，则安于泰山矣！」范雎大喜。明日即言于秦王曰：「秦兵在外日久，已劳苦，宜休息。不如使人谕韩、赵，使割地以求和。」秦王曰：「惟相国自裁。」于是范雎复大出金帛，以赠苏代之行，使之往说韩赵。韩赵二王惧秦，皆听代计。韩许割垣雍一城，赵许割六城，各遣使求和于秦。秦王初嫌韩止一城太少，使者曰：「上党十七县，皆韩物也！」秦王乃笑而受之。召武安君班师。

白起连战皆胜，正欲进围邯郸，忽闻班师之诏，知出于应侯之谋，乃大恨。自此白起与范雎有隙。白起宣言于众曰：「自长平之败，邯郸城中，一夜十惊，若乘胜往攻，不过一月可拔矣。惜乎应侯不知时势，主张班师，失此机会！」秦王闻之，大悔曰：「起既知邯郸可拔，何不早奏？」乃复使起为将，欲使伐赵。白起适有病不能行，乃改命大将王陵。陵率军十万伐赵，围邯郸城。赵王使廉颇御之。颇设守甚严，复以家财募死士，时时夜缒城，往砍秦营。王陵兵屡败。时武安君病已愈，秦王欲使代王陵。武安君奏曰：「邯郸实未易攻也。前者大败之后，百姓震恐不宁，因而乘之，彼守则不固，攻则无力，可克期而下。今二岁余矣，其痛已定，又廉颇老将，非赵括比。诸侯见秦之方和于赵，而复攻之，皆以秦为不可信，必将「合从」而来救，臣未见秦之胜也！」秦王强之行，白起固辞。秦王复使应侯往请。武安君怒应侯前阻其功，遂称疾。秦王问应侯曰：「武安君真病乎？」应侯曰：「病之真否未可知，然不肯为将，其志已坚。」秦王怒曰：「起以秦别无他将，必须彼耶？昔长平之胜，初用兵者王龁也，龁何遽不如起？」乃益兵十万，命王龁往代王陵。王陵归国，免其官。

王龁围邯郸，五月不能拔。武安君闻之，谓其客曰：「吾固言邯郸未易攻，王不听吾言，今竟如何？」客有与应侯客善者，泄其语。应侯言于秦王，必欲使武安君为将。武安君遂伪称病笃。秦王大怒，削武安君爵士，贬为士伍，迁于阴密，立刻出咸阳城中，不许暂停。武安君叹曰：「范蠡有言：「狡兔死，走狗烹。」吾为秦攻下诸侯七十余城，故当烹矣！」于是出咸阳西门，至于杜邮，暂歇，以待行李。应侯复言于秦王曰：「白起之行，其心怏怏不服，大有怨言，其托病非真，恐适他国为秦害。」秦王乃遣使赐以利剑。令自裁。使者至杜邮，致秦王之命。武安君持剑在手，叹曰：「我何罪于天，而至此！」良久曰：「我固当死！长平之役，赵卒四十余万来降，我挟诈，一夜尽坑之，彼诚何罪？我死固其宜矣！」乃自刭而死。时秦昭襄王之五十年十一月，周赧王之五十八年也。

秦人以白起死非其罪，无不怜之，往往为之立祠。后至大唐末年，有天雷震死牛一只，牛腹有白起二字。论者谓白起杀人太多，故数百年后，尚受畜生雷震之报。杀业之重如此，为将者可不戒哉！

秦王既杀白起，复发精兵五万，令郑安平将之，往助王龁，必攻下邯郸方已。赵王闻秦益兵来攻，大惧，遣使分路求救于诸侯。平原君赵胜曰：「魏，吾姻家，且素善，其救必至。楚大而远，非以「合从」说之不可，吾当亲往。」于是约其门下食客，欲得文武备具者二十人同往。三千余人内，文者不武，武者不文，选来选去，止得一十九人，不足二十之数。平原君叹曰：「胜养士数十年于兹矣，得士之难如此哉？」有下坐客一人，出言曰：「如臣者，不识可以备数乎？」平原君问其姓名，对曰：「臣姓毛名遂，大梁人，客君门下三年矣。」平原君笑曰：「夫贤士处世，譬如锥之处于囊中，其颖立露。今先生处胜门下三年，胜未有所闻，是先生于文武一无所长也。」毛遂曰：「臣今日方请处囊中耳！使早处囊中，将突然尽脱而出，岂特露颖而已哉？」平原君异其言，乃使凑二十人之数。即日辞了赵王，望陈都进发。

既至，先通春申君黄歇。歇素与平原君有交，乃为之转通于楚考烈王。平原君黎明入朝，相见礼毕，楚王与平原君坐于殿上，毛遂与十九人俱叙立于阶下。平原君从容言及「合从」却秦之事。楚王曰：「「合从」之约，始事者赵，后听张仪游说，其约不坚。先怀王为「从约长」，伐秦不克。齐湣王复为「从约长」，诸侯背之。至今列国以「从」为讳，此事如团沙，未易言也。」平原君曰：「自苏秦倡「合从」之议，六国约为兄弟，盟于洹水，秦兵不敢出函谷关者十五年。其后，齐、魏受犀首之欺，欲其伐赵，怀王受张仪之欺，欲其伐齐，所以从约渐解。使三国坚守洹水之誓，不受秦欺，秦其奈之何哉？齐湣王名为「合从」，实欲兼并是以诸侯背之，岂「合从」之不善哉？」楚王曰：「今日之势，秦强而列国俱弱，但可各图自保，安能相为？」平原君曰：「秦虽强，分制六国则不足；六国虽弱，合制秦则有余。若各图自保，不思相救，一强一弱，胜负已分，恐秦师之日进也。」楚王又曰：「秦兵一出而拔上党十七城，坑赵卒四十余万，合韩、赵二国之力，不能敌一武安君。今又进逼邯郸，楚国僻远，能及于事乎？」平原君曰：「寡君任将非人，致有长平之失。今王陵、王龁二十余万之众，顿于邯郸之下，先后年余，不能损赵之分毫。若救兵一集，可以大挫其锋，此数年之安也。」楚王曰：「秦新通好于楚，君欲寡人「合从」救赵，秦必迁怒于楚，是代赵而受怨矣。」平原君曰：「秦之通好于楚者，欲专事于三晋。三晋既亡，楚其能独立哉？」楚王终有畏秦之心，迟疑不决。

毛遂在阶下顾视日晷，已当午矣。乃按剑历阶而上，谓平原君曰：「「从」之利害，两言可决。今自日出入朝，日中而议犹未定，何也？」楚王怒问曰：「彼何人？」平原君曰：「此臣之客毛遂。」楚王曰：「寡人与汝君议事，客何得多言？」叱之使去。毛遂走上几步，按剑而言曰：「「合从」乃天下大事，天下人皆得议之！吾君在前，叱者何也？」楚王色稍舒，问曰：「客有何言？」毛遂曰：「楚地五千余里，自武、文称王，至今雄视天下，号为盟主。一旦秦人崛起，数败楚兵，怀王囚死。白起小竖子，一战再战，鄢郢尽没，被逼迁都。此百世之怨，三尺童子，犹以为羞，大王独不念乎？今日「合从」之议，为楚，非为赵也！」楚王曰：「唯唯。」遂曰：「大王之意已决乎？」楚王曰：「寡人意已决矣！」毛遂呼左右，取歃血盘至，跪进于楚王之前曰：「大王为「从约长」，当先歃，次则吾君，次则臣毛遂。」于是从约遂定。毛遂歃血毕，左手持盘，右手招十九人曰：「公等宜共歃于堂下！公等所谓「因人成事」者也。」楚王既许「合从」，即命春申君将八万人救赵。平原君归国，叹曰：「毛先生三寸之舌，强于百万之师！胜阅人多矣，乃今于毛先生而失之，胜自今不敢复相天下士矣。」自是以遂为上客。正是：

橹樯空大随人转，秤锤虽小压千斤；利锥不与囊中处，文武纷纷十九人。

时魏安釐王遣大将晋鄙帅兵十万救赵。秦王闻诸侯救至，亲至邯郸督战，使人谓魏王曰：「秦攻邯郸，旦暮且下矣。诸侯有敢救者，必移兵先击之！」魏王大惧，遣使者追及晋鄙军，戒以勿进。晋鄙乃屯于邺下。春申君亦即屯兵于武关，观望不进。此段事权且放过。

却说秦王孙异人，自秦、赵会渑池之后，为质于赵。那异人乃安国君之次子。安国君名柱，字子傒，昭襄王之太子也。安国君有子二十余人，皆诸姬所出，非適子。所宠楚妃，号为华阳夫人，未有子。异人之母，曰夏姬，无宠，又早死，故异人质赵，久不通信。当王龁伐赵，赵王迁怒于质子，欲杀异人。平原君谏曰：「异人无宠，杀之何益？徒令秦人借口，绝他日通和之路。」赵王怒犹未息，乃安置异人于丛台，命大夫公孙乾为馆伴，使出入监守，又削其廪禄。异人出无兼车，用无余财，终日郁郁而已。

时有阳翟人姓吕，名不韦，父子为贾，平日往来各国，贩贱卖贵，家累千金。其时适在邯郸，偶于途中望见异人，生得面如傅粉，唇若涂朱，虽在落寞之中，不失贵介之气。不韦暗暗称奇，指问旁人曰：「此何人也？」答曰：「此乃秦王太子安国君之子，质于赵国，因秦兵屡次犯境，我王几欲杀之。今虽免死，拘留丛台，资用不给，无异穷人。」不韦私叹曰：「此奇货可居也！」乃归问其父曰：「耕田之利几倍？」父曰：「十倍。」又问：「贩卖珠玉之利几倍？」父曰：「百倍。」又问：「若扶立一人为王，掌握山河，其利几倍？」父笑曰：「安得王而立之？其利千万倍，不可计矣。」

不韦乃以百金结交公孙乾。往来渐熟，因得见异人，佯为不知，问其来历，公孙乾以实告。一日，公孙乾置酒请吕不韦，不韦曰：「座间别无他客，既是秦国王孙在此，何不请来同坐？」公孙乾从其命，即请异人与不韦相见，同席饮酒。至半酣，公孙乾起身如厕，不韦低声而问异人曰：「秦王今老矣。太子所爱者华阳夫人，而夫人无子。殿下兄弟二十余人，未有专宠，殿下何不以此时求归秦国，事华阳夫人，求为之子，他日有立储之望。」异人含泪对曰：「某岂望及此！但言及故国，心如刀刺，恨未有脱身之计耳。」不韦曰：「某家虽贫，请以千金为殿下西游，往说太子及夫人，救殿下还朝，如何？」异人曰：「若如君言，倘得富贵，与君共之！」言甫毕，公孙乾到，问曰：「吕君何言？」不韦曰：「某问王孙以秦中之玉价，王孙辞我以不知也。」公孙乾更不疑惑，命酒更酌，尽欢而散。自此不韦与异人时常相会，遂以五百金密付异人，使之买嘱左右，结交宾客。公孙乾上下俱受异人金帛，串做一家，不复疑忌。

不韦复以五百金市买奇珍玩好，别了公孙乾，竟至咸阳。探得华阳夫人有姊，亦嫁于秦，先买嘱其家左右，通话于夫人之姊，言：「王孙异人在赵，思念太子夫人，有孝顺之礼，托某转送。这些小之仪，亦是王孙奉候姨娘者。」遂将金珠一函献上。姊大喜，自出堂，于帘内见客，谓不韦曰：「此虽王孙美意，有劳尊客远涉。今王孙在赵，未审还想故土否？」不韦答曰：「某与王孙公馆对居，有事罄与某说，某尽知其心事，日夜思念太子夫人，言自幼失母，夫人便是他嫡母，欲得回国奉养，以尽孝道。」姊曰：「王孙向来安否？」不韦曰：「因秦兵屡次伐赵，赵王每每欲将王孙来斩，喜得臣民尽皆保奏，幸存一命，所以思归愈切。」姊曰：「臣民何故保他？」不韦曰：「王孙贤孝无比，每遇秦王太子及夫人寿诞，及元旦朔望之辰，必清斋沐浴，焚香西望拜祝，赵人无不知之。又且好学重贤，交结诸侯宾客，遍于天下，天下皆称其贤孝。以此臣民，尽行保奏。」不韦言毕，又将金玉宝玩，约值五百金，献上曰：「王孙不得归侍太子夫人，有薄礼权表孝顺，相求王亲转达！」姊命门下客款待不韦酒食，遂自入告于华阳夫人。夫人见珍玩，以为「王孙真念我！」心中甚喜。夫人姊回复吕不韦，不韦因问姊曰：「夫人有子几人？」姊曰：「无有。」不韦曰：「吾闻「以色事人者，色衰而爱弛。」今夫人事太子甚爱而无子，及此时宜择诸子中贤孝者为子，百岁之后，所立子为王，终不失势。不然，他日一旦色衰爱弛，悔无及矣！今异人贤孝，又自附于夫人，自知中男不得立，夫人诚拔以为適子，夫人不世世有宠于秦乎？」姊复述其言于华阳夫人。夫人曰：「客言是也。」

一夜，与安国君饮正欢，忽然涕泣，太子怪而问之。夫人曰：「妾幸得充后宫，不幸无子，君诸子中惟异人最贤，诸侯宾客来往，俱称誉之不容口。若得此子为嗣，妾身有托。」太子许之。夫人曰：「君今日许妾，明日听他姬之言，又忘之矣。」太子曰：「夫人倘不相信，愿刻符为誓！」乃取玉符，刻「適嗣异人」四字，而中剖之，各留其半，以此为信。夫人曰：「异人在赵，何以归之？」太子曰：「当乘间请于王也。」

时秦昭襄王方怒赵，太子言于王，王不听。不韦知王后之弟阳泉君方贵幸，复贿其门下，求见阳泉君。说曰：「君之罪至死，君知之乎？」阳泉君大惊曰：「吾何罪？」不韦曰：「君之门下，无不居高官，享厚禄，骏马盈于外厩，美女充于后庭；而太子门下，无富贵得势者。王之春秋高矣，一旦山陵崩，太子嗣位，其门下怨君必甚，君之危亡可待也！」阳泉君曰：「为今之计当如何？」不韦曰：「鄙人有计，可以使君寿百岁，安于泰山，君欲闻否？」阳泉君跪请其说。不韦曰：「王年高矣，而子傒又无適男，今王孙异人贤孝闻于诸侯，而弃在于赵，日夜引领思归，君诚请王后言于秦王，而归异人，使太子立为適子，是异人无国而有国，太子之夫人无子而有子，太子与王孙之德王后者，世世无穷，君之爵位可长保也。」阳泉君下拜曰：「谨谢教！」即日以不韦之言告于王后，王后因为秦王言之。秦王曰：「俟赵人请和，吾当迎此子归国耳。」

太子召吕不韦问曰：「吾欲迎异人归秦为嗣，父王未准，先生有何妙策？」不韦叩首曰：「太子果立王孙为嗣，小人不惜千金家业，赂赵当权，必能救回。」太子与夫人俱大喜，将黄金三百镒付吕不韦，转付王孙异人为结客之费。王后亦出黄金二百镒，总付不韦。夫人又为异人制衣服一箱，亦赠不韦黄金共百镒。预拜不韦为异人太傅，使传语异人：「只在早晚，可望相见，不必忧虑。」不韦辞归，回至邯郸，先见父亲，说了一遍。父亲大喜。次日，即备礼谒见公孙乾。然后见王孙异人，将王后及太子夫人一段说话，细细详述。又将黄金五百镒及衣服献上。异人大喜，谓不韦曰：「衣服我留下，黄金烦先生收去，倘有用处，但凭先生使费，只要救得我归国，感恩不浅！」

再说不韦向取下邯郸美女，号为赵姬，善于歌舞，知其怀娠两月，心生一计，想道：「王孙异人回国，必有继立之分。若以此姬献之，倘然生得一男，是我嫡血，此男承嗣为王，嬴氏的天下，便是吕氏接代，也不枉了我破家做下这番生意。」因请异人和公孙乾来家饮酒，席上珍馐百味，笙歌两行，自不必说。酒至半酣，不韦开言：「卑人新纳一小姬，颇能歌舞，欲令奉劝一杯，勿嫌唐突。」即命二青衣丫鬟，唤赵姬出来。不韦曰：「汝可拜见二位贵人。」赵姬轻移莲步，在氍毹上叩了两个头。异人与公孙乾慌忙作揖还礼。不韦令赵姬手捧金卮，向前为寿。杯到异人，异人抬头看时，果然标致。怎见得？

云鬓轻挑蝉翠，蛾眉淡扫春山，朱唇点一颗樱桃，皓齿排两行白玉。微开笑靥，似褒姒欲媚幽王；缓动金莲，拟西施堪迷吴主。万种娇容看不尽，一团妖冶画难工。赵姬敬酒已毕，舒开长袖，即在氍毹上舞一个大垂手、小垂手。体若游龙，袖如素蜺，宛转似羽毛之从风，轻盈与尘雾相乱。喜得公孙乾和异人目乱心迷，神摇魂荡，口中赞叹不已。赵姬舞毕，不韦命再斟大觥奉劝，二人一饮而尽。赵姬劝酒完了，入内去讫。宾主复互相酬劝，尽量极欢。公孙乾不觉大醉，卧于坐席之上。异人心念赵姬，借酒装面，请于不韦曰：「念某孤身质此，客馆寂寥，欲与公求得此姬为妻，足满平生之愿。未知身价几何？容当奉纳。」不韦佯怒曰：「我好意相请，出妻献妾，以表敬意，殿下遂欲夺吾所爱，是何道理？」异人跼蹐无地，即下跪曰：「某以客中孤苦，妄想要先生割爱，实乃醉后狂言，幸勿见罪！」不韦慌忙扶起曰：「吾为殿下谋归，千金家产尚且破尽，全无吝惜，今何惜一女子。但此女年幼害羞，恐其不从，彼若情愿，即当奉送，备铺床拂席之役。」异人再拜称谢，候公孙乾酒醒，一同登车而去。

其夜，不韦向赵姬言曰：「秦王孙十分爱你，求你为妻，你意若何？」赵姬曰：「妾既以身事君，且有娠矣，奈何弃之，使事他姓乎？」不韦密告曰：「汝随我终身，不过一贾人妇耳。王孙将来有秦王之分，汝得其宠，必为王后。天幸腹中生男，即为太子，我与你便是秦王之父母，富贵俱无穷矣。汝可念夫妇之情，曲从吾计，不可泄漏！」赵姬曰：「君之所谋者大，妾敢不奉命！但夫妻恩爱，何忍割绝？」言讫泪下。不韦抚之曰：「汝若不忘此情，异日得了秦家天下，仍为夫妇，永不相离，岂不美哉。」二人遂对天设誓。当夜同寝，恩情倍常，不必细述。

次日，不韦到公孙乾处，谢夜来简慢之罪。公孙乾曰：「正欲与王孙一同造府，拜谢高情，何反劳枉驾？」少顷，异人亦到，彼此交谢。不韦曰：「蒙殿下不嫌小妾丑陋，取侍巾栉，某与小妾再三言之，已勉从尊命矣。今日良辰，即当送至寓所陪伴。」异人曰：「先生高义，粉骨难报！」公孙乾曰：「既有此良姻，某当为媒。」遂命左右备下喜筵。不韦辞去，至晚，以温车载赵姬与异人成亲。髯翁有诗云：

新欢旧爱一朝移，花烛穷途得意时。尽道王孙能夺国，谁知暗赠吕家儿！

异人得了赵姬，如鱼似水，爱眷非常。约过一月有余，赵姬遂向异人曰：『妾获侍殿下，天幸已怀胎矣。』异人不知来历，只道自己下种，愈加欢喜。那赵姬先有了两月身孕，方嫁与异人，嫁过八个月，便是十月满足，当产之期，腹中全然不动。因怀着一个混一天下的真命帝王，所以比常不同，直到十二个月周年，方才产下一儿。产时红光满室，百鸟飞翔。看那婴儿，生得丰准长目，方额重瞳，口中含有数齿，背项有龙鳞一搭，啼声洪大，街市皆闻。其日，乃秦昭襄王四十八年正月朔旦。异人大喜曰：『吾闻应运之主，必有异征，是儿骨相非凡，又且生于正月，异日必为政于天下。』遂用赵姬之姓，名曰赵政。后来政嗣为秦王，兼并六国，即秦始皇也。当时吕不韦闻得赵姬生男，暗暗自喜。

至秦昭襄王五十年，赵政已长成三岁矣。时秦兵围邯郸甚急，不韦谓异人曰：『赵王倘复迁怒于殿下，奈何？不如逃奔秦国，可以自脱。』异人曰：『此事全仗先生筹画。』不韦乃尽出黄金共六百斤，以三百斤遍赂南门守城将军，托言曰：『某举家从阳翟来，行贾于此，不幸秦寇生发，围城日久，某思乡甚切，今将所存资本，尽数分散各位，只要做个方便人情，放我一家出城，回阳翟去，感恩不浅！』守将许之。复以百斤献于公孙乾，述己欲回阳翟之意，反央公孙乾与南门守将说个方便。守将和军卒都受了贿赂，落得做个顺水人情。不韦预教异人将赵氏母子，密寄于母家。是日，置酒请公孙乾说道：『某只在三日内出城，特具一杯话别。』席间将公孙乾灌得烂醉。左右军卒，俱大酒大肉，恣其饮啖，各自醉饱安眠。至夜半，异人微服混在仆人之中，跟随不韦父子行至南门，守将不知真假，私自开钥，放他出城而去。论来王龁大营，在于西门，因南门是走阳翟的大路，不韦原说还乡，所以只讨南门。三人共仆从结队连夜奔走，打大弯转欲投秦军。至天明，被秦国游兵获住。不韦指异人曰：『此秦国王孙，向质于赵，今逃出邯郸，来奔本国，汝辈可速速引路！』游兵让马匹与三人骑坐，引至王龁大营。王龁问明来历，请入相见，即将衣冠与异人更换，设宴管待。王龁曰：『大王亲在此督战，行宫去此不过十里。』乃备车马，转送入行宫。秦昭襄王见了异人，不胜之喜，曰：『太子日夜想汝，今天遣吾孙脱于虎口也。便可先回咸阳，以慰父母之念。』异人辞了秦王，与不韦父子登车，竟至咸阳。

不知父子相见如何，且看下回分解。

第一〇〇回 鲁仲连不肯帝秦 信陵君窃符救赵

话说吕不韦同着王孙异人，辞了秦王，竟至咸阳。先有人报知太子安国君。安国君谓华阳夫人曰：『吾儿至矣！』夫人并坐中堂以待之。不韦谓异人曰：『华阳夫人乃楚女，殿下既为之子，须用楚服入见，以表依恋之意。』异人从之。当下改换衣装，来至东宫，先拜安国君，次拜夫人。泣涕而言曰：『不肖男久隔亲颜，不能侍养，望二亲恕儿不孝之罪！』夫人见异人头顶南冠，足穿豹舄，短袍革带，骇而问曰：『儿在邯郸，安得效楚人装束？』异人拜禀曰：『不孝男日夜思想慈母，故特制楚服，以表忆念。』夫人大喜曰：『妾，楚人也，当自子之！』安国君曰：『吾儿可改名曰子楚。』异人拜谢。安国君问子楚：『何以得归？』子楚将赵王先欲加害，及赖得吕不韦破家行贿之事，细述一遍。安国君即召不韦劳之曰：『非先生，险失我贤孝之儿矣。今将东宫俸田二百顷，及第宅一所，黄金五十镒，权作安歇之资。待父王回国，加官赠秩。』不韦谢恩而出。子楚就在华阳夫人宫中居住。不在话下。

再说公孙乾直至天明酒醒，左右来报：『秦王孙一家不知去向！』使人去问吕不韦，回报：『不韦亦不在矣。』公孙乾大惊曰：『不韦言三日内起身，安得夜半即行乎？』随往南门诘问。守将答曰：『不韦家属出城已久，此乃奉大夫之命也。』公孙乾曰：『可有王孙异人否？』守将曰：『但见吕氏父子，及仆从数人，并无王孙在内。』公孙乾跌足叹曰：『仆从之内，必有王孙，吾乃堕贾人之计矣！』乃上表赵王，言：『臣乾监押不谨，致质子异人逃去，臣罪无所辞！』遂伏剑自刎而亡。髯翁有诗叹曰：

监守晨昏要万全，只贪酒食与金钱；醉乡回后王孙去，一剑须知悔九泉。

秦王自王孙逃回秦国，攻赵益急。赵君再遣使求魏进兵。客将军新垣衍献策曰：「秦所以急围赵者有故。前此与齐湣王争强为帝，已而复归帝不称，今湣王已死，齐益弱，惟秦独雄，而未正帝号，其心不慊，今日用兵侵伐不休，其意欲求为帝耳。诚令赵发使尊秦为帝，秦必喜而罢兵，是以虚名而免实祸也。」魏王本心惮于救赵，深以其谋为然。即遣新垣衍随使者至邯郸，以此言奏知赵王。赵王与群臣议其可否。众议纷纷未决，平原君方寸已乱，亦漫无主裁。时有齐人鲁仲连者，年十二岁时，曾屈辩士田巴，时人号为「千里驹」。田巴曰：「此飞兔也，岂止千里驹而已！」及年长，不屑仕宦，专好远游，为人排难解纷。其时适在赵国围城之中，闻魏使请尊秦为帝，勃然不悦，乃求见平原君曰：「路人言君将谋帝秦，有之乎？」平原君曰：「胜乃伤弓之鸟，魄已夺矣，何敢言事。此魏王使将军新垣衍来赵言之耳！」鲁仲连曰：「君乃天下贤公子，乃委命于梁客耶？今新垣衍将军何在？吾当为君责而归之！」平原君因言于新垣衍。衍虽素闻鲁仲连先生之名，然知其舌辩，恐乱其议，辞不愿见。平原君强之，遂邀鲁仲连俱至公馆，与衍相见。

衍举眼观看仲连，神清骨爽，飘飘乎有神仙之度，不觉肃然起敬，谓曰：「吾观先生之玉貌，非有求于平原君者也，奈何久居此围城之中，而不去耶？」鲁仲连曰：「连无求于平原君，窃有请于将军也。」衍曰：「先生何请乎？」仲连曰：「请助赵而勿帝秦。」衍曰：「先生何以助赵？」仲连曰：「吾将使魏与燕助之，若齐、楚固已助之矣。」衍笑曰：「燕则吾不知，若魏，则吾乃大梁人也，先生又乌能使吾助赵乎？」仲连曰：「魏未睹秦称帝之害也。若睹其害，则助赵必矣！」衍曰：「秦称帝，其害如何？」仲连曰：「秦乃弃礼义而上首功之国也。恃强挟诈，屠戮生灵，彼并为诸侯，而犹若此，倘肆然称帝，益济其虐。连宁蹈东海而死，不忍为之民也！而魏乃甘为之下乎？」衍曰：「魏岂甘为之下哉？譬如仆者，十人而从一人，宁智力不若主人哉？诚畏之耳！」仲连曰：「魏自视若仆耶？吾将使秦王烹醢魏王矣！」衍咈然曰：「先生又恶能使秦王烹醢魏王乎？」仲连曰：「昔者九侯、鄂侯、文王，纣之三公也。九侯有女而美，献之于纣。女不好淫，触怒纣，纣杀女而醢九侯。鄂侯谏之，并烹鄂侯。文王闻之窃叹，纣复拘之于羑里，几不免于死。岂三公之智力不如纣耶？天子之行于诸侯，固如是也。秦肆然称帝，必责魏入朝。一旦行九侯、鄂侯之诛，谁能禁之？」新垣衍沉思未答，仲连又曰：「不特如此。秦肆然称帝，又必将变易诸侯之大臣，夺其所憎，而树其所爱。又将使其子女谗妾为诸侯之室，魏王安能晏然而已乎？即将军又何以保其爵禄乎？」新垣衍乃蹶然而起，再拜谢曰：「先生真天下士也！衍请出复吾君，不敢再言帝秦矣。」秦王闻魏使者来议帝秦事，甚喜，缓其攻以待之。及闻帝议不成，魏使已去，叹曰：「此围城中有人，不可轻视！」乃退屯于汾水，戒王龁用心准备。

再说新垣衍去后，平原君又使人至邺下求救于晋鄙。鄙以王命为辞。平原君乃为书让信陵君无忌曰：「胜所以自附为婚姻者，以公子高义，能急人之困耳！今邯郸旦暮降秦，而魏救不前，岂胜平生所以相托之意乎？令姊忧城破，日夜悲泣。公子纵不念胜，独不念姊耶？」信陵君得书，数请魏王求敕晋鄙进兵。魏王曰：「赵自不肯帝秦，乃仗他人力却秦耶？」终不许。信陵君又使宾客辩士，百般巧说，魏王只是不从。信陵君曰：「吾义不可以负平原君。吾宁独赴赵，与之俱死！」乃具车骑百余乘，遍约宾客，欲直犯秦军，以徇平原君之难，宾客愿从者千余人。行过夷门，与侯生辞别。侯生曰：「公子勉之！臣年老不能从行，勿怪，勿怪！」信陵君屡目侯生，侯生并无他语。信陵君怏怏而去。约行十余里，心中自念：「吾所以待侯生者，自谓尽礼。今吾往奔秦军，行就死地，而侯生无一言半辞为我谋，又不阻我之行，甚可怪也！」乃约住宾客，独引车还见侯生。宾客皆曰：「此半死之人，明知无用，公子何必往见！」信陵君不听。

却说侯生立在门外，望见信陵君车骑，笑曰：『嬴固策公子之必返矣。』信陵君曰：『何故？』侯生曰：『公子遇嬴厚，公子入不测之地，而臣不送，必恨臣，是以知公子必返。』信陵君乃再拜曰：『始无忌自疑有所失于先生，致蒙见弃，是以还请其故耳。』侯生曰：『公子养客数十年，不闻客出一奇计，而徒与公子犯强秦之锋，如以肉投饿虎，何益之有？』信陵君曰：『无忌亦知无益，但与平原君交厚，义不独生。先生何以策之？』侯生曰：『公子且入坐，容老臣徐计。』乃屏去从人，私叩曰：『闻如姬得幸于王，信乎？』信陵君曰：『然。』侯生曰：『嬴又闻如姬之父，昔年为人所杀，如姬言于王，欲报父仇，求其人，三年不得，公子使客斩其仇头，以献如姬。此事果否？』信陵君曰：『果有此事。』侯生曰：『如姬感公子之德，愿为公子死，非一日矣。今晋鄙之兵符，在王卧内，惟如姬力能窃之。公子诚一开口，请于如姬，如姬必从。公子得此符，夺晋鄙军，以救赵而却秦，此五霸之功也。』信陵君如梦初觉，再拜称谢。乃使宾客先待于郊外，而独身回车至家，使所善内侍颜恩，以窃符之事，私乞于如姬。如姬曰：『公子有命，虽使妾蹈汤火，亦何辞乎？』是夜，魏王饮酒酣卧，如姬即盗虎符授颜恩，转致信陵君之手。信陵君既得符，复往辞侯生。侯生曰：『将在外，君命有所不受。』公子即合符，而晋鄙不信，或从便宜，复请于魏王，事不谐矣。臣之客朱亥，此天下力士，公子可与俱行。晋鄙见从甚善，若不听，即令朱亥击杀之。』信陵君不觉泣下。侯生曰：『公子有畏耶？』信陵君曰：『晋鄙老将无罪，倘不从，便当击杀，吾是以悲，无他畏也。』于是与侯生同诣朱亥家，言其故。朱亥笑曰：『臣乃市屠小人，蒙公子数下顾，所以不报者，谓小礼无所用。今公子有急，正亥效命之日也。』侯生曰：『臣义当从行，以年老不能远涉，请以魂送公子！』即自刭于车前。信陵君十分悲悼，乃厚给其家，使为殡殓，自己不敢留滞，遂同朱亥登车望北而去。髯仙有诗云：

魏王畏敌诚非勇，公子捐生亦可嗤！食客三千无一用，侯生奇计仗如姬。

却说魏王于卧室中失了兵符，过了三日之后，方才知觉，心中好不惊怪。盘问如姬，只推不知。乃遍搜宫内，全无下落。却教颜恩将宫娥内侍，凡直内寝者，逐一拷打。颜恩心中了了，只得假意推问，又乱了一日。魏王忽然想着公子无忌，屡次苦苦劝我敕晋鄙进兵，他手下宾客，鸡鸣狗盗者甚多，必然是他所为。使人召信陵君，回报：『四五日前，已与宾客千余，车百乘出城，传闻救赵去矣。』魏王大怒，使将军卫庆，率军三千，星夜往追信陵去讫。

再说邯郸城中盼望救兵，无一至者，百姓力竭，纷纷有出降之议，赵王患之。有传舍吏子李同，说平原君曰：『百姓日乘城为守，而君安享富贵，谁肯为君尽力乎？君诚能令夫人以下，编于行伍之间，分功而作，家中所有财帛，尽散以给将士，将士在危苦之乡，易于感恩，拒秦必甚力。』平原君从其计。募得敢死之士三千人，使李同领之，缒城而出，乘夜斫营，杀秦兵千余人。王龁大惊，亦退三十里下寨。城中人心稍定。李同身带重伤，回城而死。平原君哭之恸，命厚葬之。

再说信陵君无忌行至邺下，见晋鄙曰：『大王以将军久暴露于外，遣无忌特来代劳。』因使朱亥捧虎符与晋鄙验之。晋鄙接符在手，心下踌躇，想道：『魏王以十万之众托我，我虽固陋，未有败衄之罪，今魏王无尺寸之书，而公子徒手捧符，前来代将，此事岂可轻信？』乃谓信陵君曰：『公子暂请消停几日，待某把军伍造成册籍，明白交付何如？』信陵君曰：『邯郸势在垂危，当星夜赴救，岂得复停时刻？』晋鄙曰：『实不相瞒，此军机大事，某还要再行奏请，方敢交军。……』说犹未毕，朱亥厉声喝曰：『元帅不奉王命，便是反叛了！』晋鄙方问得一句：『汝是何人？』只见朱亥袖中出铁锤，重四十斤，向晋鄙当头一击，脑浆迸裂，登时气绝。信陵君握符谓诸将曰：『魏王有命，使某代晋鄙将军救赵，晋鄙不奉命，今已诛死。三军安心听令，不得妄动！』营中肃然。比及卫庆追至邺下，信陵君已杀晋鄙，将其军矣。卫庆料信陵君救赵之志已决，便欲辞去。信陵君曰：『君已至此，看我破秦之后，可还报吾王也。』卫庆只得先打密报，回复魏王，遂留军中。信陵君大犒三军，复下令曰：『父子俱在军中者，父归；兄弟俱在军中者，兄归；独子无兄弟者，归养；有疾病者，留就医药。』是时告归者约十分之二，得精兵八万人，整齐步伍，申明军法。信陵君率宾客，身为士卒先，进击秦营。王龁不意魏兵猝至，仓卒拒战。魏兵贾勇而前，平原君亦开城接应，大战一场。王龁折兵一半，奔汾水大营。秦王传令解围而去。郑安平以二万人别营于东门，为魏兵所遏，不能归，叹曰：『吾原是魏人！』乃投降于魏。春申君闻秦师已解，亦班师而归。韩王乘机复取上党。此秦昭襄王之五十年，周赧王五十八年之事也。

赵王亲携牛酒劳军，向信陵君再拜曰：『赵国亡而复存，皆公子之力，自古贤人，未有如公子者也。』平原君负弩矢，为信陵君前驱。信陵君颇有自功之色。朱亥进曰：『人有德于公子，公子不可忘，公子有德于人，公子不可不忘也。公子矫王命，夺晋鄙军以救赵，于赵，虽有功；而于魏，未为无罪，公子乃自以为功乎？』信陵君大惭曰：『无忌谨受教！』比入邯郸城，赵王亲扫除宫室，以迎信陵君，执主人之礼甚恭。揖信陵君就西阶，信陵君谦让不敢当客，踽踽然细步循东阶而上。赵王献觞为寿，颂公子存赵之功。信陵君踧踖逊谢曰：『无忌有罪于魏，无功于赵。』宴毕归馆，赵王谓平原君曰：『寡人欲以五城封魏公子，见公子谨让之至，寡人自愧，遂不能出诸口。请以鄗为公子汤沐之邑，烦为致之。』平原君致赵王之命，信陵君辞之再四，方才敢受。信陵君自以得罪魏王，不敢归国，将兵符付将军卫庆，督兵回魏，而身留赵国。其宾客之留魏者，亦弃魏奔赵，依信陵君。

赵王又欲封鲁仲连以大邑，仲连固辞，赠以千金，亦不受，曰：『与其富贵而诎于人，宁贫贱而得自由也。』信陵君与平原君共留之，仲连不从，飘然而去，真高士矣！史臣有赞云：

卓哉鲁连，品高千载！不帝强秦，宁蹈东海。排难辞荣，逍遥自在；视彼仪秦，相去十倍。

时赵有处士毛公者，隐于博徒。有薛公者，隐于卖浆之家。信陵君素闻其贤名，使朱亥传命访之，二人匿不肯见。忽一日，信陵君踪迹二人，知毛公在薛公之家，不用车马，单使朱亥一人跟随，微服徒步，假作买浆之人，直造其所，与二人相见。二人方据垆共饮，信陵君遂直入，自通姓名，叙向来倾慕之意。二人走避不及，只得相见，四人同席而饮，尽欢方散。自此以后，信陵君时时与毛、薛二公同游。平原君闻之，谓其夫人曰：『向者吾闻令弟天下豪杰，公子中无与为比。今乃日逐从博徒卖浆者同游，交非其类，恐损名誉！』夫人见信陵君述平原君之言。信陵君曰：『吾向以为平原君贤者，故宁负魏王，夺兵来救。今平原所与宾客，徒尚豪举，不求贤士也。无忌在国时，常闻赵有毛公、薛公，恨不得与之同游。今日为之执鞭，尚恐其不屑于我，平原君乃以为羞，何云好士乎？平原君非贤者，吾不可留！』即日命宾客束装，欲适他国。平原君闻信陵君束装，大惊，谓夫人曰：『胜未敢失礼于令弟，为何陡然弃我而去？夫人知其故乎？』夫人曰：『吾弟以君非贤，故不愿留耳。』因述信陵君之语。平原君掩面叹曰：『赵有二贤人，信陵君且知之，而吾不知，吾不及信陵君远矣！以彼形此，胜乃不得比于人类。』乃躬造馆舍，免冠顿首，谢其失言之罪。信陵君然后复留于赵。平原君门下士闻知其事，去而投信陵君者大半。四方宾客来游赵者，咸归信陵，不复闻平原君矣。髯翁有诗云：

卖浆纵博岂嫌贫，公子豪华肯辱身。可笑平原无远识，却将富贵压贤人！

再说魏王接得卫庆密报，言：「公子无忌果窃兵符，击杀晋鄙，代领其众，前行救赵，并留臣于军中，不遣归国。」魏王怒甚，便欲收信陵君家属，又欲尽诛其宾客之在国者。如姬乃跪而请曰：「此非公子之罪，乃贱妾之罪，妾当万死！」魏王咆哮大怒，问曰：「窃符者乃汝乎？」如姬曰：「妾父为人所杀，大王为一国之主，不能为妾报仇，而公子能报之。妾感公子深恩，恨无地自效！今见公子以念姊之故，日夜哀泣，贱妾不忍，故擅窃虎符，使发晋鄙之军，以成其志。妾闻：「同室相斗者，被发冠缨而往救之。」赵与魏犹同室也。大王忘昔日之义，而公子赴同室之急，倘幸而却秦全赵，大王威名扬于远近，义声腾于四海，妾虽碎尸万段，亦何所恨乎？若收信陵君家属，诛其宾客，信陵兵败，甘服其罪，倘其得胜，将何以处之？」魏王沉吟半晌，怒气稍定，问曰：「汝虽窃符，必有传送之人。」如姬曰：「递送者，颜恩也。」魏王命左右缚颜恩至，问曰：「汝何敢送兵符于信陵？」恩曰：「奴婢不曾晓得什么兵符。」如姬目视颜恩曰：「向日我着你送花胜与信陵夫人，这盒内就是兵符了。」颜恩会意，乃大哭曰：「夫人吩咐，奴婢焉敢有违？那时只说送花胜去，盒子重重封固，奴婢岂知就里？今日屈死奴婢也！」如姬亦泣曰：「妾有罪自当，勿累他人。」魏王喝教将颜恩放绑，下于狱中，如姬贬入冷宫，一面使人探听信陵君胜负消息，再行定夺。

约过了二月有余，卫庆班师回朝，将兵符缴上，奏道：「信陵君大败秦军，不敢还国，已留身赵都，多多拜上大王：「改日领罪！」」魏王问交兵之状，卫庆备细述了一遍，群臣皆罗拜称贺，呼：「万岁！」魏王大喜，即使左右召如姬于冷宫，出颜恩于狱，俱恕其罪。如姬参见谢恩毕，奏曰：「救赵成功，使秦国畏大王之威，赵王怀大王之德，皆信陵君之功也。信陵君乃国之长城，家之宗器，岂可弃之于外邦？乞大王遣使召回本国，一以全「亲亲」之情，一以表「贤贤」之义。」魏王曰：「彼免罪足矣，何得云功乎？」但吩咐：「信陵君名下应得邑俸，仍旧送去本府家眷支用，不准迎归。」自是魏、赵俱太平无话。

再说秦昭襄王兵败归国，太子安国君率王孙子楚出迎于郊，齐奏吕不韦之贤。秦王封为客卿，食邑千户。秦王闻郑安平降魏，大怒，族灭其家。郑安平乃是丞相应侯范雎所荐，秦法凡荐人不效者，与所荐之人同罪，郑安平降敌，既已族诛，范雎亦该连坐；于是范雎席藁待罪。

不知性命如何，且看下回分解。

第一〇一回　秦王灭周迁九鼎　廉颇败燕杀二将

话说郑安平以兵降魏，应侯范雎是个荐主，法当从坐，于是席藁待罪。秦王曰：『任安平者，本出寡人之意，与丞相无干。』再三抚慰，仍令复职。群臣纷纷议论，秦王恐范雎心上不安，乃下令国中曰：『郑安平有罪，族灭勿论。如有再言其事者，即时斩首！』国人乃不敢复言。秦王赐范雎食物，比常有加。应侯甚不过意，欲说秦王灭周称帝，以此媚之。于是使张唐为大将，伐韩，欲先取阳城，以通三川之路。

再说楚考烈王闻信陵君大破秦军，春申君黄歇无功，班师而还，叹曰：『平原「合从」之谋，非妄言也！寡人恨不得信陵君为将，岂忧秦人哉！』春申君有惭色，进曰：『向者「合从」之议，大王为长。今秦兵新挫，其气已夺，大王诚发使约会列国，并力攻秦，更说周王，奉以为主，挟天子以声诛讨，五伯之功，不足道矣。』楚王大喜，即遣使入周，以伐秦之谋，告赧王。赧王已闻秦王欲通三川，意在伐周，今日伐秦，正合着《兵法》『先发制人』之语，如何不从？楚王乃与五国定从约，刻期大举。

时周赧王一向微弱，虽居天子之位，徒守空名，不能号令。韩、赵分周地为二，以雒邑之河南王城为西周，以巩附成周为东周，使两周公治之。赧王自成周迁于王城，依西周公以居，拱手而已。至是，欲发兵攻秦，命西周公签丁为伍，仅得五六千人，尚不能给车马之费。于是访国中有钱富民，借贷以为军资，与之立券，约以班师之日，将所得卤获，出息偿还。西周公自将其众，屯于伊阙，以待诸侯之兵。时韩方被兵，自顾不暇；赵初解围，余畏未息；齐与秦和好，不愿同事；惟燕将乐閒，楚将景阳，二枝兵先到，俱列营观望。秦王闻各国人心不一，无进取之意，益发兵助张唐，攻下阳城；别遣将军嬴樛，耀兵十万于函谷关之外。燕、楚之兵，约屯三月有余，见他兵不集，军心懈怠，遂各班师。西周公亦引兵归。赧王出兵一番，徒费无益。富民俱执券索偿，日攒聚宫门，哗声直达内寝。赧王惭愧，无以应之，乃避于高台之上。后人因名其台曰「避债台」。

却说秦王闻燕、楚兵散，即命嬴摎与张唐合兵，取路阳城，以攻西周。赧王兵粮两缺，不能守御，欲奔三晋。西周公进曰：「昔太史儋言：「周、秦五百岁而合，有伯王者出。」今其时矣！秦有混一之势，三晋不日亦为秦有，王不可以再辱。不如捧土自归，犹不失宋、杞之封也。」赧王无计可施，乃率群臣子侄，哭于文、武之庙，三日，捧其所存舆图，亲诣秦军投献，愿束身归咸阳。嬴摎受其献，共三十六城，户三万。西周所属地已尽，惟东周仅存。嬴摎先使张唐护送赧王君臣子孙入秦奏捷，自引军入雒阳城，经略地界。赧王谒见秦王，顿首谢罪。秦王意怜之，以梁城封赧王，降为周公，比于附庸。原日西周公降为家臣。东周公贬爵为君，是为东周君。赧王年老，往来周、秦，不胜劳苦。既至梁城，不逾月病死。

秦王命除其国。又命嬴摎发雒阳丁壮，毁周宗庙，运其祭器，并要搬运九鼎，安放咸阳。周民不愿役秦者，皆逃奔巩城，依东周公以居。亦见人心之不肯忘周矣！将迁鼎之前一日，居民闻鼎中有哭泣之声。及运至泗水，一鼎忽从舟中飞沉于水底，嬴摎使人没水求之，不见有鼎，但见苍龙一条，鳞鬣怒张，顷刻波涛顿作，舟人恐惧，不敢触之。嬴摎是夜梦周武王坐于太庙，召摎至，责之曰：「汝何得迁吾重器，毁吾宗庙？」命左右鞭其背三百。嬴摎梦觉，即患背疽，扶病归秦，将八鼎献上秦王，并奏明其状。秦王查阅所失之鼎，正豫州之鼎也。秦王叹曰：「地皆入秦，鼎独不附寡人乎？」欲多发卒徒，更往取之。嬴摎谏曰：「此神物有灵，不可复取。」秦王乃止。嬴摎竟以疽死。

秦王以八鼎及祭器，陈列于秦太庙之中，郊祀上帝于雍州，布告列国，俱要朝贡称贺，不来宾者伐之。韩桓惠王首先入朝，稽首称臣。齐、楚、燕、赵皆遣国相入贺。独魏国使者，尚未见到。秦王命河东守王稽，引兵袭魏。王稽素与魏通，私受金钱，遂泄其事。魏王惧，遣使谢罪，亦使太子增为质于秦，委国听令。自此六国，俱宾服于秦。时秦昭襄王之五十二年也。秦王究通魏之事，召王稽诛之。范睢益不自安。

一日，秦王临朝叹息。范睢进曰：「臣闻『主忧则臣辱，主辱则臣死』。今大王临朝而叹，由臣等不职之故，不能为大王分忧，臣敢请罪！」秦王曰：「夫物不素具，不可以应猝。今武安君诛死，而郑安平背叛，外多强敌，而内无良将，寡人是以忧也。」范睢且惭且惧，不敢对而出。

时有燕人蔡泽者，博学善辩，自负甚高，乘敝车游说诸侯，无所遇。至大梁，遇善相者唐举，问曰：「吾闻先生曾相赵国李兑，言：『百日之内，持国秉政。』果有之乎？」唐举曰：「然。」蔡泽曰：「如仆者，先生以为何如？」唐举熟视而笑，谓曰：「先生鼻如蝎虫，肩高于项，魋颜蹙眉，两膝挛曲，吾闻『圣人不相』，殆先生乎？」蔡泽知唐举戏之，乃曰：「富贵吾所自有，吾所不知者寿耳！」唐举曰：「先生之寿，从今以往者四十三年！」蔡泽笑曰：「吾饭粱啮肥，乘车跃马，怀黄金之印，结紫绶于腰，揖让人主之前者，四十三年足矣！尚何求乎？」及再游韩、赵不得意，返魏，于郊外遇盗，釜甑皆为夺去，无以为炊，息于树下，复遇唐举。举戏曰：「先生尚未富贵耶？」蔡泽曰：「方且觅之。」唐举曰：「先生金水之骨，当发于西。今秦丞相应侯，用郑安平、王稽皆得重罪，应侯惭惧之甚，必急于卸担。先生何不一往，而困守于此？」蔡泽曰：「道远难至，奈何？」唐举解囊中，出数金赠之。

蔡泽得其资助，遂西入咸阳。谓旅邸主人曰：「汝饭必白粱，肉必甘肥，俟吾为丞相时，当厚酬汝。」主人曰：「客何人，乃望作丞相耶？」泽曰：「吾姓蔡名泽，乃天下雄辩有智之士，特来求见秦王。秦王若一见我，必然悦我之说，逐应侯而以吾代之，相印立可悬于腰下也。」主人笑其狂，为人述之。应侯门客闻其语，述于范睢。范睢曰：「五帝三代之事，百家之说，吾莫不闻，众口之辩，遇我而屈，彼蔡泽者，恶能说秦王而夺吾相印乎？」乃使人往旅邸召蔡泽。主人谓泽曰：「客祸至矣！客宣言欲代应侯为相，今应府相召，先生若往，必遭大辱。」蔡泽笑曰：「吾见应侯，彼必以相印让我，不须见秦王也。」主人曰：「客太狂，勿累我。」

蔡泽布衣蹑屩，往见范雎。雎踞坐以待之。蔡泽长揖不拜。范雎亦不命坐，厉声诘之曰：「外边宣言，欲代我为丞相者是汝耶？」蔡泽端立于旁曰：「正是！」范雎曰：「汝有何辞说，可以夺我爵位？」蔡泽曰：「吁！君何见之晚也。夫四时之序，成功者退，将来者进。君今日可以退矣！」范雎曰：「吾不自退，谁能退之？」蔡泽曰：「夫人生百体坚强，手足便利，聪明圣智，行道施德于天下，岂非世所敬慕为贤豪者与？」范雎应曰：「然。」蔡泽又曰：「既已得志于天下，而安乐寿考，终其天年，簪缨世禄，传之子孙，世世不替，与天地相终始，岂非世所谓吉祥善事者与？」范雎曰：「然。」蔡泽曰：「若夫秦有商君，楚有吴起，越有大夫种，功成而身不得其死，君亦以为可愿否？」范雎心中暗想：「此人谈及利害，渐渐相逼，若说不愿，就堕其说术之中了。」乃佯应之曰：「有何不可愿也。夫公孙鞅事孝公，尽公无私，定法以治国中，为秦将拓地千里；吴起事楚悼王，废贵戚以养战士，南平吴越，北却三晋；大夫种事越王，能转弱为强，并吞劲吴，为其君报会稽之怨；虽不得其死，然大丈夫杀身成仁，视死如归，功在当时，名垂后世，何不可愿之有哉？」此时范雎虽然嘴硬，却也不安于坐，起立而听之。蔡泽对曰：「主圣臣贤，国之福也。父慈子孝，家之福也。为孝子者，谁不愿得慈父？为贤臣者，谁不愿得明君？比干忠而殷亡，申生孝而国乱，身虽恶死，而无济于君父，何也？其君父非明且慈也。商君、吴起、大夫种亦不幸而死耳，岂求死以成后世之名哉？夫比干剖而微子去，召忽戮而管仲生，微子、管仲之名，何至出比干召忽之下乎？故大丈夫处世，身名俱全者，上也。名可传而身死者，其次也，惟名辱而身全，斯为下耳。」这段话说得范雎胸中爽快，不觉离席，移步下堂，口中称：「善！」蔡泽又曰：「君以商君、吴起、大夫种杀身成仁为可愿也，然孰与闳夭之事文王，周公之辅成王乎？」范雎曰：「商君等弗如也。」蔡泽曰：「然则今王之信任忠良，惇厚故旧，视秦孝公、楚悼王奚若？」范雎沉吟少顷，曰：「未知何如。」蔡泽曰：「君自量功在国家，算无失策，孰与商君、吴起、大夫种？」范雎又曰：「吾弗如！」蔡泽曰：「今王之亲信功臣，既不能有过于秦孝公、楚悼王、越王勾践，而君之功绩，又不若商君、吴起、大夫种，然而君之禄位过盛，私家之富，倍于三子，如是而不思急流勇退，为自全计，彼三子者，且不能免祸，而况于君乎？夫翠鹄、犀、象，其处势非不远于死，而竟以死者，惑于饵也。苏秦、智伯之智，非不足以自庇，而竟以死者，惑于贪利不止也。君以匹夫，徒步知遇秦王，位为上相，富贵已极，怨已雠而德已报矣。犹然贪恋势利，进而不退，窃恐苏秦、智伯之祸，在所不免。语云：「日中必移，月满必亏。」君何不以此时归相印，择贤者而荐之？所荐者贤，而荐贤之人益重，君名为辞荣，实则卸担。于是乎寻川岩之乐，享乔松之寿，子孙世世，长为应侯，孰与据轻重之势，而蹈不可知之祸哉？」范雎曰：「先生自谓雄辩有智，今果然也。雎敢不受命！」于是乃延之上坐，待以客礼，遂留于宾馆，设酒食款待。

次日入朝，奏秦王曰：「客新有从山东来者，曰蔡泽，其人有王伯之才，通时达变，足以寄秦国之政。臣所见之人甚众，更无其匹，臣万不及也。臣不敢蔽贤，谨荐之于大王。」秦王召蔡泽见于便殿，问以兼并六国之计。蔡泽从容条对，深合秦王之意，即日拜为客卿。范雎因谢病，请归相印。秦王不准。雎遂称病笃不起。秦王乃拜蔡泽为丞相，以代范雎，封刚成君。雎老于应。

话分两头。却说燕自昭王复国，在位三十三年，传位于惠王。惠王在位七年，传于武成王。武成王在位十四年，传于孝王。孝王在位三年，传于燕王喜。喜即位，立其子丹为太子。燕王喜之四年，秦昭襄王之五十六年也。是岁，赵平原君赵胜卒，以廉颇为相国，封信平君。燕王喜以赵国接壤，使其相国栗腹，往吊平原君之丧，因以五百金为赵王酒资，约为兄弟。栗腹冀赵王厚贿。赵王如常礼相待，栗腹意不怿。归报燕王曰：「赵自长平之败，壮者皆死，其孤尚幼。且相国新丧，廉颇已老，若出其不意，分兵伐之，赵可灭也。」燕王惑其言，召昌国君乐閒问之。閒对曰：「赵东邻燕，西接秦境，南错韩、魏，北连胡貊，四野之地，其民习兵，不可轻伐。」燕王曰：「吾以三倍之众而伐一，何如？」乐閒曰：「未可。」燕王曰：「以五倍伐一，何如？」乐閒不应。燕王怒曰：「汝以父坟墓在赵，不欲攻耶？」乐閒曰：「王如不信，臣请试之。」群臣阿燕王之意，皆曰：「天下焉有五而不能胜一者？」大夫将渠独切谏曰：「王且勿言众寡，而先言曲直。王方与赵交欢，以五百金为赵王寿，使者还报，而即攻之，不信不义，师必无功。」燕王不以为然。使栗腹为大将，乐乘佐之，率兵十万攻鄗。使庆秦为副将，乐閒佐之，率兵十万攻代。燕王亲率兵十万为中军，在后接应。方欲升车，将渠手揽王绶，垂泪言曰：「即伐赵，愿大王勿亲往，恐震惊左右。」燕王怒，以足蹴将渠。渠即抱王足而泣曰：「臣之留大王者，忠心也。王若不听，燕祸至矣！」燕王愈怒，命囚将渠于狱，俟凯旋日杀之。三军分路而进，旌旗蔽野，杀气腾空，满望踏平赵土，大拓燕疆。

赵王闻燕兵将至，集群臣问计。相国廉颇进曰：「燕谓我丧败之余，士伍不充，若大赉国中，使民十五岁以上者，悉持兵佐战，军声一振，燕气自夺。栗腹喜功，原无将略，庆秦无名小子，乐閒、乐乘以昌国君之故，往来燕、赵，不为尽力，燕军可立破也。」乃荐雁门李牧，其才可将。赵王用廉颇为大将，引兵五万，迎栗腹于鄗，用李牧为副将，引兵五万，迎庆秦于代。

却说廉颇兵至房子城，知栗腹在鄗，乃尽匿其丁壮于铁山，但以老弱列营。栗腹探知，喜曰：「吾固知赵卒不堪战也！」乃率众急攻鄗城。鄗城人知救兵已至，坚守十五日不下。廉颇率大军赴之，先出疲卒数千人挑战。栗腹留乐乘攻城，亲自出阵，只一合，赵军不能抵当，大败而走。栗腹指麾将士，追逐赵军。约六七里，伏兵齐起，当先一员大将，驰车而出，大叫：「廉颇在此！来将早早受缚！」栗腹大怒，挥刀迎敌。廉颇手段高强，所领俱是选的精卒，一可当百。不数合，燕军大败，廉颇生擒栗腹。乐乘闻主将被擒，解围欲走。廉颇使人招之，乐乘遂奔赵军。恰好李牧救代得胜，斩了庆秦，遣人报捷；乐閒率余众保于清凉山，廉颇使乐乘为书招閒，閒亦降赵。燕王得知两路兵俱败没，遂连夜奔回中都。廉颇长驱直入，筑长围以困之。燕王遣使乞和。乐閒谓廉颇曰：「本倡伐赵之谋者，栗腹也。大夫将渠有先几之明，苦谏不听，被羁在狱。若欲许和，必须要燕王以将渠为相国，使他送款，方可。」廉颇从其说。

燕王出于无奈，即召将渠于狱中，授相印。将渠辞曰：「臣不幸言而中，岂可幸国之败以为利哉！」燕王曰：「寡人不听卿言，自取辱败，今将求成于赵，非卿不可。」将渠乃受相印，谓燕王曰：「乐乘乐閒，虽身投于赵，然其先世有大功于燕，大王宜归其妻子，使其不忘燕德，则和议可速成矣。」燕王从之。将渠乃如赵军，为燕王谢罪，并送还乐閒、乐乘家属。廉颇许和，因斩栗腹之首，并庆秦之尸，归之于燕，即日班师还赵。

赵王封乐乘为武襄君，乐閒仍称昌国君如故。以李牧为代郡守。时剧辛为燕守蓟州，燕王以剧辛素与乐毅同事昭王，使为书以招二乐。乐乘、乐閒以燕王不听忠言，竟留于赵。将渠虽为燕相，不出燕王之意，未及半载，托病辞印。燕王遂用剧辛代之。此段话且搁过一边。

再说秦昭襄王在位五十六年，年近七十，至秋得病而薨。太子安国君柱立，是为孝文王。立赵女为王后，子楚为太子。韩王闻秦王之丧，首先服衰绖入吊，视丧事，如臣子之礼。诸侯皆遣将相大臣来会葬。孝文王除丧之三日，大宴群臣，席散，回宫而死。国人皆疑客卿吕不韦欲子楚速立为王，乃重贿左右，置毒药于酒中，秦王中毒而死。然心惮不韦，无敢言者。于是不韦同群臣奉子楚嗣位，是为庄襄王。奉华阳夫人为太后。立赵姬为王后。子赵政为太子，去赵字，单名政。蔡泽知庄襄王深德吕不韦，欲以为相，乃托病，以相印让之。不韦遂为丞相，封文信侯，食河南雒阳十万户。不韦慕孟尝、信陵、平原、春申之名，耻其不如，亦设馆招致宾客，凡三千余人。

再说东周君闻秦连丧二王，国中多事，乃遣宾客往说诸国，欲「合从」以伐秦。丞相吕不韦，言于庄襄王曰：「西周已灭，而东周一线若存，自谓文、武之子孙，欲以鼓动天下，不如尽灭之，以绝人望。」秦王即用不韦为大将，率兵十万伐东周，执其君以归，尽收巩城等七邑。周自武王己酉受命，终于东周君壬子，历三十七王，共八百七十三年，而祀绝于秦。有歌诀为证：

周武成康昭穆共，懿孝夷厉宣幽终，以上盛周十二主，二百五十二年逢。
东迁平桓庄釐惠，襄顷匡定简灵继，景悼敬元贞定哀，思考威烈安烈序。
显子慎靓赧王亡，东周廿六凑成双，系出喾子后稷弃，太王王季文王昌。
首尾三十有八主，八百七十年零四，卜年卜世数过之，宗社灵长古无二。

秦王乘灭周之盛，复遣蒙骜袭韩，拔成皋、荥阳，置三川郡，地界直逼大梁矣。秦王曰：「寡人昔质于赵，几为赵王所杀，此仇不可不报！」乃再遣蒙骜攻赵，取榆次等三十七城，置太原郡。遂南定上党，因攻魏高都，不拔，秦王复遣王龁将兵五万助战。魏兵屡败，如姬言于魏王曰：「秦所以急攻魏者，欺魏也。所以欺魏者，以信陵君不在也。信陵君贤名闻于天下，能得诸侯之力。大王若使人卑辞厚币，召之于赵，使其「合从」列国，并力御秦，虽有蒙骜等百辈，何敢正眼视魏哉！」魏王势在危急，不得已从其计，遣颜恩为使，持相印，益以黄金彩币，往赵迎信陵君。遗以书，略曰：

公子昔不忍赵国之危，今乃忍魏国之危乎？魏急矣！寡人举国引领以待公子之归也。公子幸勿计寡人之过！

信陵君虽居赵国，宾客探信，往来不绝。闻魏将遣使迎己，恨曰：「魏王弃我于赵，十年于兹矣。今事急而召我，非中心念我也！」乃悬书于门下：「有敢为魏王通使者死！」宾客皆相戒，莫敢劝其归者。颜恩至魏半月，不得见公子。魏王复遣使者催促，音信不绝。颜恩欲求门下客为言，俱辞不敢通。欲候信陵君出外，于路上邀之。信陵君为回避魏使，竟不出门。颜恩无可奈何。

毕竟信陵君肯归魏否，且看下回分解。

第一〇二回 华阴道信陵败蒙骜　胡卢河庞煖斩剧辛

话说颜恩欲见信陵君不得，宾客不肯为通，正无奈何。适博徒毛公和卖浆薛公来访公子，颜恩知为信陵君上客，泣诉其事。二公曰：「君第戒车，我二人当力劝之。」颜恩曰：「全仗，全仗！」二公入见信陵君曰：「闻公子车驾将返宗邦，吾二人特来奉送。」信陵君曰：「那有此事？」二公曰：「秦兵围魏甚急，公子不闻乎？」信陵君曰：「闻之。但无忌辞魏十年，今已为赵人，不敢与闻魏事矣。」二公齐声曰：「公子，是何言也！公子所以重于赵，名闻于诸侯者，徒以有魏也。即公子之能养士，致天下宾客者，亦借魏力也。今秦攻魏日急，而公子不恤；设使秦一旦破大梁，夷先王之宗庙，公子纵不念其家，独不念祖宗之血食乎？公子复何面目寄食于赵也？……」言未毕，信陵君蹴然起立，面发汗，谢曰：「先生责无忌甚正！无忌几为天下罪人矣。」即日命宾客束装，自入朝往辞赵王。赵王不舍信陵君归去，持其臂而泣曰：「寡人自失平原，倚公子如长城，一朝弃寡人而去，寡人谁与共社稷耶？」信陵君曰：「无忌不忍先王宗庙见夷于秦，不得不归。倘邀君之福，社稷不泯，尚有相见之日。」赵王曰：「公子向以魏师存赵，今公子归赴国难，寡人敢不悉赋以从！」乃以上将军印，授公子，使将军庞煖为副，起赵军十万助之。信陵君既将赵军，先使颜恩归魏报信，然后分遣宾客，致书于各国求救。燕、韩、楚三国，俱素重信陵之人品，闻其为将，莫不喜欢，悉遣大将引兵至魏，听其节制。燕将将渠，韩将公孙婴，楚将景阳，惟齐国不肯发兵。

却说魏王正在危急，得颜恩报说：「信陵君兼将燕、赵、韩、楚之师，前来救魏。」魏王如渴时得浆，火中得水，喜不可言。使卫庆悉起国中之师，出应公子。时蒙骜围郏州，王龁[3]围华州，信陵君曰：「秦闻吾为将，必急攻。郏、华东西相距五百余里，吾以兵缀蒙骜之兵于郏，而率奇兵赴华。若王龁兵败，则蒙骜亦不能自固矣。」众将皆曰：「然。」乃使卫庆以魏师合楚师，筑为连垒，以拒蒙骜。虚插信陵君旗号，坚壁勿战。而身帅赵师十万，与燕韩之兵，星驰华州。信陵君集诸将计议曰：「少华山东连太华，西临渭河，秦以舟师运粮，俱泊渭水，而少华木多荆杞，可以伏兵。若以一军往渭劫粮，王龁必悉兵来救，吾伏兵于少华，邀而击之，无不胜矣。」即命赵将庞煖，引一支军往渭河，劫其粮艘。使韩将公孙婴，燕将将渠，各引一支军，声言接应劫粮之兵，只在少华山左右伺候，共击秦军。信陵君亲率精兵三万，伏于少华山下。

庞煖引军先发，早有伏路秦兵，报入王龁营中，言：「魏信陵君为将，遣兵径往渭口。」王龁大惊曰：「信陵善于用兵，今救华，不接战，而劫渭口之粮，是欲绝我根本也！吾当亲往救之。」遂传令：「留兵一半围城，余者悉随吾救渭。」将近少华山，山中闪出一队大军，打着『燕相国将渠』旗号。王龁传令列成阵势，便接住将渠交锋。战不数合，又是一队大军到来，打着『韩大将公孙婴』旗号，王龁急分兵迎敌。军士报道：「渭河粮船，被赵将庞煖所劫。」王龁道：「事已如此，且只顾厮杀，若杀退燕、赵二军，又作计较。」三国之兵，搅做一团，自午至酉，尚未鸣金。信陵君度秦兵已疲，引伏兵一齐杀出，大叫：「信陵君亲自领兵在此！秦将早早来降，免污刀斧！」王龁虽是个惯战之将，到此没有三头六臂，如何支持得来？况秦兵素闻信陵君威名，到此心胆俱裂，人人惜命，个个奔逃。王龁大败，折兵五万有余，又尽丧其粮船，只得引残兵败将，向路南而遁，进临潼关去讫。信陵君引得胜之兵，仍分三队，来救郑州。

却说蒙骜谍探信陵君兵往华州，乃将老弱立营，虚建『大将蒙』旗帜，与魏、楚二军相持，尽驱精锐，衔枚疾走，望华州一路迎来，指望与王龁合兵。谁知信陵君已破走了王龁，恰好在华阴界上相遇。信陵君亲冒矢石，当先冲敌。左有公孙婴，右有将渠，两下大杀一阵。蒙骜折兵万余，鸣金收军。当下札住大寨，整顿军马，打点再决死敌。这边魏将卫庆，楚将景阳，探知蒙骜不在军中，攻破秦营老弱，解了郑州之围，也望华阴一路追袭而来。正遇蒙骜列阵将战，两下夹攻，蒙骜虽勇，怎当得五路军马，腹背受敌，又大折一阵，急急望西退走。信陵君率诸军，直追至函谷关下，五国札下五个大营，在关前扬威耀武。如此月余，秦兵紧闭关门，不敢出应。信陵君方才班师。各国之兵，亦皆散回本国。史臣论此事，以为信陵君之功，皆毛公、薛公之功也！有诗云：

兵马临城孰解围？合从全仗信陵归。当时劝驾谁人力？却是埋名两布衣。

魏安釐王闻信陵君大破秦军，奏凯而回，不胜之喜，出城三十里迎接。兄弟别了十年，今日相逢，悲喜交集，乃并驾回朝。论功行赏，拜为上相，益封五城，国中大小政事，皆决于信陵君。赦朱亥擅杀晋鄙之罪，用为偏将。此时信陵君之威名，震动天下，各国皆具厚币，求信陵君兵法。信陵君将宾客平日所进之书，纂括为二十一篇，阵图七卷，名曰《魏公子兵法》。

却说蒙骜与王龁领着败兵，合做一处，来见秦庄襄王，奏曰：「魏公子无忌，『合从』五国，兵多将广，所以臣等不能取胜。损兵折将，罪该万死！」秦王曰：「卿等屡立战功，开疆拓土，今日之败，乃是众寡不敌，非卿等之罪也。」刚成君蔡泽进曰：「诸国所以『合从』者，徒以公子无忌之故。今王遣一使修好于魏，且请无忌至秦而会，俟其入关，即执而杀之，永绝后患，岂不美哉！」秦王用其谋，遣使至魏修好，并请信陵君。冯谖曰：「孟尝、平原，皆为秦所羁，幸而得免，公子不可复蹈其辙。」信陵君亦不愿行，言于魏王，使朱亥为使，奉璧一双以谢秦。秦王见信陵君不至，其计不行，心中大怒。蒙骜密奏秦王曰：「魏使者朱亥，即锤击晋鄙之人也。此魏之勇士，宜留为秦用。」秦王欲封朱亥官职，朱亥坚辞不受。秦王益怒。令左右引朱亥置虎圈中。圈有斑斓大虎，见人来即欲前攫。朱亥大喝一声：『畜生何敢无礼！』迸开双睛，如两个血盏，目眦尽裂，进血溅虎。虎蹲伏股栗，良久不敢动。左右乃复引出。秦王叹曰：『乌获、任鄙，不是过矣！若放之归魏，是与信陵君添翼也。』愈欲迫降之。亥不从。命拘于驿舍，绝其饮食。朱亥曰：『吾受信陵君知遇，当以死报之！』乃以头触屋柱，柱折而头不破。于是以手自探其喉，绝咽而死，真义士哉！

秦王既杀朱亥，复谋于群臣曰：『朱亥虽死，信陵君用事如故，寡人意欲离间其君臣，诸卿有何良策？』刚成君蔡泽进曰：『昔信陵君窃符救赵，得罪魏王，魏王弃之于赵，不许相见。后因秦兵围急，不得已而召之。虽然纠连四国，得成大功，然信陵君有震主之嫌，魏王岂无疑忌之意？信陵君锤杀晋鄙，鄙死，宗族宾客，怀恨必深。大王若捐金万斤，密遣细作至魏，访求晋鄙之党，奉以多金，使之布散流言，言：「诸侯畏信陵君之威，皆欲奉之为魏王，信陵君不日将行篡夺之事。」如此，则魏王必疏无忌而夺其权。信陵君不用事，天下诸侯，亦皆解体。吾因而用兵，无足为吾难矣。』秦王曰：『卿计甚善！然魏既败吾军，其太子增犹质吾国，寡人欲因而杀之，以泄吾恨，何如？』蔡泽对曰：『杀一太子，彼复立一太子，何损于魏？不若借太子使为反间于魏。』秦王大悟，待太子增加厚。一面遣细作持万金，往魏国行事；一面使其宾客皆与太子增往来相善，因而密告太子曰：『信陵君在外十年，交结诸侯，诸侯之将相，莫不敬且惮之，今为魏大将，诸侯兵皆属焉，天下但知有信陵君，不知有魏王也。虽吾秦国，亦畏信陵君之威，欲立为王，与之连和。信陵君若立，必使秦杀太子，以绝民望。即不然，太子亦将终老于秦矣。奈何！』太子增涕泣求计。客曰：『秦方欲与魏通和，太子何不致一书于魏王，使其请太子归国？』太子增曰：『虽请之，秦安肯释我而归耶？』客曰：『秦王之欲奉信陵，非其本意，特畏之耳。若太子愿以国事秦，固秦之愿也，何患请而不从哉？』太子增乃为密书，书中备言诸侯归心信陵，秦亦欲拥立为王等语，后乃叙己求归之意，将书付客，托以密致魏王。于是秦王乃修书二封，一封致魏王归朱亥之丧，托言病死；一封奉贺信陵君，另有金币等物。

却说魏王因晋鄙宾客布散流言，固已心疑。及秦使捧国书来，欲与魏息兵修好，叩其来意，都是敬慕信陵之语，又接得太子增家信，心中愈加疑惑。使者再将书币，送信陵府中，故意泄漏其语，使魏王闻之。却说信陵君闻秦使讲和，谓宾客曰：『秦非有兵戎之事，何求于魏？此必有计！』言未毕，阍人报秦使者在门，言：『秦王亦有书奉贺。』信陵君曰：『人臣义无私交，秦王之书币，无忌不敢受。』使者再三致秦王之意，信陵君亦再三却之。恰好魏王遣使来到，要取秦王书来看。信陵君曰：『魏王既知有书，若说吾不受，必不肯信。』遂命驾车将秦王书币，原封不动，送上魏王，言：『臣已再三辞之，不敢启封。今蒙王取览，只得呈上，但凭裁处！』魏王曰：『书中必有情节，不启不明。』乃发书观之，略曰：

公子威名，播于天下，天下侯王，莫不倾心于公子者。指日当正位南面，为诸侯领袖；但不知魏王让位当在何日？引领望之！不腆之赋，预布贺忱，惟公子勿罪！

魏王览毕，付与信陵君观看。信陵君奏曰：『秦人多诈，此书乃离间我君臣，臣所以不受者，正虑书中不知何语，恐堕其术中耳。』魏王曰：『公子既无此心，便可于寡人面前，作书复之。』即命左右取纸笔，付信陵君作回书。略云：

无忌受寡君不世之恩，糜首莫酬，南面之语，非所以训人臣也。蒙君辱贶，昧死以辞！

书付秦使，并金币带回。魏王亦遣使谢秦，并言：『寡君年老，欲请太子增回国。』秦王许之。太子增既回魏，复言信陵君不可专任。信陵君虽则于心无愧，度王心中芥蒂，终未释然，遂托病不朝，将相印兵符，俱缴还魏王，与宾客为长夜之饮，多近妇女，日夜为乐，惟恐不及。史臣有诗云：

侠气凌今古，威名动鬼神；一身全赵魏，百战却嬴秦。
镇国同坚础，危词似吠狺；英雄无用处，酒色了残春。

再说秦庄襄王在位三年，得疾，丞相吕不韦入问疾。因使内侍以缄书密致王后，追述往日之誓。后旧情未断，遂召不韦与之私通。不韦以医药进王，王病一月而薨。不韦扶太子政即位，此时年仅一十三岁。尊庄襄后为太后，封其母弟成峤为长安君，国事皆决于不韦，比于太公，号为尚父。不韦父死，四方诸侯宾客，吊者如市，车马填塞道路，视秦王之丧，愈加众盛。正是『权倾中外，威振诸侯』。不在话下。

秦王政元年，吕不韦知信陵君退废，始复议用兵。使大将蒙骜，同张唐伐赵，攻下晋阳。

三年，再遣蒙骜同王龁攻韩，韩使公孙婴拒之。王龁曰：『吾一败于赵，再败于魏，蒙秦王赦而不诛，此行当以死报！』遂帅其私属千人，直犯韩营，龁力战而死。韩兵乱，蒙骜乘之，大败韩师，杀公孙婴，取韩十二城以归。自信陵君废，而赵、魏之好亦绝。赵孝成王使廉颇伐魏，围繁阳，未克，而孝成王薨。太子偃嗣立，是为悼襄王。时廉颇已克繁阳，乘胜进取。而大夫郭开，素以谄佞为廉颇所嫉，常因侍宴面叱之。郭开衔怨在心，谮于悼襄王，言：『廉颇已老，不任事，伐魏久而无功。』乃使武襄君乐乘，往代廉颇。廉颇怒曰：『吾自事惠文王为将，于今四十余年，未有挫失，乐乘何人，而能代我？』遂勒兵攻乘，乘惧走归国。廉颇遂奔魏，魏王虽尊为客将，疑而不用。廉颇由是遂居大梁。

秦王政四年，十月，蝗虫从东方来，蔽天，禾稼不收，疫病大作。吕不韦与宾客议令百姓纳粟千石，拜爵一级。后世纳粟之例，自此而起。是年，魏信陵君伤于酒色，得疾而亡。冯谖哭泣过哀，亦死，宾客自刭从死者百余人。足见信陵君之能得士矣！明年，魏安釐王亦薨，太子增嗣立，是为景湣王。秦知魏新丧君，又信陵君已死，思报败绩之仇，遣大将蒙骜攻魏，拔酸枣等二十城，置东郡。未几，又拔朝歌，又攻下濮阳。卫元君乃魏王之婿，东走野王，阻山而居。景湣王叹曰：『使信陵君尚在，当不令秦兵纵横至此也！』于是遣使与赵通好。赵悼襄王亦患秦侵伐无已，方欲使人往纠列国，重寻信陵、平原二君『合从』之约。忽边吏报道：『今有燕国，拜剧辛为大将，领兵十万，来犯北界。』

那剧辛原是赵人，先在赵时，原与庞煖有交。后来庞煖仕赵，剧辛投奔燕昭王，昭王用为蓟郡守。及燕王喜被赵将廉颇围困都城，赖将渠讲和而罢，深以为耻。将渠相燕，原出于赵人所命，非燕王之意，虽则助信陵君战秦有功，到底君臣之间，未能十分相信。将渠为相岁余，即托病归其印绶。燕王乃召剧辛于蓟，用为相国，共图报赵之事，奈心惮廉颇，不敢动掸。今日廉颇奔魏，庞煖为将，剧辛意颇轻之，乃迎合燕王之意，奏曰：『庞煖庸才，非廉颇之比。况秦兵已拔晋阳，赵人疲敝，乘衅攻之，栗腹之耻可雪也。』燕王大悦曰：『寡人正有此意，相国能为寡人一行乎？』剧辛曰：『臣熟知地利，若蒙见委，定当生擒庞煖，献于大王之前。』燕王大悦，遂使剧辛将兵十万伐赵。赵王闻报，即召庞煖计议。煖曰：『剧辛自恃宿将，必有轻敌之心。今李牧见守代郡，使引军南行，从庆都一路来，以断其后，臣以一军迎战，彼腹背受敌，可成擒矣。』赵王从计而行。

却说剧辛渡易水，取路中山，直犯常山地界，兵势甚锐。庞煖帅大军屯于东垣，深沟高垒，以待其来。剧辛曰：「我军深入，若彼坚壁不战，成功无日矣。」问帐下：「谁敢挑战？」骁将栗元，乃栗腹之子，欲报父仇，欣然愿往。剧辛曰：「更得一人帮助方可。」末将武阳靖请行。剧辛给锐卒万人，使犯赵师。庞煖使乐乘、乐閒，张两翼以待，而亲率军迎战。两下交锋，约二十余合，一声炮响，两翼并进，俱用强弓劲弩，乱射燕军。武阳靖中箭而亡。栗元不能抵当，回车便走。庞煖同二将从后掩杀，一万锐卒，折去三千有余。剧辛大怒，急催大军亲自接应。庞煖已自还营去了。剧辛攻垒不能入，乃使人下书，约明日于阵前，单车相见。庞煖允之，两下各自准备。

至次日，彼此列成阵势，吩咐：「不许施放冷箭。」庞煖先乘单车立于阵前，请剧将军会面。剧辛亦乘单车而出。庞煖在车中欠身曰：「且喜将军齿发无恙。」剧辛曰：「忆昔别君去赵，不觉距今已四十余年，某已衰老，君亦苍颜。人生如白驹过隙，信然也。」庞煖曰：「将军向以昭王礼士，弃赵奔燕，一时豪杰景附，如云之从龙，风之从虎。今金台草没，无终墓木已拱，苏代邹衍，相继去世，昌国君亦归吾国，燕之气运，亦可知矣！老将军年逾六十，孤立于衰王之庭，犹贪恋兵权，持凶器而行危事，欲何为乎？」剧辛曰：「某受燕王三世厚恩，粉骨难报，趁吾余年，欲为国家雪栗腹之耻！」庞煖曰：「栗腹无故攻吾鄗邑，自取丧败，此乃燕之犯赵，非赵之犯燕也。」两下在军前反覆酬答，庞煖忽大呼曰：「有人得剧辛之首者，赏三百金！」剧辛曰：「足下何轻吾太甚？吾岂不能取君之首耶？」庞煖曰：「君命在身，各尽其力可耳！」剧辛大怒，把令旗一麾，栗元便引军杀出。这里乐乘、乐閒，双车接战，燕军渐失便宜。剧辛驱军大进，庞煖亦以大军迎之。两下混杀一场，燕军比赵损折更多。天晚，各鸣金收兵。

剧辛回营，闷闷不悦。欲待回军，又在燕王面前夸了大口；欲待不回，又难取胜，正自踌躇。忽有守营军士报道：「赵国遣人下书，见在辕门之外，未敢擅投。」剧辛命取书到，其书再三缄封，甚固。发而观之，略曰：

代州守李牧，引军袭督亢，截君之后。君宜速归，不然无及。某以昔日交情，不敢不告！

剧辛曰：「庞煖欲摇动我军心耳！纵使李牧兵至，吾何惧哉！」命以书还其使人，来日再决死战。赵使者已去，栗元进曰：「庞煖之言，不可不信。万一李牧果引军袭吾之后，腹背受敌，何以处之？」剧辛笑曰：「吾亦虑及于此。适才所言，稳住军心；汝今密传军令，虚札营寨，连夜撤回，吾亲自断后，以拒追兵。」栗元领计去了。

谁知庞煖探听燕营虚设，同乐乘、乐閒，分三路追来。剧辛且战且走，行至龙泉河，探子报道：「前面旌旗塞路，闻说是代郡军马。」剧辛大惊曰：「庞煖果不欺我！」遂不敢北进，引兵东行，欲取阜城，一路奔往辽阳。庞煖追及，大战于胡卢河。剧辛兵败，叹曰：「吾何面目为赵囚乎？」自刎而亡。此燕王喜十三年，秦王政之五年也。髯翁有诗叹云：

金台应聘气昂昂，共翼昭王复旧疆；昌国功名今在否？独将白首送沙场！

栗元被乐閒擒而斩之。获首二万余，余俱奔溃，或降，赵兵大胜。庞煖约会李牧，一齐征进，取武遂、方城之地。燕王亲诣将渠之门，求其为使，伏罪乞和。庞煖看将渠面情，班师奏凯而回。李牧仍守代郡去讫。赵悼襄王郊迎庞煖，劳之曰：「将军武勇若此，廉、蔺犹在赵也！」庞煖曰：

「燕人已服，宜及此时「合从」列国，并力图秦，方保无虞。」

不知「合从」事如何，且看下回分解。

第一〇三回 李国舅争权除黄歇 樊於期传檄讨秦王

话说庞煖欲乘败燕之威，『合从』列国，为并力图秦之计。除齐附秦外，韩、魏、楚、燕，各出锐师，多者四五万，少亦二三万，共推春申君黄歇为上将。歇集诸将议曰：『伐秦之师屡出，皆以函谷关为事，秦人设守甚严，未能得志。即我兵亦素知仰攻之难，咸有畏缩之心。若取道蒲坂，由华州而西，径袭渭南，因窥潼关，《兵法》所谓「出其不意」也。』诸将皆曰：『然。』遂分兵五路，俱出蒲关，望骊山一路进发，直攻渭南，不克，围之。

秦丞相吕不韦使将军蒙骜、王翦、桓齮、李信、内史腾，各将兵五万人，五枝军兵，分应五国。不韦自为大将，兼统其军，离潼关五十里，分为五屯，如列星之状。王翦言于不韦曰：『以五国悉锐，攻一城而不克，其无能可知矣。三晋近秦，习与秦战，而楚在南方，其来独远，且自张仪亡后，三十余年不相攻伐，诚选五营之锐，合以攻楚，楚必不支，楚之一军破，余四军将望风而溃矣。』不韦以为然。于是使五屯设垒建帜如常，暗地各抽精兵一万，约以四鼓齐起，往袭楚寨。时李信以粮草稽迟，欲斩督粮牙将甘回，众将告求得免，但鞭背百余。甘回挟恨，夜奔楚军，以王翦之计告之。春申君大惊，欲驰报各营，恐其不及，遂即时传令，拔寨俱起，夜驰五十余里，方敢缓缓而行。比及秦兵到时，楚寨已撤矣。王翦曰：『楚兵先遁，必有泄吾谋者。计虽不成，然兵已至此，不可空回。』遂往袭赵寨。壁垒坚固，攻不能入。庞煖仗剑立于军门，有敢擅动者即斩。秦兵乱了一夜，至天明，燕、韩、魏俱合兵来救，蒙骜等方才收兵。庞煖怪楚兵不至，使人探之，知其先撤，叹曰：『「合从」之事，今后休矣！』诸将皆请班师，于是韩、魏之兵，先回本国。庞煖怒齐独附秦，挟燕兵伐之，取饶安一城而返。

再说春申君奔回郢城，四国各遣人来问曰：「楚为从长，奈何不告而先回，敢请其故？」考烈王责让黄歇，歇惭惧不容。时有魏人朱英，客于春申君之门，知楚方畏秦，乃说春申君曰：「人皆以楚强国，及君而弱，英独谓不然。先君之时，秦去楚甚远，西隔巴蜀，南隔两周，而韩、魏又眈眈乎拟其后，是以三十年无秦患。此非楚之强，其势然也。今两周已并于秦，而秦方修怨于魏，魏旦暮亡，则陈、许为通道，恐秦、楚之争，从此方始，君之责让，正未已也。何不劝楚王东徙寿春，去秦较远，绝长、淮以自固，可以少安。」黄歇然其谋，言于考烈王，乃择日迁都。按楚先都郢，后迁于鄀，复迁于陈，今又迁于寿春，凡四迁矣。史臣有诗云：

周为东迁王气歇，楚因屡徙霸图空；从来避敌为延敌，莫把迁岐托古公。

再说考烈王在位已久，尚无子息，黄歇遍求妇人宜子者以进，终不孕。有赵人李园，亦在春申君门下，为舍人。有妹李嫣色美，欲进于楚王，恐久后以无子失宠，心下踌躇：「必须将妹先献春申君，待其有娠，然后进于楚王，幸而生子，异日得立为楚王，乃吾甥也。」又想：「吾若自献其妹，不见贵重。还须施一小计，要春申君自来求我。」于是给五日假归家，故意过期，直待第十日方至。黄歇怪其来迟。李园对曰：「臣有女弟名嫣，颇有姿色，齐王闻之，遣使来求。臣与其使者饮酒数日，是以失期。」黄歇想道：「此女名闻齐国，必是个美色。」遂问曰：「已受其聘否？」园对曰：「方且议之，聘尚未至也。」黄歇曰：「能使我一见乎？」园曰：「臣在君之门下，即吾女弟，谁非君妾婢之流，敢不如命。」乃盛饰其妹，送至春申君府中。黄歇一见大喜，是夜即赐李园白璧二双，黄金三百镒，留其妹侍寝。未三月，即便怀孕。李园私谓其妹嫣曰：「为妾与为夫人孰贵？」嫣笑曰：「妾安得比夫人？」园又曰：「然则为夫人与为王后孰贵？」嫣又笑曰：「王后贵盛！」李园曰：「汝在春申君府中，不过一宠妾耳！今楚王无子，幸汝有娠，倘进于楚王，他日生子为王，汝为太后，岂不胜于为妾乎？」遂教以说词，使于枕席之间，如此这般：「……春申君必然听从。」李嫣一一领记。夜间侍寝之际，遂进言于黄歇曰：「楚王之贵幸君，虽兄弟不如也。今君相楚二十余年，而王未有子，千秋百岁后，将更立兄弟。兄弟于君无恩，必将各立其所亲幸之人，君安得长有宠乎？」黄歇闻言，沉思未答。嫣又曰：「妾所虑不止于此也。君贵，用事久，多失礼于王之兄弟，兄弟诚立，祸且及身，岂特江东封邑不可保而已哉？」黄歇愕然曰：「卿言是也，吾虑不及此！今当奈何？」李嫣曰：「妾有一计，不惟免祸，而且多福。但妾负愧，难于自吐，又恐君不我听，是以妾未敢言。」黄歇曰：「卿为我画策，何为不听？」李嫣曰：「妾今自觉有孕矣，他人莫知也。幸妾侍君未久，诚以君之重，而进妾于楚王，王必幸妾。妾赖天佑生男，异日必为嫡嗣，则是君之子为王也。楚国尽可得，孰与身临不测之罪乎？」黄歇如梦初觉，如醉初醒，喜曰：「『天下有智妇人，胜于男子』，卿之谓矣。」

次日，即召李园，告之以意，密将李嫣出居别舍。黄歇入言于楚王曰：「臣所闻李园妹名嫣者，有色，相者皆以为宜子，当贵，齐王方遣人求之，王不可不先也。」楚王即命内侍宣取李嫣入宫。嫣善媚，楚王大宠爱之。及产期，双生二男，长曰捍，次曰犹。楚王喜不可言，遂立李嫣为王后，长子捍为太子。李园为国舅，贵幸用事，与春申君相并。园为人多诈术，外奉春申君益谨，而中实忌之。及考烈王二十五年，病久不愈，李园想起其妹怀娠之事，惟春申君知之，他日太子为王，不便相处，不如杀之，以灭其口。乃使人各处访求勇力之士，收置门下，厚其衣食，以结其心。

朱英闻而疑之，曰：「李园多畜死士，必为春申君故也。」乃入见春申君曰：「天下有无妄之福，有无妄之祸，又有无妄之人，君知之乎？」黄歇曰：「何谓『无妄之福』？」朱英曰：「君相楚二十余年矣。名为相国，与楚王无二。今楚王病久不愈，一旦宫车晏驾，少主嗣位，而君辅之，如伊尹周公，俟王之年长，而反其政；若天与人归，遂南面即真。此所谓「无妄之福」也。」黄歇曰：「何谓「无妄之祸」？」朱英曰：「李园，王之舅也，而君位在其上，外虽柔顺，内实不甘。且同盗相妒，势所必至也。闻其阴蓄死士，为日已久，何所用之？楚王一薨，李园必先入据权，而杀君以灭口。此所谓「无妄之祸」也。」黄歇曰：「何谓「无妄之人」？」朱英曰：「李园以妹故，宫中声息，朝夕相通，而君宅于城外，动辄后时。诚以郎中令相处，某得领袖诸郎，李园先入，臣为君杀之。此所谓「无妄之人」也。」黄歇掀髯大笑曰：「李园弱人耳，又事我素谨，安有此事？足下得无过虑乎？」朱英曰：「君今日不用吾言，悔之晚矣。」黄歇曰：「足下且退，容吾察之。如有用足下之处，即来相请。」朱英去三日，不见春申君动静，知其言不见用，叹曰：「吾不去，祸将及矣！鸱夷子皮之风可追也。」乃不辞而去，东奔吴下，隐于五湖之间。髯翁有诗云：

红颜带子入王宫，盗国奸谋理不容。天启春申无妄祸，朱英焉得令郎中？

朱英去十七日，而考烈王薨。李园预与宫殿侍卫相约：「一闻有变，当先告我。」至是闻信，先入宫中，吩咐秘不发丧，密令死士伏于棘门之内。捱至日没，方使人徐报黄歇。黄歇大惊，不谋于宾客，即刻驾车而行。方进棘门，两边死士突出，口呼：「奉王后密旨，春申君谋反宜诛！」黄歇知事变，急欲回车。手下已被杀散。遂斩黄歇之头，投于城外，将城门紧闭，然后发丧。拥立太子捍嗣位，是为楚幽王，时年才六岁。李园自立为相国，独专楚政。奉李嫣为王太后。传令尽灭春申君之族，收其食邑。哀哉！自李园当国，春申君宾客尽散，群公子皆疏远不任事。少主寡后，国政日紊，楚自此不可为矣。

话分两头。再说吕不韦愤五国之攻秦，谋欲报之，曰：「本造谋者，赵将庞煖也。」乃使蒙骜同张唐督兵五万伐赵。三日后，再令长安君成峤，同樊於期率兵五万为后继。宾客问于不韦曰：「长安君年少，恐不可为大将。」不韦微笑曰：「非尔所知也！」

且说蒙骜前军出函谷关，取路上党，径攻庆都，结寨于都山。长安君大军营于屯留，以为声援。赵使相国庞煖为大将，扈辄副之，率军十万拒敌，许庞煖便宜行事。庞煖曰：「庆都之北，惟尧山最高，登尧山可望都山，宜往据之。」使扈辄引军二万先行。比至尧山，先有秦兵万人，在彼屯札，被扈辄冲上杀散，就于山头下寨。蒙骜使张唐引军二万，前来争山，庞煖大军亦到，两边于山下列成阵势，大战一场。扈辄在山头用红旗为号，张唐往东，旗便往东指；张唐往西，旗便从西指。赵军只望红旗指处，围裹将来。庞煖下令：「有人擒得张唐者，封以百里之地。」赵军无不死战。张唐奋尽平生之勇，不能透出重围。却得蒙骜军到，接应出来，同回都山大寨。庆都知救兵已到，守御益力。蒙骜等不能取胜，遣张唐往屯留，催取后队军兵。

却说长安君成峤，年方十七岁，不谙军务，召樊於期议之。於期素恶不韦纳妾盗国之事，请屏去左右，备细与成峤叙述一遍，言：「今王非先王骨血，惟君乃是適子。文信侯今日以兵权托君，非好意也。恐一旦事泄，君与今王为难，故阳示恩宠，实欲出君于外。文信侯出入宫禁，与王太后宣淫不禁，夫妻父子，聚于一窟，所忌者独君耳。若蒙骜兵败无功，将借此以为君罪。轻则削籍，重则刑诛。嬴氏之国，化为吕氏，举国人皆知其必然，君不可不为之计。」成峤曰：「非足下说明，某不知也。为今计，当奈何？」樊於期曰：「今蒙骜兵困于赵，急未能归，而君手握重兵，若传檄以宣淫人之罪，明宫闱之诈，臣民谁不愿奉適嗣以主社稷者！」成峤忿然按剑作色曰：「大丈夫死则死耳！宁能屈膝为贾人子下乎？惟将军善图之！」樊於期伪向使者言：「大军即日移营，多致意蒙将军，用心准备。」使者去后，樊於期草就檄文，略曰：

长安君成峤布告中外臣民知悉：传国之义，适统为尊；覆宗之恶，阴谋为甚。文信侯吕不韦者，以阳翟之贾人，窥咸阳之主器。今王政，实非先王之嗣，乃不韦之子也。始以怀娠之妾，巧惑先君，继以奸生之儿，遂蒙血胤。恃行金为奇策，邀返国为上功。两君之不寿有繇，是可忍也？三世之大权在握，孰能御之！朝岂真王，阴已易嬴而为吕；尊居假父，终当以臣而篡君。社稷将危，神人胥怒！某叨为嫡嗣，欲讫天诛。甲胄干戈，载义声而生色；子孙臣庶，念先德以同驱。檄文到日，磨厉以须；车马临时，市肆勿变。

樊於期将檄文四下传布。秦人多有闻说吕不韦进妾之事者，及见檄内怀娠奸生等语，信其为实，虽然畏文信侯之威，不敢从兵，却也未免观望之意。时彗星先见东方，复见北方，又见西方，占者谓国中当有兵起，人心为之摇动。樊於期将屯留附县丁壮，悉编军伍，攻下长子、壶关，兵势益盛。

张唐知长安君已反，星夜奔往咸阳告变。秦王政见檄文大怒，召尚父吕不韦计议。不韦曰："长安君年少，不辨为此，此乃樊於期所为也。於期有勇无谋，兵出即当就擒，不必过虑。"乃拜王翦为大将，桓齮、王贲为左右先锋，率军十万，往讨长安君。

再说蒙骜与庞煖相持，等待长安君接应不到，正疑讶间，接得檄文，如此恁般，大惊曰："吾与长安君同事，今攻赵无功，而长安君复造反，吾安得无罪？若不反戈以平逆贼，何以自解？"乃传令班师，将军马分为三队，亲自断后，缓缓而行。庞煖探听秦军移动，预选精兵三万，使扈辄从间道伏于太行山林木深处，嘱曰："蒙骜老将，必亲自断后，待秦兵过且尽，从后邀击，方保全胜。"蒙骜见前军径去无碍，放心前行。一声炮响，伏兵突出，蒙骜便与扈辄交战。良久，庞煖兵从后追及，秦兵前去者，已无斗志，遂大溃。蒙骜身带重伤，复犹力战杀数十人，复亲射庞煖，中其胁，赵军围之数重，乱箭射之，矢如猬毛，可惜秦国一员名将，今日死于太行山之下。庞煖得胜，班师回赵，箭疮不痊，未几亦死。此事搁过不提。

再说张唐、王翦等兵至屯留，成峤大惧。樊於期曰："王子今日乃骑虎之势，不得复下，况悉三城之兵，不下十五万，背城一战，未卜胜负，何惧之有！"乃列阵于城下以待。王翦亦列阵相对，谓樊於期曰："国家何负于汝，乃诱长安君造逆耶？"樊於期在车上欠身答曰："秦政乃吕不韦奸生之子，谁不知之？吾等世受国恩，何忍见嬴氏血食为吕氏所夺？长安君先王血胤，所以奉之。将军若念先王之祀，一同举义，杀向咸阳，诛淫人，废伪主，扶立长安君为王，将军不失封侯之位，同享富贵，岂不美哉。"王翦曰："太后怀妊十月，而生今王，其为先君所出无疑。汝乃造谤，污蔑乘舆，为此灭门之事，尚自巧言虚饰，摇惑军心。拿住之时，碎尸万段！"樊於期大怒，瞋目大呼，挥长刀直入秦军。秦军见其雄猛，莫不披靡。樊於期左冲右突，如入无人之境。王翦麾军围之，凡数次，皆斩将溃围而出，秦兵损折极多。

是日天晚，各自收军。王翦屯兵于伞盖山，思想："樊於期如此骁勇，急切难收，必须以计破之。"乃访帐下："何人与长安君相识？"有末将杨端和，乃屯留人，自言："曾在长安君门下为客。"王翦曰："我修书一封与汝，汝可送与长安君，劝他早图归顺，无自取死。"杨端和曰："小将如何入得城去？"王翦曰："俟交锋之时，乘其收军，汝可效敌军打扮，混入城中。只看攻城至急，便往见长安君，必然有变。"端和领计。王翦当下修书，缄讫，付与端和自去伺候行事。再召桓齮引一军攻长子城，王贲引一军攻壶关城，王翦自攻屯留，三处攻打，使他不能来应。樊於期谓成峤曰："今乘其分军之时，决一胜负。若长子、壶关不守，秦兵势大，更难敌矣。"成峤年幼畏懦，涕泣言曰："此事乃将军倡谋，但凭主裁，勿误我事。"樊於期抽选精兵万余，开门出战。王翦佯让一阵，退军十里，屯于伏龙山。於期得胜入城，杨端和已混入去了。因他原是本城之人，自有亲戚收留安歇。不在话下。成峤问樊於期曰：『王翦军马不退如何？』樊於期答曰：『今日交锋，已挫其锐，明日当悉兵出战，务要生擒王翦，直入咸阳，扶立王子为君，方遂吾志。』

不知胜负如何，且看下回分解。

第一〇四回

甘罗童年取高位　嫪毐伪腐乱秦宫

话说王翦退军十里，吩咐深沟高垒，分守险阨，不许出战。却发军二万，往助桓齮、王贲，催他早早收功。樊於期连日悉锐出战，秦兵只是不应。於期以王翦为怯，正想商议分兵往救长子、壶关二处，忽哨马报道：「二城已被秦兵攻下！」於期大惊，乃立屯于城外，以安长安君之意。

却说桓齮、王贲闻王翦移营伏龙山，引兵来见，言：「二城俱已收复，分兵设守，诸事停妥。」王翦大喜曰：「屯留之势孤矣！只擒得樊於期，便可了事。」言未毕，守营卒报道：「今有将军辛胜，奉秦王之命来到，已在营外。」王翦迎入帐中，问其来意。辛胜曰：「一者，以军士劳苦，命赍犒赏颁赐；二者，秦王深恨樊於期，传语将军：「必须生致其人，手剑斩首，以快其恨！」」王翦曰：「将军此来，正有用处。」遂将来物犒赏三军。然后发令，使桓齮、王贲各引一军，分作左右埋伏，却教辛胜引五千人马，前去搦战，自己引大军，准备攻城。

再说成峤闻长子壶关二城不守，使人急召樊於期入城商议。樊於期曰：「只在旦晚，与决一战，若战而不胜，当与王子北走燕赵，连合诸侯，共诛伪主，以安社稷。」成峤曰：「将军小心在意。」樊於期复还本营。哨马报：「秦王新遣将军辛胜，今来索战。」樊於期曰：「无名小卒，吾先除之。」遂率军开营出迎。略战数合，辛胜倒退。樊於期恃勇前进，约行五里，桓齮、王贲两路伏兵杀出，於期大败。急收军回，王翦兵已布满城下。於期大奋神威，杀开一条血路，城中开门接应入去了。王翦合兵围城，攻打甚急。樊於期亲自巡城，昼夜不倦。

杨端和在城中，见事势甚危，乘夜求见长安君成峤，称：「有机密事求见。」成峤见是旧日门下之客，欣然唤入。端和请屏左右，告曰：「秦之强，君所知也。虽六国不能取胜，君乃欲以孤城抗之，必无幸矣。」成峤曰：「樊於期言：「今王非先王所出。」导我为此，非吾初意也。」端和曰：「樊於期恃匹夫之勇，不顾成败，欲以君行侥幸之事。今传檄郡县，无有应者，而王将军攻围甚急，城破之后，君何以自全乎？」成峤曰：「吾欲奔燕、赵，「合从」诸国；足下以为可否？」端和曰：「「合从」之事，赵肃侯、齐湣王、魏信陵、楚春申俱曾为之，方合旋散，其不可成明矣。六国谁非畏秦者？君所在之国，秦遣一介责之，必将缚君以献，君尚可望活乎？」成峤曰：「足下为吾计，当如何？」端和曰：「王将军亦知君为樊於期所诱，有密书一封，托致于君。」遂将书呈上。成峤发而观之，略曰：

君亲则介弟，贵则侯封，奈何听无稽之言，行不测之事，自取丧灭，岂不惜哉？首难者樊於期，君能斩其首，献于军前，束手归罪，某当保奏，王必恕君。若迟回不决，悔无及矣！

成峤看毕，流泪而言曰：「樊将军忠直之士，何忍加诛？」端和叹曰：「君所谓妇人之仁也！若不见从，臣当辞去。」成峤曰：「足下且暂劳作伴，不可远离，所言俟从容再议。」端和曰：「愿君勿泄吾言也。」

次日，樊於期驾车来见成峤曰：「秦兵势盛，人情惶惧，城旦暮不保，愿同王子出避燕、赵，更作后图。」成峤曰：「吾宗族俱在咸阳，今远避他国，知其纳否？」樊於期曰：「诸国皆苦秦暴，何愁不纳？」正话间，外报：「秦兵在南门索战。」樊於期催并数次曰：「王子今不行，后将不可出矣。」成峤犹豫不决。樊於期只得绰刀登车，驰出南门，复与秦兵交锋。杨端和劝成峤登城观战。只见樊於期鏖战良久，秦兵益进，於期不能抵当，奔回城下，高叫：「开门！」杨端和仗剑立于成峤之旁，厉声曰：「长安君已全城归降矣！樊将军请自便。有敢开门者斩！」袖中出一旗，旗上有个「降」字。左右皆端和亲戚，便将降旗竖起，不由成峤做主，成峤惟垂泣而已。樊於期叹口气曰：「孺子不足辅也！」秦兵围於期数重，因秦王之命，欲生致於期，不敢施放冷箭。於期复杀开一条血路，遥望燕国而去。王翦追之不及。

杨端和使成峤开门，以纳秦兵。将成峤幽于公馆，遣辛胜往咸阳报捷，兼请长安君发落。秦太后脱簪代长安君请罪，求免其死，且转乞吕不韦言之。秦王政怒曰：「反贼不诛，骨肉皆将谋叛矣！」遂遣使命王翦即枭斩成峤于屯留。凡军吏从峤者，皆取斩。合城百姓，尽迁于临洮之地。一面悬赏格购樊於期：「有能擒献者，赏以五城。」使者至屯留，宣秦王之命。成峤闻不蒙赦，自缢于馆舍。翦仍枭其首，悬于城门。军吏死者凡数万人。百姓迁徙，城中一空。此秦王政七年事也。髯翁有诗云：

非种侵苗理合锄，万全须看势何如？屯留困守终无济，罪状空传一纸书。

是时，秦王政年已长成，生得身长八尺五寸，英伟非常，质性聪明，志气超迈，每事自能主张，不全由太后、吕不韦做主。既定长安君之乱，乃谋复蒙骜之仇，集群臣议伐赵。刚成君蔡泽进曰：「赵者，燕之世仇也，燕之附赵，非其本心。某请出使于燕，使燕王效质称臣，以孤赵之势。然后与燕共伐赵，我因以广河间之地，此莫大之利也。」秦王以为然，即遣蔡泽往燕。泽说燕王曰：「燕、赵皆万乘之国也，一战而栗腹死，再战而剧辛亡，大王忘两败之仇，而与赵共事，西向以抗强秦，胜则利归于赵，不胜则祸归于燕，是为燕计者过也。」燕王曰：「寡人非甘心于赵，其奈力不敌何？」蔡泽曰：「今秦王欲修五国「合从」之怨，臣窃以为燕与赵世仇，其从兵殆非得已，大王若遣太子为质于秦，以信臣之言，更请秦之大臣一人，以为燕相，则燕、秦之交，固于胶漆，合两国之力，于以雪耻于赵不难矣。」燕王听其言，遂使太子丹为质于秦，因请大臣一人，以为燕相。吕不韦欲遣张唐，使太史卜之，大吉。张唐托病不肯行。不韦驾车，亲自往请，张唐辞曰：「臣屡次伐赵，赵怨臣深矣！今往燕，必经赵过，臣不可往。」不韦再三强之，张唐坚执不从。

不韦回府中，独坐堂上纳闷。门下客有甘罗者，乃是甘茂之孙，时年仅十二岁；见不韦有不悦之色，进而问曰：「君心中有何事？」不韦曰：「孺子何知，而来问我？」甘罗曰：「所贵门下士者，谓其能为君分忧任患也。君有事而不使臣得闻，虽欲效忠无地矣。」不韦曰：「吾向者令刚成君使燕，燕太子丹已入质矣。今欲使张卿相燕，占得吉，而彼坚不肯行，吾所以不快者此耳！」甘罗曰：「此小事，何不早言？臣请行之。」不韦怒，连叱曰：「去，去！我亲往请之而不得，岂小子所能动耶？」甘罗曰：「昔项橐七岁为孔子师。今臣生十二岁，长于橐五年，试臣而不效，叱臣未晚。奈何轻量天下之士，遽以颜色相加哉？」不韦奇其言，改容谢之曰：「孺子能令张卿行者，事成当以卿位相屈。」

甘罗欣然辞去，往见张唐。唐虽知为文信侯门客，见其年少轻之，问曰：「孺子何以见辱？」甘罗曰：「特来吊君耳！」张唐曰：「某有何事可吊？」甘罗曰：「君之功，自谓比武安君何如？」唐曰：「武安君南挫强楚，北威燕赵，战胜攻取，破城堕邑，不计其数，某功不及十之一也。」甘罗曰：「然则应侯之用于秦也，视文信侯孰专？」张唐曰：「应侯不及文信侯之专。」甘罗曰：「君明知文信侯之权，重于应侯乎？」张唐曰：「何为不知。」甘罗曰：「昔应侯欲使武安君攻赵，武安君不肯行，应侯一怒，而武安君遂出咸阳，死于杜邮。今文信侯自请君相燕，而君不肯行；此武安君所以不容于应侯者，而谓文信侯能容君乎？君之死期不远矣。」张唐悚然有惧色，谢曰：「孺子教我！」乃因甘罗以请罪于不韦，即日治装。将行，甘罗谓不韦曰：「张唐听臣之说，不得已而往燕，然中情不能不畏赵也。愿假臣车五乘，为张唐先报赵。」不韦已知其才，乃入言于秦王曰：「有甘茂之孙甘罗，年虽少，然名家之子孙，甚有智辩。今者张唐称病，不肯相燕，甘罗一说而即行。复请先报赵王，惟王遣之！」秦王宣甘罗入见，身才五尺，眉目秀美如画，秦王已自喜欢，问曰：「孺子见赵王何以措词？」甘罗对曰：「察其喜惧，相机而进。言若波兴，随风而转，不可以预定也。」秦王给以良车十乘，仆从百人，从之使赵。

赵悼襄王已闻燕、秦通好，正怕二国合计谋赵，忽报秦使者来到，喜不可言，遂出郊二十里，迎接甘罗。及见其年少，暗暗称奇，问曰：「向为秦通三川之路者，亦甘氏，于先生为何人？」甘罗曰：「臣祖也。」赵王曰：「先生年几何？」对曰：「十二岁。」赵王曰：「秦廷年长者，不足使乎？何以及先生？」甘罗曰：「秦王用人，各因其任。年长者任以大事，年幼者任以小事。臣年最幼，故为使于赵耳。」赵王见其言辞磊落，又暗暗称奇，问曰：「先生下辱敝邑，有何见教？」甘罗曰：「大王闻燕太子丹入质于秦乎？」赵王曰：「闻之。」甘罗又曰：「大王闻张唐相燕乎？」赵王曰：「亦闻之。」甘罗曰：「夫燕太子丹入质于秦，是燕不欺秦也。张唐相燕，是秦不欺燕也。燕、秦不相欺，而赵危矣！」赵王曰：「秦所以亲燕者何意？」甘罗曰：「秦之亲燕，欲相与攻赵，而广河间之地也。大王不如割五城献秦，以广河间，臣请言于寡君，止张唐之行，绝燕之好，而与赵为欢。夫以强赵攻弱燕，而秦不为救，此其所得，岂止五城而已哉？」赵王大悦，赐甘罗黄金百镒，白璧二双，以五城地图付之，使还报秦王。秦王喜曰：「河间之地，赖孺子而广矣！孺子之智，大于其身。」乃止张唐不遣，张唐亦深感之。赵闻张唐不行，知秦不助燕，乃命庞煖、李牧合兵伐燕，取上谷三十城，赵得十九城，而以十一城归秦。秦王封甘罗为上卿，复以向时所封甘茂田宅赐之。今俗传甘罗十二为丞相，正谓此也。有诗为证：

片言纳地广河间，上谷封疆又割燕，许大功劳出童子，天生智慧岂因年？

又有诗云：

甘罗早达子牙迟，迟早穷通各有时；请看春花与秋菊，时来自发不愆期。

燕太子丹在秦，闻秦之背燕而与赵，如坐针毡，欲逃归，又恐不得出关，乃求与甘罗为友，欲资其谋，为归燕之计。忽一夕，甘罗梦紫衣吏持天符来，言：「奉上帝命，召归天上。」遂无疾而卒。高才不寿，惜哉！太子丹遂留于秦矣。

话分两头。却说吕不韦以阳伟善战，得宠于庄襄后，出入宫闱，素无忌惮；及见秦王年长，英明过人，始有惧意。奈太后淫心愈炽，不时宣召入甘泉宫。不韦怕一旦事发，祸及于己，欲进一人以自代，想可以称太后之意者，而难其人。闻市人嫪大，其阳具有名，里中淫妇人争事之。秦语呼人之无士行者曰毐，因称为嫪毐。偶犯淫罪，不韦曲赦之，留为府中舍人。秦俗：农事毕，国中纵倡乐三日，以节其劳。凡百戏任人陈设，有一长一艺，人所不能者，全在此日施逞。吕不韦以桐木为车轮，使嫪毐以其阳具穿于桐轮之中，轮转而具不伤，市人皆掩口大笑。太后闻其事，私问于不韦，似有欣羡之意。不韦曰：「太后欲见其人乎？臣请乘间进之。」太后笑而不答，良久曰：「君戏言耶？此外人，安得入内？」不韦曰：「臣有一计在此。使人发其旧罪，下之腐刑，太后行重赂于行刑者，诈为阉割，然后以宦者给事宫中，乃可长久。」太后大悦曰：「此计甚妙！」乃以百金授不韦，不韦密召嫪毐，告之以故。毐性淫，欣然自以为奇遇矣。不韦果使人发其他淫罪，论以腐刑。因以百金分赂主刑官吏，取驴阳具及他血，诈为阉割，拔其须眉。行刑者故意将驴阳传示左右，尽以为嫪毐之具。传闻者莫不骇异。嫪毐既诈腐如宦者状，遂杂于内侍之中以进。

太后留侍宫中。夜令侍寝，试之，大畅所欲，以为胜不韦十倍也。明日，厚赐不韦，以酬其功。不韦乃幸得自脱。太后与嫪毐相处如夫妇。未几怀妊，太后恐生产时不可隐，诈称病，使嫪毐行金赂卜者，使诈言宫中有祟，当避西方二百里之外。秦王政颇疑吕不韦之事，亦幸太后稍远去，绝其往来，乃曰：「雍州去咸阳西二百余里，且往时宫殿俱在，太后宜居之。」于是太后徙雍城，嫪毐为御而往。既去咸阳，居雍故宫，名曰大郑宫，嫪毐与太后，益相亲不忌，两年之中，连生二子，筑密室藏而育之。太后私与毐约，异日王崩，以其子为后，外人颇有知者，但无人敢言。太后奏称嫪毐代王侍养有功，请封以土地。秦王奉太后之命，封毐为长信侯，予以山阳之地。毐骤贵，愈益恣肆。太后每日赏赐无算，宫室舆马，田猎游戏，任其所欲，事无大小，皆决于毐。毐畜家僮数千人，宾客求宦达，愿为舍人者，复千余人。又贿结朝贵为己党，趋权者争附之，声势反过于文信侯矣。

秦王政九年春，彗星见，其长竟天，太史占之曰：「国中当有兵变也。」按秦襄公立鄜畤以祀白帝，后德公迁都于雍，遂于雍立郊天之坛，秦穆公又立宝夫人祠，岁岁致祭，遂为常规。后来虽再迁咸阳，此规不废。太后居于雍城，秦王政每岁以郊祀之期，至雍朝见太后，因举祀典，自有祈年宫驻驾。是春复当其期，适有彗星之变，临行，使大将王翦耀兵于咸阳三日，同尚父吕不韦守国。桓齮引兵三万，屯于岐山，然后起驾。

时秦王已二十六岁，犹未冠。太后命于德公之庙，行冠礼，佩剑，赐百官大酺五日。太后亦与秦王宴于大郑故宫。也是嫪毐享福太过，合当生出事来。毐与左右贵臣，赌博饮酒，至第四日，嫪毐与中大夫颜泄，连博失利，饮酒至醉，复求覆局。泄亦醉，不从。嫪毐直前扭颜泄，批其颊。泄不让，亦摘去嫪毐冠缨。毐怒甚，瞋目大叱曰：「吾乃今王之假父也！尔窭人子，何敢与我抗乎？」颜泄惧，走出，恰遇秦王政从太后处饮酒出宫。颜泄伏地叩头，号泣请死。秦王政是有心机之人，不发一言，但令左右扶至祈年宫，然后问之。颜泄将嫪毐批颊，及自称假父之语，述了一遍。因奏：「嫪毐实非宦者，诈为腐刑，私侍太后，见今产下二子，在于宫中，不久谋篡秦国。」秦王政闻之，大怒，密以兵符往召桓齮，使引兵至雍。

有内史肆、佐弋竭二人，素受太后及嫪毐金钱，与为死党，知其事，急奔嫪毐府中告之。毐已酒醒，大惊，夜叩大郑宫，求见太后，诉以如此这般：『今日之计，除非乘桓齮兵未到，尽发宫骑卫卒，及宾客舍人，攻祈年宫，杀却今王，我夫妻尚可相保。』太后曰：『宫骑安肯听吾令乎？』嫪毐曰：『愿借太后玺，假作御宝用之。托言：「祈年宫有贼，王有令，召宫骑齐往救驾。」宜无不从。』太后是时主意亦乱，曰：『惟尔行之。』遂出玺付毐。毐伪作秦王御书，加以太后玺文，遍召宫骑卫卒，本府宾客舍人，自不必说，乱至次日午牌，方才取齐。嫪毐与内史肆、佐弋竭，分将其众，围祈年宫。秦王政登台，问各军犯驾之意。答曰：『长信侯传言行宫有贼，特来救驾。』秦王曰：『长信侯便是贼！宫中有何贼耶？』宫骑卫卒等闻之，一半散去；一半胆大的，便反戈与宾客舍人相斗。秦王下令：『有生擒嫪毐者，赐钱百万；杀之而以其首献者，赐钱五十万；得逆党一首者，赐爵一级。舆隶下贱，赏格皆同。』于是宦者及牧圉诸人，皆尽死出战。百姓传闻嫪毐造反，亦来持梃助力。宾客舍人死者数百人。嫪毐兵败，夺路斩开东门出走，正遇桓齮大兵，活活的束手就缚，并内史肆、佐弋竭等皆被擒，付狱吏拷问得实。秦王政乃亲往大郑宫搜索，得嫪毐奸生二子于密室之中，使左右置于布囊中扑杀之。太后暗暗心痛，不敢出救，惟闭门流涕而已。秦王竟不朝谒其母，归祈年宫。以太史占星有验，赐钱十万。狱吏献嫪毐招词，言：『毐伪腐入宫，皆出文信侯吕不韦之计。其同谋死党，如内史肆、佐弋竭等，凡二十余人。』秦王命车裂嫪毐于东门之外，夷其三族。肆、竭等皆枭首示众。诸宾客舍人，从叛格斗者，诛死。即不预谋乱者，亦远迁于蜀地，凡迁四千余家。太后用玺党逆，不可为国母，减其禄奉，迁居于棫阳宫，此乃离宫之最小者，以兵三百人守之，凡有人出入，必加盘诘。太后此时，如囚妇矣，岂不丑哉。

秦王政平了嫪毐之乱，回驾咸阳。尚父吕不韦惧罪，伪称疾，不敢出谒。秦王欲并诛之，问于群臣。群臣多与交结，皆言：『不韦扶立先王，有大功于社稷；况嫪毐未尝面质，虚实无凭，不宜从坐。』秦王乃赦不韦不诛，但免相，收其印绶。桓齮擒反贼有功，加封进级。是年夏四月，天发大寒，降霜雪，百姓多冻死。民间皆议：『秦王迁谪太后，子不认母，故有此异。』大夫陈忠进谏曰：『天下无无母之子，宜迎归咸阳，以尽孝道，庶几天变可回。』秦王大怒，命剥去其衣，置其身于蒺藜之上，而捶杀之，陈其尸于阙下，榜曰：『有以太后事来谏者，视此！』秦臣相继来谏者不止。

不知可能感悟秦王否，且看下回分解。

第一〇五回　茅焦解衣谏秦王　李牧坚壁却桓齮

话说秦大夫陈忠死后，相继而谏者不止，秦王辄戮之，陈尸阙下，前后凡诛杀二十七人，尸积成堆。时齐王建来朝于秦，赵悼襄王亦至，相与置酒咸阳宫，甚欢，及见阙下死尸，问其故，莫不叹息私议秦王之不孝也。

时有沧州人茅焦，适游咸阳，寓旅店，同舍偶言及此事，焦愤然曰：「子而囚母，天地反覆矣。」使主人具汤水：「吾将沐浴，明早叩阍入谏秦王。」同舍笑曰：「彼二十七人者，皆王平日亲信之臣，尚且言而不听，死不旋踵，岂少汝一布衣耶？」茅焦曰：「谏者自二十七人而止，则秦王遂不听矣；若二十七人而不止，王之听不听，未可知也。」同舍皆笑其愚。次早五鼓，向主人索饭饱食。主人牵衣止之，茅焦绝衣而去。同寓者度其必死，相与剖分其衣囊。

茅焦来至阙下，伏尸大呼曰：「臣齐客茅焦，愿上谏大王！」秦王使内侍出问曰：「客所谏者何事？得无涉王太后语耶？」茅焦曰：「臣正为此而来。」内侍还报曰：「客果为太后事来谏也。」秦王曰：「汝可指阙下积尸告之。」内侍谓茅焦曰：「客不见阙下死人累累耶？何不畏死若是！」茅焦曰：「臣闻天有二十八宿，降生于地，则为正人。今死者已有二十七人矣，尚缺其一，臣所以来者，欲满其数耳。古圣贤谁人不死，臣又何畏哉？」内侍复还报。秦王大怒曰：「狂夫故犯吾禁！」顾左右：「炊镬汤于庭，当生煮之。彼安得全尸阙下，为二十七人满数乎？」于是秦王按剑而坐，龙眉倒竖，口中沫出，怒气勃勃不可遏，连呼：「召狂夫来就烹！」内侍往召茅焦，茅焦故意踽踽作细步，不肯急趋。内侍促之速行，茅焦曰：「我见王即死矣！缓吾须臾何害？」内侍怜之，乃扶掖而前。茅焦至阶下，再拜叩头奏曰：「臣闻之：『有生者不讳其死，有国者不讳其亡；讳亡者不可以得存，讳死者不可以得生。』夫死生存亡之计，明主之所究心也。不审大王欲闻之否？』秦王色稍降，问曰：『汝有何计，可试言之？』茅焦对曰：『夫忠臣不进阿顺之言，明主不蹈狂悖之行。主有悖行而臣不言，是臣负其君也；臣有忠言而君不听，是君负其臣也。大王有逆天之悖行，而大王不自知，微臣有逆耳之忠言，而大王又不欲闻，臣恐秦国从此危矣。』秦王悚然良久，色愈降，乃曰：『子所言何事？寡人愿闻之。』茅焦曰：『大王今日不以天下为事乎？』秦王曰：『然。』茅焦曰：『今天下之所以尊秦者，非独威力使然；亦以大王为天下之雄主，忠臣烈士，毕集秦庭故也。今大王车裂假父，有不仁之心；囊扑两弟，有不友之名；迁母于棫阳宫，有不孝之行；诛戮谏士，陈尸阙下，有桀纣之治。夫以天下为事，而所行如此，何以服天下乎？昔舜事嚚母尽道，升庸为帝；桀杀龙逄，纣戮比干，天下叛之。臣自知必死，第恐臣死之后，更无有继二十八人之后，而复以言进者。怨谤日腾，忠谋结舌，中外离心，诸侯将叛，惜哉，秦之帝业垂成，而败之自大王也。臣言已毕，请就烹！』乃起立解衣趋镬，秦王急走下殿，左手扶住茅焦，右手麾左右曰：『去汤镬！』茅焦曰：『大王已悬榜拒谏，不烹臣，无以立信。』秦王复命左右收起榜文。又命内侍与茅焦穿衣，延之坐，谢曰：『前谏者，但数寡人之罪，未尝明悉存亡之计。天使先生开寡人之茅塞，寡人敢不敬听！』茅焦再拜进曰：『大王既俯听臣言，请速备驾，往迎太后；阙下死尸，皆忠臣骨血，乞赐收葬！』秦王即命司里，收取二十七人之尸，各具棺椁，同葬于龙首山，表曰：『会忠墓』。是日秦王亲自发驾，往迎太后，即令茅焦御车，望雍州进发。南屏先生读史诗云：

二十七人尸累累，解衣趋镬有茅焦；命中不死终须活，落得忠名万古标。

车驾将至棫阳宫，先令使者传报，秦王膝行而前，见了太后，叩头大哭，太后亦垂泪不已。秦王引茅焦谒见太后，指曰：『此吾之颍考叔也。』是晚，秦王就在棫阳宫歇宿。次日，请太后登辇前行，秦王后随，千乘万骑，簇拥如云，路观者无不称颂秦王之孝。回至咸阳，置酒甘泉宫中，母子欢饮。太后别置酒以宴茅焦，谢曰：『使吾母子复得相会，皆茅君之力也。』秦王乃拜茅焦为太傅，爵上卿。又恐不韦复与宫闱相通，遣出都城，往河南本国居住。

列国闻文信侯就国，各遣使问安，争欲请之，处以相位，使者络绎于道。秦王恐其用于他国，为秦之害，乃手书一缄，以赐不韦。略曰：

君何功于秦，而封户十万？君何亲于秦，而号称尚父？秦之施于君者厚矣！嫪毐之逆，由君始之，寡人不忍加诛，听君就国。君不自悔祸，又与诸侯使者交通，非寡人所以宽君之意也。其与家属徙居蜀郡，以郫之一城，为君终老。

吕不韦接书读讫，怒曰：『吾破家扶立先王，功孰与我？太后先事我而得孕，王我所出也，亲孰与我？王何相负之甚也！』少顷，又叹曰：『吾以贾人子，阴谋人国，淫人之妻，杀人之君，灭人之祀，皇天岂容我哉？今日死晚矣！』遂置鸩于酒中，服之而死。门下客素受其恩者，相与盗载其尸，偷葬于北邙山下，与其妻合冢。今北邙道西有大冢，民间传称吕母冢，盖宾客讳言不韦葬处也。

秦王闻不韦已死，求其尸不得，乃尽逐其宾客。因下令大索国中，凡他方游客，不许留居咸阳，已仕者削其官，三日内皆要逐出境外，容留之家，一体治罪。有楚国上蔡人李斯，乃名贤荀卿之弟子，广有学问，向游秦国，事吕不韦为舍人。不韦荐其才能于秦王，拜为客卿。今日逐客令下，李斯亦在逐中，已被司里驱出咸阳城外。斯于途中写就表章，托言机密事，使邮传上之秦王。略曰：

臣闻：『太山不让土壤，故能成其高；河海不择细流，故能就其深；王者不却众庶，故能成其德。』昔穆公之霸也，西取繇余于戎，东得百里奚于宛，迎蹇叔于宋，求丕豹、公孙枝于晋；孝公用商鞅，以定秦国之法；惠王用张仪，以散六国之从；昭王用范雎，以获兼并之谋。四君皆赖客以成其功，客亦何负于秦哉？大王必欲逐客，客将去秦而为敌国之用，求其效忠谋于秦者，不可得矣。

秦王览其书，大悟，遂除逐客之令，使人驰车往追李斯，及于骊山之下。斯乃还入咸阳，秦王命复其官，任用如初。

李斯因说秦王曰：「昔秦穆公兴霸之时，诸侯尚众，周德未衰，故未可行兼并之术。自孝公以来，周室卑微，诸侯相并，仅存六国，秦之役属诸侯，非一代矣。夫以秦之强，大王之贤，扫荡诸国，如拂灶尘。乃不及此时汲汲图功，坐待诸侯复强，相聚「合从」，悔之何及！」秦王曰：「寡人欲并吞六国，计将安出？」李斯曰：「韩近秦而弱，请先取韩，以惧诸国。」秦王从其计，使内史腾为将，率师十万攻韩。

时韩桓惠王已薨，太子安即位。有公子非者，善于刑名法律之学，见韩之削弱，数上书于韩王安，韩王不能用。及秦兵伐韩，韩王惧，公子非自负其才，欲求用于秦国，乃自请于韩王，愿为使聘秦，以求息兵。韩王从之。公子非西见秦王，言韩王愿纳地为东藩；秦王大喜。非因说之曰：「臣有计可以破天下之「从」，而遂秦兼并之谋。大王用臣之谋，若赵不举，韩不亡，楚、魏不臣，齐、燕不附，愿斩臣之头，以徇于国，为人臣不忠者之戒。」因献其所著《说难》、《孤愤》、《五蠹》、《说林》等书，五十余万言。秦王读而善之，欲用为客卿，与议国事。李斯忌其才，谮于秦王曰：「诸侯公子，各亲其亲，岂为他人用哉？秦攻韩，韩王急而遣非入秦，安知不如苏秦反间之计？非不可任也。」秦王曰：「然则逐之乎？」李斯曰：「昔齐公子孟尝，赵公子平原，皆曾留秦，秦不用，纵之还国，卒为秦患。非有才，不如杀之，以翦韩之翼。」秦王乃囚韩非于云阳，将杀之。非曰：「吾何罪？」狱吏曰：「一栖不两雄。当今之世，有才者非用即诛，何必罪乎？」非乃慷慨赋诗曰：

《说》果难，《愤》何已？《五蠹》未除，《说林》何取！膏以香消，麝以脐死。

是夜，非以冠缨自勒其喉而死。韩王闻非死，益惧，请以国内附称臣。秦王乃诏内史腾罢兵。

秦王一日与李斯议事，夸韩非之才，惜其已死。李斯乃进曰：「臣举一人，姓尉名缭，大梁人也，深通兵法，其才胜韩非十倍。」秦王曰：「其人安在？」李斯曰：「今在咸阳。然其人自负甚高，不可以臣礼屈也。」秦王乃以宾礼召之。尉缭见秦王，长揖不拜。秦王答礼，置之上座，呼为先生。尉缭因进说曰：「夫列国之于强秦，譬犹郡县也，散则易尽，合则难攻。夫三晋合而智伯亡，五国合而齐湣走。大王不可不虑。」秦王曰：「欲使散而不复合，先生计将安出？」尉缭对曰：「今国家之计，皆决于豪臣，豪臣岂尽忠智，不过多得财物为乐耳。大王勿爱府库之藏，厚赂其豪臣，以乱其谋，不过亡三十万金，而诸侯可尽。」秦王大悦，尊尉缭为上客，与之抗礼，衣服饮食，尽与己同，时时造其馆，长跪请教。

尉缭曰：「吾细察秦王为人，丰准长目，鹘膺豺声，中怀虎狼之心，残刻少恩，用人时轻为人屈，不用亦轻弃人。今天下未一，故不惜屈身于布衣，若得志，天下皆为鱼肉矣！」一夕，不辞而去。馆吏急报秦王。秦王如失臂手，遣轺车四出追还，与之立誓，拜为太尉，主兵事。其弟子皆拜大夫。于是大出内帑金钱，分遣宾客使者，奔走列国，视其宠臣用事者，即厚赂之，探其国情。

秦王复问尉缭以并兼次第。尉缭曰：「韩弱易攻，宜先；其次莫如赵、魏。三晋既尽，即举兵而加楚。楚亡，燕、齐又安往乎？」秦王曰：「韩已称藩，而赵王尝置酒咸阳宫，未有加兵之名，奈何？」尉缭曰：「赵地大兵强，且有韩、魏为助，未可一举而灭也。韩内附称藩，则赵失助之半矣。王若患伐赵无名，请先加兵于魏。赵王有宠臣郭开者，贪得无厌，臣遣弟子王敖往说魏王，使赂郭开而请救于赵王，赵必出兵，吾因以为赵罪，移兵击之。」秦王曰：「善。」乃命大将桓齮，率兵十万，出函谷关，声言伐魏。复遣尉缭弟子王敖往魏，付以黄金五万斤，恣其所用。

王敖至魏，说魏王曰：「三晋所以能抗强秦者，以唇齿互为蔽也。今韩已纳地称藩，而赵王亲诣咸阳，置酒为欢。韩、赵连袂而事秦，秦兵至魏，魏其危矣。大王何不割邺城以赂赵，而求救于赵？赵如发兵守邺，是赵代魏为守也」魏王曰：「先生度必得之赵王乎？」王敖谬言曰：「赵之用事者郭开，臣素与相善，自能得之。」魏王从其言，以邺郡三城地界，并国书付与王敖，使往赵国求救。

王敖先以黄金三千斤，交结郭开，然后言三城之事。郭开受魏金，谓悼襄王曰：「秦之伐魏，欲并魏也；魏亡，则及于赵矣。今彼割邺郡之三城以求救，王宜听之。」悼襄王使扈辄率师五万，往受其地。秦王遂命桓齮进兵攻邺。扈辄出兵拒之，大战于东崓山。扈辄兵败。桓齮乘胜追逐，遂拔邺，连破九城。扈辄兵保于宜安，遣人告急于赵王。赵王聚群臣共议，众皆曰：「昔年惟廉颇能御秦兵，庞氏、乐氏，亦称良将，今庞煖已死，而乐氏亦无人矣。惟廉颇尚在魏国，何不召之？」

郭开与廉颇有仇，恐其复用，乃谮于赵王曰：「廉将军年近七旬，筋力衰矣。况前有乐乘之隙，若召而不用，益增怨望。大王姑使人觇视，倘其未衰，召之未晚。」赵王惑其言，遣内侍唐玖以唐猊名甲一副，良马四匹劳问，因而察之。郭开密邀唐玖至家，具酒相饯，出黄金二十镒为寿。唐玖讶其太厚，自谦无功，不敢受。郭开曰：「有一事相烦，必受此金，方敢启齿。」玖乃收其金，问：「郭大夫有何见谕？」郭开曰：「廉将军与某素不相能。足下此去，倘彼筋力衰颓，自不必言，万一尚壮，亦求足下增添几句，只说老迈不堪，赵王必不复召，此即足下之厚意也。」唐玖领令，竟往魏国，见了廉颇，致赵王之命。廉颇问曰：「秦兵今犯赵乎？」唐玖曰：「将军何以料之？」廉颇曰：「某在魏数年，赵王无一字相及，今忽有名甲良马之赐，必有用某之处，是以知之。」唐玖曰：「将军不恨赵王耶？」廉颇曰：「某方日夜思用赵人，况敢恨赵王也？」乃留唐玖同食，故意在他面前施逞精神，一饭斗米俱尽，啖肉十余斤，狼餐虎咽，吃了一饱。因披赵王所赐之甲，一跃上马，驰骤如飞。复于马上舞长戟数回，乃跳下马，谓唐玖曰：「某何如少年时？烦多多拜上赵王，尚欲以余年报效！」唐玖明明看见廉颇精神强壮，奈私受了郭开贿赂，回至邯郸，谓赵王曰：「廉将军虽然年老，尚能食肉善饭，然有脾疾，与臣同坐，须臾间，遗矢三次矣。」赵王叹曰：「战斗时岂堪遗矢？廉颇果老矣！」遂不复召，但益发军以助扈辄。时赵悼襄王之九年，秦王政之十一年也。其后楚王闻知廉颇在魏，使人召之。颇复奔楚为楚将，以楚兵不如赵，郁郁不得志而死。哀哉！史臣有诗云：

老成名将说廉颇，遗矢谗言奈若何？请看吴亡宰嚭死，郭开何事取金多！

时王敖犹在赵，谓郭开曰：「子不忧赵亡耶？何不劝王召廉颇也？」郭开曰：「赵之存亡，一国事也。若廉颇，独我之仇，岂可使复来赵国？」王敖知其无为国之心，复探之曰：「万一赵亡，君将焉往？」郭开曰：「吾将于齐、楚之间，择一国而托身焉。」王敖曰：「秦有并吞天下之势，齐、楚犹赵、魏也。为君计，不如托身于秦。秦王恢廓大度，屈己下贤，于人无所不容。」郭开曰：「子魏人，何以知秦王之深也？」王敖曰：「某之师尉缭子，见为秦太尉，某亦仕秦为大夫。秦王知君能得赵权，故命某交欢于子，所奉黄金，实秦王之赠也。若赵亡，君必来秦，当以上卿授子。赵之美田宅，惟君所欲。」郭开曰：「足下果肯相荐，倘有见谕，无不奉承。」王敖复以黄金七千斤，付开曰：「秦王以万金见托，欲交结赵国将相，今尽以付君，后有事，当相求也。」郭开大喜曰：「开受秦王厚赠，若不用心图报，即非人类。」王敖乃辞郭开归秦，以所余金四万斤反命曰：

「臣以一万金了郭开，以一郭开了赵也。」秦王知赵不用廉颇，更催桓齮进兵。赵悼襄王忧惧，一疾而薨。

悼襄王適子名嘉。赵有女倡，善歌舞，悼襄王悦之，留于宫中，与之生子，名迁。悼襄王爱倡，因及迁，乃废適子嘉而立庶子迁为太子，使郭开为太傅。迁素不好学，郭开又导以声色狗马之事，二人相得甚欢。及悼襄王已薨，郭开奉太子迁即位。以三百户封公子嘉，留于国中。郭开为相国用事。桓齮乘赵丧，袭破赵军于宜安，斩扈辄，杀十万余人，进逼邯郸。赵王迁自为太子时，闻代守李牧之能，乃使人乘急传，持大将军印召牧。牧在代，有选车千五百乘，选骑万三千匹，精兵五万余人；留车三百乘，骑三千，兵万人守代，其余悉以自随，屯于邯郸城外；单身入城，谒见赵王。赵王问以却秦之术。李牧奏曰：「秦乘累胜之威，其锋甚锐，未易挫也。愿假臣便宜，无拘文法，方敢受命。」赵王许之。又问：「代兵堪战乎？」李牧曰：「战则未足，守则有余。」赵王曰：「今悉境内劲卒，尚可十万，使赵葱、颜聚各将五万，听君节制。」李牧拜命而行，列营于肥累，置壁垒，坚守不战。日椎牛享士，使分队较射。军士日受赏赐，自求出战，牧终不许。桓齮曰：「昔廉颇以坚壁拒王龁，今李牧亦用此计也。」乃分兵一半，往袭甘泉市。赵葱请救之。李牧曰：「彼攻而我救，是致于人也，兵家所忌。不如往攻其营，彼方有事甘泉市，其营必虚，又见我坚壁已久，不为战备。若袭破其营，则桓齮之气夺矣。」遂分兵三路，夜袭其营。营中不意赵兵猝至，遂大溃败，杀死有名牙将十余员，士卒无算。败兵奔往甘泉市，报知桓齮。桓齮大怒，悉兵来战。李牧张两翼以待之，代兵奋勇当先。交锋正酣，左右翼并进，桓齮不能抵当，大败，走归咸阳。赵王以李牧有却秦之功，曰：「牧乃吾之白起也！」亦封为武安君，食邑万户。秦王政怒桓齮兵败，废为庶人。复使大将王翦杨端和，各将兵分道伐赵。

不知胜负如何，且看下回分解。

第一〇六回　王敖反间杀李牧　田光刎颈荐荆轲

话说赵王迁五年，代中地震，墙屋倾倒大半，平地裂开百三十步，邯郸大旱。民间有童谣曰：

秦人笑，赵人号，以为不信，视地生毛。

明年，地果生白毛，长尺余，郭开蒙蔽，不使赵王闻之。时秦王再遣大将王翦、杨端和分道伐赵。王翦从太原一路进兵，杨端和从常山一路进兵。复遣内史腾引军十万，屯于上党，以为声援。时燕太子丹为质于秦，见秦兵大举伐赵，知祸必及于燕，阴使人致书于燕王，使为战守之备。又教燕王诈称有疾，使人请太子归国。燕王依其计，遣使至秦。秦王政曰：「燕王不死，太子未可归也。欲归太子，除是乌头白，马生角，方可！」太子丹仰天大呼，怨气一道，直冲霄汉，乌头皆白。秦王犹不肯遣。太子丹乃易服毁面，为人佣仆，赚出函谷关，星夜往燕国去讫。今真定府定州南，有台名闻鸡台，即太子丹逃秦时，闻鸡早发处也。秦王方图韩、赵，未暇讨燕丹逃归之罪。

再说赵武安君李牧，大军屯于灰泉山，连营数里，秦两路车马，皆不敢进。秦王闻此信，复遣王敖至王翦军中，王敖谓翦曰：「李牧北边名将，未易取胜。将军姑与通和，但勿定约，使命往来之间，某自有计。」王翦果使人往赵营讲和。李牧亦使人报之。王敖至赵，再打郭开关节，言：「李牧与秦私自讲和，约破赵之日，分王代郡。若以此言进于赵王，使以他将易去李牧，某言于秦王，君之功劳不小。」郭开已有外心，遂依王敖说话，密奏赵王。赵王阴使左右往察其情，果见李牧与王翦信使往来，遂信以为实然，谋于郭开。郭开奏曰：「赵葱、颜聚现在军中，大王诚遣使持兵符，即军中拜赵葱为大将，替回李牧，只说：「用为相国」，牧必不疑。」

赵王从其言，遣司马尚持节至灰泉山军中，宣赵王之命。李牧曰：『两军对垒，国家安危，悬于一将，虽有君命，吾不敢从！』司马尚私告李牧曰：『郭开谮将军欲反，赵王入其言，是以相召，言拜相者，欺将军之言也。』李牧忿然曰：『开始谮廉颇，今复谮吾，吾当提兵入朝，先除君侧之恶，然后御秦，可也。』司马尚曰：『将军称兵犯阙，知者以为忠，不知者反以为叛，适令谗人借为口实。以将军之才，随处可立功名，何必赵也。』李牧叹曰：『吾尝恨乐毅、廉颇为赵将不终，不意今日乃及自己！』又曰：『赵葱不堪代将，吾不可以将印授之。』乃悬印于幕中，中夜微服遁去，欲往魏国。赵葱感郭开举荐之恩，又怒李牧不肯授印，乃遣力士急捕李牧，得于旅人之家，乘其醉，缚而斩之，以其首来献。可怜李牧一时名将，为郭开所害，岂不冤哉！史臣有诗云：

却秦守代著威名，大厦全凭一木撑；何事郭开贪外市，致令一旦坏长城！

司马尚不敢复命，窃妻孥奔海上去讫。赵葱遂代李牧挂印为大将，颜聚为副。代兵素服李牧，见其无辜被害，不胜愤怒，一夜间踰山越谷，逃散俱尽，赵葱不能禁也。

却说秦兵闻李牧死，军中皆酌酒相贺。王翦、杨端和两路军马，刻期并进。赵葱与颜聚计议，欲分兵往救太原常山二处。颜聚曰：『新易大将，军心不安，若合兵犹足以守，一分则势弱矣。』言未毕，哨马报：『王翦攻狼孟甚急，破在旦夕！』赵葱曰：『狼孟一破，彼将长驱井陉，合攻常山，而邯郸危矣！不得不往救之。』遂不听颜聚之谏，传令拔寨俱起。王翦觇探明白，预伏兵大谷。遣人于高阜了望，只等赵葱兵过一半，放起号炮，伏兵一齐杀出，将赵兵截做两段，首尾不能相顾。王翦引大军倾江倒峡般杀来，赵葱迎敌，兵败，为王翦所杀。颜聚收拾败军，奔回邯郸。秦兵遂拔狼孟，由井陉进兵，攻取下邑。杨端和亦收取常山余地，进围邯郸。

秦王政闻两路兵俱已得胜，因命内史腾移兵往韩受地。韩王安大惧，尽献其城，入为秦臣。秦以韩地为颍川郡。此韩王安之九年，秦王政之十七年也。

韩自武子万受邑于晋，三世至献子厥，始执晋政。厥三传至康子虎，始灭智氏。虎再传至景侯虔，始为诸侯。虔六传至宣惠王，始称王。四传至王安，而国入于秦。自韩虎六年，至宣惠王九年，凡为侯共八十年；自宣惠王十年，至王安九年国灭，凡为王九十四年。自此，六国只存其五矣。史臣有赞云：

万封韩原，贤裔惟厥；计全赵孤，阴功不泄。始偶六卿，终分三穴；从约不守，稽首秦阙。韩非虽使，无救亡灭！

再说秦兵围邯郸，颜聚悉兵拒守，赵王迁恐惧，欲遣使邻邦求救。郭开进曰：『韩王已入臣，燕、魏方自保不暇，安能相救？以臣愚见，秦兵势大，不如全城归顺，不失封侯之位。』王迁欲听之。公子嘉伏地痛哭曰：『先王以社稷宗庙传于王，何可弃也？臣愿与颜聚竭力效死！万一城破，代郡数百里，尚可为国，奈何束手为人俘囚乎？』郭开曰：『城破则王为虏，岂能及代哉？』公子嘉拔剑在手，指郭开曰：『覆国谗臣，尚敢多言！吾必斩之！』赵王劝解方散。

王迁回宫，无计可施，惟饮酒取乐而已。郭开欲约会秦兵献城，奈公子嘉率其宗族宾客，帮助颜聚加意防守，水泄不漏，不能通信。其时岁值连荒，城外民人逃尽，秦兵野无所掠，惟城中广有积粟，食用不乏，急切不下；乃与杨端和计议，暂退兵五十里外，以就粮运。城中见秦兵退去，防范稍弛，日启门一次，通出入。郭开乘此隙，遣心腹出城，将密书一封，送入秦寨。书中大意云：

某久有献城之意，奈不得其便。然赵王已十分畏惧，倘得秦王大驾亲临，某当力劝赵王行衔璧舆榇之礼。

王翦得书，即遣人驰报秦王。

秦王亲帅精兵三万，使大将李信扈驾，取太原路，来至邯郸，复围其城，昼夜攻打。城上望见大旆有「秦王」字，飞报赵王。赵王愈恐。郭开曰：「秦王亲提兵至此，其意不破邯郸不已，公子嘉、颜聚辈不足恃也。愿大王自断于心！」赵王曰：「寡人欲降秦，恐见杀如何？」郭开曰：「秦不害韩王，岂害大王哉？若以和氏之璧，并邯郸地图出献，秦王必喜。」赵王曰：「卿度可行，便写降书。」郭开写就降书，又奏曰：「降书虽写，公子嘉必然阻挡。闻秦王大营在西门，大王假以巡城为名，乘驾到彼，竟自开门送款，何愁不纳？」赵王一向昏迷，惟郭开之言是听，到此危急之际，益无主持，遂依其言。

颜聚方在北门点视，闻报赵王已出西门，送款于秦，大惊。公子嘉亦飞骑而至，言：「城上奉赵王之命，已竖降旗，秦兵即刻入城矣。」颜聚曰：「吾当以死据住北门，公子收敛公族，火速到此，同奔代地，再图恢复。」公子嘉从其计，即率其宗族数百人，同颜聚奔出北门，星夜往代。颜聚劝公子嘉自立为代王，以令其众；表李牧之功，复其官爵，亲自设祭，以收代人之心；遣使东与燕合，屯军于上谷，以备秦寇。代国赖以粗定。不在话下。

再说秦王政准赵王迁之降，长驱入邯郸城，居赵王之宫。赵王以臣礼拜见，秦王坐而受之，故臣多有流涕者。明日，秦王弄和氏之璧，笑谓群臣曰：「此先王以十五城易之而不得者也！」于是秦王出令，以赵地为钜鹿郡，置守；安置赵王于房陵；封郭开为上卿。赵王方悟郭开卖国之罪，叹曰：「使李牧在此，秦人岂得食吾邯郸之粟耶？」那房陵四面有石室，如房屋一般。赵王居石室之中，闻水声淙淙，问左右。对曰：「楚有四水，江、汉、沮、漳，此名沮水，出房山达于汉江。」赵王凄然叹曰：「水乃无情之物，尚能自达于汉江，寡人羁囚在此，望故乡千里，岂能至哉！」乃作山水之讴云：

房山为宫兮，沮水为浆；不闻调琴奏瑟兮，惟闻流水之汤汤！水之无情兮，犹能自致于汉江；嗟余万乘之主兮，徒梦怀乎故乡！夫谁使余及此兮？乃谗言之孔张！良臣淹没兮，社稷沦亡；余听不聪兮！敢怨秦王？

终夜无聊，每一发讴，哀动左右，遂发病不起。代王嘉闻王迁死，谥为幽谬王。有诗为证：

吴主丧邦繇佞嚭，赵王迁死为贪开；若教贪佞能疏远，万岁金汤永不隤。

秦王班师回咸阳，暂且休兵养士。郭开积金甚多，不能携带，乃俱窖于邯郸之宅第。事既定，自言于秦王，请休假回赵，搬取家财。秦王笑而许之。既至邯郸，发窖取金，载以数车，中途为盗所杀，取金而去。或云：「李牧之客所为也。」呜呼！得金卖国，徒杀其身，愚哉！

再说燕太子丹逃回燕国，恨秦王甚，乃散家财，大聚宾客，谋为报秦之举。访得勇士夏扶、宋意，皆厚待之。有秦舞阳，年十三，白昼杀仇人于都市，市人畏不敢近，太子赦其罪，收致于门下。秦将樊於期得罪奔燕，匿深山中，至是闻太子好客，亦出身自归。丹待为上宾，于易水之东，筑一城以居之，名曰樊馆。太傅鞠武谏曰：「秦虎狼之国，方蚕食诸侯，即使无隙，犹将生事，况收其仇人以为射的，如批龙之逆鳞，其伤必矣。愿太子速遣樊将军入匈奴，以灭口，请西约三晋，南连齐、楚，北结匈奴，然后乃可徐图也。」太子丹曰：「太傅之计，旷日弥久。丹心如焚炙，不能须臾安息。况樊将军穷困来归，是丹哀怜之交也。丹岂以强秦之故，而远弃樊将军于荒漠？丹有死，不能矣。愿太傅更为丹虑之！」鞠武曰：「夫以弱燕而抗强秦，如以毛投炉，无不焚也，以卵投石，无不碎也。臣智浅识寡，不能为太子画策。所识有田光先生，其人智深而勇沉，且多识异人。太子必欲图秦，非田光先生不可。」太子丹曰：「丹未得交于田先生，愿因太傅而致之。」鞠武曰：「敬诺。」

鞠武即驾车往田光家中，告曰：「太子丹敬慕先生，愿就而决事，愿先生勿却！」田光曰：「太子，贵人也，岂敢屈车驾哉？即不以光为鄙陋，欲共计事，光当往见，不敢自逸。」鞠武曰：「先生不惜枉驾，此太子之幸也。」遂与田光同车，造太子宫中。

太子丹闻田光至，亲出宫迎接，执辔下车，却行为导，再拜致敬，跪拂其席。田光年老，偻行登上坐，旁观者皆窃笑。太子丹屏左右，避席而请曰：「今日之势，燕、秦不两立，闻先生智勇足备，能奋奇策，救燕须臾之亡乎？」田光对曰：「臣闻：『骐骥盛壮之时，一日而驰千里，及其衰老，驽马先之。』今鞠太傅但知臣盛壮之时，不知臣已衰老矣。」太子丹曰：「度先生交游中，亦有智勇如先生少壮之时，可代为先生持筹者乎？」田光摇首曰：「大难，大难！虽然，太子自审门下客，可用者有几人？光请相之。」太子丹乃悉召夏扶、宋意、秦舞阳至，与田光相见。田光一一相过，问其姓名，谓太子曰：「臣窃观太子客，俱无可用者。夏扶血勇之人，怒则面赤；宋意脉勇之人，怒则面青；秦舞阳骨勇之人，怒则面白。夫怒形于面，而使人觉之，何以济事？臣所知有荆卿者，乃神勇之人，喜怒不形，似为胜之。」太子丹曰：「荆卿何名？何处人氏？」田光曰：「荆卿者，名轲，本庆氏，齐大夫庆封之后也。庆封奔吴，家于朱方，楚讨杀庆封，其族奔卫，为卫人。以剑术说卫元君，元君不能用。及秦拔魏东地，并濮阳为东郡，而轲复奔燕，改氏曰荆，人呼为荆卿，性嗜酒，燕人高渐离者，善击筑，轲爱之，日与饮于燕市中。酒酣，渐离击筑，荆卿和而歌之，歌罢，辄涕泣而叹，以为天下无知己。此其人沉深有谋略，光万不如也。」太子丹曰：「丹未得交于荆卿，愿因先生而致之。」田光曰：「荆卿贫，臣每给其酒资，是宜听臣之言。」太子丹送田光出门，以自己所乘之车奉之，使内侍为御。

光将上车，太子嘱曰：「丹所言，国之大事也，愿先生勿泄于他人。」田光笑曰：「老臣不敢。」田光上车，访荆轲于酒市中。轲与高渐离同饮半酣，渐离方调筑。田光闻筑音，下车直入，呼荆卿。渐离携筑避去。荆轲与田光相见，邀轲至其家中，谓曰：「荆卿尝叹天下无知己，光亦以为然。然光老矣，精衰力耗，不足为知己驱驰。荆卿方壮盛，亦有意一试其胸中之奇乎？」荆轲曰：「岂不愿之，但不遇其人耳。」田光曰：「太子丹折节重客，燕国莫不闻之。今者不知光之衰老，乃以燕秦之事谋及于光。光与卿相善，知卿之才，荐以自代，愿卿即过太子宫。」荆轲曰：「先生有命，轲敢不从！」田光欲激荆轲之志，乃抚剑叹曰：「光闻之：『长者为行，不使人疑。』今太子以国事告光，而嘱光勿泄，是疑光也。光奈何欲成人之事，而受其疑哉！光请以死自明，愿足下急往报于太子。」遂拔剑自刎而死。

荆轲方悲泣，而太子复遣使来视：「荆先生来否？」荆轲知其诚，即乘田光来车，至太子宫。太子接待荆轲，与田光无二。既相见，问：「田先生何不同来？」荆轲曰：「光闻太子有私嘱之语，欲以死明其不言，已伏剑死矣！」太子丹抚膺恸哭曰：「田先生为丹而死，岂不冤哉！」良久收泪，纳轲于上座，太子丹避席顿首。轲慌忙答礼。太子丹曰：「田先生不以丹为不肖，使丹得见荆卿，天与之幸，愿荆卿勿见鄙弃。」荆轲曰：「太子所以忧秦者，何也？」丹曰：「秦譬犹虎狼，吞噬无厌，非尽收天下之地，臣海内之王，其欲未足。今韩王尽已纳地为郡县矣。王翦大兵复破赵，虏其王。赵亡，次必及燕。此丹之所以卧不安席，临食而废箸者也。」荆轲曰：「以太子之计，将举兵与角胜负乎？抑别有他策耶？」太子丹曰：「燕小弱，数困于兵。今赵公子嘉自称代王，欲与燕合兵拒秦。丹恐举国之众，不当秦之一将，虽附以代王，未见其势之盛也。魏、齐素附于秦，而楚又远不相及，诸侯畏秦之强，无肯「合从」者。丹窃有愚计，诚得天下之勇士，伪使于秦，诱以重利，秦王贪得，必相近，因乘间劫之，使悉返诸侯侵地，如曹沫之于齐桓公，则大善矣。倘不从，则刺杀之。彼大将握重兵，各不相下，君亡国乱，上下猜疑，然后连合楚、魏，共立韩、赵之后，并力破秦，此乾坤再造之时也！惟荆卿留意焉。」荆轲沉思良久，对曰：「此国之大事也，臣驽下，恐不足当任使。」太子丹前顿首固请曰：「以荆卿高义，丹愿委命于卿，幸毋让！」荆轲再三谦逊，然后许诺。于是尊荆轲为上卿，于樊馆之右，复筑一城，名曰荆馆，以奉荆轲。

太子丹日造门下问安，供以太牢。间进车骑美女，恣其所欲，惟恐其意之不适也。轲一日与太子游东宫，观池水，有大龟出池旁，轲偶拾瓦投龟，太子丹捧金丸进之以代瓦。又一日共试骑，太子丹有马日行千里，轲偶言马肝味美，须臾，庖人进肝，所杀即千里马也。丹又言及秦将樊於期得罪秦王，现在燕国。荆轲请见之。太子治酒于华阳之台，请荆轲与樊於期相会，出所幸美人奉酒，复使美人鼓琴娱客。荆轲见其两手如玉，赞曰：「美哉手也！」席散，丹使内侍以玉盘送物于轲，轲启视之，乃所断美人之手。自明于轲，无所吝惜。轲叹曰：「太子遇轲厚，乃至此乎？当以死报之！」

不知荆轲如何报恩，且看下回分解。

第一〇七回 献地图荆轲闹秦庭 论兵法王翦代李信

话说荆轲平日，常与人论剑术，少所许可，惟心服榆次人盖聂，自以为不及，与之深结为友。至是，轲受燕太子丹厚恩，欲西入秦劫秦王，使人访求盖聂，欲邀请至燕，与之商议。因盖聂游踪未定，一时不能够来到。太子丹知荆轲是个豪杰，旦暮敬事，不敢催促。忽边人报道：「秦王遣大将王翦，北略地至燕南界。代王嘉遣使相约，一同发兵，共守上谷以拒秦。」太子丹大惧，言于荆轲曰：「秦兵旦暮渡易水，足下虽欲为燕计，岂有及哉？」荆轲曰：「臣思之熟矣！此行倘无以取信于秦王，未可得近也。夫樊将军得罪于秦，秦王购其首，黄金千斤，封邑万家。而督亢膏腴之地，秦人所欲。诚得樊将军之首，与督亢之地图，奉献秦王，彼必喜而见臣，臣乃得有以报太子。」丹曰：「樊将军穷困来归，何忍杀之？若督亢地图，所不敢惜！」

荆轲知太子丹不忍，乃私见樊於期曰：「将军得祸于秦，可谓深矣。父母宗族，皆为戮殁，今闻购将军之首，金千斤，邑万家，将军将何以雪其恨乎？」樊於期仰天太息，流涕而言曰：「某每一念及秦政，痛彻心髓！愿与之俱死，恨未有其地耳。」荆轲曰：「今有一言，可以解燕国之患，报将军之仇者，将军肯听之乎？」於期亟问曰：「计将安出？」荆轲踌躇不语。於期曰：「荆卿何以不言？」轲曰：「计诚有之，但难于出口。」於期曰：「苟报秦仇，虽粉骨碎身，某所不恤，又何出口之难乎？」荆轲曰：「某之愚计，欲前刺秦王，而恐其不得近也。诚得将军之首，以献于秦，秦王必喜而见臣，臣左手把其袖，右手斫其胸，则将军之仇报，而燕亦得免于灭亡之患矣。将军以为何如？」樊於期卸衣偏袒，奋臂顿足，大呼曰：「此臣之日夜切齿腐心，而恨其无策者也，今乃得闻明教。」即拔佩剑刎其喉，喉绝而颈未断，荆轲复以剑断之。有诗为证：

闻说奇谋喜欲狂，幽魂先已赴咸阳；荆卿若遂屠龙计，不枉将军剑下亡。

荆轲使人飞报太子曰：『已得樊将军首矣！』太子丹闻报，驰车至，伏尸而哭，极哀。命厚葬其身，而以其首置木函中。荆轲曰：『太子曾觅利匕首乎？』太子丹曰：『有赵人徐夫人匕首，长一尺八寸，甚利，丹以百金得之，使工人染以毒药，曾以试人，若出血沾丝缕，无不立死。装以待荆卿久矣！未知荆卿行期何日？』荆轲曰：『臣有所善客盖聂未至，欲俟之以为副。』太子丹曰：『足下之客，如海中之萍，未可定也。丹之门下，有勇士数人，惟秦舞阳为最，或可以副行乎？』荆轲见太子十分急切，乃叹曰：『今提一匕首，入不测之强秦，此往而不返者也。臣所以迟迟，欲俟吾客，本图万全。太子既不能待，请行矣。』于是太子丹草就国书，只说献督亢之地，并樊将军之首，俱付荆轲。以千金为轲治装。秦舞阳为副使，同行。

临发之日，太子丹与相厚宾客知其事者，俱白衣素冠，送至易水之上，设宴饯行。高渐离闻荆轲入秦，亦持豚肩斗酒而至，荆轲使与太子丹相见，丹命入席同坐。酒行数巡，高渐离击筑，荆轲和而歌，为变徵之声。歌曰：

风萧萧兮易水寒，壮士一去兮不复还！

声甚哀惨，宾客及随从之人，无不涕泣，有如临丧。荆轲仰面呵气，直冲霄汉，化成白虹一道，贯于日中，见者惊异。轲复慷慨为羽声，歌曰：

探虎穴兮入蛟宫，仰天嘘气兮成白虹！

其声激烈雄壮，众莫不瞋目奋励，有如临敌。于是太子丹复引卮酒，跪进于轲。轲一吸而尽，牵舞阳之臂，腾跃上车，催鞭疾驰，竟不反顾。太子丹登高阜以望之，不见而止，凄然如有所失，带泪而返。晋处士陶靖节有诗曰：

燕丹善养士，志在报强嬴。招集百夫良，岁暮得荆卿。
君子死知己，提剑出燕京。素骥鸣广陌，慷慨送我行。
雄发指危冠，猛气冲长缨。饮饯易水上，四座列群英。
左席击悲筑，右席唱高声。萧萧哀风逝，淡淡寒波生。
商音更流涕，羽奏壮士惊。心知去不归，且有后世名。

荆轲既至咸阳，知中庶子蒙嘉有宠于秦王，先以千金赂之，求为先容。蒙嘉入奏秦王曰：『燕王怖大王之威，不敢举兵，以逆军吏，愿举国为内臣，比于诸侯之列，给贡职如郡县，以奉守先人之宗庙。恐惧不敢自陈，谨斩樊於期之首，及献燕督亢之地图，燕王亲自函封，拜送使者于庭。今上卿荆轲，见在馆驿候旨，惟大王命之。』

秦王闻樊於期已诛，大喜，乃朝服，设九宾之礼，召使者至咸阳宫相见。荆轲藏匕首于袖，捧樊於期头函，秦舞阳捧督亢舆地图匣，相随而进。将次升阶，秦舞阳面白如死人，似有振恐之状。侍臣曰：『使者色变为何？』荆轲回顾舞阳而笑，上前叩首谢曰：『一介秦舞阳，乃北番蛮夷之鄙人，生平未尝见天子，故不胜振慑悚息，易其常度。愿大王宽宥其罪，使得毕使于前。』秦王传旨，止许正使一人上殿。左右叱舞阳下阶。秦王命取头函验之，果是樊於期之首，问荆轲：『何不早杀逆臣来献？』荆轲奏曰：『樊於期得罪天子，窜伏北漠，寡君悬千金之赏，购求得之，欲生致于大王："诚恐中途有变，故断其首，冀以稍纾大王之怒。"荆轲辞语从容，颜色愈和，秦王不疑。时秦舞阳捧地图匣，俯首跪于阶下。秦王谓荆轲曰："取舞阳所持地图来，与寡人观之！"荆轲从舞阳手中取过图函，亲自呈上。秦王展图，方欲观看。荆轲匕首已露，不能掩藏，当下未免着忙。左手把秦王之袖，右手执匕首刺其胸，未及身，秦王大惊，奋身而起，袖绝。因那时五月初旬天气，所穿罗縠单衣，故易裂也。王座旁设有屏风，长八尺，秦王超而过之，屏风仆地。荆轲持匕首在后紧追。秦王不能脱身，绕柱而走。原来秦法，群臣侍殿上者，不许持尺寸之兵，诸郎中宿卫之官，执兵戈者，皆陈列于殿下，非奉宣召，不敢擅自入殿。今仓卒变起，不暇呼唤。群臣皆以手共搏轲。轲勇甚，近者辄仆。有侍医夏无且，亦以药囊击轲，轲奋臂一挥，药囊俱碎。虽然荆轲勇甚，群臣没奈他何，却也亏着要打发众人，所以秦王东奔西走，不曾被荆轲拿住。秦王所佩宝剑，名"鹿卢"，长八尺，欲拔剑击轲，剑长，鞘不能脱。有小内侍赵高急唤曰："大王何不背剑而拔之？"秦王悟，依其言，把剑推在背后，前边便短，容易拔出。秦王勇力，不弱于荆轲，匕首尺余，止可近刺，剑长八尺，可以远击，秦王得剑在手，其胆便壮，遂直前来砍荆轲，断其左股。荆轲扑身倒于左边铜柱之旁，不能起立，乃举匕首以掷秦王。秦王闪开，那匕首在秦王耳边过去，直刺入右边铜柱之中，火光迸出。秦王复以剑击轲，轲以手接剑，三指俱落，连被八创。荆轲倚柱而笑，向秦王箕踞骂曰："幸哉汝也！吾欲效曹沫故事，以生劫汝，返诸侯侵地，不意事之不就，被汝幸免，岂非天乎！然汝恃强力，吞并诸侯，享国亦岂长久耶？"左右争上前攒杀之。秦舞阳在殿下，知荆轲动手，也要向前，却被郎中等众人击杀。此秦王政二十年事也。可惜荆轲受了燕太子丹多时供养，特地入秦，一事无成，不惟自害其身，又枉害了田光、樊於期、秦舞阳三人性命，断送燕丹父子，岂非剑术之不精乎？髯翁有诗云：

独提匕首入秦都，神勇其如剑术疏！壮士不还谋不就，樊君应与觅头颅。

秦王心战目眩，呆坐半日，神色方才稍定。往视荆轲，轲双目圆睁，宛如生人，怒气勃勃。秦王惧，命取荆轲、秦舞阳之尸，及樊於期之首，同焚于市中，燕国从者皆枭首，分悬国门。遂起驾还内宫。宫中后妃闻变，俱前来问安，因置酒压惊称贺。有一胡姬，乃赵王宫人，秦王破赵，选入宫，善琴有宠，列在妃位。秦王使鼓琴解闷。胡姬援琴而奏之，其声曰：

罗縠单衣兮可裂而绝，八尺屏风兮可超而越，鹿卢之剑兮可负而拔，嗤彼凶狡兮身亡国灭！

秦王爱其敏捷，赐缯绮一箧，是夜尽欢，因宿于胡姬之宫。后来胡姬生子，即胡亥也，是为二世皇帝。此是后话。

次早，秦王视朝，论功行赏，首推夏无且，以黄金二百镒赐之，曰："无且爱我，以药囊投荆轲也。"次唤小内侍赵高曰："'背剑而拔之'，赖汝教我。"亦赐黄金百镒。群臣中手搏荆轲者，视有伤轻重加赏。殿下郎中人等，击杀秦舞阳者，亦俱有赐。蒙嘉误为荆轲先容，凌迟处死，灭其家。蒙骜先已病死，其子蒙武，见为裨将，以不知情，特赦之。秦王怒气未息，乃益发兵，使王贲将之，助其父王翦攻燕。

燕太子丹不胜其愤，悉众迎战于易水之西。燕兵大败，夏扶、宋意皆战死。丹奔蓟城，鞠武被杀，王翦合兵围之，十月城破。燕王喜谓太子丹曰："今日破国亡家，尽由于汝！"丹对曰："韩、赵之灭，岂亦丹罪耶？今城中精兵，尚有二万，辽东负山阻河，犹足固守，父王宜速往！"燕王喜不得已，登车开东门而出。太子丹尽驱其精兵，亲自断后，护送燕王东行，退保辽东，都平壤。王翦攻下蓟城，告捷于咸阳。王翦积劳成病，一面上表告老。秦王曰："太子丹之仇，寡人不能忘，然王翦诚老矣。"使将军李信代领其众，以追燕王父子。召王翦归，赐予甚厚。翦谢病，老于频阳。燕王闻李信兵至，遣使求救于代王嘉。嘉乃报燕王书，略曰：

秦所以急攻燕者，以怨太子丹故也。王能杀丹以谢于秦，秦怒必解，燕之社稷，幸得血食。

燕王喜犹豫未忍，太子丹惧诛，乃与其宾客，自匿于桃花岛。李信屯兵首山，使人持书数太子丹之罪。燕王喜大惧，佯召太子丹计事，以酒灌醉，缢杀之，然后断其首。燕王喜哭之恸。时夏五月，忽然天降大雪，平地深二尺五寸，寒凛如严冬，人谓太子丹怨气所致也。燕王将太子丹之首，函送李信军中，为书谢罪。李信驰奏秦王，且言：「五月大雪，军人苦寒多病，求暂许班师。」秦王谋于尉缭，尉缭奏曰：「燕栖于辽，赵栖于代，譬之游魂，不久自散。今日之计，宜先下魏，次及荆、楚，二国既定，燕、代可不劳而下。」秦王曰：「善。」乃诏李信收兵回国。再命王贲为大将，引军十万，出函谷关攻魏。

时魏景湣王已薨，太子假立三年矣。自秦攻燕时，魏王假增筑大梁之城，内外俱浚深沟，预修守备。使人结好齐王，说以利害，言：「魏与齐乃唇齿之国，唇亡则齿寒。魏亡，则祸必及于齐，愿同心协力，互相救援。」齐自君王后薨，其弟后胜，为相国用事，多受秦黄金，力言：「秦必不负齐，今若与魏「合从」，必触秦怒。」齐王建惑其言，遂辞魏使。

王贲连战皆胜，进围大梁。值天道多雨，王贲乘油幕车，访求水势，知黄河在城之西北，而汴河从荥阳发源来，亦经由城西而过，乃命军士于西北开渠，引二河之水，筑堤壅其下流。军士冒雨兴工，王贲亲自持盖催督。及渠成，雨一连十日不止，水势浩大，贲命决堤通沟，内外沟俱泛溢。城被浸三日，颓坏者数处，秦兵遂乘之而入。魏王假方与群臣议书降表，为王贲所虏，上囚车，与宫属俱送至咸阳。假中途病死。王贲尽取魏地，为三川郡。并收野王地，废卫君角为庶人。

按魏自晋献公之世，毕万受封，万生芒季，芒季生武子犨，犨佐晋文公成霸，犨复四传至桓子侈，灭范氏、中行氏、智氏，侈生文侯斯，与韩赵三分晋国，凡七传而至王假，国灭，共有国二百年。史臣赞云：

毕公之苗，因国为姓，胤裔繁昌，世载忠正。
文始建侯，武益强盛；惠王好战，大梁不竞。
信陵养士，神气稍振。景湣式微，再传而陨。

时秦王政二十二年事也。是年，秦王用尉缭之策，复谋伐楚，问于李信曰：「将军度伐楚之役，用几何人而足？」李信对曰：「不过用二十万人。」复召老将王翦问之。翦对曰：「信以二十万人攻楚，必败。以臣愚见，非六十万人不可。」秦王私念曰：「老人固宜怯，不如李将军壮勇。」遂罢王翦不用。命李信为大将，蒙武副之，率兵二十万伐楚。李信攻平舆，蒙武攻寝邱。信年少骁勇，一鼓攻下平舆城，于是引兵而西，攻下申城，遣人持书，约蒙武会于城父，欲合兵以捣郢城。

话分两头。却说楚自李园杀春申君黄歇，立幽王悍，悍即黄歇与李氏所生之子也。幽王立十年而薨，无子。其时李园亦卒。群臣乃立宗人公子犹，是为哀王。哀王立二月，而其庶兄负刍，袭杀哀王，遂自立为王。负刍在位三年，闻秦兵深入楚地，乃拜项燕为大将，率兵二十余万，水陆并进。探知李信兵出申城，自率大军迎于西陵，使副将屈定，设七伏于鲁台山诸处。李信恃勇前进，遇项燕，两下交锋，战酣之际，七路伏兵俱起，李信不能抵敌，大败而走。项燕逐之，凡三日三夜不息，杀都尉七人，军士死者无算。李信率残兵退保冥阨，项燕复攻破之。李信弃城而遁。项燕追及平舆，尽复故地。蒙武未至城父，闻李信兵败，亦退入赵界，遣使告急。

秦王大怒，尽削李信官邑，亲自命驾造频阳，来见王翦，问曰：「将军策李信以二十万人攻楚必败，今果辱秦军矣。将军虽病，能为寡人强起，将兵一行乎？」王翦再拜谢曰：「老臣罢病悖乱，心力俱衰，惟大王更择贤将而任之。」秦王曰：「此行非将军不可，将军幸勿却！」王翦对曰：「大王必不得已而用臣，非六十万人不可。」秦王曰：「寡人闻：『古者大国三军，次国二军，小国一军，军不尽行，未尝缺乏。』五霸威加诸侯，其制国不过千乘，以一乘七十五人计之，从未及十万之额。今将军必用六十万，古所未有也。」王翦对曰：「古者约日而阵，皆阵而战，步伐俱有常法，致武而不重伤，声罪而不兼地，虽干戈之中，寓礼让之意。故帝王用兵，从不用众。齐桓公作内政，胜兵不过三万人，犹且更番而用。今列国兵争，以强凌弱，以众暴寡，逢人则杀，遇地则攻，报级动曰数万，围城动经数年，是以农夫皆操戈刃，童稚亦登册籍，势所必至，虽欲用少而不可得。况楚国地尽东南，号令一出，百万之众可具，臣谓六十万，尚恐不相当，岂复能减于此哉？」秦王叹曰：「非将军老于兵，不能透彻至此，寡人听将军矣！」遂以后车载王翦入朝，即日拜为大将，以六十万授之，仍用蒙武为副。临行，秦王亲至坝上设饯。王翦引卮，为秦王寿曰：「大王饮此，臣有所请。」秦王一饮而尽，问曰：「将军何言？」王翦出一简于袖中，所开写咸阳美田宅数处，求秦王：「批给臣家。」秦王曰：「将军若成功而回，寡人方与将军共富贵，何忧于贫？」王翦曰：「臣老矣，大王虽以封侯劳臣，譬如风中之烛，光耀几时？不如及臣目中，多给美田宅，为子孙业，世世受大王之恩耳。」秦王大笑，许之。既至函谷关，复遣使者求园池数处。蒙武曰：「老将军之请乞，不太多乎？」王翦密告曰：「秦王性强厉而多疑，今以精甲六十万畀我，是空国而托我也。我多请田宅园池，为子孙业，所以安秦王之心耳。」蒙武曰：「老将军高见，吾所不及。」

不知王翦伐楚如何，且看下回分解。

第一〇八回 兼六国混一舆图 号始皇建立郡县

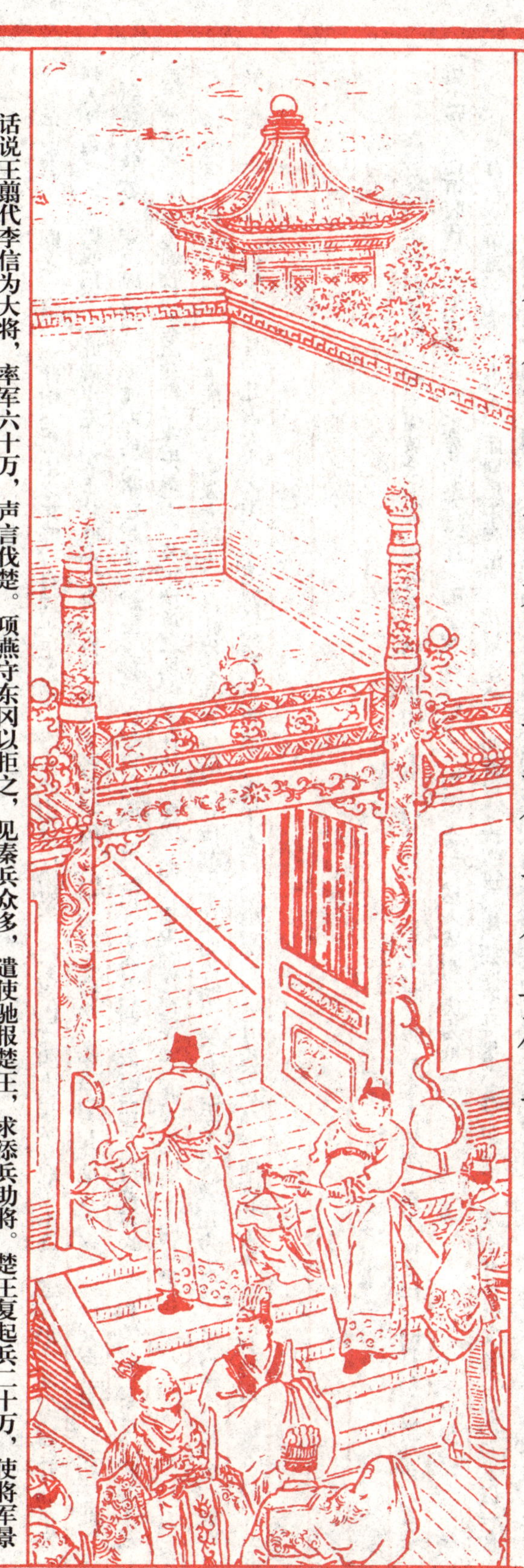

话说王翦代李信为大将，率军六十万，声言伐楚。项燕守东冈以拒之，见秦兵众多，遣使驰报楚王，求添兵助将。楚王复起兵二十万，使将军景骐将之，以助项燕。

却说王翦兵屯于天中山，连营十余里，坚壁固守，项燕日使人挑战，终不出。项燕曰：『王翦老将，怯战固其宜也。』王翦休士洗沐，日椎牛设飨，亲与士卒同饮食，将吏感恩，愿为效力，屡屡请战，辄以醇酒灌之。如此数月，士卒日间无事，惟投石超距为戏。按范蠡《兵法》：投石者，用石块重十二斤，立木为机发之，去三百步为胜，不及者为负；其有力者，能以手飞石，则多胜一筹。超距者，横木高七八尺，跳跃而过，以此赌胜。王翦每日使各营军吏，默记其胜负，知其力之强弱。外益收敛为自守之状，不许军人以楚界樵采。获得楚人，以酒食劳之放还。相持岁余，项燕终不得一战，以为王翦名虽伐楚，实自保耳，遂不为战备。

王翦忽一日，大享将士，言：『今日与诸君破楚。』将士皆磨拳擦掌，争先奋勇。乃选骁勇有力者，约二万人，谓之壮士，别为一军，为冲锋。而分军数道，吩咐楚军一败，各自分头略地。项燕不意王翦猝至，仓皇出战。壮士蓄力多时，不胜技痒，大呼陷阵，一人足敌百人。楚兵大败，屈定战死。项燕与景骐，率败兵东走，翦乘胜追逐，再战于永安城，复大败之。遂攻下西陵，荆襄大震。王翦使蒙武分军一半，屯于鄂渚，传檄湖南各郡，宣布秦王威德。自率大军，径趋淮南，直捣寿春；一面遣人往咸阳报捷。项燕往淮上募兵未回，王翦乘虚急攻，城遂破。景骐自刎于城楼，楚王负刍被虏。秦王政发驾亲至樊口受俘，责负刍以弑君之罪，废为庶人。命王翦合兵鄂渚，以收荆襄，于是湖湘一带郡县，望风惊溃。

再说项燕募得二万五千人，来至徐城，适遇楚王之同母弟昌平君逃难奔来，言：「寿春已破，楚王掳去，不知死活。」项燕曰：「吴越有长江为限，地方千余里，尚可立国。」乃率其众渡江，奉昌平君为楚王，居于兰陵，缮兵城守。

再说王翦已定淮北、淮南之地，谒秦王于鄂渚。秦王夸奖其功，然后言曰：「项燕又立楚王于江南，奈何？」王翦曰：「楚之形势，在于江、淮。今全淮皆为吾有，彼残喘仅存，大兵至，即就缚耳。何足虑哉。」秦王曰：「王将军年虽老，志何壮也！」明日，秦王驾回咸阳，仍留王翦兵，使平江南。

王翦令蒙武造船于鹦鹉洲。踰年船成，顺流而下，守江军士不能御，秦兵遂登陆。留兵十万屯黄山，以断江口。大军自朱方进围兰陵，四面列营，军声震天。凡夫椒山、君山、荆南山诸处，兵皆布满，以绝越中救兵。项燕悉城中兵，战于城下。初合，秦兵稍却。王翦驱壮士分为左右二队，各持短兵，大呼突入其阵。蒙武手斩裨将一人，复生擒一人。秦兵勇气十倍。项燕复大败，奔入城中，筑门固守。王翦用云梯仰攻，项燕用火箭射之，烧其梯。蒙武曰：「项燕釜中之鱼也。若筑垒与城齐，周围攻急，我众彼寡，守备不周，不一月，其城必破。」王翦从其计，攻城愈急。昌平君亲自巡城，为流矢所中，军士扶回行宫，夜半身死。项燕泣曰：「吾所以偷生在此，为芈氏一脉未绝也。今日尚何望乎？」乃仰天长号者三，引剑自刎而死。城中大乱，秦兵遂登城启门，王翦整军而入，抚定居民。遂率大军南下，至于锡山，军士埋锅造饭，掘地得古碑，上刻有十二字云：

有锡兵，天下争；无锡宁，天下清。

王翦召土人问之，言：「此山乃惠山之东峰，自周平王东迁于雒，此山遂产铅锡，因名锡山。四十年来，取用不竭。近日出产渐少。此碑亦不知何人所造。」王翦叹曰：「此碑出露，天下从此渐宁矣！岂非古人先窥其定数，故埋碑以示后乎？今后当名此地为无锡。」今无锡县名，实始于此。

王翦兵过姑苏，守臣以城降。遂渡浙江，略定越地。越王子孙，自越亡以后，散处甬江天台之间，依海而居，自称君长，不相统属。至是，闻秦王威德，悉来纳降。王翦收其舆图户口，飞报秦王，并定豫章之地，立九江、会稽二郡。楚祝融之祀遂绝。此秦王政二十四年事也。

按楚自周桓王十六年，武王熊通，始强大称王，自此岁岁并吞小国，五传至庄王旅始称霸，又五传至昭王珍，几为吴灭，又六传至威王商，兼有吴、越，于是江、淮尽属于楚，几占天下之半。怀王槐任用奸臣靳尚，见欺于秦，始渐衰弱，又五传至负刍，而国并于秦。史臣有赞云：

鬻熊之嗣，肇封于楚。通王旅霸，大开南土。
子围篡嫡，商臣弑父。天祸未悔，凭奸自怙。
昭困奔亡，怀迫囚苦。襄烈遂衰，负刍为虏。

王翦灭楚，班师回咸阳，秦王赐黄金千镒，翦告老，仍归频阳。秦王乃拜其子王贲为大将，攻燕王于辽东。秦王命之曰：「将军若平辽东，乘破竹之势，便可收代，无烦再举。」王贲兵渡鸭绿江，围平壤城，破之，虏燕王喜，送入咸阳，废为庶人。

按燕自召公肇封，九世至惠侯，而周厉王奔彘，八传至庄公，而齐桓公伐山戎，为燕辟地五百里，燕始强大，又十九传至文公，而苏秦说以「合从」之术，其子易王始称王，列于七国，易王传哙，为齐所灭，哙子昭王复国，又四传至喜而国亡。史臣有赞云：

召伯治陕，甘棠怀德。易王僭号，齿于六国。

哙以懦亡，平以强获。一谋不就，辽东并失。

传四十三，年八九伯。姬姓后亡，召公之泽。

王贲既灭燕，遂移师西攻代。代王嘉兵败，欲走匈奴，贲追及于猫儿庄，擒而囚之。嘉自杀。尽得云中、雁门之地。此秦王政二十五年事。按赵自造父仕周，世为周大夫。幽王无道，叔带奔晋，事晋文侯，始建赵氏。五世至赵夙，事献公，再传至赵衰，事文公，衰子盾事襄、成、景三公，晋主霸，赵氏世为霸佐。盾子朔中绝，朔子武复立。又二传至简子鞅，鞅传襄子毋卹，与韩、魏三分晋国，毋卹传其侄桓子浣，浣传子籍，始称侯，谥烈，六传至武灵王而胡服，又四传至王迁被虏，而公子嘉自立为代王，守赵祀，嘉王代六年而国灭。自此六国遂亡其五，惟齐尚在。史臣有赞云：

赵氏之世，与秦同祖。周穆平徐，乃封造父。
带始事晋，夙初有土。武世晋卿，籍为赵主。
胡服虽强，内乱外侮。颇牧不用，王迁囚虏。云中六载，余焰一吐。

王贲捷书至咸阳，秦王大喜，赐王贲手书，略曰：

将军一出而平燕及代，奔驰二千余里，方之乃父，劳苦功高，不相上下。虽然，自燕而齐，归途南北便道也。齐在，譬如人身尚缺一臂，愿以将军之余威，震电及之。将军父子，功于秦无两！

王贲得书，遂引兵取燕山，望河间一路南行。

却说齐王建听相国后胜之言，不救韩、魏，每灭一国，反遣使入秦称贺。秦复以黄金厚赂使者，使者归，备述秦王相待之厚，齐王以为和好可恃，不修战备。及闻五国尽灭，王建内不自安，与后胜商议，始发兵守其西界，以防秦兵掩袭。却不提防王贲兵过吴桥，直犯济南。齐自王建即位，四十四年，不被兵革，上下安于无事，从不曾演习武艺。况且秦兵强暴，素闻传说，今日数十万之众，如泰山般压将下来，如何不怕，何人敢与他抵对？王贲由历下、淄川，径犯临淄，所过长驱直捣，如入无人之境。临淄城中，百姓乱奔乱窜，城门不守。后胜束手无计，只得劝王建迎降。王贲兵不血刃，两月之间，尽得山东之地。秦王闻捷，传令曰：『齐王建用后胜计，绝秦使，欲为乱，今幸将士用命，齐国就灭。本当君臣俱戮，念建四十余年恭顺之情，免其诛死，可与妻子迁于共城，有司日给斗粟，毕其余生。后胜就本处斩首。』王贲奉命诛后胜，遣吏卒押送王建，安置共城。惟茅屋数间，在太行山下，四围皆松柏，绝无居人，宫眷虽然离散，犹数十口，只斗粟不敷，有司又不时给。王建止一子，尚幼，中夜啼饥，建凄然起坐，闻风吹松柏之声，想起：『在临淄时，何等富贵！今误听奸臣后胜，至于亡国，饥饿穷山，悔之何及！』遂泣下不止，不数日而卒。宫人俱逃，其子不知所终。传言谓王建因饿而死，齐人闻而哀之，因为歌曰：

松耶柏耶？饥不可为餐。谁使建极耶？嗟任人之匪端！

后人传此为『松柏之歌』，盖咎后胜之误国也。

按齐始祖陈定，乃陈厉公佗之子，于周庄王十五年，避难奔齐，遂仕齐，讳陈为田氏。数传至田桓子无宇，又再传至僖子乞，以厚施得民心，田氏日强，乞子恒弑齐君，又三传至太公和，遂篡齐称侯，又三传至威王而益强，称王号，又四传至王建而国亡矣。史臣有赞云：

陈完避难，奔于太姜。物莫两盛，妫替田昌。
和始擅命，威遂称王。孟尝延客，田单救亡。
相胜利贿，认贼为祥。哀哉王建，松柏苍苍。

时秦王政之二十六年也。

时六国悉并于秦，天下一统。秦王以六国曾并称王号，其名不尊；欲改称帝，昔年亦曾有东西二帝之议，不足以传后世，威四夷；乃采上古君号，惟三皇五帝，功德在三王之上，惟秦德兼三皇，功迈五帝，遂兼二号称「皇帝」。追尊其父庄襄王为太上皇。又以为周公作谥法，子得议父，臣得议君，为非礼；今后除谥法不用：「朕为始皇帝，后世以数计之，二世，三世，以至于百千万世，传之无穷。」天子自称曰「朕」；臣下奏事称「陛下」。召良工琢和氏之璧为传国玺，其文曰：「受命于天，既寿永昌。」又推终始五德之传，以为周得火德，惟水能灭火，秦应水德之运，衣服旌旗皆尚黑。水数六，故器物尺寸，俱用六数。以十月朔为正月，朝贺皆于是月。「正」「政」音同，皇帝御讳不可犯，改「正」字音为「征」。征者，非吉祥之事，然出自始皇之意，人不敢言。

尉缭见始皇意气盈满，纷更不休，私叹曰：「秦虽得天下，而元气衰矣！其能永乎？」与弟子王敖一夕遁去，不知所往。始皇问群臣曰：「尉缭弃朕而去，何也？」群臣皆曰：「尉缭佐陛下定四海，功最大，亦望裂土分封，如周之太公周公。今陛下尊号已定，而论功之典不行，彼失意，是以去耳。」始皇曰：「周室分茅之制，尚可行乎？」群臣皆曰：「燕、齐、楚、代，地远难周，不置王无以镇之。」李斯议曰：「周封国数百，同姓为多，其后子孙，自相争杀无已。今陛下混一海内，皆为郡县，虽有功臣，厚其禄俸，无尺土一民之擅，绝兵革之原，岂非久安长治之术哉？」始皇从其议，乃分天下为三十六郡。那三十六郡：

内史郡　汉中郡　北地郡　陇西郡　上郡　太原郡　河东郡　上党郡　云中郡　雁门郡　代郡　三川郡　邯郸郡　南阳郡　颍川郡　齐郡（即琅琊郡）　薛郡（即泗水郡）　东郡　辽西郡　辽东郡　上谷郡　渔阳郡　钜鹿郡　右北平郡　九江郡　会稽郡　鄣郡　闽中郡　南海郡　象郡　桂林郡　巴郡　蜀郡　黔中郡　南郡　长沙郡

是时北边有胡患，故渔阳、上谷等郡，辖地最少，设戍镇守。南方水乡安靖，故九江、会稽等郡，辖地最多。皆出李斯调度。每郡置守尉一人，监御史一人。收天下甲兵，聚于咸阳，销之，铸金人十二，每人重千石，置宫庭中，以应「临洮长人」之瑞。徙天下豪富于咸阳，共二十万户。又于咸阳北坂，仿六国宫室，建造离宫六所。又作阿房之宫。进李斯为丞相，赵高为郎中令。诸将帅有功者，如王贲、蒙武等，各封万户，其他或数千户，俱准其所入之赋，官为给之。于是焚书坑儒，游巡无度，筑「万里长城」以拒胡，百姓嗷嗷，不得聊生。及二世，暴虐更甚，而陈胜、吴广之徒，群起而亡之矣。史臣有《列国歌》曰：

东迁强国齐郑最，荆楚渐横开桓文，楚庄宋襄和秦穆，迭为王霸得专征。
晋襄景悼称世霸，平哀齐景思代兴。晋楚两衰吴越进，阖闾勾践何纵横？
春秋诸国难尽数，几派源流略可寻。鲁卫晋燕曹郑蔡，与吴姬姓同宗盟。

齐由吕尚宋商裔，禹后杞越颛顼荆。秦亦项裔陈祖舜，许始太岳各有生。

及交战国七雄起，韩赵魏氏晋三分。魏与韩皆周同姓，赵先造父同嬴秦。

齐吕改田即陈后，黄歇代楚熊暗倾。宋亡于齐鲁入楚，吴越交胜总归荆。

周鼎既迁合从散，六国相随渐属秦。

髯仙读《列国志》，有诗云：

卜世虽然八百年，半由人事半由天。绵延过历缘忠厚，陵替随波为倒颠。

六国媚秦甘北面，二周失祀恨东迁。总观千古兴亡局，尽在朝中用佞贤。

东周列国志